Sergej Lukianenko
Das Schlangenschwert

Sergej Lukianenko

Das Schlangenschwert

Roman

Aus dem Russischen
von Ines Worms

Sergej Lukianenko, geboren 1968 in Kasachstan, war lange Zeit als Psychiater tätig. Heute lebt er als freier Schriftsteller und Drehbuchautor in Moskau. Mit seinen Romanen *Wächter der Nacht* und *Wächter des Tages* gelang ihm der internationale Durchbruch. Er ist der populärste russische Fantasy- und Science-Fiction-Autor der Gegenwart.

Mehr Informationen zu diesem Buch:
www.das-schlangenschwert.de

www.beltz.de
© 2007 Beltz & Gelberg
in der Verlagsgruppe Beltz · Weinheim und Basel
Alle Rechte der deutschsprachigen Ausgabe vorbehalten
Die Originalausgabe erschien 2004
unter dem Titel Танцы на снегу
bei AST Moskau
© 2001 Sergej Lukianenko
Aus dem Russischen von Ines Worms
Lektorat: Gerold Anrich
Neue Rechtschreibung
Einband: init, Büro für Gestaltung
Satz und Bindung: Druckhaus »Thomas Müntzer«, Bad Langensalza
Druck: Druck Partner Rübelmann, Hemsbach
Printed in Germany
ISBN 13: 978-3-407-80993-3
1 2 3 4 5   11 10 09 08 07

Prolog

Es war der Tag, an dem sich meine Eltern für den Tod entschieden. Das Sterberecht wird ihnen durch unsere Verfassung garantiert.

Ich war ahnungslos.

Es ist sicher kaum zu glauben, aber mir kam bis zum Schluss nicht in den Sinn, dass meine Eltern aufgeben könnten. Mein Vater hatte vor über einem Jahr seine Arbeit verloren, sein Anspruch auf Unterstützung endete, aber meine Mutter arbeitete noch in den Dritten Staatlichen Minen. Ich wusste nicht, dass die Dritten Staatlichen schon seit langem am Rande des Bankrotts dahinvegetierten. Der Lohn wurde in Naturalien ausgezahlt: in Form von Reis, den ich verabscheute, und durch Begleichung der Miete, worum ich mich noch nie gekümmert hatte. Aber so lebten viele. Es gab in der Schule nur wenige Kinder, bei denen beide Eltern Arbeit hatten.

Ich kam vom Unterricht zurück. Warf die Mappe aufs Bett und schaute vorsichtig ins Wohnzimmer, aus dem leise Musik zu hören war.

Zuerst dachte ich: Vater hat endlich Arbeit gefunden!

Mutter und Vater saßen am Tisch, der mit einer weißen Tischdecke gedeckt war. In der Mitte brannten Kerzen in einem antiken Kerzenständer aus Kristall, der nur an Geburtstagen und zu Weihnachten benutzt wurde. Auf den Tellern waren Essensreste – echte Kartoffeln, echtes Fleisch. Vater hatte seinen noch halb vollen Teller von sich geschoben. Es kam selten vor, dass er etwas übrig ließ. Auf dem Tisch standen eine halb volle Wodkaflasche mit echtem Wodka und eine fast leere Weinflasche.

»Tikki«, rief mich Vater, »komm schnell essen!«

Ich heiße Tikkirej. Das ist ein sehr wohlklingender Name, aber verteufelt lang und unbequem. Mama ruft mich manchmal Tik, Vater Tikki. Meiner Meinung nach wäre es für sie einfacher gewesen, vor dreizehn Jahren einen anderen Namen auszusuchen. Obwohl – mit einem anderen Namen wäre ich auch ein anderer Junge.

Ich setzte mich, ohne zu fragen. Vater mag kein Nachfragen. Ihm gefällt es, wenn er von sich aus die Neuigkeiten erzählen kann. Sogar dann, wenn es nur um so eine Kleinigkeit wie ein neues Hemd für mich geht. Mama versorgte mich schweigend mit einem Berg Kartoffeln und Fleisch und stellte die Flasche mit meinem Lieblingsketschup neben den Teller. Also leerte ich in voller Zufriedenheit meinen Teller, bis Papa meine Ahnungslosigkeit beendete.

Eine Arbeit hatte er nicht gefunden.

Für Leute ohne Neuroshunt gibt es jetzt überhaupt keine Arbeit mehr.

Sie müssten sich einen Shunt einsetzen lassen, aber bei Erwachsenen ist das eine sehr gefährliche und teure Operation. Und Mutter bekommt kein Geld ausbezahlt, also können sie nicht einmal mehr die Lebenserhaltungssysteme bezahlen. Dabei ist es völlig klar, dass man auf unserem Planeten nur unter den Kuppeln leben kann.

Also wird uns die Wohnung gekündigt und wir werden in die Außenansiedlung gezwungen. Ohne den Schutz der Kuppeln können normale Menschen ein oder zwei Jahre überleben – wenn sie großes Glück haben.

Deshalb haben die beiden ihr Verfassungsrecht in Anspruch genommen …

Ich saß da und war regelrecht versteinert, ich konnte nicht sprechen, sah die Eltern an und rührte mit der Gabel in den Kartoffelresten herum, die ich gerade mit Ketschup vermengt und in einen roten Brei verwandelt hatte. Ich nehme eben gern zu allem Ketschup, obwohl ich deshalb ausgeschimpft werde …

Jetzt schimpfte niemand mit mir.

Ich hätte sicherlich sagen müssen, dass wir lieber alle zusammen ins Außenleben gehen sollten. Wir würden peinlich genau die Desinfektion durchführen, wenn wir aus der Erzgrube zurückkehrten, und so noch lange, lange leben und genug Geld verdienen, um wieder ein Lebensrecht unter der Kuppel zu erwerben. Aber ich konnte es einfach nicht aussprechen. Ich erinnerte mich an die Exkursion zum Bergwerk, die wir einmal gemacht hatten. Erinnerte mich an die Menschen mit grauer Haut voller Geschwüre, die in den alten Bulldozern und Baggern saßen. Erinnerte mich daran, wie ein Bagger wendete und aus der Grube heraus unserem Schulbus entgegenfuhr und dabei mit der Baggerschaufel grüßte. Und aus dem Führerhaus heraus lächelte ein

Baggerführer mit einem »Krokodilmaul«, das sich bei allen Verstrahlten ausbildet. Er wollte uns natürlich einfach nur erschrecken, aber die Mädchen schrien und auch die Jungen bekamen eine Gänsehaut.

Und ich sagte nichts. Überhaupt nichts. Mama fing entweder an zu lachen und mich auf die Stirn zu küssen oder erklärte sehr ernst, dass jetzt mein Nutzungsrecht für die Lebenserhaltungssysteme um sieben Jahre verlängert wurde und ich es schaffen würde, groß zu werden und einen Beruf zu erlernen. Mein Neuroshunt wäre sehr gut, sie hätten damals viel Geld verdient und es sich etwas kosten lassen, also würde es keine Probleme mit der Arbeit geben. Hauptsache, ich würde nicht in schlechte Gesellschaft geraten, keine Drogen nehmen, immer höflich zu Lehrern und Nachbarn sein, rechtzeitig die Kleidung waschen und sauber halten sowie die staatlichen Lebensmittelkarten beantragen.

Sie begann erst dann zu weinen, als Papa, so als ob er meine Verzweiflung spüren könnte, sagte, dass sich die Entscheidung nicht rückgängig machen ließe. Nachdem die Eltern ihren Tod beantragt hatten, wurde ihnen ein spezielles Präparat verabreicht, worauf sie auch ihre »Abschiedsprämie« erhielten. Das heißt, sogar wenn es sich die Eltern anders überlegen sollten, müssten sie sterben. Aber dann würde man mir nicht das Nutzungsrecht für die Lebenserhaltungssysteme verlängern.

Ich hatte keinen Appetit mehr. Kein bisschen. Obwohl es noch Eis, Torte und Konfekt gab. Mama flüsterte mir ins Ohr, dass sie von der »Abschiedsprämie«

meine Geburtstagsfeier für sieben Jahre im Voraus bezahlt hätten. Ein spezieller Mitarbeiter des Sozialdienstes würde herausfinden, was ich für ein Geschenk möchte, es kaufen, mir zum Geburtstag bringen und das Geburtstagsessen zubereiten.

Auch wenn unser Planet arm und unwirtlich ist, sind die Sozialdienste nicht schlechter organisiert als auf der Erde oder dem Avalon.

Das Eis aß ich dann trotzdem. Mama schaute so bittend und mitleiderregend, dass ich die kalten, süßen, nach Erdbeeren und Äpfeln duftenden Stücke herunterschluckte, obwohl ich fast daran erstickte.

Im »Haus des Abschieds« wurden die Eltern am frühen Morgen erwartet. Wenn sie es bis Mittag herauszögern würden, müssten sie auch so sterben, dann allerdings qualvoll.

Ich lag bis drei Uhr nachts wach und schaute auf meine Uhr in Form eines Roboters. Er blinkte mit strengen Augen, schwenkte die Arme, schritt auf der Stelle und ließ manchmal die feine Spitze seines »Laserschwerts« durch das Zimmer wandern. Mama beklagte sich immer, dass es unmöglich sei, mit »diesem Unfug« im Zimmer zu schlafen, verlangte aber niemals, den Roboter abzuschalten. Sie erinnerte sich immer daran, wie ich mich gefreut hatte, als sie mir diese Uhr zum achten Geburtstag schenkten.

Erst da bemerkte ich, dass ich an die Eltern im Präteritum dachte, als ob sie schon gestorben wären. Ich sprang auf, riss die Tür auf und rannte zu ihnen ins Schlafzimmer. Ich bin nicht mehr klein. Ich verstehe alles. Und was Erwachsene, auch die Eltern, nachts machen, weiß ich genau.

Aber ich konnte nicht mehr allein sein.

Ich warf mich ins Bett zwischen Mama und Papa. Bohrte mein Gesicht in Mamas Schulter und fing an zu weinen.

Sie sagten nichts. Weder Mama noch Papa. Sie umarmten und streichelten mich. Da spürte ich, dass sie lebten. Aber nur noch bis zum Morgen. Ich beschloss, dass ich heute nicht schlafen würde, schlief aber trotzdem ein.

Am Morgen machte Mama meine Schulsachen fertig. Sie bestand darauf, dass ich unbedingt zum Unterricht gehen solle. Sie bräuchten keine Begleitung. Ein langer Abschied würde nur überflüssige Tränen bedeuten.

Erst als sie weggingen, sagte Papa: »Tikki ...«

Er sprach nicht weiter. Es blieb ihm zu wenig Zeit für all das, was er mir zu sagen hätte. Ich wartete.

»Tikki, du wirst verstehen, dass das richtig war.«

»Nein, Papa«, erwiderte ich.

Ich hätte »ja« sagen müssen, aber ich konnte nicht.

Vater lächelte, aber irgendwie sehr traurig, nahm Mamas Hand und sie verließen mich.

Natürlich folgte ich ihnen. Mit Abstand, damit sie mich nicht sehen konnten. Mama drehte sich sehr oft um, und ich verstand, dass sie meine Nähe fühlte. Ich zeigte mich aber nicht, denn ich hatte ja versprochen, sie nicht zu begleiten.

Als sie im »Haus des Abschieds« verschwanden,

blieb ich noch eine Weile stehen und trat gegen die Wand des Rathauses. Nicht etwa aus Protest, sondern weil gerade dieses Gebäude auf der gegenüberliegenden Seite der Allee der Erstbesiedler steht.

Dann machte ich kehrt und ging in die Schule.

Weil ich es versprochen hatte.

Erster Teil
Der falsche Ritter

Kapitel 1

Unser Herbst ist sehr schön.
Ich lag auf einer glatten Steinplatte, die aus unerfindlichen Gründen nicht verbaut worden, sondern ans Flussufer gelangt war, und schaute in den Himmel. Über der Kuppel tobte ein Sturm. Die Sonne war klein und dunkelrot, weil sie vom wirbelnden Sand verdeckt wurde. Die Außenbewohner hatten es jetzt sehr schwer. Bei ihnen herrscht eine erhöhte Radioaktivität, der feine Sandstaub kriecht in jede Ritze.
»Tiki-Tiki!«
Ich drehte mich um, obwohl ich genau wusste, wer das war. Nur Dajka nennt mich Tiki-Tiki. Seit der ersten Klasse. Zuerst wollte sie mich damit ärgern, mittlerweile aber nicht mehr. Das glaubte ich jedenfalls.
»Wohin schaust du?«
»Zum Raumschiff«, schwindelte ich. Es war wirklich ein Raumschiff am Himmel. Sicher ein Erztransporter vom Hafen 2. Es kämpfte sich mit Hilfe seiner Plasmatriebwerke durch den Sturm und zog eine orange Schleife aus Protuberanzen hinter sich her. Nichts Atemberaubendes. Der Sturm an sich war entschieden interessanter.
»Ein schönes Raumschiff!«, rief Dajka. »Ich wäre gern Pilot.«
Sie streckte sich neben mir aus, sodass ich zur Seite

rücken musste. Sie trug einen neuen Badeanzug, ganz wie eine Erwachsene. O lala!

»Hm«, sagte ich, »du würdest zu einem Eiszapfen gefrieren!«

Dajka schwieg einige Zeit und erwiderte: »Na und? Du wirst auch kein Pilot.«

»Wenn ich es will, werde ich es«, antwortete ich. Dajka störte mich. Sie war mir zu aufdringlich und konnte einfach nicht verstehen, dass ich allein sein wollte. Ganz allein.

»Weißt du denn nicht, wie viel eine Pilotenausbildung kostet?«

»Viel.«

»So viel wirst du niemals verdienen!«

»Wenn ich Glück habe, verdiene ich genug.« Ich hielt es nicht mehr aus. »Aber du kannst garantiert kein Pilot werden! Du hast kein Y-Chromosom! Dich kann man im Weltraum nur als Gepäck befördern. Tiefgekühlt, mit Eiszapfen an den Wimpern.«

Dajka sprang auf und ging schweigend weg. Das war gemein von mir. Sie begeisterte sich mehr als mancher Junge für den Kosmos. Aber sie hat nun einmal kein Y-Chromosom. Und das bedeutet, dass sie stirbt, wenn sich das Raumschiff im Zeitsprung befindet. Natürlich nur dann, wenn sie nicht in Anabiose liegt. Eben mit Eiszapfen an den Wimpern …

»Dajka!«, rief ich und stützte mich auf die Ellenbogen, »Dajka!«

Aber sie ging weiter, ohne sich umzusehen.

Also räkelte ich mich wieder auf der Steinplatte und

folgte mit dem Blick der Flugbahn des Raumschiffs. Der Zeitkanal, den die Raumschiffe für den Flug zwischen den Sternen benutzen, verläuft ganz in unserer Nähe. In einer Stunde würde das Raumschiff in ihn eintauchen und das Erz auf einen Industrieplaneten transportieren. Und danach vielleicht in andere interessante Welten. Natürlich würde ich nie genug Geld verdienen, um mir eine Pilotenausbildung leisten zu können.

Wenn ich überhaupt jemals in den Kosmos fliegen könnte, dann sowieso nur als Bestandteil eines Computers. Als »Gehirn in der Flasche«, wie das landläufig genannt wird.

Aber es ist immerhin eine Art Fliegen. Manchmal verdient man dadurch so viel, dass man ein richtiger Pilot werden kann. Ich drehte mich um und warf ein Steinchen an Glebs Schulter. Gleb sonnte sich nicht weit von mir. Er war es eigentlich, der mich an den Fluss gelockt hatte, denn er hält einzig die Herbstbräune für gesund und echt. Gleb hob den Kopf vom Handtuch und schaute mich fragend an. Entweder hatte er mein Gespräch mit Dajka nicht gehört oder ihm keine Beachtung geschenkt.

Also erklärte ich ihm, was ich vorhatte.

Gleb meinte, ich sei ein Idiot. Der Anschluss eines menschlichen Gehirns an einen Computer als »Modul« würde nämlich Neuronen verbrennen, den freien Willen unterdrücken und einen verdummen. Da sei es schon einfacher, ins »Haus des Abschieds« zu gehen, davon habe wenigstens der Staat noch einen Nutzen …

In diesem Moment erinnerte er sich an meine Eltern

und hielt inne. Ich nahm es ihm nicht übel. Erwiderte lediglich, dass viele berühmte Piloten damit angefangen hätten, als Module in Raumschiffen zu arbeiten. Man muss rechtzeitig kündigen, das ist wichtig. Und wenn man es überhaupt riskieren will, dann genau in unserem Alter, solange das Gehirn noch formbar ist und sich entwickelt. Dann kann es alles kompensieren.

Gleb wiederholte, dass ich ein Idiot sei, und räkelte sich unter der trüben orangefarbenen Sonne. Ich sagte auch nichts mehr, legte mich wieder hin und schaute in den Himmel. Er ist bei uns sogar bei schönem Wetter orange. Auf der Erde und dem Avalon ist er blau. Er kann auch grün, dunkelblau oder gelb aussehen. Die Wolken müssen nicht aus Sand sein, es gibt welche aus Wasserdampf. Wenn du aber nur auf dem Karijer bleibst, bekommst du das nicht zu sehen.

Auf einmal wurde mir klar, wie einfach alles war, dass es gar keinen Ausweg gab:

Hier konnte, wollte und würde ich nicht leben.

Der Sozialarbeiter unseres Wohngebiets war eine Frau. Vielleicht sorgte sie sich deshalb so um mich, als ich ihr mitteilte, dass ich mich als Modul auf einem Raumschiff verdingen wollte. Sie sah mich lange an, ganz als ob sie erwartete, dass ich rot werden, mich abwenden und die Antragsunterlagen vom Tisch nehmen würde. Aber ich blieb sitzen und wartete, bis sie aufgab und die Aktenmappe öffnete.

Meine Unterlagen waren in Ordnung. Die staatliche Ablösesumme für die Arbeitserlaubnis im Kosmos konnte ich mit meinem Recht auf die Lebenserhaltungssysteme und der Wohnung, die mir die Eltern überschrieben hatten, bezahlen. Drei Zimmer zu acht Quadratmetern, Küche und Sanitärblock … Meine Eltern hatten wirklich einmal gut verdient. Die Mindestgrundausbildung hatte ich erhalten. Die Wohnungsnachbarn gaben mir wirklich sehr gute Beurteilungen. Vielleicht rechneten sie damit, die Wohnung untereinander aufteilen zu können.

»Tikkirej«, meinte die Beamtin leise, »eine Arbeit als Modul ist Selbstmord. Verstehst du das?«

»Ja.« Ich hatte mir vorgenommen, weder zu diskutieren noch etwas zu erklären.

»Du wirst im Koma liegen und dein Gehirn wird Datenströme verarbeiten!«

Sie verdrehte die Augen zur Decke, als ob man ihr selbst die Kabel mit den Datenströmen an den Neuroshunt angeschlossen hätte.

»Du wirst erwachsen, dann älter werden, nur für wenige Tage im Monat erwachen, und dein Körper ist plötzlich gealtert. Verstehst du das? Das ist ungefähr so, als würdest du nicht einhundert Jahre leben wie alle anderen Menschen, sondern nur ein Zwanzigstel davon. Kannst du dir das vorstellen, Tikkirej? Dir bleiben noch fünf Jahre zum Leben!«

»Ich arbeite fünf bis zehn Jahre, dann kündige ich und werde Pilot«, sagte ich.

»Was heißt kündigen!?« Die Beamtin schlug mit der Akte auf den Tisch. »Du willst das dann gar nicht mehr! Dein Gehirn verlernt es, irgendetwas zu wollen!«

»Mal sehen«, erwiderte ich.

»Ich werde nichts unterschreiben, Tikkirej«, erklärte die Beamtin. »Nimm deine Unterlagen und geh in die Schule. Deine Eltern haben sich so um dich gekümmert und du ...«

»Sie haben kein Recht, nicht zu unterschreiben«, sagte ich. »Sie wissen das selbst ganz genau. Wenn ich keine Unterschrift bekomme, gehe ich zum städtischen Sozialdienst und beschwere mich über Sie. Wegen grundloser Ablehnung einer Erlaubnis wird man Ihnen das Nutzungsrecht für die Lebenserhaltungssysteme für ein halbes Jahr oder, wenn es ganz schlimm kommt, für ein Jahr entziehen. Das Gesetz muss geachtet werden!«

Das Gesicht der Frau bekam rote Flecken. Sie war ehrlich davon überzeugt, dass sie wusste, was für mich am besten wäre.

»Du hast dich informiert?«, fragte sie.

»Na klar. Ich bereite mich immer vor.«

Die Beamtin öffnete noch einmal die Akte und unterschrieb die Papiere ...

»Zimmer 8, dort wird gesiegelt und kopiert«, sagte sie trocken und reichte die Unterlagen zurück.

»Danke«, verabschiedete ich mich.

»Schöne fünf Jahre, Gehirn in der Flasche ...«, flüsterte sie giftig.

Mir machte das nichts aus. Vielleicht hat auch sie früher wie Dajka davon geträumt, in den Kosmos zu fliegen.

Auf unseren Planeten kamen natürlich keine interessanten Raumschiffe.

Was sollten hier auch reiche Touristen oder Militärs? Jedes halbe Jahr landete ein Passagierschiff, das bis zur Erde flog, aber seine Mannschaft war sicher komplett. Gütertransporter kamen dafür täglich. Und auf jedem Gütertransporter, sogar dem kleinsten, müsste es neben der Mannschaft zehn bis zwölf Module geben.

Also nahm ich das Geld, das von den Eltern übrig geblieben war, meine eigenen Ersparnisse und die Münzsammlung des Großvaters, die zwar keinen großen Wert hatte, deren Münzen aber noch im Umlauf waren. Ich machte mich auf den Weg zum Kosmodrom, ging zuerst unter der Erde aus der Wohnkuppel in die technische und fuhr danach mit dem Bus durch den offenen Raum. Niemand beachtete mich. Vielleicht glaubten alle, dass ich zu meinen Eltern fahren würde, die irgendwo auf dem Kosmodrom arbeiteten.

Als der Bus am Hotel hielt, bezahlte ich und stieg aus.

Wir hatten auf Karijer keine eigene Weltraumflotte und auch keine entsprechende Personalvermittlung. Wenn also ein Flugkapitän Module brauchte, ging er einfach in die Bar des Kosmodroms und wartete dort bei einem Glas Bier. Das hatte ich von Erwachsenen gehört und in den Nachrichten gesehen und wollte es jetzt selbst ausprobieren.

Die Bar sah nicht so luxuriös aus wie im Fernsehen. Obwohl, da war die Tafel mit den Autogrammen berühmter Piloten, ein Stück von der Hülle eines Kampfraumschiffs des Imperiums, ein Tresen mit außerplanetaren Getränken, die ein Vermögen kosteten. Aber all das war klein. In der Bar waren vielleicht zehn Gäste. Dabei dachte ich, dass die Bar riesig sein würde, mindestens so groß wie die Schulturnhalle ...

Im Halbdunkel, durch das wunderschöne holographische Bilder schwebten, ging ich zum Tresen. Ich sah auf die Preise und erstarrte. Ein Glas Limonade kostete hier mehr als eine Zweiliterflasche im Geschäft. Aber was blieb mir übrig? Ich suchte meinen größten Geldschein heraus, bestellte ein Glas Ingwerbier, nahm das Wechselgeld entgegen und setzte mich auf einen hohen Drehstuhl.

Der Barkeeper, ein ganz junger Mann mit einem Radio im Shunt beobachtete mich neugierig. Dann schaute er auf die Kaffeemaschine, die summte und eine Tasse betörend duftenden Kaffees zubereitete.

»Entschuldigung, sind hier Flugkapitäne?«, fragte ich.

»Ach so«, erwiderte der Barkeeper, »dass ich das nicht gleich gemerkt habe ... Nein, mein Junge. Auf dem Kosmodrom sind gegenwärtig nur zwei Erztransporter, der eine schon auf Startposition.«

»Fliegt er bald los?«, wollte ich wissen und trank einen Schluck. Schmeckte gut.

»In ein paar Minuten, du wirst es hören. Wenn du willst, mache ich den Monitor an.«

»Als ob ich noch keinen Start gesehen hätte! Aber wie finde ich den zweiten Kapitän?«

»Willst du als Modul anheuern?«

Er sagte nichts vom »Gehirn in der Flasche«, deshalb fand ich ihn sofort sympathisch.

»Woher wissen Sie das?«

Der Barkeeper lachte. »Was sollte denn ein Halbwüchsiger sonst in dieser Bar machen? Etwa Ingwerbier trinken, das hier mehr kostet als ein Mittagessen in der Stadt? Du brauchst keinen Flugkapitän, mein Freund. Die Kapitäne heuern richtige Kosmonauten an, für die Module sind die Ältesten zuständig.«

»Aber die Module gehören auch zur Mannschaft!«

»Ja, ungefähr so wie meine Kaffeemaschine. Möchtest du einen Kaffee? Ich lade dich ein.«

Ich hätte gern einen Kaffee getrunken, aber ich schüttelte den Kopf.

Der junge Mann schaute mich an und zuckte nach einer Weile mit den Schultern. »Ich werde dir nicht auf die Nerven gehen, die brauchst du noch. Was hast du für einen Neuroshunt?«

»Kreativ-Gigabit.«

Er schien sich zu wundern.

»Tja, das ist nicht schlecht. Und alle Unterlagen sind vollständig? Und die Eltern sind einverstanden?«

»Die Eltern haben ihr Verfassungsrecht in Anspruch genommen. Vor einer Woche.«

»Alles klar«, er stellte die Tasse zur Seite, »dort in der Ecke, unter dem Eisenteil …«

Er hatte nichts übrig für das ruhmreiche Stück aus der Panzerung des Kampfschiffes.

»Ja, und?«, fragte ich.

»Der Kerl, der Wodka säuft, ist der Älteste des zweiten Erztransporters. Spendiere ihm etwas zu trinken, das gehört sich so. Und biete deine Dienste an.«

Ich schaute sofort auf die Preisliste, aber der Barkeeper verdeckte sie mit seiner Hand.

«Du wolltest keinen Kaffee, also ... gib mir einfach ein Zeichen und ich bringe etwas.«

»Danke«, murmelte ich. Die Alkoholpreise hatte ich gesehen. Wenn ich hätte bezahlen müssen, wäre nicht einmal Geld für die Rückfahrt übrig geblieben.

»Dafür bedankt man sich nicht. Wenn du davon überzeugt bist, dass du richtig handelst, dann geh!«

»Danke«, wiederholte ich störrisch.

Auf einmal schwankte die Bar leicht. Durch die verdunkelten Fenster brach ein roter Schein. Der Älteste am Ecktisch erhob das Glas, als ob er mit jemand Unsichtbarem anstoßen wollte, und trank es in einem Zug aus.

»Der ist überladen, fliegt mit dem Hauptmotor«, bemerkte der Barkeeper, »also, entscheide dich, Junge.«

Ich sprang vom Barhocker und ging zum Ältesten. Es war nicht so, dass ich Hemmungen gehabt hätte. Letztendlich war ich dazu bereit, jeden Tag hierherzukommen. Aber der nette Barkeeper würde mir nicht jedes Mal helfen. Ich wollte mir diese Gelegenheit auf keinen Fall entgehen lassen.

Der Älteste hob den Kopf und schaute mich aufmerksam an.

Vor ihm stand eine fast leere Flasche.

Papa hätte niemals so viel getrunken. Der Kosmonaut wirkte nicht einmal betrunken. Er war ungefähr vierzig

Jahre alt, ohne besondere Kennzeichen. Keine Narben, keine kosmische Bräune, keine künstlichen Organe.

»Guten Abend«, sagte ich, »darf ich Sie einladen?«

Eine Weile schwieg der Älteste, dann zuckte er mit den Schultern. »Bitte!«

Ich winkte dem Barkeeper zu, der mir mit einem völlig ernsten und undurchdringlichen Gesicht zunickte. Er stellte zwei volle Gläser auf das Cybertablett und sandte es durch den Saal. Der kleine Gravitator des Tabletts blinkte orangefarben, er entlud sich. Aber das Tablett kam problemlos am Tisch an, schaffte es sogar, durch die Hände eines Typs zu schlüpfen, der lachend nach einem Glas griff.

Erst daraufhin nahm ich beide Gläser und realisierte, dass auch ich trinken musste.

Bisher hatte ich nur Hopfenbier und Sekt probiert. Den Sekt allerdings vor so langer Zeit, dass ich mich nicht mehr daran erinnern konnte, und das Bier hatte mir nicht geschmeckt.

»Das hat beim Start ganz schön gewackelt, findest du nicht?«, sagte plötzlich der Älteste.

Ich erinnerte mich an die Worte des Barkeepers und antwortete: »Fliegt mit dem Hauptmotor. Überladen.«

»Dumm bist du nicht, Junge«, bemerkte der Älteste zufrieden, »na dann, auf einen guten Flug …«

Er trank mit einem Schluck aus und verzog dabei keine Miene.

Ich musste daran denken, wie Vater Wodka trank: Er hielt die Luft an und goss ihn mit einem Schluck in sich hinein. Schleunigst spülte ich mit Ingwerbier nach. Das war Klasse. Die Nase kribbelte vom scharfen Aroma und im Hals wurde es warm. So musste es sein.

»Okay«, sagte der Älteste, »nun sag schon, was du willst!«

»Ich möchte meine Dienste als Modul anbieten«, sprudelte es aus mir heraus.

»Welcher Shunt?«

»Kreativ-Gigabit.«

»Für Dauerbetrieb zugelassen?«

»Vierundachtzigeinhalb.«

Der Älteste kratzte sich am Kinn. Schenkte sich Wodka nach und schaute mich fragend an. Ich nickte und er goss mein Glas halb voll.

»Hast du eine Genehmigung?«

»Ja.« Ich griff in die Tasche, aber der Kosmonaut schüttelte den Kopf: »Nicht jetzt ... alles geregelt, alles geklärt, alle Genehmigungen vorhanden, ich glaube dir ... aber warum?«

»Ich möchte hier nicht leben«, antwortete ich ehrlich.

»Wenn du gesagt hättest, du könntest ohne den Kosmos nicht leben, hätte ich dir den Riemen zu kosten gegeben«, äußerte sich der Älteste etwas nebulös, »Aber hier leben ... ja, das würde ich auch nicht wollen ... Weißt du denn überhaupt, was ein Modul ist?«

»Darunter versteht man den Onlineanschluss eines Gehirns als Prozessor der ununterbrochenen Datenverarbeitung, welche die Navigation im Hyperkosmos ermöglicht«, legte ich los. »Da beim Überschreiten der Konstante c die Schnelligkeit elektronischer Datenverarbeitungssysteme direkt proportional zur Geschwindigkeit des Raumschiffs abnimmt, stellt die Nutzung der Fähigkeiten des menschlichen Gehirns die einzige Navigationsmethode im Zeittunnel dar.«

»Du kannst dabei nicht denken!«, erklärte der Älteste. »Du wirst dich nicht einmal an etwas erinnern. Der Stecker wird angeschlossen und du schaltest dich ab. Erst nach der Landung lebst du wieder auf. Der Kopf tut etwas weh, und es kommt dir vor, als ob nur eine Minute vergangen wäre, lediglich ein Bart ist dir inzwischen gewachsen … na ja, bei dir vielleicht nicht gerade. Und? Was ist daran so schön?«

»Ich möchte hier nicht leben«, wiederholte ich. Dieser Grund schien den Ältesten ja überzeugt zu haben.

»Die Bezahlung der Module ist progressiv. Während der fünf Jahre Realzeit kannst du genügend Geld sparen, um in die Kosmonautenschule aufgenommen zu werden«, führte der Älteste aus. »Außerdem hast du das richtige Alter dafür. Die Sache hat aber einen Haken: Die Arbeit im Dauerbetrieb schädigt die Prozesse der Motivation und Zielsetzung im Gehirn. Du möchtest dann nicht mehr weg. Verstehst du das?«

»Ich schon.«

»Nur zwei Prozent der Personen, die als Modul tätig sind, verlassen ihren Platz nach Ablauf des fünfjährigen Standardvertrages. Ungefähr ein Prozent kündigt den Vertrag vorzeitig. Alle anderen arbeiten bis … bis zum Tod.«

»Ich riskiere es.«

»Du liebst das Risiko.« Der Älteste erhob das Glas und trank. Ich zögerte und folgte dann seinem Beispiel.

Dieses zweite Mal klappte es nicht so richtig, ich fing an zu husten und der Älteste klopfte mir auf den Rücken.

»Nehmen Sie mich, bitte«, flehte ich ihn an, nachdem ich wieder atmen konnte. »Ich verdinge mich so oder so als Modul. Wenn nicht bei Ihnen, dann eben bei einem anderen.«

Der Älteste erhob sich. In seiner Flasche war noch ein Rest, aber er schien nicht darauf zu achten. Die Kosmonauten sind alle ungeheuer reich.

»Gehen wir!«

Als wir hinausgingen, blinzelte ich dem Barkeeper zu. Er lächelte und winkte mir zu. So, als ob er mir nicht wirklich zustimmen, aber meine Entscheidungsfreiheit anerkennen würde.

Ein wirklich guter Mensch, bestimmt deshalb, weil er auf dem Kosmodrom arbeitete.

Durch das schöne Hotelfoyer gingen wir zu den Fahrstühlen.

Wortlos zeigte der Älteste dem Sicherheitsdienst seinen galaktischen Pass. Der Sicherheitsdienst ließ ihn ebenso wortlos passieren. Neben den Fahrstühlen befand sich in einer Nische noch eine kleine Bar. Dort saßen ungefähr fünf junge Frauen, alle sehr schön und sehr verschieden – eine Asiatin, eine Schwarze und eine Weiße. Sie tranken genüsslich ihren Kaffee. Die Asiatin schaute zu uns herüber und sagte etwas zu ihren Freundinnen, die zu lachen anfingen.

»Kuscht euch, ihr Pack!«, schnappte der Älteste und sein Gesicht färbte sich dunkelrot.

Die Damen lachten noch mehr. Ich schaute sie verstohlen von der Seite an, als wir uns im gläsernen Fahrstuhl in die oberen Etagen bewegten.

»Wir warten erst einmal ab, was der Arzt sagt«, teilte mir der Älteste mit. »Eurem Gesundheitswesen vertraue ich nicht.«

»Hm«, stimmte ich ihm zu, »unser Gesundheitswesen ist gut, aber veraltet.«

Ich folgte dem Ältesten durch eine der Türen. Wir befanden uns in einem luxuriösen Hotelzimmer mit Videoscreen, auf dem gerade ein Historienfilm lief. Im Sessel davor hing ein hagerer, großer Mann, der einen edlen Glaskelch mit irgendeinem Getränk in der Hand hielt.

Das Glas sah ihm sehr ähnlich und ich konnte mir ein Lächeln nicht verkneifen.

Es lief überhaupt alles wie am Schnürchen!

»Anton«, sagte der Älteste und schubste mich nach vorn, »untersuche den Jungen. Er will als Modul bei uns anfangen.«

Der Mann wandte sich um, stellte das Glas ab und sagte: »Die Dummen werden immer jünger. Hast du ihm wenigstens klargemacht, was es bedeutet, auf Dauerbetrieb zu sein?«

»Habe ich. Er kennt sich aus.« Der Älteste kicherte. »Hat sogar bemerkt, dass die *Arizona* mit Hauptmotor gestartet ist.«

Anton beugte sich zum Videoscreen vor und schaltete ihn aus. Das Licht im Zimmer wurde heller. Mir fiel auf, dass die Zimmerfenster genauso undurchsichtig waren wie in der Bar. Bestimmt missfällt den Kosmonauten unser Planet dermaßen, dass sie alle Fenster abdunkeln.

»Zieh dich aus!«, befahl er.

»Ganz?«, fragte ich.

»Nein, die Stiefel kannst du anbehalten.«

Er machte sich natürlich über mich lustig. Wer trägt denn Stiefel innerhalb der Kuppel? Ich zog mich nackt aus und legte meine Kleidung über den Stuhl, den mir der Älteste zuschob.

»Was hast du für einen Shunt?«, fragte Anton, »einen Neuron?«

Wie dankbar ich doch meinen Eltern war! In meiner Klasse hatten fast alle einen Neuron, ein fürchterliches Ding. Ich sagte, dass ich einen Kreativ hätte.

»Ein ernstzunehmender Junge«, bestätigte Anton und holte ein kleines Köfferchen hervor.

»Stell dich hierhin!«

Ich stellte mich hin wie gewünscht und bewegte die Arme wie befohlen. Anton holte ein Kabel aus dem Köfferchen und warnte mich: »Gleich wird dir schwindlig!«

Mir war so schon schwindlig, aber das verriet ich ihm nicht. Der Weltraumarzt – Anton war auf alle Fälle einer – schloss das Kabel an meinen Neuroshunt an und stellte vor mir einen Scanner auf ein Stativ.

»Hast du gute Nerven?«, wollte er wissen.

»Sicher!«

»Das ist auch gut so!«

Der Videoscreen leuchtete wieder auf. Nur dass jetzt ich darauf zu sehen war. Der Scanner summte leise, der

Detektorkopf vibrierte. Die Abbildung auf dem Screen begann sich zu verändern.

Zuerst kam es mir vor, als ob man mir die Haut abziehen würde. Ich warf einen schnellen Blick auf mich, um mich zu überzeugen, dass sie noch an Ort und Stelle war.

Um mein Abbild leuchteten verschiedene Bezeichnungen und Ziffern auf. Nicht in Lingua, sondern in einer unbekannten Sprache.

»Ernährst du dich vollwertig?«, fragte Anton.

»Ja.«

»Das ist verteufelt gut ... Eindeutig, du bist nicht zum Säckeschleppen bestimmt.«

Jetzt verschwanden von meinem Abbild sämtliche Muskeln. Übrig blieben die Knochen und die inneren Organe. Ich krümmte mich und fühlte eine aufsteigende Übelkeit.

»Tut dir oft der Magen weh?«, erkundigte sich der Arzt.

»Nein, niemals.«

»Warum lügst du? Man sieht es ja doch ... Pawel! Hast du ihm etwa Wodka eingeflößt?«

»Das ist so üblich. Wir haben ein Gläschen miteinander getrunken.«

»Eine Mannschaft von Schwachsinnigen ... Junge, gab es bei dir positive Mutationen?«

»Ja. Den Komplex Inferno.«

Ich hielt die Augen geschlossen und hörte, wie Anton dem Ältesten erklärte: »Siehst du, dass die Organe des Immunsystems vergrößert sind? Die Nieren sind für die Ausschwemmung von Nukliden ausgelegt, Schilddrüse und Hoden geschützt. Der Junge kann ziemlich gut mit Radioaktivität leben. Und auch die üblichen Kleinigkeiten – ein gänzlich von Lymphgewebe ausgefüllter Blinddarm, ein verstärktes Herz ...«

»Anton, mir wird gleich übel. Erspare mir den Anblick eines skelettierten Kindes!«

»Wie du willst ...«

Ich öffnete wieder die Augen und schaute auf mein eigenes Skelett. Das war mir recht sympathisch, wirkte aber ziemlich mickrig.

»Hattest du dir die Hand gebrochen?«, fragte der Arzt.

»Die rechte«, bestätigte ich. In meinem Gesundheitspass gab es darüber schon keine Eintragung mehr, und ich hatte darauf gehofft, dass niemand davon erfahren würde.

»Nicht so schlimm, ist ganz gut zusammengewachsen«, beruhigte mich Anton. Er nahm sich einen Handdetektor, kam näher und untersuchte mich mit dem Schallkopf, ohne einen Blick auf den Screen zu werfen.

»Annehmbar?«, interessierte sich der Älteste. Er saß im frei gewordenen Sessel, trank bedächtig Antons Getränk aus und rauchte eine Zigarette.

»Der Körper ist in Ordnung«, gab Anton zu, »jetzt prüfen wir den Shunt auf Durchgängigkeit ... Wann warst du das letzte Mal auf Toilette, mein Junge?«

»Hä?«, ich verstand den Zusammenhang nicht.

Anton zog eine Grimasse: »Okay, vielleicht bleibt es ihm erspart.«

»Sicher bleibt es ihm erspart«, bekräftigte der Älteste fröhlich.

Anton fasste mich kräftig unter die Oberarme, hob mich hoch und empfahl: »Halt es zurück!«

Das Kommando gab er sicherlich über seinen Shunt. Ich verlor nämlich sofort das Bewusstsein. Als ich nach einem Augenblick wieder zu mir kam, tat mein Kopf weh und die Hände zitterten leicht. Anton hielt mich noch immer fest. Meine Beine waren nass und über den Boden kroch eine Reinigungsschildkröte, die ab und zu an meine Hacken stieß.

Ich hatte mich bepinkelt!

»Geh duschen, diese Tür da«, sagte mir Anton. »Wasch dich und zieh dich an.«

Er verzog zwar das Gesicht, war mir aber anscheinend nicht böse. Ich nahm meine Sachen und verschwand im Bad, rot wie ein Krebs und davon überzeugt, dass nun alles zu Ende sei.

Ein schönes Modul, bei dem die Schließmuskeln nichts aushalten ... Unter der Dusche dachte ich traurig, dass ich besser gleich verschwinden sollte, ohne mich noch einmal bemerkbar zu machen.

Ich ging aber doch zurück.

Anton saß wieder in seinem Sessel, das Köfferchen war verstaut, über die Wände liefen künstliche bunte Verzierungen. Der Älteste rauchte. Der Boden war sauber und trocken.

»Verzeihung«, murmelte ich.

»Ich bin ja selber schuld«, äußerte Anton plötzlich, »hatte dich zu lange unter Spannung.«

»Lange?«, fragte ich irritiert.

»Eine Viertelstunde. Es waren zu interessante Werte. Du hast nicht vierundachtzigeinhalb, wie es im Attest steht, sondern neunzig Komma sieben. Hervorragende Werte. Damit wirst du in die Kriegsflotte aufgenommen, Abteilung Pilot und Raumschiffkapitän.«

Der Älteste schien meine Angst zu verstehen.

»Aber wir nehmen dich doch, wir nehmen dich«, sagte er, »wenn du unbedingt willst, bist du als Modul eingestellt.«

»Obwohl ich empfehlen würde, das Gehirn zu schonen«, bemerkte Anton. »Verstehst du, mein Freund, die Stirnhirnlappen sind nicht für den Dauerbetrieb geschaffen. Sie ... wie soll ich das ausdrücken ... schlafen ein. Sie fangen an zu faulenzen. Mit allen unangenehmen Folgen ...«

Plötzlich fing er an zu lachen. Ich ahnte den Grund und wurde wieder rot.

»Zusammengefasst, ich würde dir abraten«, fuhr Anton schon ernster fort, »ehrlich. Aber wenn du darauf bestehst, nehmen wir dich mit Kusshand. Wir brauchen immer Module.«

»Ich ... ich bin bereit.«

»Musst du noch irgendwelche Dinge regeln?«, fragte mich der Älteste.

»Ja.«

Ich konnte ja nicht ahnen, dass sich alles so schnell entscheiden würde!

»Dann komm morgen früh hierher. Wir starten am Abend ... Wobei dir das eigentlich egal sein kann.«

Ich nickte und zog mich zur Tür zurück.

»Warte!«, rief Anton plötzlich. »Ich möchte dir noch eine Sache erklären, mein Junge. Jetzt unterhalten wir uns mit dir, und das ist für uns angenehm, denn du bist ein kluger, tapferer Kerl. Der durchaus unser Kollege werden könnte … unser echter Kollege. Wenn du aber ein Modul wirst, wird sich alles verändern. Wir werden uns dir gegenüber völlig anders verhalten. Auch wenn du dir nach der ersten Reise das Kosmodrom des anderen Planeten anschauen wirst, noch fröhlich, neugierig und interessiert. Wir werden uns mit dir dann nicht mehr unterhalten, Späße machen und lachen. Wir haben nämlich Hunderte von solchen wie dich gesehen, am Anfang noch klug, mutig und gut. Und wenn man euch wie normalen Menschen begegnen würde, nachdem ihr an den Dauerbetrieb angeschlossen wart, dann würden das die stärksten Nerven nicht aushalten.«

Ich fühlte mich wie nach einem Schlag ins Gesicht. Ich würgte an einem nicht existenten Brocken im Hals, denn ich mochte den Ältesten und sogar den gemeinen, fiesen Arzt.

Jetzt jedoch sahen sie mich sehr ernsthaft an und …

Genau wie ich die Eltern, als sie mir vom »Haus des Abschieds« erzählten.

»Als Mannschaftsmitglied und Miteigentümer des Raumschiffs, der damit seinen Lebensunterhalt verdient, möchte ich dich sehr gern als Modul anwerben«, sagte der Älteste und hüstelte, »aber als Mensch, der selbst Söhne großzieht, würde ich dir nicht zuraten.«

»Ich komme«, flüsterte ich.

»Hier, nimm!« Der Älteste kam auf mich zu und gab mir einige zusammengeheftete Blätter.

»Das ist unser Arbeitsvertrag für Module. Es ist ein Standardvertrag, genau wie er von der Gilde empfohlen wurde. Lies ihn dir trotzdem sorgfältig durch. Alles Weitere ist dann deine Entscheidung.«

Ich nahm den Vertrag an mich und verließ den Raum. In meinem Kopf summte es und die Haut über dem Ohr um den Shunt herum juckte ein wenig. Das kam von der Aufregung.

Außerdem war mir unheimlich, dass sowohl der Älteste als auch der Arzt ehrlich zu mir gewesen waren. Dass sie gute Menschen waren.

Dass ich vorhatte, sie alle zu betrügen.

Kapitel 2

Lediglich Gleb begleitete mich zum Abschied. Schwänzte die Schule und kam mit.

Bis zur letzten Minute nahm er mich nicht ernst, obwohl er die leere Wohnung gesehen hatte, aus der das städtische Mobiliar abgeholt und alles, was den Eltern gehörte, in einem kleinen Container im Keller eingelagert war.

»Du bist geisteskrank«, stieß Gleb aus, als der Bus zum Kosmodrom einbog. Er begann mir zu glauben. »Dabei verblödest du doch! Sag mal, hast du nie alte Module gesehen?«

»Die haben nicht rechtzeitig aufgehört«, sagte ich. Meinen Koffer mit den Sachen hielt ich auf den Knien. Laut Vertrag standen mir zwölf Kilogramm Gepäck zu.

»Auch du wirst nicht rechtzeitig den Absprung schaffen. In fünf Jahren verkalkt das Gehirn!« Gleb leckte sich über die Lippen. »Ich habe ein Los der Imperiumslotterie, weißt du das eigentlich?«

Ich wusste es. Gleb hatte eine Chance von eins zu zwanzig, eine kostenlose Ausbildung auf einem beliebigen Gebiet zu gewinnen. Er wollte natürlich Pilot werden.

»Willst du es haben?«

»Deine Eltern schlagen dich tot!«, erwiderte ich.

»Nein. Sie schlagen mich nicht tot. Ich habe bereits

mit ihnen gesprochen. Ich kann das Los auf dich überschreiben lassen. Willst du?«

Ein Los der Imperiumslotterie – das ist schon was. Ich hätte nicht mal davon träumen können. Dafür habe ich einen Neuroshunt Kreativ und Gleb nur einen Neuron.

»Danke, Gleb. Ist nicht nötig.«

Er klimperte verstört mit seinen feuchten, weißen Wimpern. Gleb ist nämlich äußerst blass und hat ganz helle Haare. Das ist bei ihm keine Mutation, sondern Erbmasse.

»Tikkirej, ehrlich ...«

»Gleb, am Abend bin ich im Kosmos.«

»Das bist nicht du«, flüsterte Gleb.

Als der Bus am Hotel hielt, reichte er mir zögernd seine Hand. Ich drückte sie und fragte: »Kommst du mit rein?«

Gleb schüttelte den Kopf, und ich versuchte erst gar nicht, ihn zu überreden. Ein langer Abschied würde nur überflüssige Tränen bedeuten.

Auf mich wartete der Kosmos.

Ich wusste nicht, wo der Älteste und die anderen Mannschaftsmitglieder wohnten. Deshalb ging ich zum Zimmer des Arztes.

Die Zimmertür war wieder nicht geschlossen und die Badtür weit geöffnet. Anton stand in der Unterhose vor dem Spiegel und rasierte sich mit einem uralten mechanischen Rasierapparat. Als ob man sich nicht seine Haarfollikel ein für allemal wegreißen lassen könnte.

»Aha«, sagte er, ohne sich umzusehen. Ich sah nur seine Augen im Spiegel, aber mir schien, als ob sich ihr Ausdruck verändert hätte.
»Alles klar. Zimmer 73. Da ist der Kapitän.«
»Wer ist das?«, erklang eine feine Mädchenstimme aus dem Zimmer.
»Niemand für uns«, rief Anton. Aus dem Zimmer schaute eine dunkle Schönheit, eines der Mädchen, die gestern gelacht hatten. Bei meinem Anblick begann sie erst zu lächeln, dann schaute sie deprimiert. Vielleicht deshalb, weil sie ganz nackt war und sich im Bettlaken verheddert hatte.
»Guten Tag«, sagte ich.
»Was bist du nur für ein Dummkopf!«, meinte das Mädchen. »Mein Gott, woher kommen nur ...«
»Kusch dich, du Pack!«, zischte ich. Es funktionierte. Fast wie beim Ältesten. Das Mädchen schwieg und zwinkerte nervös. Anton hielt einen Augenblick mit dem Rasieren inne, machte aber gleich weiter. Hoch – runter.
Ich drehte mich um und ging zum Zimmer 73.

Der Kapitän war jünger als der Älteste und der Arzt. Er hatte sicher eine Elite-Kosmonautenschule absolviert, da man ihm bereits das Kommando über ein Raumschiff anvertraute. Er war kräftig und sah gut aus in seiner weißen Paradeuniform.
»Tikkirej«, begrüßte er mich, als ich ins Zimmer trat. Intuitiv wusste ich, dass er den Bericht über meine gestrige Untersuchung gelesen hatte, und ich schämte

mich. Vor Anton oder dem Ältesten schämte ich mich nicht. Aber vor einem echten Kapitän, der sogar alleine im Hotelzimmer seine Paradeuniform trug, schämte ich mich.

»Ja, Kapitän.«
»Du hast es dir also nicht anders überlegt?«
»Nein, Kapitän.«
»Den Vertrag hast du dir angesehen?«
»Ja, Kapitän.«
Den Vertrag hatte ich bis drei Uhr nachts gelesen. Es war wirklich ein Standardvertrag, aber ich überprüfte alles.

»Tikkirej, denkst du eventuell daran, uns zu betrügen«, fuhr der Kapitän fort, »einen oder zwei Flüge mitzumachen, einen passenden Planeten zu finden und dort zu kündigen?«

»Geht das denn?«, wunderte ich mich gekonnt.
»Natürlich, aber was hättest du davon?«
Der Kapitän sah mich einige Sekunden lang durchdringend an: »Okay, ziehen wir das Ganze nicht unnötig in die Länge.«

Er setzte sich an den Tisch und sah schnell meine Papiere durch, kontrollierte die Echtheit der Siegel mit einem Handscanner, unterschrieb den Vertrag und gab mir ein Exemplar zurück. Er reichte mir die Hand: »Ich beglückwünsche Sie, Tikkirej. Nunmehr sind Sie ein Mitglied der Recheneinheit des Raumschiffs *Kljasma*.«

Mir missfiel die Tatsache, dass er mich nicht Mitglied der Mannschaft, sondern der Recheneinheit nannte.

Noch weniger gefiel mir die Äußerung: »Aber was hättest du davon?« Trotzdem lächelte ich und gab ihm die Hand.

»Hier hast du einen Vorschuss«, der Kapitän holte einige Geldscheine aus der Tasche. »Er steht nicht im Vertrag, ist aber eine schöne Tradition vor dem ersten Start. Sieh aber zu, dass du das Geld nicht …«

Für eine Sekunde fiel der Kapitän in Schweigen, dann begann er zu lachen: »Nein, nein, ich glaube, du wirst es nicht vertrinken.«

»Ich werde es nicht vertrinken«, versprach ich. Nach dem Wodka gestern musste ich mich im Bus übergeben. Vielleicht war das aber auch nur eine Folge der Überprüfung meines Arbeitsvermögens …

»Wir treffen uns um fünf Uhr unten im Foyer«, teilte mir der Kapitän mit, »und, das steht auch nicht im Vertrag, aber wenn du dort fehlen solltest, werde ich dich nicht verklagen. Dann zerreiße ich einfach den Vertrag.«

»Ich komme.«

»Gut, Tikkirej.«

Ich verstand, dass das Gespräch jetzt beendet war, und verließ das Zimmer. Unten in der Bar war es wieder genauso leer und der Barkeeper war derselbe. Er lächelte mir zu, und ich ging zu ihm und legte einen Geldschein auf den Tresen.

»Das ist für gestern. Und … haben Sie Milchshakes?«

»Na klar, haben wir.« Der Barkeeper gab mir das Wechselgeld. »Und, haben sie dich genommen?«

»Ja. Ich hatte gute Werte. Wirklich.«

»Schön! Aber hör rechtzeitig mit dieser Arbeit auf, ja! Was möchtest du für einen Shake?«

»Mit Apfelsine«, bestellte ich, ohne nachzudenken.

Der Barkeeper runzelte die Stirn und beugte sich zu mir vor. Verschwörerisch flüsterte er: »Ich verrate dir jetzt ein Geheimnis: Die einfachsten Milchshakes sind immer die besten. Zum Beispiel mit Schokolade und einem Hauch Vanille.«

»Den nehme ich«, antworte ich ebenso flüsternd.

Er schmeckte wirklich gut.

Auf diese Art und Weise saß ich bis fünf Uhr in der Bar. Meinen Koffer hatte ich zum Barkeeper hinter den Tresen gestellt, um nicht auf ihn aufpassen zu müssen. Mehrmals ging ich auf die Toilette, damit sich der gestrige Schlamassel später nicht wiederholen konnte. Obwohl das auf dem Raumschiff sicherlich geregelt ist.

Den letzten Cocktail trank ich hastig, immer mit Blick auf die Uhr. Dann verabschiedete ich mich vom Barkeeper und ging ins Foyer.

Die ganze Mannschaft war schon versammelt. Der Kapitän, der Älteste, der Arzt und noch zwei, die ich nicht kannte – sicher Navigator und Lademeister.

»Du kommst zu spät, Modul«, bemerkte der Arzt eisig. Er hielt sein Versprechen – für ihn war ich schon kein braver Junge mehr.

»Entschuldigung, das kommt nicht wieder vor«, murmelte ich und umfasste krampfhaft den Griff meines Koffers. Der Älteste nahm mir schweigend den Koffer aus der Hand, prüfte das Gewicht und gab ihn mir zurück.

»Gehen wir«, sagte der Kapitän. Alle drehten sich um und gingen zur Schleuse, bei der schon ein Kleinbus wartete.

Niemand beachtete mich. Die Türen des Busses gingen zu, kaum dass ich meinen Fuß auf die Stufen gesetzt hatte.

Der Älteste und der Arzt saßen zusammen, Lagermeister und Navigator ebenfalls. Neben dem Kapitän war ein freier Platz, aber auf diesen legte er sehr sorgfältig seine Mütze.

Ich ging nach hinten und setzte mich in eine freie Reihe.

Der Kapitän nahm seine Mütze und setzte sie auf.

Der Bus folgte den orangen Markierungen.

Die *Kljasma* war ein Gütertransporter der Standardklasse, wie sie bei uns ständig verkehrten. Der keramische Körper war zweihundert Meter lang und erinnerte an ein übermäßig in die Länge gezogenes Ei. Zur Landung hatte es Stützen ausgefahren, die im Vergleich zum Raumschiff fast unsichtbar schienen, so winzig waren sie. Es hatte den Anschein, als ob die *Kljasma* direkt auf dem Sand, der im Laufe der Jahre zu einer Steinkruste zusammengebacken war, auflag.

Die Ladeluke war bereits geschlossen, aber in der Ferne schwebte noch die Staubwolke der Schwerlasttransporter, die das angereicherte Erz zum Raumschiff gebracht hatten.

»Der letzte Flug in dieses Schlangennest«, sagte der Älteste, »Gott sei Dank!«

»Aber was für eine Menge Geld«, wandte leise derjenige ein, den ich für den Navigator hielt. Ein betagter dicker Schwarzer mit gutmütigem Gesicht.

»Richtig, der Verdienst ist gut«, stimmte der Arzt zu, »außerdem haben wir ein gutes Modul eingestellt.«

»Das müssen wir noch überprüfen«, widersprach der Älteste säuerlich.

»Ein gutes, ein gutes«, wiederholte der Arzt, »oder denkst du, dass ich das Testen verlernt hätte?«

Beide sprachen über mich, als ob ich ein Einkauf wäre, der auf dem Rücksitz lag. Ich biss die Zähne zusammen und schwieg eisern. Das ist bestimmt ein Test. Um festzustellen, ob ich ernsthaft mit ihnen arbeiten will oder anfange zu jammern und mich zu beklagen, dachte ich.

Der Bus fuhr an die Schleuse heran, ein durchsichtiges Rohr, das sich von oben herabneigte. Zu sechst pressten wir uns mit Mühe in den kleinen Fahrstuhl. Ich wurde gegen den Kapitän gequetscht.

»Entschuldigung, Kapitän«, sagte ich.

Er schwieg. Der Älteste tippte auf meine Schulter und belehrte mich eisig: »Gestatten Sie eine Äußerung, Kapitän ...«

»Gestatten Sie eine Äußerung, Kapitän«, wiederholte ich.

»Ich gestatte.«

»Wo sind denn die anderen Mitglieder des Rechenzentrums? Sind sie früher zurückgekommen?«

Mir wurde auf einmal ganz seltsam zumute. Ich dachte, dass sie überhaupt keine anderen Module hätten und deshalb mein Gehirn ununterbrochen arbeiten müsste.

»Sie haben das Raumschiff nicht verlassen«, antwortete der Kapitän.

Ich stellte keine weiteren Fragen.

Aus der Schleusenkammer heraus verteilten sich sofort alle entsprechend ihren Aufgaben. Die Schleusenkammer selbst war ziemlich groß, mit Raumanzügen in verglasten Nischen und einer in den Boden eingelassenen Flugkapsel.

Der Kapitän sagte, ohne jemanden konkret anzusprechen: »Start in fünfzig Minuten, Onlineregime für alle in vierzig Minuten.«

Ich stand da, sperrte den Mund auf und verstand nur Bahnhof.

Und wohin musste ich?

Die Finger des Arztes bohrten sich in meine Schulter. »Komm mit!«

Wir nahmen den Fahrstuhl nach oben und gingen durch einen Flur. Der Arzt schwieg, er wirkte ernst und konzentriert.

»Verzeihen Sie, aber was muss ich jetzt machen?«, begann ich.

»Für deine Arbeit musst du überhaupt nichts wissen«, unterbrach mich der Arzt, »du bist ein ›Gehirn in der Flasche‹, kapiert? Tritt ein!«

Er stieß mich nach vorn und ich ging als Erster in einen großen Saal. Hier gab es einen Tisch, eine große Videowand und gemütliche, tiefe Sessel. In den Sesseln saßen Menschen – die restlichen Module. Es waren fünf –

drei ältere, einer in den mittleren Jahren und ein Junge von vielleicht siebzehn.

»Guten Tag, Recheneinheit«, sagte der Arzt.

Alle fünf fingen an sich zu bewegen. Die Älteren nickten. Der Mann mittleren Alters brummte etwas vor sich hin. Der Junge grüßte: »Hallo, Doc.«

Sie sahen überhaupt nicht debil aus. Eher wie Leute, die vom Film auf dem Bildschirm fasziniert waren. Irgendetwas Abenteuer- und Actionmäßiges, eine junge Frau bewies gerade jemandem, dass sie den Zeitsprung aushält, da man ihr extra dafür ein Y-Chromosom implantiert hatte. So ein Unsinn, wie kann man denn ein Chromosom in jede einzelne Zelle implantieren?

»Das ist euer neuer Freund«, stellte mich der Doktor vor. »Er heißt Tikkirej ... falls das jemanden interessieren sollte.«

»Grüß dich, Tikkirej«, erwiderte der junge Mann, »ich heiße Keol.«

Er lächelte sogar dabei.

»Hast du das Raumschiff verlassen?«, fragte der Doc.

Keol verzog sein Gesicht.

»Nein. Ich mag diesen Planeten nicht.«

»Du wolltest aber doch ...«, der Arzt winkte ab, »egal. Jeder an seinen Platz! Start in vierzig Minuten.«

Sofort erhoben sich alle. Der Bildschirm wurde dunkel. Aus den Nischen kamen einige Reinigungsschildkröten und krochen über den Boden. Ich bemerkte, dass überall Popcorn verstreut war und Schokoladenkrümel und andere Abfälle herumlagen.

»Soll ich dem Neuen helfen?«, wollte Keol wissen.

»Ich erkläre ihm alles selber. Achte auf die Alten.«
»Gut, Doc«, erwiderte Keol.

»Er ist von allen am besten erhalten«, äußerte der Arzt, ohne die Stimme zu senken. Keol reagierte nicht. Der Arzt sah mich an.

Ich schwieg und mich überkam ein leichtes Zittern.

»Der Bus ist noch nicht weg«, meinte der Arzt, »ich habe den Fahrer gebeten, noch zwanzig Minuten zu warten. Wenn du willst, bringe ich dich zur Schleuse.«

Mein Mund war wie ausgetrocknet, aber ich bewegte mühsam die Zunge und sagte: »Nein.«

»Das war der letzte Versuch«, sagte der Arzt, »gehen wir also.«

Im Saal waren ungefähr zehn Türen, sieben davon waren breiter und wirkten massiv. Durch diese Türen gingen die Module. Der Arzt führte mich zur äußeren und hieß mich die Handfläche auf die Sensorplatte legen. Er erklärte: »Das ist jetzt deine Flasche.«

Der Raum erinnerte wirklich an eine liegende Flasche ... Sogar Decke und Wände krümmten sich entsprechend. Innen war nichts außer einem eigenartigen Ding, das aussah wie ein Krankenbett für einen Schwerkranken. Die Oberfläche war elastisch, glänzend und flexibel. Fast in der Mitte befand sich ein Abfluss.

»Zieh dich aus«, sprach der Arzt, »alle Sachen. Die Kleidung hier rein.«

Ich entkleidete mich, packte die Sachen in den Wandschrank, der ebenfalls durch ein Sensorschloss verschlossen wurde. Legte mich schweigend auf das Bett. Es war recht weich und bequem.

»Also folgendermaßen«, begann der Arzt, »die schwierigsten Probleme für ein arbeitendes Modul ... weißt du, welche das sind?«

»Weiß ich«, antwortete ich.

»Du kannst das Wasser nicht halten«, fuhr der Arzt fort, »dafür ist ein Bidet im Bett eingebaut, das sich automatisch einschaltet. Wenn bei dir die Darmtätigkeit gestört ist, beginnt der Shunt selbständig Kommandos an das periphere Nervensystem zu geben. Jede Stunde massiert dich das Bett. Einmal am Tag sendet der Shunt einen Befehl zum Zusammenziehen der Muskulatur aus, um Muskelschwund zu verhindern. Der Gesundheitszustand wird ständig kontrolliert, wenn etwas sein sollte, komme und helfe ich ... So ... Die Ernährung ... «

Er fuhr mit seiner Hand unter das Bett und holte aus irgendeinem Behälter einen Schlauch mit einem verbreiterten Ende.

Der Arzt sah meine erschrockenen Augen und sagte: »Das ist nicht für die Ernährung, das ist der Urinschlauch. Leg ihn dir selbst an.«

Ich tat es.

Das Erniedrigende bestand gerade darin, dass der Doktor danebenstand, Ratschläge gab und alles kommentierte. Als ob er es auf mich besonders abgesehen hätte, weil ich unbeeindruckt ihre Ratschläge in den Wind geschlagen hatte und ins Raumschiff gekommen war.

Der zweite Schlauch, den er holte, war dann aber für die Ernährung. Der Arzt suchte mir schnell ein passendes Mundstück aus. Ich nahm es in den Mund.

»Flüssignahrung, wird in kleinen Portionen gleichzeitig mit der Stimulierung des Schluckreflexes verabreicht«, erklärte der Arzt, »willst du mal probieren?«
Ich schüttelte den Kopf.
»Richtig so. Schmeckt nicht. Ist wirkungsvoll, leicht verdaulich und gibt ein Minimum an Endprodukten. Mehr aber auch nicht.«
Dann schnallte er mich mit vier breiten Riemen auf dem Bett an und fuhr fort: »Merke dir die Reihenfolge. In Zukunft wirst du das alles selber machen. Das ist wirklich bedienungsfreundlich, deine Hände bleiben frei bis zum Schluss. Dann steckst du sie in diese Schlingen, die sich automatisch zusammenziehen. Das System ist einfach, leicht zu handhaben und schon seit einem halben Jahrhundert unverändert. Möchtest du noch etwas sagen?«
Ich nickte und der Doktor nahm mir das Mundstück aus dem Mund.
»Wenn wir ankommen, werde ich dann ins Kosmodrom gehen dürfen? Spazieren gehen ...«
»Natürlich!«, der Arzt war erstaunt. »Oder hältst du uns für Verbrecher, die Module mit Gewalt festhalten? Tikkirej, das Traurigste dabei ist, dass eben das gar nicht erforderlich ist. Ich versichere dir, Tikkirej, wenn es für die Eroberung des Kosmos notwendig gewesen wäre, den Menschen das Gehirn zu amputieren und wirklich in Flaschen zu füllen, hätten wir genau das gemacht. Die menschliche Moral ist wundersam dehnbar. Das war aber gar nicht nötig, denn das beste Glas ist dein eigener Körper. Ihm wird Nahrung zugeführt, die Endpro-

dukte werden entsorgt und in den Shunt wird ein Kabel gesteckt. Das ist alles, Tikkirej. Und die Tatsache, dass es wirklich einige Module gibt, die nach Vertragsende aufhören, erlaubt es den Menschen, ein für allemal ihr Gewissen zu beruhigen. Hast du das verstanden?«

»Ja. Danke.« Ich lächelte ein schales Lächeln. »Ich ... ich bin ein bisschen erschrocken. Dachte, dass man mich nicht aus dem Raumschiff lassen würde, bis ich genauso geworden bin ... wie diese.«

Doktor Anton lächelte ebenfalls.

Er ging neben dem Bett in die Hocke und fuhr mir über den Kopf.

»Vergiss das! In unserer idiotischen, mit Gesetzen voll gestopften Welt gibt es praktisch keine Notwendigkeit für die Anwendung von Gewalt. Vielleicht wäre es besser andersherum, hm?«

Er erhob sich und holte ein weiteres Kabel heraus. Ich schaute aus den Augenwinkeln – das war das Kabel für den Neuroshunt. Fragte: »Ich bin dann sofort abgeschaltet?«

»Ja, Tikkirej. Nimm dein Mundstück.«

Folgsam nahm ich den Schlauch in den Mund. Er hatte überhaupt keinen Geschmack, obwohl er schon unzählige Male sterilisiert worden war. Vielleicht sollte ich doch um eine Kostprobe bitten ...

»Guten Zeitsprung, Modul«, sagte der Doktor.

Und die Welt verschwand.

Mann, tat mir der Kopf weh!

Ich stöhnte auf, als ich den Schmerzen nachspürte. Im

Mund spürte ich einen ekelhaften Geschmack, als ob ich salzig-süßen Lehm gekaut hätte.

Der Kopf wollte mir platzen. Das Knie juckte. Die rechte Hand kribbelte, als ob ich versucht hätte, sie aus der engen Schlinge zu ziehen.

Ich lag auf meinem Bett für Module. Das Kabel war noch immer im Shunt, ich aber war offline. Mit der linken Hand, die besser reagierte, zog ich es heraus. Ich spuckte das Mundstück aus.

Zum Teufel!

Das war etwas anderes als der Anschluss an den Schulcomputer.

Die Bänder hielten mich nach wie vor auf dem Bett fest. Ich schaffte es, sie zu lösen, und stand auf. Ich hatte Bedenken, dass mir die Knie weich werden könnten, aber es schien alles in Ordnung zu sein.

Vorsichtig berührte ich die Tür und schaute in den Gemeinschaftraum.

Dort stand Keol – nackt und blass und kratzte sich gerade seinen Bauch. Bei meinem Anblick fing er an zu lächeln: »Ah, Tikkirej! Grüß dich, Tikkirej. Wie ist dein Befinden?«

»Alles in Ordnung«, murmelte ich. Im Großen und Ganzen schien ich unversehrt.

»Am Anfang ist immer alles in Ordnung«, sagte Keol mit ernstem Gesicht, »dann wird alles langweilig, uninteressant. Dagegen muss man intensiv ankämpfen!« Er drohte mir feierlich mit dem Finger und wiederholte: »Intensiv! Hast du das Bett sterilisiert?«

»Nein ... wie denn?«

»Schau her«, Keol zwängte sich in meine »Flasche« und zeigte es mir.

Es war wirklich einfach und fast vollständig automatisiert. Wirklich wie für Schwerkranke.

»Das Mundstück spülst du ebenfalls«, erklärte er ernsthaft, »darin sind immer Breireste. Und wasch dich! Das Bett nimmt die Ausscheidungen auf, wenn etwas danebengeht, aber man muss sich trotzdem waschen. Bis du blitzt vor Sauberkeit! Also, öffne das Fach …«

Die Dusche war integriert. Ein biegsamer Schlauch mit einem Duschkopf am Ende und ein Flakon mit antibakteriellem Gel, dem billigsten auf dem Markt, das wir auch zu Hause manchmal kauften.

»Im Boden ist ein Abfluss für das Wasser«, klärte mich Keol auf, »schieb das Bett zurück. Wenn du rausgehst, schalten sich Trocknung und Ultraviolett selbständig ein.«

»Sind wir angekommen, Keol?«, fragte ich.

Er fing an zu zwinkern.

»Wir? Ja, sicherlich. Ich habe nicht gefragt. Aber wenn wir offline sind, heißt das, dass wir angekommen sein müssen. Stimmt's?«

Keol ging weg und ich begann mich schnell herzurichten. Ich wusch mich mehrere Male und trocknete mich mit einem Handtuch aus demselben Fach ab. Alles war durchdacht. Alles war einfach und zweckmäßig.

Wie schrecklich!

Gut, dass ich nicht vorhabe, mich wieder in dieses Grab zu legen und mich für den Dauerbetrieb anschließen zu lassen. Das will ich doch nicht, oder? Ich horchte in mich hinein und fürchtete sehr, dass meine Entscheidungsfähigkeit schon geschwächt sein könnte.

Nein, alles war normal.

Ich zog meine eigenen Sachen an. Eine Uniform hatte ich nicht bekommen. Ist ja auch nicht nötig. Ich sah mir das Datum auf der Uhr an. Oho, ich war fast zwei Wochen in Dauerbetrieb gewesen!

Dann nahm ich mein Köfferchen und verließ die »Flasche«.

»Tut dein Kopf weh, Tikkirej?«, fragte mich Keol.

»Ja«, gab ich zu.

»Trink!«, er reichte mir ein Glas mit irgendeinem Getränk. »Es ist etwas Spezielles. Nimmt die Schmerzen und erhöht die Spannkraft.«

Er war wirklich normaler als alle anderen Module. Er versuchte noch, sich um die Kameraden zu kümmern. Dazu aber braucht man einen Willen und eine Zielvorstellung.

»Viel Glück«, sagte er und ich ging in den Flur.

Den Weg zur Schleuse hatte ich mir gemerkt. Ich war ihn ja gerade erst mit Doktor Anton gegangen. Klar, nicht gerade erst. Aber ich kann mich nicht an die Flugtage erinnern ... Interessant zu erfahren, wie weit wir geflogen sind!?

Kurz und gut, zur Schleuse wollte ich vorerst nicht. Ich hatte nicht vor, Kapitän und Mannschaft zu betrügen. Ich musste jemanden finden – und das gelang mir auch. Ich traf direkt auf den Ältesten, der auf dem Weg zur Schleuse war. Dieser sah mich aufmerksam an, sein

Blick ruhte auf dem Köfferchen und er sagte: »Verstehe. Zur Schleuse?«

»Nein, ich möchte den Kapitän finden. Und den Vertrag kündigen. Das ist doch mein Recht?«, erkundigte ich mich.

Der Älteste nickte: »Gehen wir ...«

Er brachte mich aber nicht zum Kapitän, sondern in einen Arbeitsraum. Setzte sich vor den Bildschirm und schaltete den Computer ein. Befahl: »Daten über den Vertrag des Moduls Tikkirej.«

Auf dem Bildschirm erschien mein Vertrag.

»Du hast das Recht, den Vertrag zu kündigen und auf einem beliebigen Planeten auszusteigen«, begann der Älteste. »Das ist Gesetz. Wir sind verpflichtet, dir deinen anteiligen Lohn auszuzahlen. Das sind ...« – er beugte sich vor – »das sind 1038 Kredit.«

Nicht schlecht!

Ich schwieg.

»Selbstverständlich werden Ernährung und die Leistungen deines Lebenserhaltungssystems extra in Rechnung gestellt, da du den Vertrag vorzeitig kündigst«, ergänzte der Älteste trocken, »also ziehen wir 604 Kredit ab.«

»So viel?«, wunderte ich mich.

»So viel. Weil man deine Nahrung und dein Bett gemeinsam mit dir durch den Kosmos schleppen muss. Selbst wenn man die günstigsten internen Berechnungen der Flotte ansetzt, ist das eine gewaltige Summe. Hast du Einwendungen?«

»Nein«, sagte ich. Alles hatte seine Richtigkeit.

»Es verbleiben also 434 Kredit«, resümierte der Älteste, »nun die Versicherung.«

»Aber das ist nicht nötig«, flehte ich. Es war etwas Unanständiges an der Tatsache, dass ich die *Kljasma* als Transportmittel benutzte und ihnen dazu noch eine Menge Geld aus der Tasche zog.

»Das muss leider sein«, meinte der Älteste, »du bist für 350.000 Kredit versichert. Wie es sich gehört. Der Versicherungsbeitrag belief sich auf 117.000. Jetzt ist die Versicherung gekündigt, verstehst du. Der Versicherungsbeitrag wird nicht zurückerstattet. 117.000 minus 434 Kredit …«

Er drehte sich in seinem Sessel um und schaute mich an.

Ich begann zu verstehen. Innerlich wurde mir eiskalt.

»Wenn du den Vertrag kündigst, Tikkirej, müssen zuerst die finanziellen Fragen geklärt sein. Ich denke, sechzig bis siebzig Reisen werden dich in diese Lage versetzen. Du kannst bestimmt nach etwa zwei Jahren das Raumschiff verlassen.«

»Das steht im Vertrag?«, fragte ich leise.

»Natürlich. Soll ich es dir zeigen?«

»Nicht nötig. Ich erinnere mich … Ich hätte nicht gedacht, dass die Versicherung so teuer ist …«

Der Älteste stützte seine Hände auf die Knie, beugte sich nach vorn und giftete:

»Tikkirej, glaubst du, dass nur du allein die kluge Idee hattest, anzuheuern und auf dem ersten besten Planeten das Raumschiff wieder zu verlassen? Sogar wenn unser Flug ins Paradies führen würde, mit Zwischenlandung in der Hölle, hätte sich ein Interessent gefunden, um dorthin abzuhauen. Genau aus diesem Grund, Tikkirej, ist die Versicherungssumme dermaßen hoch. Damit sich die Mannschaft nicht damit abmühen muss, auf jedem Kosmodrom neue Gehirne aufzuspüren. Du hast die Arbeit angenommen, also arbeite! Wir hatten dich gewarnt!«

Ich bemerkte nicht einmal, dass ich anfing zu weinen.

»Also, wofür entscheidest du dich? Kündigst du den Vertrag und bist berechtigt, nach zwei Jahren von Bord zu gehen, oder bleibst du die vereinbarten fünf Jahre und erarbeitest dir eine Drittelmillion?«

Er war wütend, verteufelt wütend auf mich selbstherrlichen Dummkopf, der ihn daran hinderte, das Raumschiff zu verlassen, sich zu vergnügen und in der Bar sein ehrlich verdientes Geld auszugeben.

Ich hatte mir aber doch den Vertrag angesehen! Es war etwas verwirrend, manche Dinge waren kleingedruckt, aber ...

Ich setzte mich auf den Boden und versteckte mein Gesicht zwischen den Knien. Für zwei Jahre – das ist mein Ende. So viel halte ich nicht aus. Fünf Jahre auf gar keinen Fall. Ich werde kein Idiot, aber mir wird alles egal sein. Man bekommt zu essen und zu trinken, darf alles unter sich lassen ... und ...

»Haben wir dich gewarnt oder nicht?«, bellte der Älteste.

»Sie haben mich gewarnt«, schluchzte ich.

Er pflückte mich vom Boden, nahm mich auf den Schoß, presste mir die Zähne auseinander und schob mir einen metallenen Flaschenhals in den Mund: »Trink! Du bist hysterisch wie ein altes Weib.«

Ich schluckte die brennende Flüssigkeit. Musste husten.

»Das ist Cognac«, informierte mich der Älteste. »Was wolltest du denn auf diesem Planeten machen, Tikkirej?«

»Leben«, flüsterte ich.

»Leben? Wie?«

»Ich habe doch die Staatsbürgerschaft des Imperiums …«

»Was nützt dir das? Glaubst du denn, dass ein Mensch in einer unbekannten Welt überleben kann? Zumal – als Jugendlicher? Zumal – ohne Geld? Du hättest deine jämmerlichen vierhundert bekommen und was hätte es dir genützt? Auf deinem Planeten sind einhundert Kredit richtig viel Geld. In einer normal entwickelten Welt reichen sie nicht mal für eine Woche!«

Er stieß mich plötzlich weg: »Die Tür da, wasch dich.«

Dann wandte er sich zum Bildschirm und fauchte böse: »Dienstanweisung. Vertrag mit Modul Tikkirej annulieren. Versicherung nicht abschließen.«

Ich sah ihn an und verwischte meine Tränen.

»Wir haben für dich keine Versicherung abgeschlossen«, der Älteste wandte mir den Rücken zu und nur sein geröteter Nacken verriet seine Gefühle, »es war klar, weshalb du angeheuert hast. Nur Anton hatte auf dich gesetzt, war davon überzeugt, dass du deine fünf Jahre abarbeitest und dir deinen Willen erhältst.«

»Also haben Sie das Gesetz gebrochen!«, schrie ich.

»Was geht dich das an? Was stehst du hier herum? Wasch dich und geh!«

»Wohin?«

»Wohin?«, jetzt tobte der Älteste echt. »Wohin wolltest du denn? Auf den Planeten! Neu-Kuweit, Kolonie des Imperiums, Standardgesetzgebung, beschleunigte Prozedur für die Erlangung einer Aufenthaltserlaubnis, mittleres Komfortniveau – 104 Prozent! Wir haben dich erst nach zwei Zeitsprüngen abgeschaltet, und weißt du, warum? Weil wir davon überzeugt waren, dass du gleich auf dem ersten Planeten von Bord gehen willst! Ohne sich zu erkundigen, was das für ein Planet ist! Und dort, wohin wir das Erz transportiert haben, ist eine Kloake, noch schlimmer als eure Zwangsarbeit!«

»Warum Zwangsarbeit? …«, murmelte ich.

»Weil Karijer als Planet für Zwangsarbeiter besiedelt wurde. Die Bewohner der Kuppeln sind die Nachfahren der Aufseher. Wasch dich und verschwinde!«

Ich wusch mich. Ich spritzte mir lange kaltes Wasser ins Gesicht und bemühte mich, nicht die geröteten Augen zu reiben. Ich trocknete mich ab und ging hinaus. Der Älteste saß noch immer am Computer und spielte Schach. Sehr schnell, über den Shunt. Die Figuren sprangen nur so über den Bildschirm.

»Hier hast du dein Geld«, sagte er, »434 Kredit.«

Auf dem Tisch lagen sieben Scheine und vier Münzen.

»Hätte … hätte ich fünf Jahre aushalten können?«, wollte ich wissen.

»Niemand kann fünf Jahre ohne Einbußen überstehen. Anton ist ein naiver Optimist! Nach zehn Jahren hättest du verlernt, Entscheidungen zu treffen. Sogar die Wahl zwischen drei Sorten Limonade wäre für dich zu einem quälenden Problem geworden. Nimm das Geld, schau noch bei Anton vorbei und dann verschwinde! Der medizinische Sektor ist zwei Ränge tiefer, die Hinweisschilder sind standardmäßig.«

Er drehte sich nicht mehr zu mir um.

Ich wollte mich bei ihm bedanken. Oder ihn umarmen und wieder losheulen, weil mir nie zuvor jemand eine derart nützliche Lehre erteilt hatte.

Aber ich schämte mich zu sehr. Sogar um »Danke« zu sagen. Ich nahm das Geld vom Tisch, ging zur Tür und flüsterte, schon fast auf dem Flur: »Verzeihen Sie mir …«

Ich wusste nicht, ob er mich überhaupt gehört hatte. Im Flur war es leer und ruhig. Ich hatte keine Ahnung, was es hier für »standardmäßige Hinweise« gab. Der Älteste überschätzte meine Kenntnisse über den Kosmos. Sicher wegen meiner gelungenen Äußerung über die Hauptmotoren. Aber was bedeutet zum Beispiel ein blauer Pfeil unter einem roten Zickzack? Oder die Figur eines Menschen mit ausgestreckten Armen in einem gelben Kreis?

Ich könnte natürlich den Fahrstuhl nehmen, zwei Etagen nach unten fahren und den medizinischen Sektor suchen. Mir widerstrebte es jedoch, Anton in die Augen zu schauen, dem Einzigen, der mich für einen einfachen, ehrlichen Kerl und nicht einen dummen Betrüger hielt.

Also eilte ich zur Schleuse. Wenn das Komfortniveau

eines Planeten fünfzig Prozent übersteigt, bedeutet das, dass man ohne spezielle Schutzmaßnahmen auf der Oberfläche überleben kann. Zumindest hatte ich es so im Naturkundeunterricht gelernt. Und hier sind es 104 Prozent! Das heißt, Neu-Kuweit ist besser als die Erde.

Der Fahrstuhl erschien. Ich ging hinein, berührte den Sensor mit dem Pfeil nach unten und der Fahrstuhl senkte sich.

Mein dritter Planet wartete auf mich. Der, auf dem ich nicht geweckt worden war, zählte ja mit, selbst wenn ich das Raumschiff nicht verlassen hatte.

Kapitel 3

Einige Minuten lang stand ich einfach nur unter dem Raumschiff, gerade so, dass es mich ein wenig verdeckte, und schaute in den Himmel. Mir war ziemlich unheimlich zumute.

Hier gab es keine Kuppel. Ich hatte keine Atemschutzmaske vor dem Gesicht. Ich konnte atmen und einfach so in den Himmel schauen.

Er zeigte sich in einer kräftig blauen Farbe, die Sonne war gelb. Nachts sah man bestimmt Tausende von Sternen wie in den Filmen über die Erde. Die Luft roch wie in einer Orangerie – und das, obwohl ringsherum keine Bäume wuchsen, sondern lediglich Betonplatten, auf denen Raumschiffe standen, zu sehen waren: Gütertransporter, kleinere Raumschiffe und Militärraumschiffe. Es schienen auch einige fremde Raumschiffe darunter zu sein, aber sie standen so weit entfernt, dass ich mir da nicht sicher war.

In ungefähr drei Kilometer Entfernung glänzten die Gebäude des Kosmodroms wie Gold. Schöne Kuppeln, Türme, alles aus goldähnlichem Metall, durchsichtigem Glas und weißem Stein. Nicht so wie bei uns, wo sich alle Gebäude ähnelten, da sie aus Standardbauteilen errichtet wurden.

Ich schaute auf das Kosmodrom und begann langsam meine Blamage zu vergessen.

Ja, ich hatte Glück. Weil die meisten Menschen trotz allem gut sind. Bei uns und auf anderen Planeten. Außerdem hatte ich Geld und einen Pass des Imperiums in der Tasche und auf Neu-Kuweit gab es ein vereinfachtes Verfahren für die Erlangung der Aufenthaltsgenehmigung.

Ich fasste den Koffer bequemer und ging direkt aufs Kosmodrom zu.

Es lief sich einfach, und mir schien, als ob der Boden meine Schuhsohlen wie eine Feder abstoßen würde. Die Gravitation entsprach sicherlich der auf der Erde, war vielleicht sogar geringer. Bei uns auf Karijer betrug sie 1,2 Standardeinheiten.

Zeitweise rannte ich sogar. Vor Freude. Mich überholte ein riesiger Containertransporter, der noch größer war als die Kipper auf Karijer. Ein dunkelhäutiger und langhaariger junger Mann lehnte sich aus dem Fahrerhaus und schrie etwas.

Ich winkte ihm zu.

Ich erreichte genau in dem Augenblick das Abfertigungsgebäude, als einige Passagierbusse an den riesigen elektrischen Türen des Terminals vorfuhren. Die lärmende Menge – kaum jemand sprach Lingua, fast alle eine fürchterlich entstellte Variante des Englischen – strömte aus den Bussen. Einige Passagiere zogen niedliche zylindrische Container mit Gravitationsaufhängung hinter sich her. Darin ruhten ihre Frauen, Töchter oder Sekretärinnen, die noch nicht aus der Anabiose erwacht waren … Ich wurde mehrfach angerempelt, wofür man sich entschuldigte. Als ich jemanden mit meinem Koffer anstieß, bat ich ebenfalls um Entschuldigung.

Es gab keinerlei Schwierigkeiten oder Anweisungen. Die Menge teilte sich in ein Dutzend kurzer Schlangen und näherte sich schnell den Kontrollstellen. Ich schloss mich einer der Gruppen an und hielt wie alle meinen Pass bereit. Der Scanner leuchtete grün auf und ich betrat die Zollabfertigung. Das war ein riesiger Saal mit Kristallleuchtern an der Decke – kleine Räume waren hier wohl nicht üblich – und zwei Dutzend Personen in dunkelgrüner Uniform. Erneut bildeten sich kurze Schlangen.

»Waffen, Drogen, Kampfimplantate, potenziell gefährliche veränderte Lebensmittel, Gegenstände mit doppelter Verwendungsmöglichkeit?«, fragte mich lächelnd eine junge Zöllnerin.

»Nein, nichts.«

»Herzlich willkommen auf Neu-Kuweit!«

Und ich trat in die Halle des Kosmodroms hinaus. Mir wurde schwindlig von den neuen Eindrücken. Hier befanden sich Tausende Menschen – ein Teil in Uniform, offensichtlich die Mitarbeiter, die restlichen vermutlich Passagiere. Diese waren grell gekleidet, aufgeregt und in Eile.

Ich musste mich erst ein wenig beruhigen. Auf alle Fälle wollte ich etwas essen. Natürlich nicht im Restaurant, sondern in einer bescheideneren Einrichtung.

Bis ich im Souterrain ein kleines Café fand, dessen Preise nicht gleich Entsetzen hervorriefen, hatte ich das ganze Gebäude durchstreift. Hier verkehrte hauptsächlich das einfache Personal. Man schaute mich verwundert an, aber niemand sagte etwas. Ich wählte ein Beefsteak mit Ei und ein Glas Saft, der sich zwar Apfelsaft nannte, aber aus unerfindlichen Gründen eine bläuliche Farbe hatte, und ging zu einem der Tischchen. Dort standen zwei Wachleute mit einer Waffe am Gürtel und eingeschalteten Funkgeräten, aus denen Gesprächsfetzen tönten. Sie waren so in ihr Gespräch vertieft, dass sie mich nicht beachteten:

»Dort war niemand und dort konnte auch niemand sein. Den Fahrer sollte man auf Drogen überprüfen.«

»Gibt es nicht genügend Idioten?«

»Drei Kilometer zu Fuß über die Landebahn laufen? Und wohin ist er danach verschwunden?«

Die Funkgeräte der Wachmänner begannen synchron zu knattern, jemand befahl irgendetwas in einer unbekannten gutturalen Sprache. Sie ließen ihre angefangenen Hamburger liegen und liefen aus dem Café. Ich erstarrte mit dem Glas in der Hand.

Es ging um mich. Es war nicht erlaubt, die Landebahn zu betreten. Wenn ich mein Gehirn nur etwas angestrengt hätte, wäre mir das klar geworden ... dort, wo ich fröhlich dahergeschritten war und mein Köfferchen schwenkte, konnte jederzeit ein Raumschiff landen.

Es war klar, dass niemand bei der Ausführung des Landemanövers kurz vor dem Aufsetzen ein Risiko eingegangen wäre. Es hätte mich auf dem Beton breit geschmiert.

Ich Idiot ...

Das Beefsteak wollte nicht rutschen. Trotzdem kaute

ich hastig das Essen, trank den sauren Saft dazu und lief schnell aus dem Café. Vielleicht hatte mich der Wachdienst gesucht, dann aber aufgehört, weil sie den Containerfahrer für übergeschnappt hielten. Aber vielleicht kamen sie auch darauf, dass ich mich zufällig unter die Touristen aus dem zweiten Raumschiff gemischt hatte.

Ich musste so schnell wie möglich aus dem Kosmodrom weg!

Hier gab es sicherlich eine Art öffentlichen Personenverkehr. Busse oder Bahnen. Ich war aber dermaßen in Panik, dass ich zum Taxistand ging. Hundert grell orange Schienentaxis warteten längs der Einstiegsrampe, die kurze Warteschlange verteilte sich diszipliniert in die bereitstehenden Autos. In der Nähe war auch eine Flyer-Station, aber ich wollte kein Risiko eingehen. Das war sicher zu teuer. Ich stellte mich an und schaute nach einigen Minuten in ein Taxifenster.

Der Fahrer war hellhäutig und freundlich.

»Ich muss in die Stadt, in ein Hotel …«, murmelte ich.

»Steig ein!« Er sprach Lingua mit Akzent, aber, so schien mir, nicht wie die hiesigen Bewohner.

»Wie viel wird das kosten …«

»Steig schon ein!«

Ich bemerkte, dass ich die Schlange aufhielt und setzte mich in den Fond. Das Auto wendete zur Schnellstraße.

Ich drehte mich um und schaute auf die Kuppeln des Kosmodroms. Geschafft …

»Also, mein Junge, wohin willst du?«

»Ich suche ein Hotel«, antwortete ich schnell, »gut, aber preiswert.«

»Was ist die Hauptsache?«, fragte mich der Fahrer ernsthaft.

»Der Preis …«

»Alles klar. Dann lohnt es sich für dich nicht, nach Agrabad zu fahren. Neu-Kuweit ist ein teurer Planet, die Hauptstadt desto mehr. Es gibt einige Motels mit gemäßigten Preisen in der Nähe des Kosmodroms. Dort wohnen diejenigen, die zum Beispiel auf eine Aufenthaltsgenehmigung warten. Diese Leute sind friedlich und vermeiden jeglichen Konflikt mit den Behörden.«

»Genau das ist das Richtige für mich.«

Er schaute mich aufmerksam an.

»Woher kommst du, Junge?«

»Karijer.«

»Heißt der Planet so?«

»Hm.«

»Ein komischer Name …«

Das Auto befand sich auf einer breiten achtspurigen Straße. Trotzdem war der Verkehr dicht. Auf beiden Seiten der Trasse zogen sich grüne Wiesen dahin. Sie waren, so schien mir zumindest, nicht etwa mit etwas Nützlichem bestellt, sondern wuchsen einfach wild. Wie im Kino!

»Hast du vor, die Staatsbürgerschaft zu erwerben?«, interessierte sich der Fahrer.

»Ja.«

»Das ist machbar«, stimmte er zu. »Ich bin auch nicht von hier. El-Guess … hast du davon gehört?«

»Nein«, bekannte ich.

»Das ist auch so ein Loch. Sicher wie dein Karijer. Das heißt, jetzt hast du ein gewöhnliches Touristenvisum mit unbegrenzter Gültigkeit, richtig?«

»J-ja, doch.«

»Um eine Arbeitserlaubnis zu erhalten, benötigst du eine Aufenthaltsgenehmigung. Wenn du dich im Motel eingerichtet hast, dann beschäftige dich mit dem Einwanderungsgesetz. Im Prinzip, wenn du nicht straffällig geworden und jung bist, einen anständigen Neuroshunt hast und mit der Beschneidung einverstanden bist ...«

»Was?«

»Weißt du nicht, was das ist?«

»Das weiß ich, aber warum?«

»Ich habe ebenfalls darüber nachgedacht, warum.« Der Fahrer lachte. »Aber dann war es mir egal und ich war einverstanden. Glaube mir, das schadet deinem Intimleben nicht.«

Ich lächelte, aber egal war es mir nicht. Was für ein Blödsinn!

»Sagen Sie bitte, was gibt es hier für eine Sozialabgabe?«

»Was?« Dieses Mal war der Fahrer verblüfft.

»Die Bezahlung der Lebenserhaltungssysteme. Für die Luft ...«

Er schüttelte den Kopf: »Atme, so viel du willst. Hier gibt es das nicht. Du hast aber eine miese Heimat, oder?«

Ich hob die Schultern.

»Also, lies dir das Gesetz durch, interessier dich für alles, sieh dich um, wie die Leute leben. Wenn dir alles zusagt, beantragst du die Staatsbürgerschaft. In einem halben bis einem Jahr bekommst du die Aufenthaltsgenehmigung. Die vollen Bürgerrechte erwirbst du nach deiner Verheiratung oder der Geburt eines Kindes oder der Adoption eines Staatsbürgers des Planeten oder wenn du von einem dieser Staatsbürger adoptiert wirst.« Er lachte wieder. »Letzteres ist bestimmt wahrscheinlicher.«

»Und wie viel Geld benötigt man, um hier ein halbes Jahr zu leben?«, fragte ich.

»Hm ... als Minimum? Ein Dach über dem Kopf ... zwanzig Piepen täglich im Motel. Für Ernährung genauso viel. Rechne selbst.«

Ich hatte es schon ausgerechnet. Und es gefiel mir nicht.

»Und Arbeit? Ist es einfach, eine Arbeit zu finden?«

»Das ist möglich«, machte mir der Fahrer Mut. »Der Planet ist reich und noch nicht vollständig erschlossen. Wenn du also die Aufenthaltsgenehmigung hast, kannst du loslegen.«

»Und ohne Aufenthaltsgenehmigung?«

»Versuch es gar nicht erst! Wenn sie dich bei der Arbeit erwischen – auch wenn es nur für Essen und Unterkunft ist –, wirst du sofort des Planeten verwiesen.«

Meinem Gesicht war sicherlich mein Entsetzen abzulesen.

»Probleme?«, erkundigte sich der Fahrer.

Ich nickte.

»Vielleicht hast du artistische Talente oder eine bemerkenswerte Stimme oder übersinnliche Fähigkeiten? Dann wird das Verfahren beschleunigt.«

Er machte sich nicht lustig, er versuchte ernsthaft, mir zu helfen.

»Nein ...«

Der Fahrer holte Luft: »Ja, da steckst du in der Klemme. Und wenn du auf deinen Planeten zurückkehrst und dort genügend Geld verdienst?«

»Auf unserem Planeten sieht es schlecht aus mit Arbeit«, erklärte ich. »Wenn man in der Woche 20 Kredit verdient, ist das gutes Geld.«

»Oh ...« Der Fahrer schüttelte verwundert den Kopf und schwieg.

»Wir haben ein gut entwickeltes Sozialsystem«, versuchte ich zu erklären, »Geld wird wenig ausgezahlt, dafür werden Lebensmittel, Kleidung, alle möglichen Dinge kostenlos verteilt.«

»Eine bemerkenswerte Version der Sklavenhaltergesellschaft«, rief der Fahrer aus, »gut ausgedacht. Wie hast du da noch Geld für ein Ticket sparen können?«

»Ich bin als Modul geflogen.«

Das Auto schlingerte und die Augen des Fahrers rundeten sich vor Erstaunen.

»Was? Junge, schwindelst du auch nicht?«

»Ich bin nicht lange geflogen. Lediglich zwei Zeitsprünge. Also ist mit meinem Gehirn alles in Ordnung.«

»Und? Bist du weggelaufen?«

»Nein, ich bekam die Erlaubnis zur Auflösung des Vertrags.«

Der Fahrer pfiff erstaunt: »Da hast du es mit sehr gutmütigen Leuten zu tun gehabt. Geh davon aus, dass du in der Imperiumslotterie gewonnen hast. Eine Chance aus tausend.«

»Eine aus zwanzig ...«, verbesserte ich ihn automatisch.

»Nun ja, aus zwanzig, wenn du unsterblich bist. Es gewinnt jedes zwanzigste Los der Imperiumslotterie, aber jedes Los ist 5000 Jahre gültig. Rechne dir selbst aus, welche Chancen du in einhundert Jahren hast.«

Ich fiel in Schweigen.

»Hier ist ein anständiges Motel«, meinte der Fahrer und drehte sich zu mir um, »das, was du brauchst. 24 Kredit.«

Ich stritt natürlich nicht wegen des Preises. Ich zählte genau 24 Kredit ab.

»Eigentlich muss noch Trinkgeld gezahlt werden, zehn Prozent vom Fahrpreis«, erläuterte der Fahrer, »aber von dir nehme ich unter Berücksichtigung der Schwere der Lage nichts. Wir sind alle nur Menschen ...«

»Ich stecke in der Klemme, stimmt's?«, fragte ich.

»Es sieht ganz so aus, mein Freund. Viel Glück!«

Nachdem ich aus dem Taxi gestiegen war, blieb ich stehen und versuchte meine Gedanken zu ordnen. Vielleicht sollte ich nicht ins Motel gehen, sondern irgendwo im Wald leben wie in den Abenteuerbüchern? Geld nur für das billigste Essen ausgeben ...

Aber ich wusste nicht, wie man im Wald überleben kann. Auf Karijer haben wir überhaupt keine Wälder.
Und schon ging ich zum Motel.
Es ähnelte am ehesten unserem Gemeinschaftspark, nur dass zwischen den Bäumen kleine Häuschen und Autos mit Campinganhängern sowie Wohnwagen verstreut standen. Einige Gebäude waren stabiler und größer, sicher das Café und die Verwaltung.
Der Erste, den ich im Motel traf, war ein Nichthumanoid.
Zuerst hatte ich das gar nicht mitbekommen. Es kam mir so vor, als ob mir ein Jugendlicher meines Alters entgegenkäme. Dann dachte ich, es wäre ein extrem kleinwüchsiger Erwachsener. Und fragte höflich: »Entschuldigen Sie bitte, wo kann ich hier ein Zimmer bekommen?«
Mein Gegenüber blieb stehen. Als einzige Kleidung trug er Shorts. Die Beine waren stark behaart und sahen beinahe so aus, als seien sie mit Fell bewachsen. Die Ohren waren klein, die Augen dafür groß.
Ein Halfling!
»Guten Tag, Menschenkind«, sagte er sehr klar und melodiös, »wenn du hier einziehen möchtest, musst du 40 Meter weit zurückgehen und dich in das Gebäude mit dem Schild ›Rezeption‹ wenden. Das dort vorhandene Personal wird auf alle deine Fragen antworten.«
Ich schluckte und nickte.
»Ich warte«, äußerte der Halfling erstaunt.
»D-danke ...«
»Ich helfe gern«, antwortete der Halfling und ent-

fernte sich. Ich glaubte sogar seinen Geruch zu spüren – leicht und angenehm, wie nach Blumen.

Vielleicht hatte er aber auch nur Kölnischwasser benutzt. Oder es duftete nach echten Blumen. Davon gab es hier viele; von den Düften war mir schon schwindlig.

Ich wartete ab, bis sich der Halfling entfernt hatte und lief vorsichtig zurück.

Die Einweisung erfolgte durch ein derartig sympathisches und nettes Mädchen, dass ich zeitweise alle meine traurigen Gedanken vergaß. Sie bemerkte sofort, dass ich von einem anderen Planeten kam. Wir unterhielten uns, ich erzählte vom Karijer, davon, dass ich eine Aufenthaltsgenehmigung beantragen möchte, dafür aber eventuell das Geld nicht ausreichen würde. Letztendlich bekam ich ein Zimmer für lediglich 10 Kredit pro Tag. Zwar ganz am Ende des Motels, weit weg vom Weg, aber was machte das schon? Außerdem lud sie mir das Einwanderungsgesetz aus dem Netz, damit ich keine Ausgaben am Terminal im Zimmer hatte, das nämlich gebührenpflichtig war. Und sie bewirtete mich mit einer Tasse Tee.

Sie selber stammte von Neu-Kuweit, aber ihr Vater war auch eingewandert, erzählte sie. Von der Erde! Und obwohl sie erst 22 Jahre alt war, hatte sie bereits die Erde kennen gelernt – die Abschlussklassen auf dem College besuchen generell Erde, Edem oder Avalon. Das Mädchen hatte keine Komplexe, dass sie in Anabiose fliegen musste. Und wirklich, was ist denn so interessant an einem zweiwöchigen Flug im Zeittunnel? Bei ihnen nutzten sogar einige Jungs die Anabiose, um nicht sinnlos Zeit zu verlieren und so schnell wie möglich die Erde zu sehen. In der Heimat der Menschheit hatten sie London, Kairo, Jerusalem und Shitomir besucht – also alle berühmten historischen Plätze. Danach verbrachten sie und ihre Oma drei Tage in einer kleinen Odessaer Siedlung und gingen auf Löwenjagd. In der Siedlung waren Fremde nicht gern gesehen, es gab also genug Abenteuer, lächelte Sie.

Mit ihr hätte ich sicher noch einige Stunden verbracht, so interessant war es. Es kam aber ein neuer Übernachtungsgast, irgendeine langhaarige Missgeburt, und ich musste gehen. Ich bekam den Schlüssel und einen Prospekt des Motels mit einer detaillierten Karte, sodass ich mein Häuschen ohne Probleme finden konnte.

Es gefiel mir.

Ein schönes Holzbett mit sauberer Bettwäsche, ein Tisch, zwei Stühle und zwei Sessel, ein kleiner Videoscreen. Er war im Zimmerpreis inbegriffen und ich schaltete sofort auf den örtlichen Nachrichtensender. Durch das große Fenster konnte man fast das ganze Motel sehen. Das Häuschen stand auf einem Hügel. Unmittelbar hinter dem Haus begann der Zaun, danach kamen die Felder, dahinter waren die Hochhäuser der Hauptstadt zu erkennen. Die Luft roch sehr süß.

Es konnte doch nicht sein, dass ich keinen Ausweg finden würde!

Es war mir gelungen, auf einen anderen Planeten zu fliegen. Ohne mich dabei in einen Zombie zu verwandeln. Ich hatte ein Dach über dem Kopf und etwas Geld in der Tasche.

Ich setzte mich an den Tisch und begann das Einwanderungsgesetz zu lesen. Alles war sehr richtig und vernünftig. Ich erfüllte alle Voraussetzungen – ich war jung, männlich, keine Vorstrafen ... hatte lediglich die Landebahn betreten, war aber dabei nicht erwischt worden ... Mir war natürlich eigenartig zumute, dass man eine Beschneidung »als Zeichen der Achtung der kulturellen und historischen Traditionen des Volkes« verlangte, aber wenn es sein musste ... Außerdem waren hier drei Ehefrauen erlaubt. Ich hatte gehört, dass das auf vielen Planeten üblich sei, aber früher hatte ich eher abstrakt darüber nachgedacht. Jetzt sah es also ganz praktisch so aus, dass ich später drei Ehefrauen haben durfte. Eigenartig, sich das vorzustellen. Wenn Vater drei Ehefrauen gehabt hätte, wie hätte ich sie genannt? Tanten? Und auch Vater hätte sicherlich reichlich Probleme gehabt. Wenn eine Frau ein Geschenk bekommen hätte, wären die anderen beleidigt gewesen ...

Dann las ich, dass nur 40 Prozent der Bevölkerung mehr als eine Ehefrau hätten, und beruhigte mich wieder.

Nach einer Stunde hatte ich alle Formulare ausgefüllt. Ich aktivierte das Computerterminal und versandte meinen Antrag auf Zuerkennung der Staatsbürgerschaft in das Einwanderungsministerium von Neu-Kuweit. In die Spalte für besondere Bemerkungen schrieb ich, dass ich sehr wenig Geld hätte und um »möglichst schnelle

Bearbeitung meines Antrags« ersuchte. Die Anmerkung fand ich gelungen, ehrlich und würdevoll. Es war kein Herumjammern, ich erklärte lediglich die Situation.

Das Terminal erstellte mir eine Eingangsbestätigung mit der Bemerkung, dass der Antrag »in der vom Gesetz vorgegebenen Frist« bearbeitet würde. Mir wurde ebenfalls mitgeteilt, dass ich bis zur Entscheidung meiner Sache den Touristenstatus beibehielte und kein Recht auf Arbeit in der »legalen oder illegalen Wirtschaft Neu-Kuweits« hätte.

Danach warf ich mich aufs Bett und schaute mir die Nachrichten an. Hauptsächlich berichteten sie über das Leben auf dem Planeten und waren sehr interessant. Es ging zum Beispiel um den Besuch des Sultans auf einem »nördlichen Archipel«, wo der Bau eines gewaltigen Energiekomplexes geplant war. Gezeigt wurden verschneite Inseln, das kalte, dunkle Meer und der Sultan persönlich – gar nicht alt und mit einem klugen, ehrlichen Gesicht.

Ich schaute mir ungefähr dreißig Minuten lang die Nachrichten an und überzeugte mich davon, dass Neu-Kuweit wirklich ein herrlicher Planet war. Hier gab es Dschungel, aber keine sehr gefährlichen, Meere und Ozeane, Wüsten und Wälder. Nicht wie bei uns, wo das Komfortniveau 51 Prozent betrug. Außerdem wurde der festliche Abschluss des Hip-Hop-Festivals in Agrabad übertragen: Auf der Freiluftbühne vor einem luxuriösen Palast tanzten und sangen die Girls. Um sie herum schwebten bunte holographische Illuminationen, die Zuschauer klatschten in die Hände und sangen mit.

Es kamen auch galaktische Nachrichten. Darüber, dass ein gewisser Planet mit Namen Inej seine Kriegsflotte in einem Maße erweitert hatte, dass die vom Imperium genehmigte Größe überschritten wurde. Es wäre an der Zeit, dass sich die Administration der Erde sowie der Imperator selbst einmischten. Es ging um galaktische Rennen, bei denen klar die Mannschaft der Halflinge gewinnen würde, aber die beste Jacht vom Avalon, *Kamelot*, und andere fremde Raumschiffe um den zweiten Platz kämpften. Berichtet wurde über eine Beulenpestepidemie, die in irgendeiner kleinen Kolonie ausgebrochen war. Gezeigt wurden Raumschiffe des Quarantänedienstes des Imperiums, die den Planeten von der Außenwelt abschnitten und den Bewohnern das Verlassen des Planeten verwehrten, da es bisher keine Behandlungsmöglichkeit für die Pest gab. Diese Krankheit verläuft tödlich und ist ansteckend für die Menschheit und fast alle fremden Rassen. Als auf dem Bildschirm Aufnahmen vom Planeten erschienen – überfüllte Krankenhäuser, überforderte Ärzte in hermetisch abgeschlossenen Schutzanzügen, Kranke, die von Geschwüren bedeckt waren: zuerst von einem einfachen, roten Ausschlag, dann von Pusteln, und dann beginnt der Körper zu zerfallen –, schaltete ich den Bildschirm ab. Wie eklig ... Seit meiner Kindheit hatte ich Angst davor, an etwas Schlimmem und Unheilbarem zu erkranken. Natürlich findet sich gegen jede Krankheit ein Medikament, aber manchmal dauert das einige Jahre und in der Zwischenzeit sterben ganze Planeten aus. Daran wollte ich gar nicht erst denken, zumal mir sofort schien, dass auch meine Haut zu jucken anfing – das ist das erste Anzeichen der Pest.

Also verschloss ich das Häuschen und ging spazieren. Ich hatte ohnehin nichts zu tun und beschloss, Fremde anzuschauen. Denn wenn hier Halflinge waren, konnte es auch andere Außerirdische geben. Außer Menschen sah ich aber niemanden. Es wurde dunkel und alles begann sofort aufzuleben. Bei vielen Autos und Häuschen wurden Feuer entzündet oder Herdplatten aufgestellt und Essen zubereitet. Die Leute könnten sicher auch im Restaurant essen, aber selbst kochen ist interessanter. Ich besaß keine Lebensmittel, ging also ins Restaurant und bestellte mir Fleischsuppe, Gemüseragout und Apfelsinensaft. In einer Ecke des Restaurants spielte ein junger Mann leise Gitarre, die Kellnerin brachte ihm ab und zu ein Glas Wein, er trank und begann wieder mit dem Spiel. Alles in allem war es schön. Wie ein Feiertag!

Nur dass mein Rücken immer stärker wehtat. Warum bin ich auch so ein dummer Hypochonder? Wo hätte ich mich denn mit der Pest anstecken können? – Es war aber trotzdem sehr unangenehm.

Also trank ich meinen Saft aus und ging schlafen.

Am Himmel leuchteten schon die Sterne – sehr helle und strahlende, hier störte sie ja keine Kuppel. Ich ging und verdrehte mir den Hals auf der Suche nach bekannten Sternbildern, konnte mich aber nicht orientieren.

Wie herrlich es doch ist, dass ich hierhergekommen bin!, dachte ich immer wieder.

Und was die Mannschaft der *Kljasma* für nette Leute waren!

Wenn ich eines Tages reich wäre, würde ich sie auf jeden Fall suchen. Sie verkehrten ja zwischen verschiedenen Planeten, kämen also auch zu uns auf Neu-Kuweit. Ich würde sie alle in das beste Restaurant einladen und mich für das, was sie für mich getan haben, bedanken.

Ich wurde gegen Morgen wach.

Rücken und Hände juckten fürchterlich, die Nase war verstopft, als ob ich erkältet wäre. Eine Minute lang lag ich unter der Decke und versuchte mir einzureden, dass das nur dumme Phantasien waren. Aber ich fürchtete mich mehr und mehr.

Dann stand ich auf, machte Licht und rannte ins Bad, wo ein großer Spiegel hing.

Hände und Bauch waren von einem kleinen roten Ausschlag übersät.

Als ich mich, halb tot vor Entsetzen, umdrehte, sah ich, dass der Ausschlag auf meinem Rücken große rote Flecke bildete.

Genauso wie in der Sendung.

»Nein!«, schrie ich. Ich wollte mich sogar kneifen, vielleicht träumte ich?

Aber ich war mir sicher, dass es kein Traum war.

Beulenpest.

Unheilbar!

Zwei Tage lang würde ich diese Flecken, einen unerträglichen Juckreiz, Schnupfen und Stechen in den Augen haben. Stimmt, die Augen brannten schon, als ob Sand hereingekommen wäre ... Dann würden aus dem Ausschlag Pusteln und ich würde ansteckend. Und nach weiteren drei Tagen wäre ich tot.

Aber ich konnte mich doch nicht mit der Pest infiziert haben! Das war doch nicht möglich!

Der Planet mit der Epidemie ist sehr weit von Karijer entfernt!

Oder ... Auf einmal kam mir in den Sinn, dass die *Kljasma* unser Erz eben dahin transportiert haben könnte. Und selbst wenn ich in der »Flasche« gelegen hätte, wäre das etwa ein Hindernis für eine Ansteckung gewesen? Noch dazu dieser Junge, das Modul Keol, hatte der sich nicht am Bauch gekratzt? Vielleicht hatte er mich angesteckt? Oder der Älteste? Bei allen äußert sich die Krankheit verschieden, bei mir könnte sie früher ausbrechen.

Das bedeutete also, dass meine Freunde von der *Kljasma* schon tot waren. Gut, dass sie Neu-Kuweit schon vorher verlassen hatten. Dann kamen ihre Leichen nicht in Quarantäne, niemand würde von mir erfahren und nach mir zu suchen ...

Oder wäre es besser, wenn sie mich finden würden?

Ich würde sicherlich unverzüglich ins Krankenhaus gebracht. Sie würden mich auf die Isolierstation legen und mit der Behandlung beginnen ... obwohl es keine Heilung gab. Dort, auf der Isolierstation, würde ich sterben. Das stand fest und war nicht mehr zu ändern.

Jetzt wusste ich, wie sich meine Eltern fühlten, als sie ihr Sterberecht in Anspruch genommen hatten. Eigentlich lebst du noch, aber du weißt schon genau, wann und wie du sterben wirst. Und das war schrecklich. Mir brach am ganzen Körper der Schweiß aus, entweder wegen der Krankheit oder aus Angst. Sogar die nackten Füße rutschten auf den glatten Bodenkacheln. Ich schleppte mich in die Duschkabine, ließ das Wasser laufen und hockte mich hin. Die kalten Wasserstrahlen trommelten auf den Rücken und er hörte endlich auf zu jucken …

Ich will nicht sterben!, dachte ich. Ausgerechnet jetzt, wo alles so gut läuft! Wo ich auf einen Planeten gekommen bin, der der schönste im ganzen Universum ist! Wo ich sogar eine gute Freundin gefunden habe! Wo mein Antrag auf Zuerkennung der Staatsbürgerschaft angenommen wurde!

Warum musste es so kommen? Warum?

Habe ich mich irgendwie schuldig gemacht? Wenn die Eltern mit der Arbeit Glück gehabt hätten, wären sie nicht gestorben. Wenn sie nicht gestorben wären, wäre ich kein Modul geworden! Ich habe doch niemals jemandem etwas Schlechtes getan. Also, etwas wirklich Schlechtes, denn eine zerschlagene Nase oder ein Virus, mit dem ich einen fremden Pocket-PC verseucht hatte, zählten wohl kaum …

Ich ging erst aus der Dusche, als ich völlig durchgefroren war. Erneut schaute ich mich im Spiegel an, als ob das Wasser den Ausschlag hätte wegspülen können.

Er war natürlich nicht verschwunden, erschien sogar noch ausgeprägter, da meine Haut blass vor Kälte war.

Ich werde sterben. Und werde alle im Umkreis anstecken. Weil ich keinen Arzt rufen und nicht in die Isolierstation gesteckt werden will. Ich habe doch mein ganzes Leben unter Kuppeln verbracht und lag zwei Wochen in der »Flasche«. Ich will nicht!

Aber wenn auf Neu-Kuweit jemand überlebt, wird man mich tausend Jahre lang verfluchen. Als feiges und dummes Kind, das sich selbst ansteckte und dann noch andere infizierte.

Sterben werden sowohl der selbstzufriedene Halfling als auch der Taxifahrer, der kein Trinkgeld von mir nahm, die Wachmänner, die mich auf dem Kosmodrom entwischen ließen, das Mädchen, dessen Vater von der Erde stammte, der junge Mann, der am Abend so gut Gitarre gespielt hatte ...

Alles wegen mir.

Meine Eltern wollten doch auch leben. Sie hätten gemeinsam mit mir die Kuppel verlassen können und wir hätten noch drei oder vier Jahre gelebt. Aber für sie war es das Wichtigste, dass ich lange und glücklich leben würde. Deshalb opferten sie sich auf.

Und nun stellt sich heraus, dass wegen ihres Opfers ein ganzer Planet aussterben wird.

Weil ich ein Feigling und Egoist bin. Ich möchte nicht einmal einen Arzt rufen, will nicht in einer Zelle sterben ...

Ich schaffte es, mich abzutrocknen, sehr vorsichtig, da die Haut unerträglich juckte. Zog Jeans an und setzte mich ans Terminal. Ich schaltete es ein und suchte bei den Hoteldienstleistungen den Notarzt.

Es gab hier keinen Arzt. Man wurde an den städtischen Dienst verwiesen, aber davor graute mir.

Daraufhin ging ich die Liste der Motelgäste durch,

die ihre Daten freigegeben hatten. Hier erschien auch der Halfling – er hatte einen außerordentlich schwierigen und langen Namen –, eine Familie »Graf Petrow«, Touristen, Geschäftsreisende und Sportler, die zu einem Quadroballturnier angereist waren. Ärzte fand ich nicht.

Dafür gab es einen Menschen namens Stasj, der in der Spalte »Beruf« als »Raumschiffkapitän« geführt wurde.

Ein Kapitän sollte die ganze Gefahr der Situation erkennen können.

Ich wählte seine Nummer. Es war fünf Uhr morgens, draußen war es noch ganz dunkel, aber das war jetzt egal ...

Der Kapitän meldete sich schnell. Auf dem Bildschirm erschienen ein halbdunkles Zimmer, ähnlich dem meinen, und ein hellhaariger Mensch von etwa vierzig Jahren. Er ähnelte irgendwie Glebs Vater. Als er mich erblickte, verzog der Kapitän das Gesicht und fragte vorwurfsvoll:

»Was sind das für Kindereien?«

»Sind Sie Kapitän Stasj?«, fragte ich.

»Ja.«

Sein Gesicht wurde sofort ernst, er verstand offensichtlich, dass ich ihn nicht zufällig und nicht aus Spaß angerufen hatte.

»Ich heiße Tikkirej. Ich wohne im gleichen Motel wie Sie. Bungalow 114.«

»Das sehe ich«, sagte der Kapitän, »und weiter?«

»Könnten ... könnten Sie mir helfen?«

»Vielleicht. Was ist passiert?«

Es schien, als ob er nicht davon überzeugt wäre, dass ich einen ernsten Grund hätte, ihn in dieser Frühe zu wecken, und er sich nur aus Höflichkeit zurückhielt. Vielleicht sprudelte es deshalb sofort aus mir heraus:

»Kapitän Stasj, ich habe die Beulenpest. Sie wissen doch bestimmt, was in diesem Fall zu tun ist!«

»Was erzählst du für einen Unsinn, Tikkirej?«, erwiderte der Kapitän entschieden.

»Das ist kein Unsinn!«, schrie ich, sprang auf und ging zurück, damit er die roten Flecken auf meinem Körper sehen konnte. »Ich habe die Beulenpest! Das ist äußerst gefährlich!«

»Woher kommst du?«, wollte der Kapitän nach kurzem Überlegen wissen.

»Vom Karijer. Das ist ein Planet, auf dem Erz abgebaut wird. Ich bin als Modul auf dem Raumschiff *Kljasma* geflogen, dann landeten wir irgendwo, ohne dass ich ausstieg, kamen hierher, ich durfte den Vertrag lösen, aber wir waren sicherlich auf dem Planeten, wo die Epidemie …«

»Halt für eine Sekunde die Luft an«, erwiderte Stasj sehr ruhig. »Geh zum Bildschirm und sieh in die Kamera. Komm mit dem Gesicht ganz nahe.«

Das machte ich.

»Bleib in deinem Bungalow sitzen und geh nirgendwohin«, befahl Stasj nach einer Pause. »Ich komme gleich zu dir. Verstanden?«

»Ich bin sehr ansteckend«, meinte ich.

»Das habe ich schon gemerkt. Bleib, wo du bist.«

Kapitel 4

Der Kapitän kam nach rund fünf Minuten. Ich hatte vorab die Tür geöffnet, und als die Klingel ertönte, rief ich laut: »Herein!«

Ich hatte erwartet, dass er einen Schutzanzug tragen würde, aber Kapitän Stasj hatte nicht einmal eine Uniform an, sondern ganz gewöhnliche Kleidung – Jeans und Hemd. Lediglich an seinem Gürtel befand sich eine Pistolentasche.

»Stell dich hin, Tikkirej«, sagte Stasj, als er neben der Tür stand.

Ich erhob mich.

»Dreh mir den Rücken zu. Gut. Setz dich …«

Völlig unbeeindruckt kam er zu mir, fasste mich ans Kinn, bewegte meinen Kopf und schaute mir aufmerksam in die Augen. Er fragte: »Hast du starken Schnupfen?«

»Ja …«

»Sag mir, Tikkirej, warst du bei eurem Arzt, bevor du das Raumschiff verlassen hast?«

»Nein.«

»Junge, was bist du dumm …«, meinte Stasj und begann zu lachen. Ich hätte nie gedachte, dass es unter Raumschiffkapitänen solche Sadisten geben würde! Er lachte mir direkt ins Gesicht, mir, der ich an der Pest starb!

»Das ist unbegreiflich. Marsch, ins Bett!«

Ich verstand gar nichts.

Stasj aber holte aus seiner Tasche eine kleine Schachtel, nahm eine schon aufgezogene Einmalspritze heraus und wiederholte: »Leg dich jetzt hin und zieh die Hosen runter.«

»Beulenpest ist unheilbar ...«, flüsterte ich.

»Du hast doch gar nicht die Pest!« Er hob mich leicht an und schubste mich ins Bett.

»Na los. Wenn du dich schämst, dann halt die Hand davor, dann tut es aber doller weh.«

»Was wollen Sie mir spritzen?«

»Einen Immunmodulator.«

Es war ihm offensichtlich lästig, mit mir zu streiten. Also bestand er darauf, dass ich mich hinlegte und die Hosen herunterließ, und stach mir die Spritze in die Pobacke.

Ich jammerte.

»Es wird ein bisschen brennen, aber das ist nicht zu ändern«, sagte Stasj und injizierte die Flüssigkeit. »Nimm es als Bezahlung für die eigene Dummheit.«

»Und was habe ich?«

»Eine Allergie. Eine ganz gewöhnliche Allergie auf einen neuen Planeten. Du bist ein wunderlicher Mensch, hast wohl keine Bücher gelesen, bist nie im Kino gewesen, hast den Unterricht geschwänzt? Bevor ein beliebiger Planet betreten werden kann, auch wenn es das Paradies wäre – und dann gerade, weil dort viel Grünzeug ist –, muss ein Immunmodulator eingenommen werden. Hier gibt es Blütenstaub, Staubpartikel,

Sporen, Samen, Teilchen der fremden Biosphäre – dein Immunsystem spielt verrückt, verstehst du das?«

Was bin ich nur für ein Idiot!

Ich versteckte meinen Kopf im Kopfkissen, zog die Jeans hoch und schwieg. Am meisten auf der Welt wünschte ich mir jetzt, dass Kapitän Stasj gehen würde. Selbst wenn ich an dieser dämlichen Allergie sterben würde.

Aber der Kapitän ging nicht weg.

»Peinlich?«, wollte er wissen.

Unwillkürlich nickte ich, obwohl das schwer ist, wenn man liegt und seinen Kopf im Kopfkissen vergräbt.

»Ist schon gut, das kann jedem passieren«, sagte der Kapitän. »In einem historischen Roman las ich von einem fast identischen Vorfall. Nur dass dort ein Erwachsener zu viele Erdbeeren gegessen hatte, worauf sich sein Körper mit allergischem Ausschlag bedeckte. Er selber hielt es für eine spontane bedingt positive Mutation ... Übrigens, du hättest wirklich sterben können. Wenn du noch länger gezögert hättest und es zu einem Lungenödem oder einem anaphylaktischen Schock gekommen wäre. Unangenehm, oder? Wegen irgendwelcher dummer Blütenstaub- oder Samenkörner!«

»Verzeihen Sie mir ...«, flüsterte ich.

»Erzähl mir lieber von deinem Leben, Tikkirej vom Raumschiff *Kljasma*.«

»Ich bin nicht von der *Kljasma*, ich bin nur zwei Wochen da mitgeflogen.«

»Als Modul, hast du schon gesagt. Erzähl mal, wie du da hineingeraten bist und dich wieder herausgewunden hast.«

Ich setzte mich auf das Bett. Die Spritze tat, ehrlich gesagt, gehörig weh, aber ich ließ mir nichts anmerken. Kapitän Stasj sah mich lächelnd an.

Vielleicht fühlen das alle, vielleicht nur einige, aber ich wusste immer, ob sich ein Mensch wirklich für mich interessiert oder ob er sich nur aus Höflichkeit mit mir beschäftigt. Unsere Psychologielehrerin, bei der es immer interessant war, erklärte, dass es sich beim Erspüren der Stimmung eines Gesprächspartners um eine kompensatorische Verteidigungsfähigkeit der kindlichen Psyche handeln würde. Mit zunehmendem Alter verliere sich diese bei fast allen.

Für Kapitän Stasj war es interessant. Der Kapitän der *Kljasma*, dessen Namen ich nicht einmal kannte, hätte mir auch eine Spritze gegeben, um mich zu retten, und wäre dann gegangen. Der Älteste der *Kljasma* hätte mir noch meine Fehler erläutert. Der Arzt Anton hätte mir sicher zugehört.

Aber Stasj wollte sich mit mir unterhalten, obwohl er ziemlich sauer war, dass ich ihn so zeitig geweckt hatte.

Und ich begann zu erzählen. Von Anfang an – also ab dem Zeitpunkt, als Papa entlassen wurde.

Als ich Stasj das verfassungsmäßige Sterberecht eines jeden Bürgers erklärte, fluchte er, nahm eine Zigarette und begann zu rauchen. Bei uns auf Karijer rauchte kaum jemand: Dazu musste ein Zusatzbetrag für die Lebenserhaltung gezahlt werden.

Bis zum Ende meines Berichts rauchte Stasj drei Zigaretten. Es sah so aus, als hätte ihn meine Erzählung sehr stark mitgenommen.

»Weißt du, Tikkirej, anfangs dachte ich, dass es eine Falle wäre«, sagte er endlich.

»Was für eine Falle?«

»Dein Anruf. Wegen der Beulenpest. Es war klar, dass du keine Pest hast – die Pupillen waren nicht geweitet, du hattest keinen Ausschlag über den Augenbrauen ... also, Angst vor Ansteckung hatte ich nicht. Und wieso hast du einen Unbekannten angerufen?«

»Ich dachte mir, dass Sie als Raumschiffkapitän ...«

Stasj nickte. »Ja, natürlich. Aber das alles ähnelte sehr einer Falle oder einer Provokation. Ist schon gut, Tikkirej, lassen wir das. Es sieht ganz danach aus, als ob ich nach den letzten Tagen ziemlich ausgepowert bin und jetzt Angst vor meinem eigenen Schatten habe. Sag, was hast du nun vor?«

Interessant, wer, und warum, sollte dem Kapitän eines Raumschiffs eine Falle stellen? Ich hatte davon noch nie gehört, entschied mich aber, nicht zu fragen.

»Ich werde auf meine Aufenthaltsgenehmigung warten.«

Er nickte.

»Wissen Sie«, erläuterte ich, »wenn die Regierung von Neu-Kuweit wirklich an Einwanderern interessiert ist, dann müsste sie doch jeden Einzelfall differenziert betrachten? Stimmt's? Und ich bin jung, gesund, habe einen guten Neuroshunt ...«

»Welchen hast du?«

»Kreativ-Gigabit.«
»Chipversion?«
»Eins null eins.«
»Tja …«, Stasj lächelte, »in eurem Schlangennest – du musst schon entschuldigen, mein Freund – kann es vielleicht als gut gelten. Das hier ist ein reicher Planet, der schon seit langem auf modernere Module umgestiegen ist. Ich habe auch einen Kreativ, aber Version eins null vier.«
»Ist das die Wahrheit?«
»Die absolute Wahrheit. Ich bin dagegen, den Schrott jedes Jahr auszuwechseln. Aber auf eine bevorzugte Bearbeitung deines Antrags würde ich nicht eben setzen, Tikkirej.«
»Aber was soll ich machen, Kapitän Stasj?«
Irgendwie spürte ich, dass ich ihm gegenüber völlig offen sein und um Rat fragen konnte, ohne mich schämen zu müssen.
»Ich überlege, Tikkirej. Ich würde dir gern helfen, weiß aber im Augenblick noch nicht, wie sich meine eigenen Sachen entwickeln.« Er lächelte. »Hat sich das Jucken gelegt?«
Überrascht stellte ich fest, dass es wirklich aufgehört hatte.
»Ja!«
»Gut. Ich muss jetzt los, Tikkirej. Wenn du mir Gesellschaft leisten möchtest, können wir gemeinsam frühstücken.« Er lächelte wieder. »Ich lade dich ein.«
Ich lehnte natürlich nicht ab. Ich musste jetzt eisern sparen.

Nach einer Stunde, Kapitän Stasj hatte das Motel bereits in eigener Sache verlassen, saß ich mit einer Tasse Kaffee auf der offenen Terrasse des Restaurants und beobachtete den Sonnenaufgang. Der Kapitän hatte mir empfohlen, einige Tage auf Säfte und frisches Obst zu verzichten. Selbstverständlich hielt ich mich daran. Außerdem schmeckten Tee und Kaffee hier besonders gut.

Und zudem gab es keine Kuppel über dem Kopf ...

Den eigentlichen Sonnenaufgang konnte ich nicht sehen, der Wald störte.

Es war aber trotzdem beeindruckend, wie der Himmel hell wurde, sich von Schwarz in Tiefblau färbte, wie die Sterne verblassten – alle außer den zwei, drei hellsten, die auch tagsüber zu sehen waren, wenn man genau hinschaute.

Ab und an flogen Linienflugzeuge oder winzige Flyer in großer Höhe vorüber. Raumschiffe starteten mindestens einmal pro halbe Stunde. Ich hatte mich noch niemals so wohl gefühlt. Und die Hauptsache war, dass ich jetzt endgültig davon überzeugt war, dass ich immer und überall guten Menschen begegnen würde. Solchen, wie der Mannschaft der *Kljasma* oder Kapitän Stasj.

Wie sollte ich da nicht mit meinen Problemen fertig werden?

»He, kann ich mich zu dir setzen?«

Ich wandte mich um und erblickte einen Jungen meines Alters, vielleicht etwas älter. Er stand da mit irgendeinem Getränk und schaute mich recht unfreundlich an.

»Na sicher, setz dich.« Ich rückte sogar etwas meinen Stuhl, um ihm am Tisch Platz zu schaffen.

»Hier ist der beste Platz, um den Sonnenaufgang zu beobachten«, erklärte der Junge, »hast du dich deshalb hierher gesetzt?«

»Ja. Das ist also dein Platz?«

»Meiner. Okay, bleib sitzen, ich habe ihn ja nicht gepachtet.«

Wir beäugten uns vorsichtig. Bei Erwachsenen ist es einfach, herauszufinden, ob sie gut oder schlecht sind. Er jedoch war mein Altersgenosse und ähnelte überhaupt keinem meiner Freunde. Er war dunkel, dünn und sicher floss eine große Portion asiatischen Bluts in seinen Adern.

Seine Frisur war sehr eigenartig, seitlich verschoben, sodass der Neuroshunt über dem rechten Ohr unbedeckt war. Bei uns war es umgekehrt: Alle verdeckten den Shunt mit den Haaren. Er trug einen weißen Anzug, als ob er gerade auf dem Weg ins Theater oder zu einer Versammlung wäre.

»Wie heißt du?«, fragte der Junge.

»Tikkirej. Oder Tik, oder manchmal Kir. Aber das ist für Freunde.«

Er dachte einen Moment lang nach.

Dann sagte er: »Ich heiße Lion. Nicht Leon, sondern Lion. Kapiert?«

»Kapiert.«

Wir verstummten. Die Kellnerin ahnte, dass wir nichts mehr bestellen würden und verschwand in den Tiefen des Restaurants.

»Kommst du von hier?«, wollte Lion wissen.

»Nein, ich bin erst gestern gelandet. Ich komme vom Karijer. Das ist ein Erzplanet.«

Lion sagte lächelnd: »Und ich bin schon seit einer Woche hier. Wir kommen von Service-7, das ist eigentlich gar kein Planet, sondern eine Raumstation im offenen intergalaktischen Raum. Dort gibt es eine bequeme Zeittunnelkreuzung, und deshalb wurde beschlossen, eine Raumstation zu bauen! Die nächste Kolonie von uns ist Dshabber in acht Lichtjahren Entfernung.«

»Oho!«, rief ich aus.

»Meine Eltern haben beschlossen, dass es an der Zeit wäre, auf einen Planeten umzuziehen und nicht weiter als Kosmonauten zu leben. Ich habe noch eine jüngere Schwester und einen Bruder. Wenn du sie ärgerst, poliere ich dir die Fresse!«

»Aber ich habe doch gar nicht vor, sie zu ärgern!«

»Ich sage das für den Fall der Fälle«, teilte Lion mit, »damit du Bescheid weißt. Hast du Geschwister?«

»Nein.«

»Und was sind deine Eltern? Mein Vater ist Ingenieur, meine Mutter Programmiererin.«

»Meine Eltern sind gestorben.« Ich ging nicht ins Detail.

»Oh, entschuldige«, Lion änderte sofort seinen Ton. »Und mit wem bist du hier?«

»Allein.«

»Hast du etwa eine Staatsbürgerschaft?«

»Ja, die des Imperiums.«

Es sah ganz so aus, als ob er mich ein wenig beneidete.

Nur warum? Bei uns erhält man die Staatsbürgerschaft, sobald der Verbrauch von Sauerstoff und Nahrungsmitteln die Hälfte der Erwachsenenration beträgt.

»Und du möchtest nach Neu-Kuweit umziehen?«

»Ja.«

»Prima«, Lion streckte mir seine Hand entgegen. »Wir verzichten darauf, uns zu schlagen, Tikkirej, einverstanden?«

»Einverstanden.« Ich war verwirrt. »Wäre das nötig gewesen?«

»Na, zum Kennenlernen. Bei uns ist das so üblich ... war das so üblich. Aber wir sind ja auf einem neuen Planeten.«

Wir fingen beide an zu lächeln. Lion war sicher kein Schlägertyp und die Aussicht auf eine Schlägerei wegen einer Bekanntschaft bedrückte ihn.

»Hier ist es schön, stimmt's«, fragte er.

»Hm. Bei uns lebt man unter Kuppeln, die Atmosphäre ist sehr staubig. Solch eine Morgendämmerung gibt es nicht.«

»Wir hatten überhaupt keine Sonne«, gab Lion zu. »Über der Station hing eine riesige Plasmakugel zur Beleuchtung. Aber das ist nicht das Richtige. Und sie wurde nie ausgeschaltet, nicht einmal nachts. Nur das Spektrum wurde leicht geändert.«

»Unsere Sonne ist sehr aktiv«, erklärte ich. »Deshalb sind wir etwas mutiert, positiv. Um die Radioaktivität auszuhalten. Ich vertrage radioaktive Strahlung hundertmal besser als ein gewöhnlicher Mensch.«

»Ich habe lediglich die allgemeinmedizinische Mutation, die übliche ...«, erwiderte Lion sauer auf diese Neuigkeiten. »Und die Knochen sind an niedrige Gravitation angepasst. Tikkirej, kannst du schwimmen?«

»Natürlich kann ich das.«

»Gehen wir!«

Er trank mit einem Zug sein Glas leer und stand auf: »Hier ist ein See, zwanzig Minuten zu Fuß. Ein echter, natürlicher See. Die Ufer sind mit Wasserpflanzen zugewachsen und es gibt Fische. Bringst du mir bei, wie man schwimmt?«

»Ich will es versuchen ...«

Lion zog mich bereits hinter sich her und redete ohne Pause: »Ich hab meinen Vater gebeten, es mir zu zeigen, und er meinte, dass er keine Zeit habe. Ich glaube, er kann selber nicht schwimmen. Bei uns auf der Station gab es nur zwei Schwimmbecken, beide total winzig. Ich bringe dir auch etwas bei, willst du? Zum Beispiel, wie man sich bei niedriger Gravitation schlagen muss. Da gibt es eine spezielle Kampfart. Und wieso ist dein Gesicht voller Flecken, ist das auch eine Mutation oder eine Krankheit?«

»Das ist eine Allergie.«

»Ah, die hatte ich irgendwann auf Schokolade und Apfelsinen. Gemeinheit, oder? Warum gerade auf Schokolade und Apfelsinen und nicht auf Blumenkohl und Milch ...«

Gegen Abend war mir klar, dass ich einen neuen Freund gefunden hatte.

An einem Tag konnte Lion natürlich nicht schwimmen lernen, aber am Ufer hielt er sich schon über Wasser. Wir sonnten uns und erklärten diese Stelle zu unserem gemeinsamen Stabsquartier, solange wir im Motel wohnen würden. Lion erzählte, dass es im Hotel noch drei Familien gäbe, die auf die Aufenthaltsgenehmigung warteten, aber in einer wären die Kinder noch ganz klein, in der zweiten gäbe es nur einen Säugling und in der dritten wäre der Junge eine dicke Rotznase, die mit niemandem reden wolle und immer ihrer Mama hinterherlaufen würde.

Wir brüsteten uns gegenseitig mit unseren Shunts – Lion hatte einen viel besseren, mit eingebautem Radio, sodass er sich nicht wegen jeder Kleinigkeit zu verkabeln brauchte. Im Gegenzug prahlte ich, dass ich als Modul auf einem Raumschiff geflogen sei, und Lion wurde echt sauer. Das war ein richtiges Abenteuer, nicht wie ein Flug zusammen mit Mama und Papa im Passagierraumschiff.

Seine Eltern lernte ich ebenfalls kennen. Es schien so, als ob sie sich über unsere Freundschaft freuten und es ihnen sehr leidtat, dass ich derartige Probleme mit der Erlangung der Neu-Kuweiter Staatsbürgerschaft hatte. Wir saßen an einem richtigen Lagerfeuer, ich wurde mit köstlichem Grillfleisch direkt vom Grill bewirtet, und danach versprachen sie, mich mit Lion in einigen Tagen mitzunehmen, um die Hauptstadt zu besichtigen. Seine Geschwister erwiesen sich als noch klein und dumm, aber sie wurden bald schlafen gelegt, sie störten uns fast nicht.

Als ich in mein Häuschen zurückkehrte, war es schon sehr spät. Eigentlich hatte ich darum bitten wollen, dass Lion mitkommen durfte – wir hätten noch weitergeschwatzt, aber ich traute mich nicht.

Und das war sicher auch gut so, denn als ich eintrat, leuchtete auf dem Videoscreen das Rufsignal.

Mein erster Gedanke war völlig absurd: Ich entschied, dass das Einwanderungsministerium meinen Antrag trotz allem bevorzugt behandelt hatte.

Es war jedoch Kapitän Stasj, der mich anrief. Als ich den Empfangsknopf drückte, erschien er fast sofort auf dem Bildschirm. Ziemlich niedergeschlagen und bedrückt.

Als er mich sah, verzog sich sogar unwillkürlich sein Gesicht.

»Wie geht es dir, Tikkirej?«
»Danke, es ist fast alles weg …«
Hatte er sich dermaßen Sorgen um mich gemacht?
»Kannst du jetzt gleich in mein Cottage kommen?«
Ich nickte.
»Dann los, ich warte.«
Meine Müdigkeit verflog sofort.

Das Cottage war dasselbe wie meins. Nur dass Kapitän Stasj entschieden mehr Sachen besaß. An das Terminal waren zusätzliche Blöcke angeschlossen, sie verarbeiteten irgendwelche Informationen.

»Gut, dass du gekommen bist«, meinte Stasj ziemlich abwesend. »Hör mal, Tikkirej, möchtest du etwas dazuverdienen?«

Ich lächelte: »Ich möchte schon, aber ich darf nicht.«
»Wenn ich zahle, ist es möglich. Ich bin kein Bürger Neu-Kuweits, also fallen unsere Finanzbeziehungen nicht unter das Gesetz.«
»Wirklich?«
»Ich habe einen Juristen konsultiert.«
»Ich bin bereit!«, rief ich sofort.
Stasj drohte mir mit dem Finger: »Geh niemals auf irgendwelche noch so lockenden Angebote ein, ehe du nicht die Details geklärt hast! Verstanden?«
Ich nickte.
»Also, für mich ist es notwendig, dass du dich morgen von früh bis spät in der Nähe meines Cottage herumtreibst. In einiger Entfernung, aber so, dass du sehen kannst, wer sich ihm nähert.«
»Ist etwas passiert?«
»Ja ... ich habe den Verdacht, dass irgendein Dieb versucht hat, hier einzubrechen. Oder es geschafft hat ...«
Stasj fiel in Schweigen und schaute nachdenklich zum Terminal. Über den Bildschirm liefen ununterbrochene Ströme von Ziffern und Kleintext.
»Haben Sie etwa kein elektronisches Sicherungssystem?«, wollte ich wissen.
»Tikkirej ... für jegliche Elektronik gibt es Blockiergeräte. Viel zuverlässiger ist ein Junge, der in der Nähe spielt.«
»Und was soll ich machen, wenn jemand ...«
»Nichts! Absolut nichts! Versuch bloß nicht, Lärm zu machen oder näher heranzugehen. Schau hin und

präge dir alles ein, Tikkirej! Am Abend berichtest du dann.«

»Gut«, gab ich mein Einverständnis.

Morgen wollte ich mit Lion wieder an den See gehen. Doch das war nur ein Spiel, und ich benötigte dringend Geld.

Lion würde das sicherlich verstehen ...

»Wie viel zahlen Sie?«, erkundigte ich mich für alle Fälle.

»Was – wie viel? Ah ...«, Stasj winkte ab, »ich zahle gut, mach dir keine Sorgen. Also, kann ich mich auf dich verlassen?«

»Ja, sicher«, erwiderte ich. Mir schien, dass Kapitän Stasj eine Art Phobie hätte und er sich Widersacher einbilden würde. Aber wenn er dafür bezahlte ...

»Ab neun Uhr früh. Und bis zum Abend ... vielleicht bin ich gegen acht zurück. Oder gegen neun. Iss frühmorgens reichlich, nimm ein paar Hamburger mit ... na, hier ist ein bisschen, aber ...«

Er gab mir Geld. Fragte nach: »Eine Kreditkarte hast du nicht? Ich habe fast kein Bargeld.«

»Nein. Aber haben Sie keine Bedenken, dass man die Kreditkarte verfolgen könnte?«

Stasj lächelte: »Tikkirej, halte mich nicht für einen Paranoiker. Der aktuelle Boom des Papiergeldes ist eine Dummheit. Es ist viel einfacher, ein anonymes Bankkonto anzulegen, als die Fingerabdrücke zu wechseln. Außerdem kann ein beliebiger Neuroshunt aus der Entfernung eingesehen werden und den fälschst du nicht. Nein, ich habe keine Bedenken, eine Kreditkarte zu benutzen. Und ich rate dir, bei Gelegenheit auch eine anzuschaffen.«

Ein wenig beschämt nickte ich.

»Geh, Tikkirej«, wies Stasj an, »schlaf dich aus ...«

Ich war schon an der Tür, als mich seine Frage einholte:

»Tikkirej ... sag mal ...«

Ich schaute zurück.

»Hast du wirklich vor, auf Neu-Kuweit zu bleiben? Willst du nicht dein Glück auf einem anderen Planeten versuchen?«, fragte Stasj.

Ich wunderte mich. »Mir gefällt es hier sehr gut. Und für einen neuen Flug habe ich kein Geld. Ist Neu-Kuweit etwa ein schlechter Planet?«

»Ein guter«, stimmte Stasj zu, »ein wenig eingerostet, aber gut. Okay, mach dir darüber keine Gedanken! Gute Nacht.«

Ich ging. Er setzte sich ans Terminal und, so nahm ich an, vergaß mich augenblicklich.

Lion war mir nicht böse. Kein bisschen. Im Gegenteil, er war von diesem Abenteuer begeistert.

»Hat er wirklich noch alle Tassen im Schrank?«, fragte er geschäftig. »Es gibt solche Irren, die andauernd glauben, dass sie verfolgt werden. Sie benutzen keine Kreditkarten, an den Terminals schalten sie alle Zugänge aus ...«

»Er benutzt eine Kreditkarte«, nuschelte ich. »Nein, er ist eigenartig, aber nicht verrückt. Vielleicht hat er auch wirklich Feinde?«

»Dann ist es gefährlich«, entschied Lion, »aber interessant. Weißt du was? Wir klettern aufs Dach deines Hauses und sonnen uns. Von dort aus müsste alles gut zu sehen sein. Dann gehen wir ins Café am Moteleingang. Von dort aus kann man auch beobachten. Und danach ... danach setzen wir uns noch irgendwohin. Wir dürfen nicht den ganzen Tag an einer Stelle bleiben, sonst ist es offensichtlich, dass wir aufpassen.«

»Ich teile das Geld mit dir, das mir Stasj gibt«, versprach ich.

Ich fragte Stasj nicht um Erlaubnis und berichtete Lion alles aus Eigeninitiative. Denn ich vertraute Lion und war mir sicher, dass er niemandem davon erzählte.

Wir kauften Cola und Popcorn, zogen den Videoscreen auf das Flachdach meines Cottage, damit es nicht langweilig wurde, und begannen mit dem Sonnenbad. Ich habe eine ziemlich dunkle Haut, Lion auch, sodass wir keine Angst vor Sonnenbrand hatten. Seine Mutter gab uns trotzdem Sonnencreme.

»Du hast überhaupt Glück mit Abenteuern«, meinte Lion, der in der Hocke saß und sich seine Knie eincremte. »Du besitzt die echte Staatsbürgerschaft des Imperiums, das ist Nummer eins. Ich muss noch zwei Jahre lang wie ein Schwachkopf mit dem Kinderausweis herumlaufen. Dann bist du als Modul auf einem Raumschiff geflogen! Das ist Nummer zwei! Du bist fast an einer Allergie gestorben und hast dabei Freundschaft mit einem echten Kapitän geschlossen! Das sind drei und vier! Und jetzt hilfst du, einen Dieb aufzuspüren. Fünf!«

»Du hilfst auch, einen Dieb aufzuspüren«, beruhigte ich ihn.

»Das ist nur deinetwegen«, erkannte Lion ehrlich. »Klasse, dass wir uns kennengelernt haben, stimmt's?«

»Natürlich stimmt das!«

Wir fanden einen interessanten Fernsehkanal über verschiedene Planeten, schauten zu und tranken Cola. Lion kommentierte die Übertragung lebhaft. Er war zwar auch noch nicht auf diesem Planeten gewesen, hatte dafür aber auf einer Raumstation gewohnt, an der die verschiedensten Raumschiffe anlegten. Dort hatte er alle Außerirdischen kennen gelernt und sich mit ihnen unterhalten.

Er hatte einen älteren Freund, der früher in der Armee des Imperators gedient hatte und dessen Onkel auf Edem lebte.

»Dort ist es auch schön, der Onkel hat uns ein Video geschickt«, erklärte Lion. »Aber es ist schwer, dorthin einzuwandern, bei ihnen gibt es auch so eine hohe Geburtenrate. Der Onkel hat schon sechs Kinder, aber er muss sich noch drei anschaffen. Das nennt sich Besiedelung des Planeten nach der intensiven Methode ...«

Ich hörte ihm schon nicht mehr zu. Ich schaute am Screen vorbei zum Cottage von Stasj.

Ein junger Mann näherte sich ihm, machte sich eine Sekunde lang an der Tür zu schaffen und ging hinein!

»Es ist so weit ...«, flüsterte ich, »Lion, hast du das auch gesehen?«

»Was?« Er sprang gleich auf.

»Irgendein junger Mann ist ins Cottage eingedrungen! Als ob er einen Schlüssel hätte, ist er völlig unbefangen zur Tür und dann hineingegangen!«

»Ich habe doch hingeschaut ...«, ärgerte sich Lion, »aber ich habe doch hingeschaut! Bei mir ist es immer so, wenn ich ins Erzählen komme, verpasse ich die interessantesten Dinge!«

Mir fiel ein, dass ich diesen jungen Mann schon einmal gesehen hatte. Er hatte gleich nach mir eingecheckt.

»Komm, wir bleiben hier«, sagte ich, »er wird kaum lange drinbleiben ...«

Aber er blieb sehr lange im Cottage. Es verging eine halbe Stunde, eine Stunde. Lion begann mich skeptisch anzusehen, dann fragte er:

»Du hast dich nicht geirrt?«

Ich schüttelte den Kopf. Lion seufzte und legte sich auf den Rücken. Ihm war es natürlich langweilig auf dem Dach, zumal er den Verbrecher nicht einmal gesehen hatte.

»Ich werde schlafen und meinen Bauch sonnen«, entschied er, »wenn etwas Interessantes passiert, sag Bescheid.«

In diesem Augenblick wurde die Tür des Cottage geöffnet, der ungebetene Gast ging hinaus und bewegte sich schnell zu einer dichten Hecke, die längs der Hauptallee angepflanzt war.

»Jetzt ist er hinausgegangen«, sagte ich stolz.

Lion drehte sich eilig um und reckte den Hals. »Wo?«

»Na da, er versteckt sich in den Sträuchern!« Ich zeigte mit der Hand dorthin.

»Aber wo denn, ich sehe nichts!«
»Na da!«, heulte ich auf. »Bist du blind?«
Der Verbrecher hatte sich bereits geschickt durch die Hecke gezwängt und hinter den Zweigen versteckt.
»Ich glaube, du hast einen Sonnenstich«, meinte Lion, »ehrlich.«
»Was sagst du da, hast du nichts gesehen?«
»Nö. Niemanden.«
Wir schauten einander durchdringend an.
Lion zweifelnd und beleidigt und ich … ich sicherlich auch zweifelnd.
»Ehrenwort, er kam aus dem Cottage heraus!«, rief ich. »Du hast dich nur zu spät umgedreht, als er sich schon in die Hecke schlug.«
»Ich habe doch diese Hecke gesehen, dort war niemand.«
»Du glaubst mir nicht?«, fragte ich.
Lion zögerte. Lustlos sagte er: »Ich glaube dir. Aber ich habe eine normale Sehkraft. Ich hätte es auch gesehen. Vielleicht war das ein Dshedai?«
»Wer?«
»Na, ein galaktischer Ritter, ein Dshedai. Warst du nie im Kino?«
»Ah …«, ich erinnerte mich, »das sind die, die mit Schwertern gekämpft haben und sich unsichtbar machen konnten? Aber das ist doch ein Märchen.«
Lion wedelte mit den Händen: »Nicht doch, das ist kein Märchen! Es gibt solche Spinner, sie leben auf dem Avalon. Sie nennen sich galaktische Ritter, fliegen durchs ganze Imperium und kämpfen für die Gerechtigkeit.«

»Und warum sind sie dann Schwachköpfe? Kannst du mir das bitte erklären?«

»Na deshalb, weil niemand sie braucht. Das ist so eine Art Sekte, verstehst du? In Wirklichkeit gibt es die Flotte des Imperiums, die Polizei, den Hygienedienst und noch vieles mehr. Sie kümmern sich um die Aufrechterhaltung der Ordnung. Aber die Dshedais denken, dass es unbedingt solche Ritter geben muss, die nicht für den Dienst, sondern für die Idee arbeiten.«

»Und das sind Dshedais?«

»Na ja, damit macht man sich über sie lustig«, gab Lion zu, »so als würde man ›Homo‹ zu einem Menschen sagen, das wäre beleidigend. Oder einen Halfling einen ›Hobbit‹ nennen. Oder zu einer Zsygu ›Bienchen‹ sagen. Oder die, die auf einer Raumstation leben, als ›Kosmik‹ bezeichnen.«

»Ich habe es doch kapiert! Und wie war das, sie können sich unsichtbar machen und kämpfen mit dem Schwert?«

»Das mit dem Unsichtbarmachen können sie, glaube ich ... aber mit den Schwertern, das weiß ich nicht«, erwiderte Lion ehrlich.

»Und warum habe ich ihn dann gesehen?«

»Na ja, für den einen konnte er sich unsichtbar machen, für den anderen nicht. Vielleicht, weil du ein Mutant bist, der Radioaktivität gut verträgt.«

»Was hat das mit Radioaktivität zu tun?«

»Woher soll ich das wissen?«

Ich sah ein, dass es unmöglich war, Lion umzustimmen, wenn er sich etwas ausgedacht hatte. Und wenn wir uns weiter stritten, würden es in eine Schlägerei ausarten.

»Vielleicht ist es auch so«, äußerte ich. »Und trotzdem hast du ihn nicht gesehen. Du hast ja gelegen und nach oben geschaut. Die Sonne schien dir in die Augen, wenn auch durch die Lider. Deshalb hast du nicht sofort normal sehen können.«

Lion dachte nach und gab zu, dass das möglich wäre. Aber die Version mit dem Dshedai sollte man nicht verwerfen. Das würde aber heißen, dass mein Freund Stasj selbst ein Verbrecher wäre. Wenn die Dshedais auch Schwachköpfe sind, ehrlichen Menschen fügen sie nie einen Schaden zu.

Um uns nicht zu zerstreiten, zogen wir uns an, kletterten vom Dach und gingen Kaffee mit Sahne trinken. Auf dem Weg kratzte ich mich am Hinterkopf. Nicht wegen der Allergie, sondern weil ich einen Sonnenbrand abbekommen hatte.

Kapitel 5

Kapitän Stasj hörte mir sehr aufmerksam zu. Als ich ihm beichtete, dass ich nicht allein, sondern mit meinem neuen Freund auf Wache gewesen war, wurde er überhaupt nicht böse. Sobald er aber hörte, dass Lion den Dieb gar nicht bemerkt hatte, zog er seine Stirn in Falten und vertiefte sich in seine Überlegungen.

»Vielleicht ist er ein Dshedai?«, fragte ich vorsichtig, »dieser Kerl ...«

»Was denn für ein Dshedai?«, brummelte Stasj, in Gedanken versunken.

»Na ja, es gibt so eine Sekte auf Avalon ...«

Kapitän Stasj runzelte die Stirn. »Tikkirej, erstens lohnt es sich nicht, sie Dshedai zu nennen. Dshedais sind Märchenfiguren aus der Mythologie der Anfangsphase der Eroberung des Kosmos. Einige Bezeichnungen jener Zeit haben sich eingebürgert. Aber mit den Dshedais aus dem Märchen haben die Ritter des Avalon, die Phagen, nichts gemein. Tikkirej, bist du sicher, dass du diesen jungen Mann erkannt hast? Ist es genau derjenige, der gleich nach dir eingecheckt hat?«

»Ja, der. Er hat so ein charakteristisches Gesicht: ein schmales, keilförmiges Gesicht und lange Haare. Und was ist zweitens?«

»Zweitens ...«, Stasj erhob sich aus dem Sessel und gab dabei einige Kommandos ins Terminal ein, »zweitens, mein junger Freund, können sich die Phagen nicht unsichtbar machen. Das ist ein verbreiteter Irrtum. Die Ausbildung eines Phagen beinhaltet die Beherrschung der Technik des Maskierens, der Hypnose, der verbalen und nonverbalen Beeinflussung der Psyche, aber das ist alles sehr weit entfernt von der Unsichtbarkeit. Zumal auf große Entfernung. Möglich, dass eine gewisse Wahrscheinlichkeit bestand, den Phagen nicht zu bemerken, weil du ständig auf ihn geschaut hast, aber nicht bei Lion, der nur schnell und oberflächlich hinsah. Das ist schwer zu erklären, aber glaub mir ruhig.«

»Und gibt es ein Drittens?«, wollte ich wissen.

»Ja. Dieser Mensch gehört nicht zu den Rittern Avalons. Und wenn du zu dem Schluss gekommen sein solltest, dass ich ein Verbrecher bin, dann irrst du dich.«

Beschämt schwieg ich.

»Ist dir bekannt, Tikkirej, warum im Mittelalter der Erde, in der vorkosmischen Ära, das Rittertum als Erscheinung verschwand?«, fragte mich Stasj und beobachtete dabei das Terminal. Er konnte offensichtlich mehrere Dinge auf einmal tun. Zum Beispiel, den Computer bedienen – und das nicht einmal über den Shunt –, also mit den Händen arbeiten und gleichzeitig etwas erklären.

»Tja … ich erinnere mich nicht besonders«, bekannte ich.

»Um es kurz zu machen: Der einzelne Mensch hörte auf, ein ernstzunehmender Kämpfer zu sein. Seine Meisterschaft, die Ausbildung – alles nivellierte sich im Vergleich zu den primitiven Feuerwaffen oder sogar einem guten Armbrustbolzen. Tikkirej, mein Freund, was war denn ein Ritter noch wert, wenn ihn ein dummer und schmutziger Söldner aus dem Hinterhalt erschlagen konnte und ihn nicht einmal an sich herankommen ließ? Eine Ritterschaft kann es nur in einer Situation geben, wo ein geübter Einzelkämpfer wirklich eine starke Kampfkraft verkörpert.«

»Aber wie ist es denn dann ...«

»Die Geschichte verläuft als Spirale, Tikkirej. Gegenwärtig hat die Entwicklung der Wissenschaften und der Biotechnologien dazu geführt, dass ein einzelner Mensch erneut zu einem entscheidenden Faktor wird. Vielköpfige Mannschaften und teure Raumschiffe sind überflüssig – ein kleines, billiges Raumschiff mit nur einem Piloten ist in der Lage, einen ganzen Planeten zu zerstören. Ein Mensch, der in der benötigten Richtung entwickelt wurde, der bestimmte positive Mutationen erhielt und entsprechend trainiert ist, kann Tausenden von Gegnern widerstehen. Verstehst du?«

»Ich verstehe.«

Stasj lächelte.

»Und so bildete sich eben aus diesem Grund nach der Kolonisierung des Avalon eine Gruppe von Menschen, die sich die Ritter des Avalon oder Phagen nannten. Sie sahen die aufgezeigte Konstellation voraus und beschlossen die Wiedergeburt des Rittertums als nützliche soziale Erscheinung. Sie schufen eine ziemlich komplizierte Struktur, die selbstsüchtige, antisoziale Handlungen einzelner Phagen hemmen kann. Es wurde eine entsprechende Vereinbarung mit dem Herrscherhaus des Imperiums geschlossen, nach der sich die Ritter des Avalon schon mehr als zweihundert Jahre lang bemühen, dem Imperium zu dienen.«

»Aber es gibt doch die Flotte, die Polizei …«, wandte ich ein, mich an die Worte Lions erinnernd.

»Ja. Natürlich. Aber der Sinn der Sache besteht gerade darin, dass die Ritter des Avalon weder an öffentliche Belange noch an Bürokratie oder Dienstvorschriften gebunden sind. An nichts, außer an gemeinsame ethische Regeln, deren Ausarbeitung die Neuschaffung des Rittertums ermöglichte. Auf diese Art und Weise verfügen sie über eine entschieden größere Handlungsfreiheit, und es gibt Zeiten, in denen sie ernste Krisen in der Entwicklung der Menschheit verhindern. Noch Fragen?«

Ich schwieg. Ich wollte eine Frage stellen, wusste aber nicht, ob ich es wagen konnte. Stasj sah mich durchdringend an, dann streckte er seine Hand aus und klopfte mir auf die Schulter:

»Na los! Frag!«

»Warum mögen Sie es nicht, wenn Sie Dshedai genannt werden?«, fragte ich und schaute Stasj in die Augen.

»Weil wir keine Dshedais sind«, antwortete Stasj einfach. »Wir fuchteln nicht mit leuchtenden Schwertern herum, ducken uns nicht unter Laserstrahlen hindurch und können nicht unsichtbar werden.«

»Ich verrate niemandem, wer Sie sind«, versprach ich.

»Das ist nicht wichtig, Tikkirej. Ich wurde auch so entlarvt, leider. Schon vor zwei Tagen. Und selbst wenn ich mich irren sollte und du ein Agent des Gegners bist, habe ich nichts Neues verraten.«

»Und wer ist Ihr Gegner?«, fragte ich leise.

»Das werde ich nicht verraten. Das brauchst du nicht zu wissen.«

Stasj erhob sich und holte aus der Hosentasche einen Haufen Geld:

»Nimm! Ich gehe davon aus, dass es dir reicht, um auf die Staatsbürgerschaft zu warten.«

Ich verstand gar nichts mehr. Schaute auf das Geld – es war viel. Da konnte man wirklich in aller Ruhe auf die Entscheidung warten …

»Habe ich Ihnen etwa so entscheidend geholfen?«, rief ich aus.

»Tikkirej …«, Stasj holte Luft, »weißt du, worin der Hauptfehler unserer Zivilisation besteht?«

»Worin?«, murmelte ich, ohne mich schon entschieden zu haben, das Geld anzunehmen.

Stasj steckte mir das Bündel in die Hosentasche und fuhr fort: »Wir sind eine männlich dominierte Gesellschaft. Das kam dadurch, dass die Frauen den Zeitsprung nicht aushalten. Sie wurden zu ›Gepäckstücken‹ in Anabiosebehältern degradiert. Eine Dummheit, ein Zufall, ein Scherz der Natur – aber unsere Zivilisation entwickelt sich ausschließlich nach dem männlichen Typus. Wir sind alle sehr logisch, ernsthaft, in Maßen aggressiv und abenteuerlustig. Gut und gerecht … im Rahmen unserer Logik. Und das ist ein Fehler. Gerade aus diesem Grund existiert dein unglücklicher Karijer, wo es für die Bürger ein gesetzlich garantiertes Sterberecht gibt. Gerade aus diesem Grund nahm der Taxifahrer einerseits großherzig kein Trinkgeld von dir, wohl wissend, dass ein Jugendlicher, eigentlich noch ein Kind, fast kein Geld und absolut keine Chancen hat, Geld zu verdienen. Andererseits dachte er aber gar nicht daran, ganz auf die Bezahlung zu verzichten. Gerade aus diesem Grund, dummer, kleiner Tikkirej, chauffieren dich Lions Eltern, laden dich zum Grillen ein, aber denken gar nicht daran, für dich eine befristete Vormundschaft einzurichten und dir zu helfen, dich ein halbes Jahr über Wasser zu halten. Wir handeln logisch, Tikkirej.«

»Aber das ist doch normal!«, rief ich aus. »Kapitän Stasj, es ist wirklich ein schweres Leben bei uns auf Karijer! Und der Taxifahrer arbeitet! Und die Eltern von Lion haben ihre eigenen Probleme und selber drei Kinder! Und aus welchem Grund sollten sie etwas für mich tun?«

Stasj nickte und lächelte sehr traurig.

»Richtig, Tikkirej. Genau das will ich ja damit sagen. Die großen Aufstände der Feministinnen, die dunkle Epoche des Matriarchats – all das endete mit dem Beginn der Ära interstellarer Raumflüge. Und das ist gut so, Extreme sind schlecht. Aber wir fielen von einem Extrem ins andere: von einer stabil-emotionalen Zivilisation in eine expansiv-logische Zivilisation. Und deshalb ... deshalb, Tikkirej, lass uns annehmen, dass du mir wirklich außerordentlich geholfen hast. Du hast dein Geld ehrlich verdient.«

Ich versuchte, etwas zu sagen, aber er schob mich sanft zur Tür und sagte: »Viel Erfolg, Tikkirej. Morgen fliege ich ab. Etwas ist bei mir schiefgelaufen, wie schade ...«

»Vielleicht werde ich Ihnen noch bei irgendetwas helfen können ...«, maulte ich. Alles war falsch! Nichts war in Ordnung! Warum hatte er mir so viel Geld gegeben? Und warum flog er ab?

»Nein, Tikkirej. Danke, es ist nicht nötig. Höchstens ...« Stasj verzog das Gesicht. »Weißt du, ich würde dir ernsthaft raten, einen anderen Planeten zu suchen. Ich weiß auch nicht, warum. Halt das für die Intuition eines ... Dshedai.« Er lächelte: »Viel Glück!«

Ich ging hinaus und Stasj verschloss hinter mir die Tür.

Eine Minute lang stand ich auf der Schwelle, schaute auf die Sterne und versuchte zu verstehen, warum alles im Leben schiefläuft. Wenn Stasj Recht hat, dann ist unsere ganze Welt falsch, und zwar nur deshalb, weil die Frauen keinen Zeitsprung aushalten. Wenn man es sich überlegt, dass es so eine Bedeutung haben soll ... Es gibt doch die Anabiose ... Vielleicht sind es wirklich nur Spinner, all diese Ritter des Avalon?

Der Packen unverdienten Geldes brannte mir in der Hosentasche. Vielleicht sollte ich einen Schein herausziehen und den Rest unter die Tür zurückschieben.

Aber das konnte ich nicht. Denn in einem hatte Stasj Recht: Niemand weiter wird mich so unterstützen. Helfen wird man mir wie die Kosmonauten der *Kljasma*, wie der Taxifahrer, wie der Barkeeper auf dem Kosmodrom. Aber einfach so, gegen jede Vernunft einen Haufen Geld zu schenken – aber nicht doch ...

In meinem Hals steckte ein dicker Kloß. Ich zog die Nase hoch, machte die Tasche zu und ging zu meinem Häuschen.

In diesem Augenblick sah ich eine Gestalt im Halbdunkel stehen. Ebendiesen Kerl, der nach mir eingecheckt hatte und heute in Stasj' Cottage eingedrungen war. Den Lion nicht gesehen hatte …

Es sah ganz danach aus, als ob der Dieb davon überzeugt war, dass auch ich ihn nicht sehen würde. Auf alle Fälle zeigte sein Gesicht Erstaunen, als ich innehielt und ihn anschaute.

Aber nur eine Sekunde lang.

Diese Sekunde reichte mir, um aufzuschreien, denn in der Hand des Banditen blinkte schwach Metall auf, und ich erriet, dass er gleich auf mich schießen würde.

Und dieser Schrei genügte, um mich zu retten. Denn die Nacht wurde zum Tag und über meiner Schulter schoss eine blendend weiße Schange nach vorn.

Der Kerl, der auf mich schießen wollte, begann ebenfalls zu schreien. Die dampfende weiße Schlange verbrannte seinen Arm und die Hand mitsamt der Pistole fiel ins nasse Gras.

Die Feuerschnur tanzte weiter, als ob sie ihn in einen Käfig einschließen wollte, der ihm nicht erlaubte, auch nur einen Schritt zu tun.

Meine Beine trugen mich nicht mehr und ich setzte mich auf die warmen Pflastersteine. Stasj trat aus der Tür des Cottage – die Schlange begann irgendwo an seiner Hand und schlängelte sich wie ein lebendiges Wesen um den Banditen.

»Und da behaupten Sie noch, dass sie keine Schlangenschwerter benutzen ...«, sagte ich recht laut. Und mich erfüllte Dunkelheit.

Der Bandit befand sich in einer Zimmerecke – an die Wand geklebt. Er war vollständig nackt – die Kleidung und ein Haufen geheimnisvoll aussehender Technik lagen in der Ecke. Ich wusste gar nicht, dass es einen Kleber gibt, der so schnell trocknet und so fest hält. Der Bandit verlor einige Male das Bewusstsein, kippte nach unten, aber die an der Wand festgeklebten Haare und der Rücken hielten ihn aufrecht.

Stasj tätschelte meine Wangen und fragte:

»Wieder da?«

»Entschuldigen Sie«, erwiderte ich, »ich weiß nicht, was mit mir los ist. Ich bin noch niemals ohnmächtig geworden.«

»Ich habe dich abgeschaltet«, sagte Stasj, »es war ungefährlicher für dich, auf dem Boden zu liegen.«

»Das habe ich gar nicht gemerkt«, äußerte ich ungläubig.

»Das solltest du auch nicht merken.«

Der Bandit fiel erneut in Ohnmacht, hing an der Wand, krümmte sich vor Schmerzen und richtete sich wieder auf. Er schwieg, obwohl es ihm bestimmt wehtat – an Stelle der rechten Hand war nur noch ein Stumpf. Es blutete nicht: Das Feuer hatte wahrscheinlich alle Gefäße verschweißt. Stücke des schönen Blumenhemdes waren im Ärmel verschmolzen und als schwarze Fransen in den Stumpf eingebrannt. Ich wandte mich ab.

»Geh nach Hause, Tikkirej«, sagte Stasj sanft. »Jetzt hast du wirklich dein Geld verdient.«

»Er ist es, der heute bei Ihnen eingedrungen war«, flüsterte ich.

»Ich weiß. Geh, mein Junge.«

Ich erhob mich und fragte trotz allem: »Was werden Sie mit ihm machen?«

»Wir werden uns unterhalten …«, antwortete Stasj.

»Die Polizei muss benachrichtigt werden … ein Arzt muss gerufen werden.«

»Natürlich. Ich werde das auch machen. Geh.«

Ich schaute ihm in die Augen und meinte: »Stasj, Sie belügen mich.«

Der Kapitän atmete hörbar ein und rieb sich die Wange.

»Tikkirej, ich bin sehr müde, ich habe überhaupt keine Zeit, und ich verstehe immer noch nicht, was vor sich geht. Dieser Mensch ist ein professioneller Spion. Kein Killer, sonst würdest du nicht mehr leben, aber er hat getötet. Tikkirej, lass mich meine Aufgabe erledigen. Okay?«

Ich machte kehrt. Er hatte Recht. Mögen diese Ritter-Phagen auch eigenartig sein, das Imperium erklärt sie ja nicht für außerhalb des Gesetzes stehend. Kapitän Stasj hat sicherlich größere Kompetenzen als ein beliebiger Polizist auf diesem Planeten.

»Du hattest Glück, Phag«, sagte der Bandit plötzlich, »du hattest einfach zufällig Glück.«

Seine Stimme war fast normal, wie bei einem gesunden und selbstbewussten Menschen. Ich ging schon auf die Tür zu, hielt es aber nicht aus und blieb stehen. Stasj warf einen kurzen Blick auf mich, sagte aber nichts.

»Meine Tätigkeit besteht gerade darin, das Glück zu nutzen«, äußerte Stasj, »bei dir scheint es umgekehrt zu sein. Wirst du reden?«

»Vielleicht soll ich auch noch tanzen?« Der Bandit grinste.

»Lass es sein, du hast ein schlechtes Taktgefühl.«

Stasj rückte einen Stuhl zurecht und setzte sich dem Gefangenen gegenüber.

»Warum nur wolltest du den Jungen töten? Er war zufällig hier und kein Gegner für dich.«

»Er hat keine Bedeutung«, antwortete der Bandit gleichgültig, »du bist der Feind, er ist ein Niemand.«

»Eine bekannte Logik«, nickte Stasj, »aber bisher galten die Alten als eure ›Niemande‹ und die Kinder ließt ihr am Leben.«

»Es gibt Ausnahmen«, erwiderte der Bandit. »Vielleicht sollte man doch einen Arzt rufen, Dshedai?«

»Wozu brauchst du einen Arzt?«, wunderte sich Stasj. »Es gibt keine Blutungen und mit Endorphinen hast du dich selbst versorgt.«

Der Bandit grinste wieder.

»Ich habe nicht vor, dich zu töten«, sprach Stasj, »du bist nur eine kleine Leuchte, ein Bauer im Spiel. Wenn auch am richtigen Platz. Aber etwas hätte ich gern geklärt. Tikkirej!«

»Ja, Kapitän«, antwortete ich schleunigst.

»Es ist richtig, dass du nicht gehst. Warte noch ein Weilchen.«

Er stand auf, ging nahe an den Banditen heran und legte ihm die Hand auf die Stirn. Vielleicht schien es mir nur so, aber in den Augen des Banditen blitzte plötzlich Angst auf.

»Du bist doch blockiert«, meinte Stasj, »nicht wahr?«
Der Bandit schwieg. Es ruckte, als ob er sich losreißen wollte.

»Wenn ich dir aber bestimmte Fragen stelle, wirst du ein großes Bedürfnis verspüren zu antworten«, fuhr Stasj freundlich fort. »Ganz bestimmt. Und du beginnst zu reden und wirst sterben. Ist es nicht so?«

»Ja.« Der Bandit leckte seine Lippen.

»Ich wiederhole: Du hast eine Chance, am Leben zu bleiben. Ich kann dir auch etwas modifizierte Fragen stellen, deren Antworten nicht zu deinem Tod führen. Also entscheide dich. Der Handel ist nützlich für mich – ich werde zumindest einen Teil der Information erhalten. Und du – du bleibst am Leben. Wenn du ein hochrangiger Agent bist, und mir kommt es so vor, als wäre dem so, dann wurde dein Selbsterhaltungstrieb nicht vollständig gelöscht. Entscheide dich!«

»Was sind es für Fragen?«, wollte der Bandit wissen.
»Dein Rang?«
»Leutnant des Auslandssicherheitsdienstes von Inej.«
»Name?«
»Karl.«
Stasj nickte: »Du könntest diesem Jungen wohl keinen Rat geben, Leutnant Karl? Er hat vor, die Staatsbürgerschaft von Neu-Kuweit anzunehmen. Lohnt sich das für ihn?«

»Diese Frage ist an der Grenze der Blockade!«, erwiderte Karl schnell.

»Aber doch noch nicht hinter der Grenze? Stell dir vor, dass dieses Kind dein Sohn wäre oder dir bei irgendetwas sehr geholfen hätte. Was würdest du ihm empfehlen?«

»Ein Ticket zu kaufen und zum Avalon zu fliegen«, antwortete Karl scharf. »Ist das alles, Dshedai?«

»Sollte er jetzt schlafen gehen oder besser ein Taxi rufen und zum Kosmodrom fahren?«

»Also das weiß ich nicht.« Karl neigte sich nach vorn. »Glücklicherweise weiß ich es nicht, sonst hättest du mich getötet! Phag, das ist ein unfaires Spiel!«

»Gut, gut, wir machen Schluss«, sagte Stasj beruhigend. Seine Stimme veränderte sich plötzlich, vibrierte, als würde sie durch ein Computerprogramm mit Stimmenverzerrer geleitet. »Übrigens, warum ist dieser Junge ein ›Niemand‹ für Inej?«

»Er hat ...«, erwiderte Karl ebenso schnell. Und verstummte – seine Augen wurden gläsern, der Kiefer klappte herunter und er hing tot an der Wand.

»So ein Pech«, meinte Stasj und blickte auf den leblosen Leutnant vom Planeten Inej, »was für ein Pech!«

»Sie wussten, dass er durch diese Frage stirbt!«, schrie ich. »Kapitän Stasj, Sie haben ihn getötet!«

»Ja.« Stasj nickte. »Ich hatte gehofft, dass er es schafft, zu antworten, sein Organismus war mit Hormonen voll gestopft. Die Blockade war zu gut.«

»Sie haben ihn getötet«, wiederholte ich.

»Ja, Tikkirej.« Stasj sah mich an. »Er hat Dutzende

Leben auf dem Gewissen, glaub mir. Und noch Sachen, die schlimmer sind als einfache Morde.«

Ich wandte mich ab. Der tote nackte Mann mit dem verbrannten Stumpf an Stelle der Hand hing an der Wand, aufgespießt wie ein Schmetterling in einer Sammlung.

Selbst wenn Stasj Recht hatte und er ein Bandit war, man konnte doch einen Banditen nicht ohne Gerichtsverfahren töten! Was ist er denn dann noch für ein Ritter?

»Tikkirej …« Der falsche Ritter kam auf mich zu und fasste mich an die Schultern. Er verstand, was mir im Kopf herumging. »Du wirst dich noch davon überzeugen können, dass ich Recht hatte. Mit Sicherheit. Aber jetzt rufe ich dir ein Taxi, du suchst deine Sachen zusammen und fliegst weg.«

»Wohin?«, flüsterte ich.

»Das versuche ich jetzt herauszufinden. Du brauchst einen jungen, guten und gastfreundlichen Planeten. Einen mit Wäldern, Bergen und Meer. Wo man arbeiten und lernen kann und sich nicht mit solchen Problemen herumschlagen muss, die dem Glück entgegenstehen.«

»Aber warum soll ich denn wegfliegen!«, rief ich aus, »mir gefällt es hier, ich habe hier Freunde!«

»Hast du gehört, was dir Karl geraten hat?«

»Ja …«

»Deshalb fliegst du auch weg. Neu-Kuweit wird in kürzester Zeit von Inej erobert werden.«

Ich äußerte mein Unverständnis.

»Das ist doch ein reicher Planet, hier ist die Flotte des

Imperiums im Orbit! Keine Kolonie wird gegen das Imperium putschen!«

»Ja, aber im letzten halben Jahr haben sich vier Planeten der Föderation des Inej angeschlossen. Große, reiche und blühende Kolonien. Wirst du meinen Rat befolgen, Tikkirej?«

Mir war ganz elend zumute.

»Ja, Kapitän Stasj.«

»Geh und such deine Sachen zusammen. Aber schnell, ja? Ich ruf ein Taxi und sehe mir den Flugplan an.«

Ich hatte kaum etwas einzupacken: ein Foto, das ich bereits auf den Tisch gestellt hatte: ich mit meinen Eltern vor zwei Jahren in der städtischen Orangerie vor einem Rosenstrauch. Ein Handtuch, das ich ins Bad gehängt hatte, damit es etwas heimischer aussah. Den Pocket-PC, den ich ans Terminal angeschlossen hatte. Und meine alte, dumme Kinderuhr in Form eines Roboters.

Aus unerfindlichen Gründen ging ich noch einige Minuten im Zimmer umher und schaute in Schränke und Regale. Ich bemerkte gar nicht, dass ich dabei schluchzte, nicht weinte, sondern schluchzte – ohne Tränen. Ich hatte mich doch schon in meinem Häuschen eingelebt ...

Und was wird aus Lion?

Ich verschloss meinen Koffer, schlug die Tür zu und ging schnell zum Cottage, in dem Lions Familie wohnte. Es war still, sogar aus dem hell erleuchteten Restaurant kam kein Laut. Alle hatten sich schon zurückgezogen und schliefen seit langem. Ich musste mich aber doch von Lion verabschieden ... und ihn warnen. Das heißt, nicht Lion selbst, sondern seine Eltern.

Auf mein Klingeln reagierte niemand. Anfangs klingelte ich höflich, kurz – um deutlich zu machen, dass es spät war und ich mir dessen bewusst war. Dann behielt ich den Finger auf dem Sensor und hörte, wie sich drinnen die Klingel überschlug.

Niemand öffnete. Waren sie etwa verreist?

Und Lion wollte mir nichts davon sagen?

Ich ließ den Koffer vor der Tür stehen und ging um das Cottage herum. Das waren die Fenster des Zimmers, in dem Lion mit seinen Geschwistern schlief. Eines war angelehnt.

Ich sprang hoch, hielt mich am Fensterbrett fest, zog mich nach oben und kroch leise ins Zimmer. Oh, wenn jetzt bloß nicht Lions kleiner Bruder wach wird und zu schreien beginnt ...

Im Zimmer herrschte Halbdunkel – an der Wand leuchtete ein Nachtlicht in Form eines Dinosauriers. Was es nicht alles gibt, ich hätte bei einem solchen Nachtlicht vor Angst nicht einschlafen können.

Sowohl Lion als auch sein Bruder und sein Schwesterchen schliefen. Ich setzte mich zu Lion ans Bett, rüttelte ihn an der Schulter und sagte flüsternd:

»Ich bin es, Tikkirej. Wach auf!«

Er schlief ja wie ein Stein!

»Lion!«

Von meinem Rütteln pendelte sein Kopf auf dem

Kopfkissen schon hin und her. Aus dem halb offenen Mund floss ein Speichelfaden. Lion wurde nicht wach.

In kopfloser Panik warf ich mich auf das Bett seines Bruders. Zog ihm die Decke weg, hob ihn hoch und schüttelte ihn. Jeder andere Junge wäre davon aufgewacht!

Aber Lions Bruder hing in meinen Armen wie eine Wattepuppe. Seine Schlafanzughosen waren nass und seine Stirn schweißbedeckt.

»Mister Edgar! Missis Annabel!«, rief ich, legte das Kind aufs Bett zurück und deckte es – warum auch immer – mit der Decke zu. »Kommen Sie her!«

Aber es passierte nichts. Stille.

Ich lief im Zimmer hin und her, machte das Licht an, schaute ins Wohnzimmer, machte auch dort das Licht an und stürmte dann, da ich es nicht länger aushielt, ins Erwachsenenschlafzimmer. Ich öffnete die Türflügel, obwohl mir klar war, dass ich mich ungezogen benahm.

Lions Eltern lagen auf einem breiten Doppelbett. Ihre Augen waren halb geöffnet, das Weiße war zu sehen.

Ihnen allen war irgendetwas zugestoßen!

»Ich komme gleich wieder, ich beeile mich …«, flüsterte ich im Gehen. »Ehrenwort, euch wird geholfen …«

Vielleicht hatten sie sich irgendwie vergiftet?

Mir war jedoch klar, dass diese einfachen Erklärungen nicht stimmten. Das ähnelte der Überzeugung Lions, dass ich mir den Banditen, den Agenten des Inej, nur eingebildet hatte … Könnte wahr sein, ist es aber nicht.

Ich schloss die Tür auf, sprang aus dem Cottage und

rannte zu Kapitän Stasj. Rannte dorthin in der vollen Überzeugung, dass der falsche Ritter vom Avalon ebenfalls auf dem Boden liegen, Speichel aus seinem Mund laufen und er stumpfsinnig ins Nichts starren würde.

Kapitän Stasj verbrannte seine Sachen. Aus seiner ausgestreckten Hand entsprang eine dampfende Schnur, tanzte im Zimmer umher wie eine Feuerschlange und hüllte die Computerblöcke, Taschen und Köfferchen ein. Die Flamme schaffte es nicht aufzulodern – alles zerfiel augenblicklich in Asche. Die Rauchmelder hatte er abgeschaltet, denn eine Sirene war nicht zu hören.

»Kapitän Stasj!«, rief ich. Der Ritter wandte sich um, das Feuer erstarb. Ich konnte gerade noch sehen, dass etwas Wendiges, von silbrigen Schuppen Bedecktes im Ärmel seiner Jacke verschwand. Aber das interessierte mich jetzt nicht.

»Dort, dort ist was passiert! Lion schläft und seine ganze Familie schläft und sie wachen nicht auf ...«

»Ich weiß.« Stasj nahm die einzige Tasche, die er nicht verbrannt hatte, vom Boden. »Der Taxidienst reagiert nicht. Die Invasion des Inej hat begonnen, Tikkirej.«

»Stasj ...«

»Gehen wir, Tikkirej. Wir werden versuchen, uns zum Kosmodrom durchzuschlagen.«

Ich schüttelte den Kopf. Der tote Spion des Inej hing unverändert an der Wand, aber er erschreckte mich nicht mehr.

»Kapitän Stasj, dort sind doch Lion und seine Eltern! Helfen Sie ihnen!«

»Tikkirej!«, erwiderte Stasj betont. »Ich werde dir heraushelfen, da du schon so tief in alles hereingeschlittert bist. Aber ich habe nicht vor, jemand anderen zu retten. Weder Kinder noch Frauen noch alte Leute. Auf diesem Planeten gibt es 700 Millionen Menschen, sie alle benötigen Hilfe. Allen muss geholfen werden, nicht nur deinem Freund.«

»Aber, Kapitän ...«

»Keine Diskussionen! Kommst du mit?«

Ich trat zur Tür zurück. Ich hatte Angst, fürchterliche Angst. Und Kapitän Stasj, der Phag vom Avalon, war mein einziger Schutz auf dem wunderbaren Planeten Neu-Kuweit, der innerhalb eines Augenblicks in einen Alptraum gesunken war.

»Sie haben so überzeugend gesprochen, Kapitän Stasj«, flüsterte ich, »davon, dass wir alle logisch handeln würden ... und das wäre schlecht. Ich habe Ihnen geglaubt. Wirklich.«

Kapitän Stasj schwieg.

»Verzeihen Sie«, sagte ich.

»Wo wohnt dein Freund?«, fragte Stasj.

»Es ist gleich hier, nicht weit weg!«, rief ich aus. »Kommen Sie, es dauert nur eine Minute!«

Im Wirklichkeit hatte man rund fünf Minuten zu gehen. Mir kam es aber vor, als ob wir eine Viertelstunde bräuchten. Stasj schritt weit aus, ich lief nebenher und hielt mit Müh und Not Schritt. Stasj hielt die ganze Zeit die rechte Hand etwas entfernt vom Körper, und ich war davon überzeugt, dass jederzeit ein Feuerball explodieren könnte.

»Und das ist trotzdem ein Schlangenschwert ...«, meinte ich schnell atmend.

»Wie oft soll ich dir noch sagen, dass es kein Schwert ist«, wies mich Stasj zurecht, »eine Plasmapeitsche ist entschieden universeller.«

Die Cottagetür stand noch offen. Stasj schaute schnell ins Schlafzimmer von Lions Eltern, fühlte ihnen den Puls, führte die Handfläche über das Gesicht und schaute dann traurig. Ohne etwas zu sagen, ging er ins Kinderschlafzimmer.

»Ist das dein Freund?«

»Ja!«

»Wir haben noch niemanden in der Phase der Wiedergeburt beobachtet«, meinte Stasj. »Ich hätte den kleineren Jungen bevorzugt, er ist leichter zu tragen. Aber wenn du willst, nehmen wir deinen Freund. Und ... und versuchen ihm zu helfen. Es gibt keine Erfolgsgarantien, das verstehst du hoffentlich.«

Ich verstand, dass es zwecklos war, wegen Lions Eltern nachzufragen. Und wegen seines stillen, schweigsamen Schwesterchens und seines unruhigen Brüderchens auch.

Trotzdem fragte ich:

»Und wenn wir noch ...«

»Auf diesem Planeten«, wiederholte Stasj müde, »gibt es Millionen von Kindern, die dieses Leid getroffen hat. Man kann allem oder keinem helfen. Ich habe mich schon bereit erklärt, deinen Freund mitzunehmen, Tikkirej.«

»Ich werde ihn selber tragen«, sagte ich mutig.

»Wohl kaum«, meinte Stasj und ließ seine Tasche fallen, »kriegst du sie weg?«

Ich hob sie an. Sie war schwer, aber entschieden leichter als Lion. Das war offensichtlich.

»Ja. Natürlich.«

Mit wenigen Bewegungen wickelte Stasj Lion in eine Decke und warf ihn sich über die Schulter. Schweigend ging er hinaus.

»Verzeiht«, sagte ich zu dem kleinen Jungen und dem kleinen Mädchen, die in ihren Betten einen seltsamen, nicht menschlichen Schlaf schliefen, »verzeiht uns, bitte.«

Mein Köfferchen stand auf der Schwelle, ich schnappte es mir ebenfalls. Gebückt unter der Last folgte ich Stasj.

Wir gingen an einigen Autos vorüber, ehe Stasj auf einen bescheidenen Jeep zuging. Er öffnete die Tür – das Schloss gab keinen Piepser von sich, machte sich eine Sekunde lang an der Kontrolleinheit zu schaffen und die Blockade erlosch. Lion legte er auf den Rücksitz und nickte mir zu: »Steig ein!«

Ich setzte mich neben Lion und legte seinen Kopf auf meine Knie, damit er nicht so wackelte. Er befand sich nach wie vor in einem tiefen Schlaf.

»Was ist mit ihm, Kapitän Stasj?«

Das Auto heulte auf und fuhr auf den Weg, der durch das gesamte Motel führte.

»Er ist im Stadium der Wiedergeburt, Tikkirej«, antwortete Stasj lustlos. »Nach unseren Informationen erfasst dieser fünfzehn Stunden dauernde Schlaf die gesamte … fast die gesamte Bevölkerung der von Inej angegriffenen Planeten. Danach schließen sie sich freiwillig Inej an.«

»Kann man ihm helfen?«

»Ich weiß es nicht.«

Das Auto erreichte die Straße, aber zu meiner Überraschung fuhr Stasj nicht zum Kosmodrom, sondern Richtung Stadt.

»Warum fahren wir dorthin?«, fragte ich erschrocken. Ich wollte nur weg, meinetwegen zurück zum Karijer, aber weit weg von Neu-Kuweit.

»Ich möchte einen Blick auf den Sultanspalast werfen. Gestern wurde auf meinen Rat hin die Schutzfeldkuppel eingeschalten. Vielleicht konnte sich die Regierung retten. Dann besteht eine Chance, die Flotte zu Hilfe zu rufen.«

»Sie kennen den Sultan persönlich?«, fragte ich verwundert.

»Ja.«

»Kapitän Stasj, heißt das, Sie hätten einfach darum bitten können, dass man mir die hiesige Staatsbürgerschaft gibt?«

»Ich beschäftige mich nicht mit der Klärung unwichtiger Probleme kleiner Jungs«, erwiderte Stasj müde. »Wenn du glaubst, dass ich während meiner Unterredung mit dem Sultan an deine Existenz gedacht hätte, dann machst du dir etwas vor.«

Ich schwieg, umarmte Lion und hielt ihn fest. Die Straße war hervorragend und Stasj ein guter Fahrer, aber er fuhr mit so hoher Geschwindigkeit, dass wir trotzdem von einer Ecke in die andere geschleudert wurden.

»Es gibt da ein Buch, ›Don Quichotte‹«, meinte Stasj plötzlich. »Dessen Held hielt es für nötig, alle Ungerechtigkeiten, die er auf seinem Weg antraf, zu beseitigen. So schlägt zum Beispiel ein böser Meister den kleinen Jungen, der bei ihm in Dienst stand. Also muss Don Quichotte diesen Herrn bestrafen und danach fährt er weiter. An das, was passieren wird, wenn der Meister wieder mit dem Kind allein ist, daran dachte der naive Ritter nicht. Ist die Analogie verständlich?«

»Ist der Sultan etwa so bösartig?«

»Nein, aber seine Geheimdienste sind argwöhnisch. Da sie mein Vorstoß überraschte und verwunderte, bedachten sie mich mit einer so großen Aufmerksamkeit, dass auch du irgendwann vor Verzweiflung die Wände hochgegangen wärst! Und zweitens, ich beschäftige mich nicht ...«

»... mit der Klärung unwichtiger Probleme«, beendete ich. »Danke, Kapitän Stasj.«

Wir fuhren in die Stadt. Wohngebiete mit niedrigen, vielleicht zehn- bis zwölfgeschossigen Häusern zogen sich dahin. Scheinbar war hier alles beim Alten – die Straßenlaternen und Reklametafeln leuchteten, fast alle Fenster waren hell erleuchtet.

Laut rief ich: »Sehen Sie nur, Stasj, hier ist alles in Ordnung!«

Und wirklich, fast in jedem Fenster waren Menschen zu sehen. Sie waren festlich gekleidet, tanzten oder tafelten, unterhielten sich am Kaminfeuer. Sie schmückten Weihnachtsbäume oder bauten Raketenmodelle zum Tag der Raumfahrt …

Ich schüttelte den Kopf und verstand die Welt nicht mehr.

»Du bist auf einem äußerst zurückgebliebenen Planeten aufgewachsen, Tikkirej«, sagte Stasj sanft. »Das sind Projektionsfenster, sie kamen vor ungefähr zehn Jahren in Mode. Auf Neu-Kuweit ist fast jedes Haus damit bestückt. Verstehst du, du zeichnest auf dein Fenster irgendeinen schönen und bedeutenden Feiertag auf, eine Hochzeit, Silvester, Geburtstag, und dann überträgt dein Fenster abends diese Bilder. Jeder ist bestrebt, seiner Umgebung zu zeigen, wie gut er feiern kann, wie schön und gemütlich es bei ihm ist. Wem es an eigener Phantasie oder an eigenem Können mangelt, um eine behagliche Atmosphäre zu schaffen, der bestellt die Bilder bei einem Designer.«

»Aha«, meinte ich, »davon habe ich gelesen. Ich habe es schon kapiert. Auf den Straßen sind weder Menschen noch Autos. Überhaupt keine. Es können ja nicht alle schlafen, stimmt's?«

Ein Fenster zeigte gerade eine Hochzeit. Eine junge Braut, vielleicht siebzehn Jahre alt, küsste einen ebenso jungen Bräutigam. Das ist eigenartig, denn in Wirklichkeit sind sie schon völlig erwachsene Leute, sie könnten Kinder haben, die älter sind als ich, aber ihre Hochzeit geht weiter. Es wird Hochzeit gefeiert … und sie liegen im Bett und sabbern.

»Gefällt dir diese Mode?«, wollte Stasj wissen.

»Nein«, flüsterte ich.

»Mir auch nicht. Ich mag nicht einmal das gewöhnliche Video, Tikkirej. Auch keine Fotos. Die Erinnerung ist das, was in dir ist.«

Das Auto bog auf eine breite Allee ein und nach weiteren fünf Minuten erreichten wir den Sultanspalast. Er war sehr schön und sehr groß, bestimmt hat nur der Imperator auf der Erde einen größeren Palast.

Stasj stöhnte leise. Lange und deftig fluchte er in einer unbekannten Sprache – ich verstand nicht ein einziges Wort, aber es gab keinen Zweifel daran, dass er fluchte.

»Über allen diesen Türmchen und Kuppeln, Tikkirej«, sprach Stasj, »sollte jetzt ein Kraftfeld blinken. Das ist auch schön, auf seine Art. Und ein absoluter Schutz. Ich habe die Aufklärung von Inej unterschätzt.«

Das Auto wendete auf der Mitte der leeren Allee und jagte zurück.

»Und wenn im Kosmodrom auch alle schlafen?«, fragte ich leise.

»Na, und?«

»Kann man etwa ohne Erlaubnis des Towers losfliegen?«

Stasj lachte unlustig auf. Dann sagte er:

»Die Bedeutung der Worte ›kann‹ und ›kann nicht‹ ändert sich in einer kritischen Situation in ihr Gegenteil.«

»Kapitän Stasj, aber warum ist mit uns nichts passiert?«, wagte ich eine Frage zu stellen, die mich bereits seit einer halben Stunde quälte.

»Das weiß ich nicht, Tikkirej. Ich habe einige besondere Fähigkeiten. Du aber bist ein ganz gewöhnlicher Junge. Dabei konnte sich der Agent des Inej für dich nicht unsichtbar machen und die Waffe, mit der sie die Planeten erobern, hat bei dir nicht gewirkt.«

Ich kam mir vor, als hätte man mich mit eiskaltem Wasser übergossen.

Ich drückte fest die schlaffe, leblose Hand Lions.

Und ich dachte … hatte eigentlich fast gedacht, dass Kapitän Stasj auch mein Freund wäre.

In Wirklichkeit erfüllt er lediglich eine Aufgabe. Er konnte die Agenten des Inej nicht aufhalten, bringt dafür aber zwei Jungs mit. Einen in der »Phase der Wiedergeburt«, beim anderen blieb die Geheimwaffe des Feindes wirkungslos.

»Wie geht es deinem Freund?«, erkundigte sich Stasj.

»Ganz gut«, erwiderte ich, »er schläft.«

»Ich werde jetzt die Geschwindigkeit erhöhen«, teilte mir Stasj mit, als ob wir noch nicht mit annähernd Tempo 200 dahinjagten, »also halt ihn gut fest, okay?«

Ich antwortete nicht einmal. Aber Lion umarmte ich fester. Die Häuser blitzten auf und entfernten sich, in den erhellten Fenstern wurde getanzt, es aßen und unterhielten sich dieselben Menschen, die bald hilflose Marionetten sein würden.

Sie würden sicherlich nicht einmal verstehen, was überhaupt passiert war.

Kapitel 6

Das Kosmodrom war genauso gespenstisch leer wie die Stadt. Hier stießen wir allerdings ständig auf schlafende Menschen: an der Taxihaltestelle, an den Ein- und Ausgängen und in den Securitywachstuben aus mattem, verdunkeltem Glas.

»Sie sind nicht sofort eingeschlafen«, stellte Stasj fest, nachdem er sich umgeschaut hatte. »Siehst du, nirgends sind gerammte oder beschädigte Autos zu sehen und niemand hat sich beim Hinfallen verletzt. Als ob alle schlafen wollten ... und sich eiligst auf den ersten besten Platz gelegt hätten.«

Er hatte Recht. Mir fielen einige Leute auf, die auf dem Fußgängerweg lagen und ihre Diplomatenkoffer, Taschen oder Aktenkoffer unter den Kopf gelegt hatten. Ein betagter Mann hatte sogar seinen Mantel auf dem Rasen ausgebreitet und aus dem offenen Koffer seine Nachtmütze herausgeholt – ohne sie noch aufsetzen zu können. Über ihn hätte man lachen können, wenn das Ganze eine Fernsehkomödie gewesen wäre.

Ich eilte Stasj hinterher und sah mich aber um, um mir so viel wie möglich einprägen zu könnte. Warum genau, wusste ich selbst nicht. Deshalb erblickte ich gleichzeitig mit dem Ritter einen normalen Menschen.

Es war ein alter Mann im Rollstuhl. Er kam langsam aus einem der Flughafengebäude und schaute sich um.

Als er uns erblickte, rief er sofort erstaunlich kräftig: »Warten Sie! Bleiben Sie stehen!«

Wir stoppten. Mir fiel auf, dass Stasj sehr ruhig blieb, als würde er keinen Hinterhalt erwarten.

Der Rollstuhl erhöhte seine Geschwindigkeit und näherte sich uns. Der Alte schaute Stasj sofort argwöhnisch an und fragte:

»Wohin verschleppen Sie dieses hilflose Kind?«

»Dreimal dürfen Sie raten, wohin man in dieser Situation jemanden verschleppen könnte«, erwiderte Stasj, »vielleicht in ein Heim für durchgedrehte Kinder? Auf den Sklavenmarkt? Oder vielleicht doch egal wohin, Hauptsache weit weg von hier?«

Der Alte nickte. Er war sehr alt, aber nicht hinfällig. Er trug einen teuren Anzug mit Manschettenknöpfen aus Edelsteinen, eine die Farbe ändernde Krawatte und Schuhe aus avalonischem Eidechsenleder, die in der Dunkelheit leuchteten. Und sein Rollstuhl kostete bestimmt mehr als jedes Auto. Nur sein Shunt war so alt wie er selbst: mit fünf Zentimetern Durchmesser und einigen Typenbausteinen, die schon lange nicht mehr eingesetzt wurden. Sogar auf Karijer hatte ich diese Shunts selten gesehen.

»Ich heiße Juri«, sagte der Alte, »Juri Semetzki junior, ganz zu Ihren Diensten.«

»Stasj«, antwortete der Phag, »und das ist Tikkirej, der schlafende Junge heißt Lion. Benötigen Sie Hilfe?«

Der Alte schüttelte den Kopf:

»Nein, vielen Dank. Wir sind im Kosmodrom ungefähr zweihundert Leute, die nicht eingeschlafen sind.

Wir nehmen alle den Liner *Astrachan*, er hat das größte Fassungsvermögen. Da ich kaum in der Lage bin, schwere Sachen zu tragen, fahre ich auf dem Territorium des Kosmodroms herum und suche normale Menschen. Die anderen packen die Schlafenden ins Raumschiff. Soviel wir in der verbleibenden Zeit schaffen. In anderthalb bis zwei Stunden werden wir starten.«

»Oho!«, Stasj war wirklich erstaunt. »Das ist gut so. Viel Erfolg für Sie!«

»Wollen Sie sich uns nicht anschließen?«, wunderte sich der Alte.

»Nein, danke. Ich habe mein eigenes Schiff. Ein superkleines, sodass ich keine Mannschaft benötige. Die Jungs nehme ich auch mit.«

»Wäre es nicht vernünftiger, sich uns anzuschließen?«, fragte Juri. »Wir haben Piloten, Navigatoren ...«

»Nein«, beendete Stasj das Gespräch, »Ich ziehe es vor, mich auf die eigene Kraft zu verlassen. Und Ihnen würde ich raten, so schnell wie möglich zu starten und mit dem gefährlichen Samaritertum aufzuhören.«

»Sie sollten das nicht unterbewerten!«, rief der Alte aus. »Wenn es im Maßstab des Planeten auch nur ›Peanuts‹ sind, wir tun, was wir können.«

»Sind Sie wenigstens bewaffnet?«, erkundigte sich Stasj.

Der Alte lachte auf.

»Seien Sie vorsichtig«, sagte er zu Stasj, »sehr, sehr vorsichtig ...«

Mit dem letzten Wort änderte sich seine Stimme wieder unmerklich und das Lächeln verschwand vom Gesicht des Alten. Ziemlich durcheinander rückte der das Kabel des Neuroshunts zurecht und rief:

»Teufel, du bist doch ein avalonischer Phag! Was ist hier los? Eine Epidemie? Eine Aggression der Fremden?«

»Ich weiß es noch nicht. Komm, Tikkirej!«

Ich lief hinter Stasj her und wälzte eine Idee im Kopf hin und her, die mir eben gekommen war. Irrsinnig, aber …

»Teilen Sie dem Imperator so schnell wie möglich mit, was passiert ist!«, schrie uns der Alte nach. »Klar? Seit siebzig Jahren spende ich Geld für euren dämlichen Orden! Seid Ihr wenigstens zu etwas nutze?«

Wir gingen ins Gebäude hinein – die Automatiktüren arbeiteten wie gewohnt. Der Alte fuhr weiter.

»Ich habe ihn einige Male auf dem Avalon gesehen«, teilte Stasj unerwartet mit, »ein Tierproduzent, Schweinezüchter. Es hat ihn wirklich in einer ungunten Stunde hierherverschlagen …«

»Werden sie es schaffen?«, wollte ich wissen.

»Ich weiß es nicht.«

Durch die mit schlafenden Menschen gefüllten Säle kamen wir zur Kontrolle des Abflugterminals. Hier schliefen die Wachmänner sowie die Mädchen, die als Dispatcher arbeiteten, und ein Kellner mit einem Tablett voller Kaffeetassen. Als das Personal die ungewöhnliche Müdigkeit verspürte, versuchte es sicherlich, sie mit Kaffee zu überwinden …

»Und hier haben wir auch seine Kameraden …«, murmelte Stasj. Und wirklich, in einiger Entfernung durchstreifte ein Dutzend älterer Leute die Schlafenden und hob einige, meist Kinder, auf Tragen.

»Ich weiß, was vor sich geht«, sagte ich, »Kapitän Stasj, ich weiß, wer eingeschlafen ist und wer nicht!«

Stasj holte Luft und entriegelte die Türen zum Warteraum für Passagiere. Dort schlief man auch.

»Willst du sagen, dass es an den alten Neuroshunts liegt? Ohne Funkadapter?«

»J-Ja.« Mein ganzer Enthusiasmus verflog.

Stasj wandte sich mir zu. Er ignorierte mein saures Gesicht und tätschelte mir den Kopf.

»Mach dir nichts draus. Du hast eine prinzipiell richtige Beobachtung gemacht, aber … Der Funkadapter ist ein Gerät, das durch mechanische Effekte beeinflusst wird. Durch Autos, Computer, Rollstühle. Er arbeitet auf Empfang, aber der Durchgangskanal ist dermaßen eng, dass es unmöglich ist, die Psyche der Menschen zu beeinflussen.«

»Wirklich zu eng?«, fragte ich dümmlich.

Stasj zuckte mit den Schultern.

»Unseres Wissens – ganz und gar zu eng. Es wären einige Monate ununterbrochener – ich betone: ununterbrochener – Datenübertragung über den Shunt erforderlich, um einigermaßen spürbar auf die Psyche einzuwirken! Und ein derartiger Informationsfluss, der auf einen Planeten gerichtet ist, wird unausweichlich bemerkt. Als ein Neuroshunt mit kabellosem Anschluss entwickelt wurde, hatte die Sicherheitsfrage höchste Priorität. Genau aus diesem Grund ist der Eingangskanal verschwindend eng. Aber jetzt komm, Tikkirej.«

»Und es hat trotz allem mit dem Shunt zu tun ...«, brummelte ich, »denn alle haben doch ...«

»Ich habe selbst einen Shunt mit Funkadapter«, teilte mir Stasj mit, »beginnend mit der dritten Chipversion sind alle Kreativ mit einem Funkadapter ausgerüstet. Und nun?«

Jetzt hatte ich endgültig die Lust auf eine Diskussion verloren.

Die Außentüren der Wartehalle ließen sich von Stasj nicht beim ersten Anlauf öffnen. Deshalb schnitt er mit seinem Schlangenschwert einfach ein Stück Glas heraus. Währenddessen stand ich etwas abseits und schaute auf einen Jungen, der ein wenig älter war als ich und im Schlaf einen teuren Synthesizer umarmte. Warum er ihn wohl aus der Schutzhülle herausgenommen hatte? Das Äußere des Jungen entsprach genau dem von jungen Genies, deren Konzerte im gesamten Imperium übertragen wurden und die Hausfrauen in Begeisterung versetzten. Er hatte bestimmt einige Millionen Kredit auf dem Konto, einen persönlichen Leibwächter, ein teures Haus, und Ohren, Finger sowie Shunt waren für eine unglaubliche Summe versichert. Nur dass er besabbert und mit eingenässten weißen Hosen hier lag und ich lebendig und gesund war. Aus welchen Gründen auch immer.

»Tikkirej!«

Ich rannte Stasj hinterher. Lion schaukelte willenlos auf dessen Schulter. Vielleicht kommt er wieder zu sich, wenn wir den Planeten verlassen haben?, überlegte ich.

Am Ausgang stand ein kleiner Bus. Stasj zog den

Fahrer heraus, legte Lion auf einen Sitz, ich setzte mich daneben und wir fuhren über das leer gefegte Flugfeld.

»Wir haben nicht genügend empirische Angaben«, meinte Stasj unerwartet, »verstehst du das, Kleiner? Noch nie entkamen von einem eroberten Planeten mehr als fünf bis sechs Menschen. Und die waren völlig verschieden. Keine Gemeinsamkeit. Stimmt, die Mehrheit hatte keinen Funkadapter. Es gab aber welche mit den allerneuesten Shunts, die nicht beeinflusst werden können.«

»Wussten Sie, dass alles genau so vor sich gehen würde?«, erkundigte ich mich und schaute dabei auf die lichtblitzenden Gebäude.

»Ich bin davon ausgegangen. Aber nun sag mir, mein junger und neugieriger Freund, der ohne Scheuklappen in die Welt schaut: Was verbindet ein junges Computergenie mit dem modernsten Shunt und einen altersschwachen Greis, der überhaupt keinen Shunt hat? Und einen Quäkerprediger, einen erfolgreichen Geschäftsmann, einen reichen jungen Dandy und eine kinderreiche Mutter. Alle besaßen gewöhnliche Shunts der Mittelklasse.«

Ich schwieg und fand keine Erwiderung. Lion atmete regelmäßig. Die Decke, in die er eingewickelt war, rutschte herunter. Da bemerkte ich, dass auch er eingenässt hatte.

»Kapitän Stasj, hören Sie, Lion ... also, er ...«

»Ich weiß. Ich konnte es spüren, als ich ihn trug«, äußerte Stasj ironisch.

»Nein, das meine ich nicht! Das ist doch wie bei der

Arbeit in Dauerbetrieb! Verstehen Sie? Als ich das erste Mal angeschlossen wurde, als Test, ging es mir genauso. Und wenn man in der Flasche liegt, wo man sich nicht unter Kontrolle hat, ist sogar alles speziell dafür hergerichtet, damit …«

Stasj warf mir schnell einen Blick zu und konzentrierte sich dann wieder aufs Fahren. Dann meinte er: »Könnte sein. Aber wo hast du hier einen Onlineanschluss, Tikkirej?«

»Keine Ahnung. Aber das ist Arbeit in Dauerbetrieb!«, bekräftigte ich. »Ich habe das mitgemacht, ich bin mir sicher!«

»Weißt du, mir gefällt deine Hartnäckigkeit«, sagte Stasj gedankenverloren, »aber was kann man auch von einem Jungen, der vor der Zwangsarbeit flüchtete und die herzlosen Kommerzkosmonauten erweichte, anderes erwarten?«

Das Kompliment war zweischneidig, aber ich fühlte mich geehrt.

»Wir sind da«, sagte Stasj und stoppte den Bus vor einem ganz kleinen Raumschiff mit einem Durchmesser von vielleicht zehn Metern.

»Ich dachte, Sie hätten ein großes Raumschiff«, konnte ich mich nicht zurückhalten.

»Die superkleinen Raumschiffe ermöglichen die Navigation durch einen Einzelnen«, erklärte Stasj, »ohne Module, verstehst du?«

Ich zuckte zusammen. Ich hatte gar nicht daran gedacht, dass – wenn Stasj sein eigenes Raumschiff hatte – dort auch »Gehirne in der Flasche« sein müssten!

»Ich habe keine Module«, meinte Stasj rücksichtsvoll, »entspann dich. Im Notfall können einige Menschen in Dauerbetrieb gehen, aber normalerweise ist das nicht notwendig. Je kleiner das Schiff ist, desto einfacher ist der mathematische Navigationsapparat im Zeittunnel.«

Am Raumschiff öffnete sich eine Luke. Wir betraten die winzige Schleusenkammer, Stasj schloss sofort die Luke, bewegte seinen Kopf – und an den Wänden lebten die verschiedensten Geräte auf. Er hatte wirklich einen Funkadapter.

»Ich verspreche keinen Komfort, aber dafür verschwinden wir«, sagte Stasj. »Aber was machen wir mit deinem Freund …?«

»Verfügen Sie über Geräte zur Kontrolle seines Gehirns?«, fragte ich.

»Zur Feststellung einer Arbeit im Dauerbetrieb?«, konkretisierte Stasj.

Ich nickte.

»Tikkirej, unsere Zeit ist wahrscheinlich äußerst begrenzt …«, begann Stasj. Dann winkte er ab und trug Lion zu einer der Türen.

Dort befand sich der Navigationsraum – ebenfalls klein, mit drei Sitzen vor dem Pult. Hinter den Sesseln sah man eine kleine Nische, die nicht einmal mit einer Wand abgeteilt war. Und in ihr befanden sich zwei halbdurchsichtige Zylinder aus dunklem Glas mit den bekannten Betten.

Ich begann sofort zu zittern.

»Entschuldige, aber das ist die einfachste Diagnosemöglichkeit«, stieß Stasj heraus. Er öffnete einen Zylinder, legte Lion hinein, holte ein Kabel und schloss es an Lions Neuroshunt an.

Ich wartete schweigend, schaute auf den Freund und biss die Zähne zusammen. Er hatte mich noch darum beneidet, dass ich auf Dauerbetrieb war, dieser Dummkopf!

»Komm her, Tikkirej«, rief mich Stasj, »schau dir das an ...«

Am Kopfende des Bettes leuchtete ein kleiner Bildschirm. Ich verstand keines der Symbole und Stasj erläuterte:

»Sein Gehirn arbeitet. Ich würde nicht riskieren, das als Dauerbetrieb zu bezeichnen, da er ja isoliert arbeitet, aber die Struktur ist der von Onlineoperationen sehr ähnlich.«

»Und was verarbeitet er?«

Stasj zuckte mit den Schultern.

»Wenn man das wüsste ... Wir werden jetzt die Belastung messen.«

Seine Finger glitten über die Sensoren.

»Er ist intensiv tätig«, meinte Stasj einigermaßen erstaunt, »oho, wie die Glukose abgefallen ist ... dein Freund ist jetzt sehr beschäftigt. Verstehst du, Tikkirej, das menschliche Gehirn arbeitet gern. Denkt gern. Bei der Arbeit im Dauerbetrieb öffnet es alle seine Ressourcen für die Datenverarbeitung. Der Nachteil besteht darin, dass es dabei keinerlei Entscheidungen trifft, und die Gebiete, die für den Prozess der Zielbestimmung verantwortlich sind, erweisen sich als überflüssig. Und beginnen abzusterben als etwas Unnötiges, wandeln sich um ... Teufel!«

Er verstummte und schaute auf die Indikatoren.

»Was ist passiert?«, fragte ich kläglich.

»Tikkirej, das ist nicht nur Dauerbetrieb, das ist ein Wasserfall ...«

»Geht es ihm schlecht?«

»Er hat großes Pech.«

Stasj nahm meine Hand: »Er arbeitet um drei Ordnungen intensiver als unter Dauerbetrieb. Nun ja, er muss ja auch keine Informationen mit der Außenwelt austauschen. Tikkirej, in einigen Stunden wird dein Freund hilflos sein wie ein Mensch nach zwei bis drei Jahren unter Dauerbetrieb.«

»Kapitän Stasj ...«

»Seit vierzig Jahren bin ich Stasj. Tikkirej, ich weiß nicht, was wir machen sollen.«

»Kann man ihn bremsen? Beruhigen?«

»Er schläft ja schon, Tikkirej. Um die Arbeit des Gehirns zu unterbrechen, müsste man ihn töten.«

»Anabiose!«, rief ich, »haben Sie eine Kammer?«

»Ja. Aber auf die Anabiose muss man sich fast einen Tag lang vorbereiten. Man kann ihn nicht einfrieren.«

Hier merkte ich selbst, dass ich einen blödsinnigen Vorschlag gemacht hatte. Damit ein Mensch die Anabiose überlebt, damit er nicht mit »Eiszapfen an den Wimpern« herumliegt, muss das gesamte Wasser im Organismus gebunden werden, indem man es mit speziellen Zusätzen versieht. Auf die Anabiose bereitete man sich mindestens zehn Stunden lang vor.

»Also dann wird er schwachsinnig?«, fragte ich.

»Er wird so, wie ihn Inej braucht.« Stasj richtete sich auf und breitete die Arme aus: »Das ist etwas anderes. Die Veränderung des Bewusstseins ist dem Dauerbetrieb ähnlich, aber doch anders.«

Ich streichelte Lions Hand, sah Stasj an und bat: »Schließen Sie ihn auf Dauerbetrieb an und überhäufen Sie ihn mit Rechenoperationen. Irgendwelchen.«

»Wie bitte?«, Stasj verdüsterte sich.

»Vielleicht wird die eine Aufgabe die andere verdrängen?«

Stasj wich zurück und schaute mit leichtem Zweifel auf Lion.

»Und wenn ihn das umbringt? Bist du bereit, für deinen Freund zu entscheiden?«

»Ich bin bereit«, bestätigte ich, und das waren die schwerwiegendsten Worte, die ich jemals ausgesprochen hatte.

»Tikkirej, ich habe bisher noch niemals mit Modulen gearbeitet …« Stasj hob die Hände. »Kannst du ihn festschnallen?«

»Sicher. Ich habe selbst so dagelegen.«

Nach einigen Minuten war Lion von einer durchsichtigen Haube bedeckt. Stasj setzte sich ans Steuerpult und schloss lässig sein eigenes Kabel an. Das Schiff schien zu erbeben – mit einem Mal begannen alle bis dahin ruhenden Geräte zu funktionieren. Stasj' Augen schienen wie von einem Tuch verhüllt zu sein – jetzt war er das Schiff, fühlte jeden Geräteblock, jedes Kabel und jeden Prozessor.

»Setz dich, schnall dich an, schließ das Kabel an«, sprach Stasj langsam und gepresst, »wir bereiten uns auf den Start vor, Tikkirej.«

Ich warf mich in den Sitz, der sich langsam an meinen Körper anpasste, und befestigte die Sicherheitsgurte, die sich sofort ausdehnten und mich umschlangen. Ich wusste lediglich aus Filmen, wie man sich in einem echten Pilotensessel zu benehmen hatte. Bis jetzt ging alles gut.

»Geh online …«, sagte Stasj schwerfällig, »ich gebe dir das Außenpanorama, versuche, dich darauf einzustellen.«

Nachdem ich die Haare zurückgestrichen hatte, loggte ich mich in das Bildverarbeitungssystem ein. Und atmete hörbar ein, denn vor mir breitete sich eine vollkommen neue Welt aus.

Der Navigationsraum des Raumschiffes verschwamm und löste sich auf. Mir war so, als ob ich aus einer Höhe von zehn Metern gleichzeitig in alle Richtungen schaute. Ich sah sowohl die Stadt in der Ferne als auch die Menschen, die langsam die Tragen zu einem riesigen Passagierliner schoben, und weitere Raumschiffe – leblos, wie tot.

Außerdem gab es nebenan etwas Körperliches. Jemand Großes, Freundliches und sehr Beschäftigtes – wie eine Flamme blauen Feuers, die am Rand des Gesichtsfelds loderte.

An der Peripherie, obwohl ich jetzt in alle Richtungen schauen konnte.

»Kapitän Stasj?«, flüsterte ich. Und merkte, dass ich gar nicht laut redete.

»Ja, Tikkirej.« Die Flamme wurde etwas auffälliger. »Ich muss mich konzentrieren, schau dich einfach um, okay?«

Ich sah mich um. Ich genoss das Geschehen. Es ähnelte ganz und gar nicht dem Anschluss an den Schulcomputer mit seinem bescheidenen Dutzend veralteter Videokameras. Dort glich die Welt einer Flickendecke, hier wurde sie zu einem Ganzen.

»Schön ...«, hauchte ich. Und erschrak: »Stasj, und Lion?«

»Gleich werde ich ihn einbeziehen.«

Beruhigt schaute ich mich weiter um. Sah nach oben – und erblickte ganz weit weg im Himmel den Schlund des Zeitkanals. Er sah aus wie ein Klumpen absoluter Leere inmitten eines Vakuums.

Schön ...

»Wenn es das Passagierschiff auch schaffen würde, den Planeten zu verlassen, wäre das ein großer Erfolg«, machte sich Stasj bemerkbar. »Eine neue Statistik.«

»Dann werden Sie mich nicht mehr brauchen«, erwiderte ich.

Stasj antwortete nicht sofort: »Das denkst also ...«

»Es stimmt doch?«, fragte ich. »Lion und mich brauchen Sie doch für Untersuchungen?«

»Warum hätte ich dann wohl deinen Freund auf Dauerbetrieb geschaltet?«

»Auch als ... Experiment.«

Nur hier, im virtuellen Raum des Schiffes, konnte ich Stasj diese Worte sagen. Von Angesicht zu Angesicht hätte ich es nicht riskiert.

Nicht, weil ich Angst hatte, aber es wäre mir nicht möglich gewesen.

»Tikkirej«, sagte Stasj nach einer Weile, »von deinem Standpunkt aus erscheint das alles sicherlich logisch und überzeugend. Aber es stimmt nicht. Wir meinen, dass man in unbestimmten Situationen so handeln sollte, wie es ethisch am besten ist. Es hat sich so ergeben, dass das auch am wahrhaftigsten für unsere Situation ist. Niemand hat vor, dich zu untersuchen und deinen Freund auch nicht. Du willst nicht – das ist dein Recht. Ich werde euch zum Avalon bringen und mit der Staatsbürgerschaft helfen. Das ist alles.«

Und er verschwand aus meinem Gesichtsfeld. Blockierte sich.

Sogar kosmische Ritter können beleidigt sein.

Mit Müh und Not spürte ich den eigenen Körper. Ertastete mit der Hand den Shunt und zog das Kabel heraus – der Kopf machte sich durch Schmerzen bemerkbar. Ich warf einen Blick auf Stasj – er schaute in die Leere, sein Gesicht zuckte. Jetzt muss er das Raumschiff auf den Start vorbereiten. Allein. Wenn er auch – das erste Mal im Leben – ein Modul benutzt. Und dabei muss er sich noch die Vorwürfe eines ängstlichen Jungen anhören.

Gab es denn so etwas überhaupt, dass Stasj dazu bereit ist, mir einfach so zu helfen? Und zwar nicht nur so zu helfen, wie alle anständigen Bürger des Imperiums einander helfen sollten, sondern viel mehr. Unvernünftig, unlogisch und unnütz für die ganze Welt!

Wenn dem so ist, dann ist unsere ganze Welt falsch.

Alles in ihr ist falsch. Und meine Eltern hätten überhaupt nicht sterben müssen. Und die biestige Beamtin vom Sozialdienst wollte mir wirklich nur Gutes.

Das bedeutete, dass auch ich anders leben müsste. Leben in einer Welt, in der die wichtigsten Momente durchaus nicht Gesetz und Ordnung sind. Wo man über jede Handlung erst nachdenken muss.

»Kapitän Stasj«, entschuldigte ich mich, »verzeihen Sie mir. Ich bin bestimmt ein großer Dummkopf. Aber ich bessere mich.«

Stasj drehte mir den Kopf zu und erwiderte: »Überprüf die Gurte, Tikki. Wir starten.«

Ich fing schleunigst an, die Gurte zu überprüfen, obwohl ich wusste, dass sie in Ordnung waren. Ich bin sehr lange nicht mehr Tikki genannt worden. Seitdem sich hinter meinen Eltern die Tür geschlossen hatte.

Das erste Mal flog ich bei Bewusstsein mit einem Raumschiff. Es war interessant, aber ich hatte trotzdem mehr erwartet. Vielleicht machte ich mir auch zu viel Sorgen wegen Lion, wegen des Planeten, der nun doch nicht zu meiner neuen Heimat geworden war, wegen der totalen Unklarheit, die mich erwartete?

Stasj manövrierte das Schiff zum Zeitkanal und hielt an. In den Kanal musste man in einem bestimmten Winkel und mit einer bestimmten Geschwindigkeit eintauchen, sonst konnte man irgendwo ankommen, wo man eigentlich gar nicht hinwollte.

»Berechnen wir den Kurs?«, wollte ich wissen.

Stasj schüttelte den Kopf. Er hatte offensichtlich das

Navigationsregime verlassen und bewegte sich jetzt lebhafter.

»Wir warten auf die *Astrachan*, Tikkirej. Vielleicht gelingt es ihnen, sich vom Planeten loszureißen ...«

»Sind sie denn noch nicht gestartet?«

»Nein.«

Wir warteten lange. Zwei Stunden. Kein einziges Schiff tauchte in den Kanal ein und kein einziges verließ ihn.

Der Liner startete nicht. Der mutige Invalide im Rollstuhl und alle anderen – sie blieben unten.

Stasj wurde immer trauriger. Dann krümmte er sich wie vor Schmerzen und schaltete einen der Videoscreens ein.

Der Informationskanal von Neu-Kuweit übertrug eine Nachrichtensondersendung. Der Sultan kündigte eine Volksabstimmung zur Frage über die Vereinigung des Planeten mit der Föderation des Inej an.

Er sah völlig normal aus. Ich hätte niemals angenommen, dass sich dieser Mensch unter irgendeinem Einfluss befand. Und er brachte sehr kluge Sachen zur Sprache – dass die Föderation aus sechs Planeten (»und das ist noch nicht das Maximum«) Neu-Kuweit erlauben würde, den ihm genehmen Platz im Imperium einzunehmen. Dass zwischen Inej und Neu-Kuweit langjährige freundschaftliche Beziehungen, kulturelle und Handelsbeziehungen bestünden. Wie lange das Volk des Planeten auf diese Entscheidung gewartet hätte.

»Denen haben sie erfolgreich eine Gehirnwäsche ver-

abreicht«, äußerte Stasj. »Das ist also der Grund, warum die *Astrachan* nicht gestartet ist. Und …«
Er sprach nicht weiter.
»Ist es kompliziert, auf einen Menschen ein solches Programm zu laden, das ihn anders denken lässt?«, erkundigte ich mich.
»Kompliziert, Tikkirej. Darin liegt ja auch der Hund begraben. Das müsste ein unglaublich umfangreiches Programm sein, um den Menschen nicht einfach umzubringen oder willenlos zu machen, sondern seine Psyche vollständig umzugestalten. Sogar mit einem guten Shunt würde die Datenübertragung einige Tage in Anspruch nehmen. Über den Funkadapter ist eine Übertragung gänzlich ausgeschlossen.«
Ich dachte nach. Ich dachte äußerst angestrengt nach. Tagelang … und die gesamte Bevölkerung … Hier würden auch die schlauesten und hinterlistigsten Agenten vom Planeten Inej nichts ausrichten können. Man kann doch keinen Menschen zwangsweise an ein Kabel anschließen!
Es war vorgekommen, dass ich stundenlang mit dem Kabel herumsaß, als ich es überhaupt nicht wollte, aber das war vor den Examen. Und ich selbst hatte mich, wenn auch unwillig, an den Schulcomputer angeschlossen.
»Stasj, was ist der Inej für ein Planet?«, wollte ich wissen. Es war beschämend, zuzugeben, dass ich von unserem Feind fast nichts wusste.
»Ein ganz gewöhnlicher Planet.«
Stasj zuckte mit den Schultern. »Ein mittlerer,

schwächer als Avalon oder Edem, ungefähr wie Neu-Kuweit. Das Klima ist allerdings schlechter. Aber immer noch im Rahmen der Norm. Inej produziert, Raumschiffe, schürft nach irgendetwas. Sie haben übrigens auch eine entwickelte Vergnügungsindustrie, stellen virtuelle Fernsehserien her, Seifenopern ... die müsstest du doch gesehen haben, zum Beispiel ›Auf den Wegen der Gespenster‹.«

»Habe ich nicht gesehen«, bekannte ich, »bei uns wurden wenige Vergnügungsprogramme gekauft. Ist das eine interessante Serie?«

»Ich habe sie doch auch nicht gesehen«, beruhigte mich Stasj, »ich habe eine Arbeit, Tikkirej, nach der mir nicht nach Soaps zumute ist ...«

Er verstummte. Richtete seinen Blick auf mich und ich sah zum ersten Mal einen fassungslosen Phagen. Dann sagte ich schnell, um Erster zu sein:

»Die Serien. Sie laufen doch über den Shunt! Du schließt dich an und sitzt da Stunde für Stunde, jeden Tag. Da werden eine Menge Daten übertragen.«

»Tikki ...«, Stasj schlug mit der Faust auf seine Oberschenkel, »wir haben es herausbekommen! Der Radioshunt ist nur die Startrampe. Das Signal für den Beginn der Programmanwendung. Sie schmuggeln das Programm frühzeitig Monate oder Jahre vor der Eroberung des Planeten ein. Dann gibt es einen einzigen starken Impuls – und das Programm startet.«

Ich wendete mich um, schaute auf Lion und fragte: »Wird man ihm jetzt helfen können?«

»Das weiß ich noch nicht. Aber wieso sind wir nicht

früher …« Stasj lachte auf einmal bitter auf. »Die Menschheit hat sich seit Jahrhunderten einer Gehirnwäsche unterzogen: als es noch keine Shunts gab, mit Hilfe des gewöhnlichen Fernsehens, über Radio oder durch gedruckte Bücher. Seit Jahrtausenden wurde versucht, die Menschen zu zwingen, etwas zu tun, was sie überhaupt nicht brauchten! Und Inej hat lediglich den nächsten Schritt gemacht.«

Jetzt müsste ich eigentlich der glücklichste Mensch auf der Welt sein.

Wenn ich nicht an Lion, den narkotisierten Planeten und daran gedacht hätte, dass das alles sicherlich erst der Anfang war.

»Dank dir, Tikki«, sagte Stasj. »Vielleicht hast du uns einen Tag, vielleicht eine Woche gespart. Vielleicht auch nur einige Stunden. Aber damit hast du einen Planeten gerettet. Werde jetzt nur nicht überheblich!«

»Warum?«, erwiderte ich frech. »Ich … wir gemeinsam haben ja wirklich herausgefunden …«

»Tikki, niemals wird jemand davon erfahren. So wie niemand je die Gründe für die Verständigung mit der Rasse der Tsygu erfahren hat. Oder auf welche Art und Weise der katholische Dshihad auf der Erde beendet wurde.«

»Das haben Sie gemacht?« Ich verlor die Fassung. Stasj sprach über Ereignisse, die jedem schon in der ersten Klasse bekannt waren. »Und wie war das mit Admiral Charitonow, der die Mutter der Tsygu aus dem Raumschiff der Halflinge rettete und deren symbolischer Ehemann wurde? Und der Imam Johann, der sich auf dem Platz verbrannte, als die Aufständischen ... Kapitän Stasj!«

»Tikkirej, in deinem Körper sind Millionen winziger Phagozytenzellen. Weißt du etwa, welche davon dich vor einer Geschwulst oder einer Infektion gerettet hat?«

»Ihr seid doch aber keine Millionen!«

»Natürlich weniger. Wir sind weniger als Tausend, und das ist übrigens fast ein Geheimnis. Aber wir sind Phagen, die auf der Suche nach Gefahren still durch den Weltraum streifen. Das ist zugleich Stolz und Unzulänglichkeit: ein unbemerkter Held zu sein und als Anlass für Witze und Heiterkeit zu dienen. Vielleicht wird uns das irgendwann vernichten. Aber unsere Feinde lachen nicht über uns, Tikki. Niemals. Und jetzt – frag.«

Ich richtete meine Augen auf ihn und zögerte. Es ist wirklich dumm, eine Frage zu stellen, wenn sie schon bekannt ist.

»Kapitän Stasj, kann ich ein Phag werden?«

»So gut wie sicher – nein. Es tut mir sehr leid, Tikkirej, aber die Vorbereitung eines Phagen beginnt noch vor seiner Zeugung. Du wirst dich nie mit dieser Geschwindigkeit bewegen können, die im Kampf notwendig ist. Deine Sinnesorgane sind zu schwach. Du bist schon zu alt. Du bist schon geboren.«

Unwillkürlich begann ich zu lachen. Aber Stasj meinte es ernst.

»Es reicht nicht aus, ein ehrlicher, kluger und gesunder Mensch zu sein. Du hast einen starken Willen, bist hartnäckig und verfügst über Intuition, aber es werden zusätzlich die primitivsten physischen Potenziale benötigt: die Fähigkeit, gegen zwei bis drei Dutzend bewaffneter Gegner zu kämpfen, Belastungen auszuhalten, die ein gewöhnlicher Mensch nicht ertragen kann. Etwas in dieser Richtung ...«

Er nahm eine Münze im Wert eines halben Kredit aus der Hosentasche. Mit zwei Fingern drehte er sie zu einer Tüte. Dann presste er sie zu einer dünnen Metallscheibe zusammen.

»Fühl mal!«

Ich fing die Münze auf. Das Metall war glühend heiß.

»Bei unserer Tätigkeit gibt es entschieden weniger von diesen Situationen, als allgemein angenommen wird«, sagte Stasj bedächtig, »aber manchmal treten sie auf. Dich kann man trainieren und ausbilden und du wirst viel stärker und pfiffiger als ein gewöhnlicher Mensch oder sogar ein Elitesoldat des Imperiums. Ungefähr so, wie der Agent des Inej, der im Motel zurückgeblieben ist. Aber ein Phag muss einer sein, der niemals dort zurückbleiben würde.«

»Hm«, äußerte ich. »Ich habe es verstanden. Entschuldigen Sie.«

Stasj nickte.

»Ein Phag kannst du nicht werden. Aber du kannst uns helfen. Damit ein einziger Ritter des Avalon zwischen den Planeten umherstreunen, Geld verschleudern und ungestört zu den Herrschenden gehen kann, werden Hunderte Menschen benötigt, die jeden Einsatz vorbereiten. Und ich werde sehr froh sein, wenn du dir irgendwo auf dem stillen und friedlichen Avalon den

Kopf über Ungereimtheiten zerbrechen wirst, die in geheimen Dossiers des Imperiums und provinziellen Nachrichten vergessener Planeten auftauchen. Wenn du Anfragen erarbeiten und Analysen erstellen wirst. Und dann gibst du mir einen Befehl und der unbesiegbare Superheld wird sich an die Arbeit machen. In neun von zehn Fällen völlig umsonst.«

Ich lächelte. Ja, es tat mir sehr weh. Aber es tat auch gut.

Stasj wurde ernst.

»Aber jetzt müssen wir losfliegen, Tikkirej. Wir müssen weitergeben, was wir herausgefunden haben. Du wirst einen Flug im Zeittunnel kennen lernen. Das erste Mal ist es durchaus interessant.«

»Warten Sie, Kapitän Stasj«, erwiderte ich eilig und begann, meine Sicherheitsgurte zu lösen, »noch zwei Minuten, ist das möglich?«

Er lächelte und nickte.

»Nein, Sie haben mich missverstanden«, sagte ich, »Ich – ich gehe in Dauerbetrieb.«

Ich glaube, damit war es mir gelungen, ihn wirklich zu überraschen!

»Wieso, Tikkirej?«

»Dort ist doch mein Freund. Er ist allein. Vielleicht, wenn ich neben ihm im Dauerbetrieb liege ... Ich weiß ja, dass dort nichts ist, aber eventuell spürt er es. Vielleicht wird ihm das helfen.«

Beim Reden war ich bereits aufgestanden und zog mich neben dem zweiten Platz für ein Modul aus.

»Du verdirbst dir doch dein eigenes Gehirn«, gab

Stasj zu bedenken. Er hatte sich nicht einmal umgedreht, sondern blieb angespannt und ratlos sitzen.

»Na, durch einen Zeitsprung verderbe ich es noch nicht, stimmt's? Sie haben ja selbst gesagt, dass man nicht immer vernünftig handeln sollte ...«

Ich legte mich auf das dämliche Bett für Schwerkranke und begann, die Gurte festzuziehen.

»Es tut mir sehr leid, dass du schon geboren bist ...«, sagte Stasj leise, »du hättest ein echter Ritter des Avalon werden können. Viel Erfolg, Tikkirej. Ich versuche, so schnell wie möglich zum Avalon zu kommen. Und das nicht nur wegen Inej und Neu-Kuweit.«

Ich nickte, obwohl er mich nicht sehen konnte. Aber er konnte es ja fühlen. Ich holte das Kabel und steckte es in den Shunt. Schaute auf Lion; durch das dunkle Glas schien sein Gesicht lediglich traurig zu sein.

Es erwies sich als gar nicht so schwer, vor jeder Tat nachzudenken. Ziemlich ungewöhnlich, ziemlich eigenartig. Aber nicht schwer.

»Viel Erfolg, Stasj«, verabschiedete ich mich und schloss die Augen.

Zweiter Teil
Winter

Kapitel 1

Als ich mich der Haltestelle näherte, traf mich ein Schneeball am Hinterkopf.

Ich konnte mich einfach nicht daran gewöhnen! Nicht nur, dass es kalt war, so kalt, dass man spezielle Winterkleidung tragen musste, nein, auch dieser Schnee überall! Ich hatte natürlich davon gehört, aber hören ist etwas ganz anderes als sehen, fühlen und auf Schnee zu laufen.

Oder ein in der Hand zusammengeballtes Stück Schnee vor die Brust zu bekommen.

Ich drehte mich um, tänzelte herum, steckte meine Hand in den Kragen und holte den bereits angetauten Schneeball heraus. Rosi und Rossi kamen mir schon entgegengerannt, lachten und schämten sich kein bisschen. Sie waren Zwillinge, aber mit den Namen hatten sie ebenso wenig Glück wie ich.

»Grüß dich, Tikkirej«, sagte Rosi, »habe ich gut gezielt?«

»Ja«, bekannte ich. Vom Schneeball blieb ein nasser kalter Fleck hinter dem Kragen übrig, der aber langsam warm wurde.

»Ich habe ihr gesagt, dass sie es nicht tun soll«, mischte sich Rossi ein, »aber sie ist ein Schwachkopf ohne Bremsen, das weißt du ja.«

Aus unerfindlichen Gründen war ich davon überzeugt, dass die Idee, mich mit Schneebällen zu bewerfen, eigentlich von Rossi stammte. Wenn er auch leiser und ruhiger als seine Schwester war, so ging die Initiative gewöhnlich von ihm aus.

»Macht nichts«, erwiderte ich, »ich bin nur nicht daran gewöhnt. Bei uns hat es nie geschneit.«

»Es ist langweilig ohne Winter!«, rief Rosi aus. Sie konnte nicht eine Sekunde lang ruhig auf einer Stelle stehen. Entweder gestikulierte sie mit den Händen, die in grell orangefarbenen Handschuhen steckten, versteckte sie in den Manteltaschen oder rückte die nach hinten verrutschte Kappe zurecht. Der diesjährige Winter war warm, sagten mir alle. Nur wenig kälter als null Grad.

Ich fror trotzdem.

»Kommst du mit?«, schlug Rossi vor. »Wir wollen Karten spielen, uns fehlt der vierte Mann. Iwan kommt noch.«

»Nein. Ich kann nicht.«

»Was soll das?«

Rosi zog mich an der Hand und schaute mir in die Augen. »Du bist beleidigt, stimmt's? Verzeih mir, ich werde nicht mehr nach dir schmeißen.«

»Ich muss in zwei Stunden bei der Arbeit sein«, erklärte ich, »heute hab ich Nachtschicht.«

Rossi maulte: »Ach ja, du bist ein viel beschäftigter erwachsener Mensch.«

»Ich bin kein Erwachsener«, erwiderte ich, »aber ich habe die Bürgerrechte und muss für meinen Lebensunterhalt sorgen.«

Es war schon eigenartig, denn wir waren ja gleichaltrig. Wenn ich mir jedoch Rosi und Rossi ansah und auch ihre Mitschüler, dann kam es mir so vor, als wären sie dumme Kinder und ich erwachsen und weise. Vielleicht deshalb, weil ich auf Neu-Kuweit war? Oder weil ich auf Karijer aufgewachsen war? Sie mussten ja noch nie über soziale Dienste und Zahlungen für Lebenserhaltungssysteme nachdenken oder Spione des Inej verfolgen und einem echten Ritter des Avalon helfen. Ihre Eltern lebten, kümmerten sich um sie, liebten sie und halfen ihnen, wenn es nötig war. Und niemand von ihnen musste arbeiten, höchstens zur Aufbesserung des Taschengeldes während der Ferien hinter der Theke von »Mac Robins« stehen.

»Schade«, meinte Rossi. Er war ein guter Junge, nicht boshaft, obwohl seine Streiche manchmal recht gemein waren. »Dann vielleicht morgen? Morgen ist Feiertag, da kann man machen, was man will.«

»Na gut«, erklärte ich mich einverstanden, »wir besprechen das am Morgen, okay?«

Mein Bus kam, ich gab den Zwillingen die Hand und stieg ein. Ich hätte eine Stunde warten und den kostenlosen Schulbus nehmen können. Aber ich hatte es eilig.

Wie Stasj versprochen hatte, arbeitete ich jetzt für die Phagen des Avalon. Genauer, in einer ihnen gehörenden Gesellschaft, die ein kleines Büro im Zentrum von Port Lance, der avalonischen Stadt, in der ich lebte, betrieb. Es war eine Kleinstadt, nicht wie die Hauptstadt von Avalon, Camelot. Mir gefiel sie aber sehr.

Sogar im Winter.

Im Bus hatte ich einen Fensterplatz neben einer pummeligen Dame in einem Mantel aus grauem, synthetischem Pelz. Die Dame schaute ihre Einkäufe durch und rechnete dann etwas auf ihrer Kreditkarte nach. Die Ausgaben stimmten sicherlich nicht, sie schaute immer verbissener. Dann holte sie aus ihrer Tasche eine kleine Schachtel mit Videokassetten, sofort erhellte sich ihre Miene, sie steckte die Kreditkarte weg, legte die Hände in den Schoß und entspannte sich.

Ich hätte es auch nötig, meine Ausgaben zusammenzuzählen. Ich hatte noch einiges von dem Geld, das mir Stasj auf Neu-Kuweit gegeben hatte, und in drei Tagen sollte ich mein erstes Gehalt bekommen, aber trotzdem. Es erwies sich als äußerst schwer, einen eigenen Haushalt zu führen, alle Rechnungen zu bezahlen, Nahrungsmittel und andere Dinge einzukaufen. Mir ist unklar, wie die Eltern damit zurechtkamen!

Ich wandte mich zum Fenster und beobachtete die Straßen von Port Lance. Mama hätte es hier gefallen. Gerade wegen des Schnees. Sie meinte immer, dass der Wechsel der Jahreszeiten etwas sehr Wichtiges sei. Bestimmt hätte es auch Papa gefallen.

Wie ich Karijer hasse!

Ich hätte ja dort mein ganzes Leben verbringen können, ohne zu ahnen, dass die Welt ganz anders aussah. Und immer noch lebten auf Karijer meine Freunde, dort waren Gleb, Dajka und alle anderen. Wenn es bei ihnen Winter wird, heißt das lediglich, dass die Sonne weniger intensiv scheint. Sie zahlen für die Luft, die sie atmen, erzählen sich gegenseitig Geschichten von bösen

Mutanten und schauen alte Unterhaltungssendungen an, da die Administration kein Geld für neue hat.

Mir war alles klar: Zum Imperium gehören über zweihundert Planeten und überall lebt man anders. Es gibt reiche und gute, wie die Erde, Edem, Avalon; und es gibt solche wie Neu-Kuweit, wo die Natur auch sehr schön ist, aber dem Planeten ein Unglück zugestoßen ist. Und es gibt Planeten wie meine Heimat. Damals wurden sie kolonisiert, weil man die Schwerverbrecher irgendwohin schaffen und radioaktives Erz fördern musste. Irgendwann wurde weniger Erz benötigt, und auch die Verbrecher im Imperium wurden weniger. Karijer geriet in Vergessenheit. Lebt, wie ihr wollt ... Ich verstehe alles. Und ich bin sehr traurig.

»Straße der Fröhlichkeit«, piepste der Lautsprecher am Kopfteil meines Sitzes, »wenn Sie weiterfahren möchten, zahlen Sie bitte zu.«

Ich hatte nicht vor weiterzufahren, ich wohnte hier. Ich zwängte mich an meiner Nachbarin vorbei und stieg aus.

In Port Lance sind alle Bezeichnungen sehr malerisch: Straße der Fröhlichkeit, Sonnenallee, Schattenboulevard, Platz des Abends, Uferpromenade der Nebel. Sowie man diese Bezeichnungen hört, weiß man, dass in dieser Stadt nur gute Menschen leben. Man sagt, dass es hier im Frühling sehr schön sein soll, wenn die Kastanien von der Erde und die einheimischen Bäume mit dem lustigen Namen »Nichtsnutze« blühen. Der Nichtsnutz trägt kleine, leichte Früchte, die auf Wärme reagieren. Wenn jemand vorbeigeht, reißen sie sich vom

Zweig los und fallen auf den Boden. Die Samen verstreuen sich in alle Himmelsrichtungen und klammern sich für einige Minuten an den vorbeigehenden Menschen oder Tieren fest. Sie sind nicht klebrig, sondern elektrisch geladen.

Aber das hat noch Zeit. Erst musste der Winter vergehen, bis der Frühling kommen konnte. Und im Frühling würde es wunderschön, da war ich mir sicher.

Ich ging noch in ein kleines Lebensmittelgeschäft neben unserem Haus und kaufte zwei Fertiggerichte, die preiswert waren und schmeckten, ein Weißbrot und zwei Flaschen Limonade. Die Verkäuferin kannte mich, nickte mir freundlich zu und fragte:

»Frierst du nicht, Tikkirej?«

»Nein.« Ich schüttelte den Kopf. »Es ist nicht sehr kalt.«

»Geh trotzdem nicht ohne Mütze.«

»Sie ist in der Tasche«, gab ich zu, »ich bin es nicht gewohnt, etwas auf dem Kopf zu haben.«

»Gewöhn dich daran, Tikkirej.«

Die Frau lächelte und wuschelte meine Haare durcheinander. »Du bist doch ein ernsthafter und selbständiger Mensch.«

Sie kümmerte sich ziemlich um mich, aber nicht von oben herab.

»Ist gut, ich werde mir Mühe geben«, erwiderte ich und steckte die Einkäufe in die Tüte. »Auf Wiedersehen!«

Die Wohnung wurde mir als unfreiwilligem Emigranten von »einem Planeten, der zu einem Katastrophengebiet erklärt wurde« von der Stadtverwaltung zur Verfügung gestellt. Zur temporären unbegrenzten Nutzung. Für die Avaloner galt diese Wohnung bestimmt als klein und ärmlich, aber mir gefiel sie sehr. Sie bestand aus vier Zimmern sowie Küche und verglaster Loggia, von der aus man den Wald und den See sehen konnte. Ich hatte gehört, dass die Bewohner von Port Lance dort im Sommer gern picknicken. Jetzt war der See erstarrt und mit einer dünnen, silbernen Eisschicht bedeckt. In der Nacht spiegelt sich darauf das Mondlicht.

Ich fuhr mit dem Fahrstuhl in den achten Stock. Manchmal nahm ich auch die Treppe – als Sport. Ich öffnete die Tür und betrat die Diele.

Im Wohnzimmer lief der Fernseher. Ich lauschte:
»Das ist eine Wache der Cyborg, Daimor!«
»Gib mir Deckung!«
Ein Plasmablaster begann zu lärmen. Nach dem charakteristischen Kälteausstoß zu urteilen, handelte es sich um die »Puma« der Armee im Dauerfeuer. Ich wartete drei Sekunden ab, aber bei der »Puma« ging die Munition immer noch nicht aus. Danach wartete ich weitere fünf Sekunden, aber der Kälteausstoß hörte noch immer nicht auf und das Rohr des Blasters machte nicht den Eindruck, dass es schmelzen würde. Bei uns im Laboratorium auf der Versuchsstation hatte es kein einziges Rohr länger als zehn Sekunden überstanden.

Ich schlüpfte aus den Schuhen, zog die Jacke aus und ging ins Wohnzimmer.

Lion saß im Sessel und starrte auf den Bildschirm.
»Grüß dich, Lion«, sagte ich.

»Grüß dich, Tikkirej«, erwiderte er, ohne seinen Blick vom Bildschirm loszureißen. Dort sprangen menschliche Gestalten in schwerer Schutzkleidung herum – in der es sich eigentlich nicht besonders gut springen lässt – und beschossen eine gigantische Spinne, die wild mit den Fresswerkzeugen klapperte. Aus der Spinne stoben nach allen Seiten Fleisch- und Panzerfetzen, aber sie dachte nicht daran, zu sterben.

Ich setzte mich auf die Sessellehne und beobachtete Lion.

Mein Freund schaute konzentriert auf den Bildschirm.

»Musst du auf die Toilette?«, fragte ich.

»Ja«, bestätigte er nach einigem Nachdenken.

»Dann geh, Lion. Steh jetzt auf, geh auf die Toilette und mach alles Nötige.«

»Danke, Tikkirej.«

Lion stand auf und ging hinaus. Ganz wie ein normaler Mensch. Stasj und ich konnten ihn nicht retten, nicht wirklich retten. Der Anschluss an den Bordcomputer hatte zwar das Programm unterbrochen, das Lion von Inej eingepflanzt worden war, aber er hatte seinen Willen verloren. Es ging ihm jetzt ungefähr so wie Keol aus der Mannschaft der *Kljasma*, vielleicht sogar schlimmer. Man musste ihn an alles erinnern, und das nicht, weil Lion vergaß, sich zu waschen oder zu essen, sondern weil er keinen Sinn in diesen Handlungen sah. Er hatte zu nichts Lust.

Aber das Schlimmste war, dass er alles verstand. Und irgendwo in der Tiefe der Seele quälte er sich deswegen.

Lion kehrte zurück und setzte sich wieder in den Sessel. Als ob ich nicht im Zimmer wäre. Das Einzige, was er nach wie vor gern machte, war fernsehen. Bei den Modulen ist es genauso.

»Hast du gegessen, Lion?«, erkundigte ich mich ohne Hintergedanken.

»Ja.«

Ich sprang von der Lehne herunter und schaute ihm in die Augen. Er schien nicht zu schwindeln.

»Wirklich? Du hast gegessen, ehrlich? Du wolltest essen?«

»Ehrlich, ich habe gegessen«, antwortete Lion. »Ich wollte.«

Ging es etwa so schnell?

Jeder sagte mir, dass sich Lion früher oder später erholen und wie früher sein würde. Das Gehirn, besonders das jugendliche, wäre ein flexibles System und der Wille würde zurückkehren. Zuerst bei den elementarsten Bedürfnissen, den »vitalen«, wie sich der Arzt ausgedrückt hatte. Danach vollständig. Aber niemand hatte erwartet, dass es so bald passieren würde.

»Lion«, flüsterte ich, »hör mal, was bin ich froh! Du bist ein Prachtkerl, Lion!«

Er erwiderte nichts, denn ich hatte ihm ja keine Frage gestellt.

»Vielleicht hast du auch noch abgewaschen?«, wollte ich wissen, um ihn zum Reden zu bringen.

»Nadja hat abgewaschen«, erwiderte Lion bereitwillig.

Und meine ganze Freude verschwand ins Nichts.

»Also hat dir Nadjeschda zu essen gegeben?«

»Ja. Sie kam und fragte, ob ich essen möchte«, antwortete mein Freund ruhig. »Ich sagte, dass ich möchte. Ich aß. Dann wusch sie das Geschirr ab. Wir unterhielten uns. Danach fing ich an, ein Video anzusehen.«

»Du bist ein guter Junge«, wiederholte ich, obwohl keine Freude geblieben war. »Ich gehe zur Arbeit, Lion. Ich werde sehr spät zurückkommen. Wenn sich der Videorekorder ausschaltet –«, ich hob die Fernbedienung auf und programmierte den Timer, »– gehst du schlafen. Du wirst dich ausziehen, dich unter die Decke legen und schlafen.«

»Gut, Tikkirej. Ich habe alles verstanden.«

Ich rannte fast aus der Wohnung. Eigentlich hatte ich noch Zeit, aber ich drängte aus der Tür, verharrte auf dem Treppenabsatz und biss mir auf die Lippen.

Wie enttäuschend! Wie schade!

»Tikkirej ...«

Ich wandte mich um und erblickte Nadjeschda. Sie war Krankenschwester und wohnte in der Nachbarwohnung. Deshalb hatten wir auch vereinbart, dass sie nach Lion schaute. Ihr Spion war sicher auf mein Erscheinen programmiert.

»Guten Tag«, grüßte ich. Nadjeschda ist noch nicht sehr alt, etwa dreißig. Sie sieht zwar immer sehr streng aus und hat eine kratzige, verrauchte Stimme, ist aber ein guter Mensch. Nur dass ich immer unsicher werde, wenn sie da ist.

»Ich war bei euch und habe Lion zu essen gegeben.«
»Ich weiß.«

Nadjeschda kam auf mich zu und schaute mir in die Augen:

»Was hat dich so durcheinandergebracht, Tikkirej?«

»Ich ... ich dachte, dass er von allein gegessen hätte.«

Sie holte Luft, nahm eine Zigarette, schnippte mit dem Feuerzeug und sagte entschuldigend: »Mein Gott, ich habe keinen Gedanken daran verschwendet, dass er ...«

»Er wird sich trotzdem wieder erholen«, meinte ich starrköpfig.

»Ja, Tikkirej.« Nadjeschda richtete sich auf und sah mich an. »Vielleicht sollte man Lion doch lieber zur Therapie in ein staatliches Krankenhaus bringen? Sie haben sich ja bereit erklärt, ihn kostenlos zu behandeln, und dort gibt es gute Spezialisten, glaub mir!«

»Das glaube ich. Aber ihm geht es besser bei mir.«

»Hast du Bedenken wegen der Schocktherapie?«

Ich nickte. Sie schreckte mich wirklich ab. Ich war zum gesetzlichen Vormund für Lion bestellt worden, und deshalb wurde ich umfassend darüber aufgeklärt, was dort mit meinem Freund gemacht werden würde.

»Zeitweise erscheint das grausam«, stimmte Nadjeschda zu, »alle diese Tests mit Aushungern, Schmerzerregung ... aber du musst einsehen, Tikkirej, dass man im Krankenhaus eine reiche Erfahrung mit der Rehabilitation ehemaliger Module hat. Dein Freund würde ein oder zwei Jahre eines vollwertigen Lebens gutmachen. Wenn auch für den Preis einiger unangenehmer Prozeduren.«

»Er wird hungrig dasitzen und vor ihm wird das Essen stehen«, murmelte ich, »so ist es doch? Und nur wenn Lion vor Hunger das Bewusstsein verliert, wird man ihm befehlen zu essen!«

»Ihm wird nicht befohlen. Er wird zwangsernährt. Aber man wird von ihm eigenständige Entscheidungen erzwingen, und er wird lernen, sie zu treffen.«

»Ja, und der Sessel wird ihm Stromschläge verpassen, und er wird beim Lärm und dem Geheule von Sirenen schlafen und …« Ich verstummte, denn es war schon ekelhaft, daran zu denken.

Nadjeschda drückte die Zigarette direkt an der Wand aus, die feuerfeste Farbe zischte und schäumte und die Glut erlosch augenblicklich. Deshalb also sind alle unsere Wände mit aufgeplatzten Bläschen übersät! Und der Hausmeister hatte mich so argwöhnisch angesehen, als er mich danach fragte!

»Tikkirej, als medizinischer Insider kann ich dir nicht zustimmen«, äußerte sie, »aber du machst es richtig. Du bist ein guter Freund. Wenn Lenotschka alt genug ist, werde ich versuchen, sie mit dir zu verheiraten.«

Ich lächelte verdutzt. Lenotschka, Nadjeschdas Tochter, war etwa fünf Jahre alt, und ich wusste nicht, wie ich mich vor ihren Küssen und Umarmungen retten sollte. Sie hatte mich sofort zu ihrem älteren Bruder ernannt, den sie nach Beendigung der Schule heiraten würde. Sie hätte lieber auf Lion fliegen sollen, ihm war sowieso alles egal!

»Schon gut, hab keine Angst! Sie wird schon bald aufhören, dich mit angelutschten Bonbons zu füttern und dich darum zu bitten, Märchen über tapfere Phagen zu erzählen«, versprach Nadjeschda. »Wenn du möchtest, fahre ich dich zur Arbeit.«

»Nein, danke, ich nehme den Bus«, erwiderte ich schnell. »Es wäre schön, wenn Sie abends noch einmal nach Lion schauen könnten. Nicht dass er wieder nicht schlafen geht und nur Fernsehen schaut!«

»Das mache ich auf alle Fälle«, sagte Nadjeschda, »Ich sehe nach ihm und bringe ihn ins Bett. Mach dir keine Sorgen.«

Im kleinen Windfang am Eingang zum Office speichelte ich meinen Finger ein und steckte ihn in die Detektoröffnung. Gleichzeitig schaute ich in die Linse der Kamera, die meine Netzhaut abglich, aber das war Blödsinn. Die sicherste Überprüfung ist die genetische, da man Fingerabdrücke fälschen, Fingerkuppen transplantieren oder ein Passwort durch Foltermethoden erfahren könnte. Es ist entschieden tauglicher, die Epithelzellen und Erythrozyten, die generell im Speichel vorkommen, zu überprüfen.

Immer wenn ich den Finger an die Detektorfläche hielt, war ich etwas aufgeregt.

Unter der Kontaktfläche befand sich eine Nadel mit einem Serum, das einen Menschen in zwei Sekunden unschädlich macht. Wenn die Genanalyse ergibt, dass ein Fremdling in den Windfang eingedrungen ist, sticht die Nadel zu.

Es war natürlich alles in Ordnung. Die Tür öffnete sich und über ihr leuchtete ein grünes Lämpchen auf. Ich trat ein und grüßte den Wachmann.

»Hallo, Tikkirej«, erwiderte er, »du bist heute ziemlich zeitig.«

»Ich hatte nichts weiter zu tun«, erklärte ich.

Es gefiel mir sehr, wie man sich mir gegenüber am Arbeitsplatz verhielt. Niemand machte sich über mein Alter oder meine Herkunft von einem anderen Planeten lustig.

Und auch umgekehrt: Niemand behandelte mich mit besonderer Rücksicht.

Als Stasj meinetwegen verhandelte, schlug er mir drei Arbeiten zur Auswahl vor: die erste im analytischen Zentrum, das Informationen über alle Planeten des Imperiums sammelte. Die zweite als Techniker auf dem Kosmodrom der Phagen. Wenn man dort gearbeitet hatte, war es leicht, auf einer Pilotenschule angenommen zu werden. Und die dritte in einer Firma, die Waffen untersuchte und entwickelte.

Ich entschied mich für die Waffenfirma.

Hauptsächlich deshalb, weil ich hier am wenigsten arbeiten brauchte, und das bedeutete, dass ich Lion nicht in ein Krankenhaus geben musste. Im Großen und Ganzen habe ich es nicht bedauert. Ich bekam die Funktion eines Hilfstechnikers und ein Arbeitszimmer – na ja, nicht für mich allein, sondern zusammen mit Boris Petrowitsch Tarassow, der Cheftechniker und mein Vorgesetzter war.

Er war schon anwesend. Dünn, lang, kahl geschoren – lediglich auf dem Scheitel thronte ein langes Haarbüschel. Am Anfang hatte ich mich etwas vor seinem Anblick gefürchtet. Aber nicht lange, denn Tarassow erwies sich als guter Mensch. Auf der Welt gibt es bestimmt mehr gute Menschen als böse.

»Guten Tag, guten Tag …«, murmelte Tarassow, kaum dass ich das Zimmer betreten hatte. Er kroch geradezu in den Bildschirm des Genscanners, auf dem sich eine wundersame Peptidkette drehte.

Hatte er etwa mein Spiegelbild auf dem Bildschirm gesehen?

»Guten Tag, Boris Petrowitsch«, sagte ich laut, »macht es etwas aus, dass ich früher da bin?«

Tarassow hüpfte aus dem Sessel, drehte sich zu mir um und schrie mich an: »Tikkirej? Du kannst dich doch nicht einfach anschleichen, oder willst du, dass mir das Herz stehen bleibt?«

»Sie haben mich doch gegrüßt«, rechtfertigte ich mich verwirrt.

Tarassow hob erstaunt seine Augenbrauen. »Gegrüßt? Ich? Ah … komm mal her, Tikkirej!«

Ich ging zu ihm und schaute mit einem Auge auf die Plattform des Analysegeräts. Dort lag ein Schlangenschwert, ganz ruhig. Das also hat Boris Petrowitsch untersucht …

»Ich habe diese Schöne dort begrüßt«, erklärte Tarassow und tippte mit dem Finger auf den Bildschirm, »siehst du?«

»Ich sehe sie, verstehe aber nichts«, gab ich zu.

»Diese Plasmapeitsche ist Ausschuss«, erläuterte Tarassow. »Es ist eine Schande. Eine Peitsche bindet sich an ihren Meister und arbeitet nur mit ihm, das weißt du doch?«

»Ja.«

»Tja, also bei dieser kam es nie zu einem Imprinting. Nicht beim ersten Phagen, nicht beim zweiten, nicht beim dritten. Eine individuelle Abneigung kommt natürlich vor, quasi lebende Mechanismen sind kompliziert. Aber diese hier möchte niemanden annehmen. Ein genetischer Defekt, leider Gottes. Irgendeine Unzulänglichkeit während des Produktionsstadiums.«

»Kann man das heilen?«, wollte ich wissen und warf eine Blick auf die Waffe. Die Plasmapeitsche der Phagen ähnelte wirklich einer Schlange – rund einen Meter lang, mit silbrigen Schuppen bedeckt und mit einem flachen Kopf. Der Kopf erhob sich von Zeit zu Zeit, aber die Schlange lag ruhig da.

»Reparieren, Tikkirej. Die Peitsche ist mehr Maschine als Lebewesen ... Nein, das geht nicht. Rein theoretisch ...«, Tarassow grübelte, »rein theoretisch auch nicht. Außerdem wäre es ökonomisch unvorteilhaft. Weißt du, warum außer den Phagen niemand Plasmapeitschen benutzt?«

»Es ist ein militärisches Geheimnis.«

»Nun, eine Reihe von Studien ist wirklich geheim, aber wir hatten den Diensten des Imperiums Muster überreicht und manchmal kommen Phagen um ... und die Waffe fällt in die Hände des Feindes. Es ist so, Tikkirej, dass die Nutzung der Peitsche äußerst kompliziert und die Herstellung unglaublich teuer ist. Jeder beliebige Terrorist oder Agent zieht es vor, sich mit einer einfacheren und dabei trotzdem starken Waffe auszurüsten.«

»Warum aber benutzen dann die Phagen eine Peitsche?«

»Hast du jemals eine Peitsche im Einsatz erlebt?«, fragte Boris Petrowitsch ironisch, »nicht auf der Versuchsstation, sondern in Wirklichkeit, in den Händen eines erfahrenen Phagen?«

»Ja, hab ich.«

Tarassows Lächeln erlosch. »Verzeih, Tikkirej, ich habe nicht daran gedacht. Also, war das beeindruckend?«

»Und wie!«

»Darum geht es auch. Ein Phag muss von Legenden umgeben sein. Von Achtung, Furcht und Unverständnis. Deshalb ist eine Plasmapeitsche nützlicher als der beste Blaster. Deshalb sind die Phagen mit Plasmapeitschen bewaffnet, von denen jede einzelne so viel wie ein Panzer des Imperiums kostet.«

»Oho!«, rief ich aus.

»Und die Reparatur einer Peitsche«, fuhr Tarassow fort, »würde der Herstellung von zehn Panzern entsprechen. Das ist ja auch Genchirurgie auf höchstem Niveau! Also …«, er senkte seine Hände auf die Tastatur, aus dem Drucker kroch ein Blatt Papier und der Bildschirm erlosch, »schreiben wir das Aussonderungsprotokoll.«

Schreiben mussten wir fast gar nichts. Im fertigen Vordruck waren bereits die vollständigen Angaben über den Defekt der Peitsche, mögliche Gründe für dessen Auftreten sowie eine Empfehlung zur Vernichtung enthalten. Wir ergänzten lediglich einige Punkte (Tarassow ergänzte und ich nickte gehorsam als Antwort auf seine Erklärungen), unterschrieben und setzten unsere Fingerabdrücke an die in der Akte dafür vorgesehenen Stellen.

Danach legte Tarassow das Formular in den Scanner und verschwand in die Kantine, um Kaffee zu holen.

Ich ging näher an die Analyseplattform heran und schaute das Schlangenschwert durch das Sicherheitsglas an. Vielen gefallen Schlangen nicht, mir auch nicht, aber die Peitsche war ja weder ganz Schlange noch ganz Maschine. Sie war eine Legierung aus Biopolymeren, Mechanik und Nervenfasern, übrigens nicht einer Schlange, sondern einer Ratte. Man vertrat die Auffassung, dass Plasmapeitschen vom Intellekt her eher einer Ratte als einer Schlange ähnelten.

»Du hattest kein Glück«, sagte ich der Schlange, »du Unglücksrabe.«

Die Peitsche bildete einen Ring und steckte den dreieckigen Kopf in die Mitte. Als ob sie meine Worte verstanden hätte. Die winzigen Punkte ihrer Sehapparatur blinkten im Lampenlicht.

Der Drucker begann zu summen und spuckte ein neues Exemplar der Abschreibungsverfügung aus. Bereits mit der Stellungnahme der Buchhaltung.

»Trinkst du einen Kaffee, Tikkirej?«, fragte Tarassow, als er zurück war.

Ich schüttelte den Kopf.

»Dann werde ich eine Tasse mehr trinken«, beschloss mein Chef zufrieden, »heute habe ich schlecht geschlafen. Entweder sind es die Druckschwankungen, oder …«

»Haben Sie zu hohen Blutdruck?«

»Was denn für hohen Blutdruck, Gott behüte! Der atmosphärische Druck schwankt, Tikkirej.«

Ich wurde rot und rechtfertigte mich: »Bei uns leben alle unter Kuppeln, dort ist der Luftdruck stabil. Ich hatte nicht daran gedacht.«

Tarassow lachte auf, trank einen Schluck Kaffee, stellte die Tasse zurück und öffnete den Analysekasten. Er fasste die Peitsche am Schwanz an und reichte sie mir. »Halt mal! Hab keine Angst, die Hauptbatterie ist entfernt worden, also kann sie kein Plasma spucken.«

Vorsichtig hielt ich die Schlange mit beiden Händen. Sie fühlte sich warm und weich an.

»Wo der Utilisator ist, weißt du?«, fragte mich Tarassow. »Dann vorwärts. Völlige Zerstörung. Bring die Quittung mit.«

Ich nickte und ging aus dem Raum, wobei ich die Peitsche auf ausgestreckten Händen vor mir hielt. Der Utilisator stand am Ende des Korridors in einem kleinen Stübchen neben den Toiletten.

Es wäre besser, wenn Tarassow selbst das Schlangenschwert vernichten würde! Es war trotz allem ein wenig lebendig … Andererseits musste ich alles selber machen, wenn ich hier arbeiten wollte. Sogar wenn es äußerst unangenehm war.

Im Utilisatorraum war niemand. Das große Metallaggregat knurrte zufrieden beim Zermahlen von irgendwelchem Müll. Ich drückte einen Knopf und aus der Aufnahmeluke glitt ein gewaltiges Keramiktablett heraus.

»Niemand kann etwas dafür, dass es so viel wie zehn Panzer kosten würde, dich zu reparieren!«, sagte ich zur Peitsche und legte sie in die Luke. Auf der Anzeige leuchteten sofort Ziffern auf – Gewicht und prozentualer Metallanteil im Objekt. Ich wählte den Modus »völlige Zerstörung«, was bedeutete, dass die Peitsche zuerst von den Cuttern zerkleinert, dann eingeschmolzen und letztendlich zu Feinstaub zermahlen würde. Ich bemühte mich, nicht auf die sich schwach bewegende Schlange zu schauen, bestätigte das Programm und drehte mich weg, um so schnell wie möglich gehen zu können und nichts hören zu müssen.

Etwas klammerte sich an mein Handgelenk!

Ich schrie auf und drehte mich um. Die Luke war schon dabei, sich zu schließen, aber die Peitsche schlängelte sich plötzlich heraus und wickelte sich fest um meinen Arm. Für eine Sekunde vor Schreck unfähig, einen Gedanken zu fassen, befürchtete ich, dass ich jetzt gemeinsam mit ihr in den Utilisator gezogen oder mir die Hand abgerissen würde!

Aber der Utilisator war nicht von Dummen geschaffen worden. Als der Verschluss auf den Körper der Schange stieß, stoppte er sofort und ging wieder auf. Auf der Anzeige erschien der Hinweis: »Überprüfen Sie die Lage des Objektes in der Luke, ein hermetischer Verschluss ist nicht möglich!«

Die Schlange jedoch schlängelte sich eiligst aus der Luke und kroch unter meinen Pullover!

Mein erster Gedanke war: Schreien! Entweder war die Schlange verrückt geworden oder sie hatte verstanden, und zwar wirklich verstanden, dass sie vernichtet werden sollte. Aber sie war doch nicht dermaßen intelligent!

Ich schrie nicht. Und das war auch gut so, denn die Schlange drückte sich schon an mich und umwand in weichen, fast unbemerkbaren Ringen meinen Arm. Für einen Augenblick schaute der Kopf aus dem Ärmel. Das Loch der Plasmakanone öffnete und schloss sich, als ob ein Ungeheuer das Maul aufriss und den Utilisator anzischte …

Das Schlangenschwert hatte sich an mich gebunden!
In ihr hatte ein Imprinting auf mich stattgefunden!

Ich stand versteinert da und versuchte herauszufinden, was nun zu tun war. Sich an Tarassow wenden? Für die Peitsche gab es nur einen Weg – in den Utilisator. Sie war ja kein Lebewesen, sondern eine Maschine … und wenn sie sich erst einmal jemandem angeschlossen hatte, würde sie sowieso niemand anderem mehr dienen … Aber ich war kein Phag und würde nie einer sein … und nur die Phagen dürfen Peitschen besitzen …

Meine Knie wurden weich.

Ich schwenkte den Arm in der Hoffnung, dass die Schlange abgehen und herunterfallen würde. Von wegen! Es wäre einfacher gewesen, die Finger zu verlieren!

»Hau ab! Geh weg!«, schrie ich.

Und die weichen Ringe fielen plötzlich von meinem Arm ab. Die Schlange begann langsam herauszukriechen und sich in die Luke zurückzulegen. Folgsam und hörig. Nicht wie eine Maschine, sondern wie ein gehorsamer Hund.

»Bleib …«, flüsterte ich, »bleib!«

Die Schlange zog sich augenblicklich zurück. Sie fing schon an, meine Befehle zu verstehen!

Die Ziffern, die das Gewicht des Schlangenschwerts anzeigten, leuchteten noch auf dem Bildschirm. Eilig holte ich meine Kreditkarte heraus, stellte den Taschenrechner an und speicherte:

»607 g, 9 %«. Das Gewicht in Gramm und den prozentualen Metallanteil.

Neben dem Utilisator stand ein Müllkübel, in den allerlei nicht geheimer Müll geworfen wurde, um abends alles mit einem Mal zu entsorgen und das Aggregat nicht wegen jeder Kleinigkeit anschalten zu müssen. Daraus begann ich zerrissenes Papier, Kaffeebecher, Schokoladenverpackungen und irgendwelche Schräubchen mit zerkratzter Windung sowie kaputte Platinen zu holen. Was machte ich da? Ich würde vor Gericht kommen! Sie würden mich vom Planeten jagen!

Aber ich konnte doch jetzt nicht das Schlangenschwert in den Utilisator werfen!

Ich hatte nie ein Haustier besessen. Für einen Hund oder eine Katze musste man einen großen Sozialanteil bezahlen. Meine Eltern konnten sich das nicht leisten. Sie versprachen, mir zum vierzehnten Geburtstag ein echtes lebendes Mäuschen zu kaufen, dafür war die Zahlung ganz gering. Aber daraus wurde bekanntlich nichts …

Ich beschickte die Luke so lange, bis das Gewicht wieder 607 Gramm betrug. Schwieriger war es, den prozentualen Metallanteil zu erreichen. Ich wusste nicht, ob es mir gelungen war. Aber als ich versuchte, ein Stahlrohr zu zerbrechen (ein echter Phag hätte es leicht geschafft, vielleicht sogar ein gewöhnlicher Erwachsener), kroch die Schlange aus dem Ärmel, fiel für einen Moment auf das Rohr und dieses zerbrach in zwei Hälften.

»Neun Prozent«, bestätigte die Anzeige.

Ich stand davor, hielt den Finger am Knopf und versuchte mit dem Durcheinander in meinem Kopf fertig zu werden. Doch da ertönten Schritte im Korridor und unwillkürlich drückte ich den Knopf.

Die Luke schloss sich und der Utilisator lärmte fröhlich mit seinen Cuttern.

Die Quittung über die Zerstörung erschien.

Mit steifen Beinen stelzte ich zurück. Die Schlange träumte ruhig an meinem rechten Arm, ganz wie bei einem Phagen. Flach und unauffällig. Normale Detektoren spüren sie nicht auf, sie ist sehr clever konstruiert. Die Metallteile sind so verteilt, dass es einem Uhrenarmband oder einer Armbanduhr ähnelt, wenn sich die Schlange um den Arm legt. Und meine eigene Uhr ist ganz billig: ein Plastikaufkleber auf der Hand, darin ist überhaupt kein Metall …

»Hier, nehmen Sie, Boris Petrowitsch.« Ich reichte Tarassow die Quittung.

Mein Chef sah das Papier nachdenklich an. Bedächtig klebte er es in die Abschreibungsverfügung ein. Er fragte: »Hat es dich mitgenommen, Tikkirej? Hat dir die Peitsche nicht leidgetan?«

»Das war ja nur eine kaputte Maschine …«, murmelte ich.

Tarassow nickte: »Ja, du hast Recht. Setz dich und bearbeite die Ergebnisse des gestrigen Experiments. Hast du die Methodik verstanden?«

»Ja, habe ich.«

»Das ist nichts Dringendes, aber wenn du heute fertig wirst, wäre es gut. Ich habe noch etwas zu tun ...«

Tarassow nahm die Abschreibungsverfügung und ging hinaus. Ich setzte mich an meinen Computer und schloss das Kabel an den Neuroshunt an.

Ich zitterte am ganzen Körper.

Was hatte ich nur angerichtet?

Kapitel 2

Ich kam erst spät am Abend nach Hause. In der Wohnung war es ruhig, also hatte Nadjeschda vorbeigeschaut, Lion zu essen gegeben und ihn schlafen gelegt.

Die Schlange umschlang immer noch meinen Arm.

Sie wurde von den Detektoren der Auslasskontrolle nicht bemerkt, ich ging bewusst ruhig hinaus und trug doch eine äußerst teure und geheime Waffe an mir. Ich hatte gestohlen! Schlimmer noch, ich hatte meine Freunde, die Phagen vom Avalon, die mich auf Neu-Kuweit gerettet und auf einem guten Planeten untergebracht hatten, bestohlen.

Wenn ich die Zeit zurückdrehen könnte, hätte ich das Schlangenschwert wahrscheinlich nicht genommen. Aber es war nichts mehr zu ändern. Absolut gar nichts. Ich hätte natürlich versuchen können, es zu zerstören, aber wieso hatte ich sie dann erst gestohlen?

Das hieß also, ich war jetzt ein Verbrecher, der aus seiner Beute nicht einmal einen Nutzen ziehen konnte. Wenn mich jemand mit dem Schlangenschwert sehen würde, gäbe es sofort Gerüchte. Auf einem Planeten wie dem Avalon trugen Kinder keine Waffen.

Ich strich lange durch die Wohnung. Versuchte Fernsehen zu schauen – es liefen verschiedene Unterhaltungssendungen, aber davon fühlte ich mich nur noch elender. Ich schmierte mir Brote und kochte Tee, hatte aber keinen Appetit. Dann ging ich ins Schlafzimmer.

Lion schlief friedlich in seinem Bett. Ich deckte mein Bett auf, zog mich aus und legte mich hinein. Die Schlange am Arm war fast nicht zu spüren. Die Phagen gewöhnen sich sicherlich auch an ihre Waffe und spüren sie bald gar nicht mehr.

»Gute Nacht, Lion!«, sagte ich in die Dunkelheit. Aber er antwortete nicht.

Daraufhin bohrte ich meinen Kopf ins Kopfkissen und begann zu heulen. Leise, damit Lion nichts hörte. Wie gern hätte ich Mama und Papa an meiner Seite gehabt! Um ihnen alles zu beichten, damit sie einen Ausweg finden konnten. Die Erwachsenen haben es einfacher, sie wissen immer, was zu tun ist.

Aber auch Erwachsene machen manchmal Fehler. Oder finden keinen Ausweg und tun dann so, als ob ihr Fehler eine richtige Entscheidung war.

Ich versuchte erst gar nicht, vor dem Schlaf zu beten. Ich betete jetzt sehr selten. Vielleicht, weil ich verstanden hatte, dass ein Gebet vor nichts retten kann.

Gegen Morgen erwachte ich durch ein Gemurmel. Ich öffnete die Augen und schaute auf das andere Bett, in dem Lion schlief. Natürlich war er es, der sprach. Das passierte ihm manchmal im Schlaf. Aber normalerweise sprach er unverständlich, während ich jetzt aber Worte unterscheiden konnte:

»Gleich ... gleich ... gleich ...«

Mich schauderte. Lion redete im Schlaf, und ich erinnerte mich daran, dass ich einige Male genauso versucht hatte, meine Mutter loszuwerden, wenn sie mich nicht in Ruhe ließ.

»Gleich ... gleich stehe ich auf ... noch eine Minute ...«

»Lion!«, rief ich laut.

»Ja, gleich ...«, brummte er unzufrieden.

Es schien, als wäre er völlig normal.

»Lion!«, schrie ich, sprang auf, lief zu seinem Bett und rüttelte ihn an den Schultern. »Wach auf, es ist höchste Zeit!«

Er öffnete die Augen.

»Lion, steh auf«, bat ich kläglich.

Und er stand gehorsam auf. Er gähnte und zitterte vor Kälte – für die Nacht hatte ich eine zu niedrige Zimmertemperatur eingestellt und die Heizung war noch nicht angesprungen.

»Lion ...«

Er wartete geduldig.

Ich setzte mich auf sein Bett und sagte: »Verzeih mir, ich dachte, dass es dir besser gehen würde. Verstehst du?«

Lion schwieg.

»Du verstehst alles, das weiß ich«, erklärte ich und schaute dabei nicht auf ihn, sondern durch das Fenster auf die Morgenröte, »du verstehst alles und quälst dich. Lion, bitte, kämpfe! Zwinge dich, Lion. Du wirst auf alle Fälle gesund, das sagen alle. Aber es kann einige Jahre dauern. Wir werden erwachsen und verändern uns. Dabei haben wir uns doch gerade erst angefreundet. Stimmt's?«

Er schwieg.

»Setz dich«, bat ich und Lion setzte sich. Ich warf ihm eine Decke über die Schultern und sagte: »Weißt du, ich habe doch überhaupt niemanden. Da sind Gleb und Dajka, das sind meine Freunde vom Karijer. Aber sie sind weit weg, so, als ob es sie nicht gäbe. Es bleibt nur die Erinnerung. Und Mama und Papa sind gestorben. Damit ich leben kann. Stasj ist auch noch da, aber er lebt sein eigenes Leben und hat zu tun, ich habe ihn schon zwei Wochen nicht gesehen. Dann kenne ich noch Tarassow, ich habe dir von ihm erzählt, er ist mein Arbeitskollege. Es gibt Rosi und Rossi, aber sie sind … sie sind total kindisch, verstehst du? Ehrlich gesagt, haben sie von nichts eine Ahnung. Sie leben auf einem zu guten Planeten. Ich würde auch gern so sein, aber ich kann nicht, ich bin schon geboren worden. Du aber bist anders, du verstehst mich, das spüre ich.«

Lion sagte kein Wort.

»Und dann habe ich auch noch eine Dummheit gemacht …«, flüsterte ich, »eine fürchterliche, idiotische Dummheit.«

Ich hob meine rechte Hand und zeigte Lion die Schlange, die sich darumwand. Als ob ich eine Äußerung erwartete.

»Sie werden es herausfinden«, meinte ich, weil ich dessen auf einmal sicher war, »sie werden es herausfinden. Früher oder später werden sie alles herausfinden. Und dann bleibt mir niemand mehr übrig. Stasj wird nicht einmal mehr mit mir reden wollen. Und entlassen werde ich auch. Lion, streng dich bitte an! Versuch, schneller wieder auf die Beine zu kommen! Vielleicht fällt uns beiden gemeinsam etwas ein.«

Lion schwieg.

»Leg dich hin«, bat ich, »leg dich hin, schlaf noch ein wenig, wenn du willst. Wir werden heute Rosi und Rossi besuchen und zusammen spielen. Du hast doch nichts dagegen, sie ärgern dich doch nicht etwa?«

»Sie ärgern mich nicht«, antwortete Lion, weil er meine Worte als richtige Frage verstanden hatte.

Ich zog seine Decke zurecht und lief ins Wohnzimmer. Ich stellte den Fernseher an und zog die Füße auf den Sessel.

Im Wohnzimmer war es wärmer.

Was sollte ich jetzt nur tun?

Die Schlange an meinem Arm hob den Kopf, als ob sie herausfinden wollte, aus welcher Richtung Gefahr drohte.

»Wenn du wenigstens weg wärst!«, sagte ich durch meine Tränen.

Zu Rosi und Rossi gingen wir nicht.

Rossi rief gegen acht Uhr an. Wenn er gewusst hätte, dass ich schon um fünf Uhr morgens wach war, hätte er auch um fünf angerufen.

»Tikkirej, wir haben eine Idee!«, legte er los, ohne Guten Tag zu sagen.

»Ich bin mit allem einverstanden«, erwiderte ich. Ich hatte keine Lust mehr, vor dem Fernseher zu sitzen.

Rossi kicherte. »Vater hat uns das Auto gegeben! Wollen wir in den Wald fahren und picknicken?«

»Hast du etwa die Fahrerlaubnis?«, wunderte ich mich.

»Ich nicht«, meinte Rossi sauer. »Rosi kann fahren, sie hat die Fahrerlaubnis. Aber eine eingeschränkte, nur in Begleitung eines Erwachsenen.«

»Und wer fährt mit?«, äußerte ich mein Unverständnis.

»Idiot! Du fährst mit! Juristisch gesehen bist du erwachsen, also kann uns niemand etwas anhaben!«

»Dafür habt ihr die Erlaubnis bekommen?«

Rossi kicherte wieder. »Warum nicht? Weißt du, wie dir unsere Eltern vertrauen? ›Ein sehr ernst zu nehmender junger Mann, und nur um weniges älter als ihr!‹«

Es gelang ihm gut, die Stimme seines Vaters nachzuahmen.

»Ich bin wirklich ernst zu nehmen«, erwiderte ich nach eiligem Überlegen. »Einverstanden!«

»Wir kommen in einer Viertelstunde vorbei«, meinte Rossi, »Vater fährt mit uns zu dir, damit alles seine Ordnung hat. So. Nein, nicht in einer Viertelstunde, in einer halben Stunde, ruft er, er muss sich noch rasieren.«

»Gut, bis dahin ist Lion fertig«, willigte ich ein.

Rossi war das, so glaubte ich, nicht ganz recht. Aber er antwortete würdevoll:

»Richtig, frische Luft tut ihm sehr gut. Nimm ihn mit. Und zieht euch warm an! Und außerdem …« Er senkte seine Stimme zu einem kaum verständlichen Flüstern: »Nimm etwas zu trinken mit!«

»Was?«

»Na ja, Bier … Ich weiß nicht, was. Bier oder Wein, entscheide selbst! An dich wird es doch verkauft! Also, bis gleich.«

Ich beendete das Gespräch und lachte auf. Dachten sie etwa, dass ein Trinkgelage interessant wäre?

»Kinder«, sagte ich und ging Lion wecken. Bier hatte ich im Kühlschrank, eine ganze Packung. Nicht für mich, sondern falls sich Stasj entschließen würde, bei uns vorbeizuschauen.

Lion sah normal aus. Wie ein wohl erzogenes Kind, das im Hauseingang steht, warm angezogen, und geduldig auf jemanden wartet.

Ich trug eine Schultertasche mit Bier, belegten Broten und einer Packung mit einem sich selbst erhitzenden geräucherten Hähnchen.

Rosi und Rossi ließen uns nicht warten, sie fuhren nach genau einer halben Stunde vor. Am Lenkrad saß voller Stolz Rosi mit einer Strickmütze und einer grellen Wolljacke. Aufgedonnert war sie, als ob sie ins Konzert wollte und nicht zum Picknick an den See. Rossi war einfacher und praktischer angezogen. Er trug eine synthetische Kombination, in der man ruhig in den Schnee fallen oder im Eiswasser baden konnte.

Ihr Vater saß vorn neben der Tochter. Er war sehr groß, breitschultrig und hatte eine dichte Haarmähne. Bei ihm würde man nie denken, dass er einen friedlichen und beschaulichen Beruf hatte: Theaterkritiker. So stellte er sich allen vor, mir auch: »Theaterkritiker mit den tolerantesten Ansichten.«

Er stieg als Erster aus dem Auto. Rosi bummelte beim Abschnallen herum. Rossi verhedderte sich meines Erachtens in seinen eigenen Armen und Beinen, während mir ihr Vater bereits die Hand drückte und seinen Bass erklingen ließ:

»Guten Morgen, junger Mann.«

»Guten Morgen, William«, erwiderte ich. Er verlangte, ihn nur mit dem Vornamen anzureden und »nicht auf den Altersunterschied zu achten«. Als ob ich mich dadurch unbefangener fühlen würde. Stasj ignorierte den Altersunterschied nicht und mit ihm war es wesentlich einfacher.

William räusperte sich und flüsterte verschwörerisch: »Ein herrlicher Morgen, um meinen Taugenichtsen eine kleine Lektion im Erwachsenwerden zu verabreichen, stimmt's, Tikkirej?«

»Ja, William«, antwortete ich nachgiebig.

William warf einen Blick auf seine Taugenichtse, zwinkerte mir zu und sagte leise: »Sicher habt ihr Bier oder Wein mitgenommen. Nein, du musst nicht antworten, Tikkirej, ich erinnere mich noch gut daran, wie ich selbst als Jugendlicher war. Aber ich bitte dich als selbständigen und verantwortungsbewussten Menschen, darauf zu achten, dass sich Rosi nicht eher als drei Stunden nach Alkoholgenuss ans Steuer setzt!«

»Ich werde mich darum kümmern«, sagte ich.

Erst danach wandte sich William Lion zu und sagte: »Guten Morgen, Junge!«

Ein »junger Mann« war nur ich für ihn.

»Guten Morgen«, erwiderte Lion artig.

»Hm. Gut, ich werde euch nicht länger mit meinen altertümlichen Anweisungen stören.«

William umarmte Rosi und Rossi. Sein Lächeln war dabei dermaßen verschmitzt, dass sofort klar war: Er würde sich auch in zwanzig Jahren nicht für einen Greis halten.

»Papa, wir fahren«, sagte Rosi schnell.

»Der Sicherheitsblock im Auto ist eingeschaltet«, zählte William in der Zwischenzeit auf, »die Apotheke am Platz. Habt ihr alle eure Telefone mit? Vergesst nicht, euch anzuschnallen!«

»Okay, okay«, rief Rosi und hüpfte auf der Stelle. »Papa, du kommst noch zu spät!«

»Das Stück beginnt in anderthalb Stunden«, murmelte William.

»Aber das Theatercafé hat schon geöffnet«, meinte Rosi unschuldig und schaute in den Himmel.

Ihr Vater lächelte ziemlich gezwungen. »Was soll man da machen, die eigene Tochter jagt einen fort. Schönes Wochenende, ihr jungen Leute!«

Er tätschelte Rosi und Rossi die Wangen, reichte mir die Hand, und Lion wurde eines leichten Klapses auf den Hinterkopf für würdig befunden. Dann entfernte sich der tolerante Theaterkritiker.

»So ein Langweiler«, maulte Rosi, als ihr Vater gerade einmal zehn Meter entfernt war, »alle einsteigen!«

Ich hatte meinen Vater nie als Langweiler bezeichnet. Früher.

Aber ich machte keinen Versuch, das Rosi zu erklären, sie hätte es sowieso nicht verstanden.

»Komm, Lion«, sagte ich und nahm ihn an die Hand.

Das Auto war toll. Ein Jeep, nicht sehr groß, aber mit Automatik voll gestopft bis zum Gehtnichtmehr. Nun war mir klar, warum die Eltern keine Bedenken hatten, meine Freunde zum Picknick fahren zu lassen – im Jeep war ein Autopilot, der die Führung übernehmen würde, sollte Rosi etwas nicht richtig machen. Mit so einem Auto durften sogar Betrunkene fahren. Vielleicht hatte es William deshalb gekauft.

Ich setzte mich mit Lion auf den Rücksitz. Rosi und Rossi richteten sich vorne ein.

Während Rosi den Motor anließ – warum sie ihn überhaupt anlassen musste –, wandte sich Rossi zu uns um und sagte hämisch: »Habt ihr eine Vorstellung davon, zu welchem Stück unser Papachen gegangen ist? In die Weihnachtsgeschichte ›Heller Stern, klarer Stern‹. Das ist für die Allerkleinsten, darüber, wie das erste Umsiedlerraumschiff zum Avalon fast verunglückt wäre, und wie der liebe Gott es rettete und es glücklich landete!« Er kicherte.

»Na, na«, äußerte Rosi vorwurfsvoll und streifte ihn mit einem Blick, »jemand hat im vorigen Jahr vor Begeisterung geheult, als er dieses Stück angesehen hat!«

»Das stimmt nicht!«, protestierte Rossi. »Mir kamen die Tränen vor Lachen!«

»Das Raumschiff landete aber wirklich wie durch ein Wunder«, fuhr Rosi fort, »es war ja noch total primitiv, mit einem Atommotor. Es ist vier Monate durch den Zeittunnel geschlichen und der Brennstoffvorrat war falsch berechnet.«

Rossi verstummte. Er stritt sich ständig mit seiner Schwester über Religion. Rosi glaubte, dass es einen Gott gab, und Rossi stritt es ab, höchstens früher hätte es ihn gegeben, aber selbst dann hätte er sich schon seit langem zurückgezogen, sagte er.

Zwischenzeitlich erreichten wir die Schnellstraße. Rosi betätigte unbesorgt allerlei Schalter und das Dach wurde von innen her transparent. Von außen sah der Jeep jetzt einfarbig schwarz aus, aber wir konnten alles sehen wie auf einer offenen Plattform.

»Ja und, hast du Bier mitgebracht?«, erkundigte sich Rossi. Seine Schwester strömte beim Autofahren Energie aus und er brauchte offensichtlich eine Kompensation dafür.

»Habe ich«, erwiderte ich.

»Dann her damit!«

Ich überlegte kurz und entschied, dass es nicht schaden würde. Ich gab eine Flasche Rossi, eine Lion – er würde sicherlich probieren wollen – und nahm eine für mich.

Rosi streckte ihre Hand nach hinten aus.

»Du bekommst keine«, sagte ich, »du fährst.«

»Blödmann, hier ist doch alles voller Automatik!«, protestierte Rosi.

»Ich gebe dir trotzdem nichts. Ich habe deinem Vater versprochen, dass du am Steuer nichts trinkst.«

»Ha, ich habe mir gleich gedacht, dass er dich gehört hat!«, attackierte Rosi ihren Bruder. »Hast ja auch so laut gesprochen, dass man es in der ganzen Wohnung hören konnte! Lass mich mal trinken!«

Rossi schraubte den Verschluss ab, trank den ersten Schluck, lächelte selig und meinte: »Nö, du fährst, Tikkirej hat Recht. Er ist erwachsen und wir müssen auf ihn hören.«

»Na warte!«, drohte ihm Rosi. Sie fuhr mit ihrer Hand in die Jacke und holte eine kleine, flache Flasche, einen Flachmann, hervor. Rossi fielen fast die Augen aus dem Kopf:

»Das ist doch Mamas!«

»Überhaupt nicht Mamas, sondern meine. Mama hat ihre vorige Woche irgendwo verloren.«

Rosi drehte sich um und zwinkerte mir zu. »Voller Cognac, stell dir das vor!«

»Rosi, nicht!«, bat ich.

Sie hätte bestimmt auf mich gehört. Ich sah es ihren Augen an, dass sie schwankte und den starken Cognac eigentlich gar nicht trinken wollte. Aber da sagte Rossi hinterhältig: »Hör auf das, was die Älteren sagen!«

Rosi schraubte augenblicklich den Verschluss ab und nahm einen Schluck. Ihre Augen wurden immer größer, und ich erwartete, dass sie das Lenkrad loslassen würde und die Automatik übernehmen müsste.

Sie aber verschloss die Flasche, schob sie wieder in die Manteltasche und schaute auf die Straße. In dieser Zeitspanne hätte wir gut zehnmal im Straßengraben landen oder auf die Gegenfahrbahn abkommen können, doch der Autopilot verhinderte das.

»Du hast was drauf, Alte!«, rief Rossi begeistert. »Tikkirej, schau dir das an! Ohne etwas dazu zu essen!«

»Und nichts ist passiert«, meinte Rosi heiser.

Das war natürlich Blödsinn. Wir hatten zwar keinen Unfall gebaut, aber ihr würde schlecht werden!

»Rosi, das reicht dann aber bitte«, sagte ich, »ich weiß zwar, dass es einen Autopiloten gibt, aber ich hab trotzdem Angst.«

»Okay, ich höre auf«, stimmte Rosi bereitwillig zu.

Nach etwa zehn Minuten waren wir alle fröhlich. Sicherlich wegen des Alkohols. Rossi öffnete das Fenster auf seiner Seite und begann allen Autos, die wir überholten, zuzuwinken. Lion saß still da, trank von Zeit zu Zeit einen Schluck Bier, und mir schien, dass ihm der Ausflug auch Spaß machte.

»Wir fahren an den See«, entschied Rosi, »ja? Dort ist eine Feuerstelle mit Bänken. Wir picknicken dort.«

Sie sprach etwas lauter als gewöhnlich, hielt sich aber erstaunlich gut. Ich hatte sogar den Verdacht, dass Rosi nicht zum ersten Mal Cognac getrunken hatte.

»Ja«, bestimmte Rossi, »das ist cool! Wir grillen Bratwürste!«

Ich diskutierte nicht. Noch nie im Leben war ich auf einem Picknick gewesen und hatte keine Vorstellung davon, wo und wie man es am besten organisiert.

Bald darauf bogen wir von der Schnellstraße in einen engen Weg ein, wo es sogar Straßenlaternen gab. Dann folgte ein richtiger Holperweg, eine unbefestigte Straße. Rossi erläuterte, dass es verboten war, im Wald normale Straßen zu bauen, um das Ökosystem nicht zu schädigen.

Dem Jeep war es egal, ob Beton, Erde oder Schnee unter den Rädern war. Wir kamen voran, Rosi lenkte eifrig, und wenn sie Acht gab, mischte sich der Autopilot auch nicht ein. Kurz darauf erschien der See.

Ich pfiff vor Überraschung, so schön war es!

Unter der Kuppel hatten wir einen Fluss, der im Kreis herum floss und nur an einer Stelle unterirdisch verlief. Es gab auch einen kleinen See.

Aber das alles war nicht natürlich, sondern von Menschen geschaffen. Und wenn der Fluss auch richtige Ufer und der See eine unregelmäßige Form hatte, man merkte doch, dass sie künstlich angelegt waren.

Hier dagegen war der See fast rund. Und trotzdem natürlich! Auch die alten Bäume am Ufer hatte niemand angepflanzt, sie wuchsen wild: Bäume von der Erde, die sich angepasst hatten, und Überreste der einheimischen Flora. Hier lebten bestimmt auch richtige Tiere: Mäuse, Hasen und Füchse. Und Schnee lag nicht etwa auf den Zweigen, weil die Administration der Kuppel vor den Wahlen beschlossen hatte, allen ein echtes Neujahrsfest zu bescheren, die Temperatur herunterfuhr und die Beregnungsanlagen auf volle Auslastung stellte.

Das waren See, Wald und Schnee. Hier konnte man wirklich spielen. Vielleicht sogar leben: in einem kleinen Haus, das mit Holzscheiten geheizt werden musste, und zu essen gab es Wild, das man im Wald geschossen hatte.

Alles war echt!

»Wunderschön!«, sagte ich.

Das Auto fuhr bereits am Ufer entlang, links war der Wald, rechts eine verschneite Eisfläche.

»Ja, schön«, stimmte Rossi zu.

Sie verstanden es nicht. Sie waren reich, so unendlich reich, dass es einem den Atem verschlug! Neben ihnen lebte eine ganze Welt ihr eigenes Leben.

Sie aber fuhren nur manchmal an den See zum Picknicken.

Ich schaute auf Lion, nahm seine Hand und flüsterte: »Du verstehst mich, das weiß ich. Gerade du verstehst mich.«

Wie schade, dass er mir ohne Befehl nicht antworten, seine Begeisterung nicht äußern und nicht auf dem Sitz herumspringen und sich umsehen konnte. Er hatte es ja früher noch schlechter als ich gehabt, er hatte überhaupt weder Sonne noch Himmel über dem Kopf.

Wir fuhren an zwei oder drei Autos vorbei, die am See geparkt waren. Auch zum Picknicken. Bei den Autos waren Leute, die sogar große, warme Zelte und ein Grillgerät aufgestellt hatten. Vier junge Männer in Badehosen spielten im Schnee Fußball. Alle Achtung! Ich hatte am Morgen aufs Thermometer geschaut, es waren drei Grad unter null!

»Das sind Eisbader«, kommentierte Rossi. »Sie kommen jeden Samstag hierher zum Feiern. Sie werden noch baden, du wirst sehen.«

Nach den Eisbadern fuhren wir noch rund einen Kilometer und hielten an einem verschneiten Holzpavillon mit Tisch und Bänken, alles aus echtem Holz. Etwas weiter zum Wald hin stand das Häuschen einer Biotoilette. Hier war es menschenleer, nur unberührte Natur!

»Hier bleiben wir«, meinte Rosi und fuhr näher an

den Pavillon heran. »Hier waren wir letzten Frühling und kamen in ein Gewitter. Erinnerst du dich, wie du die Angelrute verloren hattest, du Träumer?«

Dieses Mal fand Rossi eine Erwiderung: »Ja, ich erinnere mich gut! Das war doch, als eine Heulsuse von einer Biene gestochen wurde und der ganze See voller Geschrei war?«

Rosi verstummte.

Wir packten aus und zogen unsere Taschen unter das Vordach. Am Eingang standen Besen und wir fegten den Schnee von Tisch, Bänken und Boden nach draußen. Rosi wickelte geschickt Plastikgardinen aus, befestigte sie und schirmte dadurch den Pavillon vor dem Wind ab. Danach warf sie einige Heizbriketts in den Ofen und entzünde sie mit speziellen Zündhölzern für Touristen.

»Rosi ist unser Überlebensspezialist«, bemerkte Rossi. Dieses Mal ohne jegliche Häme, sondern mit Stolz auf seine Schwester. »Mit ihr würdest du im Wald nicht umkommen.«

»In einer halben Stunde können wir die Jacken ausziehen!«, erklärte Rosi stolz, »aber jetzt lasse ich euch Jungs für einen Moment allein.«

Sie ging zur Toilette, und Rossi und ich fingen an, die Lebensmittel auf dem Tisch auszubreiten, den tragbaren Fernseher einzustellen und Geschirr und Besteck auszupacken. Rosi und Rossi hatten sich gut vorbereitet und nichts vergessen. Man hätte auch für Lion eine Arbeit finden können, aber dann hätte man ihm jedes Mal eine Aufgabe stellen müssen.

»Wir sind wie die Erstbesiedler«, meinte Rossi, »wie die Pioniere, die den Avalon bezwungen haben! Mit Lasergewehren in den Händen und einer Auswahl von Biokulturen im Reagenzglas – gegen die ganze wilde und feindliche Welt!«

Dieser Satz stammte bestimmt aus einem Lehrbuch und nicht von ihm. Er war viel zu hochgestochen. Rossi vergaß ihn aber augenblicklich und sorgte sich:

»Du kannst die Sandwichs machen. Ich muss noch Mama Bescheid sagen, dass wir gut angekommen sind. Das Telefon ist im Auto!«

Ich legte die Sandwichs in die Mikrowelle, stellte auf Erhitzen und verfolgte, wie Rossi schnell hüpfend durch den Schnee zum Auto rannte. Er ist zwar oft gemein, aber im Großen und Ganzen in Ordnung.

Ich fühlte mich jetzt sehr wohl. Es gelang mir sogar, die Sache mit dem Schlangenschwert zu verdrängen, wegen der mich früher oder später Unannehmlichkeiten erwarten würden.

»Lion, möchtest du essen?«, fragte ich.

»Ja«, antwortete er, »ein Sandwich.«

Das war doch etwas Neues! Früher hätte ich Lion noch eine zusätzliche Frage stellen müssen, was genau er möchte!

»Nimm!«, sagte ich und reichte ihm ein Sandwich mit Schinken.

Er nahm ihn, fing aber nicht an zu essen.

»Möchtest du ein anderes?«, fragte ich.

»Ja. Mit Käse.«

Ich stürzte dermaßen schnell zur Mikrowelle, dass

ich fast hinfiel. Ich holte ein Sandwich mit Käse. Es zischte vor Hitze und war mit einer geschmolzenen Käsekruste bedeckt. Das mit Schinken nahm ich mir.

»Lion, dir geht es schon besser! Wirklich besser, das merke ich!«, beschwor ich ihn.

Aber er wirkte wieder, als ob ihm eine Kapuze übergestülpt worden wäre. Schweigend begann er sein Sandwich zu kauen. In dem Moment kehrten Rosi und Rossi zurück.

»Aha, das Essen ist fertig!«, rief Rossi und steckte das Telefon in die Jackentasche. »Das ist Klasse. Tikkirej, rück das Bier raus!«

»Ist es nicht zu früh?«, fragte ich.

Rosi protestierte:

»Du willst doch nicht, dass ich mich betrunken hinters Lenkrad setze?!«

Ich fing nicht an zu diskutieren und gab jedem eine Flasche Bier. Im Pavillon wurde es schon wärmer, wir knöpften unsere Jacken auf und Rossi öffnete den Reißverschluss seiner Kombination.

»Tikkirej, stimmt es, dass du extern die Schule beenden möchtest?«, wollte Rosi wissen.

»Ja«, erwiderte ich, »ich habe mir ausgerechnet, dass ich in drei Jahren den gesamten Mindestkurs absolvieren könnte.«

»Lern lieber regulär«, schlug Rossi vor, »mit uns zusammen. Warum hast du es so eilig?«

Ich zuckte mit den Schultern. Wie sollte ich ihnen auch erklären, dass es für mich lächerlich war, mit ihnen zusammen zum Unterricht zu gehen und einem Lehrer zuzuhören, um dann in ein Rüstungslabor arbeiten zu gehen und einen Haushalt zu führen? Ich würde nie mehr so werden können wie sie.

»Es ist schwer, gleichzeitig zu lernen und zu arbeiten«, äußerte ich, »was ist daran so schwer zu verstehen? Ihr könnt doch auch extern die Schule beenden.«

»In der Schule ist es interessant«, meinte Rossi, »du machst einen Fehler. Es ist interessant und du hast keine unnötige Verantwortung.«

»Kann schon sein«, stimmte ich zu.

Wir diskutierten noch eine Weile, doch unlustig. Im Grunde hatten sie mich verstanden, wollten aber einfach nicht, dass ich sie verließ.

»Du müsstest eine Pilotenausbildung machen«, schlug Rossi vor, »Papa sagte neulich, dass du ein guter Pilot sein würdest, weil du ein Modul warst. Das bedeutet, dass du dich ihnen gegenüber human benehmen würdest. Das wiederum wäre sehr nützlich für die soziale Harmonie in der Gesellschaft.«

Mich erfasste eine stille Wehmut. Als Stasj mich überredete, parallel zur Arbeit in eine normale Schule zu gehen, argumentierte er, dass »der Umgang mit Gleichaltrigen meiner harmonischen Entwicklung zugutekommen würde«. Ich richtete mich danach, war jedoch nicht damit einverstanden. Und jetzt erfasste mich dasselbe Gefühl: Eigentlich ist alles richtig, aber …

Ich wollte nämlich nicht Pilot werden und mich den Modulen gegenüber »human« verhalten. Denn es war ja trotzdem gemein, Menschen zu gestatten, zu schweigsamen Zombies zu werden. Pilot könnte ich höchstens auf einem superkleinen Raumschiff werden wie bei den Phagen. Aber solche Raumschiffe gab es kaum.

»Kommt, wir schlittern auf dem Eis!«, schlug Rossi vor.

»Bist du verrückt, das Auto bricht durch!«, entsetzte sich Rosi. »Das Eis ist dünn!«

»Doch nicht mit dem Auto, nur wir!«

Rosi zuckte mit den Schultern.

»Kommst du mit, Tikkirej?«

»Gehen wir«, stimmte ich zu. Ich war noch nie auf Eis geschlittert. Das würde bestimmt lustig.

Wir zogen den Vorhang hinter uns zu und stürmten aus dem Pavillon.

Lion führte ich an der Hand, damit ich ihm nicht ewig alles erklären musste.

»Hurra!«, rief Rossi und warf die leere Bierflasche zur Seite. Er nahm Anlauf, sprang mit einem Jauchzer auf das mit Schnee bedeckte Eis und schlitterte. Ich schaute aufmerksam zu, um mir zu merken, wie das gemacht wurde.

Es sah alles sehr leicht aus.

Zuerst der Anlauf, dann aufs Eis – und dann die Beine gerade halten, um das Gleichgewicht nicht zu verlieren. Bestimmt würde es schwerer sein, auf dem Eis wieder Anlauf zu nehmen. Aha, so funktionierte es also: Rossi machte kleine Schritte, hob die Füße, und dann sah es aus, als würde er nach vorn springen.

Rosi stürmte nach vorn, ihrem Bruder hinterher. Sie verlor das Gleichgewicht, fiel hin und rutschte auf dem Hinterteil weiter, wobei sie lachte und sich drehte.

»Lion, bleib hier stehen«, bat ich. Ich nahm Anlauf und begab mich ebenfalls aufs Eis.

Es war gar nicht so schwer und machte wirklich Spaß. Ich erinnerte mich, dass es in der Stadt eine Schlittschuhbahn gab und man dort auf dem Eis mit speziellen Geräten, den Schlittschuhen, fuhr. Ich sollte einmal dorthin gehen, denn es klappte prima.

Und schon knallte ich ebenfalls auf den Rücken, rutschte mit den Beinen voran und traf den lachenden Rossi. Rosi, die bereits aufgestanden war, lachte fröhlich über uns.

»Oh, entschuldige«, sagte ich.

»Macht nichts!« Rossi stellte sich auf Hände und Füße und stand auf. Sein Rücken hatte den ganzen Schnee vom Eis gefegt, und ich bemerkte, dass das Eis durchsichtig war. Sogar den Grund konnte man sehen!

»He, schau mal!«, rief ich aus.

Rossi schaute nach unten und seine Fröhlichkeit verflog sofort. Vorsichtig ging er zurück auf die zugeschneite Fläche.

»Was machst du?«, wollte ich wissen. Ich streckte mich auf dem Eis aus und schaute mir die Unterwasserwelt an. Vielleicht konnte man sogar Fische sehen?

»Das Eis ist total dünn«, meinte Rossi schuldbewusst, »weißt du ... Es ist bestimmt gefährlich, zu schlittern.«

Rosi schlitterte geschickt auf uns zu. Sie rief:

»Was steht ihr da herum?«

»Rosi, schau doch, das Eis ist ganz dünn!« Rossi zeigte mit der Fußspitze auf die gesäuberte Fläche. Sofort schrie er auf, sprang zur Seite und rief: »Das Eis unter meinen Füßen hat geknackt! Weg hier!«

»Hör auf«, sagte Rosi ungläubig. »Tikkirej, du hast doch wohl keine Angst?«

»Nein«, erwiderte ich. Ich konnte gar nicht verstehen, wovor man Angst haben sollte. Wenn wir auf dem Eis schlittern und es nicht bricht, was sollte sich da auf einmal verändert haben?

»Siehst du, er hat keine Angst!«, stellte Rosi fest.

»Er versteht es einfach nicht«, Rossi wurde immer panischer. »Erinnerst du dich, Mama hat erzählt, wie ein Klassenkamerad ertrunken ist, als sie ein Kind war? Er ist eingebrochen und ertrunken!«

Ich begann mich aufzurichten.

Rosi meinte genervt: »Das Eis ist doch fest, es ist fest!« Und sprang einige Male auf und ab.

Rossi verstummte und zog seinen Kopf ein.

Ich erstarrte auf allen vieren, weil ich ein leichtes Knacksen spürte.

Rosi hörte es sicher nicht.

»Siehst du?«, fragte sie und sprang noch einmal.

Unmittelbar unter ihren Füßen zog sich plötzlich ein dünner, sich verzweigender Riss durchs Eis. Rosi sprang mit einem Aufschrei zur Seite und rannte zum Ufer.

Ich aber stand nach wie vor auf allen vieren und schaute gebannt auf den Zickzack, der auf mich zukam. Der Riss wurde immer breiter, und es war zu sehen, dass das Eis nur vier Zentimeter dick war. Darunter sah man schwarzes, dampfendes Wasser.

»Tikkirej, lauf!«, rief Rossi und wandte sich ebenfalls dem Ufer zu.

Laufen konnte ich schon nicht mehr. Der Riss verlief gerade unter mir. Die Hände waren auf der einen Seite, die Füße auf der anderen. Und der Spalt wurde langsam breiter.

»Tikkirej, was machst du?«

Rosi stand schon am Ufer ungefähr zwanzig Meter entfernt von mir. »Steh auf!«

»Wie?«, rief ich als Antwort. Ich hatte kein bisschen Angst, aber mir war durchaus bewusst, dass ich nicht aufstehen konnte. Ich bog mich jetzt als Brücke über den Riss, der bereits vierzig Zentimeter breit war.

Und er wurde immer größer.

»Rossi, Rossi, lass dir irgendetwas einfallen!«, schrie Rosi.

Ich sah, dass Rossi vorsichtig aufs Eis trat, auf mich zukam – und sofort wieder umkehrte, weil das Eis unter seinen Füßen zu reißen begann.

»Tikkirej!«, rief Rosi.

Mir dämmerte, dass ich ins Wasser springen musste. Was für ein Pech! Aber wenn ich ins Wasser springen würde, könnte ich danach leicht aufs Eis krabbeln und ans Ufer gelangen. Ich würde meine Sachen trocknen, aber trotzdem könnte ich mich erkälten und krank werden, aber einen anderen Ausweg gab es nicht.

»Leute, ich springe ins Wasser!«, schrie ich, »dann krabble ich heraus!«

»Mach das nicht!«, rief Rossi.

Aber ich war schon gesprungen.

Oi …

Das Wasser schien – zum Verbrühen! Alle Achtung! Dass die Eisbader darin baden können! Mir verschlug es den Atem, ich tauchte mit dem Kopf unter, kam wieder nach oben und stieß schmerzhaft mit der Schulter ans Eis.

»Tikkirej!«

»Gleich«, murmelte ich atemlos.

Das Wasser kam mir nicht mehr heiß vor, sondern wurde betäubend kalt.

Ich hielt mich am Eisrand fest, zog mich hoch und hievte den Körper aus dem Wasser. Zuerst ging alles gut, ich war bereits bis zum Gürtel aus dem Wasser und spürte, wie der Wind meine nassen Haare kühlte.

Dann jedoch knackte das Eis unter meinen Händen, brach ab und ich tauchte wieder unter!

Jetzt bekam ich Angst. Ich realisierte, was passiert war: Ich war mit Müh und Not halb aus dem Wasser gekommen, doch mein Körper war zu schwer für das Eis und es brach.

Was sollte ich jetzt nur machen? Wie kam ich hier heraus?

»Leute, helft!«, schrie ich.

Rosi stand schweigend am Ufer, fasste sich an den Kopf und erstarrte. Rossi dagegen rannte hin und her, lief zum Jeep, kam dann zusammenhangslos stammelnd wieder zurück.

Lion ging schweigend nach vorn.

»Bleib stehen!«, schrie ich. »Lion, bleib stehen, beweg dich nicht!«

Natürlich blieb er nicht stehen. Das würde mir gerade noch fehlen, dass auch er einbrach!

Ich begann vorsichtig, mich seitlich aufs Eis zu schieben. So, dass die Kontaktfläche größer war. Und das wäre mir fast gelungen – ich war sogar vollständig draußen!

Aber die Eisfläche brach ab.

Wieder tauchte ich mit dem Kopf unter Wasser, kam an die Oberfläche …

Erschreckt stellte ich fest, dass mein Körper sich weigerte, auf mich zu hören.

Bestimmt vor Kälte. Vielleicht aber auch vor Angst.

»Ich will nicht …«, flüsterte ich, »ich will nicht …«

Etwas bewegte sich an meinem rechten Arm. Mein nasser Pulloverärmel wurde hochgeschoben und ein silbernes Band schoss nach vorne. Es krallte sich einen Meter vom Rand ins Eis.

Die Schlange!

Ich wusste nicht, über welche Reflexe sie verfügte, vielleicht konnte sie überhaupt keine Ertrinkenden retten, sondern wollte lediglich selbst aus dem eisigen Wasser kommen. Aber sie ließ mich nicht im Stich und ich konnte mich an ihr festhalten. Wenigstens vorläufig.

Sie müssen lediglich ein Seil holen, wurde mir mit einem Mal klar, ein ganz gewöhnliches langes Seil, bestimmt ist eins im Jeep: es mir zuwerfen, ich halte mich daran fest und sie ziehen mich ans Ufer. Das muss ich ihnen sagen.

Aber ich konnte nichts sagen. Es war, als ob mir die Zunge abgestorben wäre. Alles, was ich konnte, war, mich an dem Schlangenschwert festzuhalten und auf das so nahe Ufer zu schauen.

Zu Lion, der auf dem Eis lag und auf mich zukroch.

Das musste ihm einer von ihnen befohlen haben, Rosi oder Rossi. Diese Feiglinge!

Er konnte ja nicht einmal schwimmen!

Lion kroch schnell. Als er nur noch einen Meter von mir entfernt war und seine Hand sich auf den Kopf der Schlange legte, die sich ins Eis gebohrt hatte, nahm ich meine Kräfte zusammen und befahl:

»Kriech zurück!«

Lion schwieg eine Sekunde und schaute mich an. Dann sagte er sehr ernsthaft: »Halt die Klappe!«

Wenn nicht die Schlange gewesen wäre, hätte ich jetzt die Hand geöffnet und wäre wieder untergetaucht. Vor Überraschung.

»Fass mich an«, sagte Lion und reichte mir seine Hand, »und leg dich aufs Eis. Ganz flach.«

Wie im Schlaf streckte ich ihm meine Hand entgegen, erfasste die seine – und Lion zog mich langsam hinter sich her. Ich konnte mich kaum bewegen, blieb aber auf der Oberfläche liegen.

Und hier half mir die Schlange. Ich habe keine Ahnung, wie sie sich am Eis festhielt, wie sie sich ins Eis bohrte – aber sie zog mich genau so, wie es nötig war: stetig und kräftig.

Dann lag ich ganz auf dem Eis. Mit den Schuhspitzen hing ich noch im Wasser, aber das Eis hielt mich.

»Kriechen wir los«, sagte Lion, »schneller.«

Schneller konnte ich nicht. Aber wir kamen trotzdem

vorwärts – weiter und weiter, weg von der Einbruchstelle. Die Schlange half mir auf den ersten Metern und zog sich dann in den Ärmel zurück.

Wir krochen so lange, bis wir an die Beine von Rosi und Rossi stießen. Die Zwillinge standen noch immer am Ufer und hatten Angst, auch nur einen Schritt aufs Eis zu machen – obwohl der See dort bis zum Grund gefroren war.

»Tikkirej …«, sagte Rosi erleichtert und verschmierte ihre Tränen im Gesicht. Sie hielt ein Handy in der Hand – offensichtlich hatte sie Hilfe gerufen. Wenigstens darauf war sie gekommen.

Rossi lief nach wie vor hektisch hin und her. Erst versuchte er näher zu kommen, dann machte er einen Schritt zurück.

Ich wandte mich um und schaute auf Lion. Er atmete heftig und leckte sich die Lippen.

»Ist alles okay?«, fragte ich.

»Ja.«

»Lion, du bist ganz normal!«

»Hm«, er lächelte plötzlich, »Tikkirej, bist du etwa mit Absicht eingebrochen?«

Ich fühlte mich wie in einem Kühlschrank. Alle Sachen waren nass und es war Frost. Aber ich spürte die Kälte nicht.

»Nein, nicht mit Absicht«, erwiderte ich. »Aber ich wäre hineingesprungen, wenn ich gewusst hätte, dass das passiert.«

Irgendwie schaffte ich es, mich aufzurichten. Ich half Lion aufzustehen.

Da endlich sprang Rossi auf uns zu, fasste mich an der Hand und rief: »Das hast du prima gemacht, wir werden allen erzählen, dass du ein richtiger Held bist!«

»Und du bist ein Feigling«, sagte ich und lief auf steifen Beinen zum Pavillon. Der Jeep wäre besser gewesen, darin war es wärmer. Aber ich wollte mich jetzt nicht in ihr Auto setzen.

»Tikkirej«, rief mir Rossi kläglich nach, »du bist doch selbst schuld, dass du eingebrochen bist!«

Ich antwortete nicht, sondern sprang in den Pavillon und zog meine nassen Kleider aus. Lion lief hinterher und fragte: »Hast du etwas Trockenes?«

Ich schüttelte den Kopf.

»Gleich ...«

Er wollte schon zurückgehen, aber in diesem Augenblick kam Rossi herein. Voller Scham, mit nassen, roten Augen, den Kopf eingezogen. Er rief: »Tikkirej, da kommt ein Flyer!«

»Zieh deine Kombination aus, du Dämel!«, schrie ihn Lion an. Rossi erstarrte und zwinkerte heftig. Er konnte nicht begreifen, dass Lion normal sprach.

»Hä?«

»Ich poliere dir gleich die Fresse!«, versprach Lion kämpferisch. »Zieh sofort deine Kombination aus!«

Rossi beeilte sich mit dem Ausziehen. Unter der Kombination trug er noch einen warmen Strickanzug. Ich zog mich nackt aus und schlüpfte schnell in Rossis Kombination. Es war schon widerlich, dass mir dieser Feigling half, aber ich konnte ja nicht bei lebendigem Leibe erfrieren! Ich war ja kein Eisbader!

»Hol den Cognac von deiner Schwester und bring ihn her!«, kommandierte Lion Rossi weiter herum. Und der verließ gehorsam den Pavillon. Ich setzte mich auf die Bank und umfasste meine Schultern mit den Händen. Ich zitterte am ganzen Leib. Die Wärme wollte überhaupt nicht in den Körper zurückkehren. Die Schlange bewegte sich unruhig am Arm. War sie von den Zwillingen bemerkt worden oder nicht? Und wenn sie sie bemerkt hatten, verstanden sie dann, worum es sich handelte?

»Tikkirej, ich gieße dir Tee ein.« Lion machte sich an der Thermoskanne zu schaffen.

Wie war er nur darauf gekommen, sich hinzulegen und auf dem Bauch zu kriechen? Das wird ja wirklich so gemacht, ich hatte es in einem Film gesehen, in dem ein Mensch gerettet wurde, der durchs Eis gebrochen war. Danach gab man ihm heißen Tee und Cognac zu trinken.

Irgendwo ganz in der Nähe des Pavillons landete ein Flyer. Über die matten Gardinen huschte ein Schatten und sie erzitterten im Windstoß. Nach einigen Minuten kam noch eine andere Maschine herunter, doch etwas weiter entfernt.

»Da ist also die ›Schnelle Hilfe‹«, murmelte ich. Was sollte ich jetzt mit dem Schlangenschwert machen? Man würde mich ins Krankenhaus bringen, untersuchen, in eine heiße Wanne stecken, was bestimmt alles richtig wäre. Aber dabei würden sie die Schlange bemerken! Sie Lion geben? Das würde bedeuten, ihn in mein Verbrechen hineinzuziehen. Das ging auch nicht …

Für einen Augenblick schaute Rossi durch den Vorhang herein und reichte Lion den Flachmann. Dieser nahm ihn schweigend entgegen, schüttete Cognac in den Tee und reichte ihn mir. Ich trank ihn in einem Zug aus.

Oho! Ich hätte niemals geglaubt, dass Alkohol so guttun könnte!

»Was wird jetzt passieren?«, flüsterte ich. Ich richtete meine Augen auf Lion und sagte: »Aber dafür bist du wieder gesund! Wie kam es nur dazu, Lion?«

»Als ob …«, begann Lion. Aber in diesem Augenblick wurde der Vorhang am Eingang des Pavillons zurückgezogen und Stasj trat ein. Weiter entfernt, hinter seinem Rücken, trieben sich Rosi, Rossi und noch irgendwelche Leute herum.

»Stasj …«, staunte ich. Ich hatte keine Ahnung davon, dass er auf Avalon war.

»Wen hättest du denn gern gesehen? Den Imperator?«, erwiderte der Ritter vom Avalon auf die ihm eigene Art. Er kam zu mir, befühlte die Kombination und nickte zufrieden. Er beschnupperte die Kaffeetasse und nickte nochmals.

»Stasj …«, wiederholte ich.

»Ist noch Cognac da?«, antwortete Stasj mit einer Gegenfrage. »Ich gehe davon aus, dass es sich nicht lohnt, die Mediziner hinzuzuziehen, aber eingerieben werden musst du.«

»Hier«, Lion reichte ihm den Flachmann, »er scheint gut zu sein.«

»Oho!« Stasj schaute eine Sekunde fragend auf Lion

und schüttelte dann den Kopf. »Okay, danach. Zieh die Kombination aus! Erfrorene Finger und Zehen wieder zum Leben zu erwecken ist eine langwierige, aber notwendige Beschäftigung.«

»Stasj«, wiederholte ich zum dritten Mal. Und merkte, dass ich losheulte. »Stasj, ich habe so etwas Schlimmes angestellt … Ich brauche jetzt keine Einreibungen.«

»Meinst du die gestohlene Peitsche?«, erwiderte Stasj. »Ich habe aus diesem Grund den Ärzten verboten hereinzukommen. Gerüchte wären das Letzte, was wir jetzt brauchen.«

Er neigte sich über den Cognac, lächelte, schüttelte den Flachmann und meinte danach:

»Lion, sei ein Freund, lauf zu den Ärzten und hol von ihnen eine Flasche Alkohol. Diesen Cognac für Einreibungen zu nehmen, das wäre ein Verbrechen gegen die Weinkultur.«

»Wird gemacht!«, rief Lion und lief los.

Ich sah Stasj in die Augen und fragte: »Komme ich jetzt ins Gefängnis? Wegen der Peitsche?«

Der Ritter vom Avalon holte tief Luft. »An wen wolltest du sie weitergeben, Tikki? Oder wolltest du sie einfach verkaufen?«

»Verkaufen?«, erwiderte ich verwirrt. »Stasj, sie hat sich mir angeschlossen. Ich konnte sie nicht in den Utilisator werfen! Das wäre ja wie Mord!«

»Tikkirej, diese Peitsche wird schon vier Jahre lang für die Zuverlässigkeitsüberprüfung neuer Mitarbeiter benutzt«, Stasj trank den Cognac aus und stellte die Flasche vorsichtig vor sich auf den Tisch, »der Block für das Imprinting ist bei ihr vollkommen entstellt, sie kann sich an niemanden anschließen.«

Ich versuchte gar nicht erst zu antworten, streckte ganz einfach die Hand aus – und die Schlange kroch aus dem Ärmel, wobei sie die winzige Plasmakanone herausgefahren hatte.

Das machte Eindruck! Stasj zuckte zusammen und seine eigene Peitsche schnellte heraus, bereit zum Kampf.

»Das gibt es doch gar nicht!«, sagte der Phag verdutzt und schaute auf die Waffe, die sich an mich gebunden hatte.

Lion kam mit einem durchsichtigen Flakon zurück.

»Komme ich ins Gefängnis?«, fragte ich wieder. »Oder muss ich den Planeten verlassen?«

»Mittlerweile bin ich mir nicht mehr sicher«, erwiderte Stasj. »Lion, Junge, ist das reiner Alkohol? Oder ist das eine Lösung zum Einreiben?«

»Sie wollten mir eine Lösung geben, aber ich habe reinen Alkohol verlangt«, erwiderte Lion.

»Bist du etwa von Natur aus so verständig?«, erkundigte sich Stasj und öffnete den Flakon. »Tikkirej, jetzt wirst du das ekelhafteste von allen alkoholischen Getränken schlucken müssen. Ich hoffe, dass es dir auf lange Zeit die Lust nimmt, Alkohol zu trinken.«

Ich nickte. Ich war zu allem bereit.

Kapitel 3

Stasj hatte die Heizung auf volle Kraft gestellt und mittlerweile war mir regelrecht heiß. Ich lag auf dem Sofa, eingewickelt in eine Decke, und hörte dem Phagen zu. Mir war immer noch schwindlig und im Mund hatte ich einen ekelhaften Beigeschmack. Noch schien mir alles so lustig wie in einem Trickfilm zu sein. Es drängte mich danach, die Augen zu schließen und zu träumen. Das kam vom Alkohol ... Im Flyer war ich sowieso eingeschlafen.

»Unsere Organisation ist ein offenes System«, erklärte Stasj leise. »Wir nehmen bei uns Leute von den verschiedensten Planeten des Imperiums auf. Aber jeder, sei es ein Hausmeister oder ein Lagerarbeiter, wird verschiedenen Überprüfungen unterworfen. Das ist unumgänglich, verstehst du, Tikkirej?«

Ich nickte träge.

»Gegen dich gab es keine Einwände«, fuhr Stasj fort, »deine Legende wurde vollständig überprüft. Es stellte sich heraus, dass alles stimmte, dass du wirklich der 13-jährige Junge Tikkirej vom Planeten Karijer bist, der zwei Flüge lang als Modul auf dem Raumschiff *Kljasma* gearbeitet hat. Deine Geschichte ist unglaublich. Aber wir sind an unglaubliche Geschichten gewöhnt. Der Psychotyp eines jeden Phagen enthält gezwungenermaßen eine gewaltige Dosis Sentimentalität.« Er lachte auf. »Anderenfalls würden wir uns in eine Bande selbstgerechter Mörder verwandeln.«

»Gibt es denn auch sentimentale Mörder?«, fragte Lion leise. Er saß neben Stasj im anderen Sessel.

»Nur im Kino«, schnitt ihm Stasj das Wort ab. »Tikkirej, niemand hat übermäßig an dir gezweifelt. Aber es gibt Standardmethoden der Zuverlässigkeitsprüfung. Du hast sechs Tests bestanden. Beim siebten bist du durchgefallen. Da ich dich eingeführt hatte, wurde mir das unverzüglich mitgeteilt.«

»Stasj, was hätte ich denn machen sollen?«, fragte ich. »Ich hatte doch nicht geahnt, dass die Peitsche eine Überprüfung war! Ich dachte, dass sie sich mir angeschlossen hatte und sie jetzt getötet werden würde. Ich bin doch kein Ritter. Ich hab kein Recht, eine Waffe zu tragen!«

»Sie hat sich dir wirklich angeschlossen«, stimmte Stasj zu. »Niemand hatte das erwartet, Tikkirej. Und was jetzt geschehen wird, weiß ich auch noch nicht. Das ist ein ganz spezifischer Vorfall, es gibt keine Präzedenzfälle.«

Ich schwieg.

»Lassen wir das, darüber wird später entschieden werden«, meinte Stasj. »Lion, jetzt muss ich mit dir reden.«

»Ja?« Lion hob seinen Kopf.

»Erzähl mir alles, von Anfang an«, bat Stasj, »seit dem Moment, in dem ... wie man dich ... wie du ...« Er fand nicht die treffenden Worte. »Von dem Moment an, als dich die Waffe des Inej traf.«

Lion überlegte einen Moment. »Ich wollte schlafen. Wollte einfach nur schlafen.«

»So«, ermutigte ihn Stasj. »Übrigens, ich mache dich darauf aufmerksam, dass das ein offizielles Gespräch ist und mitgeschnitten wird.«

Lion nickte. »Aha, ich verstehe. Wir wollten uns sowieso schlafen legen, und da wälzte sich irgendetwas auf uns. Mein Schwesterchen wurde sofort ganz still, und mich haute es um. Ich zog mich aus und legte mich hin.«

Stasj wartete.

»Dann habe ich geträumt«, fuhr Lion leise fort.

»Was für Träume? Erinnerst du dich?«

»Eigenartige. Aber schöne.« Lion wurde auf einmal rot.

»Erzähl nur, du brauchst dich nicht zu schämen«, bat Stasj sanft. »Was hast du geträumt?«

»Na, irgendwelche Dummheiten«, Lion warf den Kopf zurück. »Allen möglichen Blödsinn, Ehrenwort!«

»Lion, das ist wichtig, Verstehst du, bei Jungs in deinem Alter gibt es so manche und ganz verschiedene aufregende Träume …«

Lion begann zu lachen: »Aber nein, Sie haben mich missverstanden! Ich habe davon geträumt …«, er stockte kurz, »also, zum Beispiel, dass ich ein Held bin. Können Sie sich das vorstellen? Ein echter Held, ein Retter des ganzen Weltalls. Dass ich mit irgendwelchen Bösewichten kämpfe, auf der Straße laufe, einer langen dunklen, die Häuser sind halb zerstört und überall wird geschossen. Und ich schieße zurück und habe überhaupt keine Angst, im Gegenteil. Als ob das ein Spiel wäre ... Nein, ein Spiel – das ist nicht ernst zu nehmen. Aber im Traum war alles äußerst wichtig!«

»Aha ...«, staunte Stasj, »ach so ...«

»Außerdem habe ich noch geträumt, dass ich in einer Fabrik arbeite«, fuhr Lion fort. »Wir haben dort irgendetwas gebaut. Im Traum habe ich alles verstanden, und jetzt – schon nicht mehr. Wir haben dort lange gearbeitet.«

»Wir?«

»Ich und noch andere Leute.« Lion zuckte mit den Schultern. »Ich glaube, Tikkirej war auch dort. Und noch unsere Kumpel von der Raumstation. Gute Freunde. Wir haben irgendetwas gebaut ...« Er dachte wieder nach. »Ich war Ingenieur ... oder Techniker, ich erinnere mich nicht mehr. Oder beides.«

Stasj schwieg.

Lion aber kam in Fahrt und fuhr mit seiner Erzählung fort. »Und außerdem habe ich geträumt, dass ich erwachsen bin.«

»In den vorhergehenden Träumen warst du ein Kind?«, fragte Stasj schnell.

»Nein. Ich erinnere mich nicht. Es kann sein, dass ich auch erwachsen war. Ich weiß es nicht. Aber jetzt war ich wirklich erwachsen. Ich hatte eine Frau und fünf Kinder.«

Ich kicherte. Aus unerfindlichen Gründen fand ich das sehr unterhaltsam.

»Tja, das war lustig«, stimmte Lion zu. »Ich hatte eine Frau und erörterte mit ihr, wie der Haushalt zu führen sei und wohin wir in den Urlaub fahren würden.

Und den Kindern half ich bei den Hausaufgaben und spielte mit ihnen Baseball. Und die Tochter …«, er zog die Stirn in Falten, »nein, ich kann mich nicht an ihren Namen erinnern, heiratete. Sie hatte auch viele Kinder. Und meine anderen Kinder auch. Und danach … Danach … Danach wurde ich alt und starb. Alle kamen zu meiner Beerdigung und sprachen darüber, was ich doch für ein bemerkenswerter Mensch gewesen wäre und was ich für ein gutes Leben gelebt hätte.«

»DU BIST IM TRAUM GESTORBEN?«, fragte Stasj und hob jedes einzelne Wort hervor.

»Ja.«

»Du bist gestorben und warst tot?«

»Na klar, ich erinnere mich sogar an die Beerdigung!«, erwiderte Lion erstaunt.

»Hattest du Angst?«

»Nein … Überhaupt nicht. Ich habe doch verstanden, dass es nur ein Traum war!«

»Die ganze Zeit über?«

»Ja. Die ganze Zeit über. Ich habe sogar einiges mitbekommen, was um mich herum passierte. Wie ihr mich hochgenommen und in eine Decke eingewickelt und getragen habt. Wie wir durch die Stadt gefahren sind; dort waren in den Fenstern Bildschirme und auf ihnen feierten die Leute … Und danach wurde ich an einen Computer angeschlossen und die Träume hörten auf.«

»Alle Träume verliefen so schnell? Bis zum Zeitpunkt deines Onlineanschlusses im Raumschiff?«

»Ja.«

»Dann ist es nicht verwunderlich, dass dein Gehirn

dermaßen intensiv gearbeitet hatte. Lion, verstehst du, dass es sich hierbei um die Einwirkung einer psychotropen Waffe gehandelt hat?«

»Das ist logisch«, stimmte Lion zu, »aber mit welchem Ziel? Mir ist doch nichts geschehen!«

»Was passierte danach?«, fragte Stasj.

»Danach gab es keine Träume mehr«, teilte Lion mit. »Alles begann dunkel zu werden ... und verschwand. Dann öffnete ich die Augen und Sie sprachen mit mir. Ich war in einem Raumschiff. Sie fragten allerlei Dinge, und ich antwortete und mir war langweilig. Sehr langweilig.«

»Wie viele Jahre hast du in deinen Träumen gelebt, Junge?«, wollte Stasj wissen.

»Ungefähr siebzehn Jahre«, antwortete Lion ruhig. »Zuerst habe ich gekämpft, das dauerte ungefähr fünf Jahre. Dann, als ich in der Fabrik gearbeitet habe, vergingen bestimmt noch einmal fünf Jahre. Dann habe ich wieder gekämpft, etwa fünf Jahre. Und danach lebte ich ein normales Leben.«

»Und an dein ganzes Leben erinnerst du dich?«

»Naja. Fast. Nicht genau, aber ich erinnere mich.«

Stasj nickte. Er streckte seine Hand aus und strich Lion über den Kopf. »Ich verstehe. Du bist ein tapferer Kerl.«

»Warum ein tapferer Kerl?«

»Weil du dich davon befreit hast. Das heißt, im Weiteren war dir langweilig, stimmt's?«

»Ja.« Lion dachte nach. »Nein ... So war es nicht. Nicht nur langweilig ... Sondern, als ob es ... Als ob alles eine Wiederholung wäre. So, als ob ich jetzt schlafen würde und das Leben träumen würde! Und das, was früher war – das war das reale Leben. Und ich hatte auf nichts Lust. Danach fuhren wir an den See, und da …«

Er verstummte.

»Versuch dich an diesen Augenblick zu erinnern«, bat Stasj. »Das ist äußerst wichtig, das begreifst du doch?«

»Als Tikkirej dabei war, unterzugehen – das war falsch«, sagte Lion leise. »Ganz falsch. Das hätte so nicht passieren sollen, verstehen Sie?«

Stasj nickte wieder und schaute angestrengt auf Lion.

»Und ich stand und schaute …«, jetzt sprach Lion sehr langsam. »So etwas hätte nicht sein sollen. Ich weiß nicht, wie es mir gelang. Doch ich legte mich auf den Bauch und fing an zu kriechen. Und auf einmal kehrte sich alles um. Die Gegenwart wurde zum realen Leben und die Vergangenheit zum Traum!«

»Und bis dahin war dir der Unterschied nicht bewusst?«, fragte Stasj nach.

»Er war mir bewusst!«, schrie Lion auf, und ich sah plötzlich, dass er Tränen in den Augen hatte. »Ich realisierte es, aber es war überhaupt nicht wichtig. Es war wie im Traum – du verstehst, dass es ein Traum ist, na und? Ich verstand durchaus, was alles real war, aber das bedeutete mir nichts. Und plötzlich änderte sich alles! Als ob ich erwacht wäre.«

»Ruhig, ruhig«, sagte Stasj sanft und legte seine Hand auf Lions Schulter. »Wenn es dir schwerfällt, dann sag nichts.«

»Aber ich habe ja schon alles erzählt«, murmelte Lion. »Absolut alles.«

»Du wirst alles noch einmal erzählen müssen. In allen Einzelheiten. Nicht heute, aber es ist notwendig. Für die Spezialisten.«

Lion nickte.

»Okay, ihr beiden.« Stasj stand auf. »Ich komme morgen früh bei euch vorbei. Jetzt muss ich mit einigen Leuten reden.«

»Stasj, was wird mit mir passieren?«, konnte ich mich nicht zurückhalten und fragte noch einmal.

»Nichts Schlimmes«, sagte der Phag bestimmt. »Garantiert.«

»Habe ich darauf das Wort eines Ritters des Avalon?«, wollte ich wissen.

Stasj schaute mich sehr eigenartig an. Aber er erwiderte: »Ja. Das Wort eines Ritters des Avalon. Ich gebe dir mein Wort darauf, dass mit dir alles in Ordnung kommen wird. Ruht euch aus, Kinder. Und gebt euch Mühe, dass ihr heute nicht noch einmal in ein Fettnäpfchen tretet.«

Lion begleitete ihn zum Ausgang. Aber als er wiederkam, war ich schon so geschafft, dass ich ihn nur noch mit Müh und Not anschauen konnte.

»Deine Augen fallen zu«, meinte Lion.

»Ja...«, stimmte ich zu, »das kommt vom Alkohol...«, und schlief ein.

Es gelang mir nicht, lange zu schlafen. Ich wurde durch das Klingeln des Telefons, das auf dem Tisch stand, geweckt. Lion war offensichtlich ins Schlafzimmer gegangen, ich dagegen auf dem Sofa eingeschlafen. Mein Kopf war nach wie vor schwer, nach Kichern war mir nicht mehr zumute, die Trunkenheit war vergangen.

Ohne Licht zu machen, sprang ich auf, nahm den blinkenden Telefonhörer und meldete mich:

»Hallo!«

»Tikkirej?«

Mir wurde sonderbar zumute. Es war Rossi. Ich schaute nach der Zeit – zwei Uhr nachts.

»Ja«, sagte ich.

»Tikkirej«, er sprach sehr leise, offensichtlich, damit ihn niemand hörte, »wie geht es dir, Tikkirej?«

»Normal«, erwiderte ich. Es war ja wirklich alles in Ordnung.

»Du bist nicht krank geworden?«

»Nein.« Ich kroch zurück unter die Decke, ohne den Hörer aus der Hand zu legen. »Stasj hat mich Alkohol trinken lassen und mich dann von Kopf bis Fuß eingerieben. Zu Hause saß ich eine halbe Stunde in der heißen Wanne und ging dann ins Bett. Und eigentlich schlafe ich schon seit langem.«

Rossi hielt sich nicht damit auf, dass er mich geweckt hatte. Er schwieg eine Weile und fragte danach: »Tikkirej, und wie wird es weitergehen?«

Mir war klar, worum es ihm ging. Aber ich fragte trotzdem.

»Inwiefern?«

»Was soll ich jetzt machen?«, wollte Rossi wissen.

»Hör mal, es ist doch weiter nichts Schlimmes passiert!«, erwiderte ich, »überhaupt nichts! Vielleicht hole ich mir nicht einmal eine Erkältung!«

»Was wird jetzt aus mir?«, wiederholte Rossi.

Eine Weile schwiegen wir uns an. Dann begann er:

»Tikkirej, glaub nicht, dass ich ein Feigling wäre. Ich bin kein Feigling. Wirklich. Nein, sag nichts, hör einfach zu!«

Ich hörte schweigend zu.

»Ich kann mir nicht erklären, was mit mir los war«, sagte Rossi schnell. »Ich wusste doch, was zu tun war, wenn jemand durchs Eis bricht. Verstehst du das? Das hatten wir bereits in der zweiten Klasse in den Überlebensstunden gelernt. Und als du eingebrochen warst, wusste ich genau, was zu tun war. Ich dachte sofort daran, dass man sich auf den Bauch legen und zu dir kriechen, dir ein Seil oder einen Gürtel zuwerfen oder einen Stock hinhalten müsse ...«

Er verstummte.

»Rossi ... Ist ja gut ...«, beruhigte ich ihn. Als ich alles gerade überstanden hatte, glaubte ich, dass ich ihn hassen würde. Ihn und Rosi, und dass ich auf jeden Fall allen erzählen würde, was sie für Feiglinge und Verräter waren.

Jetzt war ich mir dessen bewusst, dass ich es nicht machen würde.

»Ich wusste doch alles«, wiederholte Rossi. Er hatte eine Stimme, als ob er eine ganze Ewigkeit nicht gesprochen hätte, und jetzt erst wieder damit anfing – und es nicht schaffte, die Worte richtig zusammenzufügen. »Tikkirej, versuch es zu begreifen ... Ich wusste alles und konnte nichts machen. Ich lief am Ufer entlang und wünschte, dass alles so schnell wie möglich zu Ende ginge. Egal wie. Damit nichts zu tun wäre. Verstehst du das? Selbst wenn du ertrunken wärst! Ich bin ratlos, Tikkirej!«

Er begann leise zu weinen.

»Rossi …«, murmelte ich. »Was soll das. Du bist einfach durcheinandergekommen. Das kann jedem passieren.«

»Das passiert nicht jedem!«, schrie Rossi auf. »Du hast Lion auf Neu-Kuweit nicht im Stich gelassen!«

»Aber Lion ist doch mein Freund«, erwiderte ich.

Und da wurde mir klar, dass ich Rossi eben unbeabsichtigt sehr wehgetan hatte.

»Ich verstehe«, sagte er leise. »Ich wollte wirklich sehr, dass wir Freunde werden, Tikkirej. Ehrlich. Weil du so … besonders bist. Bei uns in der Schule gibt es niemanden … wie dich. Wir können doch jetzt keine Freunde mehr werden, Tikkirej?«

Ich schwieg.

»Es geht nicht«, wiederholte Rossi bitter. »Weil du dich immer daran erinnern wirst, dass ich dich verraten habe. Ich weiß nicht, warum …«

Mir kam in den Sinn, dass diese ganze Misere für mich bereits beendet war. Sich sogar im Gegenteil in Freude verwandelt hatte – weil Lion normal wurde, weil Stasj gekommen war, weil man vielleicht mein Verhalten mit der Schlange verzeihen wird. Aber für Rossi stellte sich alles auf den Kopf. Für immer. Denn sie leben hier gut, und es passiert selten etwas, wobei man eine Heldentat vollbringen könnte. Na, vielleicht keine Heldentat ... aber eine gute Tat. Vielleicht wäre die ganze Schule am Ufer hin und her gelaufen und hätte sich nicht entscheiden können, mir zu helfen! Jetzt aber werden alle davon überzeugt sein, dass sie mir auf alle Fälle geholfen hätten, ohne Angst zu haben. Rossi jedoch weiß genau – er hat wie ein Feigling und Verräter gehandelt. Seine Schwester kam wenigstens noch darauf, zu telefonieren und Hilfe zu holen ...

»Tikkirej«, sagte Rossi. »Ich habe heute zu Hause ziemlich etwas abgekriegt. Ich und Rosi ... Glaub nicht, dass mein Vater so ein ... Schluckspecht und Schwätzer ist. Er hat mich heute richtig zur Brust genommen. Nur ... mir ist das alles eigentlich auch so klar. Ich brauche keine Erklärungen. Ich würde alles dafür geben, dass du noch einmal durch das Eis brichst und ich dich retten kann!«

Ich dachte, dass ich durchaus nicht noch einmal einbrechen wollte. Sogar wenn man mich retten würde. Stattdessen sagte ich: »Rossi, wenn du erneut in so eine Situation kommst, wirst du alles richtig machen. Auf jeden Fall!«

»Ja, nur für dich bin ich jetzt ein Feind«, äußerte Rossi bitter.

»Nein!«

»Aber auch kein Freund.«

Darauf schwieg ich.

»Wir werden die Schule wechseln«, flüsterte Rossi, »ich habe die Eltern selbst darum gebeten ... Sie waren einverstanden.«

»Rossi, das ist nicht nötig. Ich werde niemandem erzählen, was passiert ist!«

»Ich brauche das«, bekräftigte Rossi.

Und mir war klar, dass er Recht hatte. Trotzdem sagte ich: »Rossi, ich bin dir wirklich nicht böse. Und möchte gemeinsam mit euch lernen.«

»Nein, Tikkirej. Das bringt nichts. Hauptsache, du verzeihst mir, ja? Und entschuldige, dass ich dich geweckt habe. Gute Nacht!«

Er beendete das Gespräch.

Ich legte das Telefon auf den Boden neben das Sofa, kuschelte mich ins Kopfkissen und dachte daran, wie gut es jetzt wäre, ein wenig zu jammern und vielleicht sogar richtig loszuheulen.

Wenn jetzt die Eltern in der Nähe wären, die mein Weinen hören könnten und kommen würden, hätte ich das auch gemacht.

Aber ich hatte keine Eltern mehr. Schon seit zwei Monaten waren sie nicht mehr da.

Deshalb schloss ich einfach die Augen und versuchte einzuschlafen.

Ich hatte Glück, ich wurde nicht krank. Als ich am Morgen erwachte, war alles in Ordnung. Ich hatte lediglich großen Durst.

Und außerdem war ich sehr traurig.

Lion fand ich in der Küche. Er saß am Fenster und trank Tee mit Konfitüre.

»Grüß dich«, sagte ich. Es war eine eigenartige Atmosphäre – so wie am Tag nach einem schweren Examen oder ... oder wie an dem Tag, an dem meine Eltern für immer gegangen waren. Zu viel war gestern passiert.

»Grüß dich«, Lion wandte sich kurz um. »Hier ist es aber schön, hm?«

Ich nickte, goss mir Tee ein und setzte mich neben ihn. Ich wunderte mich überhaupt nicht, als Lion fragte:

»Was glaubst du, wie es meinen Eltern geht?«

»Na, sie leben ...«, murmelte ich.

»Das ist mir klar.« Lion nickte, »sie sind jetzt so, wie ich war? Zombies?«

»Stasj meinte, dass dem nicht so wäre. Dort hätten sich wohl alle normalisiert. Nur dass sie sich jetzt an Inej angeschlossen hätten und der Meinung seien, dass das der beste Planet im Imperium wäre.«

Stasj hatte wirklich berichtet, dass auf Neu-Kuweit alles alltäglich und friedlich erscheine. Die Menschen würden arbeiten und sogar feiern, als ob nichts passiert wäre. An die Nacht, als der ganze Planet einschlief, erinnerten sie sich nicht. Als ein persönlicher Gesandter des Imperators auf Neu-Kuweit ankam, hätte ihn der Sultan begrüßt und erklärt, dass alles seine Ordnung hätte, keine Aggression gegen sie erfolgt wäre und sie sich freiwillig Inej angeschlossen hätten ... In jener Nacht hätte es lediglich kleine Unruhen durch Fans des Baseballklubs »Ifrit« gegeben. Die Jugendlichen, die über die Niederlage ihrer Mannschaft wütend waren, hätten sich betrunken und das Kosmodrom und das Zentrum für kosmische Verbindungen besetzt. Es hätte Opfer gegeben. Aber zum Morgen wäre die Ordnung wiederhergestellt gewesen und es gäbe seitdem keine neuen Probleme auf Neu-Kuweit.

Am traurigsten war laut Stasj, dass der Imperator keine Handhabe hätte, sich einzumischen. Denn jeder Planet kann ein Bündnis mit einem anderen schließen, wenn dieses Bündnis freiwillig ist. Aber in diesem Fall gelänge es nicht zu beweisen, dass Neu-Kuweit erobert wurde, dass seine sämtlichen Bewohner programmiert wurden. Das Einzige, was im Imperium gemacht würde, sei die Überprüfung aller Filme und Lehrprogramme, besonders der auf Inej produzierten. Wenn festgestellt wurde, dass in ihnen nicht zu entziffernde Informationen enthalten waren, würden diese Programme verboten.

Derartige Programme hätte man in großer Zahl gefunden. Gut wäre nur, dass auf der Erde, dem Edem und dem Avalon, den am meisten entwickelten Planeten des Imperiums, Filme von Inej nicht so populär waren. Aber sogar hier könnten ungefähr zwanzig Prozent der Bevölkerung innerhalb eines Augenblicks in Zombies verwandelt werden. Und das sei sehr viel ...

Deshalb gäbe es keinen Krieg, die Flotte bekäme keinen Befehl, zum Inej zu fliegen, und die Wissenschaftler versuchten immer noch, das Geschehene zu verstehen.

»Der Imperator wird auf alle Fälle herausfinden, was passiert ist«, meinte ich, »und Neu-Kuweit wird befreit werden. Der Imperator kann es doch nicht zulassen, dass so etwas geschieht!«

»Ja«, bestätigte Lion. »Er wird es herausfinden ... Ich

werde ins Krankenhaus gesteckt und ein ganzes Jahr untersucht ...«

»Niemand wird dir das antun!«

Lion zuckte mit den Schultern. »Weißt du, ich werde nichts dagegen einwenden. Wenn das unumgänglich ist, damit alle gerettet werden – bitte.« Lion rührte schweigend mit dem Löffel im kalt gewordenen Tee. »Tikkirej, weißt du, wie schlimm das ist ... ein ganzes Leben zu leben.«

»Hast du wirklich gedacht, dass das alles in Wirklichkeit geschah?«

»Ja.«

Er sah mich an und seine Augen waren ganz verändert. Müde. Wie bei einem alten Mann.

»Ich war im Krieg, Tikkirej«, erklärte Lion, »und ich hatte einen Freund ...«, er zögerte, »einen wie dich. Nur dass er getötet wurde, als wir in einen Hinterhalt kamen. Aber ich habe ihn gerächt. In meiner Hand, genau hier«, er berührte mit einer sehr eindeutigen Geste sein Handgelenk, »war ein kleiner Strahler im Armband. Ich hob die Hände, als ob ich mich ergeben wollte. Aber dann schaltete ich den Strahl ein und tötete alle. Und wir zogen wieder in den Kampf ...«

Für einen Moment zitterten seine Lippen.

»Hast du eine Ahnung, wie viele Menschen ich getötet habe?«, rief er plötzlich leise. »Siebzig!«

Die Tatsache, dass er nicht hundert und nicht tausend sagte, sondern gerade siebzig, erschütterte mich. Sogar meine Hände begannen zu zittern, und ich stellte die Tasse hin, um keinen Tee zu verschütten.

»Und dann hatte ich eine Freundin«, berichtete Lion weiter, »aus der fünften Rotte … Wir heirateten während des Krieges. Ich kann jetzt sogar Kinder erziehen! Ich kann alles wie ein Erwachsener, absolut alles! Feuer löschen, Ertrinkende retten, einen Flyer fliegen! Ich habe bereits ein ganzes Leben gelebt und bin gestorben! Mir … mir ist langweilig, Tikkirej! Und ich habe vor nichts mehr Angst, vor gar nichts!«

»Das wird vergehen«, flüsterte ich.

»Was wird vergehen? Ich erinnere mich an alles, als ob es gestern wäre! Hast du eine Ahnung, wie der Himmel brennt, Tikkirej? Wenn eine Kette von Jagdbombern aus dem Orbit ihre Attacke beginnt und die Fliegerabwehr ein Plasmaschild über ihrer Position errichtet? Du weißt das nicht … Ein Sturm zieht auf, Tikkirej. Der Himmel ist orange, der Sturm heult und bläst direkt nach oben, sodass du dich am Boden festkrallen musst. Und die Luft wird immer trockener. Bei mir gingen die Kapseln im Atemgerät zu Ende und ich verbrannte mir damals den Rachen. Dafür gelang es den Angreifern nicht, sich zurückzuziehen, sie kamen an den Schild und lösten sich auf …

Wie weiße Kometen im orange gefärbten Himmel … Danach kamen wir in ein Dorf, aber die Infanterie des Imperiums hatte es schon verlassen und alle Dorfbewohner getötet, weil sie uns unterstützt hatten … Die Männer waren erschossen worden … Frauen und Kinder in die Moschee getrieben, eingeschlossen und angezündet … Sie schrien noch, als wir einzogen, aber wir konnten das Feuer nicht mehr löschen …«

»We-welche I-infanterie des Imperiums ...«, stotterte ich. Lions Stimme war fürchterlich. Er dachte sich nichts aus, erzählte kein Buch oder keinen Film nach. Er erinnerte sich!

»Die sechste Brigade der kosmischen Infanterie des Avalon, Abteilung – Camelot, Kommandierender – General Otto Hammer, Emblem – silberne Sichel, die auf einen brennenden Planeten fällt«, leierte Lion herunter. »Wir haben gegen das Imperium gekämpft, verstehst du das? Ich habe gegen das Imperium gekämpft!«

»Das hast du gestern nicht gesagt ...«

»Ich werde es heute berichten«, Lion wandte seine Augen ab. »Ich ... hatte Angst, dass sie mich dann sofort mitnehmen würden.«

»Aber das war doch gar nicht die Wirklichkeit! Das war ein Traum!«

»Für mich war das kein Traum, Tikkirej«, erwiderte Lion. Ich hatte auf einmal das Gefühl, mit einem erwachsenen Menschen, der bereits alles gesehen hat, zu sprechen und nicht mit einem Gleichaltrigen von einer Raumstation.

Das dauerte jedoch nur einen Augenblick. Dann veränderte sich Lions Gesichtsausdruck, als ob er jemanden hinter meinem Rücken gesehen hätte. Und er senkte die Augen.

Ich drehte mich um – in der Tür stand Stasj. Er schaute Lion schweigend an und dem Ausdruck auf seinem Gesicht konnte man nichts entnehmen.

»Das wollte ich einfach gestern nicht erzählen ...«, murmelte Lion.

Stasj ging auf ihn zu und strich ihm über die Haare. Leise sagte er: »Das verstehe ich. Jemand wird dafür zur Rechenschaft gezogen werden, mein Junge. Er wird die volle Verantwortung dafür tragen. Hab keine Angst, Lion.«

»Nehmen Sie mich lieber gleich mit und machen Sie Ihre Untersuchungen«, brummelte Lion. »Ich halte das nicht aus. Die Erinnerungen werden immer stärker. Mein Kopf zerspringt ... und nicht etwa vor Schmerzen. Ich werde irgendetwas anstellen, entweder mit mir selbst oder ...«

»Wir fahren bald«, meinte Stasj. Er dachte fieberhaft nach. »Weißt du ... halt noch ein wenig durch. Wenigstens einen Tag.«

»Und dann?«

»Dann wird alles gut. Lion, Tikkirej, zieht euch an. Ihr frühstückt im Auto. Euch beiden steht ein schwerer Tag bevor.«

Stasj' Auto war einigermaßen akzeptabel. Er hatte weder einen coolen Allrad-Jeep noch einen sportlichen »Piranha«, sondern einen großen trägen »Dunaj«. So ein Auto fährt bei uns nur eine dicke und langsame Frau aus der technischen Abteilung.

Aber Stasj schien es wirklich egal zu sein, mit welchem Auto er fuhr.

Ich setzte mich mit Lion nach hinten. Wir schwiegen und versuchten ihn nicht auszufragen. Stasj sprach von allein, größtenteils über alle möglichen Nichtigkeiten. Über Experimente auf dem Gebiet der Gluonen-Energetik, die darauf zielten, neue Raumschiffe zu bauen. Darüber, dass die Existenz von Zeittunneln, die in andere Galaxien führten, theoretisch bewiesen wäre und es Pläne gäbe, sie ausfindig zu machen. Darüber, dass der Imperator einen Erlass über den Wegfall der »Drei-Prozent-Grenze« unterschrieben habe und die Wissenschaftler jetzt in der Lage sein würden, das menschliche Genom wirklich und nicht nur bei Kleinigkeiten zu verbessern. Darüber, dass die Filmaufnahmen des Actionfilms »Der Weise aus Nazareth« über die christliche Religion bald beendet seien und dass in diesem Film alles wirklichkeitsgetreu sein würde: echte Schauspieler, Dekorationen, sogar Spezialeffekte. Es würden keine Computersimulationen vorkommen – alles sei echt! Die Schauspieler würden sogar in Trance versetzt, sodass sie sich nicht in einem Film, sondern in der Wirklichkeit wähnten.

Stasj kann sehr interessant erzählen. Natürlich nur, wenn er will. Jetzt jedoch war mir klar, dass er uns einfach nur ablenken wollte, und deshalb fand ich es überhaupt nicht interessant. Nichts wird sich ändern durch diese Gluonen-Reaktoren, neuen Galaxien und verbesserten Genome. Es ist entschieden wichtiger, was der Rat der Phagen über uns beschließen wird.

Bestimmt hatte Stasj meine Gedanken erraten, denn er verstummte. Schweigend kauten wir unsere Butterbrote zu Ende, tranken unseren Kaffee aus und warteten.

Port Lance ist eine Satellitenstadt von Camelot. Wenn Stasj gewollt hätte, wäre er sogar mit seiner Karre innerhalb von einer Viertelstunde dort gewesen. Stasj jedoch hatte es nicht eilig: Entweder war er in Gedanken oder ihm war eine genaue Zeit vorgegeben. Wir fuhren jedenfalls länger als eine Stunde. Dann kreisten wir noch durch die Stadt, wechselten von den Umgehungsstraßen auf die inneren Verkehrsringe, standen in einigen Staus – es fuhren gerade alle zur Arbeit und die Straßen waren verstopft.

Dann parkte Stasj das Auto vor einem schönen Hochhaus in altertümlichem Stil – mit großen Spiegelfenstern und einem Flyer-Landeplatz auf dem Dach. Hier war ich schon einmal gewesen. Hier befand sich der Hauptsitz der Phagen, der die offizielle Bezeichnung »Institut für experimentelle Soziologie« trägt.

»Was soll ich dem Rat sagen?«, fragte ich, als wir aus dem Auto ausgestiegen waren.

»Wenn du aufgefordert wirst zu sprechen, dann sag die Wahrheit«, erwiderte Stasj schulterzuckend. »Es ist aber nicht sicher, dass du befragt wirst.«

»Und ich?«, interessierte sich Lion.

»Du wirst auf alle Fälle befragt werden«, meinte Stasj. »Mein Rat ist der gleiche, sag die Wahrheit.«

Er besann sich eine Sekunde, danach umarmte er uns. »Es geht nicht einmal darum, Jungs, dass es in der Mehrzahl der Fälle vorteilhaft ist, die Wahrheit zu sagen. Es macht sich niemals bezahlt, die Phagen anzulügen oder ihnen etwas zu verschweigen.«

»Sie fühlen die Lüge«, meinte Lion. Seine Stimme wurde wieder hart und erwachsen.

Stasj schaute ihn aufmerksam an. »Ja, junger Mann. Wir fühlen es.«

Mehr sprachen wir nicht. Wir gingen ins Gebäude – am Eingang stand die Security, aber Stasj zeigte einen Ausweis und wir wurden nicht einmal kontrolliert. Hinter den Türen befand sich eine große Eingangshalle. Ich ging davon aus, dass uns Stasj wie das erste Mal nach rechts führen würde. Dort gab es massenhaft Arbeitszimmer, Büros und einen absolut spitzenmäßigen Wintergarten mit Café. Als sich Stasj um meine Angelegenheiten kümmerte, wartete ich dort drei Stunden und mir war kein bisschen langweilig.

Stasj führte uns zum Fahrstuhlschacht. Nicht etwa zu den allgemein zugänglichen Fahrstühlen, die die ganze Zeit in Bewegung waren, sondern zum Fahrstuhl nur für den Dienstgebrauch, den niemand benutzte.

Das Gebäude hatte ungefähr fünfzig Stockwerke. Als wir jedoch im Fahrstuhl nach oben fuhren, dauerte es entschieden zu lange. Als ob es hier noch weitere fünfzig Stockwerke geben würde, die von außen nicht zu sehen waren. Ich schaute auf Stasj' Abbild auf der Spiegelwand – er beobachtete uns neugierig.

»Wir fahren nach unten«, meinte ich. »Obwohl es scheint, dass wir nach oben fahren. Hier im Fahrstuhl muss ein Gravitator sein, stimmt's?«

Stasj lächelte, äußerte sich aber nicht dazu. Und auch sein Lächeln verflog schnell. Er schien das bevorstehende Gespräch im Kopf zu simulieren, prüfte vorab jedes Wort. Irgendetwas schien aber nicht zusammenzupassen, als ob es einen Einwand gäbe, auf den Stasj keine Antwort hatte. Und Stasj fing an, alles aufs Neue zu bedenken …

»Stasj«, sagte ich, »wenn ich wirklich so schuldig bin, dann sollen sie mich ruhig bestrafen. Aber mich nicht zum Karijer zurückschicken, wäre das möglich?«

»Ich habe dir mein Wort gegeben«, erwiderte Stasj. Er sah mich eindringlich an und ergänzte: »Du bist ein sehr verständiger Junge, Tikkirej. Wenn ich nicht an dich glauben würde, dann hätte ich beschlossen, dass du ein sehr gut ausgebildeter Agent wärst.«

»Gibt es etwa Kinderagenten?«, wollte ich wissen.

»Und ob!«, erwiderte Stasj. »Ich selbst arbeite seit meinem zehnten Lebensjahr.«

»Ich bin aber kein Agent«, stellte ich für alle Fälle fest. »Ich bin Tikkirej vom Karijer.«

»Ich habe doch gesagt, dass ich dir glaube«, antwortete Stasj sanft.

Endlich hielt der Fahrstuhl und wir stiegen aus in einen großen und leeren Saal. In seinem Zentrum befand sich ein Wasserbecken mit Springbrunnen, das mit orangefarbenen Gräsern zugewachsen war. Die Springbrunnenfigur erwies sich als Mädchen mit einem Krug in den Händen, aus dem sich das Wasser ergoss. Die Bronzestatue war alt, voller Grünspan, mit Moos und Gräsern bedeckt.

Ich setzte mich auf den Rand des Bassins und planschte mit meinen Händen im Wasser. Fische gab es nicht, obwohl mir das sehr gefallen hätte. Das Wasser an sich war trübe, als ob die Filter im Springbrunnen schlecht funktionieren würden.

Stasj wies mit einer Geste auf die bequemen Sessel an der Wand unter den falschen Fenstern. Die Fenster zeigten den Blick auf die Stadt vom Dach eines Hochhauses aus, ich war aber trotzdem davon überzeugt, dass wir uns unter der Erde befanden.

»Wartet hier, Kinder.«

»Lange?«, fragte ich.

»Wenn ich es wüsste, hätte ich konkretisiert, wie lange zu warten ist«, klärte uns Stasj auf. »Und geht nirgendwohin!«

In der gegenüberliegenden Wand des Saals befand sich eine weitere Fahrstuhltür. Stasj holte den Fahrstuhl und verschwand.

»Hier hätte man zumindest eine Bar einrichten können«, meinte Lion beleidigt. »Dann hätten wir uns mit einem Highball Mut antrinken können.«

»Womit?«, äußerte ich mein Unverständnis.

»Highball. Tja, das ist ein Getränk. Aus Gin Tonic oder Wodka mit Martini.«

»Aha. Das hättest du wohl gern.«

»Übrigens, ich mag Wodka mit Martini«, sagte Lion.

Er machte es sich im Sessel bequem und legte seine Beine auf die Lehne. Er schaute auf das falsche Fenster, schnaufte verächtlich, fand den Schalter und löschte das Bild.

»Das kommt aus den Träumen«, erriet ich.

»Stimmt! Und in der Armee haben wir Wodka bekommen. An Feiertagen Whisky.«

»Na, dann kannst du ja auch im Traum deinen Highball bestellen. Auf dem Avalon ist es nicht üblich, dass Jugendliche Alkohol trinken.«

»Das macht nichts. Wenn ich nicht sofort auseinandergenommen werde, gehe ich in die Bar und betrinke mich«, meinte Lion.

Endlich fiel bei mir der Groschen, dass er sich nur lustig machte.

Sich einen Spaß mit mir erlaubte.

Weil er selbst Angst hatte, mehr Angst als ich.

»Und warum hast du gegen das Imperium gekämpft?«, wollte ich wissen. »Im Traum?«

Lion wehrte ab, als ob er auf diese Frage vorbereitet wäre: »Weil das Imperium ein Überbleibsel überholter Entwicklungsstufen der Menschheit verkörpert. Die Konzentration der Macht in den Händen eines Menschen führt zu Stillstand und Stagnation, zu Misswirtschaft und sozialer Instabilität.«

»Also wie, zum Stillstand oder zur Instabilität?«, entgegnete ich.

»Zum Stillstand in der Entwicklung der Menschheit, aber zur Instabilität im sozialen Leben«, parierte Lion. »Für dich ein einfaches Beispiel:

Als die Menschen auf die Außerirdischen trafen, hatten diese bereits die besten Stücke des Kosmos untereinander aufgeteilt und die Entwicklung des Imperiums stockte. Es war notwendig, sehr schlechte und lebensfeindliche Planeten wie deinen Karijer für die Menschen umzugestalten. Niemand machte auch nur den Versuch, die Fremden von den von ihnen besetzten Planeten zu vertreiben.«

»Aber das bedeutet doch Krieg, Lion!«

»Nicht zwingend. Krieg – das ist ein Extremfall der Lösung von Widersprüchen. Es ist immer möglich, ihn durch ökonomische, politische oder besondere Maßnahmen zu vermeiden.«

»Denkst du wirklich so?« Ich setzte mich in den Nachbarsessel. Lion starrte mich eine Sekunde lang an, lächelte rätselhaft und sagte dann ernsthaft: »Ich denke gar nichts. So wurde es uns erklärt. Und im Traum hatte ich daran geglaubt.«

»Und jetzt?«

»Na, es ist doch etwas dran, oder nicht? Du hast doch selbst auf dem Karijer gelebt und könntest eigentlich auf einem guten Planeten leben, wo jetzt die Tzygu oder Halflinge siedeln, oder etwa nicht?«

»Hast du nun in deinem Traum gegen das Imperium oder gegen die Außerirdischen gekämpft?«

»Gegen das Imperium«, gab Lion zu, »damit in der Galaxis eine neue, gerechte Gesellschaftsordnung entsteht.«

»Und welche?«

Lion dachte einen Augenblick nach.

»Also, in erster Linie eine demokratische. Bei uns ist alles wählbar, jedes beliebige Amt. Einmal in vier Jahren wählen alle den Präsidenten.«

»Und was für ein Mensch ist dieser Präsident?«

»Es ist eine Sie«, erläuterte Lion. »Sie ist … tja, wie soll ich das am besten ausdrücken …«

Sein Gesicht nahm einen entrückten Ausdruck an. Ich wartete und auf meine Brust wälzte sich ein Eisblock.

»Sie … ist sehr gerecht«, stieß Lion endlich hervor. »Sie ist bereit, jeden anzuhören und mit ihm offen zu sprechen. So klug, wie sie ist, trifft sie fast immer die richtigen Entscheidungen. Manchmal irrt sie sich, aber nicht entscheidend.«

Ich konnte nicht an mich halten. »Lion, das ist doch aber nur ein Traum! Kapierst du das? Jemand von Inej hat beschlossen, das Imperium zu erobern, und hat sich eine Gehirnwäsche ausgedacht. Es geht nicht, dass ein Mensch nie einen Fehler macht!«

»Ich habe nicht gesagt, nie«, fiel Lion schnell ein, »aber im Prinzip macht sie keine Fehler.«

»Und außerdem kann ein Präsident nicht mit jedem sprechen. Der Imperator kann es nicht und der Präsident wird es auch nicht können. Sogar bei uns auf Karijer konnte der leitende Sozialarbeiter sich nicht um jeden kümmern und bei uns leben weniger als eine Million Menschen!«

»Auf normalem Weg ist das unmöglich«, sagte Lion, »aber bei uns war alles ganz anders. Man konnte online gehen und mit der Präsidentin kommunizieren.«

»Blödsinn«, kommentierte ich.

»Warum? Das ging ganz einfach. Weißt du, dass es möglich ist, eine menschliche Intelligenz vollständig auf einen Computer zu kopieren?«

»Ja, aber das wurde verboten, es sind nur noch zwei oder drei davon übrig ... Sie werden alle verrückt.«

»Sie ist nicht verrückt geworden«, erwiderte Lion leise, »sie hat auf jedem Planeten ihre Kopie. Diese kommunizieren untereinander und entscheiden gemeinsam. Und sie sind bereit, jeden Beliebigen anzuhören und zu helfen. Ich selbst habe jedes Jahr mit ihr geredet. Das gehörte sich so. Und manchmal habe ich um ein zusätzliches Gespräch ersucht. Wenn es wichtig war.«

»Lion, du bist aber ein Idiot!« Ich hielt es nicht mehr aus. »Ein totaler Idiot! Das sind alles Märchen, mit denen sie euch das Gehirn gewaschen haben! Damit alle scharf darauf wurden, Inej zu dienen!«

»Das verstehe ich«, sagte Lion ernsthaft. »Sicher, so wird es sein. Aber wenn es nun die Wahrheit ist? Denn im Imperium ist ja wirklich nicht alles in Ordnung. Wozu gäbe es sonst Armee, Polizei, Quarantänedienst, Phagen?«

»Das kann nicht sein. Das ist alles eine Lüge!«, wiederholte ich starrsinnig.

»Wenn es aber eine Lüge ist – warum glauben denn dann alle daran?«, wandte Lion ein. »Tikkirej, ich bin doch normal! Ich bin doch nicht verrückt geworden, stimmt's? Mir wurde lediglich gezeigt, welches Leben ich führen könnte, wenn ich mich Inej anschließen würde. Und das war's. Und es hat mir gefallen!«

»Dein Traum ist unterbrochen worden«, sagte ich, »als du online geschaltet wurdest.«

»Na und? Tikkirej, ehrlich, ich wurde zu nichts gezwungen. Das ... das ...«, Lion fuchtelte mit den Händen, »das ist wie sehr gutes Kino in einer guten Virtualität, in der du den Unterschied gar nicht spüren kannst. Mir wurde gezeigt, wie mein Leben aussehen könnte, und mir hat es gefallen.«

»Aber das ist doch nicht wahr!«

»Habe ich dir etwa gesagt, dass es wahr wäre?« Lion

erhob seine Stimme. »Nein, sag nur, habe ich das gesagt? Ich sage dir, wie alles in meinem Traum war! So! Und dass darin – vielleicht – ein bisschen Wahrheit stecken könnte!«

Er hatte Recht. Ich hatte Lion attackiert wie einen Feind ...

»Entschuldige.«

Lion schaute weg. Dann murmelte er: »Schon gut ... Weißt du, jetzt bin ich erleichtert. Im Prinzip ist es ein Traum, aber am Anfang war alles sehr wahrhaftig.«

Mir fiel auf, dass er wie ein kleines Kind an seinen Nägeln kaute.

Dann bemerkte er, was er tat, und nahm schleunigst seine Hand vom Mund.

»Ein dummer Traum«, meinte ich.

»Sicher. Ich erinnere mich an mein Haus, Tikkirej. Es stand im Garten, ein Weg aus rotem Ziegelstaub führte zu ihm hin. Sogar das Auto mussten wir vor dem Tor abstellen. Das Haus hatte drei Etagen, ein hohes Fundament, Wände aus alten Steinen, Holzfensterrahmen und -türen. Es hatte breite Stufen, die zur Veranda führten, und abends tranken wir dort Tee und manchmal Bier oder Wein. Die Wände waren mit Wein bewachsen. Er war nicht kultiviert, fast wild, aber man konnte die Trauben trotzdem pflücken und essen. Und die Fußböden waren aus Holz, alt, aber ohne zu knarren. Am Giebel hing eine schmiedeeiserne Laterne. Abends habe ich immer die Lampe angemacht, und die Stechfliegen und Nachtfalter schwärmten im Lichtkegel ...«

»Was ist ein Giebel?«, wollte ich wissen.

Lion zog die Stirn in Falten. Unsicher wedelte er mit den Händen, als ob er mit ihnen Dreiecke baute.

»Das ist ... na, unter dem Dach, zwischen Dachschrägen und Dachboden, wenn du die Fassade betrachtest. Wieso?«

»Ich kannte dieses Wort nicht«, erklärte ich.

»Ich auch nicht«, gab Lion zu, »ich habe ja gesagt, dass ich viel gelernt habe. Ich habe bei Geburten geholfen, ein kosmisches Raumschiff geflogen, gekämpft ...«

Er verstummte erneut.

»Lion, niemand hindert dich doch daran, groß zu werden, so ein Haus zu bauen und darin zu wohnen«, sagte ich.

»Ich habe ja dort nicht allein gelebt.«

»Ja, dann wirst du eben nicht allein sein ...«

Lion nickte. Dann ergänzte er zurückhaltend: »Katharina hat beim medizinischen Dienst gearbeitet. Sie hat mich aufgepäppelt, als alle schon davon ausgingen, dass ich sterben würde. Das war nach dem Hinterhalt, in dem du getötet wurdest ...« Er unterbrach sich.

»Mich?«, fragte ich nach. »Du hast also mich gemeint, als im Hinterhalt ... und dann hast du alle ...?«

Lion stimmte zu. »Ja. Das warst du. Wir waren sicher schon um die zwanzig Jahre alt. Wir sind in Neu-Kuweit gemustert worden. Wir sollten in die Armee eintreten. Wir sind zu den Rangern gegangen.«

Er begann wieder, an den Nägeln zu kauen, bemerkte es aber gar nicht.

»Lion, das war ein – Traum«, meinte ich.

»Aber vielleicht war überhaupt alles ein Traum?«,

widersprach er. »Weißt du, wie ich meinen ersten Jungen genannt habe? Tikkirej!«

Eine Minute verging, ohne dass ich wusste, was ich sagen sollte.

Aber dann begann sich in meiner Brust ein kleines Lächeln breitzumachen. Ich unterdrückte es, so gut ich konnte. Ich habe mit allen Mitteln dagegen angekämpft, ehrlich!

Aber es wurde immer stärker. Ich fing an zu husten, um es zu ersticken. Dann zu kichern.

Dann wälzte ich mich einfach auf dem Boden herum und lachte aus voller Kehle.

Lion sprang auf und sah mich zutiefst beleidigt an.

»Da ... da ... danke!«, quetschte ich zwischen meinen Lachattacken heraus, »Lion, danke ...«

»Du Ignorant!«, schrie Lion. »Hast du eine Ahnung, was ich durchgemacht habe! Ich habe danach deine Leiche rausgeschleppt ...«

Aber ich konnte mich nicht beherrschen. Als Lion von Kriegen, seiner virtuellen Ehefrau und dem nicht existierenden Haus erzählte – das war schon schlimm. Als ob es wahr wäre.

Als er aber sagte, dass ich getötet wurde, verflog die Beklemmung.

Alles, was blieb, war ein dummer Traum.

»Ich polier dir gleich die Fresse!« Lion warf sich auf mich. Ich schaffte es, mich auf dem Boden wegzurollen, und schrie: »Und danach wirst du die ... Leiche wegschleppen?«

Lion verfehlte mich und landete auf dem Boden. Er

warf sich erneut auf mich. Nun aber nicht, um sich mit mir zu schlagen. Er umarmte mich, und das war komisch: Er führte sich auf wie ein Erwachsener, der ein Kind tröstet.

Nach kurzer Zeit zog Lion sich zurück und fing ebenfalls an zu lachen.

»Zum Teufel mit der Wahrheit!«, rief ich. »Das war ein Traum, ein Traum, ein Traum! Ein dämlicher, blöder Traum. Ich lebe, du lebst und mit Inej wird man ohne uns fertig werden. Und ein Haus wirst du dir schon noch bauen, mit welchem Giebel auch immer, sogar mit Springbrunnen!«

Wir hielten uns an den Händen und lachten noch eine gute Weile, bis uns die Tränen aus den Augen strömten.

Dann wischte sich Lion das Gesicht ab und meinte: »Okay, vertragen wir uns. Sonst fange ich wirklich noch an, mich mit dir zu schlagen, und ich bin ja dazu ausgebildet ...«

»Ich bin nicht dazu ausgebildet, aber ich kann es trotzdem«, drohte ich ihm. »Vertragen wir uns lieber. Und wir benehmen uns wie die Idioten. Hier wird doch sicherlich alles von Kameras überwacht!«

Lion wurde sofort ernst.

Und als ob meine Worte bestätigt werden sollten, öffnete sich eine unbemerkt gebliebene Tür. Es schien kein Fahrstuhl zu sein, dahinter war ein Korridor zu erahnen.

»Jungs, wo seid ihr?«

Die Stimme war weiblich und angenehm. Wir sprangen auf.

Ein nettes, junges Mädchen in einem streng geschnittenen Hosenanzug trat in den Saal.

»Wer von euch ist Lion?«, fragte sie lächelnd.

Ich verstand augenblicklich, dass sie wusste, wer von uns wer war.

»Ich«, machte sich Lion bemerkbar.

Das war überflüssig! Ich hätte mich für Lion ausgeben sollen, dann hätte sie zugeben müssen, dass sie nur pro forma gefragt hatte …

»Ich bin Doktor Anna Goltz«, sagte das Mädchen. »Nennt mich einfach Anna, okay?«

Lion nickte.

»Wir müssen miteinander reden, komm mit. Du wirst mir von deinen Träumen erzählen, einverstanden?«

»Hm.« Lion sah sich zu mir um, steckte danach seine Hände in die Taschen und folgte dem Mädchen.

»Ohne dich fahre ich nicht weg!«, rief ich ihm schnell hinterher. »Doktor Goltz, sagen Sie mir Bescheid, wenn Sie fertig sind?«

»Mache ich, einverstanden.« Das Mädchen nickte mir zu.

»Einverstanden«, äffte ich sie nach, als sich die Tür schloss. Ich setzte mich in den Sessel und legte die Beine auf die Lehne, ganz wie Lion.

Stasj wusste bestimmt, dass Lion geholt werden sollte. Er hätte ruhig etwas sagen können …

Kapitel 4

Allein wurde mir sofort langweilig. Ich dämmerte im Sessel vor mich hin. Erkundete den Flur – und fand noch zwei unauffällige Türen. Nicht etwa, dass sie versteckt gewesen wären, solche hätte ich nicht entdeckt, sondern Türen, die als »Wand« kaschiert waren.

Danach saß ich eine Weile am Springbrunnen. Ich gab dem Mädchen einen Tatsch aufs Bein – die Bronze fühlte sich kalt und rau an. Dann riss ich ein Stück Moos ab und examinierte es. Es schien echt zu sein, keine Synthetik zur Verschönerung …

Man hätte zumindest Fische ins Wasser setzen können!

Nachdem ich wieder im Sessel saß, versuchte ich mir auszumalen, was gerade mit Lion passierte. Man würde ihn nicht in Stücke schneiden, das war klar. Sicher hatte man ihm einen Helm aufgesetzt und zeichnete alle möglichen Enzephalogramme auf. Und womit war Stasj beschäftigt? Legte er dem Rat der Phagen alles dar, was er über mich dachte?

Ich war dermaßen in Gedanken versunken, dass ich erst gar nicht bemerkte, wie die Schlange vom Arm kroch und ihr Köpfchen unter meinen Kragen steckte. Dann aber spürte ich, wie sie sich in den Neuroshunt einschraubte.

Vielleicht sollte ich besser den Kopf wegziehen? Die

verrückte Schlange konnte ja sonst was vorhaben! Aber ich saß nur unbeweglich da und kalter Angstschweiß brach mir aus.

Die Schlange beruhigte sich, vibrierte lediglich etwas, als ob sie sich an meinen Shunt anpassen wollte. Und dann fühlte ich ein heraufziehendes Bild – wie im virtuellen Film oder im Unterricht. Dagegen kann man sich sträuben – man muss lediglich die Augen offen halten und an etwas anderes denken.

Ich aber schloss die Augen und entspannte mich.

Zuerst vernahm ich eine Stimme. Nicht mit den Ohren, sondern im Kopf. Und das war die Stimme von Stasj:

»Deshalb bin ich mir sicher, dass es sich hier lediglich um eine Verknüpfung von Zufällen handelt. Die Wahrscheinlichkeit eines Imprintings der Peitsche existierte, früher oder später hatten wir mit einem ähnlichen Vorfall zu rechnen.«

»In Ordnung, Stasj ...«, diese Stimme kannte ich nicht, »lassen wir es gelten. Die gesamte Geschichte Tikkirejs ist fantastisch, warum sollte man nicht an einen weiteren Zufall glauben?«

Der Sprecher gefiel sich in seiner Ironie.

»Was ist daran so fantastisch? Wir haben Karijer überprüft. Tikkirej verließ ihn mit dem Containerschiff *Kljasma*. Die Mannschaft hatte wirklich Mitleid mit dem Jungen und entließ ihn auf Neu-Kuweit. Der Taxifahrer wurde ebenfalls von mir überprüft, mein Bericht ist Ihnen bekannt. Der Junge kam zufällig in das Motel.«

Vor meinen Augen baute sich ein Bild auf, zwar unscharf und verwackelt, aber trotzdem zu erkennen: ein langes Zimmer mit einem langen Tisch. In Sesseln sitzende Menschen, genauer Phagen, die Stasj zuhörten. Sah ich etwa alles mit seinen Augen?

Nein! Ich sah und hörte das, was seine Peitsche sah und hörte!

Ich wunderte mich nicht besonders darüber, denn ich wusste, dass die Schlangenschwerter viele Fähigkeiten besaßen. Es war nur erstaunlich, dass meine Schlange und Stasj' Peitsche in Verbindung getreten waren.

»Letztendlich, was bringt die Entführung der Peitsche?«, fragte jemand anderes. »Ich tendiere dazu, dass Stasj Recht hat ... in diesem Punkt. Achtzehn Peitschen der betreffenden Modifikation gingen verloren. In drei Fällen wissen wir mit Sicherheit, dass sie in die Hände asozialer Elemente fielen. Sogar wenn es jemandem gelingen sollte, den Bauplan zu kopieren ...« Der Sprecher winkte verächtlich ab.

Einer, der an der Tischmitte gegenüber Stasj saß, äußerte leise, aber nachdrücklich: »Dann schlage ich vor, diesen Punkt abzuhaken. Es ist viel wichtiger, zu entscheiden, was wir mit dem Jungen machen werden!«

Es wurde still. Jemand erhob sich.

Stasj ergriff erneut das Wort: »Warum sollten wir nicht alles beim Alten belassen?«

»Die Peitsche.«

»Im jetzigen Zustand ist es keine Waffe.«

»Stasj, Sie wissen genau, wie einfach es ist, ihr das Kampfpotenzial zurückzugeben.«

»Tikkirej wird das nicht tun. Trotz seiner Jugend besitzt er Verantwortungsgefühl. Das Leben auf Karijer …«

»Stasj, egal wie, wir haben kein Recht dazu, die Waffe einem Menschen zu übertragen. Weder einem Kind noch einem Erwachsenen.«

»Ihm die Peitsche, die sich ihm angeschlossen hat, wegzunehmen bedeutet, die Waffe zu zerstören. Ohne Meister kann sie nicht überleben. Und der Junge versteht das.«

Recht lange erfolgte keine Erwiderung. Ich erblickte ein unscharfes Bild, dann bewegte Stasj seine Hand und ich sah nur noch die Tischplatte. Hören konnte ich nach wie vor nur die müde und erschöpfte Stimme dessen, mit dem Stasj diskutierte: »Die Peitsche verleiht dem Jungen zu viele Fähigkeiten, über die ein gewöhnlicher Staatsbürger nicht verfügen sollte. Die, zum Beispiel, dass Tikkirej bereits seit vier Minuten unser Gespräch verfolgt.«

Ich erstarrte vor Schreck. Riss meine Augen auf und verließ die virtuelle Realität, als ob das jetzt noch etwas ändern könnte. Ich spürte, wie sich die Schlange eilig aus dem Shunt entfernte und unter meine Kleidung kroch.

Und ich erblickte den vor mir hockenden und traurig schauenden betagten Mann.

Er war ein Mulatte, kurz geschoren, ich hatte ihn noch nie gesehen, aber er hatte etwas von Stasj an sich. Auch ein Phag.

»Du brauchst keine Angst vor mir zu haben«, sagte der Mulatte leise und melodiös.

Ich nickte.

»Kanntest du die Fähigkeit der Peitsche, eine Kommunikation aufzubauen?«, fragte der Mann ruhig und gar nicht ärgerlich.

»Nein.« Ich schüttelte den Kopf.

»Du besitzt eine bemerkenswerte Gabe, in Fettnäpfchen zu treten, Tikkirej.« Er legte mir seine Hand auf die Schulter. »Gehen wir, Kleiner. Es gibt keinen Grund, dich jetzt noch hier sitzen zu lassen, stimmt's?«

Ich antwortete nicht, sondern schlich hinter ihm her, ganz wie zu einer Hinrichtung.

Eigenartigerweise verspürte ich keine Furcht.

Die Fahrt im Fahrstuhl dauerte vielleicht eine halbe Minute. Wir kamen in demselben Saal an, den ich vor kurzem in der virtuellen Realität gesehen hatte. Ich suchte Stasj mit meinem Blick – und rannte auf ihn zu. Er schüttelte lediglich vorwurfsvoll den Kopf, sagte aber nichts.

Ich schaute auf die Phagen.

Alles war leicht abgeändert. In der Luft hing ein leichtes Flimmern wie über einer Asphaltstraße an einem heißen Tag. Tisch und Zimmer erkannte ich deutlich. Die an dem Tisch Sitzenden sah ich jedoch nur in groben Umrissen. Auch die Stimmen schienen verändert. Nur Stasj und der Mulatte, der mich hergebracht hatte, waren deutlich zu erkennen.

»Erschrick nicht, Tikkirej«, sagte der, mit dem Stasj diskutiert hatte. Sicher war er einer der Obersten bei den Phagen. »Du musst unsere Gesichter nicht sehen.«

»Ist gut«, sagte ich. »Und ich habe keine Angst. Ist das wegen der Hypnose?«

»Ja. Du brauchst wirklich keine Angst zu haben. Du bist dir darüber im Klaren, was gerade vor sich geht?«

»Ja. Sie entscheiden, was aus mir wird.«

»Möchtest du uns irgendetwas sagen?«

Ich schwieg und versuchte, überzeugende Worte zu finden. Es fiel mir nichts Besonderes ein.

»Es tut mir leid, was passiert ist«, äußerte ich mich endlich. «Aber ich bin kein Spion. Und die Peitsche habe ich deshalb genommen, weil sie sich mir angeschlossen hat. Sie hat mir leidgetan ... Sie lebt doch.«

»Tikkirej, wir befinden uns in einer äußerst schwierigen Lage. Es geht nicht einmal darum, dass du etwas streng Geheimes erfahren hättest. Glücklicherweise ist das nicht der Fall. Aber wir können dir die Peitsche nicht lassen. Das ist dasselbe, als ob man einem Neugeborenen eine Atombombe in die Hände geben würde.«

»Ich bin kein Neugeborenes«, erwiderte ich beleidigt.

»Du hast mich nicht verstanden«, erklärte der hinter der Luftspiegelung versteckte Phag geduldig. »Die Fähigkeit, eine Peitsche zu beherrschen, ist nicht nur eine schwierige Kunst. Die Peitsche reagiert auf alle deine Wünsche, sogar auf die unbewussten. Wenn du ein fremdes Gespräch mithören willst – die Peitsche fängt das Signal auf. Sogar ohne das Hauptteil der Energieversorgung ist sie eine Waffe – eine gefährliche Waffe im Nahkampf. Deine übermütigen Altersgenossen schubsen dich – und die Peitsche wertet die Situation als Gefahr und schneidet ihnen die Hände ab. Verstehst du das?«

Ich biss mir auf die Lippen und nickte.

»Tikkirej, bist du damit einverstanden, die Peitsche zurückzugeben?«

»Wird sie dann sterben?«, fragte ich. Und fühlte dabei, wie sich etwas auf meinem Arm bewegte.

»Ja. Eine Peitsche schließt sich kein zweites Mal jemandem an. Das ist einer der Verteidigungsmechanismen.«

Ich umfasste mit der linken Hand meine rechte und streichelte die Schlange durch die Kleidung. Dann wollte ich wissen: »Vielleicht könnte man doch etwas machen? Ich könnte ganz allein leben ... irgendwo. Um kein Unheil anzurichten. Es gibt doch solche Leute, die isoliert arbeiten, auf Raumstationen oder so ähnlich ...«

Die Phagen schwiegen. Dann erklärte mir Stasj: »Tikkirej, du hast nur das Recht, diese Waffe zu besitzen, wenn du ein Phag bist. Du kannst nur dann ein Phag werden, wenn du schon vor deiner Geburt genetisch verändert wurdest. Wir stecken also in einer Sackgasse.«

»Aber man könnte doch eine Ausnahme machen!«

»Nein«, antwortete Stasj, »die ganze Tragik, mein Junge, besteht darin, dass es einige Regeln gibt, die wir Phagen unbedingt beachten müssen. Wir sind genetisch dazu bestimmt, sie einzuhalten:

– Ein Phag darf niemals sein Wort brechen.

– Ein Phag darf seine Fähigkeiten niemals zur Erringung persönlicher Macht benutzen.

– Ein Phag darf niemals die Treue gegenüber der gesetzmäßig herrschenden Regierung der Menschheit brechen.

– Ein Phag darf einer Zivilperson keine besonders gefährlichen Ausrüstungsgegenstände übergeben ... Dazu gehört auch eine Plasmapeitsche.«

Beinahe hätte ich angefangen zu lachen. »Aber das ist doch idiotisch! Die Armee hat viel schrecklichere Waffen! Und irgendein Offizier, der wirklich kein Phag ist, kann auf einen Knopf drücken und einen ganzen Planeten zerstören! Was ist im Vergleich dazu ein Schlangenschwert?«

»Du hast Recht«, stimmte Stasj zu. »Aber wir können diese Regel nicht brechen.«

Ich blickte auf die am Tisch Sitzenden. Mir schien, dass ich hinter den verschwommenen Abbildern die Gesichtsausdrücke erraten konnte. Ich tat ihnen allen leid. Sie waren alles andere als erfreut, sich mit einem Jungen herumschlagen zu müssen, der durch ihre eigene Schuld eine Waffe in die Hand bekommen hatte.

»Sie sind doch erwachsene Menschen«, versuchte ich sie zu überzeugen, »intelligent und wohlwollend. Es kann doch nicht sein, dass Sie keinen Ausweg finden! Sie möchten mir doch helfen, dann helfen Sie auch!«

Stasj' Gesicht verzog sich zu einer Leidensmiene. Jemand anders murmelte: »Wenn wir nur könnten ...«

»Tikkirej, gefällt es dir auf dem Avalon?«, fragte plötzlich der Mulatte.

Ich nickte.

»Es gibt eine Regelung für das Amt der zeitweiligen Bevollmächtigten«, stellte der Mulatte in den Raum.

»Ein Teil der Information und Ausrüstungsgegenstände wird übertragen. Bedingung sind Kontrolle und

Einschränkung der Anwendungsmöglichkeiten«, zitierte Stasj atemlos.

»In einer Krisensituation«, erwiderte der Mulatte ebenfalls mit einem Zitat aus einem unsichtbaren Dokument. »Genau damit hast du doch schon begonnen, nicht wahr? Als du Tikkirej darum gebeten hattest, dir auf Neu-Kuweit zu helfen.«

»Danke, Ramon. Das könnte man ...«

Der Phag, der an der Stirnseite des Tisches stand, räusperte sich und ergänzte: »Wenn dergleichen für die Erfüllung einer operativen Aufgabe von besonderer Wichtigkeit erforderlich ist.«

Daraufhin verstummten alle. Irgendetwas überdachten sie jetzt, und mir gefiel gar nicht, wie konzentriert sie dies taten.

»Tikkirej«, begann Ramon, »es gibt eine Möglichkeit. Aber sie ist nicht besonders empfehlenswert.«

»Sprechen Sie«, bat ich. Ich warf einen Blick auf Stasj. Sein Gesicht war eisern, fast versteinert.

»Ist dir bekannt, was auf Neu-Kuweit vor sich geht?«

Ich schüttelte den Kopf.

»Uns auch nicht, mein Junge. Wir bereiten gerade einen Einsatz auf diesem Planeten vor. Drei Phagen werden versuchen herauszufinden, was aus der Bevölkerung geworden ist, die der Psychoattacke des Inej ausgesetzt war. Wenn du mit nach Neu-Kuweit gehst, haben wir das Recht, dir den Status eines zeitweisen Bevollmächtigten zuzuerkennen. Und du kannst die Peitsche behalten ... natürlich ohne den Hauptakkumulator.«

Ich überlegte.

Ich fühlte keine Furcht, nur Erstaunen darüber, wie einfach sich alles löste.

»Ist das für lange?«, wollte ich wissen.

»Ich gehe von zwei bis drei Monaten aus«, erwiderte der oberste Phag. »Dann holen wir dich wieder heraus. Deine Wohnung, deine Arbeit – all das wird hier auf dich warten.«

»Die Sache mit der Schule werden wir klären können, denke ich«, ergänzte jemand und lachte gutmütig.

»Und worin wird meine Aufgabe bestehen?«, erkundigte ich mich.

»Es ist nichts Außergewöhnliches: Beobachten und daraus Schlüsse ziehen. Jede beliebige Information wird für uns äußerst nützlich sein … für euch … für das Imperium.«

»Und das Schlangenschwert? Danach, wenn ich zurück bin?«

Ramon hob seine Schultern: »Fristen für die Rückgabe eines begrenzt zur Verfügung gestellten Ausrüstungsgegenstands sind im Gesetz nicht geregelt. Du kannst sie behalten!«

Ich schaute zu Stasj. Sein Gesichtsausdruck gefiel mir nicht.

»Und Lion?«, fragte ich.

»Was hat Lion damit zu tun?« Ramon war genervt.

»Was wird aus ihm?«

»Unsere Wissenschaftler versuchen festzustellen, welchen Einfluss das Programm, das du so erfolgreich unterbrochen hast, auf ihn hatte. Dann werden wir ihm bei der Erlangung der Staatsbürgerschaft behilflich sein und ...«

»Lion wird mit mir kommen«, sagte ich.

Eine leichte Unruhe ging durch den Saal.

»Warum?«, erkundigte sich Ramon mit Unverständnis in der Stimme.

»Weil sie Freunde sind«, antwortete Stasj für mich, »und weil Lions Familie auf Neu-Kuweit zurückgeblieben ist.«

»Würde er denn zurückkehren wollen?« Ramon zog seine Stirn in Falten. Ich hatte den Eindruck, als ob sich auf einmal zwischen Stasj und Ramon eine negative Stimmung aufgebaut hätte, zwischen ihnen etwas unausgesprochen blieb.

»Das wird man ihn fragen müssen«, meinte Stasj.

Erneut ergriff der Phag an der Stirnseite des Tisches das Wort: »Meine Herren, meinen Sie nicht auch, dass wir die Dinge übereilen? Soll Tikkirej erst einmal über unseren Vorschlag nachdenken, ehe er eine Entscheidung trifft. Ich hoffe trotz allem, dass er sich dazu entschließt, die Peitsche abzugeben und auf dem Avalon zu bleiben. Sein Freund wird ebenfalls eine Entscheidung treffen müssen. Wenn die Jungs trotzdem beschließen sollten, nach Neu-Kuweit zu fliegen, dann schlage ich vor, dass Ramon die Vorbereitung dieser Operation in die Hand nimmt.«

Ein Stimmengewirr erhob sich. Alle vertraten die Meinung, dass es nicht nötig sei, etwas zu übereilen, und dass »das Bürschchen« Zeit zum Nachdenken bräuchte.

»Ich bringe den Jungen nach Hause«, sagte Stasj und berührte meine Schulter. »Ich danke … allen.«
Er sah wieder zu Ramon und einige Sekunden lang examinierten die zwei Phagen einander. Dann zuckte Ramon unbeholfen mit den Schultern und wandte seinen Blick ab.

Unten in einer gemütlichen Bar warteten wir noch zwei Stunden auf Lion. Stasj machte einen fröhlicheren Eindruck und sprach nicht mehr über Dienstliches. Er sagte, dass er heute nicht weiter an der Beratung teilnehmen müsse, und bestellte sich einen Cocktail nach dem anderen.
Ich trank Saft, in den der fröhliche Barkeeper »für ein besseres Aroma« einen Teelöffel Apfelsinenlikör gab. Dann fing Stasj an, mir beizubringen, wie man vom äußeren Erscheinungsbild eines Menschen auf seine Stimmung und seinen Charakter schließen könne. Ich glaube, er meinte das nicht ganz ernst, aber wir hatten Spaß.
Es waren nur wenige Gäste in der Bar, vielleicht zehn Personen, aber keine Phagen. Über jeden erzählte Stasj etwas Lustiges.
Und nicht ein einziges Mal etwas Anstößiges.
Lion kam gemeinsam mit Doktor Anna Goltz nach unten (oder nach oben, wenn es unterirdische Stockwerke waren). Er hatte keine Angst mehr und sah nicht bedrückt aus.
Im Gegenteil, er lachte, und als ihn Anna zum Abschied umarmte, wurde er rot.

»Na, wie ist er?«, fragte Stasj kurz und nickte Anna wie einer alten Bekannten zu.

»Ich glaube«, Anna wurde sofort ernst, »dass es dieser junge Mann rechtzeitig geschafft hat.«

Ich begriff, dass sie über mich sprach.

»Ist etwas dabei herausgekommen?«, wollte Stasj wissen.

Anna schüttelte den Kopf.

Der Phag schien auch keine andere Antwort erwartet zu haben.

Wir gingen zum Parkplatz.

»Bist du schlimm gequält worden?«, erkundigte ich mich leise bei Lion.

»Wir haben uns unterhalten«, antwortete Lion ernst. »Über meinen Traum.«

»Na und?«

»Anna meint, dass er keine wertvollen Informationen enthalten würde. Er wäre ein Propagandaprogramm, das unterbrochen wurde, bevor es aktiv werden konnte. Jetzt würde es allmählich verblassen und in Vergessenheit geraten wie ein gewöhnlicher Traum. Am Ende hätte etwas Wichtiges kommen müssen ... weswegen die Leute an Inej glauben. Aber bei mir hat dieser Teil nicht funktioniert.«

»Also bist du wieder normal?«, wollte ich wissen und ergänzte schnell: »Sie halten dich nicht für einen Feind?«

»Nein«, Lion schüttelte energisch den Kopf. »Ich werde noch einen ausführlichen Bericht über meinen

Traum verfassen, Fragebögen ausfüllen und einige Tests bestehen müssen. Und das ist alles, mehr wird nicht gefordert.«

Stasj dirigierte ihn zum »Dunaj«.

Ich setzte mich neben Lion auf den Rücksitz, Stasj nahm hinter dem Lenkrad Platz und stellte die Automatik an. Gleich darauf fragte er: »Wirst du den Vorschlag des Rats annehmen, Tikkirej?«

»Welchen Vorschlag?«, fragte Lion flüsternd. Vorläufig würde ich ihm noch nichts verraten.

»Ja, Stasj.«

»Ich glaube nicht, dass das Spiel seinen Einsatz lohnt, Tikkirej.« Stasj schüttelte zweifelnd den Kopf. »Eine Peitsche ist kein Lebewesen. Sie ist eine Sache. Verwechsle das nie!«

»Nicht ganz«, sagte ich störrisch.

Stasj holte Luft und rieb seine Stirn.

»Selbst wenn! Sei es eine Verbindung aus Mechanik, Elektronik und lebendem Gewebe … Das ist nicht von Bedeutung. Was glaubst du, Tikkirej, wäre es denn vernünftig, sein Leben für die Rettung seines … na, sagen wir, geliebten Hündchens zu riskieren?«

»Es wäre unvernünftig.«

»Warum bist du dann dazu bereit, nach Neu-Kuweit geschickt zu werden?«

Lion starrte mich an.

»Soll ich die Wahrheit sagen?«, fragte ich. »Damit Lion die Möglichkeit hat, dorthin zu kommen.«

»Und was hat Lion davon?«

»Dort sind doch meine Eltern!«, mischte sich Lion

ein. »Geht das? Ist es möglich auf Neu-Kuweit zu gelangen? Der Planet ist doch in Quarantäne, oder nicht?«

Stasj erwiderte zunächst nichts. Dann fing er an zu sprechen, wobei er seine Worte sorgsam wählte: »Lion, ich verstehe deine Erregung und deine Sehnsucht nach deinen Eltern. Aber glaub mir, auf den von Inej eroberten Planeten gibt es weder Massenverhaftungen noch Blutbäder unter der Bevölkerung. Und auch keine Repressionen ...«

»Wovor sollten wir uns dann fürchten?«, fragte Lion.

Und ich fügte hinzu: »Stasj, stell dir vor, du wärst dreizehn Jahre alt. Und deine Eltern wären irgendwo auf einem anderen Planeten ... Und du könntest dorthin gelangen ...«

Der »Dunaj« fuhr gemächlich über die Straßen, die Automatik hatte die am wenigsten befahrene Strecke gewählt, vorbei an erleuchteten Gebäuden, luxuriösen Büros, Hochstraßen – und Stasj' Gesicht erschien ungewöhnlich weich vor dieser Kulisse.

»Die Mehrzahl der Phagen hat überhaupt keine Eltern, Tikkirej. Aber ich hatte einen Vater. Er verschwand während einer Mission auf dem ... auf einem kleinen Planeten. Ich war da gerade elf Jahre alt und schon damals hätte ich ein Raumschiff entführen und einen Rettungsversuch unternehmen können. Aber mir war völlig klar, dass ich keine Chance hatte. Und ich blieb auf Avalon, um meine Ausbildung fortzusetzen.«

Er schwieg eine Zeit lang und ergänzte dann:

»Du könntest nun sagen, dass ich ihn nicht geliebt habe. Aber das wäre falsch.«

»Ich glaube dir, Stasj.« Ich fühlte plötzlich einen Kloß im Hals. »Du hast aber doch selber gesagt ... dass unsere Zivilisation viel zu vernünftig und logisch sei. Das hast du bemängelt. Und meine Eltern ... gerade sie haben immer richtig und logisch gehandelt. Anders wäre es nicht gegangen. Aber ich werde sie nun nie mehr wiedersehen ... Es gibt sie nicht mehr. Und wenn wir jetzt wieder logisch handeln würden, dann wird auch Lion seine Eltern nicht wiedersehen. Vielleicht gibt es Krieg und er wird auf seinen kleinen Bruder schießen ...«

»Das werde ich nicht!«, ereiferte sich Lion.

»Aber er wird schießen!«, schrie ich und wandte mich zum Fenster.

Stasj äußerte sich nicht sofort.

»Tikki, ich verstehe dich«, sagte er dann. »Weißt du, ich bin doch überhaupt nicht dagegen, dass Lion nach seinen Eltern sucht. Und es wäre gut, wenn du uns auf Neu-Kuweit helfen könntest ...«

Er verstummte.

»Was hast du dann dagegen?«, fragte ich, ohne den Kopf zu wenden.

»Ich weiß es nicht. Irgendetwas gefällt mir nicht«, beendete Stasj das Gespräch.

Er betätigte einen Knopf, und die Scheibe, an die ich meine Nase drückte, glitt nach unten. Der Fahrtwind war kühl, trocken und roch nach Stadt.

»Jetzt werde ich dieser Kutsche aber die Peitsche geben!«, meinte Stasj. »Zieht es?«

»Nein«, erwiderte ich.

Doch der Wind blies mir ins Gesicht.

Stasj brachte uns nach Hause, wollte aber nicht mit hinaufkommen. Er verabschiedete sich per Handschlag und fuhr in seinem einfachen, überhaupt nicht heldenhaften Auto weg. Ich stand mit Lion im Hauseingang. Wir hatten keine Lust, in die Wohnung zu gehen.

»Komm, wir besuchen Rossi«, schlug ich vor.

»Was?«, fragte Lion, und mir wurde klar: Mit seinen Gedanken war er weit weg. Bei Mutter, Vater, Bruder und Schwester. Darauf hatte ich auch gehofft. Dieser Traum, in dem er ein Erwachsenenleben durchlebte, würde ihn noch lange quälen. Wäre er jedoch wieder bei seiner Familie, würde der Traum nach und nach verblassen.

»Ich muss mit Rossi sprechen«, sagte ich.

»Warum?« Lion zog eine Grimasse. »Lass ihn in Ruhe, er ist bloß eine feige Rotznase!«

»Ich will nichts von ihm. Ich muss mit ihm sprechen.«

Lion schaute mich voller Zweifel an, hob die Schultern und knöpfte seine Jacke zu, die er im Auto ausgezogen hatte.

»Na dann, gehen wir ...«

Wir warteten nicht auf den Bus, sondern liefen die Regenbogenstraße entlang. Lion steckte die Hände in die Taschen und pfiff eine Melodie. Doktor Goltz musste sehr talentiert sein, wenn sie Lion so schnell helfen konnte: Er verhielt sich völlig normal.

Die Regenbogenstraße ist eine Schlafstraße. Hier gibt es lediglich Wohnhäuser und einige kleine Geschäfte, wenn jemand nach der Arbeit vergessen hatte, in den

Supermarkt zu fahren. Kaum jemand war auf der Straße. Kurz darauf kam uns ein alter Mann im Rollstuhl entgegen, der bei unserem Anblick bedrückt den Kopf schüttelte. Er meinte sicherlich, dass Kinder in die Schule gehörten oder etwas Nützliches tun und sich nicht auf der Straße herumtreiben sollten. Ich erinnerte mich voller Traurigkeit an den tapferen alten Semetzki.

Auf Avalon erstaunten mich in erster Linie die Häuser. Bei uns auf Karijer waren die Häuser groß und ihre Wände dünn wie Fensterglas. Auf Neu-Kuweit, wo es fast überall warm ist, waren die Häuser auch leicht gebaut, aber klein und nur für eine Familie. Hier jedoch waren riesige Gebäude mit vielen Wohnungen und dicken Beton- oder Ziegelwänden üblich. Das war zwar schön wie in einem alten Film, aber eigenartig. Mittlerweile hatte ich mich allerdings daran gewöhnt. Dicke Wände, feste Türen und Fenster mit Doppelverglasung waren für mich normal geworden.

Eigenartig waren auch die Höfe. Auf Karijer standen die Häuser in Reihen aneinandergepresst mit speziellen Plätzen für Spiel und Spaß. Unter den Kuppeln war nicht allzu viel Platz. Auf Neu-Kuweit dagegen war reichlich Raum zwischen den Häusern. Avalon lag dazwischen, jedes Haus hatte sein Eckchen, bepflanzt mit Bäumen, ausgestattet mit Rutschen und Karussells für die Kleinen, Hütten und Wasserbecken, nicht zum Baden, sondern als Dekoration.

Wir kürzten durch einen Hof ab und kamen auf eine Allee mit Kastanienbäumen. Schade, dass jetzt Winter war! Schade, dass ich im Frühling schon auf Neu-Kuweit sein würde, ohne zu sehen, wie hier alles blüht. Das bedauerte ich sehr.

»Wollen wir etwas zu trinken kaufen?«, fragte Lion, als wir an einem kleinen Geschäftchen vorbeigingen.

»Na los.«

Er wartete.

»Ah ...«, besann ich mich und suchte Kleingeld in der Tasche zusammen. »Hier!«

Im Weitergehen tranken wir heißen Kaffee. Wir passierten das Vergnügungszentrum mit einem konventionellen und mehreren virtuellen Kinos, einem Aquapark und Sportsälen ... ich war einmal dort, es hatte mir gefallen.

»Hier ist es nicht schlechter als auf Neu-Kuweit«, bemerkte Lion. Und berichtigte sich sofort: »Was sage ich da, hier ist es sogar besser ... Tikkirej, willst du nur meinetwegen dorthin zurückkehren?«

»Nein.«

»Warum dann?«

Ich war mir nicht sicher. Wir gingen die Straße entlang und niemand konnte uns abhören. Nein! Das war ein blödes Argument! Man konnte sich nie völlig sicher sein. Wenn jemand abhören will, dann kann er sogar mit einem niedrig fliegenden Satelliten die Worte von den Lippen ablesen, eine Wanze unterschieben oder mit einem gewöhnlichen Richtmikrofon aus einem vorbeifahrenden Auto mithören.

»Weißt du, Lion, hier ist mir langweilig. Soll ich etwa wie ein Idiot im Laboratorium arbeiten und dann studieren? Auf Neu-Kuweit können wir den Phagen helfen. Vielleicht werde ich sie davon überzeugen können, dass ich zum Phagen tauge.«

Lion schaute mich eigenartig an. Dann fragte er aus unerfindlichen Gründen: »Du willst ein Phag werden?«

»Selbstverständlich!«

Er versank in Gedanken. In Sekundenschnelle schien in ihm erneut der erwachsene Mann erwacht zu sein, der es geschafft hatte, zu kämpfen, zu heiraten und zu sterben.

Endlich holte Lion tief Luft und sagte traurig: »Aber sie nehmen dich doch nicht ... Phagen sind alle genverändert. Ein normaler Mensch kann kein Phag werden.«

»Das ist alles Blödsinn!«, widersprach ich voller Überzeugung. »Was macht es schon aus, dass ich nicht genetisch modifiziert wurde? Wetten, dass ich radioaktive Strahlung besser aushalten kann als ein Phag? Und noch viele andere Dinge. Vielleicht können sie sogar einen Spezialagenten brauchen, der auf radioaktiven Planeten arbeiten kann.«

Lion dachte nach und stimmte zu, dass ein solcher Agent wirklich sogar den Phagen nützlich sein könnte. Und dass ein Spezialagent für die Arbeit unter den Bedingungen einer niedrigen Gravitation und geschlossener Räume ebenfalls benötigt werden könnte.

»Wir müssen dann aber etwas wirklich Wichtiges vollbringen«, grübelte er. »Nicht nur alles beobachten, sondern zusätzlich ...«, er schwankte, ob er es aussprechen sollte, und sagte dann: »... zum Beispiel herausfinden, wie die Menschen dekodiert werden können!«

Derart in unsere Träume vertieft, gingen wir zu Rossis Haus. Die Viertel mit mehrstöckigen Wohnhäusern endeten, es folgten Bungalows. Alle wohlhabenden Bürger von Avalon lebten in Bungalows.

»Ich gehe nicht mit rein«, nuschelte Lion, als wir uns dem Haus mit einer gepflegten Hecke, die den kleinen Garten umgab, näherten. Alle Bäume waren immergrün und sogar jetzt, mit Schnee bedeckt, sahen sie schön und festlich aus.
»Gut, ich beeile mich.«
Das Gartentor war offen, ich ging hinein und lief neben der betonierten Garagenausfahrt, die mit Sträuchern abgegrenzt war, über den gefrorenen Sandweg zum Haus. Ein Strauch war etwas angeknickt und schneefrei – das Auto war dagegengefahren.
Ich konnte mir selbst nicht erklären, warum ich Rossi sehen und worüber ich mit ihm sprechen wollte. Aber sich nicht zu äußern wäre völlig falsch gewesen.
Man muss alle Fehler vergeben können. Vielleicht wäre es unmöglich gewesen, zu verzeihen, wenn etwas Unwiderrufliches geschehen war. Wenn ich ertrunken wäre oder Lion, als er mich retten wollte.
Ich war aber verpflichtet zu verzeihen. Die Phagen hatten mir ja auch meinen Fehler verziehen.
Ich ging auf das Haus zu, blieb aber stehen, als ich Rossi und seinen Vater sah.
Sie räumten mit großen, knallorange Schaufeln den Schnee vor dem Haus weg. Genauer gesagt hatten sie ihn davor weggeräumt, jetzt spielten sie miteinander und bewarfen sich gegenseitig mit Schnee. Rossi schnaufte, hob

die Schaufel und versuchte den Schnee auf seinen Vater zu schütten. William, der genauso schnaufte und leise lachte, wich aus und warf von Zeit zu Zeit Schnee auf Rossi. Als Rossi, ohne darauf zu achten, wohin er den Schnee warf, Schwung holte, kam William von der Seite auf ihn zu, klemmte ihn sich unter den Arm und steckte seinen Kopf in einen Schneehaufen.

Rossi lachte, krabbelte heraus und rief: »Das war gemein!«

Ich trat leise einen Schritt zurück.

»Eins zu null!«, meinte William zufrieden.

Er war also mehr als nur ein Trunkenbold, der Tag und Nacht in allen möglichen Theatern und Literaturcafés herumhing. Er hatte auch seine guten Seiten.

Rossi warf sich jauchzend auf seinen Vater, drängte ihn in den Schnee – mir schien, dass William mit Absicht nachgegeben hatte – und begann ihn mit Schnee zu überschütten. »Ergibst du dich? Na, ergibst du dich?«

Ich entfernte mich weiter.

Was hatte ich eigentlich erwartet? Dass sich Rossi in sein Zimmer einschlösse und grübelte, was er für ein Versager wäre? Oder dass seine Eltern nicht mehr mit ihm sprächen oder ihm die Süßigkeiten entzögen und ihn nicht mehr draußen spielen ließen? Wollte ich das etwa? Kommen und erklären: »Es ist alles in Ordnung, es ist nichts passiert, das kann vorkommen …«

Nein.

Oder hatte ich mir vielleicht doch gerade das ausgemalt?

»Ich ergebe mich!«, rief William. Er hob den Kopf –

und hielt inne, als er mich sah. Ich erstarrte. Jetzt zu gehen wäre unklug gewesen. Blitzschnell wandte William seinen Blick von mir ab und wandte sich an Rossi, als ob nichts geschehen wäre:

»Hör mal, du hast Mutter versprochen, ihr zu helfen.«

»Aber …«, murrte Rossi, erhob sich und rieb seine rot gefrorenen Handflächen aneinander. »Wir haben doch noch nicht alles geräumt …«

»Rossi!«, William stand auf und klopfte den Schnee von seinem Sohn. »Erstens hast du es versprochen und zweitens bist du schon ganz durchgefroren. Ich räume den Rest selber weg.«

Rossi diskutierte nicht weiter. Unlustig schlenderte er zum Haus, ohne sich umzusehen und mich zu bemerken.

Ich stand da und wartete.

William kam zu mir: »Guten Morgen, Tikkirej!«

»Guten Tag, William!«, grüßte ich.

William nickte und rieb nachdenklich seine Wange:

»Ja, stimmt. Es ist schon Tag … Ich habe Rossi vorerst weggeschickt. Du hast doch nichts dagegen?«

Ich zuckte mit den Schultern.

»Komm mit!«

Er legte seine schwere, feste Hand auf meine Schulter. Wir gingen in ein kleines Gartenhäuschen und setzten uns. Die Bänke dort waren warm, es war angenehm, auf ihnen zu sitzen.

»Alles ist ziemlich unglücklich, sehr unglücklich gelaufen.« William schüttelte den Kopf. Nachdenklich holte er ein Zigarrenetui aus der Tasche, nahm einen dünnen Zigarillo heraus und zündete ihn an. »Weißt du, Tikkirej, ich war davon überzeugt, dass ich der Erziehung meiner Kinder ausreichend Zeit widme …«

»Machen Sie sich keine Sorgen«, meinte ich. »Rossi war erschrocken. Das ist doch nicht ungewöhnlich! Es ist ja auch wirklich schrecklich, wenn das Eis bricht.«

William widersprach: »Nein, Tikkirej, du musst mich nicht besänftigen! Das ist meine eigene Verfehlung! Ich habe mich zu sehr meiner Arbeit, meinem Künstlerleben, meiner sozialen Verantwortlichkeit hingegeben. Das ist übrigens eine verbreitete Unzulänglichkeit auf unserem Planeten, Tikkirej. Uns geht es einfach zu gut!«

Er begeisterte sich an jedem Wort, so, als ob er einen Artikel schreiben würde, der ihm gut aus der Feder floss.

»Es ist nicht einmal so, dass Rossi und Rosi schlecht erzogen wären, Tikkirej. Es stimmt, teilweise habe ich ihre Erziehung der Schule überlassen und gedacht, dass Literatur, Theater, Fernsehen ihnen die richtige Lebenseinstellung vermitteln würden. Aber ich habe das Wichtigste vergessen! Ihnen fehlt emotionale Wärme, das Gefühl von Liebe und Geborgenheit. Daher kommt auch dieser peinliche Ausbruch von Feigheit. Seelische Härte …« William machte eine resignierende Handbewegung und ein Stück fester, grauer Asche fiel auf den mit Schnee bedeckten Boden des Gartenhäuschens.

»Es ist aber doch nichts passiert«, wandte ich unsicher ein. »Rossi hat einen Fehler gemacht und er ist sich darüber im Klaren.«

»Danke«, erwiderte William und drückte mir fest auf Erwachsenenart die Hand. »Du bist ein sehr verantwortungsvoller und charakterstarker junger Mensch. Ich habe lange über den Vorfall nachgedacht, die ganze Nacht. Und Rossi hat sich große Vorwürfe gemacht. Er ist gerade erst vor wenigen Minuten aufgetaut und wieder fröhlich geworden.«

Ich nickte.

»Ich habe jetzt eine schwierige Aufgabe zu lösen«, fuhr William fort, »nämlich das Verhaltensmuster der Kinder zu korrigieren, negative Tendenzen zu bekämpfen, ohne dabei ihre Seele zu verletzen und pubertäre Protestreaktionen hervorzurufen. Und ich würde dich daher gern um Hilfe bitten.«

»Ich bin ja auch deswegen gekommen ...«

»Tikkirej, ich will dir einen ungewöhnlichen Vorschlag machen«, erklärte William, »du musst dich darüber nicht wundern. Hör mir bitte zu und unterbrich mich nicht!«

Ich nickte erneut.

William umarmte mich. »Du bist zwar ein Altersgenosse meiner Kinder, aber entschieden gereifter«, begann William. »Das, was du erlebt hast, die Tragödie deiner Eltern, diese schrecklichen Ereignisse auf Neu-Kuweit, du bist doch im letzten Augenblick evakuiert worden? – Nein, antworte nicht, ich weiß es, die Kinder haben es mir erzählt. Dazu noch dein kameradschaftliches Verhältnis zu deinem Freund, die Sorge um ihn ... er ist wieder gesund?«

Jetzt erwartete er eine Antwort und ich nickte. Das

graue Aschehäufchen auf dem Schnee zerfiel langsam zu Staub.

»Das ist hervorragend«, meinte William. »Tikkirej, ich kann mir vorstellen, dass es für dich schwer ist, allein zu leben.«

»Ich bin nicht allein«, warf ich ein. »Ich habe Lion. Und alle helfen uns, sogar die Phagen.«

William neigte hochachtungsvoll den Kopf. Auf Avalon betrachtete man die Phagen ohne Ironie. Besonders in Port Lance, wo die gesamte Ökonomie ihrer Versorgung diente.

»Ich verstehe. Aber es ist trotzdem nicht in Ordnung, dass zwei Kinder ohne Erwachsene leben. Deine Persönlichkeit bildet sich gerade aus und das könnte sich negativ auf sie auswirken. Deshalb möchte ich den Vorschlag machen, dass du und Lion zu uns zieht.«

Das hatte ich nicht erwartet. Ich hob den Kopf und schaute William an. Er wirkte sehr ernst.

»Es ist klar, dass es dabei nicht um eine Adoption geht, ihr seid schon große Kinder«, fuhr William fort. »Aber wir wären bereit, eine offizielle Vormundschaft einzurichten und euch dabei zu unterstützen, eine Ausbildung zu bekommen und einen würdigen Platz in der Gesellschaft einzunehmen. Für kindliche Vergnügungen wird noch genug Zeit bleiben, stimmt's?«

Er lächelte.

»Warum machen Sie das alles?«, fragte ich.

»Ich will ehrlich sein«, meinte William. Er stieß eine Rauchwolke aus und warf seinen Zigarillo weg: »Erstens aus einem Gefühl von Schuld. Ich fühle mich zur

Wiedergutmachung verpflichtet ... teilweise auch meiner eigenen Schuld. Zweitens wäre das eine gute und nützliche Tat. Und auf welcher Grundlage ist unsere Welt errichtet, wenn nicht auf Güte und gegenseitiger Unterstützung? Drittens, und das ist vielleicht das Wichtigste, euer Beispiel wird Rosi und Rossi helfen, wertvolle und gute Menschen zu werden. Ich habe mit den Kindern gesprochen und mit ihrer Mutter. Sie würden sich alle freuen. Na ... was sagst du dazu?«

Er wartete. Er roch nach Tabak und einem teuren, würzigen Eau de Cologne.

»Die Vorteile für dich und Lion, die ich schon kurz aufgezählt habe, muss ich nicht erläutern, nicht wahr?«

Mein Vater hat nie geraucht. Das war teuer, man benötigte eine spezielle Genehmigung ... hätte eine spezielle Genehmigung benötigt ...

»Danke«, fing ich zu sprechen an, »aber ...«

»Mir ist klar, Tikkirej, dass du mein Verhalten mit einiger Ironie betrachtest«, sagte William. »Meine Art und Weise, mich zu benehmen und Gedanken zu äußern ... Ist es nicht so? Aber glaube mir, das ist lediglich eine Folge meiner spezifischen Arbeit. Wir sind durchaus nicht solche leichtsinnigen Gesellen, wie du vielleicht denkst.«

»Ich glaube nicht, dass Sie leichtsinnig sind«, erwiderte ich schnell. »Nein ... Na ja, manchmal vielleicht etwas komisch ...«

Ich kam durcheinander und verstummte.

Jetzt wartete William geduldig.

»Verstehen Sie ... Nein, so wird es nichts.« Ich schüttelte den Kopf. »Nein, vielen Dank, natürlich. Aber wissen Sie, Sie haben mir erklärt, warum Sie uns bei sich aufnehmen wollen.«

»Und hat dich etwas daran gestört?«, fragte William erstaunt.

»Nein, Sie haben alles klar und deutlich begründet, aber eigentlich hätten Sie gar nicht auf meine Frage antworten sollen.«

»Erklär mir das bitte, Tikkirej«, bat William und zog die Stirn in Falten.

»Also, wenn Menschen einander helfen wollen oder wenn sie befreundet sind, dann versteht sich das von selbst. Nicht, weil man etwas wiedergutmachen oder gute Taten vollbringen will. Erklärungen sind da nicht notwendig. Das ist wie mit dem Verhältnis zwischen Moral und Gesetz, verstehen Sie? Gesetze werden geschaffen, um die Menschen zu zwingen, etwas zu tun oder etwas zu unterlassen. Selbst wenn die Gesetze gut sind, beweisen sie, dass die Menschen von sich aus nicht nach ihnen leben wollten. Und Sie suchen eine Begründung dafür, dass Sie uns zu sich in die Familie nehmen wollen, und argumentieren, dass dadurch Rosi und Rossi Güte und Tapferkeit kennen lernen würden.«

William ließ sich mit seiner Antwort Zeit. Dann fragte er: »Hast du dir das allein ausgedacht?«

»Nein«, gab ich zu. »Das ... Einer meiner Freunde ist der Meinung, dass Gesetze lediglich Krücken für die Moral wären. Und dass wir damit aufgehört hätten, mit dem Herzen zu denken. Jetzt würden wir nur noch rational, mit dem Kopf denken. Dabei würden wir ständig versuchen, uns damit zu rechtfertigen, dass ein Herz nicht denken, sondern lediglich fühlen könne. Das stimmt aber nicht, das Herz denkt auch, aber anders.«

»Viele sind der Meinung, dass ein Herz nur geschaffen wäre, um Blut umzuwälzen«, murmelte William. Er schien in sich zusammengesunken zu sein, alles Aufgesetzte war verflogen.

»Sicher hat dein Freund Recht, Tikkirej ... Er hat Recht. Ist dir bekannt, dass wir die ganze Zeit über versuchen, alte Schauspiele umzudeuten? Eine moderne Lesart von ›Romeo und Julia‹ ... eine neue Deutung des ›Othello‹. Da muss dann alles stimmig sein. Jede einzelne Handlung. Sowohl der Selbstmord Romeos als auch die Eifersucht Othellos ...«

Er griff nach dem Zigarrenetui, steckte es aber sofort wieder weg und fragte: »Tikkirej, kannst du dir nicht vorstellen, dass ich einfach nach einer Rechtfertigung gesucht habe? Für meinen Wunsch, dir und Lion zu helfen?«

Ich schüttelte den Kopf:

»Nein. Entschuldigen Sie, aber das glaube ich nicht.«

William saß da und starrte vor sich hin.

»Sie werden ganz bestimmt Erfolg haben«, meinte ich. »Sie haben heute wunderbar mit Rossi gespielt.«

Er hob die Schultern und murmelte: »Ja. Zuerst habe ich mir überlegt, was und wie ich es machen soll, und danach habe ich mit meinen Sohn herumgetobt ... Bestimmt ist mein Herz nur eine Pumpe ...«

»Machen Sie sich keine Gedanken. Es ist außerdem so, dass wir Avalon verlassen werden ...«, ergänzte ich.

William nickte.

Warum war ich nur so unsensibel? Ich hatte alles versaut!

»Entschuldigen Sie«, sagte ich. »Gestatten Sie, dass ich gehe?«

»Natürlich, Tikkirej.«

»Falls ... Wenn ich zurückkomme, schaue ich bei Ihnen vorbei, einverstanden?«

William nickte.

Als ich den Garten verließ, bombardierte Lion die Gartenpforte vor Langeweile mit Schneebällen. Das gelang ihm sehr gut, sie war weiß vor Schnee.

»Habt ihr euch ausgesprochen?«, fragte er.

»Ja.«

»Und ... ?«

»Nichts«, erwiderte ich. »Hör mal, warum läuft immer alles schief?«

»Wenn alles glatt läuft, bemerken wir es nicht«, philosophierte Lion.

Und wir gingen nach Hause.

Kapitel 5

Agrabad lag still und friedlich im Licht der aufgehenden Sonne.

Am Himmel zeichneten sich Flyer ab und die weißblauen Mosaiksteine der Türme glänzten. Ich lag auf dem Bauch, stützte mich auf meine Ellenbogen und schaute mir die Hauptstadt von Neu-Kuweit durch ein elektronisches Fernglas an.

Ich konnte sogar die Menschen und Autos auf den Straßen erkennen.

»Alles ist ruhig, Lion«, teilte ich mit. Ich drehte meine Baseballkappe mit dem Schild nach hinten, um mir nicht den Nacken zu verbrennen. »Gehen wir?«

Lion hockte neben mir und kaute an einem Grashalm. Er zuckte mit den Schultern und meinte:

»Na los, versuchen wir es.«

Ich stand auf, säuberte die mit Erde verschmierten Ärmel meines Hemds und wir stiegen zur Straße hinunter. Ein sanfter Abhang führte vom Wald, in dem uns gestern ein Raumschiff der Phagen abgesetzt hatte, zu einer der Hauptstraßen, die vom Kosmodrom kamen. Jetzt war sie wie leer gefegt – auf Neu-Kuweit landeten fast keine Raumschiffe. Blockade …

»Meine Eltern wollten in die Hauptstadt ziehen«, sagte Lion. »Wenn sie das geschafft haben, werden wir sie suchen.«

»Unbedingt!«, versprach ich.

Rund zehn Minuten lang schritten wir auf der Straße entlang. Zwei Jugendliche, nichts Ungewöhnliches. Ordentlich angezogen, sogar etwas gekämmt. Was soll's, dass sie zu Fuß unterwegs waren?

Das erste Auto Richtung Stadt verringerte seine Geschwindigkeit, hielt aber nicht an. Schweigend und teilnahmslos musterten uns zwei Männer auf dem Rücksitz, der Fahrer schaute nur auf die Fahrbahn. Dann beschleunigte das Auto und entfernte sich.

»Treffen wir eine Entscheidung!«, schlug Lion vor. »Irgendetwas gefällt mir nicht.«

»Mir auch nicht«, stimmte ich zu.

Seit wir uns auf Neu-Kuweit befanden, waren wir immer und in allen Sachen einig. So, als ob wir Angst hätten, uns zu streiten – sogar wegen der kleinsten Kleinigkeit.

Wir befanden uns immerhin unter Feinden. Auf dem Territorium des Inej.

Weitere drei Autos fuhren an uns vorbei. Aber nicht eines davon hielt an, obwohl wir nach Kräften Zeichen gaben. Sie versuchten nicht einmal uns zu mustern.

»Als ob sie über uns Bescheid wissen würden«, argwöhnte Lion.

»Genau! Vielleicht sollten wir die Straße verlassen?«

»Kann sicher nicht schaden«, stimmte Lion zu.

Das schafften wir aber nicht.

Der Flyer flog so hoch, dass wir ihn erst bemerkten, als er zur Landung ansetzte. Direkt auf der Straße, ungefähr zehn Meter vor uns. Der Pilot benutzte sogar die

Motorbremse und wir wurden spürbar von einer Luftwelle getroffen.

»Wir sind auf dem Weg in die Stadt«, flüsterte ich. »Nur ruhig ...«

Vier Gestalten, drei Männer und eine Frau, sprangen aus dem Flyer. Alle jung und sehr, sehr ernst.

»Grüßt euch, Jungs«, sagte die Frau und tastete uns dabei mit ihren Augen ab, vorsichtig und unwillig.

»Guten Tag«, antwortete ich, Lion murmelte auch irgendetwas.

»Warum seid ihr nicht in der Schule?«, fragte die Frau.

Alle vier kamen auf uns zu. Sie schienen zwar keinen Verdacht geschöpft zu haben, hielten sich aber gleichzeitig in einiger Entfernung. Was war denn an uns nur so ungewöhnlich?

»Tja ...«, ich warf einen Blick auf Lion. »Wir durften schon nach Hause gehen, der Unterricht war zu Ende.«

Sie sahen sich dermaßen erstaunt an, als ob ich eine unglaubliche Dummheit geäußert hätte.

»Irgendetwas stimmt hier nicht«, überlegte die Frau laut. »Seltsam! Steigt in den Flyer ein!«

Einer ihrer Begleiter trat vor und hob seine Hand, in der er ein Gerät hielt. Er richtete es erst auf mich, danach auf Lion.

Das Gerät begann einen Pfeifton auszusenden.

»Hinlegen! Hände in den Nacken!«, schrie die Frau.

Die Männer griffen nach ihren Waffen, kleinen Pistolen in ihren Taschen.

»Keine Bewegung!« Blitzschnell hatte Lion sich hingekniet und seine Pistole auf sie gerichtet. Die Frau sprang ihn an und versuchte ihn umzustoßen. Ich schaffte es mit Müh und Not, meine Hand nach vorne zu strecken – und die Schlange, die als flexibles, silbernes Band herausschnellte, schlug sich der Frau als Schlinge um den Hals. Sie stürzte.

Einer der Männer bekam inzwischen seine Pistole zu fassen. Lion schoss – die leisen Schüsse kamen als Salve und alle drei wälzten sich auf der Straße. Die Frau lag am Boden und versuchte gar nicht erst aufzustehen, sondern schaute uns nur hasserfüllt an.

Und vom Himmel näherte sich lärmend im Sturzflug noch ein Flyer!

»Nichts wie weg, Lion!«, schrie ich und fasste ihn an der Schulter. »Schnell!«

Lion schoss mehrmals nach oben, als ob er versuchen wollte, den Flyer mit einer Schockpistole zum Absturz zu bringen. Und wir flüchteten.

So schnell wir konnten.

Etwas Schweres und Heißes fiel mir in den Rücken. In meinem Magen blubberte es und mir schnürte es die Kehle zu. Meine Beine trugen mich nicht mehr, ich stürzte, stieß mir schmerzhaft die Knie auf und streckte mich auf dem heißen Beton aus. Meine Wange streifte über die raue Oberfläche des Betons und Schmerz flammte auf. Mein Herz klopfte wie wild. Mein Hemd wurde schnell von Blut durchtränkt. Mit letzten Kräften wandte ich den Kopf und sah in den Händen der Frau einen Blaster, dessen Lauf noch dampfte.

Dann wurde es dunkel.

»Na, und?«, fragte Ramon.

Zuerst schaute ich auf meinen Bauch. Dann rieb ich mir die Wange. Dann entkoppelte ich den Neuroshunt und stand aus dem Sessel auf.

Im Nebensessel rutschte Lion hin und her. Er schaute mich betrübt an und sagte: »Mir haben sie die Beine gebrochen …«

Wir befanden uns in einem kleinen Zimmer, dem virtuellen Klassenraum. Sicher wurden auch die Phagen hier unterrichtet. Vor den Fenstern hingen Vorhänge, gedämpfte Lampen beleuchteten den Raum. Es gab weitere fünf Sessel mit virtuellen Terminals, aber sie standen leer.

Im Raum befanden sich nur Lion und ich sowie Ramon im Sessel des Lehrers. Ich hatte keine Ahnung, ob er in die Rolle eines unserer Feinde geschlüpft war oder wir mit einem Programm zu kämpfen hatten. Fragen wollte ich jedoch nicht.

»Was habt ihr falsch gemacht?«, fragte Ramon.

»Es war ein Fehler, auf die Straße zu gehen«, antwortete Lion.

Ramon zuckte mit den Schultern. »Ist es nicht egal, wo sie euch erwischt hätten?«

»Es war falsch, dass wir Waffen mitgenommen haben«, gab ich kleinlaut zu. »Es ist unmöglich, zu zweit gegen eine Armee zu kämpfen.«

Ramon nickte. »Das kommt der Wahrheit schon näher! Jungs, denkt daran, die Variante einer totalitären Kontrolle ist recht unwahrscheinlich, aber am gefährlichsten.«

»Aber mir hat die Anarchie noch weniger gefallen«, widersprach Lion.

»Die ist auch unangenehm«, stimmte Ramon zu. »Die Konsequenz ist die gleiche – keine Gewaltakte! Sie bewirken nichts! Ihr seid keine Phagen. Und keine Spezialtruppen des Imperiums. Ihr seid Beobachter! Zwei Jugendliche, auf die das Codierungsprogramm nicht gewirkt hatte. Ihr wart erschrocken, seid in den Wald geflüchtet und habt euch dort über einen Monat aufgehalten. Ihr habt euch verirrt, seid im Kreis gelaufen und habt endlich den Weg zur Stadt gefunden. Ihr dürft keine Angst vor Polizisten haben, ganz im Gegenteil – ihr müsst ihnen entgegenlaufen, euch dem ersten Menschen, den ihr seht, um den Hals werfen, weinen und um Essen betteln!«

Lion blies sich auf. Dieser Rat gefiel ihm überhaupt nicht.

»Wenn wir wenigstens eine ungefähre Vorstellung davon hätten, was auf Neu-Kuweit vor sich geht ...«, Ramon dozierte ruhig und zurückhaltend, wie ein Lehrer, der sich plötzlich entschlossen hatte, die Schüler in die unbekannten Geheimnisse des Weltalls einzuweihen. »Aber wir wissen es nicht. Bekannt ist nur, was nicht passiert. Es gibt keine Konzentrationslager und keine Massenmorde, obwohl fünfzehn, vielleicht zwanzig Prozent der Bevölkerung nicht in Zombies verwandelt worden sein müssten. Das alles gibt es nicht – und trotzdem! Wir können zum Beispiel davon ausgehen, dass auf den Planeten des Inej Kriegszustand oder etwas Ähnliches herrscht. Die Erwachsenen arbeiten also acht, manchmal auch zwölf Stunden am Tag und die Kinder lernen unter den gleichen Bedingungen. Sie bereiten sich auf künftige Kriege vor. Deshalb dürfen wir gar nicht erst versuchen, euch für normale Kinder von Neu-Kuweit auszugeben. Ihr seid genau die, die ihr in Wirklichkeit seid! Lion von der freien Station ›Service-7‹ und Tikkirej vom Karijer. Nur dass euch niemand vom Planeten geholt hat. Ihr habt euch in den Wäldern versteckt, weil ihr vor dem allgemeinen Schlaf Angst hattet, ist das klar?«

Lion stöhnte und meinte unwillig: »Ja. Und wie werden wir aussehen nach einem Monat im Wald?«

Ramon lächelte: »Gleich werdet ihr es sehen!«

Er gab den Befehl über den Radioshunt. Über seinem Schreibtisch bildete sich ein Bildschirm. Auf dem Bildschirm erschienen Lion und ich – genau so, wie wir gerade erst in der virtuellen Realität ausgesehen hatten. Lion in einem neuen Jeansanzug und Turnschuhen. Ich in hellen Hosen, einem Hemd und einer Baseballkappe mit einem Schild, das wie ein Chamäleon seine Farbe der Umgebung anpasste.

»Das sieht gar nicht nach unfreiwilligen Scouts aus«, stimmte Ramon zu. »Und jetzt versuchen wir Folgendes ...«

Innerhalb einer Sekunde veränderte sich das Bild.

Es sah ganz so aus, als würde ich die gleichen Hosen tragen, nur waren die jetzt abgetragen, grau von Schmutz und unter dem Knie abgerissen. Die Baseballkappe fehlte und an Stelle des Hemdes erschien ein zerrissenes T-Shirt. Lion verblieb die Jeansjacke, jedoch abgetragen und an den Ärmeln eingerissen, das Hemd verschwand ganz. Die Jeanshosen waren voller Flecke und durchgescheuert. An meinen Füßen sah ich ausgelatschte Sandalen, Lion ging barfuß. Beide waren wir sonnengebräunt, zerkratzt und abgemagert. An mir fiel das besonders auf – Lion war ja sowieso dunkelhäutig und hager.

»Hervorragend!«, meinte Ramon. »Überzeugend, oder?«

Unsere Abbilder drehten sich langsam in der Luft. Bei Lion fand sich noch ein Loch in den Jeans und mein T-Shirt hatte einen Brandfleck.

»Ich muss abnehmen«, meinte ich.

»Ein wenig«, beruhigte mich Ramon. »Ein Kilo, mehr nicht ... Sauna und hungern während des Fluges. Ich gehe davon aus, dass ihr Fische gefangen und Nüsse gesammelt habt. Die gibt es in den Wäldern auf Neu-Kuweit um diese Zeit sehr viel.«

»Und die Peitsche?«, wollte ich wissen.

Mein Abbild wurde vergrößert. Ramon zeigte mit seinem Finger auf den Gürtel in der Hose.

»Da ist sie. Das ist eine Variante des versteckten Tragens. Und du, Lion, wirst ein Taschenmesser dabeihaben ...«

Lion schniefte verächtlich.

»Und eine Angelrute«, beruhigte ihn Ramon. »Ein Spinning mit Ultraschallblinker. Und genau damit habt ihr Fische gefangen.«

»Werden wir noch andere Varianten ausprobieren?«, erkundigte ich mich.

»Nein. Keine weiteren Proben. Zum Abend wird das Programm für den Simulator fertig sein und in der Nacht geht ihr in die Virtualität.«

Ich wechselte Blicke mit Lion.

»Wir müssen uns beeilen«, sagte Ramon, als ob das nichts Besonderes wäre. »Morgen werdet ihr nach Neu-Kuweit geschickt. Das ist der günstigste Zeitpunkt – der persönliche Inspektor des Imperators kommt auf den Planeten, auf ihn wird die ganze Aufmerksamkeit gerichtet sein. Ihr werdet in eine Stealthkapsel gesteckt und von unserem Raumschiff abgeworfen, das sich in der Eskorte des Inspektors befindet. Das ist völlig ungefährlich, habt keine Angst.«

»Und man wird uns nicht bemerken?«, wunderte sich Lion. »Das ist doch in der Nähe des Kosmodroms, da gibt es massenhaft Beobachtungsstationen!«

»Eine Stealthkapsel wird von keinem der bekannten Lokatoren erkannt.«

»Ramon«, fragte ich, »sind eigentlich die Fremden von Neu-Kuweit abgereist?«

In den zwei Tagen, in denen uns Ramon auf unseren Einsatz vorbereitete, haben wir mit ihm Freundschaft geschlossen. Aber nur ein wenig. Denn ihm all die wichtigen Fragen zu stellen, die mich quälten, war mir nach wie vor unangenehm.

»Ein Teil ist abgeflogen.« Ramon nickte. »Wir haben sie befragt ... Das wolltest du doch wissen?«

»Ja.«

»In ihren Augen ist auf dem Planeten überhaupt nichts geschehen. Absolut nichts. Es ist so, Tikkirej, dass die Sozialstruktur der Fremden, seien es Tzygu, Halflinge, Brauni oder Taji, sich völlig von der unseren unterscheidet. Wenn man zum Beispiel auf dem Planeten Tzygu wäre, könnte nur ein Dutzend unserer Spezialisten überhaupt erkennen, dass ein Wechsel der genetischen Dynastie erfolgt ist. Genauso geht es den normalen Fremden. Das sind Händler, Diplomaten, Touristen ... sogar Spione. Solche Feinheiten wie die Entstehung von Allianzen innerhalb des Imperiums sind für sie nicht sofort wahrnehmbar.«

Ramon schaute auf die Uhr. Es war nicht ganz klar, wieso, er hatte an und für sich ein sehr gutes Zeitgefühl.

»Pause bis zum Abend, Jungs!«, verkündete er. »Bis ... bis zwölf-null-null. Ich erwarte euch hier. Esst etwas und macht euch ein paar schöne Stunden!«

»Zu Befehl!«, rief ich beim Aufstehen. Ich streckte mich. Obwohl der Sessel weich war, sogar eine Vibrationsmassage hatte, war der Körper nach fünf Stunden steif.

Heute hatten wir sieben Varianten unseres Eindringens auf Neu-Kuweit ausprobiert. Und jedes Mal endete es mit einem Misserfolg. Drei Mal wurden wir umgebracht, vier Mal gefangen genommen und ins Gefängnis geworfen.

Wir rannten auf den Korridor. Ramon ließen wir an seinen Gerätschaften beschäftigt zurück.

»Trotzdem ist das nicht ganz ehrlich«, meinte Lion, kaum dass sich die Tür hinter uns geschlossen hatte. »Wir sollen doch nur davon überzeugt werden, dass es sich nicht lohnt, herumzuballern! In Wirklichkeit könnten wir ihnen etwas verpassen. Ratatata – mit einer Plasmasalve! Dann wäre die Sache geritzt!«

»Würdest du das wollen?«, fragte ich. »Denen kräftig etwas verpassen?«

Lion begann nachzudenken und schüttelte den Kopf. Jeglicher Anflug von Leichtsinn war verflogen.

»Nein ... Verdammt, das ist überflüssig.«

»Na, dann hör auf! Selbst wenn es manipuliert wird«, meinte ich, »die Phagen wünschen uns nur Gutes.«

Der virtuelle Klassenraum befand sich auf einem gewöhnlichen Stockwerk, nicht im versteckten wie der Sitzungssaal der Phagen. Der Flur hatte sogar ein Fenster mit Blick auf die Stadt.

Nahe am Fahrstuhlschacht, bei dem sich in einer durchsichtigen gepanzerten Kabine der Wachmann langweilte, saß ein Junge auf dem Fensterbrett. Er war etwas jünger als wir, kaute Kaugummi und schaute aus dem Fenster, als ob dort etwas Interessantes zu sehen wäre.

Kurz nachdem wir den Fahrstuhl gerufen hatten, sprang das Kerlchen herunter und kam auf uns zu. Er folgte uns in die Kabine. Lion und ich gingen intuitiv etwas zur Seite, sodass wir dem Jungen gegenüberstanden.

Es war ein eigenartiger Typ. Erstens – sehr feingliedrig, sogar der hagere Lion erschien im Vergleich zu ihm muskulös.

Zweitens – obwohl seine hellen Haare kurz, auf Jungenart geschnitten waren, war sein Gesicht so schön wie bei einem Mädchen.

»Bist du ein Junge oder ein Mädchen?«, fragte Lion neugierig.

Ich stieß Lion in die Seite und sagte: »Blödmann! Das ist ein Phag!«

»Von mir aus ein Phag«, beharrte Lion. »Ich interessiere mich dafür, ob er ein Junge oder ein Mädchen ist.«

Meines Erachtens wollte Lion lediglich einen Streit anfangen und sich mit dem eindeutig jüngeren Phagen schlagen.

Obwohl ich mir nicht vorstellen konnte, warum – es ist doch klar, dass ein Phag stärker ist. Lion hatte aber keinen Erfolg.

»Phagen sind niemals Frauen«, antwortete der kleine Phag, ohne beleidigt zu sein, und nahm seinen Kaugummi heraus. Auch seine Stimme war so fein wie bei einem Mädchen. »Ein Phag kann während eines Fluges nicht in der Anabiose dahindämmern, klar?«

»Klar«, hielt sich Lion zurück.

»Uns verbleiben anderthalb Minuten«, sagte der Phag, als ob nichts geschehen wäre. »Wir haben die Detektoren dieser Kabine vereist und ihre Geschwindigkeit auf ein Minimum reduziert.«

»Wer ist – wir?«, regte sich Lion wieder auf. Ich stieß ihn an, damit er ruhig sein sollte.

»Die zukünftigen Phagen«, erklärte das Jüngelchen höflich.

»Und, seid ihr viele?«, begann Lion.

Der Phag unterbrach ihn. »Das ist unwichtig. Jungs, wann werdet ihr nach Neu-Kuweit geschickt?«

»Das ist auch unwichtig«, erwiderte ich und stieß

Lion noch stärker an. »Woher sollen wir wissen, wer du bist und was du willst?«

»Ich möchte euch einen Rat geben«, sagte der Phag. »Tretet zurück!«

»Warum?«, wollte ich wissen.

»Das ist gefährlich! Ihr seid für solche Aufgaben nicht vorbereitet!«

»Und wenn wir zurücktreten, wird dann jemand von euch geschickt?«, hakte ich nach. Und traf genau den wunden Punkt – der kleine Phag zwinkerte und krümmte sich. »Und überhaupt – wir gehen nirgendwohin, wissen nichts und von Neu-Kuweit haben wir nur im Fernsehen gehört!«, fuhr ich ganz inspiriert fort. »Wenn du Spion spielen willst, dann geh zu Ramon und bitte ihn darum.«

»Schöne Dummköpfe!« Der kleine Phag zuckte mit den Schultern. »Na, wie ihr wollt!«

»Los, los!«, redete ihm Lion energisch zu. »Geh mit den Puppen spielen!«

Mit mir hätte man das nicht machen dürfen! Der Phag blieb jedoch ungerührt, er verzog lediglich das Gesicht. Der Fahrstuhl hielt, und der Junge ging hinaus, ohne auch nur ein Wort zu sagen. In eine völlige Dunkelheit – der Fahrstuhl hielt nicht im Erdgeschoss, sondern irgendwo anders … Wenn man der Anzeige glauben wollte – zwischen dem zweiten und dritten Stock. Mir schien, als ob in diesem unbekannten dunklen Raum noch jemand war, aber ich hätte nicht meine Hand dafür ins Feuer gelegt.

»Was für raffinierte Kerle!«, triumphierte Lion, nachdem sich die Fahrstuhltüren geschlossen hatten und wir weiter nach unten fuhren. »Hast du das mitgekriegt, sag?«

»Ich habe überhaupt nichts verstanden.«

»Ach komm, das ist doch offensichtlich!«

Endlich erreichten wir das Erdgeschoss und stiegen aus.

In der Eingangshalle waren viele Leute, aber niemand beachtete uns. Lion fasste mich an den Schultern und flüsterte mir ins Ohr: »Von ihnen gibt es hier doch sicherlich einen ganzen Haufen! Jungs, die zu Phagen erzogen werden. Da ist es doch logisch, dass sie auch mal ein Abenteuer erleben wollen … Und dann so ein Reinfall! Wir werden auf einen feindlichen Planeten entsandt, und sie sitzen an den virtuellen Imitatoren, trainieren ihre Muskeln und lernen. Also haben sie davon geträumt …«

»Es war nicht richtig, dass du ihn geärgert hast«, murmelte ich. »Er hätte dich an der Wand breit schmieren können.«

»Er sieht aber doch ganz schwindsüchtig aus!«

»Na und? Er ist doch ein Phag. Vielleicht lernt er von Geburt an sich zu schlagen.«

»O Gott! Ich bekomme Gänsehaut vor Angst!«, giftete Lion. Dann beruhigte er sich wieder.

»Mir gefällt das nach wie vor nicht«, meinte ich.

»Vielleicht sollten wir es Ramon sagen?«

Ich überlegte und schüttelte den Kopf:

»Nein! Besser Stasj. Aber vielleicht lohnt es sich nicht, darüber zu sprechen.«

Wir hätten im Café der Phagen essen können, zumal dort alles kostenlos ist. Wir entschlossen uns aber, in ein normales städtisches Restaurant zu gehen. Das ist viel interessanter – auch auf dem reichen Avalon gehen Jugendliche selten ins Restaurant.

Ein paar Straßen von der Zentrale der Phagen entfernt war der Supermarkt »Marks & Spencer« mit einem großen Dachrestaurant. Dorthin gingen wir. Fast alle Tische waren besetzt, doch wir fanden ein kleines Tischchen an der Glaswand. Die Wand war transparent und uneben, so als ob sie das Dachgeschoss wie eine Kuppel mit einer Vielzahl von Ausbuchtungen umgab, unter denen die Tische standen. Das war sehr interessant, sogar der Boden unter den Füßen war transparent. Weit unter uns fuhren Autos, leuchteten Scheinwerfer und bewegten sich winzige Menschen auf den Fußgängerwegen. Es war noch nicht allzu spät, aber es schneite und begann schnell dunkel zu werden.

»Mir gefällt es hier«, meinte Lion.

»Hm.«

»Ich meine nicht das Restaurant«, erläuterte Lion. »Ich spreche vom Planeten allgemein. Was glaubst du, werden meine Eltern die Genehmigung erhalten, hierherzukommen?«

»Wenn wir Erfolg haben, dann wird es erlaubt«, entschied ich. »Wir helfen doch den Phagen und überhaupt dem gesamten Imperium! Für die Phagen bedeutet ein Visum zu bekommen so viel wie einmal in die Hände spucken.«

Lion nickte und schaute verzaubert nach unten. »Das

ist sicherlich wegen des Schnees. Ich habe immer gern über den Winter gelesen. Wirst du mich auch nicht auslachen?«

»Wieso? Bestimmt nicht!«

»Bei uns, auf der Station, habe ich einmal ein Gesuch an die Administration gerichtet. Dass sie Winter machen.«

»Ja und?«

»Alles vergebens. Ich bekam eine offizielle Antwort, dass es nicht möglich wäre. Erstens wäre die Klimaanlage dazu nicht ausgelegt. Und dann wären die Gebäude nicht beheizbar. Bei uns ist es ja so – die Station ähnelt einer großen Scheibe, einer sehr großen Scheibe. Innen befinden sich die Lagerräume, Büros und Mechanismen. Die Wohnhäuser stehen fast alle draußen auf der Oberfläche der Scheibe. Oben ist die Scheibe von einer Kuppel und einem Kraftfeld bedeckt …«

Er verstummte. Ich dachte an unsere Kuppel und wurde ebenfalls traurig.

»Das ist wie im Altertum«, meinte ich. »Als die Leute glaubten, dass der Planet flach sei und einer Scheibe ähneln würde.«

»Geht das denn?«, staunte Lion.

»Damals sind sie noch nicht in den Weltraum geflogen. Und auf dem Planeten merkt man ja nicht, dass er eine Kugel ist.«

Lion dachte nach und war einverstanden, dass es wirklich nicht offenkundig ist.

Wir bekamen unser Essen. Lion hatte sich Tortillas mit Fleisch und scharfen Gewürzen, sie hießen Enchiladas, ausgesucht. Ich hatte keinen großen Appetit und mir deshalb nur einen Salat und ein heißes Sandwich bestellt. Der Salat schmeckte gut. Er war in einer großen Kristallschale angerichtet, mit Huhn und Gemüse. Das Sandwich war auch akzeptabel.

»Und morgen werden wir schon im Zeitkanal fliegen ...«, flüsterte Lion. »Kannst du dir das vorstellen? Und hier hat niemand eine Ahnung davon, dass wir das Imperium retten werden!«

»Lion ...«

»Ich spreche doch ganz leise ...«

Tief über dem transparenten Dach flog ein Flyer. Er setzte auf dem Landeplatz auf und wurde sofort von einem Kraftfeld gegen den Schnee abgeschirmt. Eine Frau mit einem kleinen Mädchen stieg aus und sie gingen zum Fahrstuhl. Sicherlich wollten sie einkaufen. Und es interessierte sie überhaupt nicht, dass zwei Jungs sich darauf vorbereiteten, auf den Planeten Neu-Kuweit zu fliegen. Und überhaupt interessierte das auch niemanden im Restaurant. Weil die Leute hierherkamen, um einzukaufen, ein Bier zu trinken und gut zu essen und dann gemütlich wieder nach Hause zu gehen. Und dort würden sie dann fernsehen, mit ihren Kindern spielen, schwimmen gehen, bis zum Morgen mit ihren Freunden feiern.

Wer brauchte denn überhaupt diesen Kick, sich vor Feinden zu verstecken, heimlich auf fremden Planeten zu landen, sein Leben zu riskieren? Wozu das alles?

Sie waren ja nicht in Gefahr! Es gab ja den Imperator, die Armee, die Phagen! Und massenhaft unterentwickelte Planeten, wo man nicht einmal frei atmen konnte.

»Tikkirej …«, fragte Lion leise. »Was ist mit dir?«

Ich schwieg, wandte jedoch meine Augen vom Saal und wischte mit dem Ärmel meine dummen Tränen ab.

»Tikkirej, ich werde nicht mehr angeben«, versprach Lion schuldbewusst. »Das habe ich gemacht, ohne nachzudenken, sicher, weil ich Angst habe. Und deshalb das alles … Auch mit diesem kleinen Phagen, und überhaupt …«

»Das ist nicht der Grund«, flüsterte ich. »Ich finde es nur gemein …«

Er verstand.

»Ich auch, Tikkirej.«

»Ich glaube nämlich … mir scheint, ich kann hier nicht heimisch werden. Alles ist … so fremd. Als ob man mir aus Mitleid geholfen hätte. Deshalb habe ich auch zugestimmt, Lion. Nicht nur wegen deiner Eltern. Und nicht wegen dieser dämlichen Peitsche. Ich möchte nicht, dass man mir aus Mitleid erlaubt, hier zu leben.«

»Was heißt hier aus Mitleid!«, schnaubte Lion. »Mir vielleicht – aus Mitleid. Aber du hast Stasj geholfen! Wenn es dich nicht gegeben hätte, dann hätten sie ihn auf Neu-Kuweit umgebracht. Und die Phagen hätten nichts über Inej erfahren.«

Er hatte Recht, aber trotzdem …

»Ich möchte etwas beweisen«, sagte ich. »Etwas wirklich Wichtiges vollbringen.«

»Bist du etwa verpflichtet, irgendjemandem irgendetwas zu beweisen?«, fragte Lion. »Das ist dumm! Das ist Kinderkram. So!«

Er verzog das Gesicht und streckte mir die Zunge heraus.

»Warum verstehst du das denn nicht?«, murmelte ich. »Es ist ... es ist wegen meiner Eltern.«

Ich verstummte und Lion kam mir zu Hilfe:

»Sie sind gestorben, das hast du gesagt. Das tut mir sehr leid, aber musst du deshalb etwa dein Leben riskieren?«

»Du weißt nicht alles. Sie sind nicht einfach gestorben, Lion. Bei uns ist das so ... Jeder Mensch bekommt ein bestimmtes Guthaben für die Nutzung der Lebenserhaltungssysteme. Für gefilterte Luft, Wasser und Schutz gegen die Radioaktivität. Das Guthaben ist für ein ganzes Leben bestimmt, deckt aber nur einen Teil der Ausgaben. Den Rest muss man erarbeiten. Meine Eltern hatten ihre Arbeit verloren ... und ihre gesamte Sozialration verbraucht. Als ihnen klar wurde, dass sie nie wieder Arbeit finden würden ...«

»Sie ... wurden ermordet?« Lion bekam große Augen.

»Nein. Man hätte uns aus den Kuppeln vertrieben. Die Eltern und mich. Und außerhalb der Kuppeln lebt man nicht lange. Deshalb gingen meine Eltern ins Euthanasie-Zentrum, es nennt sich Haus des Abschieds. Das restliche Guthaben überschrieben sie auf mich, damit ich groß werden und eine Arbeit finden könnte.«

Lion wurde ganz blass.

»So ist das bei uns«, meinte ich. »Na, wir haben nun einmal so einen Planeten, der nicht für Menschen geschaffen ist, verstehst du?«

»Tikkirej ...«

»Ist schon gut.« Ich sah wieder aus dem Fenster. »Ich hätte an ihrer Stelle dasselbe gemacht. Und jetzt denke ich mir, ihr Opfer darf doch nicht umsonst gewesen sein!? Nicht nur dafür, dass ich am Leben bleiben konnte. Ich muss etwas Größeres leisten! Etwas wirklich Bedeutendes! Zum Beispiel, den Phagen bei der Beseitigung einer riesengroßen Ungerechtigkeit helfen.«

»Möchtest du denn nicht auf deinen Planeten zurückkehren und allen dort helfen?«, wollte Lion wissen.

»Wie denn helfen? Wir haben eine Demokratie. Jeder kann den Planeten verlassen, wenn es ihm dort nicht gefällt. Wir stimmen selbst über die Sozialleistungen ab. Und die Sozialarbeiter sind durchaus keine Unmenschen. Gegenwärtig wird darüber diskutiert, das Guthaben aufzustocken. Vielleicht werden dann in rund hundert Jahren Luft und Wasser kostenlos sein.«

Lion schüttelte den Kopf: »Soll das eine Rechtfertigung sein?«

»Nein, das ist keine Rechtfertigung. Es hat sich ganz einfach so entwickelt. Schau her, der Avalon ist ein sehr reicher Planet. Und hier gibt es noch massenhaft Platz. Man könnte alle unsere Bewohner hierher umsiedeln. Aber niemand macht das. Soll ich deshalb allen böse sein? Den Phagen, dem Imperator, den Bewohnern des Avalon?«

»Wofür soll man denn dann überhaupt kämpfen?

Was haben die Phagen dann gegen Inej? Inej behelligt niemanden!«

»Inej lässt dir keine Wahl. Er nimmt die Freiheit.«

»Man könnte ja glauben, dass ihr auf Karijer eine Freiheit hättet!«

»Haben wir.«

»Und was ist das für eine Freiheit?«

»Eine miese. Aber trotzdem – eine Freiheit.«

Plötzlich begann mein Augenlid zu zucken. Ohne ersichtlichen Grund. Sicher fiel es mir schwer, meine Heimat zu verteidigen. Eine armselige Heimat, die mich Mutter und Vater gekostet hat und doch ...

»Tikkirej ... sei mir nicht böse«, murmelte Lion. »Vielleicht liege ich falsch, aber es ist schwer zu verstehen.«

»Um das zu verstehen, muss man bei uns leben«, erwiderte ich. »Du, zum Beispiel, hast darum gebeten, dass auf eurer Station eine echte Nacht und echter Schnee eingeführt werden. Und dir wurde erklärt, warum das nicht möglich ist. Ich habe mit Stasj einmal darüber geredet ... Wir haben fünf Stunden zusammengesessen. Weißt du, es ist sehr einfach, einem Einzelnen zu helfen. So, wie Stasj mir und dir geholfen hat. Wenn jedoch eine ganze Welt Hilfe braucht, auch so eine kleine wie Karijer, kann ein Mensch allein nichts ausrichten. Nein, er kann nur alles durcheinanderbringen, zerstören, eine Revolution entfesseln. Aber das ändert nichts zum Besseren. Etwas Besseres kann nicht aufgezwungen werden. Es ist notwendig, dass sich die Menschen selbst verändern und ihr Leben aus eigenen Kräften ändern wollen. Du hast doch Unterricht in Geschichte gehabt? Im Zeitalter des dunklen Matriarchats hätten wir beide ein Hundehalsband getragen und uns vor jedem Mädchen verbeugt. Und hätten uns dafür geschämt, dass wir als Männer geboren wurden. Und schon damals gab es die Phagen. Auch sie trugen Halsbänder, kannst du dir das vorstellen? Und verbeugten sich. Und verteidigten die Zivilisation. Obwohl sie eine Revolution hätten auslösen können.«

»Das dunkle Matriarchat war notwendig«, sagte Lion. »Das wird allgemein anerkannt. Damals gab es nämlich Kriege und ohne die Frauen hätte sich die Menschheit selbst ausgelöscht. Und als die feministische Liga die Macht im Arabischen Imperium übernahm …«

»Streber!«, machte ich mich lustig.

»Jedenfalls war das Matriarchat am Anfang fortschrittlich«, fuhr Lion fort. »Aber was hat das mit Karijer und eurer Ordnung zu tun? Wozu wird so etwas gebraucht, kannst du mir das erklären?«

»Es könnte sein, dass die Menschheit irgendwann den Gürtel enger schnallen muss. Wenn uns zum Beispiel die Fremden einen Teil der Planeten abnehmen und die Menschheit auf schlechtere Planeten ohne ausreichende Ressourcen ausweichen muss. Dann wird eine ausgearbeitete soziale Überlebensstrategie notwendig sein. So wie auf Karijer. Stasj meint, dass die ganze Menschheitsgeschichte einem Tanz auf dem Schnee ähneln würde.«

»Wem?«

»Einem Tanz auf dem Schnee. Die Menschheit versucht schön und gut zu sein, obwohl es dafür keine

Basis gibt. Verstehst du das? Als ob eine Ballerina im Ballettröckchen versuchen würde, auf Schnee zu tanzen. Aber der Schnee ist kalt. An manchen Stellen verkrustet, an manchen wiederum weich, und an manchen Stellen bricht sie ein und verletzt sich die Füße. Aber trotzdem muss sie versuchen weiterzutanzen, besser zu werden. Wider die Natur, im Kampf gegen alles. Sonst bleibt ihr nur noch übrig, sich in den Schnee zu legen und zu erfrieren.«

»Wenn du meinst ... Es ist logisch, dass die Welt nicht von Anfang an perfekt sein kann. Alles Mögliche kann passieren. Aber es geht doch nicht, dass man experimentelle Planeten schafft, auf denen Menschen leiden müssen!«

»Das macht auch niemand mit Absicht«, antwortete ich. »Sie entstehen von selber. Genau das bedeutet Geschichte, Lion. Die Menschen haben schon immer eigenartige Gesellschaftssysteme geschaffen, schon als sie nur auf einem Planeten lebten. Normalerweise gingen diese Gesellschaftsordnungen wieder unter, aber manchmal erwiesen sie sich als notwendig.«

»Okay, früher waren die Leute eben zurückgeblieben!« Lion machte eine energische Handbewegung. »Aber jetzt haben wir die passende Gesellschaftsordnung. So wie hier!«

»Ja. Und auf Neu-Kuweit ist sie wieder etwas anders. Auf der Erde und dem Edem auch. Und jeder lebt dort, wo es ihm gefällt. Darin ist nichts Schlechtes. Wenn jedoch überall die gleiche Gesellschaftsstruktur bestehen würde, hätten viele Leute Probleme damit. Selbst wenn diese Gesellschaftsordnung die beste von allen wäre. Auf Avalon ist zum Beispiel die Vielehe verboten, aber vielleicht gibt es jemanden, der gleichzeitig zwei Frauen liebt? Und was wird dann mit ihm, soll er das ganze Leben lang darunter leiden?«

Lion kicherte und meinte: »Mein Gott, das sind vielleicht Probleme …«

»Genau aus diesem Grund sind die Phagen wegen Inej beunruhigt«, erläuterte ich. »Vielleicht will Inej wirklich nichts Schlechtes. Und auf ihren Planeten ist die Lebensqualität auch nicht gesunken. Aber wenn das gesamte Imperium identisch sein wird, muss es früher oder später untergehen.«

»Das hast du alles von Stasj.«

»Ja. Denkst du, Stasj wäre ein Dummkopf? Wenn Inej den Menschen nicht das Gedächtnis programmiert hätte, sondern darum geworben hätte, sich ihnen anzuschließen, wäre niemand gegen das Vorhaben gewesen. Alle hätte man nämlich nicht überreden können.«

Lion neigte den Kopf, war aber nicht überzeugt. Sicher erinnerte er sich an seine Träume, in denen er für Inej gekämpft hatte.

»Wir müssen los, es ist Zeit«, sagte ich. »Iss deine Tortillas auf!«

»Ach, ich habe keinen Appetit mehr …« Lion stand auf, streckte seine Arme nach vorn und lehnte sich an die Glaswand. Dort stand er eine Weile und schaute auf den fallenden Schnee. Dann sagte er: »Ich hätte es trotzdem gern, dass es allen gleich gut geht.«

Kapitel 6

Die halbe Nacht durch saßen wir am virtuellen Simulator. Ob es nun wirklich genutzt oder ob die Phagen etwas zu unseren Gunsten geändert hatten, dieses Mal jedenfalls endete alles erfolgreich. Uns glaubte man, abgerissen, schmutzig und hungrig, wie wir waren. Zuerst wurden wir einem strengen Verhör unterzogen, danach in ein Gefangenenlager überstellt, wo wir in einer Chemiefabrik arbeiteten. Nach zwei Wochen hatten wir herausgefunden, dass die Macht auf Inej von Fremden erobert worden war – entweder von den Tzygu oder den Brauni. Eben sie hatten die Versklavung der Menschheit geplant!

Ein Agent der Phagen nahm Verbindung mit uns auf und wir erstatteten ihm über alles Bericht. Nach zwei Stunden kamen Raumschiffe des Imperiums, setzen Luftlandetruppen aus und befreiten uns. Wir nahmen sogar an den Kampfhandlungen teil – wir verbarrikadierten uns in der Werkhalle für Heißpressen und ließen die Soldaten des Inej nicht in die Halle hinein. Sie wurden von uns aus Schläuchen mit flüssiger chlorhaltiger Plastikmasse übergossen.

Alles in allem war es recht lustig.

Als uns Ramon in seinem schicken Sportauto nach Hause brachte, betonte er nochmals, dass es keine Information über Neu-Kuweit gäbe. Deshalb sollte man auch nicht von vornherein vom Schlimmsten ausgehen. Im Gegenteil, so etwas dürfte überhaupt nicht passieren. Aber … sicherheitshalber …

Ich nickte schläfrig und schaute aus dem Fenster. Mein vierter Planet. Und an den zweiten konnte ich mich nicht einmal erinnern. So war es eben. Vielleicht sollte ich dem Kapitän der *Kljasma* einen Brief schreiben? Um herauszufinden, wo ich war?

Schade, dass ich kein Phag werden kann, dachte ich. Aber ihnen zu helfen ist auch interessant. Obwohl es nicht ganz das dasselbe ist.

»Seht zu, dass ihr ausschlafen könnt!«, riet Ramon. »Schlaft wenigstens ein bisschen. Um zehn wird euch Stasj abholen und zum Kosmodrom bringen.«

»Und wer fliegt das Raumschiff?«, erkundigte ich mich.

»Nicht Stasj. Er hat eine andere Aufgabe«, erwiderte Ramon nach kurzem Zögern. »Ich auch nicht. Aber das ist unwichtig, Jungs. Ein jeder von uns Phagen wird mit dieser Mission klarkommen.«

»Ich weiß. Aber es ist trotzdem besser, wenn dein Freund bei dir ist, oder nicht?«

Ramon zuckte mit den Schultern. »Ich erkenne die Theorie von Stasj. Verstehst du, Tikkirej, persönliche Beziehungen – das ist eine Medaille mit zwei Seiten. Natürlich sind die Menschen keine Roboter, die ohne Emotionen leben können, ohne Sympathie, Freundschaft oder umgekehrt. Wenn du wüsstest, wie viel Leid gerade diese persönlichen Beziehungen den Menschen zugefügt haben!?«

»Wieso denn das?«, wollte ich wissen. »Der erste Sternenflieger, Son Chai, kehrte entgegen der Fügung des Schicksals auf die Erde zurück, nur weil er sich nach seiner Geliebten sehnte! Und der Pilot der *Magellan* konnte ein havariertes Raumschiff landen, weil seine Familie sich darin befand. Und ...«

»Du führst lediglich positive Beispiele an, Tikkirej. Aus dem Lehrbuch für Ethik für die fünfte Klasse, stimmts?«

»Kann sein ...« Ich überlegte. »Ich glaube, ja.«

»Du hast damit durchaus Recht«, fing Ramon rhythmisch, als würde er Nägel einschlagen, an zu sprechen. »Im gewöhnlichen menschlichen Leben sind Freundschaft, Liebe, Zärtlichkeit – all das, was wir unter dem Begriff ›positive persönliche Beziehungen‹ verstehen – sehr wichtig. Aber jedes Ding hat zwei Seiten. Ein einfaches Beispiel: Wenn dein Freund Rossi zu dir eine größere Freundschaft empfunden hätte, hätte er dir sofort geholfen.«

»Er wusste aber doch nicht, wie man jemanden rettet, der durch das Eis gebrochen ist!«, wandte ich zu Rossis Verteidigung ein.

»Genau. Und ihr hättet beide sterben können. Je freundlicher die Menschen im ungefährlichen und abgesicherten Alltag miteinander umgehen, desto besser. So kann ein Mensch beim Versuch, ein untergehendes Kind zu retten, sein Leben riskieren oder sich Sorgen machen wegen Unannehmlichkeiten, die seinen Freund betreffen! Das ist nicht weiter gefährlich. Es nützt der Gesellschaft. In einigen Berufen jedoch ...« Ramon zögerte. »Tikkirej, stell dir zum Beispiel Folgendes vor: Du bist auf Neu-Kuweit in Lebensgefahr. Dir droht der Tod, weil du als unser Agent erkannt wurdest und beschlossen wurde, dich öffentlich hinzurichten. Unter den Zuschauern sitzt Stasj. Er kann versuchen dich zu retten. Er hat ungeachtet aller seiner Fähigkeiten als Phag so gut wie keine Chancen ... Stasj besitzt jedoch eine äußerst wichtige Information, die an den Imperator weitergeleitet werden muss. Was wird er machen?«

»Stasj wird das Imperium nicht verraten«, antwortete ich. »Er wird sich nicht einmischen ... danach wird er sich Vorwürfe machen. Und das war's.«

Mir wurde unheimlich zumute bei dieser Vorstellung! Als ob ich wirklich auf dem riesigen Platz in Agrabad stehen würde, auf einem grob zusammengezimmerten Holzpodest, wie in alten Filmen. Ich sah mich da mit auf den Rücken gefesselten Händen stehen, nackt bis zum Gürtel, und ein riesiger Henker mit einem Beil wies mit seinem kapuzenbedeckten Kopf auf den dunklen, zerhackten Richtblock – nimm Platz, mach deinen Nacken frei. Die Menge war erregt, alle standen auf Zehenspitzen und gafften mich an. Und nur ein Mensch, Stasj, lächelte nicht und freute sich nicht über das Geschehen.

»Nehmen wir an«, fuhr Ramon fort, »Stasj ist ein erfahrener und erfolgreicher Phag. Er weiß, dass das Ganze wichtiger ist als das Einzelne. Er lässt den Dingen seinen Lauf und kommt nach Avalon zurück. Und was wird danach aus ihm, Tikkirej, was glaubst du? Wie lange wird er sich quälen? Was wird er in Zukunft noch für ein Mitarbeiter sein?«

Ich schwieg. Ich wusste wirklich nicht, was Stasj dann für ein Mitarbeiter sein würde, wenn ich vor seinen Augen hingerichtet würde und er sich nicht zu erkennen geben dürfte. Vielleicht geschah auch gar nichts Außergewöhnliches. Sogar unsere Nachbarin Nadja sagte mir an einem Abend mehr Koseworte als Stasj in einem ganzen Monat!

Ramon verstand mein Schweigen auf seine Art.

»Und genau darin besteht die Problematik unserer Arbeit, Tikkirej. Das, was dir teuer ist, muss entweder weit entfernt oder in Sicherheit oder in deiner eigenen Seele verschlossen sein. Das ist eine uralte Kundschafterregel. Und wir ähneln in Vielem eben diesen Kundschaftern ...«

»Hat Stasj unseretwegen Schwierigkeiten bekommen?«, wollte ich wissen. »Weil er uns aus Neu-Kuweit mitgebracht hat?«

Ramon schaute mich herablassend an.

»Schwierigkeiten? ... Aber nein, wieso denn! Alles war professionell gemacht und durchaus begründet.«

»Und warum sagen Sie mir dann solche Dinge? Für alle Fälle? Oder für die Zukunft?«

Ramon warf mir einen Blick zu.

»Deshalb, Tikkirej, damit du nichts Unmögliches erwartest. Und nicht auf Unterstützung durch Stasj oder mich rechnest.«

»Das erwarte ich auch nicht.«

Es schien, als ob Ramon etwas verärgert wäre.

»Tikkirej, halt uns aber bitte nicht für herzlos! Wir können nicht das Schicksal von Millionen wegen eines einzelnen Menschen riskieren. Deshalb bieten wir dir auch an, von der Mission zurückzutreten.«

Ich schüttelte an Stelle einer Antwort meine Hand. Die Schlange steckte ihren Kopf aus dem Ärmel, schaute sich um und verschwand wieder.

Ramon fragte: »Hast du wirklich nicht lange genug mit Spielzeug gespielt? Tikkirej, die Peitsche ist nichts weiter als ein Spielzeug! Wenn auch ein todbringendes.«

»Ich hatte nur wenig Spielzeug«, erwiderte ich. »Spielzeuge gehören nicht zum sozialen Mindestbedarf.«

Ramon schaute weg und meinte: »In Wirklichkeit droht euch keine Gefahr. Selbst wenn sie euch fassen sollten ... Die Agenten des Inej können grausam sein, Sie sind aber keine blutrünstigen Mörder.«

Ich erwiderte nichts, erinnerte mich aber an den Agenten, den Stasj getötet hatte, und an dessen Worte: »Dieser Junge hat keine Bedeutung für Inej«.

Bis nach Hause schwiegen wir. Den ganzen Weg über träumte Lion süß und bekam gar nichts von unserem Gespräch mit.

Ramon hielt vor dem Haus, stieg gemeinsam mit uns aus und begleitete uns zur Wohnung. Als ob er einen Hinterhalt im Treppenhaus erwartete. Danach umarmte er uns schweigend und ging, ohne sich zu verabschieden.

Wir legten uns schlafen.

Stasj kam früher als vorgesehen, um halb zehn. Ich hatte bereits gepackt, stellte die Wohnungsautomatik auf Warteregime, kontrollierte, ob alle Fenster geschlossen waren, und zog mich für die Fahrt an. Wir nahmen keine Kleidung mit, auf dem Raumschiff würden wir etwas bekommen, das zu unserer Legende passte. Lion bummelte noch im Bad herum. Er war so ein Sauberkeitsfanatiker geworden, dass man verrückt werden konnte: Seine Zähne putzte er dreimal am Tag, war nicht glücklich, wenn er nicht morgens und abends duschen konnte, seine Nägel schnitt er so weit wie möglich herunter und auch seine Haare waren sehr kurz. Es kam mir so vor, als ob das bei ihm eine Folge der Arbeit im Dauerbetrieb wäre, aber ich sprach nicht darüber.

»Seid ihr fertig?«, fragte Stasj ohne wirkliches Interesse, eher der Ordnung halber, und blieb in der Tür stehen.

»Na klar!«, ich wies mit dem Kopf auf die Badtür. »Gleich, er ist gleich fertig.«

Stasj nickte. Aus dem Badezimmer hörte man Wasser rauschen und ein Blubbern – Lion versuchte zu singen, während er die Zähne putzte.

»Habt ihr Angst?«, wollte Stasj wissen.

»Ich hatte niemals Angst vor dem Fliegen«, sagte ich ärgerlich. »Und Lion ist im Kosmos aufgewachsen, auf einer Station ...«

»Das weiß ich. Ich frage nicht wegen des Fluges, Tikki. Fürchtet ihr euch nicht vor Neu-Kuweit?«

Ich überlegte und antwortete ehrlich: »Ein bisschen. Dort wurde doch allen ins Gehirn gespuckt. Aber wir haben uns darauf vorbereitet und überhaupt ... Ramon sagt, das alles gut gehen wird.«

»Vielleicht werde ich auch auf Neu-Kuweit sein«,

sagte Stasj. »Sollte plötzlich ...« Er zögerte. »Wenn wir uns zufällig sehen sollten, dann lasst euch nicht anmerken, dass ihr mich kennt.«

»Grüß dich, Stasj!« Lion kam aus dem Bad.

»Hallo!« Stasj nickte ihm zu. »Lion, wenn wir uns zufällig auf Neu-Kuweit treffen, dann denkt daran – wir kennen uns nicht.«

»Hältst du uns für Idioten?«, fragte Lion scharf. »Na sicher!«

»Ich möchte, dass ihr das alles ernst nehmt, Jungs«, sagte Stasj. »Inej ist die größte interne Gefahr für die Menschheit seit der gesamten galaktischen Expansion. Im Vergleich zum Inej waren sogar der katholische Djihad oder die Liga der Wiedergeburt nicht mehr als unwichtige soziale Abweichungen. Fürchtet euch nicht, denn Furcht löst Panik aus. Aber seid vorsichtig. Immer! Zu jeder Zeit! Wenn ihr euch auf einen Stuhl setzt, seid darauf gefasst, dass er unter euch zusammenbricht! Wenn ihr einem Menschen die Hand gebt, wundert euch nicht, wenn sich seine Hand in eine Schnauze mit scharfen Zähnen verwandelt. Merkt euch, auf Neu-Kuweit könnt ihr nur euch gegenseitig trauen.«

Ich nickte.

»Lion, dich betrifft das ganz besonders!«, fügte Stasj leise mit einem entschuldigenden Unterton hinzu.

Lions Gesicht wurde ernst.

»Ich verstehe. Ich ... ich werde nichts Überflüssiges sagen. Nicht einmal meiner Mutter.«

Stasj schaute ihn einen Augenblick lang an und sagte dann: »Gut. Geh dich bitte anziehen.«

Als Lion im Schlafzimmer war, wandte sich Stasj wieder mir zu: »Was ist mit der Peitsche?«

Statt einer Antwort zeigte ich mit meinen Fingern auf den Gürtel in der Jeans. Es war kein außergewöhnlicher Gürtel, silbern und metallglänzend. Der Verschluss hatte die Form eines Schlangenkopfes.

»Das wird gehen«, stimmte Stasj zu. »Hast du sie selbst angelegt?«

»Ja. Das ist ganz einfach. Man muss sich nur vorstellen, was man will …«

Stasj nickte und ich unterbrach meinen Redefluss. Wem erkläre ich denn auch, wie man mit einem Schlangenschwert umgehen muss? Einem echten Phagen!

»Ich hoffe, dass du mit ihr keine Dummheiten gemacht hast!«, erkundigte sich Stasj.

»Wie … Welche?«, erwiderte ich verwirrt.

Vor einem Tag hatte ich herumexperimentiert, überprüft, was das Schlangenschwert zerstören konnte und was nicht. Es stellte sich heraus, dass es ohne Schwierigkeiten Holzstücke in dünne Scheiben zerschlagen, eine zentimeterdicke Stahlstange verbiegen und ohne Probleme Löcher in Glas fressen konnte.

»Die größte Dummheit wäre der Versuch, den Hauptakkumulator in die Peitsche einzulegen«, erklärte Stasj. »Dann entdeckt auch der primitivste Detektor, dass es sich dabei um eine Waffe handelt.«

»Also, das habe ich nicht versucht. Woher sollte ich denn auch einen nehmen?«

»Eine Peitsche ist eine universelle Waffe. Sie passt

sich an verschiedene Energiequellen an. Zur Not kann man eine beliebig starke Batterie benutzen, zum Beispiel von einem Staubsauger oder einem Haushaltsschraubenzieher. Sie hält natürlich nicht lange vor, aber zwei bis drei Schüsse kann die Peitsche abgeben.«

Stasj lächelte und zwinkerte mir kaum merklich zu.

Am liebsten hätte ich vor Wut aufgeheult. Das bedeutete ja, dass ich das Schlangenschwert richtig hätte ausprobieren können!

»In einigen Fällen haben ähnlich improvisierte Batterien den Phagen das Leben gerettet«, fuhr Stasj fort. »In deinem Fall bedeuteten sie eine tödliche Gefahr.«

Ich nickte.

»Tikkirej, kann ich mich auf deinen gesunden Menschenverstand verlassen?«, fragte Stasj.

»Das können Sie ...«

»Dann ist es ja gut.«

Lion erschien. Er schaute fragend auf Stasj und dieser nickte.

»So, es ist Zeit. Gehen wir, Jungs!«

Die Fahrt zum Kosmodrom der Phagen dauerte länger als eine Stunde. Wir sprachen weder über Inej noch über Neu-Kuweit. Stattdessen erzählte uns Stasj über den Planeten Avalon, dessen Kolonisation, die Zeit des ersten Imperiums und der Übergangsregierung, über die Geschichte der Eroberung des Nordkontinents, die einheimische Flora und Fauna des Avalon, die nur in Naturschutzgebieten überlebt hat.

»Diese Art Kolonisation wird jetzt schon nicht mehr

durchgeführt«, erläuterte Stasj. »Mittlerweile wird zuerst eine Ausgangsstation mit Wohntrakt errichtet. Man baut ein Kosmodrom und beginnt mit der punktuellen biologischen Bereinigung. Es vergehen mindestens fünfzig Jahre, bis sich der Planet terraformiert, also sich Erdbedingungen annähert. Dafür gibt es keine Überraschungen, keine Ungeheuer, die dich zuerst fressen und danach an der Fleischvergiftung durch außerplanetarisches Eiweiß sterben. Avalon wurde ganz nebenbei kolonisiert, um Camelot herum blühten schon Apfelbäume, weiter entfernt befand sich der Ring der Biobereinigung. Und als der größte Teil der Landgebiete bereits gesäubert war, existierte in den Ozeanen noch die einheimische Fauna. Jetzt findet man sie nur noch im historischen Meer, das vom Ozean durch einen Damm abgetrennt wurde. Dort gibt es natürlich keine Mantelrochen oder Killerwale mehr und das ist auch besser so ...«

»Früher wollte ich Biologe werden und Planeten terraformieren«, sagte Lion.

»Eine gute Arbeit«, stimmte Stasj zu. »Und nun?«

Lion schüttelte den Kopf. »Nicht mehr. Es ist viel interessanter als Pilot. Aber ich möchte nicht auf einem Raumschiff mit Modulen fliegen.«

»Wenn du groß bist, wird es sie, so hoffe ich, schon nicht mehr geben«, ermunterte ihn Stasj. »Wenn die Gelkristallprozessoren Erfolg versprechend sind, werden sie die Menschen ersetzen.«

Und er begann über Technik zu sprechen. Vielleicht hatte er auch wirklich Freude daran, aber ich hatte den Eindruck, dass er uns einfach beruhigen wollte.

Warum machen sich die Erwachsenen nur immer größere Sorgen um Kinder als diese selbst?

Am Eingang wies Stasj seinen Ausweis vor und wir wurden auf das Flugfeld gelassen. Dort standen vielleicht zwei Dutzend Raumschiffe, hauptsächlich kleine. Unter ihnen waren jedoch auch ein echter Militärkreuzer und ein großes Raumschiff für Luftlandeunternehmungen. Die konnten auf keinen Fall ohne Module in den Zeittunneln fliegen … Aber ich fragte Stasj nicht danach. Ich war ja nicht mehr klein. Ich verstand alles.

Das Auto näherte sich einem Raumschiff. Es war genau so eine fliegende Untertasse, bedeckt mit grauen Keramikschuppen, wie das von Stasj.

Das ist sicherlich der am meisten verbreitete Raumschifftyp bei den Phagen.

Der Pilot stand an der offenen Eingangsluke. Er war älter als Stasj, grüßte jedoch als Erster, und mir schien, dass Stasj sein Vorgesetzter war.

»Hier bringe ich dir also deine Schutzbefohlenen«, sagte Stasj.

»Guten Tag, Tikkirej! Guten Tag, Lion!« Der Pilot gab uns die Hand. »Ich heiße Sjan Tien.«

Es entstand eine unerquickliche Pause. Wir hatten noch Zeit bis zum Abflug, Stasj wollte uns nicht verlassen und wir fanden kein Gesprächsthema.

»Ist die Stealthkapsel in Ordnung?«, bemühte sich Stasj um einen Gesprächsbeginn.

»Ja, ich habe sie überprüft«, erwiderte Tien. »Die Jungs werden unbemerkt landen, niemand wird auf sie aufmerksam werden. Habt ihr euch schon einmal absetzen lassen?«

»Nein«, antwortete ich.

»Ja«, rief Lion aus, »dass heißt, nein!«

Tien hob erstaunt seine Augenbrauen. Dann konzentrierte er sich und gab einen Befehl über den Shunt. Im Bauch des Raumschiffs öffnete sich ein Luke.

Die Stealthkapsel ähnelte am ehesten einer Linse mit einem Durchmesser von zwei Metern. Sie war völlig transparent.

»Ist sie aus Glas?« Ich staunte.

Lion lachte. »Mann, bist du naiv, das ist stabilisiertes Eis!«

»Richtig«, bestätigte Tien und schaute voller Respekt auf Lion. »Das ist Eis-23, eine hyperstabile Form. Vor dem Abwurf wird die Kapsel mit einem Zerfallkatalysator besprengt und in einer Stunde verwandelt sie sich in eine Wasserpfütze. Aber bis dahin seid ihr gelandet.«

»Und wo sind hier die Motoren?«, fragte ich verwundert.

Stasj und Tien sahen sich an.

»Hier gibt es keine Motoren, Tikkirej«, sagte Stasj liebevoll. »Und keine Geräte. Nichts, nur Eis. Beim Abwurf auf einer niedrigen Umlaufbahn wird die Kapsel aerodynamisch abgebremst. Die Belastung kann bis auf drei ›g‹ ansteigen … Das ist normal für Menschen mit einem standardmäßig verbesserten Genotyp.«

»Ich halte auch sechs ›g‹ ohne Probleme aus«, bemerkte Lion stolz.

»Fürchtest du dich, mein Junge?«, fragte mich Tien. »Du brauchst keine Angst zu haben. Die Stealthkapsel ist zuverlässiger als jedes Raumschiff. In ihr kann nichts kaputtgehen, verstehst du? Und sie kann von keinem System der kosmischen Verteidigung erkannt werden. Das ist Eis, einfach Eis.«

Mir wurde klar, dass sie Recht hatten. Und trotzdem war mir eigenartig zumute.

»Ich musste bislang sechs Mal in so einer landen«, erläuterte Stasj. »Zweimal im Training und viermal während einer Mission. Einmal davon auf einem kämpfenden Planeten.«

»Werden wir denn nicht erfrieren in ihr?«, wollte ich wissen.

Die Phagen begannen zu lachen.

»Ich werde euch eine Decke geben«, versprach Tien. »Ihr werdet nicht erfrieren, na … vielleicht bekommt ihr einen Schnupfen.«

»Dann geben Sie mir auch noch ein Taschentuch«, bat ich.

Wir verabschiedeten uns von Stasj. Er umarmte uns kräftig, strich Lion über den Kopf und zwinkerte mir zu, wobei er mit den Augen auf die Schlange wies. Dann setzte er sich in sein eigenartiges und nicht im mindesten heldenhaftes Auto.

»Kommt, Jungs!«, sagte Sjan Tien. »Der Flug dauert fünf Tage, wir schaffen es noch, uns miteinander bekannt zu machen. Es gibt keinen Grund, den Start hinauszuzögern.«

Dritter Teil
Leben – zweiter Versuch

Kapitel 1

Eine Stunde vor dem Eintritt in die Atmosphäre von Neu-Kuweit gingen wir zur Stealthkapsel. Der kalte, blitzende Eisbrocken nahm fast den ganzen Platz im Schleusenabteil ein.

Tien öffnete die Luke, die ebenfalls aus Eis war und sich von außen oder innen zuschrauben ließ. Er gab uns einen einfachen Stoffsack mit chemischen Reagenzien zum Frischhalten der Luft. Die Reagenzien waren für drei Stunden ausgelegt, das war mehr als ausreichend.

Eine Decke gab er uns natürlich nicht. Eine Decke wäre schon ein Hinweiszeichen auf unsere Herkunft. Stattdessen legten wir uns auf geflochtene Grasmatten. Anstelle von Riemen hatten wir Grasseile.

Das Gras kam von Neu-Kuweit. Genauso wie unsere Kleidung, das Taschenmesser und die Angelrute mit dem Ultraschallblinker. Die Phagen bereiten alles sehr gründlich und gewissenhaft vor.

»Na, ist es gemütlich?«, fragte Tien.

In der Kapsel war lediglich Platz zum Liegen. Ohne Zeit zu verlieren, befestigte Lion gleich seine Füße, indem er die Grasseile in die ins Eis eingelassenen »Ösen«, ebenfalls aus Eis, einband.

»Man kann es aushalten«, meinte ich, obwohl mein Herz rasend schnell schlug. »Mach schon, es ist alles in Ordnung.«

Tien war in Ordnung. Während des Fluges hatten wir mit ihm so etwas wie Freundschaft geschlossen. Er erlaubte uns sogar, das Raumschiff im Zeittunnel zu fliegen, natürlich stand er uns die ganze Zeit zur Seite. Außerdem brachte er uns bei, wie man kämpft. Einige Techniken der Phagen verlangen nämlich nicht die Kraft eines Erwachsenen. Über Inej sprachen wir auch, aber darüber konnte Tien nur wenig berichten.

»Ich werde auf euch aufpassen, Jungs!« Tien deutete auf das Auge der Videokamera in der Decke der Schleusenabteilung. »Wir werden nicht miteinander sprechen können, aber wenn ihr es euch anders überlegt habt und euch nicht aussetzen lassen wollt – erregt meine Aufmerksamkeit! Winkt mit den Händen, klopft an die Wände. Macht aber auf keinen Fall von innen die Luke auf, man weiß nie!«

»Wir überlegen es uns schon nicht anders, Tien«, nuschelte Lion. »Geh schon, du musst zum Steuerpult zurück.«

Tien nickte und begann die schwere Eisluke zu schließen. Wir halfen ihm von innen. Endlich fasste die Schraube und der Phag begann sie festzuziehen. Sofort wurde es still. Man konnte hören, wie Lion schnaufte, als er Tien half. Ich ließ meine Hände hängen und schaute mir den Phagen durch den dicken, transparenten Korpus an. Das Eis veränderte die Gesichtszüge, Tien sah aus wie in einem Zerrspiegel: riesengroße Nase, kleine Äuglein, krummes Kinn. Lustig ... Aber wir sahen für ihn ja auch total verkrüppelt aus.

Ich winkte Tien zu.

Als die Luke fest zugeschraubt war, holte Tien aus seiner Brusttasche ein Reagenzglas, brach das zugeschweißte Ende ab und spritzte lässig eine Flüssigkeit auf die Oberfläche der Kapsel. Eigentlich geschah nichts, der Phag machte jedoch einen durchaus zufriedenen Eindruck. Ermutigend klopfte er auf die Kapsel – das Eis antwortete mit einem tiefen, dumpfen Ton – und verließ die Schleusenkammer über eine kurze Treppe. Die innere Luke wurde zugeschlagen. Ein Glück, dass das Licht in der Schleusenkammer nicht ausging!

»Wenn der Katalysator nicht funktioniert, zerbricht die Kapsel in der Atmosphäre!«, ließ sich Lion mit Grabesstimme vernehmen. »Kannst du dir das vorstellen? Peng – und uns gibt es nicht mehr!«

Ich bekam eine Gänsehaut.

»Und du? Ist dir überhaupt nicht unheimlich?«, wollte ich wissen.

»Nein. Ich bin damit schon ausgesetzt worden. Na ja, nicht wirklich, sondern im Traum.«

Ich ahnte, in welchen Träumen, und deshalb fragte ich gar nicht erst nach.

»Mach dir keine Gedanken!« Lion schaute mich beschämt an. »Hyperstabiles Eis ist eine zuverlässige Sache. Es beginnt zu verdampfen, wenn wir in die Atmosphäre eintreten. Vor uns wird sich eine Plasmawolke bilden, aber das verdampfende Eis schafft einen Puffer aus Dampf. Es ist alles durchdacht. Dann bilden sich die Flügelblätter und wir beginnen mit der Autorotation.«

»Und wenn wir auf Felsen stürzen?«

»Das wäre schlecht«, meinte Lion. »Da kann man

sich ordentlich was brechen. Tja, und wenn wir mitten im Meer landen und es nicht ans Ufer schaffen …«

Er zog mich natürlich auf. Tien sagte, dass die Landestelle auf zehn Kilometer genau berechnet war und wir im Wald landen würden. Deshalb müsste man sich darum keine Sorgen machen. Jetzt verstummte aber auch Lion. Er konnte immer noch nicht gut schwimmen. Vor der Landung in der Stealthkapsel hatte er keine Angst, aber das Wasser flößte ihm nach wie vor Furcht ein.

»Ich rette dich, wenn es so weit kommen sollte«, versprach ich. »Ich schlage dich bewusstlos und ziehe dich dann an den Haaren heraus.«

»Es darf aber nicht wehtun«, bat Lion mit ernstem Gesicht.

Wir schwiegen. Beide hatten wir eine Uhr, wollten jedoch nicht nach der Zeit schauen. Die Ziffern wechselten unendlich langsam, es schien, als ob sie eingefroren wären.

»Kennst du Horrorgeschichten?«, fragte Lion interessiert.

»Klar!«

»Erzählst du eine?«

Dummerweise fielen mir aber gerade jetzt keine ein! Ich erinnerte mich nur an eine völlig blödsinnige für Kleinkinder.

»Ein Junge kommt von der Schule nach Hause«, begann ich. »Und plötzlich sieht er, dass seine Eltern auf dem Tisch ihre Sozialkarte vergessen hatten. Nicht etwa, dass sie unordentlich waren, sie hatten es nur sehr eilig.«

»Und was ist eine Sozialkarte?«, wollte Lion wissen.

»Das ist ... Na, so etwas wie eine Kreditkarte, nur dass dort die Rationen für die Lebenserhaltung aufgezeichnet sind. Du hast doch auf einer Station gewohnt, gab es so etwas bei euch nicht?«

»Nein, bei uns waren Luft und Wärme kostenlos«, erwiderte Lion mit schlechtem Gewissen. »Los, erzähl weiter!«

«Tja ... Dieser Junge versteckte also die Sozialkarte im Schrank und fing an im Internet zu surfen. Er kam auf eine Seite mit dem Hinweis: ›Zugang nur für Erwachsene, Zugang für Kinder verboten.‹ Er gab selbstverständlich ein: ›Ich bin ein Erwachsener.‹ Daraufhin wurde ihm erwidert: ›Bitte die Nummer der Sozialkarte eingeben!‹ Er dachte sich nichts dabei und gab die Nummer ein. Tja, und so durfte er allen möglichen Unsinn anschauen ... Er saß also am Laptop und hatte alles um sich herum vergessen. Plötzlich klingelte es. Er ging zur Tür, machte auf und sah eine Mitarbeiterin des Sozialdienstes. Die sagte: ›Junge, du atmest zu oft!‹ Der Junge erschrak und versprach, seltener zu atmen. Aber sie nahm ein Pflaster ...«

Lion begann zu lachen.

»Was für ein Quatsch! Wenn du seltener atmest, verändert sich die Menge des verbrauchten Sauerstoffes nicht.«

Ich schwieg. Für ihn war die Geschichte wahrscheinlich wirklich nicht zu verstehen.

»Sei nicht beleidigt.« Lion knuffte mich mit dem Ellenbogen in die Seite. »Hör zu! Das ist jetzt eine ähnliche Geschichte, aber viel besser: Ein Junge hatte eine ältere Schwester. Sie durfte auf der Schattenseite spazieren gehen, bekam sogar einen neuen, roten Raumanzug geschenkt, den Jungen aber ließ man nicht. Sein Raumanzug war ganz einfach, einer für Kinder.«

»Wo durften sie spazieren gehen?«

»Auf der Schattenseite, dem äußeren Korpus der Station, auf der Unterseite. Dort gab es weder Gravitation noch Luft.«

»Aha«, sagte ich und stellte mir mit einigem Befremden einen derartigen Spaziergang vor. Was ist denn daran so reizvoll?

»Der Junge bat seine Schwester ständig, ihn mitzunehmen. Die Schwester jedoch antwortete: ›Nein, das geht nicht, du bist noch klein, du vergisst, die Sauerstoffpatrone zu überprüfen.‹ Die Sauerstoffpatrone ist übrigens zum Atmen, ein Regenerator im Raumanzug.«

Lion schüttelte energisch den Stoffsack – unseren hiesigen Regenerator. Er fuhr fort: »Hier ist es irgendwie stickig ... Also, der Junge war natürlich beleidigt und setzte eines Tages an Stelle einer vollen – eine leere Patrone in den roten Raumanzug ein. Er dachte sich, wenn bei seiner Schwester der Sauerstoff zu Ende ginge, würde sie es noch mit der Reserve schaffen. Das Mädchen ging mit ihrem Freund auf der Unterseite spazieren, als ihr Freund plötzlich bemerkte: ›Irgendwie geht bei mir der Luftvorrat zu Ende! Kehren wir um!‹ Das Mädchen jedoch wollte nicht und gab ihm ihre Reservepatrone. Sie gingen weiter und plötzlich, du ahnst es, versiegte bei dem Mädchen die Luft. Sie erschrak und bat ihren Freund sofort darum, die Reservepatrone zurückzugeben. Dieser stand jedoch unter Schock. Und so starb das Mädchen. Am nächsten Abend lag ihr Bruder im Bett und weinte, weil es ihm um die Schwester leidtat. Er weinte, weinte und schlief ein. Plötzlich hörte er im Schlaf: ›Gib mir meine Ersatzpatrone!‹ Er öffnete die Augen – und in der Ecke stand der Raumanzug seiner Schwester, aufgeblasen, das Sichtglas von innen voller Blut! Er erschrak, lief zu seinen Eltern und erzählte ihnen alles. Daraufhin gaben ihm die Eltern eine volle Patrone und sagten: ›Wenn deine Schwester wiederkommt, sag ihr, dass das die Reservepatrone sei!‹«

»Haben sie ihn wenigstens kräftig verhauen?«, fragte ich voller Abscheu gegenüber dem Jungen. »Wegen seiner Schwester?«

»Er hat sicherlich etwas abgekriegt«, stimmte Lion zu. »Aber wenn die Schwester tot ist, was ist da noch zu ändern? Also, am nächsten Tag kam der Raumanzug wieder und sagte: ›Gib mir meine Reservepatrone!‹ Der Junge reichte ihm die Patrone, der Raumanzug schloss sie an, sagte lachend: ›Jetzt werde ich gleich genug Kraft haben, um dich zu erwürgen!‹, und öffnete das Ventil, um sich diese Kraft zu holen. Die Eltern ahnten jedoch, was er vorhatte, und gaben keine Patrone mit Sauerstoff, sondern mit Kohlenmonoxid. Der Raumanzug blies sich auf, wurde blau und platzte. Das Dumme war nur, dass der Junge trotzdem nicht überlebte, er starb vor Angst.«

»Bist du verrückt geworden?«, regte ich mich auf. »Was ist das denn für eine Geschichte, so ein Mist!«

»Warum?«

»Wie kann man denn Kohlenmonoxid in eine Pressluftflasche füllen? Hast du denn kein Chemie in der Schule gehabt? Nein, der Raumanzug muss ihn erwürgt haben ...«

Lion dachte nach und erwiderte: »Wenn er erwürgt wird, tun einem die Eltern leid. Wenn ihm jedoch nichts passiert, dann wäre er ohne Strafe davongekommen.«

»Na und?«

»Ich glaube, dass sich Erwachsene diese Geschichten ausdenken«, meinte Lion. »Damit die Kinder keine Dummheiten machen, keine Kreditkartennummern herausgeben, nicht mit Sauerstoffflaschen herumspielen ... Hör mal, findest du nicht, dass es hier stickig ist?«

Ich schaute angespannt auf das Säckchen.

»Nein, eigentlich nicht.«

»Uns wird von Kindheit an klargemacht, dass man keine Späße mit der Luft treiben darf«, sagte Lion, als ob er sich entschuldigen wollte. »Das ist ungeheuer wichtig. Wir lernen Gedichte darüber. ›Wenn der Wind an den Wänden rüttelt und die Sirenen heulen, weiß jeder – das ist nicht die richtige Zeit für einen Spaziergang. Geht der Sturm zurück und ist die Sirene verstummt, bedeutet das, man kann sich auf seiner Koje ausruhen.‹«

»Auf Karijer haben wir auch so etwas gelernt!«, sagte ich. »›Wenn du einen Riss, ein Loch, eine Kaverne gesehen hast, weiß natürlich jedes Kind – das ist sehr gefährlich!‹ Kennst du den Spruch über den Jungen, der ein Leck entdeckt und es mit seiner Hand zugehalten hat?«

»Hm«, bestätigte Lion.

Das Licht flackerte kurz auf.

»Was ist los?«, fragte Lion erschrocken. Er schaute auf die Uhr. »Tikkirej, noch drei Minuten!«

Wir streckten uns auf den Matten aus und schwiegen. Jetzt, wo wir nicht mehr durch unsere Unterhaltung abgelenkt waren, bemerkten wir ein leichtes Schaukeln des Raumschiffs. Die Gravitationskompensatoren konnten das Schwanken nicht völlig auffangen.

»Wir tauchen schon in die Atmosphäre ein«, kommentierte Lion, als ob ich das nicht selbst gewusst hätte. »O Mann, wer weiß, wie das ausgeht …«

Die Kapsel schien sich auf die Hinterbeine zu stellen. Tien hatte den Gravitationsvektor geändert.

Im nächsten Augenblick öffneten sich unter uns die Panzerklappen der Luke und unsere Kapsel fiel in den freien Raum hinaus.

Stille. Absolute Stille.

Normalerweise waren wir ständig von Geräuschen umgeben. Sogar in die geschlossene Kapsel drang der Gerätelärm durch das Eis.

Jetzt hörten wir nur unsere Atemzüge.

Unter uns befand sich der Planet.

Nicht mehr als Kugel, sondern als gelb-grüne Ebene, die mit Wolkenflecken bedeckt war. Obwohl noch zu sehen war, wie sie sich am Horizont krümmte und nach unten verschwand. Die Sonne von Neu-Kuweit ging hinter dem Horizont unter unseren Füßen auf und die Eiskapsel funkelte wie Kristall.

»Mensch ...!«, flüsterte Lion.

Die Sterne schienen hier noch hell und strahlend. Die Kapsel bewegte sich gleichmäßig, ohne Schütteln. Aber wir spürten deutlich, dass wir uns schon nicht mehr auf der Umlaufbahn, sondern im Landeanflug befanden.

»Schwerelosigkeit ist prima, stimmt's?«, fragte Lion.

Ich antwortete nicht. Ich hatte gar nicht mitbekommen, dass Schwerelosigkeit eingetreten war, dass wir in unserer winzigen Eishöhle schwebten, nur mit lächerlichen Grasbändern festgeschnallt. Ich sah auf das Raumschiff der Phagen, das zielstrebig vorwärts und nach unten flog. Das war ein starkes und sicheres Schiff ...

»Tikkirej!«

»Was ist?«

»Hey, schläfst du?« Lion drehte sich um und schaute mir in die Augen. »Sieh nur, echt cool! Da ist die Sonne!«

»Welche Sonne?«

»Die von der Erde, wo alle Menschen herstammen ... Da, schau doch mal!«

Ich sah hin. Ein ganz gewöhnlicher Stern, nichts Besonderes.

»Ich möchte mal zur Erde«, sagte Lion. »Ich sehe mir unbedingt Australien, Shitomir und London an. Und außerdem möchte ich auf den Edem ... Da, schau doch mal, das ist dort … Nein, er ist nicht zu sehen, ist hinter dem Horizont … Und wo ist der Avalon, kannst du ihn erkennen?«

Es war klar, dass er sich doch etwas fürchtete und deshalb ohne Unterbrechung sprach. Das sagte ich natürlich nicht laut, und fünf Minuten lang schauten wir uns Sternbilder an und erörterten, welche Planeten uns und welche den Fremden gehörten. Die Sonne von Neu-Kuweit stieg indessen höher und höher, wir mussten die Augen zusammenkneifen vor diesem grellen Strahlen, das sich über die Kapsel ergoss. Ich fand, dass uns Sonnenbrillen nicht geschadet hätten. Aber auch die Phagen können eben nicht an alles denken.

»Siehst du, dass wir gewendet haben?«, stieß Lion aufgeregt heraus. »Die Atmosphäre bremst … Wir sind jetzt circa fünfzig Kilometer hoch … Nein, noch höher …«

»Schaffen wir es wirklich, zu landen?«

»Das schaffen wir!«

Jetzt flog die Kapsel mit dem Boden nach vorn. Das Eis auf der Unterseite der Kapsel trübte sich ein und schmolz. Das unerträgliche Sonnenlicht wurde schwächer, so als ob es durch mattes Glas gedämpft würde.

Vielleicht denken die Phagen wirklich an alles.

Die Schwerelosigkeit verschwand genauso unmerklich, wie sie aufgetreten war. Wir wurden auf die Matten gedrückt. Zuerst schwach, dann genau wie auf einem normalen Planeten.

»Es wächst bis vier ›g‹ an«, teilte Lion mit. Warum er

das sagte, war nicht nachvollziehbar, denn ich wusste es ja selbst. Wir hatten einen Belastungstest durchgeführt.

»Wenn es doch schon zu Ende wäre …«

»Die Belastung?«

»Nein, die Landung!«

Der Druck wurde immer stärker. Dann fühlte ich eine leichte Vibration. Das Licht wurde heller, aber es war kein Sonnenlicht mehr, sondern ein in das Auge stechender rötlicher Glanz.

»So, jetzt sind wir in die Atmosphäre eingetaucht«, flüsterte Lion.

Ich drehte den Kopf und schaute auf den Boden der Kapsel. Er war völlig trüb, aber trotzdem konnte man eine Flamme erkennen, die wie ein luftiges Feuerkissen vor uns tanzte. Die Flamme breitete sich aus, schloss die Kapsel ein und flackerte.

Hinter uns entfernte sich ein kurzer Feuerschweif.

»Und das … das wird nicht geortet?«, fragte ich. Mich gruselte es. Nur ein halber Meter tauendes Eis trennte uns von einer Plasmawolke!

»Eigentlich nicht, wir haben speziell für die Landung die Zone des Morgenrots ausgesucht«, antwortete Lion. »Die Sonne hier ist aktiv … Es gibt oft Störungen auf dem Radar und visuell kann man es auch nur sehr schwer feststellen …«

Das Licht begann zu verblassen und die Schwerelosigkeit kam wieder. Das war das erste Eintauchmanöver – wir schlitterten über die Atmosphäre, verloren dabei an Geschwindigkeit, prallten ab wie ein flacher Stein von der Wasseroberfläche und fielen wieder nach unten.

»Beklemmend«, bekannte ich und war über meine eigenen Worte erstaunt. »Lion, hast du überhaupt keine Angst?«

Er antwortete nicht sofort, murmelte aber dann: »Ein wenig schon ...«

Um die Kapsel loderte erneut eine Flamme. Dieses Mal wurden wir stärker durchgeschüttelt, die Kapsel vibrierte wie ein altes Auto auf einer schlechten Straße, der Druck wurde stärker.

Erneut schlüpfte die Kapsel für einige Minuten aus der Atmosphäre und bereitete sich auf das nächste »Eintauchen« vor.

»Tikkirej ...«, Lion drehte sich zu mir. »Weißt du, woran ich jetzt gedacht habe? Wenn ich meine Eltern wiederfinde ... zu ihnen gehe ... erkennen Sie mich womöglich nicht.«

»Wieso denn das?«

Er lachte auf, sein Gesicht war ohne jede Freude.

»Mein Traum ist vorbei, und ich weiß, dass es nur ein Traum war. Aber sie? Vielleicht glauben sie, dass dieser Traum Wirklichkeit ist? Dann sind sie davon überzeugt, dass ihr Sohn Lion schon lange erwachsen ist und werden mir sagen: ›Junge, du bist sicherlich krank.‹«

»Eltern sagen so etwas niemals.«

»Glaubst du?«, fragte Lion skeptisch.

»Sicher.«

»Aber sie haben doch eine Gehirnwäsche erhalten ...«

»Trotzdem.«

Ich bemühte mich überzeugend zu wirken. »Es

könnte sein, dass dich dein Brüderchen nicht erkennt. Oder dein Schwesterchen. Aber deine Eltern werden dich erkennen.«

Lion schien sich zu beruhigen. Er legte sich bequemer hin – der Druck nahm wieder zu. Er sagte:

»Die Kleinen können doch nicht dasselbe geträumt haben. Wie hätten sie das denn verstehen sollen? Also müssen sie ihren eigenen Traum gehabt haben. Einen Kindertraum. So einen mit allen möglichen Tieren, mit Abenteuern für Kinder ... Ihr Programm war sicherlich in Trickfilmen versteckt.«

»Den müsste man finden, der das alles ausgeheckt hat«, murmelte ich.

»Und ihm den Kopf abreißen! Wir werden ihn finden«, versprach Lion blutrünstig. »Hauptsache, wir landen erst einmal ...«

Er hatte auch Angst.

Das dritte Eintauchen in die Atmosphäre war das letzte. Jetzt hatten wir ernsthaft unter der Fallbeschleunigung zu leiden, ein Gespräch war unmöglich. Die Luft um die Kapsel verwandelte sich in einen riesigen Feuerball. Die Kapsel wurde geschüttelt und knisterte, Eis wurde abgetrennt ... jetzt wurden die überflüssigen Teile herausgeschmolzen, um Flügelkörper zu bilden. Ich wusste das, aber mir war ganz mulmig.

Endlich erlosch das Feuer, der Druck wich von uns und wir sahen unter uns den Planeten. Schon genau so wie aus einem Flugzeug. Die Kapsel glitt durch die Luft, senkte sich allmählich, drehte sich jedoch noch immer nicht um die eigene Achse.

»Wir sind noch zu hoch«, nahm Lion an, der erriet, woran ich dachte. »Oder ...«

Ich erfuhr nicht, was das »Oder« bedeuten sollte. Wir hatten Glück. Lion richtete sich auf und betrachtete die Oberfläche durch die Seitenwände, nicht durch den verdunkelten Boden. Die Kapsel schaukelte und fing an sanft zu kreisen.

»Hurra!«, rief Lion. »Es hat geklappt!«

Unsere Kapsel war längst nicht mehr die akkurate Linse wie zuvor. Von oben und von unten war ein Teil des Eises weggeschmolzen, verdampft, sodass ihre Form jetzt sehr an einen Kleesamen erinnerte. Und in diesen Eisflügelchen drehten wir uns jetzt immer schneller.

Zuerst war es lustig. Die Welt herum drehte sich, die Sonne kreiste am Himmel über uns, das gleichmäßige Rauschen der Luft übertönte unsere fröhlichen Schreie.

Dann wurde uns schlecht. Wir flogen an entgegengesetzte Enden der Kabine und wurden an die Wand gedrückt.

»Mach die Augen zu!«, schrie Lion.

Ich schloss meine Augen. Trotzdem war es ekelhaft. Die Zentrifugalkraft drückte schlimmer auf uns als bei der Landung. Und außerdem wurde uns übel ... ich hielt es aus, solange ich konnte. Dann hörte ich, wie sich Lion erbrach, und konnte es selbst nicht mehr zurückhalten. Ein Glück, dass wir gestern einen halben Tag nichts gegessen hatten. Aber im Mund spürte ich einen ekelhaft sauren Geschmack.

Es war wie auf einem außer Kontrolle geratenen

Karussell ... Vor zwei Jahren war ich mit Freunden auf dem Rummel. Unsere Klasse hatte damals den Mathematikwettbewerb der Stadt gewonnen, alle bekamen Freikarten für die Karussells. Auf dem Rummel gab es wenige Besucher. Wir liefen sofort zum interessantesten Karussell, dem »Himmelsschiff«, das sich nach oben, unten und um die eigene Achse drehte, sodass man zwanzig Meter nach oben flog – und dann mit fürchterlicher Geschwindigkeit kopfüber nach unten fiel. Dabei rechnete man jeden Augenblick damit, dass der Kopf auf dem Betonboden zerschellte. Ein ganz Schlauer, eventuell sogar ich, hatte die Idee, den Betreiber des Karussells darum zu bitten, uns länger fahren zu lassen. Der lachte auf und befahl allen, sich anzuschnallen ...

Anstelle von drei Minuten ließ er uns zehn fahren. Danach hatte ich die Zeit verglichen. Fünf Minuten lang war es lustig, dann begannen alle zu schreien und darum zu bitten, dass er das Karussell anhalten sollte. Der Mann tat jedoch so, als ob er uns nicht verstehen würde, winkte uns zu und lächelte. Als er das »Himmelsschiff« endlich anhielt, hatten zwei Jungs nasse Hosen. Laufen konnte niemand, wir mussten abgeschnallt und nach draußen geschleppt werden.

Einer hatte geheult und damit gedroht, sich bei der Stadtverwaltung zu beschweren. Aber der Betreiber des Karussells meinte, dass wir selber schuld wären. Wir wollten mehr vom Allgemeingut bekommen, als uns zustand. Also erhielten wir eine nützliche Lehre – niemals etwas Überflüssiges einzufordern.

Wir beschwerten uns nicht.

Jetzt gab es niemanden, bei dem wir uns hätten beschweren können. Wir wurden gedreht, durcheinandergeschüttelt und -geschaukelt. Ich hätte liebend gern die Augen geöffnet und geschaut, ob es noch weit bis zur Erde war und was sich unter unseren Füßen befand – Wald, Wasser oder Felsen. Aber mit offenen Augen wurde mir noch schlechter …

Trotzdem fühlte ich die Annäherung an die Oberfläche. Als ob sich etwas in der Bewegung der Kapsel veränderte, vielleicht wurde das Schütteln stärker, vielleicht verlangsamte sich die Drehbewegung.

Auf einmal schabte etwas an uns – die zirkulierende Kapsel riss Zweige ab. Einige Minuten flogen wir über dem Wald und schnitten die Baumkronen ab wie die Klinge eines riesigen Rasenmähers. Dann drehte sich die Kapsel auf die Seite, knickte Baumstämme, wobei uns jeder Schlag schmerzte, und rollte wie ein Rad durch den Wald. Jetzt öffnete ich die Augen und erblickte gigantische Baumstämme, Gras, dichte Sträucher und einen unergründlich blauen Himmel (waren wir wirklich eben noch da oben?) sowie über dem Wald kreisende Vögel … Die Kapsel rollte, fällte dabei noch einige Bäume, kam zum Stillstand und kippte langsam mit dem Boden nach oben um.

Wir hingen in unseren Grasgurten. Alles vor unseren Augen war verschwommen und drehte sich, vor uns tanzten helle, bunte Sterne.

»Lebst du noch?«, fragte Lion leise.

»Hm …«, erwiderte ich und mir wurde erneut

schlecht. In diesem Zustand hingen wir bestimmt noch fünf Minuten. Wir waren nicht fähig, uns zu bewegen.

Dann begannen wir, die Riemen zu lösen. Es fiel uns schwer, aber wir schafften es. Es gelang uns jedoch nicht, die Luke aufzuschrauben. Sie war von außen zugeschmolzen und hatte sich fest mit dem Körper der Kapsel verbunden.

»Ich habe schon befürchtet, dass wir in unsere Einzelteile zerlegt werden«, beklagte sich Lion. »Hast du die Berge gesehen? Zehn Kilometer haben gefehlt.«

»Welche Berge?«

»Sicherlich die Charitonow-Kette«, sagte Lion nachdenklich. »Das bedeutet, dass wir an der Nordgrenze der Landezone aufgesetzt haben. Nicht schlecht, sogar gut ... Dann haben wir es nicht weit.«

Ich klopfte die Eishülle ab: »Wenn sie nur schmelzen würde!«

»Wir müssen uns gedulden.« Lion kam mit Mühe und Not in die Hocke und zog den Kopf ein, um sich nicht an der Luke zu stoßen. »Mensch, wie mein Rücken wehtut! Ich habe mich noch ganz zum Schluss gestoßen!«

»Bei mir scheint alles in Ordnung zu sein ...«

Wir saßen uns gegenüber und schwiegen. Uns war immer noch schwindlig. Und wir wollten natürlich so schnell wie möglich nach draußen.

Nach ungefähr zehn Minuten fiel mir der erste Tropfen in den Nacken. Das Eis begann zu tauen.

»Tja, wir werden erfrieren!«, meinte Lion fröhlich.

Wir erfroren natürlich nicht.

Der Tropfen verwandelte sich in einen Bach, danach in einen Strom. Das superfeste Eis taute wie ein matschiger Schneeball im warmen Zimmer. Nach zwei Minuten stand uns das Wasser bis zum Knie. Da aber sprang die Kapsel auf und brach in zwei Teile auseinander. Mit einem fröhlichen Aufschrei warfen wir uns ins Freie.

Unter unseren Füßen knirschte Eis. Am Himmel lärmten die Vögel. Das Tauwasser verteilte sich und wurde von der weichen Grasnarbe aufgesogen. Ein breiter Streifen zog sich zwischen den Bäumen hin, als ob man den Wald gepflügt hätte. Die Luft in unserer Umgebung war gesättigt mit dem Geruch von Harz und Wald, was unsere Stimmung sofort hob. Uns wurde leicht und fröhlich zumute. Wir sprangen um die Kapsel herum, die sich in eine Pfütze verwandelte, schlenkerten mit den Armen und lärmten lauter als die Vögel.

Wir waren gelandet!

»Sommer!«, rief Lion fröhlich aus. »Sommer, Sommer, Sommer!«

Alles war gut gegangen, wir waren gelandet. Selbst wenn uns noch schwindelig war, wenn wir schmutzig und nass und die Beine vom Eiswasser taub waren – das Schlimmste lag hinter uns. Sollte auch Neu-Kuweit von einem schrecklichen Feind erobert worden sein, das kümmerte uns jetzt nicht. Wir befanden uns in einem richtigen, unter Naturschutz stehenden Wald, weit entfernt von der Stadt, und vor uns lagen einige Tage echter Waldabenteuer: Übernachtung am Lagerfeuer, Angeln, mit etwas Glück sogar Regenschauer, Stürme und

Raubtiere. Was sind schon die Picknicks auf Avalon im Vergleich zu diesen Wäldern?

»Schau mal, dort ist ein See!« Lion zeigte durch die Bäume. »Wir hatten Glück, wir hätten hineinfallen können ...«

Durch die Zweige leuchtete blaues Wasser. Und nicht nur dort, wohin Lion zeigte, sondern auch auf der anderen Seite. Ich rief mir die Karte in Erinnerung, die uns gezeigt worden war – wir befanden uns im »unteren Seengebiet« am Nordhang der Charitonow-Gebirgskette. Hier gab es viele winzige Seen, in der Nähe entsprang das Flüsschen Semjonowka, an dessen Delta sich Agrabad befand. Bis zur Hauptstadt waren es ungefähr einhundertfünfzig Kilometer – das würde funktionieren. Vielleicht müssten wir eine ganze Woche durch den Wald laufen!

»Wollen wir baden gehen?«, fragte ich.

Lion zögerte kurz, dann nickte er.

Also liefen wir zum See und ließen die Kapsel vor sich hin tauen.

Der Wald reichte bis ans Wasser. Es störte uns nicht, dass es keinen Strand gab. Der See war klein, rund, vielleicht dreißig Meter im Durchmesser und das Wasser in ihm schien so blau, als ob es eingefärbt wäre. Wir zogen uns schnell aus und sprangen hinein – es war kalt, aber nach der eisigen Dusche erschien es uns regelrecht heiß. Lion tummelte sich am Ufer und ging nicht tiefer hinein als bis zum Hals. Ich schwamm bis zur Mitte und wieder zurück, ohne mich über Lion lustig zu machen.

Wieder am Ufer wollten wir uns in der Sonne trocknen, die jedoch wie zum Trotz von Wolken verdeckt wurde. Es war sofort kalt geworden.

»Machen wir ein Lagerfeuer?«, schlug Lion vor und klapperte dabei übertrieben mit den Zähnen.

»Warum nicht«, stimmte ich zu und frottierte mich mit meinen T-Shirt.

»Und außerdem müssen wir noch eine Hütte bauen«, schlug Lion vor. »Oder?«

Wir schauten uns an.

»Heute gehen wir nirgendwohin«, meinte ich. »Und morgen auch nicht. Wir haben frei.«

»Stimmt. Aber Hunger habe ich schon.«

Wir beschlossen, uns später um das Essen zu kümmern. Zuerst suchten wir trockene Zweige. Die von der Kapsel gefällten Bäume erwiesen uns dabei einen guten Dienst. Das Lagerfeuer errichteten wir in der Nähe des Ufers. Ich besaß eine halbe Schachtel Streichhölzer, Lion ein Feuerzeug. Das Feuer brannte hervorragend, aber lange am Lagerfeuer zu sitzen war langweilig.

»Ich gehe angeln«, meinte Lion. »Und du kannst dickere Zweige für die Hütte zurechtschneiden.«

»Und warum gehst du angeln und ich soll die Zweige schneiden?« Ich war beleidigt. »Kannst du denn angeln?«

»Theoretisch schon«, gab Lion ehrlich zu. »Zu Beginn ist es erforderlich, ein kleines Loch in weicher, feuchter Erde zu graben und die Erdkrumen sorgfältig nach Würmern und Tausendfüßlern abzusuchen. Die gefangenen Insekten werden auf die Spitze des Angelhakens gespießt, wobei darauf zu achten ist, dass sie noch Lebenszeichen von sich geben. Sie werden angespuckt und in einer Entfernung von vier bis fünf Metern vom Ufer ins Wasser geworfen ...«

Ich stellte mir das mit den Würmern genauer vor und erwiderte schnell: »Okay, ich kümmere mich um die Zweige.«

Es war nicht weiter schwer, die Zweige für die Hütte zuzuschneiden.

Wieder half die Landebahn der Kapsel, die sich mittlerweile in einen nassen Fleck verwandelt hatte. Ich holte einen Berg Zweige und begann neben dem Lagerfeuer eine Hütte zu bauen. Es gelang mir gar nicht so schlecht. Ich hatte nicht die Absicht, Lion so schnell zu rufen. Sollte er sich ruhig davon überzeugen, dass Angeln doch keine so einfache Sache ist. Aus unerfindlichen Gründen stellte ich mir vor, dass es mir besser gelingen würde, Fische zu fangen.

Lion erschien nach einer halben Stunde. In den Händen hielt er zwei große Fische, jeder rund anderthalb Kilo schwer.

»Nicht schlecht!«, meinte ich trocken.

Die Fische wanden sich und schlugen mit den Schwänzen. Lion schaute skeptisch auf seinen Fang, hielt ihn aber kräftig fest.

»Reicht das fürs Erste?«

»Sicher«, bestätigte ich. »Hast du sie mit Würmern gefangen?«

»Nein, ich habe es zuerst mit Ultraschall versucht. Es hat geklappt.«

»Du bist mir ein Freundchen ...«, erwiderte ich und schaute auf sein zufriedenes Grinsen. »Also, dann fang an, sie fertig zu machen.«

»Wie?«

»Du musst den Fischen die Köpfe abschneiden, dann den Bauch aufschlitzen und sie ausnehmen, mit nassem Lehm einschmieren und ins Feuer legen.«

Lion erbebte.

»Hilfst du mir denn nicht dabei?«

Ich schüttelte den Kopf. Wir schauten traurig auf die unglücklichen Fische, die lautlos ihre Mäuler öffneten und schlossen. Ihre Schuppen schienen stumpf, die Augen trübe geworden zu sein.

»Da hinten steht ein Nussbaum«, meinte Lion. »Wenn man ein Stück am Ufer entlanggeht. Nüsse sind sehr nahrhaft, stimmt's?«

Ich nickte. Wir waren noch nicht hungrig genug, um unsere Nahrung wie die Urmenschen zu erbeuten.

»Gehen wir!«, sagte ich. »Und die Fische lassen wir frei. Sie erholen sich im Wasser bestimmt wieder.«

»Und allen anderen sagen wir, dass sich Spinningangeln nicht lohnt«, wieherte Lion. »Komm. Du hast eine gute Hütte gebaut.«

Ich wandte mich um und betrachtete die Hütte. Sie schien mir nicht besonders gelungen, war zu klein und schief. Ein starker Wind wirft sie um, und wasserdicht ist das Dach auf keinen Fall, dachte ich.

»Danke«, erwiderte ich. »Wir bessern sie noch nach. Wir müssen noch viel lernen.«

Die Fische ließen wir gleich am Ufer ins Wasser, einer

verschwand sofort in die Tiefe, der andere verharrte an seinem Platz, bewegte aber die Kiemen und erholte sich wieder.

Wir gingen Nüsse sammeln. Sie waren reif und schmeckten gut. Eine volle Stunde verbrachten wir in den Büschen, aßen uns satt und nahmen noch einen Vorrat mit. Wir würden ja kaum Nüsse pflücken, wenn es dunkel wäre.

»Wir müssen trotzdem lernen, Fische zu fangen und sie zu töten«, sinnierte Lion laut. »Und Kaninchen und Hirsche zu jagen.«

»Gibt es hier etwa Hirsche?«

»Keine Ahnung. In der Nähe der Berge müsste es welche geben. Du kannst dir nicht vorstellen, was ich im Traum alles gegessen habe! Einmal sogar ein totes Pferd. Das war okay, gar nicht so schlimm. Aber in Wirklichkeit ...« Er verzog das Gesicht.

»Macht nichts, das lernen wir alles noch«, ermutigte ich ihn. »Wollen wir noch einmal baden gehen?«

Das zweite Mal schien uns das Wasser viel wärmer. Vielleicht hatte es sich während eines halben Tages auch aufgeheizt? Wir balgten am Ufer, dann versuchte Lion zu schwimmen und ein wenig gelang es ihm. Er schwor sogar, dass er einmal im Wasser an einen Fisch gestoßen wäre und diesen ohne jede Angel hätte fangen können.

»Sicherlich denselben, den wir freigelassen haben«, mokierte ich mich, bis zum Hals im Wasser stehend. »Er ist gekommen, um sich zu bedanken.«

»Kannst du dich daran erinnern, ob es hier irgendwelche Ungeheuer gibt?«, erkundigte sich Lion.

»Ich kann mich erinnern, es gibt keine«, erwiderte ich. »Na ja, höchstens ein paar Haie pro See.«
»Stimmt, und sie fressen kleine Jungs.«
»Wieso? Kleine Mädchen mögen sie auch!«
Lion richtete sich furchterregend auf und wedelte mit seinen dürren Armen, wobei er eine Wolke aus Wasserspritzern erzeugte: »Wo sind denn hier die Mädchen? Ich bin ein sehr hungriger Hai! Ich esse keine kleinen Jungs, das sind Schmutzfinken!«
In den Büschen am Ufer, wo wir uns ausgezogen hatten, bewegte sich etwas. Und eine Stimme spottete: »Das stimmt, Schmutzfinken. Und außerdem knochig.«
Lion ließ sich verdutzt fallen und verschwand fast unter der Wasseroberfläche. Ich erstarrte.
Die Sträucher bewegten sich und ein Mädchen von etwa dreizehn Jahren kam zum Wasser. Sie war übrigens auch dünn, ihr Gesicht und die Hände waren nicht einfach schmutzig, sondern zusätzlich mit grüner Farbe beschmiert. Sie trug Shorts und ein khaki-farbenes T-Shirt, in den Händen hielt sie eine Armbrust.
»Na, du Hai, bist du sprachlos?«, fragte das Mädchen und zeigte mit ihrer Armbrust auf Lion. Als ob sie einen Scherz machte, doch ihre Augen blieben aufmerksam und die Waffe hielt sie gekonnt.
»Es wird sich noch herausstellen, wer hier der größere Schmutzfink ist«, meinte ich. »Wer bist du?«
»Du bist es, der auf Fragen antwortet«, erwiderte das Mädchen ruhig. »Und macht keine Dummheiten, ich schieße gut.«
Lion und ich schauten uns an.

So sieht also die Besinnlichkeit eines Naturschutzgebietes aus!

»Du bist sicherlich die Tochter des Försters?«, erkundigte sich Lion. »Oder ein Girlscout? Aber wir jagen nicht und haben doch überhaupt nichts Verbotenes gemacht ...«

»Bleib stehen, wo du bist!«, schrie das Mädchen. Sie bewegte ihren Kopf, als ob sie ihre Haare nach hinten werfen wollte, doch ihre Frisur war ganz kurz, fast wie bei einem Jungen. Sie hatte sicherlich erst vor Kurzem die Haare geschnitten und sich noch nicht daran gewöhnt. »Wie heißt ihr? Woher kommt ihr? Was macht ihr hier?«

»Dir werde ich überhaupt nicht antworten!«, empörte sich Lion. »Dumme Pute! Nimm dein Spielzeug weg!«

Ein kurzer Armbrustpfeil pfiff an seinem Ohr vorbei. Bevor wir richtig zu uns kamen, legte das Mädchen einen neuen Pfeil in die Armbrust ein und spannte sie wieder.

»Schrei nicht herum. Wie heißt ihr?«

»Er heißt Lion, ich heiße Tikkirej«, erwiderte ich schnell. Lion verstummte und hörte auf, die Fronten zu klären. »Können wir vielleicht herauskommen? Das Wasser ist kalt.«

»Kommt raus«, erlaubte das Mädchen und trat einen Schritt zurück.

»Dreh dich um«, bat ich. »Es ist uns peinlich.«

Das Mädchen spottete jedoch lediglich: »Tut nicht so als ob, ihr seid nicht nackt, kommt jetzt raus.«

Mit der Fußspitze warf sie unsere Kleidung näher zum Wasser.

Wir gingen zum Ufer und fühlten uns wie totale Idioten, halbnackt vor einem Mädchen mit einer Armbrust zu stehen, das einen verhört! Und dazu noch so genau zielen kann ...

»Wir werden ja sehen ...«, murmelte Lion undeutlich, aber drohend, als er seine Jeans nahm. Aus dem Gleichgewicht gebracht hob er seine Augen zu unserem Quälgeist. »Was ist, sollen wir uns nass anziehen? Komm, dreh dich um, hab Verständnis!«

»Ich kann mich schon umdrehen«, lächelte das Mädchen zuckersüß, »aber schämt ihr euch nicht vor den anderen?«

»Vor welchen anderen?« Lion drehte den Kopf.

Das Mädchen pfiff laut durch zwei Finger und im selben Augenblick erschienen die »anderen« aus den Sträuchern!

Mindestens ein Dutzend Mädchen! Was heißt hier ein Dutzend – es waren zwei Dutzend. Die Jüngste vielleicht zehn, die Älteste vierzehn Jahre alt. Alle waren in Khaki gekleidet und mit grüner Farbe beschmiert. Alle waren mit einer Armbrust bewaffnet. Sie sahen uns schadenfroh und ohne jedes Mitgefühl an.

Lion zog schweigend seine Jeans über die nasse Unterhose und nahm seine Jacke.

Kapitel 2

Wir gingen zu dritt. Das Mädchen lief voran, wir folgten. Die anderen Amazonen verschwanden wieder im Wald, nur ab und zu, wenn ich meinen Kopf bewegte, konnte ich eine leichte Bewegung sehen.

»Wie heißt du?«, fragte ich nach etwa fünf Minuten, als mir klar war, dass das Mädchen kein Gespräch mit uns anfangen würde. »Es ist doch unpraktisch ohne Namen!«

»Natascha«, antwortete das Mädchen.

»Wo gehen wir hin?«

»Das wirst du schon sehen!«

Lion und ich schauten uns an. Da war nichts zu machen!

Ich fuhr mit der Hand am Gürtel entlang. Um das Schlangenschwert herauszureißen, benötigte ich einige Sekunden ... Und dann? Ich würde das Mädchen entwaffnen, obwohl es mir unangenehm wäre, sie außer Gefecht zu setzen. Und die anderen? Wenn die uns dann aus allen Richtungen mit ihren Armbrüsten beschießen würden? Ich bin ja kein Phag, der die Bolzen im Flug abfangen könnte!

»Hör mal, was habt ihr eigentlich gegen uns?«, wollte ich wissen. »Wem haben wir denn etwas getan? Darf man hier etwa nicht baden? Oder ist das Privatbesitz?

Das wussten wir nicht, wir haben uns ganz einfach verirrt!«

»Schon seit einiger Zeit«, nuschelte Lion.

»Schon seit langem?«, zeigte Natascha plötzlich Interesse.

»Seit über einem Monat!«

»Ihr lügt. In eurer Hütte hat niemand auch nur ein einziges Mal übernachtet, ihr habt sie gerade erst gebaut ... Und das eher schlecht als recht!«

Das »eher schlecht als recht« traf mich sehr, ich zeigte es aber nicht. »Früher waren wir an einem anderen See. Aber dort gab es keine Fische mehr und die Nüsse hatten wir auch alle abgeerntet. Deshalb haben wir beschlossen umzuziehen.«

»Wieso? Wie, ihr habt es nicht geschafft in einem Monat wieder in die Zivilisation zu kommen? Dafür muss man ja besonders blöd sein!«

»Wir haben Angst ...«, murmelte ich.

»Wie bitte?«, Natascha stoppte und schaute uns an.

»Wisst ihr das denn nicht selbst?«, erwiderte Lion aggressiv. »Seid ihr denn total verblödet? Mit den Leuten hier ist irgendetwas passiert! Sie sind alle eingeschlafen! Bestimmt ist der Planet angegriffen worden! Wir sind sofort weggelaufen, wir waren die Einzigen, die nicht eingeschlafen sind ...«

»Und ihr wart so erschrocken, dass ihr einen ganzen Monat über nichts herausgekriegt habt?«, rief Natascha. »Und lebt seitdem im Wald?«

Lion und ich verstummten. Wenn wir auch nur so taten, als ob, es war trotzdem peinlich.

»Jüngelchen ...«, sagte Natascha verächtlich. »Es wird zu Recht behauptet, dass man von einem einzigen Mädchen mehr erwarten kann als von einem Dutzend Jungen.«

»Und wer sagt so etwas?«, ereiferte sich Lion.

Natascha schnaubte. »Tja ... Das sagt jemand, der sich damit auskennt.«

»Man könnte annehmen, dass ihr nicht erschrocken wart?«, wollte Lion wissen. »Ihr versteckt euch hier wohl nicht, spielt Partisanen und kämpft gegen Inej?«

Nataschas Augen schauten böse und zeigten ihren Verdacht.

»Gegen Inej? Und woher wisst ihr, dass es Inej ist? Wenn ihr doch angeblich sofort weggelaufen seid?«

Ich konnte mich mit Mühe und Not beherrschen, Lion nicht eine runterzuhauen.

Er verbesserte sich aber selbstbewusst: »Zuerst sind wir mit dem Auto gefahren. Dort gab es einen Fernsehapparat, wir haben gesehen, wie der Sultan eine Rede hielt. Er sprach davon, dass wir uns Inej anschließen. Das ist sicherlich irgendeine Waffe. Alle haben eine Gehirnwäsche erhalten, sind jetzt wie Zombies, und bei uns hat es offensichtlich nicht funktioniert ...«

»Wir werden ja sehen, ob ihr Zombies seid oder nicht ...«, Natascha winkte ab. »Geht voran.«

Und so liefen wir noch zwei Stunden, kamen an einem Dutzend winziger Seen vorbei, kämpften uns durch sumpfiges Gelände (hier kamen auch die anderen Mädchen näher heran und bemühten sich bei uns zu bleiben), bis wir endlich das hügelige Bergvorland erreichten.

Auf den Anhöhen standen dichte Büsche, die Hänge waren kahl, dort wuchs kaum Gras. Natascha sah sich vorsichtig um, so, als ob sie einen Hinterhalt erwarten würde. Es war jedoch niemand zu sehen, lediglich die Vögel lärmten auf den Bäumen. Jeden Abend flogen die Meisen aus dem Wald zum Charitonow-Rücken.

»Habt ihr Angst?«, giftete ich. Natascha schaute mich verächtlich an und zischte durch ihre Zähne:

»Ich bin vorsichtig … Maria!«

Eines der Mädchen lief zu ihr.

»Wann öffnet sich ein Fenster?«, erkundigte sich Natascha.

Maria warf uns einen kurzen Blick zu und holte aus ihrer Jackentasche einen Pocket-PC. Sie schaute auf den Bildschirm: »In siebzehn Minuten gibt es ein Fenster für vier Minuten …«

»Das reicht nicht.«

»In zweiundvierzig Minuten öffnet sich ein Fenster für neun Minuten.«

»Das geht.«

Natascha schaute mich an:

»Könnt ihr rennen?«

»Ähm … Na klar!«

»In vierzig Minuten verschwinden über uns die Satelliten für visuelle Aufklärung«, erklärte Natascha. »Die Satelliten für Energiekontrolle können uns nicht orten.«

Deshalb verwendeten sie also diese primitiven Waffen! Ich nickte.

»In neun Minuten müssen wir es bis dort hoch schaffen...« Natascha zeigte auf eine Hecke, die den nächsten Hügel umgrenzte. »Wenn ihr zurückbleibt, erschieße ich euch! Ehrenwort!«

Ich glaubte ihr.

Lion auch.

Das war ganz und gar nicht einfach!

Warum hatte ich nur gedacht, dass wir mit Leichtigkeit die Hecke erreichen würden? Ich konnte immer gut rennen, und in neun Minuten kann man sonst wohin laufen. Ich hatte nur nicht berücksichtigt, dass man den Hang hinaufmusste.

Steine, unscheinbare kleine Sträucher, Löcher – all das kam uns wie bestellt unter die Füße. Gleich am Anfang fielen Lion und ich zurück. Und die Mädchen überholten uns allesamt! Woher nahmen sie nur diese Energie?

Lediglich Natascha und noch ein anderes Mädchen hielten sich hinter unserem Rücken, die Armbrust schussbereit. Und sie fluchten dermaßen, dass man sie auf einem anständigen Planeten sofort in eine geschlossene Anstalt zur Besserung und Umerziehung gesteckt hätte. Obwohl Lion und ich unsere letzten Reserven mobilisierten, war es in erster Linie peinlich, schwächer als die Mädchen zu sein. Und jetzt drohten sie uns auch noch an, einen Pfeil »an die Stelle, wo es am meisten stört« zu jagen, wenn wir auch nur stolperten.

Wir schafften es.

Wir schafften es, nachdem alle Mädchen mit Ausnahme unserer Begleitung, schon die Hecke erreicht und die Armbrust auf uns gerichtet hatten. Wir schnappten nach Luft, konnten unsere Beine kaum noch heben und fielen unter die Bäume. Die erbarmungslosen Wächterinnen, die nicht einmal schnell atmeten, standen neben uns. Hinter ihnen erschien noch ein Dutzend Mädchen, die uns neugierig betrachteten.

»Maschka! Alles klar?«, fragte Natascha als Erstes.

»Ja!«, piepste sie. »Zwanzig Sekunden in Reserve.«

Ich lag auf dem Rücken, atmete schwer und schwor mir, dass ich nie heiraten würde. Und wenn überhaupt, dann eine Muslimin. Sie werden wenigstens so erzogen, dass sie auf ihren Mann hören.

Obwohl man auch von den Russen sagt, dass ihre Frauen ruhig und gehorsam wären. Dabei waren diese Mädchen alle, oder fast alle, Russinnen. Es ist also gelogen.

»Steht auf, ihr Schwächlinge!«, befahl Natascha. »Oder sollen wir euch auf den Arm nehmen wie Kleinkinder?«

Alle Mädchen lachten gemein.

Ich stand auf und verteilte Spucke auf meine Wunden. Lion betastete grimmig seine Füße – er war ja barfuß und musste über spitze Steine laufen.

»Macht ihm einen Verband«, meinte Natascha. Ein Mädchen reichte Lion ein Verbandspäckchen, er jedoch winkte ab und stand auf. Seine Fersen waren zerschlagen und bluteten.

»Wie stolz er ist«, schnaubte Natascha.
Dieses Mal fand sie keinen Beifall.
Eingeschlossen von den Mädchen gingen wir auf die Spitze des Hügels. Warum wohl die Bäume hier so eigenartig wuchsen ...
»Tut es weh?«, fragte Natascha entweder mich oder Lion. Wir antworteten beide nicht.
Nach einigen Minuten kamen wir ins Lager. In ein echtes Camp, wie bei den Scouts in den Filmen. Die Spitze des Hügels war flach und eben, die Bäume wuchsen hier besonders dicht und zwischen ihnen befanden sich fast unsichtbar Hütten aus Zweigen. Einige Feuerstellen waren von aus Zweigen geflochtenen Matten bedeckt, durch die der Rauch verteilt und die Flammen versteckt wurden. Selbstverständlich gab es hier keine Quellen, aber an einigen Bäumen hingen große, transparente Wasserschläuche. Alles in allem war das Lager sehr gekonnt eingerichtet.
»Halt!«, kommandierte Natascha. Sie ging zu einer der Hütten, die größer und fester als die übrigen war. Die Erde vor der Hütte war eigenartig festgestampft und mit spiralförmigen Zeichnungen bedeckt, als ob dort jemand stundenlang Fahrrad gefahren wäre.
Sicherheitshalber berührte ich die Schlange, als ob ich einfach einen Finger in den Gürtel gehakt hätte. In Wirklichkeit bereitete ich mich auf den Kampf vor.
Natascha klopfte an einen der Hüttenpfeiler wie an eine Tür. Ein bisschen komisch sah das schon aus.
»Ja!«, antwortete aus der Hütte eine unangenehme Zitterstimme.

Natascha nahm den Vorhang, der den Eingang bedeckte, zur Seite und betrat die Hütte. Sie sprach schnell und leise, ich fing lediglich Gesprächsfetzen auf: »... Spione ... ein lautes Pfeifen und Krachen ... liefen sofort in diese Richtung ... eine Landebahn zirka fünfzig Meter lang ... behaupten, dass sie sich verlaufen hätten, sie lügen ... Spione ...«

Das war es also! Sie hatten den Krach unserer Landung gehört! Und glaubten uns natürlich kein einziges Wort ...

Der Gesprächspartner Nataschas hörte sich erbost und vorwurfsvoll an.

Er sprach davon, dass man die »Spione« nicht hätte hierherschleppen, sondern sie auf der Stelle befragen sollen, man dürfe keinen Dreck ...

Und plötzlich erinnerte ich mich!

»Juri Semetzki der Jüngere!«, schrie ich heraus und fing vor Begeisterung an hin und her zu hüpfen. »Der Schweinezüchter vom Avalon!«

In der Hütte fiel etwas herunter und ging zu Bruch, leise begann ein Motor zu summen. Sämtliche Mädchen richteten ihre Armbrust auf mich. Ich schrie jedoch weiter: »Juri! Das sind Tikkirej und Lion! Sie erinnern sich doch an uns? Auf dem Kosmodrom! Erinnern Sie sich! Ich bin der Junge vom Kosmodrom!«

Aus der Hütte schoss schlingernd ein Rollstuhl. Ein glatzköpfiger Alter im Anzug mit Schlips und Kragen schaute mich an. In seiner linken Handfläche steckte ein kleiner Schraubenzieher und wackelte. Semetzki trug offensichtlich eine Handprothese, und mein Aufschrei hatte ihn von irgendeiner kleinen Reparatur oder Korrektur abgelenkt. Natascha folgte ihm, stellte sich hinter den Rollstuhl und richtete ebenfalls ihre Armbrust auf mich.

»Der Junge aus dem Kosmodrom?«, rief Semetzki erstaunt aus. »Bist du der, der mit dem ...« Er unterbrach sich.

Sein jung gebliebener lebhafter Blick musterte mich aufmerksam. Dann schaute Semetzki auf Lion.

»Wohin verschleppen Sie dieses Kind!«, rief ich ihm in Erinnerung. »Na? Erkennen Sie mich?«

»Herr im Himmel!«, krächzte der Unternehmer. »Mädchen, nehmt sofort die Waffen runter! Das sind Freunde!«

Ich weiß nicht, warum, vielleicht vor Überraschung, aber mir stiegen Tränen in die Augen. Ich warf mich auf Semetzki, drückte mein Gesicht an seine eingefallene Brust und begann zu heulen. Die brillantenbesetzte Krawattennadel stach mir schmerzhaft in die Wange, aber das störte mich nicht. Semetzki duftete nach teurem Eau de Cologne, Rauch und Maschinenöl. Die trockene Greisenhand streichelte mir zärtlich über den Kopf.

»Also, Mädchen ...«, regte sich Semetzki auf, als ob er nicht selbst vor kurzem noch gefordert hätte, uns am Tatort zu verhören. »Wie konntet ihr nur?«

»Opa ... Wir ...« Nataschas Stimme erkannte ich mit Mühe und Not wieder, so schuldbewusst klang sie.

»Ei-jei-jei!«, fuhr Semetzki vorwurfsvoll fort. »Und mich trifft es, ich habe euch erzogen, euch minderjährige Amazonen ... Weine nur, weine dich nur aus!«, sagte er zu mir gewandt. »Wegen dieser Tunichtgute kommen auch mir oft die Tränen.«

Als ich die Erlaubnis zum Weinen erhielt, war mir gleich nicht mehr danach. Ich fing an mich zu schämen, stand auf und schaute mich um. Kein einziges Mädchen lachte und alle sahen beschämt aus.

Besonders Natascha.

Semetzki gab dessen ungeachtet seine Befehle. »Erster Zug: Lagerfeuer und Abendbrot. Zweiter Zug: Aufklärung, Überwachung des Funkverkehrs. Dritter: Freizeit. Die Sanitäter säubern die Wunden der Jungs. Natascha, ich erwarte dich in fünfzehn Minuten mit einem vollständigen Bericht.«

Er nickte uns ermutigend zu und fuhr in seine Hütte zurück. Wir kamen gar nicht zur Besinnung, als sich schon zwei Mädchen um uns kümmerten. Jetzt lehnten wir ihre Hilfe nicht ab.

Der Verband brannte, als er auf unseren Kratzern und Schürfwunden trocknete. Wir wurden gegen Wundstarrkrampf geimpft, Lion bekam fast neue Sportschuhe und Socken – alles ziemlich grell, mädchenhaft, aber er zog sie trotzdem an.

Natascha war vor Ärger ganz rot. Sie dachte an die Abreibung, die sie erwartete.

»Natascha, wir sind dir überhaupt nicht böse«, sagte ich. Jetzt, nachdem sich alles zum Guten gewendet hatte, wollte ich großmütig sein, ganz wie ein Romanheld. »Es ist völlig klar, dass wir verdächtig gewirkt haben.«

Das Mädchen nickte und warf einen Blick auf die Hütte Semetzkis.

»Sie kriegt trotzdem gehörig was vom Opa ab«, erklärte eine Sanitäterin mitleidig und desinfizierte mir einen Kratzer mit einem antibakteriellen Tupfer. »Er ist jetzt sehr streng zu ihr.«

»Warum?«

»Damit niemand denkt, dass er seine Enkelin bevorzugen und verwöhnen würde. In Wirklichkeit ist es seine Urenkelin, aber er nennt sie Enkelin.«

Ich ahnte, dass es um Nataschas Sache ziemlich schlecht stand. Es hatte sicherlich keinen Sinn, sich einzumischen, Semetzki würde nur noch strenger sein.

»Ich bin froh, dass ihr keine Spione seid«, fuhr die Sanitäterin fort. Sie war hübsch, aber dünn wie alle anderen auch. »Einmal haben wir richtige Spione gefangen.«

»Na und?«, fragte ich.

»Wir haben sie verhört und danach erschossen«, erwiderte das Mädchen angespannt. »Wir hätten sie doch nicht freilassen können!«

Es wäre mir unangenehm gewesen, Semetzki anzulügen, das war aber gar nicht nötig. Als wir in seine Hütte gingen und uns auf die Matten vor dem Rollstuhl setzten, packte der Viehzüchter sofort den Stier bei den Hörnern.

»Erstens: Ihr müsst mir nichts erzählen. Ist das klar?« Er beehrte uns mit einem Blick. »Ich verstehe die Situation ... Und überhaupt ...«

Semetzki zwinkerte uns plötzlich zu. »Mir war schon auf dem Kosmodrom alles klar. Ein Phag hätte niemals gewöhnliche Jungs gerettet. Dass die Phagen schon als Kinder tätig sind, weiß auf dem Avalon jeder. Also, meine Brigade steht zu eurer vollen Verfügung.«

So ein Pech!

Semetzki hielt uns für junge Phagen.

Aber welche anderen Schlüsse hätte er sonst ziehen sollen?

»Wir müssen in die Hauptstadt kommen«, erklärte ich. »Helfen Sie uns dabei?«

»Ja.« Semetzki nickte. »Natascha, ist der Jetski einsatzbereit?«

»Wird aufgeladen«, antwortete seine Enkelin knapp. Sie stand hinter Semetzki und stocherte konzentriert mit einem Tester im aufgeklappten Bedienpult des Rollstuhls herum. »Opa, hast du wieder online gearbeitet?«

»Psst!« Semetzki zwinkerte uns zu. »Keine Angst, ich bin kein Psychopath! Aber einige Berechnungen kann man leichter in zehn Minuten Direktanschluss an die Maschine machen. Also Natascha, wann wird der Jetski aufgeladen sein?«

»Am Morgen.« Natascha schüttelte den Kopf, als ob sie erneut die nicht existenten Haare vom Gesicht wedeln wollte. Aus den Augenwinkeln schaute sie mich an.

»Ist euch das recht?«, wollte Semetzki wissen.

»Ja … Ja, das passt«, murmelte ich. Das war's dann wohl mit der Abenteuerwoche im Wald … Aber daran war nichts zu ändern.

»Gibt es Befehle für uns?«, fragte Semetzki sachlich.

Es machte ihm überhaupt nichts aus, dass er Jungs nach Befehlen fragte.

»Können Sie uns darüber berichten, was das hier für eine Brigade ist?«, fragte Lion.

»Eine gute Brigade.« Semetzki lächelte zärtlich. »Das Hip-Hop-Ensemble ›Lustige Tollkirschen‹.«

»Opa!« Natascha war peinlich berührt.

»Diese Jungs haben das Recht, alles zu erfahren«, schnitt ihr Semetzki das Wort ab. »Ich kam ursprünglich nach Neu-Kuweit, um meine Enkelin anzufeuern. Sie ist Solistin im Ensemble ... Sie war es. Hier fand ein interplanetares Festival statt, und ich bin der Sponsor der ›Lustigen Tollkirschen‹«, krächzte er. »Na ja, offen gesagt, der kommerzielle Direktor, der Besitzer. Wir wollten gerade abfliegen, als alles begann. Gott sei Dank ist keinem Mädchen etwas passiert, das Zeug wirkte nicht auf sie. Nach der Begegnung mit euch begann ich nachzudenken ... Und als mir klar wurde, dass wir es nicht schaffen würden, den Planeten zu verlassen, brachte ich meine Mädchen in Sicherheit. Wir hätten sofort starten und nicht das Raumschiff voll stopfen sollen!« Er schlug mit der Faust kräftig auf die Armlehne des Rollstuhls.

»Das hatte ich dir auch gesagt«, warf Natascha schnell ein.

»Tja, so sind wir also mit den ›Lustigen Tollkirschen‹ in die Berge gegangen ...«

»Opa!«

»Ist ja schon gut. Jetzt ist es die Sonderbrigade des Imperiums ›Die Schrecklichen‹. Nach den Vorschriften des Gesetzes über den Ausnahmezustand habe ich als ehemaliger Offizier des Sicherheitsdienstes das Recht, beliebige Bürger des Imperiums zur Erfüllung von Spezialaufgaben zu verpflichten.«

»Sie haben im SD gedient?« Lion war begeistert.

»Vor langer Zeit.« Semetzki nickte. »Aber altes Eisen rostet nicht. Bei uns, mein Freund, geht man nicht in Rente.«

»Also habt ihr früher Hip-Hop getanzt?«, wandte ich mich an Natascha. »Und jetzt seid ihr Partisanen?«

»Was erstaunt dich daran so sehr?«, erwiderte Semetzki an ihrer Stelle. »Weißt du, welchen Belastungen die Mädchen im Ensemble ausgesetzt sind? Das ist anstrengender als Grundwehrdienst.«

»Versuch doch mal eine dreifache Drehung auf einer Hand zu machen ...«, murmelte Natascha und wurde rot.

Ich rief mir in Erinnerung, wie problemlos die Mädchen mit der Armbrust zurechtkamen und sich im Wald bewegten. Tja, das war kein schlechtes Ensemble!

»Außerdem haben alle Mädchen eine Ausbildung in Selbstverteidigung«, fuhr Semetzki fort. »Das ist gut für Atmung und Reaktionsschnelligkeit. Ich will nicht übertreiben, aber im Einzelkampf kann Natascha einen beliebigen erwachsenen Mann auf den Boden werfen. Natürlich nur, wenn er keine Spezialausbildung hat.«

»Und was haben sie bereits erreicht?«, hakte ich nach.

Semetzki und Natascha schauten sich an. Der Schweinebaron nickte und Natascha begann:

»Vernichtet wurden circa siebzig Mann der Streitkräfte des Feindes. Außer Gefecht gesetzt wurden drei

Kampfwagen der Infanterie, ein schwerer Panzer, zwei Aufklärungsskooter, vier automatische Sonden. In die Luft gesprengt wurden zwei militärische Vorratslager, sieben Kilometer eingleisiger Strecke, zwei Bergtunnel mit einer Gesamtlänge von neunundsechzig Metern sowie eine einhundertundachtzig Meter lange Brücke. Verteilt wurden circa vierzigtausend Flugblätter, dreimal gelang uns mit unserer Sendung ›Neues vom Widerstand‹ ein Eindringen in das gesamtplanetare Informationsnetz. Versandt wurden mehr als dreihundert Millionen E-Mails, in der die Bevölkerung zum Widerstand aufgerufen wird. Mehr als vierzig Witze, welche die Armee und die herrschende Schicht des Inej bloßstellen, wurden ausgedacht und verbreitet.«

Lion und ich begannen zu lachen, Semetzki schaute uns daraufhin vorwurfsvoll an.

»Das ist falsch, Jungs! Zehn Witze, die zur rechten Zeit erzählt werden, können dem System mehr Schaden zufügen als ein Atomsprengkopf! Wie man so sagt: Steter Tropfen ...«

»Gesammelt wurde eine bedeutende Menge an Nachrichtenmaterial«, fuhr Natascha fort. »Mit der Bevölkerung wird Aufklärungsarbeit durchgeführt. Wir planen ...«, sie zögerte, »eine Einschüchterungsaktion in besonders großem Maßstab. War's das, Opa?«

»Der Raketenschlag«, erinnerte Semetzki. »Und über die Abteilung an sich.«

»Auf die Hauptstadt wurde eine Rakete abgefeuert, aber die Folgen sind unbekannt.« Natascha bedauerte das offensichtlich. »Als wir ein Vorratslager der Armee eroberten, fanden wir dort ›Samum‹-Raketen ... Wir haben keine Verluste an Kämpfern, jedoch Kranke und Leichtverletzte, die Stimmung ist gut, wir sind bereit, unseren Dienst für das Imperium weiterzuführen.«

»Prächtige Mädchen habe ich«, bekundete Semetzki stolz. »Früher hatte ich eine Enkelin, und jetzt – fünfunddreißig.«

»Sagen Sie bitte, was geht eigentlich auf dem Planeten vor?«, fragte ich. »Im Imperium weiß man kaum etwas über die Ereignisse.«

Semetzki holte tief Luft. »Wir verfolgen die Nachrichten ... wissen also Bescheid. Es steht schlecht um den Planeten, Jungs. Unserer Meinung nach wurde die Bevölkerung einer Gehirnwäsche über die Neuroshunts unterzogen. Stimmt das?«

Ich nickte.

»Die Grundlagen dafür sind als Trojaner mit den auf Inej produzierten Programmen eingedrungen, der Neuroshunt diente als Detonator?«

Ich nickte erneut.

»Das ist schlimm.« Semetzki atmete ein. »Die Situation stellt sich folgendermaßen dar: Die Gehirnwäsche erfasste 85 bis 90 Prozent der erwachsenen Bevölkerung. Unter Erwachsenen verstehe ich alle Menschen, die älter als zehn Jahre sind, obwohl die Kleinen ebenfalls teilweise infiziert wurden. Diese Schweinehunde haben ihre Programme auch in Trickfilmen versteckt! Sogar in Lehrprogrammen für kleine Kinder. Retten konnten sich nur jene, die selten Unterhaltungssendungen oder populärwissenschaftliche Beiträge schauten. Leute, die an anderen Dingen interessiert waren, begeisterte Touristen, Sektenmitglieder, Workaholics, Naturliebhaber der Liga ›Zurück zur Natur‹. Aber auch sie konnten sich nicht lange halten. Erstens: Was kann man gegen die allgemeine Liebe zum Inej setzen? Gegen Mütter und Väter, Ehemänner und Ehefrauen, Kinder, Freunde, alle, die dich davon überzeugen, dass die Unterwerfung unter Inej der Sinn unserer Existenz sei? Zweitens: Es gibt so etwas wie Psychoinduktion. Wisst ihr, was das ist? Wenn ein gesunder Mensch in die Gesellschaft ausschließlich psychisch Kranker gebracht wird, dann wird er glauben, dass diese im Recht seien. Bedingung dabei ist, dass der Unsinn folgerichtig erscheint und von geachteten Leuten ausgeht. In ein paar Monaten wird die gesamte Bevölkerung von Neu-Kuweit Inej und dem Präsidenten ergeben sein.«

»Ist der Präsident eine Frau?«, wollte ich wissen.

Semetzki nickte. »Ja. Inna Snow.«

Unwillkürlich musste ich lächeln.

»Ein viel sagender Name« stimmte Semetzki zu. »Aber die Dame ... Oho, die ist nicht unkompliziert ...«

»Und wie sieht sie aus?«, fragte ich nach.

Semetzki fasste in seine Jackentasche und holte ein Blatt Papier heraus. Man konnte erkennen, dass es aus einer guten Zeitschrift herausgerissen war, das Foto war nämlich dreidimensional ...

Es zeigte eine mittelgroße Frau in weiter, weißer Kleidung inmitten fröhlich lächelnder Menschen: Militärs in Uniform, Zivilisten in Anzügen, Kosmonauten in

Raumanzügen ... An der einen Hand hielt die Frau einen kleinen Jungen in einem grellen Anzug, die andere legte sie einem Invaliden im Rollstuhl auf die Schulter. Aus den Augenwinkeln schaute ich auf den Rollstuhl Semetzkis – seiner war besser.

Das Gesicht der Frau war jedoch von einem dichten, weißen Schleier bedeckt.

»Was, hat niemand ihr Gesicht gesehen?« Ich wunderte mich.

Semetzki nickte schweigend.

»Vielleicht ist sie eine Fremde!«, rief ich. »Eine stinkende Tzygu im Raumanzug! Oder irgendwer anders!«

»Das interessiert niemanden!«, erwiderte Semetzki. »Alle, die eine Gehirnwäsche erhalten haben, glauben daran, dass sie eine nette, gute und kluge Frau mittleren Alters ist. Siehst du, sie beäugen sie, wie die Hammel ein neues Tor.«

»Schwachköpfe«, meinte ich. Ein unklares Gefühl drängte mich, zu Lion zu blicken.

Lion war in das Foto versunken und lächelte verzückt, fast wie die Menschen um die Präsidentin Inna Snow herum.

Ich zerknüllte das Blatt und gab es Semetzki zurück. Lion erbebte und das Lächeln verschwand aus seinem Gesicht.

»So sieht es also auf dem Planeten aus«, meinte der Unternehmer. »Warum lasst ihr euch so viel Zeit?«

»Wir treffen keine Entscheidungen«, antwortete ich. »Wir haben unsere eigene Aufgabe ...«

»Ich verstehe.« Semetzki holte Luft. »Jedem Töpfchen sein Deckelchen ... In Ordnung, Jungs. Ihr habt uns Mut gemacht, das könnt ihr glauben. Allein durch die Tatsache, dass ihr hier seid ... Erholt euch, macht es euch gemütlich. Und morgen früh bringen wir euch in die Hauptstadt.«

»Opa, ich fahre den Jetski«, sagte Natascha bestimmt.

Semetzki atmete tief ein.

Diskutierte jedoch nicht.

Abends saßen wir am Lagerfeuer. Alle außer Semetzki: Er schaute in seiner Hütte Fernsehen.

Entweder suchte er wirklich irgendeine Information im Propagandastrom des Inej oder er wollte die Mädchen nicht stören.

Die mutigen Kämpfer der Sonderbrigade des Imperiums Die Schrecklichen lauschten unseren Erzählungen über den Avalon. Sie kamen ja alle von dort. Einige Mädchen hatten schon feuchte Augen, aber noch heulte niemand.

»Es ist neuer Weihnachtsschmuck auf dem Markt«, berichtete Lion und wedelte mit den Händen. »Polimorph, er ändert nicht nur die Farbe, sondern auch die Form. Der Weihnachtsbaum ist mal mit Kugeln, mal mit Glocken und mal mit Leuchten geschmückt. Und zu Silvester gab es die ganze Nacht lang über Camelot eine Lasershow ...«

Unfassbar! Lion war zu Silvester noch gar nicht normal. Trotzdem erinnerte er sich an alles. Zuerst saßen wir zu zweit, dann kam Stasj, danach Rosi und Rossi ... wir fuhren nach Camelot ...

Ich dachte an meine avalonischen Freunde und wurde traurig. Die dichte Matte aus Zweigen, die an Stricken über dem Lagerfeuer hing, warf das Licht auf die Gesichter der Mädchen zurück. Rötliche Schatten zuckten, der Qualm umtanzte die Matte und ging als Ring zum Himmel.

Eine kleine Partisanin, die begeistert auf Lion schaute, sank in sich zusammen und legte ihren Kopf auf die Knie der Freundin, um zu träumen.

Leise stand ich auf und entfernte mich vom Lagerfeuer. Ich schaute in die Hütte Semetzkis, aber der Alte hatte den Fernsehbildschirm vor die Augen geklappt und schaute konzentriert, wobei er ab und zu schmatzende Geräusche von sich gab.

Ich lief durchs Gebüsch und achtete darauf, nicht den Baumkronenschutz zu verlassen. Am Waldrand hielt ich inne. In der Ferne sah man dunkel die Charitonow-Kette, auf dem höchsten Berg blinkte ab und zu ein rotes Licht.

»Dort sind eine meteorologische Station und der Ersatzfernsehturm von Agrabad«, sagte jemand neben mir.

Ich zuckte zusammen und drehte mich um. Mit Mühe und Not erkannte ich in der Dunkelheit Natascha. Sie saß da, hatte ihre Knie zum Kinn gezogen und beobachtete die Berge.

»Was machst du denn hier?« Vor Schreck wurde ich grob.

Aber Natascha antwortete friedlich: »Ich schaue auf die Berge. Das sind schöne Berge. Aber sie sind tückisch. Kalt und steil.«

Ich setzte mich neben sie und fragte: »Hast du keine Angst zu kämpfen?«

»Ich habe Angst«, antwortete Natascha ehrlich. »Fast alle haben Angst. Diana nicht, sie ist irgendwie gefühllos. Kira und Myrta behaupten ebenfalls, dass sie vor nichts Angst hätten. Aber ich glaube, dass sie lügen.«

»Du hast einen tapferen Großvater«, meinte ich.

»Ja. Und einen klugen. Er hat sich ausführlich mit uns unterhalten, bevor wir uns dazu entschieden, Partisanen zu werden. Über Inej ... und überhaupt.«

»Und hat euch überzeugt.«

»Er hat uns überzeugt. Er erklärte uns, dass die größte Freiheit schon immer innerhalb des Menschen lag. In der Seele. Sogar die schlimmsten Tyrannen konnten die Menschen nicht daran hindern, auf eigene Art und Weise zu denken. Aber Inej versucht genau das, und deshalb ist es egal, ob wir getötet oder in Zombies verwandelt werden. Wir würden nicht mehr wir selbst sein können.«

»Ja«, erwiderte ich. Obwohl ich dachte: Wenn ein Mensch sein Leben im Gefängnis verbringen muss, ist das sicherlich viel schlimmer. Die Zombies verstehen wenigstens nicht mehr, dass ihnen die Freiheit genommen wurde.

»Ist es schwer, ein Phag zu sein?«, fragte Natascha plötzlich.

»Was? Na ja ... Je nachdem.«

»Stimmt es, dass ihr vor nichts Angst habt?«

Ich wollte bekennen, dass ich überhaupt kein Phag war, aber das war unmöglich.

»Auch Phagen haben Angst«, sagte ich deshalb. »Besonders um andere.«

Natascha nickte kaum merklich in der Dunkelheit.

»Tikkirej ...«

»Was?«

»Weißt du, ich glaube, dass wir alle sterben werden«, sagte sie. »Wir können uns doch nicht die ganze Zeit verstecken ... Man braucht nur eine Rakete auf uns zu richten – und das war's.«

»Ihr versteckt euch doch.«

»Sie werden uns trotzdem finden. Wir treffen natürlich alle möglichen Vorsichtsmaßnahmen ... Wir machen jetzt nur ein Lagerfeuer, weil wir auf dem Gipfel des Hügels sind. Das sind nämlich Hügel mit Geysiren, hier gibt es viele heiße Quellen. Aber früher oder später wird man uns finden. Falls das Imperium nicht eingreift.«

Ich schwieg.

Ich konnte nichts dazu sagen, ich wusste nicht, wann es Krieg mit Inej geben würde.

»Tikkirej ... küss mich!«, bat Natascha plötzlich.

Mir blieb die Luft weg.

»Ich habe noch nie geküsst«, eröffnete mir Natascha. »Weißt du, es wäre doch schade, wenn wir getötet werden, und ich hätte noch niemanden geküsst. Wirst du mich küssen?«

»Äh ...«

»Gefalle ich dir nicht?«

»Du gefällst mir«, beruhigte ich sie, obwohl an Natascha nichts Besonderes war.

»Dann küss mich! Nur ein einziges Mal!« Und Natascha wandte sich mir zu.

Den Phagen wird vielleicht beigebracht, wie man küsst, aber ich war ahnungslos, denn ich hatte ja bisher auch noch niemanden so richtig geküsst! Ich empfand das Bedürfnis, aufzuspringen und wegzulaufen, schämte mich aber, als feige zu erscheinen. Dann bemerkte ich, dass Natascha die Augen geschlossen hatte und wurde etwas mutiger.

Letztendlich zwingt mich ja niemand dazu, sie zu heiraten!, dachte ich beherzt.

Vorsichtig berührte ich mit meinen Lippen ihren Mund. Es war gar nichts Außergewöhnliches ... Nur mein Herz begann schneller zu schlagen.

»War das schon alles?«, flüsterte Natascha.

»Ja ...«

»Danke«, sagte Natascha unsicher.

Und da schien mich etwas anzustoßen. Ich wandte mich zu ihr und küsste sie erneut. Eigentlich genau so, aber es war wie ein Stromschlag. Natascha fühlte sicherlich ebenso und schrie leise auf.

Ich sprang auf und lief zum Lagerfeuer. Einige Schritte vom Lichtkreis entfernt blieb ich stehen: Im Prinzip saßen alle noch genau so da und hörten den Erzählungen Lions zu. Hinter meinem Rücken raschelten Zweige – auch Natascha war geflohen, aber nicht ans Lagerfeuer, sondern in die Hütte zum Opa. Mit klopfendem Herzen setzte ich mich wieder ans Feuer. Niemand beachtete mich. Es gab ja genug Gründe, für kurze Zeit das Lagerfeuer zu verlassen.

Kapitel 3

Unter den Kuppeln auf Karijer gab es auch einen Fluss. Er floss allerdings im Kreis und das Wasser wurde gefiltert. Auf dem Avalon und Neu-Kuweit gab es echte Flüsse, ich hatte mich schon daran gewöhnt und sie gefielen mir entschieden besser.

Der Gebirgsfluss, den wir nun hinunterfuhren, erwies sich als etwas ganz Besonderes.

Wir verließen das Lager noch im Dunkeln, um vier Uhr morgens. Ich, Lion und Natascha mit zwei Freundinnen. Semetzki verabschiedete sich von uns im Lager, umarmte uns und gab uns folgende Worte mit auf die Reise:

»Einen Vogel erkennt man am Flug, ein Pferd am Trab, einen Menschen an seinen Taten. Ich wünsche euch Glück!«

Nach rund vierzig Minuten waren wir bereits am Fluss, der sich zwischen den Hügeln entlangschlängelte. Die Strömung war hier nicht so stark wie oben in den Bergen, aber der Fluss brodelte und schäumte über die Felsbrocken. Eine Stromschnelle folgte der anderen, durch das absolut saubere Wasser konnte man den steinigen Grund erkennen. Es war unmöglich, hier mit einem Boot hinunterzufahren, aber am Ufer, in den Felsen versteckt, stand ein kleiner Jetski. Er ist für eine Person ausgelegt, für einen Erwachsenen.

»Setzt euch auf den Sitz«, kommandierte Natascha, als wir den Jetski ins Wasser schoben. Lion und ich setzten uns hintereinander, sie stellte sich vor uns an den Lenker. Sie winkte den Mädchen zu, die nur mit uns gekommen waren, um uns zu verabschieden. Nataschas Freundinnen machten besorgte Gesichter. Es war anscheinend nicht so einfach, den Fluss hinunterzufahren.

»Haltet euch gut fest!«, riet uns Natascha. »Wenn ihr runterfallt, ist alles aus.«

»Kann man sich hier nicht anschnallen?«, fragte Lion.

»Sag mal, bist du vom Mond gefallen? Wenn der Jetski umkippt und du bist angeschnallt, wirst du über den Grund geschleift!«

»Rettungswesten?«, fragte Lion.

»Haben wir nicht. Das Wasser ist sowieso eisig, du bekommst sofort einen Krampf. Also haltet euch fest!«

Natascha stand angespannt da und lockerte ihre Hände an den Hebeln. Sie bereitete sich vor.

Mir wurde mulmig.

»Los geht's!«, schrie Natascha schallend. Mir fiel auf, wie angespannt ihr Rücken war, die Schulterblätter zeichneten sich unter dem dünnen Pullover ab. Natascha beugte sich etwas nach vorn, hinten senkten sich die Motordüsen ins Wasser und der Jetski sprang nach vorn.

Das war eine Fahrt! So etwas hatte ich bisher nur im Kino gesehen.

Das Gefährt raste mit der Strömung nach unten, zeitweise ragten die Düsen aus dem Wasser und der Lärm der Wasserstrahltriebwerke wurde unerträglich. Natascha neigte sich geschmeidig nach rechts und nach links und folgte den Bewegungen des Jetskis. Uns war klar, dass wir es genauso machen müssten. Aber es war sehr schwer, den Wunsch zu unterdrücken, so weit wie möglich dem Wasser fernzubleiben, statt fast die brüllenden Wellen zu berühren, unter denen spitze Steine zu erahnen waren! Und das alles im unsicheren Halbdunkel der Morgendämmerung!

»Sprung!«, schrie Natascha. Und wir flogen unter dem betäubenden Jaulen der aufgedrehten Motoren durch die Luft, um eine der vielen Stromschnellen zu überwinden. »Entspannt euch!«

Ich hätte mich gerne umgewandt und geschaut, ob die Mädchen noch am Ufer zu sehen waren, ob sie uns zuwinkten. Aber es war Angst einflößend, den Kopf dem vorbeirauschenden Ufer zuzuwenden. Ich sah nur auf Nataschas Rücken, fühlte, wie angespannt Lion hinter mir saß und wie Eiswasserspritzer und der Wind mir kräftig ins Gesicht schlugen.

Ich wusste nicht, wie lange diese verrückte Flussfahrt andauerte. Langsam begann sich die Gegend zu verändern. Eine Ebene ersetzte Felsen und Hügel, die aus dem Wasser ragenden Felsbrocken verschwanden, Stromschnellen wurden immer seltener. Der Fluss verbreitete sich, die Strömung wurde ruhiger.

»Geschafft, wir werden es überleben!«, schrie Natascha. Sie war nass von Kopf bis Fuß. Uns hatte es auch getroffen, aber weniger.

»Wirst du dich nicht erkälten?«, schrie ich.

»Was?«, sie verringerte etwas die Geschwindigkeit,

das Heulen ging in ein Pfeifen über, und es war einfacher, sich zu unterhalten.

»Wirst du dich nicht erkälten?«

»Das werde ich!«, stimmte mir Natascha unbeschwert zu. »Aber es ist nicht so schlimm, Opa macht mich wieder gesund. Tikkirej, bist du uns nicht böse?«

»Weswegen?«, fragte ich, obwohl ich es mir denken konnte.

»Dass wir euch verhaftet hatten«, erwiderte Natascha und begann zu lachen. Sie drehte sich sogar kurz zu mir um und zwinkerte mir zu.

Ich hasse Mädchen! Warum sind sie nur so ekelhaft?

»Das macht nichts, ein Pferd hat vier Beine und stolpert trotzdem«, erwiderte ich.

»Oh, das ist wirklich nicht nötig!«, kreischte Natascha. »Das sind die Sprichwörter meines Großvaters, ich habe mich vielleicht erschrocken!«

Sie fuhr den Jetski näher zum Ufer und wir drosselten die Geschwindigkeit.

»Dauert es noch lange?«, wollte ich wissen.

»Zu Fuß mehr als eine Stunde«, antwortete Natascha. »Tikkirej, lass mich auf deinem Schoß sitzen.«

Ich wusste nicht, warum, stellte aber die Knie auf.

Sie setzte sich sofort darauf, vergaß jedoch nicht zu giften: »Glaub nicht, dass du mir so gut gefällst. Es fällt nur schwer, die ganze Zeit zu stehen.«

»Pass nur auf, wohin du lenkst!«, meldete sich Lion aufgeregt hinter meinem Rücken.

»Da will wohl das Küken die Henne lehren?!«

Langsam wurde es hell. Die Sonne war noch nicht

hinter dem Horizont aufgegangen, aber der Himmel im Osten wurde rosa, die dünnen Federwolken weiß. Ein grelles Licht zerschnitt den Himmel – eine große Raumstation auf niedriger Umlaufbahn wurde von den Strahlen der aufgehenden Sonne getroffen.

»Kann man uns nicht orten?«, fragte ich.

»Das gefährlichste Stück haben wir bereits durchquert«, erwiderte Natascha. »Hier fahren schon viele Boote, ich glaube nicht, dass wir verdächtigt werden ...«

»Fährst du mit dem Jetski zurück?«

Natascha schüttelte den Kopf:

»Nein. Das Benzin reicht nicht, und tagsüber ist es zu auffällig. Ich bleibe ein paar Tage hier ... An einem bestimmten Platz. Wir haben geheime Wohnungen.«

Wo und bei wem sie bleiben würde, sagte Natascha nicht. Und ich fragte auch nicht danach. Das war richtig so, wenn ich gefasst würde, konnte ich nichts verraten.

Wir fuhren an Feldern vorbei. Langsam drehten sich die Sprinkler der Beregnungsanlagen und bewässerten die niedrigen Sträucher mit Regenbogentropfen. Es waren keine Menschen zu sehen, alles lief automatisch.

»Was wird hier angebaut?«, fragte Lion über meine Schulter.

»Tomaten«, erwiderte Natascha kurz angebunden.

»Ich mag Tomaten«, teilte Lion mit.

»Schön für dich! Wir mussten uns hier einmal zwei Tage lang verstecken ... Das hat mir fürs ganze Leben gereicht. Weißt du, wie ekelhaft Tomatensträucher in der Hitze stinken?«

Ich erinnerte mich daran, wie ich in meiner Kindheit, in der ersten Klasse, die Lehrerin zum Lachen brachte. Ich sprach über eine Nahrungsmittelfabrik und machte den Fehler, zu sagen, dass dort Milch, Tomaten und Eier produziert würden ... Was haben alle gelacht. Tomaten hat man noch nie industriell hergestellt, es ist einfacher, sie anzubauen.

Es war schon richtig hell, als wir an einer kleinen Siedlung vorbeikamen. Auf den Straßen bemerkte ich einige Fußgänger, uns schienen sie nicht zu beachten.

»Wir gehen gleich an Land«, teilte uns Natascha mit. »Die Straße verläuft hier nahe am Fluss ... Ich setze euch ab und ihr fahrt per Anhalter. Die Straße führt am Kosmodrom vorbei direkt nach Agrabad.«

Lion und ich schauten uns an. Das hieß ja, dass wir am Motel vorbeifuhren! Lion sagte nichts, aber ich wusste sofort, woran er dachte.

Vielleicht sind seine Eltern noch dort?

»Wird uns der Fahrer nicht verdächtigen?«, wollte ich wissen.

»Nein, eigentlich nicht.«, sagte Natascha nachdenklich. »Sagt, dass ihr aus Mendel kommt. Das ist die Siedlung, an der wir vorbeigefahren sind. Dort sind Konservenfabriken. Sagt, dass eure Eltern in der Fabrik arbeiten und ihr ... Na, euch wird schon was einfallen. Ihr könntet zu Verwandten nach Agrabad wollen.«

Der Jetski näherte sich gemächlich dem Ufer. Natascha fuhr ihn mit der Spitze auf eine Sandbank und erhob sich von meinen Knien. Wir schauten uns unsicher an.

»Komm … gib mir deine Hand«, sagte ich.

Ihre Handfläche war eiskalt. Sie wird sich ganz bestimmt erkälten.

»Übermittle deinem Großvater unseren Dank!«, schrie Lion und sprang ans Ufer. »Er ist großartig! Tikkirej, bummle nicht herum!«

»Tschüss«, sagte ich zu Natascha. »Lass dich nicht erwischen!«

»Ich passe auf«, versprach sie.

Ich sprang hinter Lion her, erreichte jedoch nicht das Ufer und machte mir die Füße nass. Lion lachte schadenfroh. Natascha zündete die Ersatztriebwerke und der Jetski kroch langsam von der Sandbank. Eine Sekunde lang schaute sie zu uns, beugte sich vor, dann legte sie sich in die Kurve und der Jetski flog wie der Blitz zur Mitte des Flusses.

»Schnittig!«, begeisterte sich Lion. »Und du hast dich in sie verliebt, stimmt's?«

Ich hätte es ihm beinahe übel genommen, überlegte es mir jedoch anders und sagte nur: »Idiot. Sie hat immerhin ihr Leben riskiert, um uns hierherzubringen. Weil sie glaubt, dass wir Phagen sind.«

»In gewissem Sinne sind wir das ja auch«, sagte Lion nachdenklich. »Wenn auch keine ganz echten, aber trotzdem … Okay, sei nicht eingeschnappt!«

Ich war aber gar nicht beleidigt. Ich überlegte eher, ob wir nicht dafür beten sollten, dass Natascha nichts passierte. Dann erinnerte ich mich daran, wie ich gebetet hatte, dass meine Eltern nicht gehen mussten.

Und ich verwarf diese Idee.

Im Fahrerhaus des Lasters duftete es nach frischem Brot. Als Fracht transportierte der Laster Bretterstapel, aber das Brot lag beim Fahrer in der Kabine auf einem langen, bankähnlichen Sitz. Zwei große Laibe mit fester, brauner Kruste und weichem Inneren ...

»Greift zu, Jungs, greift zu!«, forderte uns der Fahrer gutmütig auf. »Versteht man es etwa in der Stadt, Brot zu backen? Vor hundert Jahren trat ein Programm zur Sicherstellung der Versorgung in Kraft und das Volk ist satt, aber Brot braucht eine Seele!«

Wir hatten keine Schwierigkeiten gehabt, ein Auto anzuhalten. Der erste LKW – fast so groß wie ein Raumschiff der Phagen, hielt neben uns, als wir am Straßenrand standen und trampten. Ein schwarzhaariger, dunkelhäutiger Fahrer schaute lächelnd heraus und winkte uns zu. »Steigt ein!«

»Onkel Dima, kann man etwa kein Brot in der Mikrowelle zu Hause backen?«, wollte Lion wissen. Es gelang ihm gut, den Dialekt des Fahrers zu imitieren.

»Na hör mal, mein Junge!« Der Fahrer lachte. »Brot gelingt nur im Backofen. Es muss mit den Händen geknetet, der Ofen muss mit Holz geheizt werden! Und du kommst mir mit Mikrowelle, Ultraschall, Elektronen, Positronen ... Hier ist Milch, kostet die Milch!«

Lion nahm bereitwillig eine verdächtig aussehende Plastikflasche für Limonade entgegen. In der Flasche war Milch.

»Vorsichtig!«, meinte der Fahrer vergnügt. »Das ist frische Milch. Aus dem Kühlbehälter. Wenn ich synthetische trinke, selbst wenn es die teuerste und qualitativ beste ist, tut mir der Magen weh. Das überstehe ich nicht.«

Er fing wieder an zu lachen.

Ich nahm einen Schluck Milch, nachdem ich sicherheitshalber mit meinem Ärmel den Flaschenhals abgerieben hatte. Nicht etwa, weil ich mich vor Lion ekelte, sondern weil die Flasche an sich einen schmuddeligen Eindruck machte.

Die Milch schmeckte himmlisch! Erstaunlich gut, dickflüssig und irgendwie … irgendwie wie etwas längst Verschollenes, aber im Traum Präsentes.

»Na also!«, rief der Fahrer aus. »Habt ihr den Unterschied geschmeckt? Die ist nicht aus Erdöl und Sägespänen, die ist von der Kuh.«

Ich schluckte erschrocken, aber erstaunlicherweise ekelte ich mich nicht. Es klappte sowieso alles gut. Wir hatten uns umsonst verrückt gemacht, die Menschen auf Neu-Kuweit waren völlig normal, kein bisschen schlechter als die auf dem Avalon. Oder gehörte der Fahrer vielleicht nicht zu den Zombies? Ich schaute aus den Augenwinkeln auf seine Stirn – sein Neuroshunt war moderner als meiner, ein ›Jamamoto-Profi‹ mit Funkaufsatz. Dann ist es unwahrscheinlich.

»In der Stadt setze ich euch schon am Stadtrand ab«, sagte der Fahrer entschuldigend. »Ich darf mit diesem Nilpferd von einem Auto nicht auf die Hauptstraßen, nur in die Fabrik und in die Garage.«

»Wir steigen noch vor der Stadt aus«, erwiderte Lion, »neben dem Motel, in der Nähe des Kosmodroms. Dort ist Papa ... arbeitet mein Papa. Und die Milch hat hervorragend geschmeckt. Danke!«

Der Fahrer nickte und sagte unerwartet nachdrücklich: »Danke musst du nicht mir sagen, mein Junge!«

»Danke der Herrscherin!«, antwortete Lion sofort mit einer veränderten Stimme. »Aber Dank auch an Sie, Onkelchen.«

»Oje, sie haben das Imperium ganz nach unten gewirtschaftet«, seufzte der Fahrer. »Wir essen Synthetik, haben unseren Stolz verloren, wissen nichts mehr von der Liebe. Wenn es Inej nicht geben würde ...«

Er veränderte sich kein bisschen bei diesen Worten. Er blieb derselbe gutmütige und noble Mensch, der gern fremde Jungs mitnahm und sie sogar noch mit seinem duftenden Brot und der guten Milch bewirtete. Aber in meinen Ohren schienen Alarmglocken zu läuten. Auch Lion sah konzentriert und unruhig aus.

»Was glauben Sie, Onkelchen, wird das Imperium gegen uns kämpfen?«, wollte Lion wissen.

Beim Fahrer traten die Backenmuskeln hervor.

»Es sieht ganz danach aus«, sagte er leicht dahin. »Macht ihr euch aber darüber keine Gedanken, Jungs. Ihr müsst lernen.«

»Wir lernen ja«, erwiderte Lion zustimmend. »Aber wir sorgen uns um die Herrscherin. Wenn es nötig ist, sind wir bereit zum Kampf!«

Der Fahrer hielt das Lenkrad mit einer Hand und streichelte Lion mit der anderen über den Kopf.

»Ach, ihr Jungs ...«, sagte er mit trauriger Stimme. »Was denkt sich nur der Imperator? Warum lässt er uns nicht einfach in Ruhe leben? Habt ihr davon gehört? Von der Schießerei?«

»War das, als ... eine Samum abgefeuert wurde?«, fragte ich frech, weil ich mich an den Bericht Semetzkis erinnerte.

Der Fahrer nickte: »Mit einer Samum ... Das muss man sich mal vorstellen ... Jedes Kind weiß das ... Meine Tochter ist in diese Schule gegangen.«

Lions Augen sahen aus wie ein alter Neuroshunt – rund und groß. Ich erstarrte ebenfalls. Hatten etwa »Die Schrecklichen« so schlecht gezielt, dass sie eine Schule gesprengt hatten? Mit Kindern?

»Jetzt lernen sie zu Hause«, fuhr der Fahrer währenddessen fort. »Dank der Herrscherin, dass der Beschuss in der Nacht stattfand ... Ist eure Schule nicht zerbombt worden?«

»Das ist sie«, erwiderte Lion überraschend.

Der Kraftfahrer nickte: »Zehn Schulen! Dass sie sich nicht schämen, diese Ungeheuer. Was wird es das nächste Mal sein? Ob sie vielleicht ein Krankenhaus in die Luft jagen oder das Vieh vergiften? Gestern kam eine Gesandtschaft an ...«

Er verstummte.

»Ja und?«, wollte ich wissen. »Wir haben nichts davon gehört.«

Der Fahrer holte tief Luft: »Tja, was soll man dazu sagen ... Während die Herrscherin mit dem Botschafter verhandelte, gingen seine Bodyguards in die Stadt. Und dort wurde einer gefasst, wie er Bakterien ins Trinkwasserreservoir schüttete!«

»Was?«, wunderte ich mich.

»Ein Anschlag wurde vorbereitet, mein Junge!« Das Gesicht der Fahrers war erneut angespannt. »Dieser Mörder, der Attentäter, war ein Phag und kein Bodyguard. Er wollte unsere Wasserleitungen mit Beulenpest infizieren. Damit die gesamte Hauptstadt entvölkert wird. Frauen, Kinder und Alte.«

»Ist er gefasst worden?«, fragte ich und vor meinen Augen erschien das Gesicht Tiens. Er sollte geplant haben, Millionen Menschen zu töten? Eine Woche lang sind wir mit ihm gemeinsam geflogen, er hat Scherze gemacht und sich gleichzeitig darauf vorbereitet, eine Million Menschen umzubringen?! Das kann doch nicht wahr sein!

»Ja«, antwortete der Fahrer. »Morgen Abend wird er hingerichtet, auf dem Platz, laut Urteil des Tribunals. Und die Gesandtschaft des Imperium wurde vom Planeten gejagt. Richtig so! Es war sowieso überflüssig, mit ihnen zu verhandeln. Sie sind alle Mörder, der Herrgott vergebe ihnen! Mörder!«

Sofort war alles anders. Grau. Wie durch Rauchglas gefiltert. Das bedeutet also, Sjan Tien wurde gefasst? Und wird hingerichtet?

Aber das konnte er doch nicht gemacht haben, das stimmte nicht!

»Geht nicht auf den Platz, Jungs«, riet uns der Fahrer. »Das ist nichts für euch.«

»Wir werden nicht hingehen«, versprach Lion.

Er schaute mich an.

In der Ferne sah man schon die Hochhäuser von

Agrabad, verschiedenfarbig, halb himmelblau, halb dottergelb, festlich und stolz.

»Natürlich gehen wir nicht hin«, bestätigte ich. »Da, sehen Sie, rechts am Weg ist das Motelzeichen. Wir steigen dort aus!«

Es war alles wie früher. Genauso grün und warm, Häuschen und Zelte, einige Menschen, die ihren Grill vorbereiteten. Im Bungalow mit der Aufschrift »Check-in« war die Tür geöffnet. Daraus klang fröhliches Lachen. Lion und ich schauten uns an und gingen hinein.

Am Tisch saß das nette Mädchen. Ich erkannte sie sofort wieder. Sie war es, die vor einem Monat so nett zu mir war. Ich dachte, dass sie mit jemandem sprach, aber sie war allein. Sie lachte über ein Buch, ein echtes aus Papier. Als wir hineinkamen, schaute uns das Mädchen lächelnd an, nickte und vertiefte sich wieder ins Buch. Aber sofort schaute sie mich aufmerksam an und rief:

»Tikkirej! Du bist der kleine Tikkirej, der seit einem Monat verschollen ist!«

»Ich bin nicht klein!«, protestierte ich.

Das Mädchen schaute beschämt.

»Entschuldige bitte, so haben wir dich in unseren Gesprächen genannt. Natürlich bist du nicht klein. Und du – bist Lion? Du hast auch bei uns gewohnt, mit deinen Eltern?«

Lion nickte ebenfalls und wartete ungeduldig auf die nächsten Worte. Aber das Mädchen interessierte etwas anderes.

»Mein Gott, wo wart ihr denn, Jungs? Wir haben uns

solche Sorgen gemacht! Euch überall gesucht, den Wald durchkämmt, den See. Was wir uns nicht alles ausgemalt haben!«

Ich hatte den Eindruck, dass sie nicht log. Dass sich wirklich alle hier auf die Suche nach uns gemacht hatten.

Wir jedoch mussten lügen.

»Damals, in der Nacht …«, begann ich, »alle waren eingeschlafen und wir hatten Angst … Lion war gerade bei mir, heimlich wegen der Eltern, wir wollten spielen. Da war so ein Kapitän, er wohnte im Nachbarhaus und war auch nicht eingeschlafen. Er sah uns und schrie, dass der Planet überfallen worden wäre und wir in den Wald laufen sollten. Er nahm uns in seinem Auto mit bis zum Wald, er hat uns herausgelassen und ist selbst in die Hauptstadt weitergefahren … Und wir haben im Wald gelebt.«

Das Mädchen schlug die Hände über dem Kopf zusammen.

»Jungs … Was sagt ihr da? Man glaubt, dass das ein Verrückter war, ein Mörder! In seinem Zimmer fand man einen ermordeten Polizisten! Mein Gott, dass ihr davongekommen seid!«

»Ich habe es dir doch gleich gesagt!«, schrie mich Lion an und stieß mich schmerzhaft in die Seite. »Er war irgendwie eigenartig, seine Augen waren böse! Gut, dass wir ausgestiegen sind! Er hätte uns in Stücke gerissen!«

»Du bist ja selbst ins Auto eingestiegen!«, wandte ich lautstark ein.

Wir hatten einige dieser Stücke vorbereitet. Es war von Anfang an klar, dass Stasj erwähnt werden musste. Der Agent des Inej hatte ihn beobachtet und seinen Vorgesetzten sicherlich mitgeteilt, wer Stasj war.

»Dann bin ich eben eingestiegen«, wiegelte Lion ab und schien sich zu beruhigen. Erwartungsvoll sah er das Mädchen an. »Sagen Sie bitte, meine Eltern, wo sind sie?«

»Dein Vater ist in die Stadt gefahren«, erwiderte das Mädchen. »Und Missis Anabell und die Kleinen ... Du hast ein Brüderchen und ein Schwesterchen, stimmt's? Sie sind hier. Im selben Cottage. Deine Mutter wollte nicht umziehen, ehe du nicht gefunden bist.«

Sie sah nur noch Lions Rücken, so schnell flitzte er aus dem Foyer.

»Entschuldigen Sie«, sagte ich. »Er hat sich sehr nach seinen Eltern gesehnt.«

»Und deine Eltern sind auf einem anderen Planeten geblieben, ja?«, fragte das Mädchen.

Ich nickte. »Ja. Sie sind auf einem anderen Planeten geblieben. Ich gehe jetzt. Auf Wiedersehen.«

»Ich heiße Anna.« Das Mädchen lächelte. »Wenn du möchtest, Tikkirej, kannst du in dein ehemaliges Häuschen ziehen. Es ist frei. Übrigens, vor kurzem kam ein Brief vom Ministerium für Migration.«

»Ich ... ich hole ihn nachher ab«, murmelte ich und sprang ins Freie.

Lion konnte ich kurz noch sehen – er stürzte gerade durch die Tür seines Cottage.

Wie Lion wohl von seiner Mutter aufgenommen

würde? Sie war doch ebenfalls durch Inej zum Zombie geworden …

»Idiot!«, beschimpfte ich mich selbst. »Sie ist trotzdem eine Mutter!«

Ich bekam auch einige Zuwendung von Missis Anabell ab. Natürlich viel weniger als Lion. Die Mutter versuchte ihn sogar zu baden – Lion musste sich mit den Händen im Türrahmen verbarrikadieren und schreien, dass seine Mutter nicht ins Bad kommen solle. Trotzdem umarmte Missis Anabell auch mich und Tränen traten ihr in die Augen, als sie sah, wie »dünn und zerkratzt« ich doch war. Danach gab sie mir ein großes Stück Fleischpastete. Im Haus begann ein totales Durcheinander. Lions kleiner Bruder begann zu brüllen, weil er ihn inzwischen vergessen hatte und nicht glauben wollte, dass das sein Bruder sei. Das Schwesterchen wiederum forderte weinerlich, dass Lion so schnell wie möglich aus dem Badezimmer kommen sollte und hämmerte mit den Fäusten an die Tür. Missis Anabell schwirrte in der Küche umher, stellte etwas in die Mikrowelle, schaltete die Backröhre ein, rief ihren Ehemann an, danach etliche Freundinnen und berichtete allen, dass sich ihr Sohn wieder eingefunden hätte. Ich ging leise auf die Veranda und setze mich auf das von der Sonne aufgeheizte Geländer. Kurz darauf erschien Lions Brüderchen. Er hatte aufgehört zu weinen, setzte sich möglichst weit von mir entfernt auf den Fußboden und begann mit seinen Autos zu spielen. Ich schaute ihm zu und grübelte darüber nach, warum

Lions Eltern total normal geblieben waren. Ihnen war nichts Schlimmes widerfahren. Vielleicht war Inej auch gar nicht so schlimm – sie hatten halt alle einen Hau weg wegen des Imperiums. Aber in allen anderen Belangen verhielten sich die Leute normal.

»Peng, peng!«, spielte Lions Bruder und ließ die Autos zusammenstoßen. In seiner Phantasie waren das offensichtlich gar keine Autos, sondern Kampfraumschiffe.

»Da hast du es, du verfluchter Imperier … Frau Präsident, der Auftrag ist ausgeführt …«

Aha, also hat man auch schon die Kleinsten manipuliert … Na und? Im übrigen Imperium spielen die Kinder auch Krieg, nur dass bei ihnen die Armee des Imperiums siegt.

»Zu Befehl, Oberkommandierende!«, rief der Junge. »Der Feind wird vernichtet!«

Er erhob sich, warf ein Auto auf den Fußboden und fing an, es kräftig mit seinen Füßen zu bearbeiten. Zuerst dachte ich, dass er wegen Lions Auftauchen so überdreht wäre und erneut in Schreie, Tränen und Geheul ausbrechen würde. Bei Kleinen passiert das manchmal, besonders, wenn sie sehr verwöhnt sind.

Er hatte aber überhaupt nicht vor zu weinen oder zu schreien.

Er zertrampelte das Auto. Unnachgiebig und konzentriert wie ein Erwachsener. Trat mit seinem kleinen Füßchen in der winzigen Sandale, stampfte ununterbrochen auf das Plastikgehäuse. Das Spielzeug war stabil, der Konstrukteur kannte sich offenbar mit ungezogenen Kindern aus. Die Erwachsenen erwarteten jedoch nicht, dass kleine Kinder so ausdauernd sein könnten. Er stampfte und trat, schnaufte vor Anstrengung, drehte das Auto um, als es in die Ecke rutschte und trat abwechselnd mit Ferse und Fußspitze zu.

Endlich zersplitterte das Gehäuse und zerfiel in kleine, runde Stücke. Es war ein spezieller Sicherheitskunststoff für Kinderspielzeuge. Daraufhin setzte sich der Kleine wieder auf den Fußboden und wollte seine Sandalen ausziehen.

Ich sprang vom Geländer, setzte mich neben ihn und half ihm dabei.

»Mein Fuß tut weh«, sagte der Kleine, wobei er mich böse anschaute und seine Ferse rieb.

»Warum hast du denn so fest zugetreten, du Dummerjan?«, fragte ich.

»Ich bin kein Dummerjan«, empörte er sich. »Ich bin Sascha.«

»Tja, warum hast du denn so stark zugetreten, Sascha?«

»Das sind die Feinde, die Imperier«, erklärte er bereitwillig. »Du bist selbst ein Dummerjan. Das sind nämlich General Wolodja Ichin und Professor Edikjan von der Bastion, sie sind die schlimmsten Imperier.«

Ich erinnerte mich an den Trickfilm »Die Bastion des Imperiums« und dessen Helden: den mutigen Wolodja Ichin, der zwischen den Sternen auf einem Zauberpferd ritt, und den weisen Professor Gewa Edikjan, der auf einer Bastion lebte und die ganze Zeit über geniale Ideen hatte. Überall verteidigten sie das Imperium und besiegten alle Feinde. Das zeigt, dass auch dieser Trickfilm auf Inej produziert worden war. Er wirkte, als würde er das Imperium in den Himmel heben, in Wirklichkeit wurden alle kleinen Kinder gegen das Imperium aufgehetzt. Ich hatte mir diesen Trickfilm auch angesehen! Aber nur ganz selten, weil er für sehr kleine Kinder war. Wenn ich mehr geschaut hätte, hätte sich auch in meinem Kopf das Programm festgesetzt ...

Vielleicht ist es auch in meinem Kopf und hat nur wegen des alten Neuroshunts nicht funktioniert? Und wenn es aktiviert würde – finge ich dann sofort an, das Imperium, den Avalon und Stasj zu hassen? Und auch die lustigen Strichmännchen aus dem Zeichentrickfilm?

»Warum sagst du nichts?«, wollte Sascha wissen.

»Ich denke nach«, erwiderte ich. »Könnte man die Feinde denn nicht gefangen nehmen?«

»Das geht nicht! Sie fliehen immer aus der Gefangenschaft«, erläuterte der Junge. »Spielst du mit mir?«

»Ich bin schon groß«, sagte ich. »Ich spiele nicht mehr mit Autos.«

Sascha diskutierte nicht. Für ihn war ich wirklich groß.

»Tikkirej!«, rief mich seine Mutter. »Komm rein!«

»Ich komme!«, meldete ich mich und erbebte. Sie hatte mich fast wie meine Mutter gerufen! »Sofort ...«

Lion saß schon im Bademantel auf dem Sofa und seine Mutter näherte sich ihm gut gelaunt mit einer Haarschneidemaschine. Lion hatte bestimmt gewisse Vorahnungen, denn er forderte nachdrücklich: »Aber nicht wie das letzte Mal! Mama, nicht so kurz!«

»Schon gut!«, versprach seine Mutter beruhigend. »Nur dass dir die Haare den Mund nicht verdecken, sonst erstickst du noch daran.«

»Aber Mama!«, jammerte Lion. »Bis hier, nicht weiter!«

Missis Anabell zwinkerte mir zu wie eine Verschwörerin.

Lion war auch wirklich ziemlich zugewachsen.

»Tikkirej, geh dich waschen, danach schneide ich auch dir die Haare. Ich habe dir ein frisches Handtuch hingehängt, das große grüne, du wirst es finden. Außerdem habe ich saubere Kleidung für dich bereitgelegt, T-Shirt und Slips sind neu, Hose und Hemd von Lion, aber gewaschen und gebügelt. Wäschst du dir deine Haare selbst oder brauchst du Hilfe?«

»Mama!«, heulte Lion auf. »Tikkirej ist schon groß! Und ich auch!«

»Für eine Mutter seid ihr immer klein«, sagte Missis Anabell vorwurfsvoll. »Also, halt den Kopf still und mach die Augen zu.«

Die Maschine in ihrer Hand begann triumphierend zu summen.

Ich ging schnell ins Bad, damit sich Lion nicht noch einmal so aufregen musste. Ich drängte sein Schwesterchen, die am Waschbecken stand und ihre Hände unter einen Strahl kalten Wassers hielt, hinaus und schloss mich ein. Ich ließ Wasser in die Wanne und gab Schaumbad dazu.

Dann lehnte ich mich mit der Stirn an die gekachelte Wand und schloss die Augen. Das Wasser rauschte, hinter der Tür summte die Maschine. Lion beschwerte sich über die kurze Frisur, seine Schwester quengelte.

Und ich erinnerte mich daran, wie ich Lions Eltern kennen gelernt hatte. Sie wussten, dass ich eine Waise war. Und dass ich kein Geld hatte. Und überhaupt ... dass ich hier völlig allein war. Aber sie stürzten sich nicht auf mich, um mich zu umarmen, zu küssen, zu baden, die Haare zu schneiden und mir Kleidung bereitzulegen.

Lions Mama hatte sich verändert. Sie war unwirklich. Vielleicht war sie jetzt sogar lieber und besorgter, aber sie hatte sich nicht von selbst geändert.

Sie war dazu gemacht worden.

Kapitel 4

Lion fiel anfangs gar nichts auf. Er freute sich einfach nur: über Mamas Pastete, dass sich seine Schwester nach ihm gesehnt hatte, dass alle Verwandten lebten und gesund waren. Er schaute mich schuldbewusst und gleichzeitig triumphierend an. – Na also, siehst du! Es ist gar nichts Schlimmes passiert.

Missis Anabell sprach erst gar nicht über das Imperium, und als Lion versuchte, das Gespräch auf den gefangenen Phagen, den Attentäter, zu bringen, winkte sie nur überdrüssig ab.

Abends kam dann Mister Edgar.

»Papa!« Schluchzend lief Lion zur Tür. Ich wollte mich abwenden, schaute jedoch zu. Im Hals spürte ich ein Kratzen und Stechen.

Mister Edgar sah aus wie ein echter Nachfahre der Bewohner von Raumstationen, egal, was er von Kosmonauten hielt. Er war groß, hager, mit langen, zupackenden Fingern, dunkelhäutig, hatte einen Kurzhaarschnitt und leicht hervorstehende Augen. Er war luftig angezogen mit kurzärmeligem Hemd und Shorts. Das ist allen Kosmonauten eigen. Bei niedriger Gravitation auf der Raumstation frieren die Menschen, die Haut wird schlecht durchblutet. Deshalb ist es den Kosmonauten auf den Planeten immer warm.

Als sich Lion seinem Vater an den Hals warf, befürchtete ich, dass Mister Edgar zusammenbrechen würde. Aber er blieb standhaft. Er wartete einige Sekunden, dann schob er Lion mit ausgestreckten Armen von sich und schaute ihn aufmerksam an. Er sagte: »Du bist gewachsen, mein Sohn.«

»Papa!«, wiederholte Lion automatisch.

Mister Edgar verwuschelte ihm die Haare.

»Wir haben uns große Sorgen gemacht. Guten Tag, Tikkirej. Wie seid ihr nur darauf gekommen, euch im Wald zu verstecken, mein Sohn?«

Lion erzählte noch einmal unsere Geschichte, sein Vater hörte ihm aufmerksam zu: Wie wir vom Motel mit Kapitän Stasj wegfuhren, der uns dann im Wald herausließ. Dass wir uns immer weiter von der Stadt entfernten, in die Berge gingen, »wie im Film über die außerplanetaren Invasoren«. Wie wir im leeren Haus eines Waldhüters schliefen, Fische fingen und sogar lernten, Kaninchen mit Schlingen zu fangen. Dass wir Angst hatten zurückzukehren, weil wir am Himmel viele Raumschiffe sahen und aus Richtung der Hauptstadt manchmal Explosionen zu hören waren. Wie wir uns trotzdem entschlossen zurückzukehren, auf einem Floß den Fluss herunterschwammen, eine Siedlung erreichten und uns dort davon überzeugten, dass es überall friedlich zuging und alles gut war. Und wie uns ein netter LKW-Fahrer mitnahm und mit Brot und Milch bewirtete.

»Erstaunliche Abenteuer!«, meinte Mister Edgar. Mir schien, als ob er Lion kein Wort glauben und uns gleich entlarven würde. Aber Mister Edgar fuhr fort, als ob nichts geschehen wäre: »Ich denke, du solltest aus dem Geschehenen lernen. Man darf sich nie blind vor etwas Unbekanntem fürchten. Man muss sich seiner Angst stellen und sie besiegen! Du hast einen ganzen Monat verloren, du warst keinen Tag in der Schule. Aber …«, er dachte kurz nach, »andererseits hast du bemerkenswerte Fortschritte beim Überleben im Wald gemacht und wichtige Lebenserfahrung gesammelt. Ich bin dir nicht böse!«

»Papa …«, murmelte Lion.

Ich erinnerte mich daran, wie er noch während des Flugs vom Avalon darüber grübelte, was die Eltern mit ihm wohl machen würden. Zuerst würden sie sich natürlich freuen und ihn dann gehörig durchwalken, obwohl der Vater ein Gegner von Schlägen war.

Es sah ganz so aus, als ob es Lion vorgezogen hätte, bestraft zu werden.

»Also dann, ihr jungen Leute!« Mister Edgar zog die Straßenschuhe aus und bequeme Hausschuhe an. »Setzt euch an den Tisch! Ich wasche mir die Hände und komme zu euch.«

»Ich habe deinen Lieblingsauflauf gemacht«, sagte Missis Anabell. »Und eine Eistorte gekauft, die Lion so gern isst. Sascha, Polina, geht Hände waschen und setzt euch an den Tisch!«

Die Kleinen liefen ihrem Vater ins Badezimmer nach.

Ich setzte mich neben Lion an den Tisch, der mit einer schönen, grünen Tischdecke bedeckt war. Lion wirkte durcheinander und trübsinnig. Da endlich fiel mir ein, woran mich das alles erinnerte!

An eine Fernsehserie! Familienunterhaltung der Art »Vater, Mutter und wir« oder »Komödien und Dramen auf Edem«. In ihnen gab es immer kleine Geheimnisse und nichtige Konflikte, gehorsame kleine Kinder und aufsässige Jugendliche. Ständig lief jemand von zu Hause weg oder ging verloren und bei dessen Rückkehr nach verschiedenen Abenteuern freute man sich auf ihn, las ihm ein wenig die Leviten und setzte sich letztendlich an einen festlich gedeckten Tisch.

Sowohl Mister Edgar als auch Missis Anabell benahmen sich wie die Helden dieser Fernsehserien.

»Ich glaube, dass man den Jungs auch ein Tröpfchen Wein eingießen kann!«, meinte Mister Edgar.

Lion erzitterte kaum merklich.

Spät am Abend gingen wir in Lions Zimmer schlafen. Es gab dort nur ein Bett, ich schlief davor auf dem Boden. Das war annehmbar.

Lion jedoch war innerlich zutiefst verletzt und schwieg. Erst als wir das Licht ausgemacht hatten, fragte er leise: »Hör mal, Tikkirej, was ist mit ihnen los? Was soll ich jetzt machen?«

Ich hob die Schultern. »Haben sie sich früher nicht so benommen?«

Lion schüttelte energisch den Kopf.

»Na ja... Sie sind ja nicht schlechter geworden, stimmt's? Sie lieben dich. Und...«

»Sie haben sich verändert!«, flüsterte Lion und neigte sich von seinem Bett zu mir herunter. »Du Idiot, sie sind ganz anders!«

»Wie im Film«, schlug ich vor, um ihn nicht zu beleidigen.

»Ja! Aber ich will nicht in einer Seifenoper leben! Wenn du solche Eltern hättest ...«

Er verstummte und sah mich erschrocken an.

Ich legte mich auf den Rücken und schaute zur Decke.

Nein, ich nahm es ihm nicht übel. Ich dachte darüber nach, was eigentlich schlimmer war: Wenn die Eltern sterben, damit sich in deinem Leben nichts verändert, oder wenn sie sich selbst so verändern, dass man am liebsten tot sein möchte.

Es ist bestimmt trotz allem besser, wenn sie leben!

»Tikkirej ...«

»Es ist besser, solche zu haben«, sagte ich. »Ehrenwort.«

»Verzeih mir.«

»Ja ... Aber sag das nie wieder, Lion!«

Er schluchzte schuldbewusst auf und warf sich unruhig hin und her. Dann sagte er: »Sie jagen mich doch noch aus dem Haus!«

»Lüg nicht«, erwiderte ich. »Sie werfen dich überhaupt nicht raus.«

Aber eigentlich hatte Lion Recht. Als wir am Tisch saßen, hatten die Eltern ein Gespräch mit Lion begonnen. Dass sie noch »eine gewisse Zeit« in dem Motel wohnen würden, weil viele Migranten vom Inej gekommen waren und der Wohnraum nicht ausreiche. Dass es aber unbequem für Lion wäre, jeden Tag von der Stadt zum Motel zu fahren. Deshalb wäre es das Beste, wenn

Lion in Agrabad zur Schule gehen würde, in ein College für Bauern- und Waisenkinder. An den Wochenenden könnte er dann seine Eltern besuchen. Das widersprach ihrem ganzen Verhalten dermaßen, dass Lion zu geschockt war, um widersprechen zu können, obwohl ich an seiner Stelle auf alle Fälle diskutiert hätte. Denn Mister Edgar fuhr ja so oder so jeden Tag nach Agrabad zur Arbeit, er hatte eine Beschäftigung in einem Betrieb für kosmische Antriebe gefunden. Was würde es ihm da ausmachen, Lion in die Schule zu bringen und wieder abzuholen?

»Sie wollen mich weghaben«, meinte Lion starrköpfig. »Und weißt du, warum?«

»Warum denn?«

»Das ist alles wegen des Programms. Weil sie zu Zombies geworden sind! Warum haben denn Eltern Angst, ihre Kinder aus dem Haus zu lassen, besonders für längere Zeit? Sie glauben immer, dass ihre Kinder noch klein sind, dass ihnen etwas passieren könnte.«

»Genau das sagt auch deine Mama …«

»Genau das denkt sie nicht!«, stieß Lion hervor und senkte seine Stimme. »Sie hat mich schon großgezogen, verstehst du das? Und meine Enkel hat sie erzogen. Sie ist schon daran gewöhnt, dass ich erwachsen bin!«

»Wie meinst du das?«

»Na ja, also in meinem Traum …«

»Also das war ja in deinem. Woher willst du wissen, was deine Mutter geträumt hat? Sie erinnert sich ja an nichts, hat alles vergessen.«

»Vom Verstand her – hat sie es vergessen. Aber sie

hatte auch einen Traum. Dass sie in der Föderation des Inej wohnen würde. Dass ich erwachsen war, sie in einem Rüstungsbetrieb arbeitete, dass Sascha im Krieg gefallen war ... oder ich ... Danach hat sie natürlich alles vergessen. Aber im Unterbewusstsein sind diese Erinnerungen wach. Deshalb macht es ihr überhaupt keine Probleme, mich wegzuschicken.«

Vielleicht war es wirklich so. Ich schwieg und Lion fuhr hitzig fort: »Verstehst du, was dieser Inej anrichtet? Er zwingt die Leute, ein fremdes Leben zu führen, so wie es Inej wünscht. Und wenn man einen Menschen das ganze Leben lang zwingt, etwas zu tun, gewöhnt er sich daran, es wird zu einem Reflex. So ist das nämlich ...«

»Vorhin warst du nicht der Meinung, dass das schlecht wäre«, warf ich ein.

»Weil ich blöd war«, nuschelte Lion. »Ich möchte, dass sie wieder wie früher werden! Selbst wenn ich dann was abkriegen sollte, aber sie würden sich nicht freuen, dass ich in eine ›gute Schule‹ komme.«

»Lass uns lieber darüber nachdenken, was aus Tien wird!«

Lion rutschte unruhig hin und her. »Wenn wir zum alten Semetzki Verbindung aufnehmen könnten ...«

»Und dann? Können etwa zwanzig Mädchen Tien befreien?«

»Können es denn zwei Jungs?«

»Ich habe die Peitsche!«, erinnerte ich ihn.

»Ha!«, stieß Lion verächtlich aus. »Er hat einen Peitsche! Ohne Energie ...«

»Für kurze Zeit kann man eine beliebige Batterie einsetzen. Sogar eine vom Fotoapparat.«

Lion schwieg. Dann dachte er laut:

»Sogar wenn du eine richtige Peitsche hättest und ich eine Neutronenkanone, würden wir nichts machen können. Der Platz vor dem Sultanspalast ist im Stadtzentrum. Ringsherum werden Wachen stehen. Und dazu noch die Menschenmasse. Und in der Menge sind alle Zombies. Sie werden sich in deine Peitsche werfen, um für Inej zu sterben.«

»Und wenn diese – Herrscherin bei der Urteilsverkündung anwesend sein wird? Man könnte sie als Geisel nehmen …«

»Sie kann nicht getötet werden«, wandte Lion ruhig ein. »Das weiß ich genau. Sie ist überall und unsterblich.«

»Wer ist sie denn, etwa Gott? Das ist doch alles Propaganda!«

»Vielleicht ist es Propaganda, aber das wird nicht funktionieren«, erwiderte Lion ruhig. »Ich erinnere mich an einen derartigen Vorfall … Also, im Traum … Die Soldaten des Imperiums nahmen die Herrscherin gefangen, um Inej zu besiegen. Sie aber lachte ihnen ins Gesicht und befahl, auf ihr Raumschiff zu schießen … Kurz gesagt, das Raumschiff mit ihr und den Soldaten des Imperiums explodierte. Am nächsten Tag trat die Herrscherin im Fernsehen auf und verkündete, dass alles in Ordnung sei und auch in Zukunft so verfahren werden würde.«

»Aber das kann doch nicht sein!«, stieß ich hervor.

Lion holte nur tief Luft.

So kamen wir zu keinem Entschluss. Und schliefen ein.

Am Morgen ging es wirklich nach Agrabad.

Mister Edgars Auto war eine verschlissene, stromlinienförmige, geglättete »Plastikmühle«. Diese Autos wurden gar nicht richtig repariert; wenn etwas kaputtging, wurden sofort ganze Blocks ausgewechselt: der Motorblock, der Navigationsblock, der Block mit den Vordersitzen, der Räderblock ...

»Ein sehr sparsames Auto«, erklärte uns Mister Edgar und setzte sich auf den Fahrersitz. »Habt ihr Platz? Ist es euch nicht zu eng?«

»Ist okay«, sagte Lion. Im Auto war es sehr ungemütlich, sogar wir stießen mit den Knien an die Vordersitze, aber eine entsprechende Bemerkung war sinnlos. Solche Autos wurden auf Inej produziert. Und das bedeutete automatisch, dass sie gut waren.

»Lern fleißig!«, gab Missis Anabell Lion mit auf den Weg. »Du hast viel verpasst, du musst aufholen. Fang keine Schlägerei an, wenn es nicht unbedingt notwendig ist. Halte dich an Tikkirej, er ist ein starker Junge und kann dich verteidigen. Achtet eure Freundschaft, helft euch und steht füreinander ein! Das sind die heiligsten Werte, die es gibt. Wasch dich auf alle Fälle zweimal am Tag, du weißt ja, dass auf dem Planeten aller mögliche Schmutz herumfliegt.«

Lion nickte und wurde knallrot. Er schämte sich für seine Mutter, aber es war nicht zu ändern.

»Bring mir einen Strahlenwerfer mit«, wurde Lion von seinem Bruder gebeten.

Bei Sascha explodierte Lion dann endlich. Er gab ihm einen Klaps auf den Hinterkopf und fauchte: »Spiel mit Bauklötzen!«

Unerwartet bekam er Unterstützung von seiner Mutter: »Sascha, sag keine Dummheiten! Lion ist doch noch kein Soldat, er fährt in die Schule, um zu lernen. Er wird dir ein Buch mitbringen. Lion, bring ihm ein Buch mit, okay?«

»Über Spione«, konkretisierte Sascha wichtigtuerisch. Und erst danach erinnerte er sich an den Klaps und begann zu wimmern.

Nur Lions Schwester schien wirklich darunter zu leiden, dass der gerade zurückgekehrte Bruder sie schon wieder verließ. Sie stand da, zog die Stirn in Falten und bohrte mit der Fußspitze Löcher in den Sand des Weges. Deshalb schaute ich lieber nur auf Polina. Aber dann fiel mir ein, dass das auch eine vom Inej aufgezwungene Rolle sein könnte: Die Eltern müssen ihre heranwachsenden Kinder fröhlich ins Erwachsenenleben verabschieden, die Jungs darum bitten, eine Waffe oder Bücher über Spione mitgebracht zu bekommen, und die Mädchen einfach traurig sein.

Aber es sind doch nicht alle so! Semetzki sagte, dass etwa fünfzehn Prozent normal geblieben waren! Wo steckten sie nur?

»Meine Liebe, wir fahren jetzt!« Edgar lehnte sich leicht aus dem Autofenster, Anabell lächelte breit und küsste ihn schnell und akkurat auf die Wange.

Lion wandte sich ab.

Als wir auf den Ausgang des Geländes zufuhren, erinnerte ich mich an den Brief aus dem Ministerium für Migration.

»Mister Edgar, halten Sie kurz an«, bat ich. »Ich muss einen Brief abholen – wegen der Staatsbürgerschaft.«

Er schaute unwillig, fuhr aber an den Straßenrand und hielt an.

»Ich beeile mich«, sagte ich schuldbewusst. »Bin gleich wieder da.« Und ich lief schnell zum Verwaltungsgebäude.

Anna arbeitete auch heute. Ich grüßte sie, und sie griff, ohne zu fragen, in den kleinen Wandsafe, um den Brief zu holen.

»Gleich, Tikkirej, irgendwo hier muss er sein ...«, murmelte sie. Sie stellte sich auf die Zehenspitzen, der Safe war weit oben angebracht.

Ich wusste nicht, warum es aus mir herausdrängte, als ich bemerkte: »Aber Sie sind normal.«

Das Mädchen hörte für einen Augenblick auf, im Safe herumzukramen. Dann fand sie den Umschlag und reichte ihn mir:

»Und du bist auch nicht hirnamputiert, Tikkirej.«

»Hirnamputiert?«

Sie nickte. »So nennen wir die, die in der Nacht des Überfalls eingeschlafen sind. Hirnamputierte ...«

Ich erstarrte. Ich stand da und blickte Anna an. Sie sah nicht wie ein feindlicher Agent aus. Aber auch nicht wie eine Untergrundkämpferin. Endlich fragte ich: »Wer ist das: Wir?«

»Die, die nicht eingeschlafen sind. Ungefähr jeder Zehnte«, erläuterte Anna. »Der Besitzer des Motels, Mister Parkins, ist auch kein Hirnamputierter. Und unser Elektriker …«

»Also, Sie …« Ich war ganz durcheinander. »Und was machen Sie alle?«

»Wir leben.« Sie lächelte. »Tikkirej, hab keine Angst. Hier passiert nichts Schlimmes. Nur dass der größte Teil der Leute Untertanen des Inej geworden sind. Na und?«

»Wie ›Na und‹?«, regte ich mich auf. »Sie sind doch jetzt alle ganz anders!«

Anna holte Luft und zeigte mit ihren Augen auf das Sofa. Ich nahm Platz und sie setzte sich neben mich.

»Tikkirej, vielen hat es gutgetan. Ich habe zum Beispiel einen Freund, er … Na ja, früher haben wir uns oft gestritten. Wegen jeder Kleinigkeit …« Sie wirkte unsicher. »Dafür ist jetzt bei uns alles in Butter. Viel besser als früher! Und meine Eltern wollten sich scheiden lassen, Vater wollte eine zweite Frau nehmen, Mutter war dagegen. Jetzt verstehen sie sich wieder.«

»Deine Mutter ist nicht mehr dagegen?«, fragte ich bösartig. Es war mir unverständlich, woher meine Wut kam.

Nun wurde es Anna zu viel: »Tikkirej! Wie kannst du nur!?«

»Entschuldigen Sie«, murmelte ich.

»Die Vielweiberei wurde bei uns abgeschafft«, erläuterte Anna. »Und überhaupt lieben sich jetzt alle: Die Ehemänner lieben ihre Ehefrauen und die Ehefrauen ihre Ehemänner. Die Säufer haben aufgehört zu trinken. Die Kinder schwänzen nicht mehr die Schule. Derjenige, der Bestechungsgelder nahm, hat sich dazu bekannt; wer keine Steuern gezahlt hat, hat dem Staat seine Schulden überwiesen.«

»Aber das ist doch alles aufgezwungen!«, schrie ich fast. »Die Leute haben eine Gehirnwäsche erhalten, verstehen Sie das denn nicht?«

»Das war irgendeine Waffe«, stimmte Anna zu, »die auf Inej entwickelt wurde. Sicherlich! Na und? Ist das nicht egal? Ist es nicht egal, Tikkirej, wer bei den Menschen der Höchststehende ist, der Imperator oder Inna Snow? Also mir ist das völlig egal. Hauptsache, mein Freund nimmt keine Drogen. Und Vater und Mutter streiten sich nicht. Und die Menschen achten sich gegenseitig!«

»Wenn es eurer Inna Snow morgen einfallen sollte, dass alle auf den Händen laufen und Spinnen essen müssen, wären Sie dann auch einverstanden?«

Anna lachte nur: »Tikkirej, ihr habt euch im Wald Schauergeschichten ausgedacht. Inna Snow ist eine intelligente Frau. Niemand macht etwas Schlechtes. Das Imperium dagegen ...«

»Es wird also Krieg gegen das Imperium geben, oder ist das auch eine Schauergeschichte?«, wollte ich wissen.

»Es wird überhaupt keinen Krieg geben«, erwiderte Anna überzeugt. »Alle Planeten werden sich Inej anschließen. Nach und nach. Wir werden eine Herrscherin an Stelle des Imperators haben. Die Menschen werden sich besser zueinander verhalten. Und mehr nicht.

Wenn es doch einen Krieg geben sollte, dann wird es ein gewaltloser.«

Ich neigte zweifelnd meinen Kopf. Sie verstand gar nichts. Niemand sah sich mehr die hinterhältigen Fernsehserien vom Inej an. Die Radioshunts waren jetzt bei allen blockiert. Die Wissenschaftler suchten nach einem Weg, um die »Hirnamputierten« zu heilen. Also wird es Krieg geben.

»Tikkirej, warum schaust du so beleidigt?« Anna tätschelte meinen Kopf. »Wenn du in die Stadt fährst, wirst du selbst sehen, wie positiv sich alle verändert haben.«

»Sie können mich ruhig verpfeifen«, sagte ich, »aber es war trotzdem ein hinterhältiger Überfall!«

»Ich habe nicht vor, dich anzuschwärzen«, meinte Anna wieder ganz fröhlich. »Ich bin ja nicht hirnamputiert. Obwohl denen eigentlich alles egal ist. Benimm dich normal – und du wirst keine Schwierigkeiten bekommen.«

Die Tür wurde geöffnet.

»Tikkirej!«, rief Lion ärgerlich. »Papa ist sowieso schon spät dran!«

Wie ich mich über sein Erscheinen freute!

»Entschuldigen Sie bitte, ich muss los.« Ich sprang auf und drückte den Briefumschlag an mich. »Auf Wiedersehen.«

»Viel Erfolg, Tikkirej«, erwiderte Anna freundlich. »Denk nicht so viel nach! Alles wird gut!«

Mit diesen Begleitworten rannten wir zum Auto.

»Wovon hat sie gesprochen?«, fragte Lion unterwegs. »Mein Vater ist ganz nervös.«

»Ich erzähl es dir später«, sagte ich kurz. »Mister Edgar, entschuldigen Sie, wir konnten das Schreiben nicht finden.«

Mister Edgar schüttelte vorwurfsvoll den Kopf. Wir hatten noch nicht die Türen geschlossen, als das Auto schon losfuhr.

»Na, was ist drin?« Lion griff nach dem Briefumschlag.

Ich riss das feste Papier auf. Im Innern fand ich ein Schreiben mit schöner Unterschrift, Siegel und eine kleine Plastikkarte. Auf der Suche nach der Hauptaussage fing ich schnell an zu lesen: »›Sehr geehrter ... auf Ihren Antrag ... entsprechend dem Einwanderungsgesetz‹ ... Hurra!«

»Genehmigt?«, fragte Lion.

Eigenartig. Was interessierte mich jetzt noch die Staatsbürgerschaft von Neu-Kuweit? Ich hatte ja bereits die Staatsbürgerschaft des Avalon, eine der prestigeträchtigsten, besser war nur die der Erde oder des Edem. Zumal Neu-Kuweit von Inej erobert war, dessen Staatsbürgerschaft in der Galaxis wenig geschätzt wurde.

Aber trotzdem war ich zufrieden. Sehr zufrieden. Denn diese Staatsbürgerschaft verdankte ich mir selber. Ihretwegen hatte ich Karijer als Modul verlassen. Ich hatte riskiert und gewonnen. Wenn es Inej nicht gäbe, wie glücklich wäre ich jetzt!

»Mister Edgar, schauen Sie nur!« Ich zeigte ihm meine Karte. Darauf waren mein Foto, der Name, der Biodetektorchip und ein langer Strichcode.

»Glückspilz«, äußerte Lions Vater trocken. Er war sauer wegen der Verspätung. »Ich hoffe, Tikkirej, dass du jetzt verantwortungsbewusster und ernsthafter wirst. Einverstanden?«

»Einverstanden«, erwiderte ich. Und dachte: Soll er sich ruhig freuen.

Er hatte ja keine Schuld daran, dass sein Gehirn eingefroren war.

»Das Leben besteht nicht nur aus Freude und Abenteuern«, fuhr Mister Edgar fort. »Das muss man rechtzeitig erkennen. Jetzt vergehen die Tage für dich schnell, aber die Jahre ziehen sich. Du wirst erwachsen und alles kehrt sich um. Die Tage ziehen sich ewig und endlos, von Sonnenaufgang bis Sonnenuntergang ist es eine ganze Ewigkeit. Und die Nacht ist wie eine doppelte Ewigkeit. Dafür fliegen die Jahre nur so an dir vorbei, von Geburtstag zu Geburtstag, von Silvester bis Silvester. Und die ganze Zeit über fehlt etwas, eine Minute, Stunde, ein Tag, ewige Zeitnot …«

Mir wurde unheimlich zumute.

Mir wurde wirklich unheimlich zumute.

Jetzt war Lions Vater ganz anders. Nicht wie vor dem Überfall des Inej und nicht wie ein Fremder, eine Person aus einer Fernsehserie. Als ob ihn etwas quälen würde, etwas aus ihm herausdrängen wollte, das aber nicht schaffte …

»Papa«, sagte Lion leise.

Mister Edgar schüttelte sich und wandte seinen Blick einen Augenblick lang von der Straße. Dann sagte er mit veränderter Stimme: »Deshalb, Tikkirej, sollte man sich zusammenreißen! Und dich, mein Junge, betrifft das genauso!«

Das war alles. Und er wurde wieder zum Gehirnamputierten.

»Papa, hast du manchmal ein Déjà-vu?«, fragte Lion. »Als ob alles schon einmal geschehen wäre? Als ob wir hier bereits früher gefahren wären, uns unterhalten hätten, als ob wir unser Leben schon gelebt hätten?«

»Natürlich«, erwiderte er besinnlich. »Das ist bei allen so. Das ist völlig normal, davor braucht man keine Angst zu haben. Du kannst mit dem Schulpsychologen darüber sprechen, er wird es dir erklären.«

Lion hörte auf zu fragen.

Bald darauf, nachdem wir ein paar Mal abgebogen waren, näherten wir uns einem langen niedrigen Gebäude, das von einem Park umgeben war. Das Gebäude war vollständig mit hellen, verschiedenfarbigen Klinkern verkleidet, über das Dach erhoben sich Türmchen und Kuppeln. Trotzdem strömte es wie jedes beliebige Schulhaus Langeweile aus.

Mister Edgar teilte diese Meinung übrigens nicht.

»Schön, nicht wahr?«, meinte er. »Wie in dem Märchen, das ich dir früher vorgelesen hatte. Erinnerst du dich, Lion?«

»Ja«, erwiderte Lion und ergänzte skeptisch: »Es ist aber überhaupt nicht ähnlich!«

Sein Vater parkte am Eingang, indem er sein Auto mit viel Mühe zwischen zwei Schulbussen abstellte. Wir stiegen aus und sahen uns um.

Nein, irgendwie hatte Lions Vater Recht. Ein schönes

Gebäude. Mein Schule auf Karijer war wie alle Verwaltungsgebäude ein ganz gewöhnlicher Standardplattenbau. Auch die Schule auf Avalon war bescheidener. Außerdem gab es hier sehr viele Blumen, die in runden Gefäßen um die Springbrunnen herum wuchsen, und Fußgängerwege, die mit feinem Kies bestreut waren. Nicht wie gewöhnlich grau, sondern golden und beige. Lion nahm die Tasche mit seinen Sachen, ich hatte kein Gepäck. Ich hatte zwar gestern Kleider zum Wechseln bekommen, aber niemand hatte mir etwas zum Mitnehmen angeboten. Bei den Gehirnamputierten gibt es wahrscheinlich Aussetzer. Sie wissen, wie man sich richtig verhält, aber Kleinigkeiten werden schnell vergessen.

Am Eingang saß ein Wachmann in einem Glashäuschen, der uns weder ansprach noch anhielt. Wir gingen auf einer breiten Treppe in den zweiten Stock und kamen zu einer altertümlichen, nicht automatischen Flügeltür.

Lions Vater schaute nervös auf die Uhr, öffnete die Tür, schaute hinein und fragte unterwürfig: »Herr Sekretär?«

Ihm wurde geantwortet, er schob uns durch die Tür und trat nach uns ein.

Wir befanden uns in einem Empfangszimmer. Ein junger, pickliger Bursche, nicht älter als sechzehn Jahre, saß vor einem Display und schrieb. Uns warf er einen kurzen Blick zu und vertiefte sich wieder in den Bildschirm. Ich schaute genauer hin und bemerkte, dass er eine lustige Tastatur benutzte: eine holographische, die schwach in der Luft über dem Schreibtisch flimmerte. Aus unserem Blickwinkel war die Tastatur fast nicht zu erkennen. Es sah aus, als ob der junge Mann in der Luft mit den Fingern wackeln würde, gar nicht wie Arbeit.

»Tikkirej ...«, flüsterte Mister Edgar entnervt und ich folgte ihm. Der junge Mann arbeitete weiter. Das war sicherlich ein älterer Schüler, der sich etwas dazuverdiente. Warum arbeitete er nicht über den Neuroshunt? Diese holographischen Tastaturen gibt es normalerweise an öffentlichen Stellen, um nicht onlinegehen zu müssen.

Die Tür zum Empfangszimmer des Direktors war ebenfalls aus Holz und machte Eindruck. Mister Edgar klopfte, wartete auf Antwort und wir gingen hinein.

»Frau Direktorin?«, fragte Lions Vater mit derselben unterwürfigen Stimme.

»Herein, herein!« Die Direktorin erhob sich hinter dem Schreibtisch. »Das ist sicher Ihr Sohn? Wie er seinem Vater ähnelt ... Guten Tag, Lion!«

»Guten Tag!«, sagte Lion ziemlich bedrückt. Er machte sich sicherlich Gedanken wegen seines Vaters.

»Und du bist Tikkirej? Guten Tag, Tikkirej. Machen wir uns bekannt! Ich heiße Alla Neige.«

Die Direktorin war eine kleine, zierliche Frau mittleren Alters. Mit einem sympathischen, guten Gesicht und lächelnden Augen, sodass es die ganze Zeit schien, als ob sie gleich loslachen würde. Sie verstand es ausgezeichnet, gleichzeitig mit uns allen zu sprechen.

»Machen Sie sich keine Sorgen, ich habe den Jungs

bereits ein Zimmer besorgt, im besten Gebäude.« – Das galt Edgar.

»Könntest du einen Vortrag halten über das Leben auf einer Raumstation? Niemand von unseren Zöglingen hat so lange im offenen All gelebt.« – Das betraf Lion.

»Ich habe erfahren, dass du bereits die richtige Staatsbürgerschaft von Neu-Kuweit besitzt. Wir bemühen uns, die Zöglinge mit Staatsbürgerschaft als Sprecher der Lerngruppen einzusetzen. Bist du damit einverstanden?« – Das war für mich.

Einige Minuten lang machten wir Smalltalk. Der traurige, picklige Sekretär kam mit einem Tablett voller Teegeschirr und Pralinen sowie einer Tasse Kaffee für Mister Edgar herein. Edgar schaute betrübt auf die Uhr, setzte sich aber trotzdem und trank den Kaffee. Bei dieser Gelegenheit bekamen wir einen riesigen Prospekt »Das College Pelach«. Es enthielt eine Masse großformatiger Farbfotos: wie man hier lernt, lebt und Sport treibt.

Außerdem wurde mitgeteilt, dass der Gründer des Colleges der große indische Pädagoge Sri Bharama war, der gegen Ende seines Lebens von Ganges-2 nach Neu-Kuweit umgesiedelt war. Deshalb war die Inneneinrichtung hier im nationalen indischen Kolorit gehalten (Indien ist ein uraltes Land auf der Erde). Die vier Teile des Colleges, jeweils für verschiedene Altersklassen, wurden nach bedeutenden indischen Städten benannt: Delhi, Kalkutta, Bombay und Peking.

Ich blätterte durch den Prospekt, als ob er mich interessieren würde, aber in Wirklichkeit beunruhigte mich ein Gedanke. Woher weiß die Direktorin von meiner Staatsbürgerschaft? Der Briefumschlag lag im Safe des Motels, von ihm wussten lediglich Edgar und Lion und Anna ... Oh!

Ich hob den Kopf und schaute auf die Direktorin Neige.

»Hast du eine Frage, Tikkirej?«, fragte sie zärtlich. »Frag nur, hab keine Angst.«

»Entschuldigen Sie, es geht nicht um das College. Haben Sie zufällig eine Tochter, die in dem Motel arbeitet?«, fragte ich.

»Tikkirej«, stöhnte Edgar verzweifelt. »Was erlaubst du ...«

»Das geht in Ordnung.« Die Direktorin Neige lächelte. »Tikkirej hat völlig Recht. Er meint Anna, nicht wahr?«

Ich nickte.

»Sie sind sich sehr ähnlich.«

»Du hast eine erstaunliche Beobachtungsgabe«, meinte die Direktorin. »Ja, so ist es. Sie war es auch, die Mister Edgar vorschlug, euch in meinem College unterzubringen. Es gilt als das beste auf dem Planeten. Du wirst mich nicht verraten, Tikkirej?«

Zuerst zuckte ich mit den Schultern, dann nickte ich.

»Sie rief mich vor cirka zwanzig Minuten an«, sagte die Direktorin mit gesenkter Stimme, als ob ihre Tochter sie hören könnte. »Du schienst etwas bedrückt zu sein und wolltest eigentlich nirgendwohin ... Also bat sie darum, dir besonders viel Aufmerksamkeit zu widmen. Das ist eigentlich überflüssig, denn es gehört zu meiner Arbeit, aufmerksam zu sein. Aber verplappere dich nicht, dass du von diesem Anruf weißt, okay?«

Miss Neige lächelte. Mir war es einerseits unangenehm – wozu nur diese Zärtlichkeiten –, anderseits aber durchaus angenehm.

Sogar auf Neu-Kuweit gab es nette Leute, die sich um mich kümmerten. Nicht, weil ihnen das Gehirn amputiert wurde und sie gezwungen wurden, sich nett zu verhalten, sondern einfach so.

»Ich werde nichts sagen«, versprach ich.

»Das ist hervorragend.« Die Direktorin wandte sich Edgar zu: »Ich sehe, dass Sie in Eile sind. Fahren Sie nur. Es ist alles in Ordnung.«

Mister Edgar umarmte Lion so schnell, als würde er sich verbrennen, klopfte mir auf die Schulter und verließ uns.

»Und wir sehen uns jetzt das College an«, teile Miss Neige mit. »Der Unterricht beginnt bei uns gleich am Morgen, aber ich gebe euch heute einen Tag frei. Schaut euch im College um, macht einen Spaziergang durch die Stadt ... ihr wart doch noch nicht in Agrabad, ihr Weltreisenden?«

»Nein«, erwiderte ich. Wieder kamen wir auf gefährliche Themen.

»Und was hat euch in den Wald verschlagen?«, fragte die Direktorin, wobei sie uns um die Schultern fasste und abwechselnd mir und Lion in die Augen schaute. »Ich verstehe schon – Abenteuer, freies Leben, aber trotzdem?«

»Wir hatten Angst«, begann ich. »Alle lagen da wie versteinert ...«

Miss Neige schüttelte den Kopf. »Phantasten ... ist schon gut, Kinder, was war, ist gewesen. Wir werden die Sache ruhen lassen, einverstanden?«

Hirnamputiert. Sie glaubt uns also nicht, das heißt, sie ist hirnamputiert.

»Gut, seien wir ehrlich«, gab ich mein Einverständnis. »Wir wollten einfach ein paar Tage wie die Urmenschen leben, im Wald. Dann haben wir uns verlaufen.«

»Wir unterrichten hier im Sportunterricht Orientierung im Gelände«, beruhigte uns die Direktorin. »Und ihr werdet richtige Exkursionen machen. Aber jetzt zeige ich euch den Bereich Bombay. Dort wohnen die Jugendlichen im Alter von zwölf bis vierzehn Jahren.«

Kapitel 5

Indien schien ein interessantes Land. Im Bereich Bombay waren alle Wände mit altertümlichen indischen Malereien bedeckt, grell und geheimnisvoll. Manche der abgebildeten Menschen hatten eine blaue Hautfarbe, manche vier oder sechs Arme. Dazu waren wunderliche Tiere dargestellt – Elefanten, die es nur auf der Erde gibt. Ich erinnerte mich dunkel daran, dass Elefanten fliegen können. Das hatte ich in einem Zeichentrickfilm für Kinder gesehen. Ob das aber wirklich so war? Es war mir peinlich, danach zu fragen!

Außerdem gab es viele Wintergärten mit üppiger tropischer Vegetation und lebenden Vögeln. Das Sportareal befand sich unter der Erde, dorthin begaben wir uns in einem geräumigen Fahrstuhl. Hier besichtigten wir mehrere Schwimmbäder, ein großes Feld für Ballspiele und einen Raum für Leichtathletik. Im Schwimmbad trainierten gerade die Jungen, auf dem Feld spielten die Mädchen Volleyball.

Wir wurden angeschaut, aber niemand näherte sich uns. Bestimmt deshalb, weil wir mit der Direktorin zusammen kamen.

»Das College Pelach hat sich zum Ziel gesetzt, die zukünftigen Mitarbeiter der Regierung, die Manager von Firmen und Unternehmen sowie die künstlerische Intelligenz zu erziehen«, erläuterte Alla Neige vertraulich. »Das heißt also die Elite. Bei uns ist alles vom Feinsten.«

»Das bedeutet, die Ausbildung bei Ihnen ist sehr teuer?«, erkundigte ich mich.

»Sie wird teilweise vom Staat bezahlt«, wich die Direktorin aus.

Ich beharrte auf eine Antwort: »Und wer bezahlt für uns?«

»Das College. Wir haben Fonds für begabte Schüler.«

Lion und ich sahen uns an.

»Wir sind begabt?«, fragte Lion zweifelnd.

Wir gingen zum Fahrstuhl zurück und fuhren wieder in unseren Wohnbereich. Anna Neige war unsicher, weil sie uns nicht belügen wollte, jedoch auch nicht die ganze Wahrheit eröffnen durfte.

»Ihr seid etwas Besonderes«, äußerte sie endlich. »Ihr habt ein ungewöhnliches Verhalten gezeigt.«

»Weil wir in den Wald gegangen sind?«, fragte Lion.

»Ja. Das neue Imperium braucht solche Leute wie euch. Als meine Tochter mir über eure Rückkehr berichtete, dachte ich sofort, diese Jungs müsste ich zu uns holen.«

Neige betrachtete uns wieder mit ihrem gutmütigen Lächeln.

Und ich dachte: Sie gehört durchaus nicht zu den Hirnamputierten. Sie umgeht es, den Tag zu erwähnen, an dem Inej den Planeten erobert hatte.

Alla Neige führte uns noch durch den Schulbereich von Bombay. Danach überreichte sie uns den Schlüssel zu unserem Zimmer. Hier gab es keine Schlafsäle, wie in den einfacheren Colleges, sondern Zweibettzimmer. Dann verließ sie uns.

Wir blieben allein in der Mitte des Korridors – bedrückt, verloren und angespannt. Mir gefiel das, was hier passierte, immer weniger. Wie schön wäre es, wenn wir jetzt durch den Wald zögen, Fische fingen und in Hütten schliefen ...

»Schauen wir uns das Zimmer an?«, fragte Lion.

Die Unterkunft gefiel uns. Das Zimmer wirkte, als bestünde es aus zwei Dreiecken, die diagonal geteilt waren: In jedem Dreieck standen ein Bett, ein Schrank und ein Schreibtisch. In einem Teil war alles orange – auch der Teppich, die Tapeten hatten ein orange Muster und sogar die Bettwäsche war orange. Im anderen war alles dunkelblau. Auf den Schreibtischen standen teure Laptops mit einem starken Akku, einem hervorragenden Bildschirm und einer holographischen Tastatur sowie alle Geräte für das Schreiben von Hand. Das heißt, hier erwartete uns ein klassischer Unterricht. Zusätzlich fanden wir noch alle möglichen Kleinigkeiten für die Schule.

»Ich kann gut handschriftlich schreiben«, brüstete sich Lion.

Ich konnte es auch, wusste aber nicht, wie gut, und gab lieber nicht damit an.

»Welche Hälfte nimmst du?«, wollte Lion wissen.

»Die orange«, erwiderte ich.

»Die blaue«, wählte Lion. »Prima. Mann, was für eine schöne Aussicht ...«

Das Fenster war in seiner blauen Zimmerhälfte.

Dafür war in meiner Hälfte die Badtür. Das Bad war klein, aber sehr komfortabel.

Wir schauten aus dem Fenster. Von unserer fünften Etage sah man den ganzen Garten um das College herum, ebenfalls die Straßen und eine sehr schöne Moschee auf der gegenüberliegenden Seite.

Ich schaute Lion fragend an.

»Gehen wir«, sagte er. Uns beiden war klar, dass man sich hier über nichts Wichtiges unterhalten sollte. In allen Colleges gab es Abhöreinrichtungen, manchmal auch Videokameras, damit die Schüler nicht über die Stränge schlugen.

Vorher schaute ich noch schnell in den Schrank und fand dort zwei Schuluniformen. Eine für jeden Tag mit dunkelblauen Hosen und Anzugjacke, einem hellgrauen Hemd und einem Schlips mit dem Zeichen des Bereichs Bombay – einem Elefanten, der den Rüssel hebt, sowie Käppi und Schuhe. Die zweite Garnitur war ähnlich geschnitten, nur dass Anzug und Hemd weiß waren.

Lion fand die gleiche Kleidung in seiner Garderobe. Er zog sich sofort aus und probierte den Anzug an.

»Hör mal, das ist meine Größe, passt genau!« Er freute sich.

Ich probierte ebenfalls meinen Anzug an. Er saß wie angegossen, als ob man ihn für mich genäht hätte.

»Na ja, sie kannten ja unsere Größe, unser Gewicht«, meinte Lion unsicher und schaute mich an. Er war barfuß, nur in Hosen, und drehte sich, um festzustellen, ob nicht irgendwo etwas drückte oder flatterte.

»Und außerdem wussten sie, welche Farbe wir wählen würden«, stimmte ich zu. »Komm, wir ziehen das später an!«

Lion nickte. Eine Wanze in der Hemdennaht oder in einem Schuh zu verstecken war sehr einfach. Wir würden sie nicht finden. Die Wanze konnte wie ein normaler Faden aussehen und die Informationen einmal am Tag als chiffrierten Datenstrom weiterleiten. Kein Detektor könnte sie orten.

»Okay. Die tragen wir noch oft genug. Und jetzt gehen wir in die Stadt, ja?«

Wir zogen uns wieder unsere eigenen Sachen an und gingen auf den Korridor.

Dort begegneten wir vier Jungen in unserem Alter. Sie mussten gerade aus der Sporthalle gekommen sein, da sie Trainingsanzüge trugen, ihre Taschen über die Schulter geworfen hatten und ihre Haare noch nass vom Duschen waren.

»Neulinge!«, freute sich einer. Es war sofort zu sehen, dass es der Anführer war. Er war größer und stärker als seine Freunde. »Ihr wohnt also auch hier?«

»Ja!« Lion schob mich plötzlich zur Seite und ging voran. »Hier.«

»Na dann, ihr müsst euch noch anmelden«, meinte der Junge. »Ist das klar?«

»Eine Schlägerei?«, fragte Lion ruhig.

Der Junge nickte.

»Ich bin dabei!«, stimmte Lion zu.

Ich bekam einen Schreck. Ich mag keine Schlägereien. Ich hatte mich bisher vielleicht fünfmal geschlagen, na ja, wenn man meine ganz frühe Kindheit nicht mitzählt.

Was für eine dumme Angewohnheit! Bevor man Freundschaft schließt, muss man sich erst einmal schlagen!

»Fangen wir an!«, forderte währenddessen der Junge. Er warf seine Tasche auf den Boden und schritt auf Lion zu.

Irgendetwas war geschehen. Es sah aus, als ob Lion auf der Stelle leicht nach oben gesprungen und wieder erstarrt wäre.

Sein Gegner, einen Kopf größer als er, fiel auf den Boden und drückte beide Handflächen gegen sein Gesicht.

Aus der zerschlagenen Nase floss Blut. Der Junge jaulte leise wie ein beleidigter Welpe.

»Will noch jemand?«, fragte Lion. Seine Stimme hatte sich verändert, wirkte kalt und bösartig. »Dem Zweiten breche ich den Kiefer!«

Die Jungs erstarrten. Auf Lion schauten sie nicht etwa mit Furcht, sondern mit Unverständnis.

»Bringt ihn zum Sanitäter. Du«, Lion zeigte auf einen der Jungs, »bist dafür verantwortlich.«

Weitere Worte wurden nicht gewechselt. Zu dritt fassten sie ihren Freund, halfen ihm beim Aufstehen und schleppten ihn durch den Korridor. Das Blut tropfte in dicken Tropfen aus seinem Gesicht, über den Teppich zog sich eine Spur dunkler Flecken.

»Sag mal, bist du verrückt geworden?«, zischte ich. Ich erinnerte mich nämlich daran, dass mich Lion bei unserem ersten Treffen gefragt hatte, ob wir uns schlagen würden.

Er hätte mich doch nicht etwa so zusammengeschlagen!

Lion wandte sich um. Sein Gesicht war betrübt, zeigte aber kein Schuldbewusstsein.

»Das war notwendig, Tikkirej, lass uns gehen!«

Ich fing keinen Streit mit ihm an. Wir gingen schweigend durch den Korridor nach unten, am Wachmann in seiner Bude vorbei und traten auf den Schulhof.

»Du bist völlig übergeschnappt!«, sagte ich voller Überzeugung und stieß Lion in den Rücken. »Warum hast du das gemacht?«

Lion lief schnell weiter, wedelte mit den Händen und antwortete erst, als wir außerhalb des Geländes waren. Dann murmelte er:

»Das war notwendig.«

»Aber warum denn?«, schrie ich. »Ja, wir hätten uns geschlagen, aber warum denn so ...«

»Ich habe mich an meine Träume erinnert«, schnitt mir Lion das Wort ab.

»Was haben die denn damit zu tun?«

»An die Träume«, wiederholte Lion. »Von der Grundausbildung. Wie ich mich genauso ... ›anmelden‹ musste. Glaub nicht, dass es ihnen um eine normale Schlägerei ging! Sie wollten uns zusammengeschlagen. Aber so habe ich sie aus dem Konzept gebracht. Jetzt werden sie uns in Ruhe lassen.«

»Du hast trotzdem kein Recht dazu! Vielleicht haben sie auch irgendetwas geträumt?«

»Dasselbe«, bekräftigte Lion. »Das genau braucht Inej, verstehst du? Um Kampfgeist anzuerziehen.

Wirkliche, abgehärtete Kämpfer. Und genau das geschah in allen Heldenserien, erinnerst du dich? Wenn ein junger Mann zur Armee kommt, wird er erst einmal zusammengeschlagen und dann schließt er mit allen Freundschaft.«

»Wir sind nicht in der Armee, wir sind im College! Denkst du, jetzt werden wir noch mit irgendjemandem Freundschaft schließen können?«, fragte ich ironisch. »Alle werden sich vor dir fürchten!«

»Kann gut sein«, gab Lion zu. »Aber anderenfalls würden wir jetzt im Krankenhaus liegen. Nicht nur dieser Kerl hier!«

Er hatte letztendlich Recht. Denn Lion erinnerte sich an seine Träume und ahnte, wie sich die anderen Jungs benehmen würden. Aber wenn ich bedenke, wie er mit einem Schlag den kräftigen Kerl umgelegt hatte, war mir schon mulmig zumute.

»Wo hast du gelernt, so zuzuschlagen?«, wollte ich wissen.

»Im Traum.« Lion kicherte. »Sie könnten das auch, verstehst du das? Sie wissen es nur noch nicht. Zeig ihnen jedoch nur einmal die Griffe – und sie können es sofort.«

»Weißt du«, meinte ich, »wenn du dich die ganze Zeit an deine Träume erinnerst und dich genauso benimmst wie in ihnen, dann wirst du irgendwann verrückt. Oder du wirst wirklich ... eiskalt.«

Lion blieb endlich stehen und hörte mir zu.

»Gefällt es dir, so zu sein?«, fragte ich. »Nummer eins – die Nase ist gebrochen. Zwei – Kommandos werden erteilt. Dann mach nur weiter Karriere! Erobere das Imperium für Frau Snow!«

»Es gefällt mir nicht«, sagte Lion schuldbewusst. »Mir war, als ob in meinem Kopf irgendeine Verbindung zustande käme. Ich erinnerte mich daran, was alles passieren würde. Dass sie uns zusammenschlagen, danach ins Lazarett schleppen, dann bestraft werden – und zum Schluss werden wir Freunde. Und ich fühlte so eine Wut! Ich werde es nicht noch einmal machen.«

»Komm, wir suchen jetzt lieber ein Geschäft!«, entspannte ich die Situation. »Ich muss noch eine Batterie kaufen.«

»Hm.« Lion nickte und lächelte zustimmend. »Gehen wir!«

Neben der Moschee fanden wir einen Laden. Hauptsächlich wurden dort Bücher, Gebetsteppiche, spezielles Essen für Gläubige und unauffällige Kleidung verkauft. Es gab jedoch auch eine Abteilung mit allem möglichen Kleinkram für den Bereich Elektronik, darunter Batterien. Ich blätterte einen Katalog durch, wählte eine Batterie für Schraubenzieher und andere Werkzeuge aus. Da fiel mir ein, dass ich gar kein Geld hatte.

»Mama hat mir am Morgen etwas zugesteckt«, erriet Lion. »Hier.«

Ich bezahlte und nahm die kleine, schwere Metalltablette in Empfang.

»Du werkelst wohl gern?«, fragte der Verkäufer lächelnd.

»Hm«, erwiderte ich. »Besonders Löcher bohren.«

Wir gingen wieder auf die Straße, fanden eine ruhige

Gasse, in der sich niemand aufhielt und auf die keine Fenster hinausgingen. Ich löste meinen »Gürtel« und drückte ihn mit der Hand. Die Schlange lebte auf. Die »Schnalle« verdickte sich langsam und verwandelte sich in einen Schlangenkopf. Ich versuchte mir vorzustellen, wie ich eine Batterie in das Schlangenschwert einsetze, und an der Seite öffnete sich ein enger Schlitz. Dort hinein steckte ich die Batterie.

Es schien, als ob ein Krampf durch den Körper ging. Der Schwanz der Schlange schlug nach oben und berührte meinen Neuroshunt. Plötzlich hörte ich Musik, Gesprächsfetzen – nicht akustisch, sondern über den Shunt. Die wiederbelebte Schlange scannte den Luftraum und übertrug mir Radiosendungen, Telefongespräche und allen möglichen Unsinn.

»Mensch!«, rief Lion begeistert aus.

»Das ist nicht nötig!«, flüsterte ich der Waffe zu. »Geh in Warteposition!«

Die Schlange kroch sofort aus dem Shunt, verflachte sich und erstarrte. Ich band mir den Gürtel wieder um. In diesem Moment hielt ein an der Gasse Vorbeigehender inne und schaute mich Verdacht schöpfend an:

»Ei-ei-ei, schämst du dich nicht? So ein großer Junge!«

»Ich mache den Gürtel weiter, die Hosen drücken!«, rief ich und wurde rot. Der Passant schaute mich zweifelnd an, fand jedoch nichts Verdächtiges.

»Warum beschimpfen Sie ihn?«, setzte sich Lion für mich ein. »Es war ihm ganz einfach peinlich, auf der Straße seine Hosen zu richten!«

Die Erklärung hörte sich glaubhaft an.

»Entschuldige, junger Mann!«, sagte der Passant einsichtig. »Ich wollte dich nicht beleidigen, mein Lieber.«

Lion zwinkerte mir zu und flüsterte: »Wie gut das ist, wenn alle höflich sind!«

Das stimmte. Auf dem Avalon hätte sich ein Erwachsener bestimmt nicht bei einem Jungen entschuldigt, selbst wenn er ihn ohne Grund verdächtigt hatte.

»Schon gut!«, meinte ich. »Ich trage es Ihnen nicht nach!«

Bis zum Abend spazierten wir durch Agrabad. Wir gingen auf den Platz, auf dem Tien später hingerichtet werden sollte. In dessen Zentrum erhob sich ein Holzgerüst, umhüllt mit rotem Stoff. Bisher zeigten sich nur wenige Menschen auf dem Platz, und wir versuchten, uns dem Gerüst zu nähern. Vielleicht konnte man sich darunter verstecken und eine Luke unter Tien herausschneiden, wenn er gebracht wurde. Zu uns kam aber ein Polizist, der uns äußerst höflich darüber belehrte, dass hier ein Verbrecher hingerichtet werden würde und das Ganze nichts für Jugendliche sei. Es wäre auch nicht erlaubt, sich hier einfach in der Nähe herumzutreiben, da es sich um eine Sache der Gerichtsbarkeit und nicht um eine Hip-Hop-Show handele.

Das bedeutete für uns, dass wir uns entfernen mussten. Wir trieben uns noch eine Weile in der Nähe herum und rätselten, auf welche Art und Weise Tien hingerichtet werden sollte. Lion ging davon aus, dass er erschossen werden würde, da auf dem Gerüst weder ein Galgen, noch Handwerker, die ihn aufrichteten, zu sehen waren. Ich war der Meinung, dass er geköpft würde. Das alles brachte uns jedoch überhaupt nicht weiter, da beim Anblick des Platzes klar wurde, dass sich hier ungefähr fünfzigtausend Menschen versammeln würden. Auch ein Schlangenschwert würde uns nicht helfen können, den Phagen zu retten. Selbst wenn der mutige Industrielle Semetzki mit seinen Mädchen erscheinen würde, wäre Tien nicht zu retten.

»Wir sehen lieber nicht zu«, schlug Lion vor. Er war irgendwie enttäuscht und wurde nervös. »Ich möchte so etwas nicht erleben!«

Ich dachte nach. In meiner Brust breiteten sich Kälte und Widerwillen aus. Ich hatte überhaupt kein Interesse daran, die Hinrichtung mitzuerleben. Die Erinnerung daran war wach, wie wir in Tiens Raumschiff am Tisch gesessen waren, Abendbrot gegessen hatten und er alle möglichen, sicherlich ausgedachten, Phagengeschichten erzählt hatte, denn wer würde uns schon die wirklichen Geheimnisse verraten? Trotzdem hatten wir es interessant gefunden und gelacht.

»Es wäre feige, wenn wir nicht hingehen würden«, äußerte ich. »Er ist doch hier ganz allein. Tien schaut auf den Platz und dort sind nur Feinde.«

»Glaubst du, dass er uns sehen wird?«, fragte Lion und sah sich zweifelnd auf dem Platz um.

»Er wird es fühlen. Er ist ja ein Phag.«

Lion nickte und biss die Zähne zusammen.

»Wir müssen hingehen«, wiederholte ich.

Bis zur Hinrichtung verblieben noch vier Stunden.

Wir schlenderten noch einmal durchs Zentrum. Hier war es sehr schön. Die Häuser unterschieden sich voneinander und ähnelten sich nicht so wie in den Wohngebieten. An kleinen Ständen wurde mit allen möglichen Dingen gehandelt, Cafés hatten geöffnet, obwohl in ihnen wenig Gäste saßen. Wir wollten weder essen noch trinken, noch konnten wir uns an der Stadt erfreuen.

»Und wenn unter dem Platz ein Kanalsystem ist?«, brütete Lion eine Idee nach der anderen aus. »Dort hineingehen, bis zum Gerüst kriechen … nein, das ist Blödsinn. Am Besten wäre es, einen Flyer zu entführen …«

Das alles war sinnlos. Wir wussten es beide. Wir konnten nichts machen, außer auf den Platz zu gehen und die Hinrichtung anzusehen.

»Ist das schlimm, wenn ein Mensch stirbt?«, wollte Lion wissen.

»Du hast das doch schon in deinen Träumen gesehen«, konnte ich nicht an mich halten. »Wie ich gestorben bin, zum Beispiel.«

»Das war im Traum«, erwiderte Lion trübselig. »Und in echt? Dieser Spion, den Stasj getötet hat?«

»Es war fürchterlich«, gab ich zu. »Wenn jemand stirbt, ist das schlimm. Aber damals fing ja das ganze Durcheinander an. Deshalb war ich abgelenkt. Und die eine Sache ist ein Spion, der mich töten will, Tien ist eine andere.«

»Was glaubst du, ist das eine Lüge mit der Beulenpest?«

»Eine Lüge!«, sagte ich mit Bestimmtheit.

Obwohl ich tief in meinem Innersten zweifelte. Vielleicht stimmte es doch? Denn die Phagen dienen dem Imperium an sich und nicht einzelnen Individuen oder auch Tausenden Menschen. Wenn ein Phag den Befehl erhält, wirft er auch eine Bombe auf einen Planeten und verseucht Wasserleitungen mit Viren.

Nach einer Stunde waren wir völlig ausgelaugt und begaben uns auf den Platz.

Die Menschen kamen zuhauf. Bis sechs Uhr abends war fast niemand da, danach schien es, als ob sich Schleusentore geöffnet hätten und die Leute von überall herströmten. Offensichtlich ging der Arbeitstag zu Ende.

Zuerst kamen Männer und Frauen in streng geschnittenen Anzügen, Mitarbeiter der Regierungsbehörden. Dann erschienen eher sportlich gekleidete Menschen, wahrscheinlich aus der privaten Wirtschaft. Danach Arbeiter aus den Betrieben, die eine lange Fahrt ins Zentrum hatten. Sie waren einfach zu erkennen.

Gegen sieben Uhr schien der Platz schon voller Menschen, trotzdem trafen immer neue ein und die Massen begannen sich zusammenzudrängen. Lion und ich wurden bis zum Gerüst vorgeschoben, obwohl wir gerade dorthin nicht wollten. Viele Erwachsene schauten uns unwillig an, forderten uns jedoch nicht auf wegzugehen. Es war klar, dass man aus so einer Menschenmenge nicht mehr herauskonnte.

»Es ist sinnlos, dass wir hier sind«, murmelte Lion. »Hör mal, ich muss auf Toilette …«

»Wie willst du hier auf Toilette?«, erregte ich mich. »Reiß dich zusammen!«

Viertel vor acht erschien über dem Platz ein riesiger

Flyer mit dem Zeichen der Regierung von Neu-Kuweit. Er senkte sich langsam über das Gerüst, ohne vollständig auf der Tribüne aufzusetzen. Sonst hätte er die Balken durch sein Gewicht zum Einsturz gebracht. Die Türen am Bug öffneten sich und ein Dutzend Polizisten, Zivilisten und Tien stiegen aus.

Die Menschenmenge hielt die Luft an.

Tien wurde in die Mitte des Gerüsts gestellt, wo sich eine kleine Erhebung in Form eines Podests befand. Er trug eine triste, graue Robe. An seinen Händen und Füßen sah man die Ringe der magnetischen Fesseln. Der Phag wirkte sehr ruhig und schaute nicht in die Menschenmenge, sondern über die Köpfe hinweg.

Die Polizisten formierten sich seitlich in einer Reihe, jeder hielt in seiner Hand einen Strahlenblaster.

»Sie werden ihn erschießen«, flüsterte mir Lion ins Ohr. »Das ist gut. Das tut nicht so weh.«

Gleichzeitig erhob sich der Flyer in den Himmel und verharrte unbeweglich etwa hundert Meter über dem Gerüst. Ein dünnes, glänzendes Seil wurde aus seinem Rumpf heruntergelassen.

Die Masse staunte.

Tien schaute verächtlich auf den Zivilisten, der das Seil auffing und ihm die Schlinge um den Hals legte. Und wieder schaute er über die Köpfe der Leute hinweg.

»Das ist entwürdigend«, flüsterte Lion. »Es ist ein unehrenhafter Tod, wenn sie ihn aufhängen!«

Während er das äußerte, trat einer der Zivilisten an den Rand des Gerüsts und begann zu reden. Seine

Stimme wurde durch unsichtbare Lautsprecher verstärkt und schallte über den ganzen Platz. Und nicht nur über den Platz, sie war sicher in der ganzen Hauptstadt zu hören.

Dieser Zivilist war der Staatsanwalt von Agrabad.

Er verlas das Urteil des Tribunals, wonach Sjan Tien, Bürger von Avalon, sich auf dem zur Föderation des Inej gehörenden Planeten Neu-Kuweit eingeschlichen hätte mit Dokumenten, die ihn als Bodyguard des persönlichen Vertreters des Imperators, der in einer diplomatischen Mission auf Neu-Kuweit weilte, auswiesen.

Aber leider erwiderte der Bürger Sjan Tien, der mit aller der Föderation eigenen Gastfreundschaft aufgenommen worden war, die ihm erwiesene Güte mit Gräueltaten. Heimlich verließ er das ihm zugewiesene Hotelzimmer, verschaffte sich Zutritt zum Territorium der hauptstädtischen Wasserwerke und wurde dort von der Wache beim Versuch, Gift in die Filteranlagen einzubringen, verhaftet. Die daraufhin veranlasste Analyse ergab, dass sich in dem von ihm mitgeführten Reagenzglas Erreger der Beulenpest, einer schrecklichen Seuche, die Millionen Bürger von Neu-Kuweit vernichten würde, befanden. Außerdem stellte sich während der Ermittlungen heraus, dass Sjan Tien ein so genannter Phag, Mitglied einer unmittelbar dem Imperator unterstellten geheimen Terrorgruppe, war. Auf Entscheidung des Tribunals wurde die diplomatische Immunität des Saboteurs Tien aufgehoben, und er wurde verurteilt – hier vergaß die Menschenmenge zu atmen – zum Tode durch den Strang. Das Hängen solle erfolgen durch Anbringung einer Schlinge am Halse Sjan Tiens, wobei diese ein Ende eines festen, einhundert Meter langen Seils bilde, dessen anderes Ende am Gerichtsflyer befestigt sei. Letzterer solle auf einer Höhe von hundert Metern schweben und auf Befehl des Staatsanwalts eine Höhe von zweihundert Metern einnehmen …

Die Worte des Staatsanwaltes waren zwar verständlich, aber sehr geschraubt, wie in alten historischen Chroniken. Auch seine Stimme war festlich und düster, ganz wie in alten Filmen.

Im Anschluss fragte der Staatsanwalt Sjan Tien, ob dieser etwas erwidern wolle oder einen letzten Wunsch hätte – eine Zigarette, Alkohol, Drogen oder die Hilfe eines Angehörigen einer beliebigen allseits anerkannten Konfession.

Der Phag schaute ihn an, schüttelte den Kopf und blickte wieder über die Köpfe der Menge hinweg.

Lion versteckte sein Gesicht an meiner Schulter, und ich wusste, dass er sich die Hinrichtung nicht ansehen wollte und würde. Jetzt war er gar nicht mehr wie am Morgen, als er sich mit dem Jungen aus dem College geschlagen hatte.

Ein anderer Zivilist trat nach vorn und die Menschenmenge reagierte mit Applaus.

Dieser Mensch mittleren Alters war der Sultan, der Herrscher von Neu-Kuweit. Er sprach kurz über Wortbruch, Barmherzigkeit und Gerechtigkeit und erklärte, dass er sich nach reiflichem Nachdenken dazu entschieden hätte, von seinem Recht auf Begnadigung keinen Gebrauch zu machen. Die Menge applaudierte.

Auf einmal begannen alle dermaßen zu toben, dass sich sogar Lion zum Gerüst umwandte. Das hier war eindeutig noch nicht die Hinrichtung. Hier ging etwas völlig anderes, wahrscheinlich Wichtigeres als jegliche Rechtssprechung vor sich.

Hinter dem Rücken der Zivilisten trat eine kleine Frau in einem langen Kleid, langen Spitzenhandschuhen und einem Gesichtsschleier hervor.

»Die Herrscherin!«, schrie Lion begeistert. »Frau Präsident!«

Die Menschenmenge tobte.

Ich wurde beinahe umgerissen, so eilig strömten alle zum Gerüst. Neben mir wurde vor lauter Begeisterung geschrieen, geweint und gelacht. Frauen und Kinder – es gab trotz allem Kinder in der Menschenmenge – wurden auf den Arm genommen und auf die Schultern gesetzt, damit sie die Präsidentin Inna Snow besser sehen konnten. Auch ich wurde plötzlich gepackt und fand mich auf den breiten Schultern eines solide wirkenden Mannes mit einem vor Begeisterung verzerrten Gesicht wieder. Er weinte und lachte gleichzeitig.

»Schau hin, Kleiner!«, schrie er mir zu. »Schau hin und präge es dir ein!« Und dann, mich sofort wieder vergessend: »Frau Präsident! Frau Präsident!«

Ich war der Situation hilflos ausgeliefert. Ich schaute mich um. Neben mir wurde Lion von einem dürren, jung aussehenden Mann genauso wie ich hochgehoben und auf die Schultern gesetzt. Ich sah mich um und realisierte, dass ich eine allgemeine Hysterie miterlebte: Die Menschen wollten nicht nur selber Inna Snow sehen, sondern auch anderen helfen, sie zu erblicken. Unweit von uns entfernt wurde ein recht erwachsener Mann nach oben gehoben. Er war von kleinem Wuchs und konnte deshalb schlecht sehen, was passierte.

Und wir wollten einen Überfall vorbereiten und Tien befreien!

Wie waren wir nur dumm und naiv ... Diese Menschenmenge hätte jeden beim Versuch einer Attacke auf die Personen, die sich auf dem Gerüst befanden, in Stücke, in kleine Krümel, in Moleküle zerlegt!

»Was bist du so schweigsam, du brauchst dich nicht zu schämen!«, schrie mir der mich tragende Mann zu.

Ich wagte es nicht, ruhig zu bleiben.

»Inna Snow! Inna Snow!«, begann auch ich zu schreien.

»HERR-SCHE-RIN! FRAU PRÄ-SI-DENT!«

Die Menge schäumte. Inna Snow hob eine Hand und begrüßte ihre Untertanen.

Dann hob sie die zweite Hand und alle verstummten.

»Das Böse schafft *Böses*, das Gute – *Gutes*«, verkündete Inna Snow. Ihre Stimme wurde ebenfalls verstärkt, aber sie schien zu flüstern, sehr zu Herzen gehend und nicht mit der Menschenmenge, sondern nur mit mir allein zu sprechen. Außerdem vibrierte ihre Stimme eigenartig, aber mir vertraut, als ob sie die ganze Zeit über Intonation und Timbre wechselte.

»Herrscherin ...«, flüsterte auch ich. Ich hörte es nicht, sondern fühlte, wie jeder Einzelne auf dem Platz dieses Wort herausstieß, wie es sich wie ein leichter Sirenenklang durch die Straßen Agrabads verbreitete.

»Dieser Mensch *kam zu uns* mit dem Tod. Mit einem

schlimmen, *fürchterlichen* Tod für *jeden* Einwohner Agrabads. Ich habe keine Angst um mich, denn *ich kann nicht sterben.* Und das *Mindeste*, das Gerechteste, was man tun kann, ist, diesen Menschen namens Sjan Tien *zu richten.*«

Die Masse schwieg und wartete.

Inna Snow starrte auf Tien: »Er brachte den Tod zu euch. *Meinen* Freunden. *Meinen* Kindern.« Und sie wandte sich von ihm ab.

»Wäre das aber wirkliche Gerechtigkeit? Ich möchte mich mit euch beratschlagen. Dieser Mensch ist ein *Phag* – ein genetisch modifizierter *Mörder*, ein Terrorist, herangezogen in den Labors des Avalon. *Er hat nie seine Eltern kennen gelernt.* Sein Genom ist ein Mosaik aus Genen, die von einem Dutzend Spendern stammen. Seit frühester Kindheit lehrte man ihn zu *töten* und zu verraten. Man hielt menschliche Gefühle von ihm fern, erzog ihn zu Grausamkeit und Unbarmherzigkeit, *unfähig zu lieben, unfähig zu leiden.* Er ist lediglich ein Instrument in den Händen einer *feigen, käuflichen Macht*, die ihr Ende nahen sieht. Ja, das *Imperium ist bereit*, die gesamte Galaxie mit Strömen heißen *Menschenbluts* zu überziehen und uns schutzlos und ausgeblutet den fremden Rassen zu überlassen. Aber werden wir auch nur einen überflüssigen Tropfen Blut in diesen Strom einspeisen? Ich weiß, wie gering die Chance ist, dass sich dieser Mensch ändern wird. Aber es *gibt diese Chance*. Können wir uns diese Barmherzigkeit leisten? Sind *wir* dafür *stark* genug? Glauben wir an uns? Sind wir fähig zu verzeihen?«

Die Menschenmenge schwieg. Ich schwieg ebenfalls. Ich wusste nicht, was ich erwidern sollte. Die Herrscherin sollte mir einen Hinweis geben, mir erklären, was ich wollte – die Hinrichtung Tiens oder Barmherzigkeit.

»Wir *erwidern Böses* nicht mit Bösem«, flüsterte die Präsidentin ganz leise.

Ich erzitterte und schloss die Augen, als ich kapierte, wie für mich gedacht wurde. Was ist das hier für eine Einflüsterung? Sie faselt doch Unsinn, diese Inna Snow! So etwas ist Demagogie! Was heißt hier »Das Böse erschafft Böses«? Sjan Tien konnte nicht den ganzen Planeten mit einer todbringenden Krankheit infizieren, er hätte so etwas nie gemacht! Wieso benutzte man da einen menschlichen Terroristen? Man könnte viel eleganter aus dem Weltraum eine kleine Eiskapsel auf den Planeten werfen, die im Luftraum über der Hauptstadt schmelzen würde und schon wäre das Ziel erreicht! Und überhaupt sind die Phagen weder gefühllos noch erbarmungslos! Und das Imperium will mit niemandem Krieg führen!

Aus welchem Grund aber hatte ich begonnen genauso zu denken, wie Inna Snow es wollte? Ich gehörte doch nicht zu den Hirnamputierten!

Vielleicht deshalb, weil sich um mich herum Tausende Menschen befanden, die alle das Gleiche dachten? Das wäre dann eine Art Reihenschaltung. Man benötigt keinerlei Apparate, um alle Menschen gleichzuschalten, sie zu Teilen eines Mechanismus werden zu lassen: Mach sie zum Teil einer Menschenmasse! Schau mit den

Augen der Masse, höre mit ihren Ohren, schreie mit ihrer Stimme!

Und schon erstirbt jeglicher Gedanke.

»*Schenken* wir diesem Menschen *die Freiheit*?«, stellte Inna Snow in den Raum. Sie schaute nach oben auf den schwebenden Flyer und der dunkle Schleier legte sich auf ihr Gesicht und zeichnete die Konturen nach. Die Menge stöhnte, als ob sie das Gesicht der Frau Präsidentin genauer sehen wollte. »Soll er sich zu seinem Herrn *scheren*, dieser treue *Hund des Imperators*! Soll er Zeugnis ablegen von unserer Verachtung, unserem Willen und *unserer Kraft*!«

»Ja!«, jauchzte die Menge. Mir dröhnten die Ohren. Der Mann, der mich hochgehoben hatte, sprang herum wie ein Kind und wedelte mit den Armen. Ich begann herunterzurutschen, er hielt mich fest, setzte mich wieder gerade und rief fröhlich:

»Wie gut sie ist! Junge, wie gut sie ist! Wie gut!«

»Du bist ein hirnamputierter Verrückter«, sagte ich. Er konnte mich sowieso nicht hören. Im selben Augenblick hatte er mich vergessen und fing wieder an mit den Armen zu wedeln. Um uns herum liefen die Leute Amok.

Auf dem Gerüst nahm man endlich Tien die Schlinge vom Hals und stellte eine hölzerne Leiter direkt in die Masse.

»Soll er gehen«, wiederholte Inna Snow. »Lasst ihn passieren, Bürger. *Berührt ihn nicht*. Soll er zum Kosmodrom *gehen*, sich in sein Raumschiff setzen und den Planeten verlassen. Niemand soll ihm *zu nahe kommen*!«

Sjan Tien wartete geduldig. Ihm wurden die Fesseln an Händen und Füßen abgenommen. Er rieb seine Handgelenke, danach ging er auf Inna Snow zu. Er sprach zu ihr. Man hörte seine Worte nicht, wohl aber die Antwort der Herrscherin: »Eure Psychoweisheit hat keine Wirkung auf mich. Ich werde den Schleier an dem Tag lüften, an dem die Menschheit das *Joch des Imperators* abgeschüttelt haben und eine Familie bilden wird. Geh, Phag, geh zu deinen Herren.«

Tien zuckte mit den Schultern. Langsam stieg er vom Gerüst. Die Menge wich zur Seite und bildete einen Freiraum um ihn. Tien sah sich um. Er ging – und der Freiraum um ihn herum bewegte sich mit ihm. Die Menschen sprangen zur Seite, als ob der Phag selber die Beulenpest hätte.

Ich bekam nicht mit, wer ihn als Erster anspuckte. Es waren gleich ungeheuer viele, die Sjan Tien anspuckten und dabei versuchten, ihn ins Gesicht zu treffen.

Tien schien die Erniedrigung nicht zu bemerken. Er ging weiter. Direkt auf mich zu. Der Freiraum folgte ihm.

Ich zappelte und versuchte ihm aus dem Weg zu gehen, es war aber bereits zu spät. Die Menschenmasse presste sich zusammen und ich wurde direkt gegen Tien geschleudert – in die erste Reihe derer, die sich wie verrückt gebärdeten, schrien und spuckten wie ungezogene Kinder. Tiens Blick glitt über mich, ohne sich zu verändern, aber ich wusste, dass er mich erkannt hatte.

Ich sammelte den Mund voller Speichel und spuckte Tien an. Ich schrie: »Hau ab! Hau ab!«

Dann wurde ich zur Seite gedrängt, der Kreis bewegte sich weiter. Ich spuckte noch einmal, Tien in den Rücken.

Ich hatte mich noch nie in meinem Leben so ekelhaft gefühlt.

Das bedeutete es also, ein Phag zu sein?

Mit einer Schlinge um den Hals dazustehen, wenn frech und schamlos Lügen über dich verbreitet, dir die Worte im Munde umgedreht werden und du jeglicher Sünden bezichtigt wirst – das hieß also auch, »ein Phag zu sein«?

Angespuckt durch eine schreiende Menschenmenge zu laufen und dabei an fremder Spucke fast zu ersticken?

Einem Freund ins Gesicht zu spucken?

Und wenn es Stasj gewesen wäre?

Ich wollte niemals ein Phag sein!

Und ich hasste alle diejenigen, die die Phagen zu so etwas zwangen!

Ich verstand alles, ich war nicht mehr klein. Auch der Imperator war schuld, da er seinen Ratgebern zu sehr vertraute und nicht gegen Ungerechtigkeiten wie bei uns auf Karijer kämpfte.

Vielleicht wollte Inna Snow auch wirklich nur Gutes für alle Menschen und log deshalb.

Aber das, was sie soeben gemacht hatte – das war keine Barmherzigkeit!

Das war niederträchtig.

Denn sie wusste genau: Man würde Tien anspucken. Es ging ihr nicht um seine Hinrichtung, weil die Hinrichtung eines einzelnen Menschen nicht ins Gewicht fällt, wenn Planeten gegeneinander kämpfen. Sie wollte die Phagen, das Imperium und den Imperator erniedrigen.

Als sie Tien einen Hund des Imperators schimpfte, wollte sie Krieg. Aus einem bestimmten Grund brauchte sie einen heißen Krieg! Und zwar einen Krieg, bei dem das Imperium als Aggressor gelten würde!

Warum nur?

»Tikkirej!« Lion fasste mich am Ellenbogen. »Ich hatte dich v-verloren!«

Er zitterte, als ob er krank wäre. Die Menschenmenge um uns herum kochte, aber Lion hielt sich an mir fest und sah mich mit Grauen an.

»Hast du es jetzt verstanden? Ja? Hast du es verstanden?«, schrie er.

»Ich habe es verstanden!«, erwiderte ich. »Lion, beruhige dich! Es ist schon alles vorbei!«

Ja, wir hatten es überstanden. Für Tien war es erst der Anfang. Am Abend sahen wir in den Nachrichten, wie er zu seinem Raumschiff kam – in einem lebenden Korridor, in einem Kreis der Leere, in einem spuckenden menschlichen Ring.

Aber jetzt fassten wir uns fest an. Wir wurden in der Menge hin und her gestoßen, einer freundlichen, aufmerksamen, rücksichtsvollen Menge, in der sich alle bemühten, zwei kleine Jungs zu unterstützen, die man sonst zertrampelt hätte.

Kapitel 6

Auf dem Heimweg zum College beruhigte sich Lion ein wenig. Er schimpfte allerdings pausenlos.

»Hast du bemerkt, wie sie die Menge aufgehetzt hat? Und was sie mit uns angestellt hat? Sogar du hast ihr zugejubelt, ich habe es gehört!«

»Sie hat auf eine besondere Weise gesprochen«, erklärte ich. »Die Phagen können das auch ... Wenn du Befehle gibst und man sich dir unterordnet. Ich glaube aber nicht, dass die Phagen gleich eine riesige Menschenmenge beeinflussen können. Und auf Snow hat es überhaupt nicht gewirkt ... Ist dir aufgefallen, dass Tien versucht hat, sie dazu zu bringen, ihren Schleier zu lüften?«

»Ha, die Menge!«, fauchte Lion verächtlich. »Hirnamputierte!«

»Ich gehöre nicht zu den Hirnamputierten!«, berichtigte ich. »Und du auch nicht. Aber wir haben mitgejubelt.«

Neben einem Müllkübel fand Lion eine leere Bierdose. Er bückte sich, als ob er sie aufheben wollte, überlegte es sich jedoch anders, schaute sich sichernd um, zog eine Grimasse und stieß mit voller Kraft die Bierdose weg. Sie schepperte so unangenehm, wie nur leere Plastikbehälter scheppern können.

»Wie kindisch«, bemerkte ich.

Ich schritt aus, Hände in den Taschen, und hatte keine Lust, Bierdosen wegzukicken, Flaschen zu zerschlagen oder die Präsidentin Inna Snow zu beschimpfen.

Das war dumm, das war auf dem Niveau von Lions kleinem Bruder, wenn er ein Auto zerstampfte. Wir aber waren nun mal keine Kinder, denen die Föderation des Inej und deren Präsidentin einfach nicht gefiel. Wir waren Aufklärer, Helfer der Phagen.

»Der Imperator muss in den Krieg ziehen«, sagte Lion plötzlich. Er sah mich an und sein Gesicht war wie versteinert. »Es bleibt ihm nichts anderes übrig. Alle werden ihr folgen. Es wird zum Kampf kommen.«

»Und deine Eltern?«, wollte ich wissen.

Lion blinzelte und kam ganz durcheinander.

»Sie werden doch für Inej kämpfen«, erinnerte ich ihn. »Für Inna Snow. Dein Brüderchen wird kämpfen, dein Schwesterchen auch. Und dein Vater wird in den Krieg ziehen. Deine Mutter wird in einer Fabrik schuften oder im Schacht arbeiten.«

»Ich werde darum bitten, dass sie evakuiert werden … Und dass sie eine Gehirnwäsche bekommen!«, sagte Lion kläglich. »Oder sind sich die Phagen dafür etwa zu schade?«

»Die Phagen handeln nicht aus Mitleid«, erinnerte ich ihn. »Nur Stasj ist nicht ganz so wie die anderen.«

»Dann musst du zurückfliegen«, beschloss Lion. »Wir haben schon alles aufgeklärt. Es wird Krieg geben. Der Imperator wird derartige Beleidigungen nicht hinnehmen, er ist zwar alt, aber stolz. Verlass den Planeten und berichte alles, was wir erkundet haben. Und ich bleibe bei meinen Eltern.«

»Du wirst im College bleiben«, berichtigte ich ihn. »Und wirst auch nichts machen können. Tja, und was haben wir hier eigentlich erkundet?«

»Dass Inna Snow gegen das Imperium kämpfen will«, sagte Lion.

»Glaubst du, sie ist nicht bei Trost?«, fragte ich. »Denk doch einmal selbst nach, was das Imperium für eine Flotte hat im Gegensatz zu der von Inej! Wie viele Planeten zum Imperator halten und wie viele zu Inna Snow! Na gut, hier hat sie alle hirnamputiert, sie würden für sie in den sicheren Tod gehen. Aber mit allen anderen wird es nicht so leicht sein! Bei ihnen sind die Radioshunts deaktiviert, das Programm kann nicht mehr so einfach initiiert werden. Sogar wenn es weitere Betroffene geben sollte – sie können jetzt geheilt werden. Wie will sie denn dann kämpfen? Besitzt sie etwa eine Wunderwaffe? Irgendeinen Todesstrahl wie im Film? Eins – und alle Sterne sind erloschen, zwei – und alle Raumschiffe sind verglüht ...«

Lion wurde unruhig.

»Und wenn es wirklich so ist? Vielleicht wartet sie nur auf einen Anlass, darauf, dass der Imperator als Erster angreift?«

»Warum?«

»Zum Beispiel, damit die Fremden sie nicht für den Aggressor halten. Ich erinnere mich aus meinem Traum, dass nicht nur wir gegen das Imperium kämpften, die Halflinge hatten uns unterstützt ...«

Er unterbrach sich und schaute mich erschrocken an. Ich fasste Lion an die Schultern:

»Hast du das den Phagen gesagt?«

»Äh – ich erinnere mich nicht. Ich glaube …«

»Was ›glaubst‹ du?«

»Ich glaube, ich habe es gesagt …«

»Verdammt!« Etwas anderes fiel mir nicht ein. »Darum geht es also! Sie konspiriert mit den Fremden! Vielleicht wirklich mit den Halflingen, die sind kriegerisch wie alle Zwerge. Und wenn das Imperium Inej überfällt, treten die Halflinge auf Inejs Seite in den Krieg … Sie haben massenhaft Militärraumschiffe! Und dann beginnt ein solches Durcheinander!«

»Das müssen die Phagen erfahren«, meinte Lion.

»Und wie? Sollen wir einen Brief zum Avalon schicken?«, fragte ich aufgebracht.

»Warum keinen Brief, wenn er chiffriert ist …«

»Wenn uns jemand den Code verraten würde!?«

Wir standen da und schauten einander verzweifelt an.

Dann äußerte Lion: »Hör mal, warum, zum Teufel, haben sie uns überhaupt ohne jegliche Kontaktmöglichkeit hierhergeschickt?«

»Stasj hat gesagt, dass sie uns finden würden.«

»Wann? Und wer? Wenn wir hier wirklich etwas Wichtiges in Erfahrung bringen können, warum haben wir dann keine Verbindung zu ihnen? Egal welche! Ein bestimmtes Zeichen, ein Brief, der geschrieben werden muss … was weiß ich!«

»Sie werden von sich aus Kontakt mit uns aufnehmen!«, wiederholte ich störrisch. »Auf jeden Fall!«

Lion bewegte zweifelnd den Kopf:

»Das ist trotzdem nicht in Ordnung. So etwas darf es einfach nicht geben, Tikkirej!«

Wir hätten noch bis in alle Ewigkeit darüber diskutieren können, ob man uns eine Kommunikationsmöglichkeit mit Avalon hätte einrichten sollen oder nicht. Es war so oder so ein sinnloser Streit.

Ich war mir ziemlich sicher, dass uns am Abend Probleme erwarten würden. Zumindest Lion müsste bestraft werden!

Über die Schlägerei verlor jedoch niemand ein Wort und überhaupt versuchten alle, uns nicht zu nahe zu kommen. Im Speisesaal bekamen wir unser Abendbrot, obwohl es schon spät war und sich niemand mehr im Raum aufhielt. In unserem Zimmer fanden wir auf dem Tisch Briefumschläge mit dem Stundenplan für die nächste Woche, den Schulregeln und der Hausordnung des Colleges. Ich las sie mir durch – es gab nichts Unannehmbares in den Regeln. Nur Punkt Nummer sechs – »Die Zöglinge werden gebeten, ihre Meinungsverschiedenheiten nicht in Form von Schlägereien auszutragen, bevor nicht alle Möglichkeiten der friedlichen Streitbeilegung ausgeschöpft sind« – war besonders hervorgehoben. Als ob man diese Zeile kräftig mit einem Fingernagel unterstrichen hätte.

Bei Lion fand sich dasselbe.

»Was es nicht alles gibt«, murmelte er. Er wirkte verlegen.

Im Schrank war Kleidung hinzugekommen. Wir hatten jetzt auch Unterwäsche, Schlafanzüge und Sportsachen. Lion freute sich offenkundig und betrachtete die neuen Sachen. Ich setzte mich aufs Bett, legte die Kleidung vor mir zurecht und versank in Gedanken.

Das alles hier ist doch keine billige synthetische Kleidung wie die, die an moralisch nicht gefestigte arbeitsscheue Leute ausgegeben wird. Es ist teure Kleidung aus Pflanzen, aus Baumwolle und Leinen. Und Leinen wächst ausschließlich auf der Erde. Das weiß jeder, überlegte ich.

Als mir meine Eltern echte Jeans aus Baumwolle geschenkt hatten – das war vielleicht ein Feiertag! Natürlich ist Neu-Kuweit viel reicher als Karijer, aber trotzdem … Aus welchem Grund wurden wir mit diesen Geschenken überschüttet?

In Gedanken versunken spürte ich nicht sofort, wie sich die Schlange am Körper bewegte. Sie hatte nach wie vor die Form eines Gürtels und kroch nicht aus den Schlaufen, steckte jedoch das Köpfchen nach vorn und schaute damit in alle Richtungen. Dann erstarrte sie, das Maul geöffnet, aber nicht für eine Plasmagarbe, sondern als ob es ein Miniteleskop als Antenne bilden würde.

Nach einer Sekunde glitt die Schlange über meinen Körper und kroch mir in den Ärmel. Ich blieb still – vielleicht gab es hier nur Abhörgeräte, aber keine Kameras. Ich wartete. Die Schlange kringelte sich um den Arm, kroch danach zur Schulter und berührte den Neuroshunt.

Vor meinen Augen erschien eine virtuelle Leinwand. Das ganze Zimmer war in Miniquadrate unterteilt. Und diese Quadrate füllten sich sehr schnell mit grüner

Farbe ... bis eines von ihnen, über dem Türrahmen, rot aufleuchtete. Dorthin tastete sich sofort ein dünner, pulsierender Strahl und das Quadrat leuchtete nun gelb. Die restlichen Quadrate färbten sich grün, weitere rote gab es nicht.

Ich war im Bilde.

»Lion, über dem Türrahmen ist eine Wanze.«

»Hä? Was?« Er hörte sofort auf, seinen Schlafanzug mit tanzenden Elefanten zu bewundern, und blickte erschrocken zur Tür. »Woher weißt du das?«

»Das Schlangenschwert«, erklärte ich und hob die Hand.

»Was machst du da?«, flüsterte Lion. »Bist du verrückt geworden?«

»Es ist alles in Ordnung, das Schlangenschwert hat die Wanze ausgeschaltet«, beruhigte ich ihn. »Nein, nicht einfach ausgeschaltet, sondern viel besser ...«

»Na was?«

Die Schlange hatte natürlich nicht mit Worten zu mir gesprochen. Aber ich wusste trotzdem, was genau sie gemacht hatte. Und ich versuchte es, so gut ich konnte, zu erklären.

»Sie hat die Wanze umprogrammiert: Die sendet weiterhin Bild und Ton, aber als Aufzeichnung. Aus Teilen von vorhergegangenen Mitschnitten. Wenn man genau hinschaut, kann man Ungereimtheiten feststellen, aber man muss schon sehr genau hinschauen. Gleich schaltet die Schlange die Wanze wieder ein, und wir müssen uns benehmen, als ob nichts wäre. Und so viel wie möglich bewegen, allen möglichen Blödsinn quatschen ... Damit wir für später, wenn die Wanze wieder abgeschaltet werden soll, daraus eine falsche Aufzeichnung zusammenschneiden können.«

»Alles klar«, sagte Lion betrübt. Er hatte sich schon darüber gefreut, dass wir endgültig von der Abhöranlage befreit waren.

»In der Nacht machen wir sie aus«, ermunterte ich ihn. »Dann können wir uns unterhalten. Also, setz dich dorthin, wo du gesessen hast!«

Lion seufzte und beugte sich über den Schlafanzug. Ich gab der Schlange den Befehl und begann ebenfalls meine Sachen anzuschauen.

In der Kleidung waren Gott sei Dank keine Wanzen versteckt. Ziemlich komisch! Vielleicht ging man davon aus, dass wir auf der Straße nicht beobachtet werden mussten, oder wir wurden sogar verfolgt. Und die zweite Variante wäre gefährlich für uns. Wir hatten bisher ohne jegliche Vorsichtsmaßnahmen miteinander gesprochen.

»Ich hatte schon einmal einen Schlafanzug mit Igeln«, sagte Lion. »Einen sehr schönen …«

»Und, ist er kaputtgegangen?«

»Nein, zu klein geworden. Jetzt hat ihn Sascha. Tikkirej, hast du Lust auf Schach?«

Ich wollte erwidern, dass ich nicht gerne Schach spiele, aber Lion fügte mit listiger Stimme hinzu:

»Wir spielen doch eigentlich jeden Tag Schach. Und heute haben wir noch kein einziges Mal gespielt.«

Das war wirklich eine gute Idee! Wenn unsere Überwacher das schlucken, dann kann man die ganze Zeit einen Mitschnitt über die Wanze laufen lassen. Dann sitzen dort zwei Jungs und spielen Schach, von morgens bis abends. Jeder hat nun mal seinen persönlichen Tick!

»Na los«, erklärte ich mich einverstanden. »Schließ deinen Pocket-PC an.«

Ich aktivierte meinen Pocket-PC, Lion seinen. Sie verbanden sich mit einem Strahl und wir luden das Spiel. In den Lehrprogrammen gibt es immer Schachprogramme. Wir begannen zu spielen. Zuerst war es recht langweilig, vielleicht, weil wir wussten, mit welchem Ziel wir uns ans Spiel gesetzt hatten. Dann fingen wir Feuer. Und wir spielten wirklich den ganzen Abend, bis zwölf Uhr, solange auf den Bildschirmen der Pocket-PCs noch nicht »Nachtruhe! Verstöße gegen die Tagesordnung schaden der Gesundheit!« aufleuchtete und dann ständig präsent war.

Jetzt hatten wir eine herrliche Aufzeichnung für unsere Überwacher. Zwei Jungs werfen sich auf ihren Betten herum und spielen über Pocket-PCs Schach. Da soll erst einmal jemand versuchen herauszubekommen. welche Züge wir gerade machten.

Wenn ein Tag bereits mit Abenteuern beginnt, dann endet er auch damit.

Wir lagen schon lange in den Betten, schliefen jedoch nicht, sondern unterhielten uns in der Dunkelheit über alles Mögliche. Die Wanze war zuverlässig manipuliert und übertrug lediglich unsere Atemgeräusche im Schlaf.

»Also ich glaube Folgendes«, dachte Lion laut. »Offensichtlich verdächtigt man uns. Wir kannten Stasj, waren zwei Monate lang verschwunden ... Es ist unmöglich, dass sie uns nach diesen Fakten sofort vertrauen! Die Behörden haben aber keine wirklichen Gründe, uns festzunehmen. Deshalb wurde beschlossen, uns in dieser Schule unterzubringen, wo man uns leicht überwachen kann ...«

»Das ist viel zu kompliziert«, bemerkte ich. »Ich glaube nicht an diese Art Wohltätigkeit!«

Lion setzte sich auf. Ich sah seine dunkle Silhouette vor dem Fenster. Im Park um das College herum war es dunkel, der Himmel war nachts mit Wolken bedeckt, aber entlang den Wegen leuchteten winzige verschiedenfarbige Lampen.

»Warum sollte sich die Direktorin sonst so um uns kümmern?«

»Und warum überwachen sie uns dann so schlecht?«, wandte ich ein. »Eine einzige Kamera, tss!«

»Vielleicht hat deine Peitsche die anderen nicht entdeckt?«

»Blödsinn!« Ich war beleidigt. »Sie hätte sie bestimmt gefunden.«

»Also ich habe gehört ...«, begann Lion. Ich sollte aber nicht erfahren, was er so Interessantes gehört hatte, weil im offenen Fenster hinter Lions Rücken ein menschlicher Kopf erschien!

»Ah!«, schrie ich und sprang vom Bett auf. Lion drehte sich um, schrie ebenfalls, warf sich zur Seite und fiel auf den Boden.

»Leise!«, hörten wir eine bekannte Stimme.

Nach dem Kopf erschienen Hände, danach wuchtete

sich unser nächtlicher Gast über das Fensterbrett und sprang auf Lions Bett.

»Natascha?«, fragte Lion verblüfft.

Es war wirklich Natascha. Aber in welchem Aufzug! Zuerst dachte ich wirklich, dass sie völlig nackt wäre. Danach erkannte ich, dass sie ein sehr eng anliegendes Trikot aus dunklem Stoff trug.

»Seid leise, hier können Wanzen sein!«, warnte Natascha schnell. »Das habe ich gleich ...«

In der Hocke hob sie die rechte Hand – am Handgelenk leuchtete schwach ein Armband.

»Die Wanze ist über dem Türrahmen«, sagte ich. »Aber sie wurde schon unschädlich gemacht.«

»Wo? Wie?«, fragte Natascha und hielt ihre Hand in alle Richtungen. »Oh, wirklich ... Wie habt ihr sie ausgeschaltet?«

»Das ist allein unsere Sache«, unterbrach ich sie. »Sag lieber, wie du hierhergekommen bist?«

Die Wände des Gebäudes waren, wenn ich mich richtig erinnerte, glatt, ohne Reliefs, nur mit bunten glatten Kacheln verkleidet.

Nicht einmal ein Alpinist würde hier ohne Gerät hochklettern können.

Anstelle einer Antwort erhob sich Natascha vom Bett, näherte sich dem Fenster, sprang leicht hoch, und schlug mit der Hand auf die Tapete. Sie hing an einer Hand.

»Anisotroper Kleber?«, rief Lion aus. »Den kenne ich, ich habe es im Film gesehen!«

Natascha führte die Handfläche nach oben über die

Wand, sie löste sich und das Mädchen stand wieder auf dem Boden.

»Ja, anisotroper Kleber«, bestätigte sie enttäuscht. Sie hatte offensichtlich damit gerechnet, dass uns der Mund vor Staunen offen stehen würde. »Könnt ihr euch vorstellen, wie müde die Arme beim Hochziehen werden?«

»Cool«, begeisterte sich Lion und Natascha fühlte sich ein wenig geschmeichelt. »Und wie hast du uns gefunden? Und wie überhaupt … Was ist passiert?«

»Leute, habt ihr irgendetwas zu essen?«, antwortete Natascha mit einer Gegenfrage. »Ich habe seit dem Morgen kein bisschen gegessen.«

»Ich habe was«, gab ich zu.

Es ist natürlich nicht sehr kultiviert, vom Abendessen etwas mitzubringen. Ich hatte mir aber ein Sandwich mit Schinken und eine Teigtasche mit Kohl mitgenommen, einfach so, sicherheitshalber, für den Fall, dass Lion und ich vielleicht länger aufbleiben und Hunger bekommen würden.

Während ich das Essen holte, gab Natascha Lion eine sehr dünne Schnur, die aus dem Fenster hing. An deren Ende war ein Beutel mit Kleidung angebunden.

»Zieh das hoch!«, befahl sie. »Ich werde mir die Hände mit Seife waschen, Schweiß zersetzt den Kleber … Wo ist das Bad?«

»Einen Moment, ich mache das Licht an«, sagte ich und reckte mich zum Lichtschalter über dem Bett.

»Lieber nicht!«, bat Natascha. Es war jedoch schon zu spät, ich hatte die Lampe bereits angeschaltet.

Aha, das also war es! Natascha trug wirklich ein eng

anliegendes Trikot, mit einer über den Kopf gezogenen Kapuze, aber das Trikot war durchaus nicht aus normalem schwarzem Stoff, wie ich anfangs dachte. Den Bruchteil einer Sekunde schien es, als ob das Licht verschwinden, nicht zu ihr herankommen würde. Nataschas Silhouette schien zu erzittern und sich in Luft aufzulösen. Danach wurde sie durchsichtig, man konnte die Wand hinter ihr sehen, lediglich das Gesicht schwamm in der Luft.

Ich streckte die Hand aus und traf sie in den unsichtbaren Bauch.

»Idiot!«, regte sich Natascha auf.

»Wie machst du das?«, wollte Lion wissen.

»Das ist Chamäleonhaut. Ein uralter Scherzartikel, kein Sicherheitsdienst benutzt sie heute noch. Sie reflektiert aber nicht und ist sehr leicht.«

»Woher hast du so eine Ausrüstung?«, fragte ich erstaunt. »Hast du das alles mitgehabt?«

»Jungs, ich möchte mich waschen«, bat Natascha. »Ich habe Angst, das Sandwich anzufassen, es klebt fest.«

»Stimmt, und dann verklebt es den Magen«, stichelte Lion. »Geh dich waschen.«

Er fing an die Schnur hochzuziehen, wickelte sie dabei über den Ellenbogen auf und Natascha verschwand im Bad.

»Das gefällt mir gar nicht«, sagte ich, als das Wasser im Bad rauschte.

»Natascha gefällt dir nicht?« Lion schaute mich unschuldig an.

»Mir gefällt nicht, dass sie hergekommen ist. Wir hatten uns nicht verabredet, also bedeutet es, dass irgendetwas passiert ist.«

Lion nickte. Er wickelte die Schnur zu Ende auf, holte das Päckchen und brachte es zum Bad. Er klopfte, und als Natascha die Tür öffnete, reichte er es ihr durch den Türspalt.

»Vielleicht hat der alte Semetzki eine Verbindung zum Avalon?«, überlegte ich. »Dann könnten wir alles berichten, was wir bisher herausgefunden haben.«

Natascha war schnell mit dem Waschen fertig. Sie erschien normal gekleidet in einem knielangen Rock und einer Bluse.

Im Beutel war sicherlich das Chamäleonkostüm versteckt.

»Iss erst einmal«, sagte ich. Solange sie aß, stellten Lion und ich keine Fragen, obwohl wir sehr gespannt waren. Es war schon zwei Uhr nachts, morgen würden wir unausgeschlafen aufstehen …

Plötzlich wurde mir klar, dass wir hier nicht aufstehen würden. Es war wirklich etwas passiert. Etwas, das unseren gesamten Plan, ruhig auf Neu-Kuweit zu leben und Informationen für die Phagen zu beschaffen, hinfällig machen würde.

»Natascha, wir sind nicht zufällig in dieses College geschickt worden, stimmt's?«, fragte ich.

Natascha nickte und kaute den Rest des Sandwichs zu Ende. Ungeniert leckte sie sich die Finger ab. Sie hätte sich das sicherlich nicht erlaubt, bevor sie zum Partisanentrupp gekommen war. Wo ihr Großvater ein

Millionär vom Avalon war ... mit allen Schikanen des guten Tons, Etikette, zehn Gabeln auf dem Tisch ...

»Sind wir aufgeflogen?«, fuhr ich fort, sie auszufragen.

»Nicht ganz.« Natascha schüttelte den Kopf. »Bislang nicht ganz ... Habt ihr nichts anderes mehr? Jungs, es sieht folgendermaßen aus: Als ich euch am Ufer abgesetzt hatte, bin ich noch etwas weiter gefahren, dort gibt es eine Stelle ...«

Sie winkte ab und entschloss sich die ganze Wahrheit zu sagen.

»Dort am Fluss ist eine alte Anlegestelle. Sie wird von fast niemandem benutzt. Der Wächter der Anlegestelle ist einer unserer Freunde, ein Mitglied des Widerstandes. Anfangs wollte ich mich bei ihm ausruhen und dann zurückfahren. Alles war in Ordnung, niemand hatte mich bemerkt, ich hatte mich nicht einmal erkältet, da er mich sofort in die Wanne gesteckt hatte, damit ich mich aufwärmte. Ich habe zwei Stunden darin geschmort!«

»Und außerdem hast du noch geschlafen und gegessen«, ergänzte Lion ungeduldig. »Komm zur Sache!«

Natascha fauchte: »Hast du es eilig? Ihr braucht es nicht eilig zu haben. Also, der Wächter hat eine gute Verbindung zum Netz, Zugang zur Polizeifrequenz. Das ist fast legal, der Wächter der Anlegestelle ist ein inoffizieller Helfer der Polizei. Als ich mich ausruhte, schaute ich die Meldungen durch, es gibt jetzt nur noch wenige, bei den wenigen Verbrechen zurzeit. Ich fand eine Info darüber, dass zwei Jugendliche, die vor zwei Monaten verschwunden waren, mit einer unglaubwürdigen Legende wieder aufgetaucht waren, sie hätten sich im Wald verlaufen.«

»War es genauso formuliert: ›mit einer unglaubwürdigen‹?«, wollte ich wissen.

»›Die einer kritischen Betrachtung nicht standhielt‹«, konkretisierte Natascha. »Ich ging davon aus, dass alles vorbei war, dass man euch geschnappt hätte. Und da las ich die folgende Verfügung: ›Keine Handlungen unternehmen.‹ Die erste Mitteilung war von einem Polizeibeobachter im Motel. Die Anweisung vom Ministerium für Verhaltenskultur.«

Das »Ministerium für Verhaltenskultur« kannte ich durch unsere Ausbildung. So nannte sich die Spionageabwehr des Inej.

»Wenn euch die Polizei festgenommen hätte«, sagte Natascha überlegend, »wäre alles ganz einfach. Entweder ihr werdet verhört und laufen gelassen oder festgesetzt. Aber die Spionageabwehr ist etwas völlig anderes. Das bedeutet, dass man euch folgen und ›bearbeiten‹ wird.«

»Und warum bist du dann hierhergekommen?«, rief ich aus. »Natascha, wenn alles so ernst ist – dann überwacht man uns nach dem vollen Programm! Vielleicht gibt es hier Sender, die wir nicht orten können! Und alles, was wir bereden, wird mitgehört!«

»Vielleicht«, stimmte Natascha zu. »Aber nicht unbedingt. Wenn ein Agent ernsthaft bearbeitet wird, kümmert man sich ein bis zwei Tage nicht besonders um ihn. Damit er seine Wohnung überprüfen, nichts finden, sich beruhigen und entspannen kann. Erst danach wird man euch Zimmer und Kleidung verwanzen und einen Satelliten auf euch richten ...«

»Woher weißt du denn das?«

»Von Opa«, antwortete Natascha kurz.

»Und wenn man uns trotzdem beobachtet? Wenn du mit uns geschnappt wirst?«

»Ihr seid wichtiger«, sagte Natascha. »Großvater hat mir befohlen, wenn irgendetwas ist, seid ihr um jeden Preis zu retten. Ich kann sowieso nichts Wichtiges verraten, selbst wenn man mich hundertmal kriegen würde. Unser Lager wurde schon verlegt. Was Großvater weiter vorhat, weiß nur er selbst. Ich habe mich mit unserem Freund beraten, und er sagte mir, dass ich gehen solle. Gab mir die Ausrüstung. Wir fanden heraus, dass ihr hierhergebracht wurdet, und da bin ich ...«

Lion und ich schauten uns an.

So ein Pech! Wirkliche Widerstandskämpfer, die ernsthaft gegen Inej kämpfen, riskieren unseretwegen, die wir nichts wissen und nichts können, ihr Leben!

»Natascha, danke!«, sagte ich. »Was sollen wir denn jetzt machen?«

Sie schaute mich erstaunt an.

»Wir haben eine sehr einfache Aufgabe«, murmelte ich. »Uns auf dem Planeten einleben und die Ereignisse verfolgen. Keine Anschläge ... Überhaupt nichts ... Nur schauen und einprägen. Wir dachten, dass wir hier leben würden, und das war's.«

»Alles klar. Jetzt könnt ihr aber nicht in der Legalität bleiben.« Natascha schüttelte energisch den Kopf. »Ihr müsst untertauchen!«

»In den Wald?«, schlug ich vor. Ich spürte, wie mein Herz anfing, froh zu schlagen.

Wir werden keine Hirnamputierten spielen, uns nicht vor Kameras und Mikrofonen verstecken, nicht die beängstigende Stimme von Inna Snow anhören müssen! Nicht ständig auf unsere Verhaftung oder eine Provokation warten. Nicht zuschauen, wie gute und ehrliche Leute erniedrigt werden. Wir werden eine Hütte bauen oder eine Höhle suchen, im Wald wohnen, jagen, Fische fangen, manchmal in die Dörfer gehen und Nahrungsmittel und Kleidung requirieren. Wir werden dem alten Semetzki und seinen »Schrecklichen« helfen. Und dann, früher oder später, wird der Imperator alles in Ordnung bringen und die Bösen bestrafen. Lions Eltern werden geheilt und er wird zu ihnen zurückkehren. Ich werde zum Avalon fliegen. Oder wir werden gemeinsam fliegen, denn seinen Eltern wird der Avalon sicher gefallen! Oder wir werden gemeinsam hierbleiben. Nein! Trotzdem wird es besser sein, zum Avalon zu fliegen. Manchmal werden wir Semetzki besuchen und uns an die gemeinsamen Abenteuer erinnern. Mit Natascha werde ich in eine Schule gehen. Stasj wird uns oft besuchen und manchmal über seine Abenteuer berichten. Ich werde wieder bei den Phagen arbeiten und ihnen helfen, den Frieden in der Galaxis zu verteidigen …

»In den Wald auf keinen Fall«, beendete Natascha meine Träume. »Ich weiß nicht, wo die Unseren sind. Und wenn wir verfolgt werden? Wir werden uns in der Stadt verstecken.«

»Gemeinsam?«, wollte ich wissen.

»Ja. Ihr müsst noch heute gehen, solange von euch noch keine Überraschungen erwartet werden.«

»Ach«, meinte Lion bitter und schaute sich im Zimmer um. »Und wie gut wir es getroffen hatten!«

Ich konnte ihn verstehen. Und wirklich: Es war komisch, aus dem College zu fliehen, nachdem wir gerade angekommen waren. Aber Natascha blickte uns ernst und angespannt an. Sie riskierte ihr Leben für uns! Und dieser Widerstandskämpfer vom Anlegesteg auch. Sie gingen ein Risiko ein, um uns aus den Fängen der Spionageabwehr des Inej zu befreien.

Vielleicht hätte ich noch eine Weile geschwankt. Aber urplötzlich erinnerte ich mich an das Cottage von Stasj, an den an die Wand geklebten nackten Menschen und seine kalte, fast unmenschliche Stimme:

»Dieser Junge hat für Inej keinen Wert!«

Ich schüttelte mich.

»Lion, pack deine Sachen zusammen.«

»Können wir wenigstens Kleidung mitnehmen?«, fragte Lion. Da wurde mir bewusst, dass auch er früher nicht so viele schöne, gut aussehende und hochwertige Sachen besessen hatte.

»Nein«, erwiderte Natascha bedauernd. »Ihr braucht nichts.«

»Wir haben überprüft, da sind keine Wanzen …«, meinte ich.

»Das ist es nicht.« Natascha zögerte. »Alles in allem … Ach, ihr werdet schon selber sehen.«

»Mach's gut, du Elefantenschlafanzug«, seufzte ich und schaute dabei Lion an. Er konnte sich nicht beherrschen und begann zu kichern. »Natascha, wie sollen wir fliehen? Durchs Fenster?«

»Nein.« Sie schüttelte den Kopf. »Ich erhole mich ein wenig und steige dann durchs Fenster. Ihr kommt früh am Morgen auf die Straße, dort treffen wir uns. Dann erkläre ich euch alles.«

»Wir schwänzen die Schule«, zählte Lion auf, »einem Typen haben wir das Nasenbein zertrümmert, uns einen ganzen Tag über in der Stadt herumgetrieben, dann gegessen und geschlafen und zum Schluss sind wir abgehauen. Echt cool!«

Seine Stimme klang nicht wirklich fröhlich.

»Wir müssen der Direktorin eine Nachricht hinterlassen«, überlegte ich laut. »Dass es uns peinlich ist, in einer dermaßen teuren Einrichtung zu lernen und wir deshalb gehen ...«

»So ein Quatsch!«, fauchte Lion. »Das glaubt uns doch niemand!«

»Na und? Es ist immer noch besser, als gar keine Erklärungen abzugeben.«

»Jungs, ich schlafe ein wenig, ja?«, unterbrach uns Natascha. »Weckt ihr mich um vier?«

Wir überließen ihr Lions Bett und stellten den Wecker des Pocket-PC auf vier Uhr. Nataschas Kondition war wirklich gut, aber sie hatte sich schon ewig nicht mehr ausruhen können: Ihr Kopf hatte kaum das Kopfkissen berührt, als sie auch schon eingeschlafen war. Lions Augen sah ich an, dass es ihm ebenso peinlich war wie mir. Ein Mädchen, das sich noch dazu früher mit einer so dämlichen Sache wie Tanzen befasst hatte, kämpfte im Unterschied zu uns wirklich für das Imperium!

»Los, wir gehen auch schlafen«, schlug ich vor. »Wer weiß, wann wir wieder dazu kommen …«

Lion deckte Natascha vorsichtig zu und nickte. Er überlegte eine Weile und sagte dann:

»Weißt du, ich bin sogar froh darüber. Das wäre ja wirklich zu doof – auf einem feindlichen Planeten zu landen und dort zur Schule zu gehen. Ich habe sowieso im Traum schon die Schule beendet. Da ist es doch besser zu kämpfen.«

»Gekämpft hast du im Traum auch schon«, bemerkte ich.

»Das ist etwas anderes«, widersprach Lion. »Ans Kämpfen kannst du dich nicht gewöhnen. Jeder Kampf ist, als wäre er der erste.«

Vierter Teil
Klone und Tyrannen

Kapitel 1

Hatte ich mir bisher wirklich eingebildet, dass ganz Agrabad nur aus Gärten und Palästen bestehen würde?

Tja, es schien ganz so. Seit dieser ersten Nacht, in der ich in der Hauptstadt war. Als ich hinter Stasj' Rücken saß, den bewusstlosen Lion festhielt und dabei auf riesige Gebiete mit Wohnhäusern, von Gärten umgebene komfortable Bungalows, festliche Fensterbilder, breite Hauptstraßen und die Schaufenster der Geschäfte schaute.

Agrabad war völlig anders. Hinter den wirklich schönen neuen Stadtteilen standen noch die ersten Häuser der Siedlerpioniere – primitiv, verfallen, an die Erde gedrückt, aber stabil. Auch dort wohnten noch Menschen. Ebenfalls Hirnamputierte. Es war hier genauso wie im neuen Teil von Agrabad und trotzdem anders, wie von Staub bedeckt. Inna Snow wurde hier auch auf völlig andere Art und Weise geehrt – irgendwie grober, mit einem Schnalzen der Zunge und einem Zwinkern, als ob es sich um eine skandalumwitterte populäre Sängerin, nicht jedoch um die »Übermutter« und »Frau Präsidentin« handeln würde.

Genau hier wohnten wir jetzt.

In einem Heim für verhaltensgestörte Kinder namens ›Spross‹.

Natascha hatte alles hervorragend bedacht. Es wäre schwieriger gewesen, sich im Wald zu verstecken. Auf der Straße hätten wir nicht leben können. Eine Einrichtung dagegen – nur nicht die, wohin wir geschickt worden waren, sondern eine völlig andere – erwies sich als ideale Lösung.

Bei diesem Heim handelte es sich um eine lange zweistöckige Baracke, die ganz isoliert stand. Ringsherum dehnte sich ebenfalls ein Garten, aber nicht so gepflegt wie im Pelach, sondern alt und vernachlässigt. Die Schlafzimmer waren für zehn bis zwölf Personen. Insgesamt lebten in diesem Heim ungefähr achtzig Menschen. Wir erledigten fast alles selber, es gab nur sieben Erwachsene: drei Erzieher, einen Koch, einen Arzt, einen Psychologen und einen Wächter.

Mehr als die Hälfte der Heimbewohner waren nicht hirnamputiert. Nicht etwa, dass auf sie die Waffe des Inej nicht eingewirkt hätte, es war nur so, dass diese Jungs und Mädchen anfangs die Trickfilme über den Erfinder Edikjan und den General Ichin, danach »Die fröhliche Familie« und »Anton und seine Mädchen« nicht geschaut hatten. Und die auf dem Inej produzierten schulischen Lernprogramme hatten sie ebenfalls nicht konsumiert. Deshalb fand sich nirgendwo in ihrem Gehirn ein Programm – obwohl ihre Neuroshunts um einiges besser waren als mein alter Kreativ.

Mir schien jedoch, dass es bei ihnen keinen Unterschied machte, ob sie hirnamputiert waren oder nicht.

Die Hirnamputierten herauszufinden war einfach. Sie lobten Inna Snow viel öfter und mit einem Glanz in den Augen, außerdem bemühten sie sich nach Kräften, etwas zu lernen. Die Normalen lobten Inej und seine Präsidentin natürlich auch. Sie saßen ebenfalls in den Unterrichtsstunden vor ihren Computern und versuchten, irgendwie die Tests zu bestehen, um auf das nächste Lernniveau übergehen zu können. Anfangs schien mir, dass sie krank und debil waren, dass sie versehentlich in ihrer Kindheit nicht behandelt und geheilt worden waren. Danach wurde mir klar, dass dies nicht der Grund war. Einige wollten ganz einfach nicht lernen. Andere wiederum wollten, aber durchaus nicht das, was man so in der Schule lernt.

Lion und ich kamen mit falschen Dokumenten in das Heim. Ich hieß jetzt Kirill, Lion hieß Rustem. Den Dokumenten zufolge waren unsere Eltern Fischer von irgendwelchen tropischen Inseln, uns wurden »soziale Verwahrlosung, Ideenlosigkeit und fehlende moralische Adaptation« bescheinigt. Letzteres klang sehr beleidigend, fanden wir.

Natascha blieb Natascha. Nur, dass sie jetzt als meine Schwester galt. Es gab wenige Mädchen im ›Spross‹, weniger als ein Dutzend.

Obwohl wir als asoziale, gefährliche Jugendliche galten, gab es weder einen strengen Tagesablauf noch eine Überwachung für uns. Zuerst sprach ein junger Psychologe mit uns, ein äußerst langweiliger und müder Mann, der alles sofort erläuterte. »Ihr seid erfolglose Mitglieder der Gesellschaft«, sagte er. »Ihr habt alle notwendigen Fähigkeiten für ein vollkommenes und glückliches Leben. Durch euer Verhalten stellt ihr euch außerhalb der Gesellschaft. Der Gesellschaft ist das egal. Niemand wird sich darum bemühen, euch auf das Niveau eines durchschnittlichen Bewohners zu heben. Letztendlich wird immer jemand gebraucht, der den Müll wegräumt, die Kanalisation reinigt und als Versuchsperson für neue Medikamente dient. Aber ausgehend von Gedanken der Humanität bekommt ihr alle noch eine Chance, euch zu vollwertigen Menschen zu entwickeln. Lernt, dann kommt ihr vielleicht an eine bessere Schule. Vielleicht wollen euch eure Eltern sogar wieder zu sich holen ...«

Wir versprachen ihm natürlich, uns anzustrengen. Er lobte uns dafür, glaubte jedoch kein Wort.

Im ›Spross‹ versuchte niemand, uns eine »Begrüßung« zu organisieren, obwohl sich einige der Jungs sichtlich gerne prügelten. Es stellte sich aber heraus, dass die Hirnamputierten eine Schlägerei schon für etwas Unrichtiges, etwas Ungutes hielten. Im privilegierten College Pelach war das anders. Dort galt eine Schlägerei mit Neuankömmlingen als Norm, wie im Film. Wenn jedoch hier normale Rowdys eine Schlägerei anfingen, warfen sich alle Hirnamputierten gemeinsam auf sie. Mit glasigen Augen und einer derartigen Wut, als ob sie bereit wären, sich auf Leben und Tod zu schlagen.

Vielleicht waren sie auch wirklich dazu bereit.

Dafür gab es eine Menge Gemeinheiten, bei denen die Hirnamputierten nicht wussten, wie sie reagieren sollten. Zum Beispiel konnte man ein Spiel verlieren und deshalb für eine bestimmte Zeit der Diener des Gewinners werden. Die Diener hatten jeden beliebigen

Wunsch ihres Herrn auszuführen: Einige liebten es, zum Beispiel, dass ihnen vor dem Schlaf die Fußsohlen gekitzelt oder interessante Geschichten erzählt wurden. Fast alle jüngeren und schwächeren Kinder waren Diener. Die Hirnamputierten selbst hatten keine Diener, mischten sich aber bei den anderen nicht ein.

Uns versuchte man ebenfalls damit zu kommen. »Kommt, wir spielen ...«

Aber Natascha hatte uns vorgewarnt, was im Heim abging, und wir lehnten ab. Niemand beharrte auf diesem Wunsch – wir waren zu zweit, und uns war klar, dass die Hirnamputierten bei einer Schlägerei auf unserer Seite stehen würden.

Also lernten wir, genauer, wir taten so, als ob wir lernen würden, denn alle Lernprogramme hier waren viel zu leicht, und versuchten uns von allem fernzuhalten. Wir wollten nicht auffallen. Wir warteten. Wir hatten einen ein- bis zweiwöchigen Aufenthalt im ›Spross‹ eingeplant, um danach woandershin zu gehen. Natascha meinte, dass es für uns das Beste wäre, in eine andere Stadt zu gehen.

Der Aufenthalt hier war unproblematisch, obwohl das Essen nicht besonders war und wir uns langweilten. Dafür kümmerte sich niemand um uns. Die Erzieher verteilten Aufgaben und nahmen die Resultate der Tests entgegen, der Wächter schritt manchmal faul durch das Gelände, meistens saß er in seinem Zimmerchen oder war in der Turnhalle. Der Psychologe kam überhaupt nicht aus seinem Kabinett heraus, schaute sich dort irgendwelche virtuellen Serien über den Shunt an, und wenn sich jemand an ihn wandte, schien er so unglücklich, als ob er dazu gezwungen wäre, im Steinbruch zu arbeiten.

Nur dass es hier so furchtbar langweilig war …

Am Abend des dritten Tages wäre ich vor Langeweile am liebsten die Wände hochgegangen. Lion ging in die Turnhalle, um etwas an den Fitnessgeräten zu machen, und ich saß im Klassenraum und spielte Tetris. Ich hätte lieber Schach oder etwas Anspruchsvolleres gespielt, aber vielleicht wurden die Computer kontrolliert? Dann hätte ich verraten, dass ich gar kein so großer Dummkopf bin, wie ich es eigentlich sein müsste. Tetris dagegen erfordert lediglich Konzentration und dreidimensionales Denken, Tetris kann man auch gut spielen, wenn im Kopf völlige Leere herrscht.

Der Klassenraum war für zwanzig Schüler groß. Die Wände waren mit Graffiti beschmiert, aber darauf achtete hier niemand. An der Decke leuchteten billige »Sonnenlampen«, die ganz wie die Erdsonne scheinen und deshalb die Stimmung aufhellen sollten. Aber wenn draußen dunkle Nacht war, machten diese Lampen nur noch depressiver. Besonders, wenn im Klassenraum niemand weiter war.

Lediglich am Nachbartisch saß Herbert vor seinem Computer, ein dicker und sommersprossiger Junge, ein oder zwei Jahre älter als ich.

Herbert gehörte zu den Hirnamputierten und war bestrebt, so gut wie nur möglich zu lernen. Aber durch diesen Eifer wurde es für ihn nur noch schlechter – er hätte mit den einfachsten Aufgaben beginnen müssen, versuchte jedoch das, was seinem Alter entsprach. Ich schaute kurz auf seinen Bildschirm und bemerkte, dass er durchaus nicht dumm war. Er war nur niemals richtig zur Schule gegangen. Sein Vater war ein Trapper, der seltene und teure Tiere in der Wildnis fing. Herbert hätte am besten bei seinem Vater bleiben sollen, wozu brauchte er denn Trigonometrie und Physik? Aber als Herbert nach der Invasion wieder aufwachte, strebte er selbst in die Schule. So versuchte er gerade, die Funktionsweise eines Kernreaktors zu verstehen, obwohl er eine Kernspaltung nicht von einer Kernfusion unterscheiden konnte.

Mein Bildschirm war mittlerweile mit Tetrisbausteinen zugepflastert und ich schaute wieder zu Herbert. Er baute jetzt ein neues Reaktormodell zusammen, gab Spannung auf den magnetischen Käfig und tippte auf »Start«. Der Reaktor auf dem Bildschirm explodierte, etliche Metallteile, Wissenschaftler mit herausquellenden Augen, Kabeltrommeln und Neutrinos flogen in alle Richtungen. Herbert seufzte tief und schaute traurig auf die Katastrophe.

»Soll ich dir helfen?«, konnte ich mich nicht zurückhalten.

Herbert nickte. Die Hirnamputierten bemühten sich in der Regel, einander zu helfen, und akzeptierten ihrerseits Hilfe.

»Du musst anders beginnen!« Ich setzte mich zu ihm und ließ den Kurs in Kernphysik zurücklaufen. Bei dieser Gelegenheit änderte ich unauffällig das Alter des Schülers auf acht bis zehn Jahre, damit es keine schwierigen Formeln, dafür aber umso mehr interessante historische Details gäbe.

»Hier. Fangen wir mit der Atombombe an?«

»Na los!«, stimmte Herbert zu.

»Das war vor langer Zeit, im Mittelalter«, begann ich, ohne auf den Bildschirm zu schauen. Ich hatte ein gutes, sehr interessantes Kinderbuch zur Geschichte der Atomphysik besessen. Diese Erzählung kannte ich auswendig: »Damals lebte die Menschheit nur auf dem Planeten Erde. Es gab verschiedene Länder, die einen gut, die anderen böse. Die bösen Länder – Russland, Deutschland und Japan – führten Krieg gegen die guten – die Vereinigten Staaten und Israel. Die Bösen bauten viele Militärflugzeuge und überfielen die Flotte der Guten – nicht die kosmische, natürlich, sondern die Seekriegsflotte. Und es begann ein langer Krieg.«

Auf dem Bildschirm begann ein Film. Leise und nachdrücklich sprach eine Stimme:

»Im Lande namens Vereinigte Staaten wohnte der Junge Albert oder einfach – Alka. Er war ein sehr intelligentes Kind und lernte gern, besonders interessierte er sich für Kernphysik.

Eines Tages kam ein schnelles Flugzeug in die Stadt, in der Alka lebte. Ein tapferer Pilot stieg aus und rief: ›Ein Unglück ist geschehen, wir wurden überrascht. Feinde kamen zu uns von den salzigen Meeren, aus kalten Ländern. Kugeln pfeifen, Granaten explodieren. Wir kämpfen Tag und Nacht gegen die Feinde. Wir sind viele, aber sie sind mehr. Bürger, jetzt ist keine Zeit zum Ruhen!‹

Daraufhin küsste der Vater Alka, setzte sich ins Flugzeug und zog in den Krieg.

Jeden Abend kletterte Alka aufs Dach und schaute: Kommt vielleicht das Flugzeug des Vaters zurück? Nein, nichts war zu sehen ... So verging ein Tag, so verstrich ein Jahr. Und wiederum erschien am Horizont ein schnelles Flugzeug, die Tragflächen von Kugeln durchschlagen und die Verglasung des Cockpits gesprungen. Aus dem Flugzeug stieg ein Pilot, abgemagert und müde, mit verbundener Stirn, Händen voller Maschinenöl und rief: ›He, erhebt euch! Zuerst traf uns ein kleines Unglück, jetzt ist es ein großes! Der Feinde gibt es viele, wir aber sind wenige. Kugeln pfeifen, Granaten explodieren. Kommt zu Hilfe!‹ Da umarmte der ältere Bruder Alka zum Abschied, setzte sich ins Flugzeug und flog in den Krieg.

Jeden Abend kletterte Alka aufs Dach und hielt Ausschau: Kommen vielleicht Vater und Bruder zurück? Nein, nichts war zu sehen ... Tagsüber lernte Alka besser als vorher und dachte stets: Mit welcher Waffe könnte man den Feind nur besiegen?

Da kam bei Sonnenuntergang wieder ein schnelles Flugzeug: eine Tragfläche war fast abgerissen, die Propeller verbogen, der Rumpf voller Löcher von Granateinschlägen. Aus dem Flugzeug kroch der Pilot und stürzte auf die Erde. Er kam zu sich und sagte: ›Erhebt euch, wer sich noch nicht erhoben hat! Wir haben niemanden mehr für den Kampf. Der Feinde sind viele, von den Unsrigen ist niemand übrig geblieben! Kommt zu Hilfe!‹

Ein alter Opa näherte sich dem Piloten. Er wollte ins Flugzeug steigen, aber seine Beine gaben nach. Er versuchte sich hinter den Steuerknüppel zu setzen, aber seine Hände konnten ihn nicht halten. Er wollte zum Zielgerät, aber seine Augen waren nicht mehr die besten. Da weinte der Alte vor Kummer.

Nun trat Alka nach vorn und sagte:

›Nein, der Feind kann nicht durch Masse besiegt werden, er muss durch Klugheit besiegt werden! Ich habe das wichtigste Kriegsgeheimnis entdeckt – wie es zu schaffen ist, dass alle Feinde auf einmal vernichtet werden!‹

Dann zeigte er dem Piloten ein Stück Papier. Auf diesem stand die Formel: $E = mc^2$.

Daraufhin wurde fieberhaft gearbeitet und die Menschen stellten die zwei ersten Atombomben her. Der Pilot lud sie vorsichtig in sein Flugzeug und flog in den Krieg. Als er die zwei größten feindlichen Stützpunkte erblickte – Hiroshima und Nagasaki –, flog er weit nach oben und warf die Bomben auf sie.

Die Erde fing an zu brennen, der Rauch sammelte sich in einer Wolke. Alle feindlichen Flugzeuge fielen vom Himmel, alle ihr Schiffe gingen unter. Die Feinde erschraken und baten um Gnade.

Endlich kamen Alkas Vater und Bruder aus der Gefangenschaft zurück. Und sie lebten besser als zuvor!«

»Das war interessant«, meinte Herbert. »Aber mir wurde es anders gezeigt …«

»Glaubst du, dass es nicht stimmt?«, fragte ich.

»Nein, da wurde auch gesagt, dass Albert die Bombe entwickelt hat. Aber auf eine sehr langweilige Art.«

»Es ist überflüssig, sich etwas Langweiliges anzusehen«, erwiderte ich. Ehrlich gesagt war es mir sehr angenehm, dass ich einem Jungen, der älter war als ich, so gut helfen konnte. Auch wenn er hirnamputiert war …

»Komm, wir sehen uns an, wie die erste Bombe gemacht wurde …«

Ich half Herbert fast eine Stunde, sich in die Grundlagen der Kernphysik einzuarbeiten. Es tat mir überhaupt nicht leid um die aufgewendete Zeit. Herbert ist ja nicht schuld an seinen Problemen.

Die Atombombe war natürlich eine fürchterliche Waffe. Aber das mächtigste Kriegsgeheimnis hatte der Wissenschaftler Albert nicht entdeckt. Noch viel schlimmer war jene Waffe, welche die Feinde nicht tötet, sondern sie einer Gehirnwäsche unterzieht und in Verbündete verwandelt. Welche sie dazu bringt, zu vergessen, was passiert und wie es auf der Welt wirklich zugeht, sie dazu zwingt, eine beliebige Lüge zu glauben. Auf eine derartige Waffe war früher niemand gekommen.

»Kommst du jetzt allein klar?«, wollte ich von Herbert wissen.

»Ja. Danke!«

Ich kehrte auf meinen Platz zurück. Sollte er ruhig lernen. Jetzt bekam er einfachere Erklärungen, mit denen er zurechtkommen würde. Ich startete ein neues Tetrisspiel und nahm mir vor, dieses Mal meinen persönlichen Rekord zu brechen. Es kam nicht dazu – die Tür öffnete sich und Natascha schaute in den Klassenraum.

»Grüß dich, Kirill«, rief sie und sah abschätzig zu Herbert. Natascha mochte die Hirnamputierten nicht. »Hast du etwas zu tun?«

»Nein.« Ich klappte schnell meinen Laptop zu. Nataschas Stimme schien so ... viel versprechend. So, als ob sie etwas Gutes erfahren hätte.

»Na dann, komm mit!«, erwiderte Natascha und verschwand im Korridor.

»Ich habe versprochen, ihr auch zu helfen ... in Mathematik«, flunkerte ich Herbert vor.

»In Ordnung. Auf Wiedersehen!« Herbert rieb sich die Stirn und schaute angestrengt auf den Bildschirm. Warum hatte ich nur gelogen? Ihm war doch egal, ob ich mit Natascha Mathematik lernte oder mit ihr in einer dunklen Ecke herumknutschte.

Also, das mit dem Herumknutschen spukte nur in meiner Phantasie herum. Erstens schien Natascha vergessen zu haben, dass wir uns in den Bergen geküsst hatten. Zweitens stand sie nicht allein im Korridor, sondern mit einem Mädchen ihres Alters.

»Elli«, stellte Natascha das Mädchen vor. Ich kannte sie nicht. Sie kam sicherlich jemanden besuchen. Das gab es zwar nicht oft, kam aber vor.

»Kirill«, nannte ich meinen Namen. Der fremde Name gefiel mir nicht, aber das war nicht zu ändern.

Elli hatte rote Haare, war dünn und lächelte ständig. Sie war sympathisch, nur dass ihre Augen sehr frech und schadenfroh blitzten. Sie trug Hosen und Pullover wie Natascha. Elli gab mir zur Begrüßung die Hand und fragte Natascha:

»Wohin?«

»In den Garten«, schlug Natascha vor.

Es sah ganz so aus, als ob wir über etwas Geheimes reden würden.

Weder Nataschas Detektorarmband noch mein Schlangenschwert hatten im Heim Überwachungsanlagen gefunden. Trotzdem bemühten wir uns, alle wichtigen Gespräche draußen zu führen.

Wir gingen durch den Korridor zum Ausgang. Der Wächter saß in seinem Kämmerchen, nackt bis zur Gürtellinie, ließ seine Muskeln spielen und schaute sich bewundernd an. Uns warf er kurz zu: »Draußen regnet es, nehmt einen Schirm!«

Die Schirme in einem Schränkchen an der Tür waren für alle. Ich nahm einen großen Familienschirm mit anderthalb Metern Durchmesser, schob den Reifen über meinen Kopf, setzte ihn auf und zog die Antenne höher. Die Akkus waren fast leer, aber wir wollten uns ja nicht lange draußen aufhalten.

Es regnete wirklich. Der Regen fiel leise, fast lautlos. Der Schirm schaltete sich ein und über meinem Kopf klopften die Regentropfen an ein unsichtbares Hindernis, wobei sie eine Kuppel nachzeichneten. Die Mädchen drängten sich sofort an meine Seite und hakten sich unter. Ich störte mich nicht daran. Ich stand da und schaute in den von Wolken bedeckten Nachthimmel, aus dem der Regen fiel.

Eigentlich war es warm. Aber dieser feine Nieselregen brachte eine ungewohnte Kälte mit sich. Ein komischer Regen.

»Der Herbst beginnt«, sagte Natascha leise. »Der Herbstregen ...«

Stimmt! Das war es also! Das war ja mein erster richtiger Herbst! Auf Karijer wechselten die Jahreszeiten fast unmerklich, auf Neu-Kuweit landete ich im Sommer und auf dem Avalon im Winter.

Und jetzt begann auf Neu-Kuweit der Herbst.

»Schneit es hier?«, erkundigte ich mich.

»Nein, wohl kaum«, erwiderte Natascha.

»Hier ist ein anderes Klima, der Winter ist regnerisch und kühl. Etwas über null Grad. Das ist gut, unsere Leute in den Bergen haben es auch so schon schwer.«

Erschreckt sah ich zu Elli.

»Sie gehört zu uns, zum Widerstand«, beruhigte mich Natascha.

»Hm.« Elli lächelte. »Du bist doch Tikkirej, stimmt's?«

»Ja.«

»Und ich bin wirklich Elli.«

Wir gingen weiter in den Garten hinaus, bis wir zu einem schiefen Holzpavillon kamen. Daneben leuchtete matt eine Laterne, und es war gut zu übersehen, dass niemand in der Nähe war.

»Hier ist der passende Platz für ein Gespräch«, entschied Elli. Sie gab sich sehr selbstbewusst, als ob sie die Hauptperson wäre.

Wir gingen in den Pavillon und setzten uns auf eine Bank. Der Schirm analysierte die Situation und schaltete sich aus. Dabei überschüttete er uns mit Wassertropfen. Elli lachte.

»Blöde Technik«, meinte ich.

»Jede Technik ist blöd«, stimmte Elli zu. »Ist bei euch alles in Ordnung, Tikkirej?«

»Ja. Und wer bist du?«

»Ich komme vom Avalon.«

»Beweise es!«, forderte ich. Nicht, dass ich es nicht glaubte, mir missfiel jedoch, das sie so herumkommandierte.

»Einen schönen Gruß von Ramon.«

Ich nickte. Wirklich, sie kann ja wohl kaum Dokumente bei sich führen.

»Alles klar. Wie geht es Tien?«

»Tien? Gut. Berichte von Anfang an, Tikkirej!«

Mir gefiel dieses Wort nicht. »Berichte« … Ein Mädchen, ein »Gepäckstück«, aber rumkommandieren …

»Wir sind wie vorgesehen gelandet. Die Kapsel ist getaut, alles wie geplant. Wir entschlossen uns, im See zu baden, dort haben uns die ›Schrecklichen‹ gefangen genommen.«

Natascha lächelte stolz.

»Wir verbrachten einen Tag bei ihnen«, fuhr ich fort. »Aber Natascha kann das besser erzählen!«

»Vorerst berichtest du!«, verfügte Elli.

»Dann brachte uns Natascha mit einem Jetski nach Mendel. Wir hielten ein Auto an und wurden zum Motel mitgenommen. So kamen wir zu Lions Eltern … Und die schickten uns am nächsten Tag in das College Pelach. Ich hatte mich schon gewundert über diese Wohltätigkeit, dort war alles vom Feinsten …«

»Das ist bekannt. Weiter!«

»Am Abend schlich sich Natascha ins College. Sie berichtete, dass sich das Ministerium für Verhaltenskultur für uns interessierte. Am Morgen sind wir dann abgehauen und Natascha hat uns hierhergeführt. Und so verstecken wir uns hier schon den vierten Tag.«

Elli nickte.

»Alles klar. Konntet ihr irgendetwas Wichtiges erfahren?«

»Na ja …« Ich wand mich. »Uns kommt es so vor, als ob Inej das Imperium provozieren würde. Wenn die Armee zuschlägt, dann hofft Inej auf die Hilfe der Fremden. Sicher gibt es eine geheime Übereinkunft, mit den Halflingen zum Beispiel.«

»Ich verstehe.« Elli dachte nach. »Wahrscheinlich kommt der Imperator auch von selbst darauf. Aber hat er etwa eine andere Wahl?«

»Ich weiß nicht«, nuschelte ich. Irgendwie gefiel mir Elli gar nicht mehr.

»Ich weiß auch nicht.« Elli erhob sich und trommelte mit ihren Fingern an den Pfeiler des Pavillons. Ganz wie eine erwachsene seriöse Frau und gar nicht mädchenhaft. »Die Zeit arbeitet für Inej. Die Bevölkerung schließt sich zusammen, sogar diejenigen, die ohne Kodierung geblieben sind. Es werden neue Raumschiffe gebaut. Und im Imperium tauchen nach und nach neue Kodierte auf.«

»Wie das denn?«, wunderte ich mich. »Bei allen sind doch die Radioshunts ausgeschaltet!«

»Viele nutzen die Shunts trotzdem. Um sich Fernsehserien anzuschauen oder für die Arbeit. Und das initiierende Signal kann auch über das normale Netz gegeben werden, man muss lediglich in das Netz eindringen.«

Ich verstand. Und wirklich, wenn Inej auch jetzt nicht in der Lage war, die Planeten im Handstreich zu erobern, nach und nach wäre das durchaus möglich: Ein einziger Agent könnte auf den Planeten eindringen, ein beliebiges Informationsnetz anzapfen und darüber das Codesignal senden ... Und schon hätten wir Hunderte und Tausende Hirnamputierte.

»Das ist ungünstig«, äußerte ich. Ich fühlte mich hilflos und unwohl. »Und was wird nun der Imperator machen?«

»Auch ich denke darüber nach, was er machen wird.« Sie seufzte. »Aber gut. Wir sollten uns besser unserer Aufgabe zuwenden.«

»Tja, wir sind bereit ...«, begann ich unsicher. »Zu allem, was befohlen wird. Sollen wir vielleicht zu den Partisanen gehen?«

»Das glaube ich nicht.« Elli musterte mich. »Hast du eine Waffe?«

»Eine Peitsche«, bekannte ich.

»Oho!« Elli war sichtlich erstaunt. »Das wusste ich nicht. Eine Peitsche dürfen doch nur Phagen besitzen?«

»Ja, aber ich habe den Status eines Helfers. Und die Peitsche ... ist eigentlich ausgemustert. Damit kann man nicht besonders kämpfen.«

»Aber ein, zwei Leute kann man töten?«

Sie sagte das so beiläufig, dass mir unbehaglich wurde.

»Ja. Das geht.«

»Gut. Für euch drei gibt es eine Aufgabe. Gestern landete auf dem Planeten inkognito ein Alexander Bermann, ein Oligarch vom Edem. Bermann-Fond, Bermann-Werften. Habt ihr schon einmal davon gehört?«

Ich hatte noch nie davon gehört, nickte aber sicherheitshalber.

»Bermann«, fuhr Elli fort, »traf eine geheime Abmachung mit Inna Snow. Gegenwärtig stellen seine Werften eine Flotte von Kriegsschiffen für Inej fertig. In allen Unterlagen erscheinen diese Schiffe als Handelsflotte für Avalon. Aber einer der Werftarbeiter, ein früherer Armeeoffizier, fand heraus, dass Raumschiffe mit möglicher Doppelnutzung gebaut werden, die nur noch bewaffnet werden müssen. Er kontaktierte die Phagen ... Irgendwelche alten Kontakte. Der Verrat wurde im allerletzten Moment entlarvt, und der Imperator unterschrieb einen geheimen Befehl und verhängte das Todesurteil über Alexander Bermann. Könnt ihr folgen?«

»Und das sollen wir machen?«, fragte ich sicherheitshalber.

»Ja. Ihr sollt Alexander Bermann und dessen Tochter töten.«

»Und wieso die Tochter?«, äußerte ich mein Unverständnis.

»Sie ist die einzige Erbin Bermanns. Wenn sie stirbt, gehen die Werften und das gesamte Vermögen an das Imperium. Mehr noch. Sie ist unsere Altersgenossin, erst dreizehn Jahre alt. Bermann hat eine äußerst seltene Operation durchführen lassen ... In das Bewusstsein der Tochter wurden einzelne Fragmente seiner eigenen Persönlichkeit implantiert. Geschäftliche Qualitäten, die Art und Weise, eine Firma zu führen, grundlegende Lebensanschauungen. Kurz und gut – wenn die Tochter am Leben bleibt, wird sich nichts ändern.«

»Und wo ist sie?«, fragte Natascha.

»Mit Bermann zusammen.«

»Und der Grund für den Verrat?«, erkundigte ich mich. »Gehört er zu den Hirnamputierten?«

»Nein.« Elli verzog das Gesicht, als ob das Wort »Hirnamputierter« ihr Schmerzen bereiten würde. »Bermann erkannte früher als andere die Situation auf Inej. Snow war gezwungen, mit ihm bereits vor zehn Jahren zusammenzuarbeiten, um den Bau einer Kriegsflotte zu ermöglichen. Nachdem er alle möglichen Varianten durchgespielt hatte, kam Bermann zu der Überzeugung, dass Inej siegen würde. Mehr noch – er war überzeugt von den Ideen des Inej. Er beschloss, das Imperium zu verraten, im Tausch gegen den Posten eines Statthalters auf Edem, eine Teilautonomie und die Möglichkeit, die psychotropen Programme des Inej zu blockieren.«

»Also kann man sich vor ihnen verschließen?«

»Ja, das ist möglich.«

»Und geheilt werden?«

»Das geht auch. Der Mensch behält ein verändertes Bewusstsein, kann aber wieder seine Meinung wechseln.«

Das war eine gute Nachricht. Das heißt, dass man alle Bewohner von Neu-Kuweit und den anderen Planeten der Föderation des Inej würde retten können. Auch Lions Eltern. Das würde ihn freuen.

»Ihr müsst Bermann töten«, wiederholte Elli. Ich fühlte mich wie mit kalten Wasser übergossen.

»Elli, wir sind doch keine Phagen«, gab ich zu bedenken. »Wie kommen wir an diesen Bermann heran? Wenn er wirklich ein Millionär ist ...«

»Er ist Milliardär.«

»Desto mehr!«

»Ihr müsst«, antwortete Elli einfach.

Natascha blickte mich enttäuscht an, als ob sie erwartete, dass ich sagen würde: »Das ist für uns ein Kinderspiel!« Aber das dachte ich ganz und gar nicht. Und außerdem wollte ich nicht töten! Nicht einmal einen Verräter! Ich hatte noch niemals jemanden getötet!

»Elli, wir haben die Aufgabe, hier zu leben und zu beobachten! Wir sind für einen Kampf nicht ausgebildet!«, wandte ich schnell ein. Sollte sie denken, was sie wollte. Sollte sie mich ruhig für einen Feigling halten!

»Tikkirej, ich überbringe dir einen Befehl«, erwiderte Elli kalt. »Du kannst natürlich ablehnen. Stasj hat sich für dich verbürgt, und wenn du ablehnst, wird lediglich er Probleme bekommen.«

»Große?«, erkundigte ich mich, um wenigstens etwas zu sagen.

»Sie werden ihn in den Ruhestand versetzen. Ein Phag ohne Arbeit ist ein trauriger Anblick, Tikkirej. Er wird natürlich eine Rente, Wohnraum, alle möglichen Privilegien und irgendeine Auszeichnung bekommen. Aber die Phagen können nicht ohne Arbeit herumsitzen. Das widerspricht ihrer Lebenseinstellung. Gewöhnlich sterben sie sehr schnell.«

Ich befand mich in einer Sackgasse. Nein, nicht in einer Sackgasse … Eine Sackgasse hat nur einen Ausgang.

Und da wurde mir klar, wie sich meine Eltern gefühlt haben mussten, bevor sie ihr Sterberecht wahrnahmen. Dieses Mal verstand ich es wirklich. Das war keine Sackgasse. Das war eher ein Korridor. Man konnte entweder vorwärts oder rückwärts gehen. In eine Richtung fiel es sehr schwer. Und in die andere war es einfach widerlich. Aber dermaßen widerlich, dass es immer noch besser war, den schlimmeren Weg zu gehen.

»Aber wir können das doch gar nicht«, meinte ich. »Elli, wir sind nur zwei Jungen und ein Mädchen. Wir können nicht richtig kämpfen, sogar Natascha kann es nicht richtig. Und eine wirkliche Waffe besitzen wir auch nicht. Und dieser Bermann wird mindestens wie Inna Snow selbst bewacht werden. Wir werden alles versauen.«

»Ich helfe euch«, tröstete Elli. »An Bermann kommt ihr heran. Die Frage ist nur, ob ihr einverstanden seid.«

Ich schwieg. Natascha schaute mich fragend an. Sie war einverstanden, das war klar. Sie musste ja bereits kämpfen.

»Und?« Elli erhob sich und stützte ihre Hände in die Hüften. »Entscheide dich!«

»Wir sind einverstanden«, entschied ich. »Das heißt, ich bin einverstanden. Lion muss noch gefragt werden. Aber wie …«

»Alexander Bermann befindet sich inkognito auf dem Planeten«, schnitt mir Elli das Wort ab. »Deshalb gibt es keine vollständige Bewachung. Bermann wohnt als Gast in einer Vorortvilla der Regierung, umgeben von elektronischen Alarmanlagen. Die werden abgeschaltet sein. Der Patrouilleplan der Wachen wird euch ebenfalls vorliegen. Die Bewachung innerhalb der Villa ist unbedeutend – drei Mann. Zur gegebenen Zeit werden sie unter diesen oder jenen Vorwänden aus dem Wohnbereich des Gebäudes entfernt. Ihr müsst lediglich mit Alexander und Alexandra Bermann fertig werden. Und sie sind ganz und gar keine Kämpfertypen.«

»Wir schaffen das schon«, bekräftigte Natascha. »Elli, es geht alles in Ordnung. Tikkirej möchte nur kein Risiko eingehen, denn das ist eine sehr wichtige Aufgabe. Aber wir werden sie erfüllen.«

»Wir werden sie erfüllen«, bestätigte ich.

»Gut.« Elli sah mich zweifelnd an, schien aber ihre Einwände zurückzudrängen. »Natascha, wir treffen uns morgen früh. Ich teile dann die Einzelheiten mit.«

Sie drückte mir die Hand wie ein Junge, küsste Natascha auf die Wange und verließ den Pavillon. Der Regen fiel nach wie vor in kleinen Tropfen, als ob im Himmel ein engmaschiges Sieb geschwenkt würde.

»Soll ich dich bringen?«, fragte ich und stand auf. Eigentlich hatte ich keine Lust, Elli zu begleiten.

»Nicht nötig, ich bin nicht aus Zucker.« Elli lachte auf, schritt in die Dunkelheit und verschwand nach einigen Schritten. Sie war nicht mehr zu sehen und zu hören, als ob sie sich in Luft aufgelöst hätte.

»Ist sie ein Phag?«, fragte Natascha leise.

»Was? Nein ... Eigentlich gibt es unter den Phagen keine Mädchen ... Aber wie, du kennst sie gar nicht?«

»Ich war am Tag in der Stadt, um unseren Mann von der Anlegestelle anzurufen. Ich wollte wissen, ob es vielleicht Neuigkeiten von Opa gab. Er sagte mir, dass mich eine Freundin treffen wolle, die vor einem Jahr meine Nachbarin war. Also auf dem Avalon. Das deutete er zumindest an ...«

»Und sie ist auch vom Avalon?«

»Hm. Sie sagte mir, dass sie heimlich hergebracht wurde. Sicher ist irgendetwas in Vorbereitung.«

Mir schien, dass Natascha Recht hatte. Das Imperium konnte nicht länger zögern. Der Krieg stand vor der Tür. Und das bedeutete, dass jeder auf seinem Platz kämpfen musste.

Wenn wir den Verräter liquidieren würden (»liquidieren« geht viel leichter über die Lippen als »töten«), dann wäre das ein ziemlich schwerer Schlag gegen Inej. So, als ob wir mit einem Mal Dutzende Kriegsschiffe zerstört hätten!

Denn diese Schiffe könnten Avalon, Edem, Erde und Karijer überfallen ...

»Tikkirej, gefällt dir irgendetwas nicht?«, wollte Natascha wissen.

Wir saßen jetzt ganz dicht beieinander und unterhielten uns flüsternd. Daher war uns ... war uns ganz eigenartig zumute, als ob wir nicht über den Krieg, sondern über Geheimnisse sprechen würden.

»Ja. Sie hat mich zu meinem Einverständnis gezwun-

gen. Verstehst du das? Nicht ich habe die Entscheidung getroffen, sie hat für mich den Entschluss gefasst.«
»Sie ist doch deine Vorgesetzte.«
»Das glaubst du! Ich bin übrigens nicht in der Armee.«
»Ich denke, es geht um etwas ganz anderes.«
»Und um was?«
»Darum, dass sie ein Mädchen ist.«
Im Hellen wäre ich jetzt rot geworden. Aber wenn du weißt, dass dich sowieso niemand sieht, wird es nichts mit dem Erröten.
»Überhaupt nicht! Wenn schon ein Mädchen, dann hätte sie höflicher auftreten sollen.«
»Das ist sexistisch. Sag nur noch ›Gepäckstück‹ zu ihr!«, giftete Natascha.
»Es steht Mädchen nicht, zu kommandieren!«
»Und was steht ihnen außerdem nicht? Vielleicht sollten wir auch nicht kämpfen? Aber wir kämpfen wenigstens, während andere feige sind! Denk nur, sie können im Zeittunnel fliegen!«
Natascha rückte sogar von mir ab, obwohl wir uns vorher aneinandergepresst hatten, um uns zu wärmen. Ich hatte große Lust, ihr etwas Gemeines und Fieses zu entgegnen. Zum Beispiel, dass ihr ganzer Partisanenkrieg die Menschen nur erboste, dass sie es geschafft hatten, Schulen mit ihren Raketen zu zerbomben.
Ich sagte stattdessen etwas anderes:
»Natürlich können wir im Zeittunnel fliegen. Ich persönlich bin als Modul geflogen.«
»Oh!«, staunte Natascha. Und schwieg.

»Und überhaupt geht es nicht darum, dass sie ein Mädchen ist«, fuhr ich fort. »Wenn du kommandierst, werde ich nicht widersprechen. Denn du hast Kampferfahrung und ich noch nicht. Aber über Elli weiß ich gar nichts. Na gut, vielleicht wurde sie von den Phagen geschickt. Vielleicht ist sie eine wichtige Person. Aber warum muss sie dann solchen Druck ausüben?«

»Hat sie etwa Druck auf dich ausgeübt?«, wunderte sich Natascha.

»Sie sagte, dass man Stasj bestrafen würde. Und er ist mein Freund, mein bester Freund … nein, das ist es nicht. Das ist etwas anderes. Jedenfalls möchte ich nicht, dass er entlassen wird und stirbt. Lieber sterbe ich selber.«

»Aber dieser Stasj ist doch ein Erwachsener, oder? Das heißt doch, du musst dir um ihn keine Sorgen machen!«, erwiderte Natascha hitzig. »Er muss die richtige Entscheidung treffen, und wenn er sich geirrt hat, ist er selber schuld und verpflichtet, die Bestrafung hinzunehmen! Das ist doch allgemein bekannt. Erwachsene müssen sich um Kinder kümmern, sie schützen und die richtigen Entscheidungen treffen! Sie haben doch viel mehr Lebenserfahrung! Also hat alles seine Richtigkeit!«

Ich schaute auf Natascha und fand die Situation lustig. Als ich noch auf Karijer gelebt hatte, wäre ich fraglos ihrer Meinung gewesen. Es ist ja wahr, die gesamte Natur war so eingerichtet und der Mensch war ein Teil der Natur. Im Naturkundeunterricht hatten wir erfahren, wie sich eine Katze aufregt, wenn man ihr die Jungen wegnimmt. Uns wurde erklärt, dass es sich dabei um uralte nützliche Instinkte handelte, dass sich deshalb unsere Eltern um uns kümmern und alle Erwachsenen die Kinder schützen.

Nur dass dies nicht die ganze Wahrheit ist.

Wenn ein Mensch dein Freund ist, dann hast du ebenfalls die Verpflichtung, dich um ihn zu kümmern. Auch wenn er entschieden stärker und klüger ist als du. Sogar wenn er sich geirrt hat. Früher verstand ich das nicht. Vor langer Zeit. Vor drei Monaten. Auf Karijer, als meine Eltern sich für den Tod entschieden. Wir hätten alle zusammenbleiben und notfalls auch die Kuppel verlassen müssen. Zumindest wäre ich verpflichtet gewesen, das zu wollen, und hätte nicht den Eltern zustimmen dürfen.

Aber wie sollte ich das erklären?

»Stasj hat mich gerettet«, begann ich. »Obwohl er das gar nicht hätte tun sollen. Sag mir, wenn deinem Großvater ein Unglück zustieße, würdest du ihn retten?«

»Er ist doch mein Opa ...«

»Na und? Dafür ist er alt und invalide. Du bist viel wertvoller für die Gesellschaft, warum solltest du wegen des Großvaters ein Risiko eingehen und dir Sorgen machen?«

»Aber ich mache mir keine Sorgen um ihn!«

»Ach! Aber heute Morgen hast du angerufen, um Neuigkeiten zu erfahren.«

Natascha verstummte. Dann sagte sie: »Aber das ist doch nicht richtig. Dass ich mir um Opa Sorgen mache und du dir um Stasj.«

»Weißt du, ich glaube, gerade das ist richtig«, erwiderte ich.

Natascha nahm meine Hand und meinte: »Du bist ziemlich eigenartig, Tikkirej. Sei nicht beleidigt. Manchmal scheint mir, dass du lediglich ein dummer und feiger Junge bist, der zufällig mit gefährlichen Dingen in Berührung gekommen ist. Und dann wieder denke ich, dass du im Gegenteil viel klüger und mutiger bist als wir alle zusammen.«

»Und was glaubst du jetzt?«, erkundigte ich mich neugierig.

»Dass uns kalt ist und wir uns erkälten werden!« Natascha sprang auf und zog mich von der Bank. »Komm! Lion denkt bestimmt schon sonst was!«

Lion wunderte sich über gar nichts. Im Gemeinschaftsschlafsaal konnten wir uns natürlich nicht unterhalten, deshalb weckte ich ihn in der Nacht und wir gingen zu den Sanitäranlagen. Das ist so eine Mischung aus Dusche und Toilette – ein riesiger Raum, in dem sich an einer Wand die Toilettenboxen, an der zweiten die Waschbecken und an der dritten die Duschköpfe aufreihen. Mir war unklar, warum alles zusammen installiert war, ganz wie auf einem alten Kriegsschiff. Frühmorgens gab es hier ein fürchterliches Gedränge.

Schnell überprüfte ich die Kabinen, niemand war hier. Wir gingen zum Fenster und ich berichtete Lion vom Besuch Ellis und von unserer Aufgabe.

»Das habe ich mir gedacht«, äußerte Lion sofort. »Noch auf dem Avalon.«

»Was hast du dir gedacht?«

»Warum wohl haben uns die Phagen nach Neu-Kuweit geschickt? Das ist teuer und überhaupt … welchen Nutzen versprechen sie sich von uns?«

»Aber sie haben uns hierhergeschickt.«

»Eben deswegen haben sie uns hergeschickt. Wir sind austauschbare Agenten.«

»Wie das?«, erkundigte ich mich vorsichtig.

»Ich habe im Traum davon erfahren. Ein austauschbarer Agent ist ein normaler Mensch, der ein wenig vorbereitet wird und einen besonders gefährlichen Auftrag erhält. Einen, von dem man nicht zurückkehrt. Die Phagen wussten, dass jemand daran glauben muss … genau dafür sind wir da.«

Lion war sehr ernst. Er saß auf dem Fensterbrett und hielt seinen Vortrag, ich stand vor ihm und hörte zu.

»Warum gerade wir? Wieso?«

»Ha! Das versteht doch jedes Kind! Wir sind von hier, aus Neu-Kuweit! Niemand kann auf die Idee kommen, dass wir Agenten des Imperiums wären. Es gibt keine Beweise.«

»Die Peitsche«, widersprach ich unsicher.

»Wohl kaum … vielleicht hast du sie von Stasj genommen.«

»Stasj hätte es nicht zugelassen, dass wir in den sicheren Tod geschickt werden«, konstatierte ich. »Niemals!«

Lion zuckte mit den Schultern:

»Vielleicht. Aber woher willst du wissen, dass er die ganze Wahrheit kannte? Er ist ein Phag. Das ist strenger als Armee oder Polizei. Das bedeutet nicht einfach Disziplin, sein Gehirn ist darauf ausgerichtet, dass er verpflichtet ist, Befehlen zu gehorchen. Sogar wenn Stasj etwas Verdächtiges bemerkt hätte, was hätte es geändert?«

Ich erinnerte mich daran, wie sich Stasj von uns verabschiedet hatte. Traurigkeit überwältigte mich.

Er hatte wirklich etwas geahnt. Es passte ihm nicht, dass wir nach Neu-Kuweit geschickt wurden. Es gefiel ihm nicht, aber er konnte mit dem Rat der Phagen nicht darüber diskutieren.

»Was sollen wir denn nun machen?«, fragte ich. Lion hatte wirklich alles äußerst schlüssig dargelegt.

»Den Auftrag ausführen«, meinte Lion.

»Aber ...«

»Was können wir denn anderes machen?« Lion lachte auf. »Sollten wir uns hier verstecken? Sie finden uns so oder so. Oder die Raumflotte beginnt mit der Bombardierung des Planeten und Schluss ... Da ist es schon besser, den Auftrag zu erfüllen. Dann haben wir zumindest eine winzige Chance. Und um gleichzeitig gegen Inej und gegen die Phagen anzutreten, muss man schon ein kompletter Idiot sein!« Er dachte nach und ergänzte bedauernd: »Was mussten wir auch unmittelbar auf den Köpfen der Mädchen landen! Wir könnten immer noch im Wald hausen.«

»Bist du mir böse?«, fragte ich. »Denn meinetwegen ... hätte ich das Schlangenschwert nicht genommen ...«

»Hör auf, sie hätten uns sowieso hierhergeschickt«, winkte Lion verächtlich ab. »Vielleicht haben sie dir sogar das Schlangenschwert untergeschoben – nicht, um deine Vertrauenswürdigkeit zu überprüfen, sondern als Provokation. Wenn du die Schlange nicht genommen hättest, wäre ihnen etwas anderes eingefallen.«

Die Tür ging auf. Piter, einer derjenigen, bei denen die Waffe des Inej nicht gewirkt hatte, der aber von Natur aus nicht besser als ein Hirnamputierter war, trat ein. Er schaute uns an und fragte:

»Raucht ihr etwa?«

»Nein«, antwortete ich. »Wir stehen nur so herum.«

»Na …« Piter glaubte uns nicht, ging deshalb absichtlich in eine Toilettenbox in unserer Nähe und schnupperte laut. Wir rochen natürlich nicht nach Rauch, Piter wurde gleich noch lebhafter: »Jungs, gebt ihr mir einen Schluck?«

»Mann, wir trinken auch nicht!«, regte ich mich auf. »Hier, sieh nach!«

Ich entfernte mich vom Fensterbrett und drehte mich um. Wo kann man denn eine Flasche verstecken, wenn man lediglich Unterhose und Hemd trägt? Lion drehte sich gar nicht erst um, er rutschte auf dem Fensterbrett zur Seite zum Beweis, dass nichts hinter ihm war.

»Was seid ihr für Deppen«, beschloss Piter und zeigte uns einen Vogel.

Kapitel 2

Elli kam nicht mit uns.
Sie erschien nicht einmal, um herauszufinden, ob Lion einverstanden war, den Befehl auszuführen oder nicht. Als ob sie seine Entscheidung kannte.

Ehrlich gesagt war ich froh darüber. Es hätte gerade noch gefehlt, dass dieses eingebildete Mädchen vom Avalon wieder anfing, zu kommandieren und uns zu erpressen!

Natascha kontaktierte uns am nächsten Tag im Speisesaal.

Wir standen mit den Tabletts in der Schlange vor den Mikrowellen. Es gab leider nur zwei. Vor uns wurde geflucht: Einem Jungen war die Plastiktasse mit Suppe gesprungen. Selber daran schuld, er hatte vergessen, den Deckel darauf zu stülpen.

»Heute«, sagte Natascha lächelnd. Aber ihre Augen waren angespannt und gar nicht fröhlich. »Heute treffen wir uns nach dem Mittagessen im Pavillon.«

Mir verschlug es gleich den Appetit. Natürlich aßen wir etwas – Kartoffelbrei mit Fleischstückchen, Erbsensuppe, Salat und Kompott. Alles vorgefertigt, nur den Salat hatte der Koch selber zubereitet. Wozu wird er eigentlich überhaupt gebraucht, wenn er nur an Freitagen, den freien Tagen, kocht?

Persönliche Sachen besaßen wir nicht, nur das

Schlangenschwert, aber das war sowieso immer bei mir. Also gingen wir sofort zum Treffpunkt.

Natascha befand sich nicht im Pavillon. Sie saß im Gras, das noch vom nächtlichen Regen nass war, hatte die Hände hinter den Rücken gestützt, den Kopf nach hinten gelehnt und schaute in den Himmel. Ich folgte ihrem Blick – es gab nichts Besonderes zu sehen. Der Schweif eines Raumschiffes, das zur Landung ansetzte, kroch dahin.

»Wir sind es«, sagte Lion. »Was hast du dort gesehen?«

»Ein Raumschiff«, antwortete Natascha, ohne den Blick abzuwenden. »Ein schönes. Das ist ein Passagierschiff, vom Inej.«

Ich fühlte mich wie mit eiskaltem Wasser übergossen. Ich erinnerte mich an unsere Kuppel. Und an Dajka am Ufer des Flüsschens …

»Natascha, würdest du gern Pilot werden?«, wollte ich wissen.

»Mädchen können das doch nicht, du Dummkopf!«, erwiderte sie nach einiger Zeit.

»Na und. Wärst du es gern?«

»Ja.«

Lion verstand natürlich nicht, worüber wir sprachen. Ich nahm mir in diesem Moment vor, dass ich Mädchen nie als »Gepäckstücke« beschimpfen würde. Nicht einmal die schlimmsten Exemplare von der Art der selbstherrlichen Elli.

»Ich wäre auch gern Pilot«, meinte ich und Natascha schaute mich verwundert an. Es klang so, als ob ich wüsste, dass auch ich niemals Pilot werden könnte.

»Jungs, seid ihr bereit?«, erkundigte sie sich.
Ich nickte.
»Ein Auto wartet auf uns in der Nebenstraße, nicht weit von hier. Es bringt uns zur Villa.«
Aha. Also direkt heute?
Warum auch nicht? Die Phagen vergeudeten nicht sinnlos ihre Zeit.
»Gehen wir«, stimmte ich zu. Ich versuchte zu lächeln. Was sollte das werden, wenn zwei Jungs und ein Mädchen auf einem fremden Planeten, auf dem sie von allen gesucht wurden, vorhatten, einen Milliardär zu ermorden? Standen sie ganz einfach auf und töteten?
Mir war gar nicht nach Lachen zumute.

Das Auto war ein gewöhnliches Taxi. Ich hatte eigentlich erwartet, dass wir von Untergrundkämpfern abgeholt werden würden, aber es war ein ganz gewöhnlicher orangefarbener »Taimen« des staatlichen Taxidienstes. Der Fahrer gehörte zu den Hirnamputierten, ich konnte sie mittlerweile sicher von normalen Leuten unterscheiden.
»In den Schmetterlingspark?«, erkundigte er sich äußerst freundlich.
»Hm.« Natascha begann gleich zu lächeln. »Dort ist es schön, nicht wahr?«
»Sehr schön«, bestätigte der Fahrer und wartete, dass wir ins Auto gestiegen waren. Lion wollte sich auf den Vordersitz setzen, aber der Fahrer schüttelte streng den Kopf.
»Für Kinder unter sechzehn ist das verboten!«

Natascha stellte ihm noch einige Fragen, und der Fahrer begann, uns begeistert vom Park zu erzählen. Es war relativ einfach, die Hirnamputierten auf ein Thema festzunageln. Wenn sie den Eindruck hatten, es würde die Zuhörer interessieren, konnten sie so lange darüber reden, bis sie alles dargelegt hatten, was sie wussten. Natascha hatte ihn absichtlich darauf gebracht, sodass er durch nichts anderes abgelenkt wurde und keine überflüssigen Fragen stellte.

Es war aber wirklich interessant, etwas über den Schmetterlingspark zu hören. Als die Menschen begannen, Neu-Kuweit zu kolonisieren, lebten hier keine Säugetiere, sondern nur Insekten, Reptilien und primitive Fische. Bald stellte sich heraus, dass die einheimischen Insekten nicht mit Tieren von der Erde zusammenleben konnten. Die Fische starben, als Erdplankton ins Meer gegeben wurde. Daraufhin wurden zwei Naturschutzgebiete eingerichtet – eines auf dem Land und eines im Meer. Sie waren weit von hier entfernt, auf einem anderen Kontinent. Nicht weit von Agrabad errichtete man eine große Kuppel, ähnlich der, unter welcher ich auf Karijer lebte. Dort blieb die ursprüngliche Natur »der vierten Beta Lyra«, also von Neu-Kuweit, erhalten. Einheimische Gräser, Sträucher und Bäume. Einheimische Schmetterlinge, Käfer und Basiliskeneidechsen. Die Schmetterlinge sollen sehr bunt und riesig sein, einige mit einer Flügelspannweite von zwanzig Zentimetern. Und fast alle leuchteten im Dunkeln, weil sie ihre Paarungsrituale in der Nacht abhielten.

»Als ich noch klein war«, erzählte der Fahrer, »bin

ich auch gern in den Park gegangen, besonders in der Nacht, wenn es meine Eltern mir erlaubten. Denn wie war es früher, wenn sich die Schmetterlinge zu sehr vermehrt hatten? Du hast eine Lizenz gekauft und konntest mit einem Netz auf sie Jagd machen. Es war natürlich schwer, aber manchmal gelang es uns, einen zu fangen … Ich habe bis heute vier Stück von ihnen. Sehr schöne Exemplare.«

»Und jetzt gibt es das nicht mehr?«, wollte Lion wissen.

»Nein, man hat entschieden, dass das unethisch sei.«

»Schade«, seufzte Lion. »Wir würden auch gern auf die Jagd gehen.«

Und er schaute mich aus den Augenwinkeln an, ob ich seinen Scherz auch gebührend würdigte.

Aber mich machte die bevorstehende Jagd überhaupt nicht froh.

In Wirklichkeit mussten wir nicht in den Park. Aber wir konnten dem Fahrer wohl kaum sagen: »Fahren Sie zum Türkistempel, zum Gästehaus der Regierung. Wir wollen dort spazieren gehen.«

Die Kuppel wurde sichtbar, kaum dass wir die Stadtgrenze hinter uns gelassen hatten. Von weitem erschien sie kleiner, aber ich erkannte sofort, dass es sich um eine Standardkolonialkuppel der Spezifikation 11-2 handelte. Neunhundert Meter im Durchmesser, siebzig Meter hoch. Genau so eine wie unsere Kosmodromkuppel, nur ohne silbrige Schutzschicht gegen Radioaktivität. Ich seufzte, als ich mir unsere Kuppeln, die um sie herum gelegenen Gruben und Täler, die überall herumkriechenden hermetischen Busse vorstellte. Obwohl ich nicht wusste, wonach man sich auf so einem unwirklichen Planeten wie unserem Karijer sehnen könnte.

Ich jedenfalls hatte Heimweh.

»Wollt ihr zum Haupteingang?«, erkundigte sich der Fahrer.

»Ja, bitte!«, antwortete Natascha höflich. Sie übernahm die Rolle der Ältesten. Es war sicherlich ungewöhnlich, dass ein Mädchen das Wort führte, aber der Fahrer wunderte sich nicht darüber. Vielleicht deshalb, weil alle die Präsidentin Inna Snow verehrten?

Das Taxi hielt an der Haltestelle und wir stiegen aus. Die Fahrt war vorab bezahlt worden, der Fahrer winkte uns zu und fuhr fort.

Wir gingen über den Parkplatz, der voller Privatautos und Touristenbusse war. In einem Laden kauften wir Eis, weil das auf Erwachsene eine beruhigende Wirkung ausübt. Wenn ein Jugendlicher einfach so unterwegs ist, wird von ihm irgendein Streich erwartet. Wenn er aber Eis schleckt, sieht man ihn als kleines Kind. Daher beeilten wir uns nicht mit dem Eis. Wir wickelten es nicht ganz aus, die Hüllen hielten es ausreichend kalt und wir würden damit eine ganze Stunde spazieren gehen können.

Um die Kuppel herum verlief ein hundert Meter breiter Sandstreifen, der an vielen Stellen durch Betonwege zerschnitten war. Das war offensichtlich eine Quarantänezone, damit keine Pflanzen von der Erde in die Kuppel gelangen konnten. Danach, hinter dem Sand, befand sich ein entsprechender Streifen grünen Rasens und dahinter grünten Bäume, Hecken und Gärten. Wir nahmen einen dieser Wege.

»Wir gehen rechts um die Kuppel herum«, teilte Natascha leise mit. »Da, bis zu diesem Park. Dort gibt es einen Trampelpfad, dem wir folgen, bis wir das Schild ›Privatbesitz‹ sehen, und biegen dann nach links ab. Wir gehen zum Bach, dann den Bach entlang bis zum Zaun. Um siebzehn null null wird die Alarmanlage an dem Teil des Zaunes, der zum Bach führt, abgeschaltet sein. Um siebzehn Uhr zwölf müssen wir den Zaun überwunden und uns in zwei Minuten einhundert Meter vom Zaun entfernt haben.«

»Ist dort offenes Gelände?«, fragte Lion.

»Ein Park«, erwiderte Natascha kurz. »Dann haben wir zehn Minuten Pause. Wir verstecken uns im Springbrunnen und lassen die Patrouille durch.«

»Was ist das für ein Springbrunnen?«, interessierte ich mich.

»Woher soll ich das wissen? Elli meinte, dass wir den Springbrunnen sehen würden. Wenn die Patrouille vorbeigegangen ist, rennen wir zur Villa, zum Diensteingang. Wir schleichen uns hinein und verstecken uns auf der ersten oder zweiten Etage. Das interne Alarmsystem ist auf Wunsch Bermanns abgeschaltet. Er hat Angst vor Überwachungssystemen an sich. Schleppt sogar immer einen Störsender mit sich herum. Er ist selber schuld. Bermann und Tochter kommen gegen sieben oder acht Uhr abends. Dann beseitigen wir sie«, Nataschas Stimme blieb dabei unbewegt, »und warten dann bis einundzwanzig Uhr dreißig, um auf demselben

Wege zu verschwinden. Wenn wir uns an den Plan halten, gibt es keine Probleme. Übernachten werden wir im Heim.«

»Vielleicht sollte man sich Eintrittskarten für den Park kaufen?«, schlug ich vor. »Dann hätten wir ein Alibi ...«

»Was denn für ein Alibi? Wenn wir eine Eintrittskarte kaufen, vermerkt der Computer, wann wir reingehen und wann wir die Kuppel verlassen. Damit hätten wir eine gute Spur gelegt.«

»Wenn die Sache ruchbar wird, kann uns der Fahrer damit in Verbindung bringen«, meinte Lion. »Er wird uns verraten. Er ist doch hirnamputiert ...«

»Elli hat gesagt, dass sich andere um den Fahrer kümmern würden«, schnitt ihm Natascha das Wort ab.

Ich erschrak.

»Was sagst du da?«

»Was du gehört hast!«

»Das war so nicht abgesprochen!«, schrie ich.

»Wir hatten gar nichts abgesprochen.« Nataschas Augen schauten zornig und wütend. »Es ist Krieg, Tikkirej, richtiger Krieg, verstehst du das?«

Ich verstand.

Wir selbst hatten ja auch nicht vor, mit Bermann und seiner Tochter zu plaudern und Tee zu trinken. Aber trotzdem ... Dieser Oligarch wollte das Imperium verraten, der Fahrer war ein Hirnamputierter, ein Kranker, ein Unschuldiger.

»Es ist trotzdem nicht richtig«, meinte ich. »So etwas müssen wir nicht machen.«

»Aber anders würde es nicht gehen«, erwiderte Natascha. »So ist es im Krieg, stimmt's, Lion?«

Lion wandte sich ab und sagte nichts. Weder zu mir noch zu Natascha.

Ich führte die Diskussion nicht weiter.

Wir gingen an der Kuppel entlang und schauten unwillkürlich auf die Welt hinter der durchsichtigen Wand. Dort wuchsen ungewöhnlich aussehende Bäume mit sehr dunklem Blattwerk und gefiederten ringförmigen Stämmen. Manchmal blitzte zwischen den Blättern etwas Grelles auf – sicherlich die Schmetterlinge, aber es gelang uns nicht, sie richtig zu betrachten. Ich fand, dass es sich lohnte, in den Park zu gehen. Wenn alles gut ausgegangen war.

Und was wäre das im Klartext?

Wenn wir Bermann und seine Tochter getötet hatten?

Ich hätte am liebsten angefangen zu schluchzen, nicht zu weinen, sondern zu schluchzen wie ein kleines Kind. Man weint vor Leid, aber man schluchzt vor Hilflosigkeit.

»Die Wachen werden uns erschießen«, sagte Natascha plötzlich. »Ich glaube nicht, dass bei Elli alles klargeht. Ich glaube es einfach nicht!«

Augenblicklich verschwand meine Unruhe. Und wirklich! Wie kam ich eigentlich darauf, dass wir überhaupt an der Wache vorbeikommen würden? Was uns das selbstgefällige Mädchen Elli nicht alles versprochen hatte ... Man würde uns sicher nicht gleich erschießen, wir würden ja nicht gegen die Wache kämpfen, aber wir würden bestimmt verhaftet. Vielleicht war das sogar die beste Variante. Den Befehl würden wir ausführen, aber wenn es uns nicht gelänge, die Aufgabe zu lösen, wäre es nicht unsere Schuld. Sie wären selbst daran schuld und würden in Zukunft solche Missionen nicht mehr Jugendlichen anvertrauen.

»Sei leise«, sagte ich. »Du machst Lärm!«

Natascha schaute mich erstaunt an, ärgerte sich aber nicht. Schweigend folgten wir dem Pfad in die Tiefe des Parks. Hier war niemand, der Weg war zugewachsen, durch grauen Steinsplitt wuchs das Gras hindurch, bereits welk und gelb. Am Himmel zirpte ein unsichtbarer Vogel.

»Wie schön es ist…«, murmelte Lion leise. Ich störte ihn nicht in seinen Betrachtungen.

Das Hinweisschild »Privatbesitz« war alt, die Farbe blätterte bereits ab. Es stand exakt in der Mitte des Pfades auf einem niedrigen Betonsockel. Es gab sogar einen orangefarbenen Lampenkasten für die nächtliche Beleuchtung der Aufschrift, aber sein Deckel war vor langer Zeit zerschlagen und die Glühbirne herausgedreht worden. Wir gingen zum Schild, wechselten wie vorgeschrieben die Richtung und kamen zum Bach.

»Kann man an den Zaun herangehen?«, fragte ich.

»Nicht näher als zehn Meter«, erwiderte Natascha sofort.

Wir folgten dem Bach nur kurze Zeit und vor uns erschien der Zaun der Residenz. Kein sehr hoher, vielleicht anderthalb Meter, aus einzelnen grauen Betonplatten und von unten bereits mit Moos bewachsen. Die Platten waren gerippt, als ob sie absichtlich dazu einluden an ihnen hochzuklettern, doch über dem Zaun verlief eine dünne blinkende Leitung – ein Bewegungsmelder. Die Bäume standen fast unmittelbar neben dem Zaun, aber trotzdem nicht nahe genug, damit man ihn nicht von den Ästen aus überwinden konnte.

»Wir warten«, befahl Natascha.

Wir suchten uns einen Platz hinter den Sträuchern, warteten und aßen dabei unser Eis auf. Natascha schaute die ganze Zeit auf die Uhr, dann nahm sie sie ab und legte sie vor sich hin. Lion schien am ruhigsten zu sein – schmatzend schleckte er das cremige Eis. Er aß länger als wir und schaute nicht auf die Uhr.

»Halten wir uns bereit«, sagte Natascha mit angespannter Stimme. »Minus eine Minute.«

Lion schluckte mit einem Mal den ganzen Rest hinunter, zerknüllte die Hülle, warf sie in den Bach und wusch sich die Hände. Er ging in Startposition.

»Minus zwanzig Sekunden.« Natascha fuhr sich über die Haare, sah uns an und bekreuzigte sich. Ihre Wangen waren gerötet wie vom Frost.

Ich war nicht aufgeregt. Überhaupt nicht. Ich war davon überzeugt, dass wir gleich verhaftet würden und damit alles vorbei wäre.

»Los!« Natascha sprang auf und rannte zum Zaun.

Aber Lion überholte sie. Am Zaun ging er in die Knie und stützte seine Hände gegen die Betonplatte. Natascha verstand, stieg auf seinen Rücken, zog sich hoch und sprang über den Zaun. Ich folgte ihr, Lion ächzte unter meinen Beinen, und ich sprang nicht hinüber, sondern legte mich flach auf die Oberkante, hielt mich mit den Beinen daran fest und streckte Lion meine Hand hin. Er ergriff sie, zog sich hoch und wir sprangen gemeinsam auf die andere Seite.

Wir befanden uns in einer anderen Welt!

Während hinter dem Zaun ein verwilderter Park im warmen Herbstwind lag, kamen wir auf der anderen Seite wieder in den Sommer. Der Park war licht, gepflegt, durchzogen von sauberen Wegen. Sogar das Bächlein, das durch ein Gitter im Zaun floss, rauschte nicht mehr, sondern plätscherte melodisch. Es war sehr warm, fast schon heiß, Schmetterlinge flatterten über den Blumenbeeten, wenn auch nicht so große und grelle wie innerhalb der Kuppel, aber immerhin ... Hier gab es bestimmt eine lokale Klimatisation – eine sehr kostspielige Angelegenheit, aber seit wann kümmerte sich eine Regierung um die Kosten?

Natascha schaute sich um und flüsterte: »Vorwärts! Lauft!«

Wir stürzten nach vorn, ohne einen bestimmten Weg zu nehmen, mal über Wege, die mit rauen Steinplatten gepflastert waren, mal einfach zwischen den Bäumen hindurch. Mir schien es, als ob wir die hundert Meter in einer halben Minute hinter uns gebracht hätten, aber ein Springbrunnen war nicht zu sehen. Endlich zeigte Lion nach rechts und schrie:

»Dorthin!«

Ja, diesen Springbrunnen konnte man tatsächlich schwer übersehen. Er war riesig: Das Becken hatte einen Durchmesser von rund zwanzig Metern und war bis zum Rand mit Wasser gefüllt. Inmitten des Beckens stand eine Skulpturengruppe. Diese erschien recht sonderbar: Ein bronzener Gigant in einem altmodischen Raumanzug kämpfte sich durch das Wasser, mit einer Hand schützte er sein Gesicht vor den herunterfallenden Spritzern, in der anderen hielt er schussbereit einen Strahlenwerfer. Hinter ihm, aus einem Steinhaufen, folgte eine Menschenmenge, hauptsächlich Frauen und Kinder. Einige von ihnen waren vollständig, andere teilweise aus dem Stein heraustretend gestaltet. Der Wasserstrahl an sich war nicht sehr hoch, vielleicht drei Meter, und kam aus ziemlich krummen Rohren. Klatschend schlug das Wasser gegen die Felsen.

»So ein Kitsch!«, rief Lion begeistert aus.

»Ins Wasserbecken!«, befahl Natascha. Wir wateten durch das Wasser und standen bald zwischen den mit Moos bewachsenen, kühlen Bronzefiguren, die nass vom Wassernebel waren.

Natascha entschied: »Hier warten wir.«

Es war lustig, zwischen den Skulpturen zu stehen. Ich berührte die Hand eines Bronzemädchens, das voller Hoffnung mit blinden Augenhöhlen auf den Riesen schaute.

Ich fragte: »Was sind das denn für Figuren?«

Natascha winkte ab, aber nach einer Minute antwortete sie doch: »Das ist zum Gedenken an die erste Landung. Eines der Landeboote zerschellte damals im Dschungel, aber ein unverletzt gebliebener Pilot brachte fast alle Passagiere in die Zivilisation zurück.«

»Aha, das bedeutet, der Wasserstrahl versinnbildlicht den Brennstoff, der aus den Tanks strömt«, kicherte

Lion. Die Skulpturen gefielen ihm ganz offensichtlich nicht.

»Leise!«, zischte Natascha und drückte sich an die Steine. Wir verstummten und drängten uns tiefer zwischen die Bronzefiguren. Nach einer Minute erschien die Patrouille auf dem Weg – zwei Männer und eine Frau.

Wenn mir der Bronzepilot wie ein Riese vorkam, dann standen ihm die Wachleute in nichts nach. Nur dass sie an Stelle des alten Raumanzuges eine leichte Kampfpanzerung aus Keramik trugen. Der Bildschirm an den Helmen war ausgeschaltet, die Waffe steckte im Halfter – augenscheinlich erwarteten sie keine Überraschungen.

Die Frau war ohne jegliche Panzerung und ohne Waffe, trug ein gewöhnliches Kleid und Sandalen und hielt eine kleine Plastikreisetasche in der Hand.

In unserem Versteck hörten wir einen Gesprächsfetzen: »Also werden wir weiter unterwegs sein. Solange die neue Linie nicht gelegt wird«, regte sich die Frau auf. Mir schien, dass sie nicht hirnamputiert war, sie hatte eine zu lebhafte Stimme.

»Er hat bloß Angst davor, ein überflüssiges Papier zu unterschreiben!«, wurde die Frau von einem der Wachmänner unterstützt. »Er hat Angst, dass man sich an ihn erinnert und ihn pensioniert.«

»Ich werde eine Meldung schreiben«, schimpfte die Frau weiter. »Wie lange soll das noch so weitergehen, jeden Tag Pannen ...«

Sie unterhielten sich und liefen langsam in Richtung

des Zaunes, über den wir gesprungen waren. Auf den Springbrunnen achteten sie nicht. Natascha wartete, bis die Gestalten zwischen den Bäumen verschwunden und die Stimmen ganz verklungen waren, danach wandte sie sich an uns:

»Los, an die Arbeit ...«

Wir kletterten aus dem Wasserbecken und liefen zu dem Gebäude, das im Inneren des Parks zu sehen war, eine schöne Villa mit Säulen, Türmchen und einer Terrasse genau über dem Haupteingang, auf dem Dach. Ich hatte immer noch nicht die Hoffnung verloren, dass wir gefasst würden, aber eine andere Wache gab es nicht. Wir gingen natürlich nicht zum Haupteingang, sondern liefen um die Villa herum, und Natascha zeigte triumphierend auf eine kleine Holztür – sie war angelehnt.

»Hier!«

Ich glaubte, dass diese Tür absichtlich offen gelassen worden war. Und ich war mir sicher, dass diese junge Frau bei den Wachleuten dafür sowie für das Abschalten der Alarmanlage gesorgt hatte. Sicher war sie der Techniker und für das Alarmsystem verantwortlich.

»Tikkirej, was stehst du herum?«, rief mir Natascha zu, Lion und sie waren schon im Haus.

Ich schaute noch einmal auf den friedlichen Park und ging durch den Diensteingang der Villa in einen kleinen Vorraum. Natascha stieß mich erbost in den Korridor, der ins Innere des Gebäudes führte, beugte sich selbst nach unten und begann die nassen Fußabdrücke auf dem Boden mit irgendeinem Lappen wegzuwischen. Ich erblickte Lion, nackt bis zur Gürtellinie, der sehr ärgerlich schien, und mir war klar, dass dieser Lappen bis eben noch sein Hemd gewesen war.

»Daran hatten wir nicht gedacht«, sagte Natascha und bewegte sich schnell Richtung Korridor, wobei sie gekonnt den Lappen schwang. »Zieht eure Schuhe aus, wir gehen barfuß.«

Durch solche Kleinigkeiten platzen oft die raffiniertesten Pläne: Wenn uns unsere Fußspuren nicht aufgefallen wären, hätte uns auch nicht gerettet, dass die Bewegungsmelder ausgeschaltet waren. Unsere Spuren hätten uns verraten, ganz wie in den mittelalterlichen Überlieferungen über Grenzen und Spione. Diese Gefahr schien uns nicht zu drohen: Natascha blieb wachsam.

Wir liefen an einigen funktionell eingerichteten Zimmern vorbei. In einem befanden sich ein Rednerpult und einige große Bildschirme, in einem anderen Sessel und Sofa zum Ausruhen für die Wachleute. Danach erschien die Möblierung reicher, wenn auch nicht übertrieben. So besichtigten wir kleine Zimmer mit Betten und Schränken, ein Wohnzimmer mit Fernsehapparat und Sitzgarnitur. Die Küche dagegen war riesig und mit einer Menge verschiedener Haushaltsgeräte ausgerüstet. Dort standen Mikrowellen (im Ganzen zwei) und normale Herdplatten, Wärmeschränke, Fritteusen, Küchenmaschinen und eine Menge Geräte, deren Namen ich nicht einmal kannte.

»Das alles sind Zimmer des Personals«, erklärte Natascha, nachdem sie sich ein Bild gemacht hatte. »In der Villa werden ab und zu große Empfänge abgehalten,

Dutzende von Leuten treffen sich hier ... Wir müssen dorthin!«

Aus der Küche kamen wir über einen breiten Flur mit zweiflügligen Türen ins Esszimmer.

Hier sah es nun wirklich luxuriös aus!

Ein riesiger ovaler Tisch aus hellem, poliertem Holz, Stühle mit hohen, geschnitzten Lehnen, an den Wänden originale, mit Farben gemalte Bilder. Durch die Fenster sah man den Park sowie den Springbrunnen, in dem wir uns versteckt hatten. Seltsamerweise wirkte das alles aus dem Gebäude heraus noch viel schöner als in Wirklichkeit.

»Wohin jetzt?«, wollte Lion wissen. Er schaute ganz andächtig – rundherum war es allzu weiträumig, hell und edel.

»Wir gehen nach oben«, entschied Natascha, »dort sind noch ein großer Dinnersaal«, Lion erschauerte bei diesen Worten, »und die Gästezimmer.«

Aus dem Esszimmer gingen wir zu einer breiten Treppe mit einem schönen Teppich, der mit goldenen Metallstäben an den Stufen befestigt war. Wir stiegen in den ersten Stock und suchten die Zimmer von Bermann und seiner Tochter. Es war nicht einfach, weil es eine Unmasse von Schlafzimmern gab und die Türen verschlossen waren. Ich dachte gerade darüber nach, dass wir einen Dietrich brauchen könnten, als sich die Schlange am Gürtel bewegte und mir in den Ärmel kroch.

Richtig, wozu ein Dietrich, wenn wir über ein universelles Gerät der Phagen verfügten?

Pro Schloss brauchte die Schlange nicht länger als eine Sekunde, offensichtlich war die Aufgabe nicht schwer. Intuitiv wusste ich, dass das Schlangenschwert zuerst die Struktur des Schlosses scannte und die Restpotenziale in den elektronischen Schaltkreisen bestimmte und danach das Schloss nicht mit einer Ziffernfolge öffnete, sondern den genauen Code wählte.

Die ersten sechs Schlafzimmer erwiesen sich als unbewohnt, das siebte auf den ersten Blick ebenfalls. Aber Natascha, die auf alle Fälle in die Bäder schaute, fand dort eine Zahnbürste, einen Rasierapparat, Eau de Cologne und allerlei Herrenkosmetika. Erst da bemerkten wir, dass das untadelig aufgeräumte Zimmer bewohnt war: Im Schrank hingen einige Anzüge, ein Dutzend Hemden und Krawatten, neben dem Bett lag ein Büchlein des Krimischriftstellers Hiroshi Moto: »Der Raumanzug mit dem verspiegelten Helm«. Das Buch war interessant, ich hatte es selbst gelesen, aber eigentlich war es ein Kinderbuch.

Die nächsten zwei Schlafräume waren leer, aber im neunten, ausgehend von der Kosmetik im Bad, wohnte Bermanns Tochter. Auf ihrem Bett lag ebenfalls ein Buch, aber ein viel ernsteres als beim Vater: »Die Taktik der Unternehmensentwicklung unter den Bedingungen politischer Instabilität«.

»Sie lernt ein Unternehmen zu führen«, meinte Lion höhnisch. »Ja – ja ... Was sind wir doch für Optimisten.«

Natascha und ich blickten Lion unabhängig voneinander zornig an.

»Das ist mir nur so herausgerutscht … Ähm, wegen der Nerven … Entschuldigt.«

»Benutz deinen Kopf, ehe du etwas sagst«, murmelte Natascha. »Was suchst du da?«

Lion wühlte im Kleiderschrank und drehte sich um: »Du hast mir mein Hemd weggenommen, soll ich etwa nackt herumlaufen? Was meint ihr, kann ich dieses T-Shirt nehmen?«

Das baumwollene Muscle-Shirt war zwar grell, Blau mit Weiß, aber nicht mädchenhaft. Ich zuckte mit den Schultern und Lion zog es an. Natascha schimpfte nicht mit ihm. Es gab wirklich keinen Grund, sich jetzt noch wegen eines Diebstahls zu schämen.

»Wenn die Bermanns kommen, werden sie in ihre Zimmer gehen, um sich umzuziehen«, überlegte Natascha laut. »Es sieht nicht so aus, als ob sie Dienstpersonal hätten, also werden sie allein bleiben … Wir können uns in zwei Gruppen teilen. Ich kümmere mich mit Lion um Bermann, und du, Tikkirej, – um das Mädchen!«

»Warum soll ich das Mädchen nehmen?«, begehrte ich auf.

»Du hast die Peitsche.«

»Na und? Ist sie etwa gefährlicher als ein erwachsener Mann?«

Natascha seufzte: »Alexander Bermann ist fast siebzig Jahre alt. Er hat einen Bauch wie ein Nilpferd. Aber du kannst davon ausgehen, dass seine Tochter sportlich und trainiert ist und eine Nahkampfausbildung hat … Vielleicht ist sie sogar bewaffnet.«

»Und wie werdet ihr mit Bermann zurechtkommen?«

»Wir schlagen ihn bewusstlos«, erklärte Natascha kurz. »Dann kommst du zu uns.«

Es hatte keinen Sinn, zu diskutieren. Ich wollte darauf hinweisen, dass ich mich weigerte, ein Mädchen zu töten, auch wenn sie der letzte Dreck wäre und das Imperium verriet. Aber ich schwieg, weil mir bewusst war, dass ich es doch tun würde. Ich hatte keine Wahl.

»Versteck dich im Badezimmer«, schlug Natascha vor. »Vielleicht kommt sie doch nicht alleine ins Zimmer? Wir werden es genauso machen, und wenn Bermann das Badezimmer betritt, schlagen wir von hinten zu.«

»Womit?«, fragte Lion geschäftsmäßig.

»Weiter hinten im Korridor müsste eine Turnhalle sein. Wir nehmen ein Paar Hanteln oder irgendetwas anderes Schweres. Aber leise, die Wache könnte schon zurück sein.«

»Gehen wir.« Lion nickte. »Also dann, Tikkirej. Vermassele es nicht!«

»Wir warten auf dich«, ergänzte Natascha.

Sie gingen hinaus und ich blieb allein. Das passierte so schnell und unerwartet, dass ich nichts erwiderte. Ich tigerte wie ein Idiot durch das Zimmer. Es gab noch eine Tür in ein anderes Zimmer, wahrscheinlich ein Gästezimmer, aber dort schien noch niemand einen Blick hineingeworfen zu haben. Keine Sachen, nichts ... Ich kehrte ins Schlafzimmer zurück, ging ans Fenster und schaute in den Park. Von dieser Seite war der Springbrunnen nicht zu sehen, dafür erblickte ich in der Tiefe des Gartens ein Schwimmbad und kleine gemütliche Gebäude. An Himmel schwebten einzelne Wolken, die Sonne neigte sich zum Horizont. Es war sehr still, fast einschläfernd. Ich ging vom Fenster weg, mit einer bohrenden Neugier zum Kleiderschrank und begann, in den Sachen von Alexandra Bermann zu kramen.

Es stellte sich heraus, dass das Wühlen in fremden Sachen eine sehr interessante Beschäftigung war. Im Schrank hingen Kleider, Blusen, Röcke, Hosen und Pullover. Es hätte ausgereicht, alle Bewohner des ›Spross‹ – Jungen und Mädchen – neu einzukleiden. Allein zehn Paar Schuhe gab es: Halbschuhe, Turnschuhe, Stiefelchen und allerlei Spezialschuhe, entweder für den Sport oder zum Tanzen, die ich nicht einmal benennen konnte. In einem Fach lag eine Masse sauberer, eingepackter Kleidung. Ich nahm ein Packung, fand in ihm rosa Spitzenhöschen, schämte mich und schloss den Schrank.

Teufel nochmal! Einerseits beabsichtigte ich, Alexandra Bermann, die ich noch niemals gesehen hatte, zu töten. Warum dann diese Neugier? Das sind Kleinigkeiten, um die man sich nicht kümmern sollte. Aber andererseits ...

Es war mir peinlich.

Aber ich konnte nicht mehr damit aufhören. Und wühlte weiter in den Schränken.

Reiche Leute schleppen sehr viele Dinge mit sich herum. Sicherlich brauchen sie das auch alles. Sogar wenn sie geschäftlich auf anderen Planeten weilen, gehen sie ins Theater, in Restaurants, machen Ausflüge und Safaris ... Aber außer Kleidung gab es noch jede Menge andere Dinge. Zum Beispiel ein ganzes Köfferchen mit allen möglichen Friseursachen, darunter allein drei Föns. Und im Badezimmer war auch noch ein guter. In einem kleinen Täschchen befand sich eine Reiseapotheke, als ob es hier keine Ärzte geben würde ... Oder vertrauten die Bermanns keinen fremden Ärzten? In einer kleinen, nachlässig hingestellten, offenen Schatulle lag Schmuck. Teilweise aus Gold, Silber und Edelsteinen, zum Teil dermaßen selten und teuer, dass er sogar mir ein Begriff war, da ich den Schmuck in allerlei Fernsehfilmen und Nachrichtensendungen gesehen hatte. Zum Beispiel gab es da ein Collier aus «unsichtbaren Diamanten», sie hießen wissenschaftlich irgendwie anders, aber das hatte ich vergessen. Ich ging mit dem Collier zum Fenster und schaute es im Licht an. Alle Achtung! Als ob sich in der Platinfassung nichts befinden würde, als ob sich die winzigen Diamantensplitter, die auf die unsichtbaren Diamanten aufgeklebt waren, von alleine in der Luft hielten. Ich berührte sie – da waren sie, die unsichtbaren Steine. Auf dem größten verblieb fast unsichtbar mein Fingerabdruck. Cool.

Außerdem waren da noch Ohrringe mit Empathiesteinen, die ihre Farbe in Abhängigkeit von der Stimmung des Trägers wechselten. Ich führte einen Ohrring an mein Gesicht und der Stein wandelte sich von Milchweiß in Knallrot. Natürlich, ich war ja aufgeregt ... Diesen Schmuck zu tragen riskieren nur

Leute, die absolut von sich überzeugt sind – denn anderenfalls können alle erkennen, wenn man aufgeregt oder erschrocken ist oder versucht zu lügen.

Nachdem ich den Schmuck in die Schatulle zurückgelegt hatte, stellte ich sie an ihren Platz zurück. Ich war kein Dieb und würde nichts nehmen. Obwohl man für ein beliebiges Teil von diesem Tand …

Was könnte man?

Die Lebenserhaltungssysteme auf Karijer bezahlen?

Mama und Papa würden nie wieder zurückkommen. Also brauchte ich nichts.

Ich lief durch das Zimmer und blickte auf die Uhr. Es war noch zu früh. Daraufhin untersuchte ich den Nachtschrank und fand dort weitere Bücher – Wirtschaftsliteratur und Romane. Ich nahm ein Bändchen von Hiroshi Moto (jetzt war klar, von wem Alexander den Krimi hatte, um ihn vor dem Einschlafen zu lesen) und schlug die Erzählung »Der Fall des freigiebigen Intellektuellen« auf. Die Kriminalgeschichten von Hiroshi Moto waren deshalb so gut, weil man sie immer wieder lesen konnte, auch wenn man schon wusste, wer der Verbrecher war. Aber dieses Buch kannte ich noch nicht.

Ich wagte nicht mich aufs Bett zu setzen. Es war außergewöhnlich akkurat gemacht und die Sessel sahen zu verlockend bequem aus. Wenn ich mich jetzt hineinsetzen würde, könnte ich mich festlesen und nicht bemerken, dass die Bermanns kamen. Deshalb setzte ich mich auf einen Stuhl neben die Tür, öffnete sie einen Spalt, um die leisesten Geräusche von unten zu hören, und begann, die Abenteuer des im Reagenzglas gezüchteten Detektivs und seines treuen Freundes zu lesen.

Zuerst konnte ich mich nicht darauf konzentrieren, aber bald wurde ich ruhiger und begeisterte mich so an der Handlung, dass ich fast bis zum Ende las. Alles war sehr verwirrend, aber endlich sprach der Detektiv seine berühmten Worte:

»Sicher, ich bin lediglich ein Klon, aber wenn Sie wüssten, zu welchen Gemeinheiten ein echter Mensch manchmal fähig ist! Also stellen wir uns die Bibliothek vor drei Tagen um Mitternacht vor. Das Licht erlischt und in der nächtlichen Stille ist ein leises Rascheln zu hören. Nur Sie, die hier Anwesenden, konnten die Diskette aus dem überstürzt geöffneten Safe nehmen. Nicht wahr, Oberst?«

»Was meinen sie damit?«, schrie der Offizier auf und ließ die Zigarette fallen. *»Ich wurde wie alle anderen durchsucht! Wo hätte ich diese verdammte Diskette denn verstecken können?«*

»Eben das störte mich, denn den Namen des Verbrechers kannte ich von Anfang an ...«

In diesem Augenblick vernahm ich unten Schritte. Kurz darauf war Lärm zu hören... Wurde die Eingangstür geöffnet?

Ich sprang auf und schlug das Buch zu, ohne zu erfahren, wer die Diskette gestohlen hatte – der Oberst Howard, die Nonne Anastasia, der Hacker Owen oder einer der Musikanten des Sinfonieorchesters. Ich schloss die Tür und lief durchs Zimmer, ohne mich entscheiden zu können, ob ich das Buch an seinen Platz legen oder mit mir nehmen sollte. Ich beschloss es zurückzulegen, öffnete das Buch beim Hineinlegen ins Nachtschränkchen aber schnell auf der letzten Seite:

»*Ja, genau so, mein Freund. Und das ist das Ende der steilen Karriere der zweiten Posaune.*«

Sieh an! Der zweite Posaunist, der in die Dirigentin verliebt war! Das hätte ich nicht gedacht!

Schnell schaute ich mich im Zimmer um, ob alles in Ordnung war und stürzte ins Bad. Ich stellte mich rechts hinter die Tür neben die Wanne. Die Zeit der gelesenen Abenteuer, erregend und lustig, war zu Ende. Jetzt begannen die realen, die entsetzlichen und widerlichen Abenteuer.

Alexandra Bermann betrat das Zimmer fünf Minuten später. Die ganze Zeit über stand ich im Bad in der Dunkelheit und die Schlange umschlang fest meinen rechten Arm. Sie war bereit zu töten. Ich – nicht, sie – schon. Sie hatte es einfacher, sie war dafür geschaffen worden.

Die Zimmertür schlug zu und ganz in der Nähe ertönten Schritte. Etwas fiel auf den Fußboden. So zu stehen und zu warten war unerträglich, ich wollte beobachten, was passierte, ich hielt das Warten nicht aus. Die Tür zum Bad war nicht eingeklinkt, es gab einen schmalen Spalt, durch den ich vorsichtig blickte.

Das Mädchen stand am Fenster und sah nach unten. Von hinten schien sie noch jünger als ich zu sein. Mit hellen, lockigen Haaren in einem Schottenrock und einer sumpfbraunen Bluse. In den Ohren blitzten winzige Ohrringe.

Verdammt, wie ungünstig. Sähe sie wenigstens aus

wie ein fetter Kloß, wäre es um sie nicht schade, und mir fiele es leichter, sie zu töten ...

Das Mädchen nahm ihre Hände an die Brust. Mir war nicht gleich klar, was sie machte – bis Alexandra Bermann ihre Bluse von sich warf und nachlässig auf den Boden fallen ließ.

Mist!

Da riss ich mich von dem Spalt los. Meine Ohren fingen an zu brennen. Das war einfach widerlich! Nicht nur, dass ich in ihren Sachen gewühlt hatte und sie gleich töten würde, ich beobachtete sie auch noch dabei, wie sie sich umzog!

Als ich wieder hinschaute, zog Alexandra schon den Rock aus und stand nur noch in Höschen und Büstenhalter da. Der BH war übrigens rein symbolisch ...

»Wie ich diese Klamotten hasse!«, rief Alexandra plötzlich laut und leidenschaftlich aus. Sie hatte den singenden Akzent des Edem, und deshalb schien es, als ob sie nicht fluchen, sondern ein Gedicht vortragen würde. Alexandra führte ihre Hände auf den Rücken und öffnete den Verschluss des BH. Sofort trieb es mich von der Tür weg, ich trat zurück, bis meine Knie an das Bidet stießen. Ich hielt inne und stützte mich mit der rechten Hand vorn ab.

Es sah ganz so aus, als ob Alexandra duschen wollte und sich deshalb auszog.

Das hieß, ich würde, gleich wenn sie hereinkäme, zuschlagen. Damit sie nicht erschrak und sich schämte ...

Warum, warum nur traf es gerade mich, sie zu töten?

Die barfüßigen Schritte auf dem Teppich waren kaum zu hören, aber ich konnte sie spüren. Gleichzeitig federte das Schlangenschwert auf meiner Hand, spannte sich an und vibrierte leicht, um das Plasmageschoss aufzuladen.

Hauptsache, ich erschrak nicht ...

Das Licht ging an und gleichzeitig wurde die Tür geöffnet.

Es war das Licht, das mich zurückhielt. Es ließ mich den Bruchteil einer Sekunde zögern und nicht sofort schießen, gleich als die Tür geöffnet wurde.

Ich stand da und hatte den Arm mit dem zum Schuss bereiten Schlangenschwert ausgestreckt.

Und vor mir in der Türöffnung stand ein nackter Junge.

Ein Junge!

Was sollte das denn, führte Bermann etwa alle an der Nase herum, hatte er womöglich gar keine Tochter, sondern einen Sohn?

»Wenn ich dich bei etwas gestört habe, komme ich später wieder«, sagte derjenige kaltblütig, den man für die Tochter Bermanns hielt. »Aber normalerweise schließt man ab.«

Sein singender Akzent war verschwunden. Jetzt sprach er schärfer, so wie auf dem Avalon. Und die Stimme kam mir bekannt vor. Das Gesicht ebenfalls ... wenn man sich diese lächerlichen Locken wegdachte ...

Ich entfernte mich vom Bidet, zielte aber trotzdem mit dem Schlangenschwert auf das falsche Mädchen. Woher kenne ich sie ... ihn nur?, dachte ich.

»Was, zum Teufel, machst du hier, Tikkirej?«, fragte der Junge.

»Wer bist du?«, rief ich aus.

»Der Kerl im Mantel! Planet Avalon, Stadt Camelot, Institut für experimentelle Soziologie, sechster Fahrstuhl, Stockwerk zweieinhalb. Was machst du hier, du Unglücksrabe?«

Ich senkte meinen Arm und die Schlange zog sich in den Ärmel zurück. Ich hatte den kleinen Phagen erkannt, der Lion und mir geraten hatte, nicht nach Neu-Kuweit zu fliegen.

»Was bedeutet das ...«, flüsterte ich. »Und wo ist Alexandra Bermann?«

»Unter Hausarrest, zusammen mit ihrem Papachen. Wenn du es dir mit dem Schießen überlegt hast, ziehe ich mich erst einmal an.«

Ich schluckte und nickte. Das heißt ... an Stelle des echten Bermann und seiner Tochter sind Phagen eingereist?

Und ich hätte beinahe geschossen ...

»Du brauchst dir keine Gedanken zu machen, wenn die Peitsche bei meinem Erscheinen nicht losging, bedeutet das, dass du nicht bereit warst zu töten«, meinte der Junge aus dem Zimmer, als ob er meine Gedanken gelesen hätte.

Auf steifen Beinen verließ ich das Bad. Der kleine Phag war schon fertig angezogen. Das war mehr als schnell. Statt Rock und Bluse trug er Jeans, Turnschuhe und ein kariertes Hemd – Unisexkleidung, die von Mädchen und Jungs akzeptiert wird. Es war offensichtlich, dass es ihm nicht gefiel, in Mädchensachen herumzulaufen.

»Wie heißt du?«, erkundigte ich mich.

»Alexander«, nuschelte der Junge und befestigte wütend die Ohrclips. »Was machst du hier und wie bist du hier hereingekommen?«

»Der Untergrund hat beschlossen, euch zu liquidieren …«

»Die Ohren sollte man euch abreißen«, meinte Alexander träumerisch, »die Ohren abreißen, durchwalken und in eine Schule für Schwererziehbare stecken.«

»Da war ich schon …« Und da traf mich der Schlag! »Dein Vater! Ist er auch …«

Alexander wurde blass. Er sagte: »Komm! Nein, warte!«

Zuerst schaute er auf den Korridor, dann nickte er mir zu und lief los. Ich folgte ihm.

Die Tür zu Bermanns Zimmer stand offen. Wir stürmten fast gleichzeitig hinein.

Mitten im Zimmers stand ein dicker, glatzköpfiger Alter und schaute nachdenklich auf Lion und Natascha. Sie lagen auf dem Bett, bewegungs- und willenlos, aber lebendig.

»Höhere Gewalt«, sagte der alte »Bermann«. Er schaute mich an und schüttelte den Kopf.

»Und was für eine höhere Gewalt …«

»Dein Tikki hätte mich beinahe erschossen«, beklagte sich Alexander böse. »Wie geht es dir?«

»Das gibt eine Beule«, erwiderte der falsche Oligarch und berührte mit seiner Hand den Hinterkopf. »Lion hat ein erstaunliches Reaktionsvermögen. Für einen normalen Menschen natürlich. Er hat mich ein wenig erwischt.«

»Selber schuld«, erwiderte Alexander ohne jegliche Unterwürfigkeit.

»Kusch dich ...«, wies ihn der Alte zurecht und fragte mich: »Tikkirej, kannst du genau berichten, wie ihr hierhergekommen seid? Oder bleibst du weiter stumm wie ein Fisch?«

»Stasj«, stammelte ich. In meinen Augen brannte es ekelhaft. »Stasj ...«

Nur die Augen verrieten ihn. Sie waren ebenfalls gealtert, getrübt, als ob sie Farbe verloren hätten, aber ihr Blick war unverändert.

»Stasj«, wiederholte ich einfältig zum dritten Mal und fing an zu weinen.

Der Phag war mit wenigen Schritten bei mir. Er umarmte mich und drückte mich an sich. Sein Bauch war dick und warm wie ein echter. Sogar die Hände erschienen gealtert, mit hervortretenden Venen und blasser Haut.

»Na, hör schon auf ... Es ist alles in Ordnung, Tikkirej. Die anderen kommen gleich wieder zu sich ... Beruhige dich!«

»Überhaupt nichts ist in Ordnung. Wir sind umsonst hierhergekommen, haben alles falsch gemacht, hätten euch fast umgebracht ...«, murmelte ich. Meine Tränen waren mir peinlich.

Alexander hatte sicherlich noch niemals in seinem Leben geweint.

»Es ist nicht so einfach, uns zu töten, mein Kleiner. Wer ist das Mädchen?«

»Natascha ... vom Untergrund.«

»Ihr seid hier völlig verwildert!«, meinte Stasj erbost. »Mädchen sollten nicht töten! Noch dazu im Nahkampf! Ihr macht sie zu psychischen Krüppeln! Das ist nichts für Frauen!«

»Was haben wir denn damit zu tun, sie ist eine Partisanin«, sagte ich, immer noch an Stasj gedrückt. »Sie hatte das Kommando.«

»Alles klar. Also gehört sie zu den ›Schrecklichen‹?« Stasj schob mich etwas von sich weg und schaute mir ins Gesicht. »Geh dich waschen, während ich diese zwei Mörder wieder ins Leben zurückrufe.«

Die Tür zum Bad öffnete ich mit einiger Vorsicht und stellte mir dabei vor, wie Natascha und Lion hier gestanden hatten, bereit, den tödlichen Schlag gegen den Hereinkommenden zu führen. Und wirklich, da lag die Hantel auf dem Boden und dort der Baseballschläger. Und eine Kachel war gesprungen – sicher durch die herunterfallende Hantel.

»Keine Angst, dort sind keine Killer mehr«, stichelte Alexander, der mein Zögern auf der Schwelle bemerkt hatte. Er achtete auf alles ...

Ich ließ Wasser ins Waschbecken – ich konnte die Angewohnheit, Wasser zu sparen, nicht ablegen – und wusch mich. Ich schaute in den Spiegel: Meine Augen waren rot, sonst ging es.

Stasj ist auf Neu-Kuweit! So was!

Jetzt erst spürte ich meine Erleichterung. Ein dramatischer Fehler war uns nicht unterlaufen. Auch wenn die Untergrundkämpfer alles durcheinandergebracht hatten, auch wenn wir drei uns nicht gerade mit Ruhm bekleckert hatten, das war egal. Stasj wird sich etwas einfallen lassen. Wir kommen hier irgendwie raus und kehren nach Avalon zurück. Weit, weit weg von diesem schlimmen und unglücklichen Planeten, weg vom verfluchten Inej und seiner Präsidentin.

Als ich ins Zimmer zurückkam, war Natascha schon wieder bei Bewusstsein, saß auf dem Bett und rieb sich die Stirn. Lion saß ebenfalls aufrecht, hielt jedoch die Augen geschlossen wie eine Puppe. Stasj massierte ihm den Nacken und presste ab und zu bestimmte Punkte. Lion stöhnte, aber sichtlich vor Behagen und nicht vor Schmerzen.

»Wie beschränkt muss man denn sein«, sagte Stasj währenddessen, »um gleichzeitig einen eintretenden Menschen zu überfallen. Dadurch habt ihr euch gegenseitig behindert. Ihr hättet sowieso keinen Erfolg gehabt, aber bei dieser Konstellation …«

»Ich habe dich trotzdem erwischt«, meinte Lion. Also war er schon zu sich gekommen und sich der Situation bewusst.

»Getroffen … natürlich. Gott sei Dank hatte ich erkannt, wer mich da überfällt und nicht mit voller Kraft zugeschlagen. Deshalb hast du mich getroffen. Sind die Kopfschmerzen weg?«

»Es tut noch ein bisschen weh.«

»Das ist nicht zu ändern. Nimm eine Tablette. Ich bin fertig mit dir.«

Lion öffnete die Augen und schaute mich schuldbewusst an.

Natascha äußerte aus unerfindlichen Gründen: »So ...«

Alexander grinste schal und beleidigend.

»Das ist nicht zum Lachen«, unterbrach ihn Stasj. »Kinder, nun erzählt mal! Wer befahl euch, uns zu töten, und wann war das? Warum habt ihr auf ihn gehört?«

»Das war Elli«, berichtete Natascha schuldbewusst. »Sie ...« Natascha schaute mich an und vergewisserte sich: »Ist er wirklich ein Phag?«

»Ja«, bekräftigte ich.

»Elli gehört zum Untergrund«, fuhr Natascha fort. »Sie sagte uns, dass die Widerstandsbewegung beschlossen hatte, den Edemer Oligarchen Bermann, der zu Inej übergelaufen war, zu liquidieren ...«

»Hier gibt es keinen ernst zu nehmenden Widerstand«, widersprach Stasj entschieden. »Außer der Partisanenbrigade des alten Semetzki ... und auch er wird nur aus propagandistischen Zwecken geduldet. Jeder Anschlag der ›Schrecklichen‹, jeder Überfall auf Materiallager, sogar eure lächerlichen Sendungen ›Neuigkeiten des Widerstandes‹ werden zum Zweck der Gegenpropaganda ausgeschlachtet.«

Natascha wurde rot.

»Das ist nicht wahr!«

Stasj holte Luft: »Und wie wahr das ist, Mädchen. Ich möchte nichts Schlechtes über euren Chef und über eure Truppe äußern. Aber wenn es Inej für nötig gehalten hätte, euch zu vernichten, wärt ihr nicht einmal einen Tag lang aktiv gewesen.«

»Aber Elli dachte ...«

»Kennst du diese Elli schon länger?«

»Nein.« Natascha schämte sich noch mehr. »Aber sie kam von einem zuverlässigen Menschen! Dem Wächter der Anlagestelle, er hilft uns seit langem.«

»Das ist entweder ein Provokateur oder die Wahrheit wurde im Ministerium für Verhaltenskultur aus ihm herausgepresst. Und eure Elli – ist eine Mitarbeiterin des Geheimdienstes vom Inej.«

»Sie ist doch nur ein Mädchen«, trat Lion für Elli ein.

»Wie auch Natascha.« Stasj lachte auf. »Unsere Sache steht schlecht, Leute. Ist euch klar, was hier gespielt wird?«

Mir war es klar und ich sagte laut: »Du bist enttarnt, stimmt's? Deshalb wurde befohlen, dich zu vernichten!«

»Im Großen und Ganzen hat es den Anschein.« Stasj nickte. »Aber es gibt da bestimmte Feinheiten. Wenn Inej wirklich den Austausch erkannt hätte, hätte man uns liquidiert oder ein doppeltes Spiel gespielt. Euch zu schicken war dumm. Wenn es nicht ...«

»Eine Überprüfung ist?«, mutmaßte Alexander. »Wenn wir diejenigen sind, für die wir uns ausgeben ...«

»Wären die drei erfolgreich gewesen«, ergänzte Stasj. »Sie hätten Bermanns Tochter und ihn selbst getötet. Aber derartige Überprüfungen gibt es nicht, der echte Bermann ist für Inej viel zu wertvoll.«

»Das heißt, sie wissen, wer wir sind«, folgerte Alexander ruhig. »Das ist unangenehm. Haben sie eventuell eine Genprobe genommen?«

Stasj winkte ab. »Inej besitzt keine Genkartei der Bermanns. Und sie hatten keinen Grund, uns nochmals zu überprüfen, durch die Standardpersonenkontrolle sind wir gekommen.«

»Nur, dass Bermann einen Sohn an Stelle einer Tochter hat«, konnte ich mich nicht enthalten zu sagen.

»Das ist nicht kontrolliert worden.« Stasj lachte. »Eine Wahl hatten wir so oder so nicht. Es gibt keine weiblichen Phagen. Und für unsere Mission war es unabdingbar, dass Alexander während des Fluges im Zeittunnel bei Bewusstsein blieb.«

»Was sitzen wir hier herum?«, machte sich Natascha wieder bemerkbar. »Wenn sie euch verdächtigen oder entlarvt haben, müssen wir fliehen!«

»Eilen sollte man erst dann, wenn man verstanden hat, was vor sich geht«, erwiderte Stasj ruhig. »Wir stehen noch im Dunkeln. Es ist nicht endgültig geklärt, ob wir entlarvt wurden oder nicht. Es ist nicht klar, was von euch, und unklar, was von uns erwartet wurde. Nichts ist klar ...«

Er schaute Alexander an. »Nun, Praktikant, was sagt das Lehrbuch, ausgehend von den vorliegenden Präzedenzfällen, wie man sich in einer derartigen Situation zu verhalten hat?«

»Entsprechend der übernommenen Rolle sind die Handlungen weiterzuführen«, antwortete Alexander schnell.

Stasj nickte.

Aber Alexander war noch nicht fertig. »Die echten Bermanns würden, wenn es ihnen gelungen wäre davonzukommen, ihre Gegner eigenhändig verhören, eventuell unter Einsatz von Folter und psychotropen Mitteln. Danach hätten sie die Gegner entweder liquidiert oder sie der Wache übergeben, um genauere Aufklärung einzufordern.«

Stasj hakte interessiert nach: »Du schlägst vor, erst zu foltern und sie danach zu töten?«

Alexander warf einen Seitenblick auf mich. Er antwortete unsicher: »Nicht unbedingt. Es würde ausreichen, als Wahrheitsserum memerotrophe Präparate der Indolonreihe einzusetzen. Grundlage: Tiefenverhör. Nebenwirkungen: retrograde Amnesie für alle Ereignisse der letzten zwei bis drei Wochen.«

Stasj schwieg.

»Ich bestehe auf dieser Variante«, beharrte Alexander, der sich zunehmend an seinen Vorschlägen berauschte. »Unsere Mission ist zu wichtig, um sie in Frage zu stellen. Letztendlich ist das durchaus human.«

»Ich werde dir selbst eine Amnesie verpassen, und zwar ohne Präparate!«, schrie Lion und sprang auf. »Schweinehund!«

»Du hältst die Klappe! Euretwegen ist die ganze Operation ...«, begann Alexander sich zu rechtfertigen. Er kam nicht weiter. Lion schnappte sich ein Kopfkissen vom Bett und warf sich auf ihn. Das sah recht lustig aus, als ob sie wie die Kinder eine Kissenschlacht veranstalten wollten. Aber Lion machte durchaus keinen Spaß. Als Alexander, ohne aufzustehen, mit Leichtigkeit das auf ihn zufliegende Kopfkissen fing, hockte sich Lion äußerst elegant hin, drehte sich und warf mit seinen Beinen Alexander zusammen mit dem Stuhl um. Unmittelbar darauf stürzte er sich auf ihn, nahm das Kopfkissen und drückte es kräftig auf das Gesicht des Phagen.

Ich sprang auf und wusste nicht, was ich tun sollte. Mich einmischen? Sie auseinanderbringen? Oder Lion helfen?

Natascha blinzelte. Sie war halt ein Mädchen, was war da von ihr schon anderes zu erwarten.

Und Stasj beobachtete völlig kaltblütig die Schlägerei. Wie konnte er nur!

Alexander wand sich hervor, schüttelte Lion ab und versuchte zuzuschlagen, aber Lion nahm rechtzeitig seinen Kopf zur Seite und der kleine Phag hieb mit aller Kraft seine Faust auf den Boden. Das tat sicher höllisch weh, aber er gab keinen Ton von sich. Er ging Lion an den Hals, während Lion ihn immer noch schweigend und konzentriert mit seinen Fäusten ins Gesicht schlug. Er zielte auf die Nase, traf aber das Jochbein – Alexander verstand es ebenfalls, auszuweichen.

»*Aufhören* ...«, sagte Stasj in diesem besonderen Ton, in dem die Phagen sprechen konnten. Lion und Alexander ließen sofort voneinander ab, sprangen zurück und erhoben sich.

»Der ist ja verrückt!«, beklagte sich Alexander empört. »Ich versuche ihm das Leben zu retten! Und er hat mir auch noch mein T-Shirt zerrissen!«

»In Nahkampf bist du durchgefallen«, bewertete

Stasj, als ob wir in der Schule wären. »Du hast mit vollem Krafteinsatz gekämpft und konntest ihn nicht überwältigen. Schlecht, sehr schlecht, Alex!«

Alexander senkte den Kopf, brummelte etwas vor sich hin, begehrte aber nicht auf.

»Der blaue Fleck wird bemerkenswert«, fuhr Stasj fort. »Ich hätte ihn ungern selbst verursacht, gut dass Lion eingesprungen ist. *Setzt euch!*«

Es setzten sich nicht nur die Raufbolde, sondern auch Natascha und ich.

»Fahr fort, Praktikant«, forderte Stasj auf. »Wie Bermann handeln würde, hast du erklärt. Wie muss ein Phag handeln?«

»Genauso wie Bermann«, erwiderte Alexander beleidigt.

Stasj schüttelte den Kopf. »Und du warst der Beste in der Gruppe? Es sieht ganz so aus, als ob die Phagen aussterben würden. Das wäre zu zeitig. Ich bin eigentlich davon ausgegangen, dass wir noch zwei, drei Generationen durchhalten … Wir können nicht wie Bermann handeln, Alex. Das würde nur bestätigen, dass an Stelle von Bermann unbarmherzige Profis nach Neu-Kuweit gekommen sind. Wir müssen so handeln, wie sich weder Bermann noch die Phagen verhalten hätten.«

»Und das wäre?«, erkundigte sich Alexander düster.
»Unlogisch.«

Kapitel 3

Es roch nach verbranntem Fleisch. Es stank entsetzlich. Wenn Fleisch auf dem Herd anbrennt, ist das ein ganz anderer Geruch. Bestimmt kam es daher, dass gemeinsam mit dem Fleisch synthetischer Stoff verbrannte.

Der Kamin im großen Dinnersaal war gigantisch, als ob man ihn zum Braten von Ochsen konstruiert hätte. Jetzt lagen in den orangefarbenen Flammen der Gasdüsen des Kamins drei Säcke, vollgestopft mit Gefrierfleisch und Kleidung. Unserer Kleidung. Nicht nur Natascha, sondern auch Lion und ich mussten uns etwas aus Alexanders Garderobe anziehen – gut, dass sie so reichhaltig war. Ich behielt lediglich das Schlangenschwert – ich stellte mich stur und war durch nichts dazu zu bewegen, es ins Feuer zu werfen.

Wir sollten im Kamin verbrannt werden.

Das wäre ein überaus eigenartiges Vorgehen sowohl für den Multimillionär Bermann als auch für einen Phagen, der sich als Oligarch ausgab. Die Attentäter töten und ihre Körper verbrennen! Wie in einem historischen Roman. Wie in der Kriminalchronik eines zurückgebliebenen Planeten.

Wir standen vor dem Kamin. Ohne besonderen Grund. Das Feuer würde auch so herunterbrennen, warum also sollten wir diesen Gestank einatmen.

Aber wir blieben stehen ...

Es wurde an die Tür geklopft. Eine aufgeregte Stimme fragte: »Mister Bermann? Sind Sie sicher, dass alles in Ordnung ist?«

Stasj zwinkerte mir zu und näherte sich der Tür. Er schnauzte ihn an (Mein Gott, dieser Herr Bermann hatte wirklich eine widerliche Stimme): »Junger Mann, verstehen Sie kein Lingua? Ich meditiere!«

Das war vielleicht eine Erklärung! Bei einem derartigen Gestank hätte man höchstens mit Gasmaske meditieren können! Aber der Diensthabende war nicht geneigt, sich mit dem Ehrengast der Präsidentin anzulegen.

»Es sind zu wenig Knochen«, meinte Stasj beunruhigt, als er zu uns zurückkkam. »Das Fleisch ist zu gut.«

»Es verbrennt sowieso alles zu Asche«, maulte Alexander. Er war immer noch böse auf uns, besonders auf Lion, und auch auf Stasj.

Stasj zuckte mit den Schultern. Er drehte am Gasregler des Kamins, die Brenner fauchten und warfen Flammen.

»Vielleicht sollte man Calcium hinzufügen?«, schlug Natascha leise vor. »Na ja ... Kreide oder so was ... Wenn sie die Asche untersuchen ...«

»Das werden sie«, stimmte Stasj zu. »Sascha, Lion! Im Kühlschrank steht Quark. Bringt ihn her. Und außerdem Multivitamintabletten aus unserer Apothekentasche.«

Die beiden schauten sich feindselig an und gingen hinaus. Stasj lachte leise. »Sie sehen sich an wie junge

Wölfe. Macht nichts, gegen Abend werden sie Frieden geschlossen haben.«

»Glauben Sie?«, fragte Natascha interessiert.

»Oft beginnt eine Freundschaft mit ein paar blauen Flecken«, meinte Stasj nachdenklich. »Tja, sie werden es natürlich herausfinden. Die genaue Zusammensetzung menschlicher Asche können wir nicht imitieren. Aber wir gewinnen Zeit.«

»Viel?«, wollte ich wissen.

»Nein. Aber viel brauchen wir auch nicht. Am Nachmittag fliegen die Bermanns ab.«

»Und wir?«, fragte ich gespannt.

»Ihr auch. Im Gepäck, anders geht es nicht.«

»Ist Edem ein schöner Planet?«, erkundigte ich mich.

»Ja, in diesem Fall lügt der Name nicht ... Warte, wieso Edem?« Stasj schüttelte den Kopf. »Tikkirej, wir fliegen nicht auf den Edem, sondern auf den Inej.«

»Oh!« Natascha war erschrocken.

»Auf den Edem oder einen beliebigen anderen Planeten des Imperiums lassen sie uns nicht«, erklärte Stasj. »Aber auf den Inej ... warum auch nicht. Während der Flugdauer werden die Geheimdienste versuchen, endgültig zu klären, was passiert ist. Sollen sie nur ...«

Er lächelte.

Lion und Alexander kamen zurück. Sie warfen eine Packung Diätquark, Tabletten und ein tiefgefrorenes Huhn ins Kaminfeuer.

Stasj schüttelte den Kopf, protestierte aber nicht gegen das Huhn. »Wenn alles Kopf steht, kann man sich auch mal eine Dummheit erlauben. Das reicht, Jungs.

Geht, ihr habt genügend Qualm eingeatmet. Ich warte hier, bis alles runtergebrannt ist.«

»Die echten hätten noch mehr gestunken«, stichelte Alexander. Es sah ganz so aus, als ob ihn die Niederlage bei der Schlägerei mit Lion sehr mitnahm.

»Warum bist du nur so boshaft?«, fragte Natascha plötzlich. »Du bist doch ein Phag.«

Alexander nahm einen anderen Ausdruck an und schwieg.

An seiner statt antwortete Stasj: »Leider ist er genau deshalb so boshaft. Geht, Kinder.«

Nach einer halben Stunde – Stasj war noch im Dinnersaal und verbrannte im Kamin »unsere Überreste« – unterhielten wir uns schon wieder normal mit Alexander. Entweder hatte er sich wirklich beruhigt oder sich zusammengerissen. Er saß im Sessel und schwang Reden.

»Das ist ganz einfach, da ist gar nichts dabei. Wenn die Grundausbildung beendet ist, wird ein Praktikant mit einer richtigen Aufgabe betraut. Natürlich versucht man etwas Einfacheres auszuwählen, aber dieses Mal wurde auf jeden Fall ein Junge gebraucht ... also ein Mädchen, aber woher sollte man ein ausgebildetes Mädchen nehmen? Ich absolvierte einen Schnellkurs in Maskenbildnerei, als Test verbrachte ich sogar drei Tage im Mädcheninternat der heiligen Ursula. Es ging gut, niemand schöpfte Verdacht, wer ich war. Dann flogen wir zum Edem und verbrachten dort eine Woche in der Villa der Bermanns gemeinsam mit ihnen. Die waren vielleicht wütend ... besonders Alexandra. Na und, bald beruhigten sie sich und waren uns sogar behilflich.«

»Und der Ausdruck ›na und‹ – ist der auch von Alexandra?«, machte sich Lion lustig.

»Natürlich. Phagen benutzen keine Füllwörter, die verräterisch sind.«

Lion schüttelte den Kopf, aber dieses Mal vor Begeisterung.

»Alex, darf ich …« Natascha, die schon lange um den Standspiegel herumgeschlichen war, blickte zu den Cremedosen.

»Selbstverständlich«, sagte er. »Von diesem Zeug habe ich massenhaft … Einen ganzen Abend habe ich mir eingebläut, was wohin geschmiert wird. Probier dieses Peeling da, mit zerstoßenen Muscheln und Lotusextrakt.«

»Und, wirkt es irgendwie besonders?«, fragte Natascha.

»Natürlich nicht. Ist doch egal, ob es Muschel oder Nussschale ist. Aber eine Dose kostet vierhundert Kredit.«

Natascha stieß einen Schrei aus und fing sofort an, ihr Gesicht einzureiben.

Alex wandte sich wieder zu uns: »Dann verließen wir heimlich den Edem. Die echten Bermanns planten, an ihrer Stelle Zwillinge dazulassen. Ehrlich gesagt, kamen wir unter dem Deckmantel der Zwillinge auch zu ihnen. Nur, dass wir jetzt alles umgedreht machten – heimlich flogen wir nach Neu-Kuweit, und die Bermanns blieben in ihrer Villa, um sich selbst zu spielen. Sie sind etwas extravagant, also haben ihre Mätzchen niemanden erstaunt.«

»Und was wolltet ihr auf Neu-Kuweit machen?«, erkundigte ich mich.

»Auf keinen Fall euch retten ... Ich weiß es nicht, Stasj leitet die Operation. Aber selbst wenn ich es wüsste, würde ich nichts sagen.«

»Ihr wolltet euch sicher mit der Präsidentin des Inej treffen und sie dabei töten?«, überlegte Lion. »Aber ...«

»Aber alle sagen, dass man sie nicht töten kann.« Alex nickte. »Das ist es. Es wäre nicht schlecht, das herauszufinden.«

»Und, ist es euch gelungen?«, fragte Lion weiter.

»Gar nichts ist gelungen. Die Präsidentin hat uns nicht empfangen, sie hat ihre Berater vorgeschickt. Um auf dem Platz ihre Prophezeiungen unters Volk zu bringen, dafür hat ihre Zeit gereicht ...« Alex' Gesicht war wütend und angespannt. Er wusste natürlich, wie Tien erniedrigt worden war. Das konnte er Inna Snow nicht verzeihen.

Ich fand, dass Alex eigentlich gar nicht so übel war. Boshaft – das stimmt, aber was konnte man schon erwarten, wenn einer von Geburt an in Zucht gehalten wird und lernt, sich zu verstellen und zu töten. Alex kannte ja nicht einmal seine Eltern, er wurde praktisch im Reagenzglas geboren. Er kannte nur Erzieher und Lehrer. Bis zum dritten Lebensjahr auch noch die Kinderfrauen, sie allein durften liebevoll mit den kleinen Phagen umgehen.

Danach war Schluss.

Sie wurden gelobt, wurden gefördert, doch sie zu umarmen oder zu streicheln wurde nicht empfohlen.

Aber so ist das Leben: Die Kämpfer gegen das Böse haben es nicht einfach. Natürlich nur dann, wenn es keine Streifenpolizisten sind, die für Ordnung in der Stadt sorgen, sondern solche Supermänner wie die Phagen oder die Garde des Imperators. Die wird ebenfalls von Kindesbeinen an ganz besonders erzogen.

Irgendwann einmal hatte Stasj einen Satz gesagt, der mich kichern ließ, dessen Sinn ich in Wirklichkeit aber nicht verstand: »Um gegen das ungeheuer Böse zu kämpfen, muss man ungeheuer gut sein.«

Wenn ich mir Alex jetzt anschaute, verstand ich das. Außerdem wusste ich, dass ihn Stasj niemals streicheln oder ihm eine Kopfnuss geben würde. Höchstens bei einer Aufgabe wie der jetzigen, wo Stasj den besorgten Vater spielte, aber dieses »So tun, als ob« war etwas ganz anderes. Und Alex selbst erwartete auch nicht, dass man ihn umarmen oder ihm etwas Liebevolles sagen würde.

Er war ein Soldat.

Er war die kleine Verkörperung des ungeheuer Guten.

Auch wenn ich auf einem elenden Planeten aufgewachsen war und nicht einmal einen zehnten Teil dessen, was Alex gelernt hatte, wusste oder konnte, auch wenn er jetzt ein Held war und ich nur ein Junge, der den Helden zwischen den Füßen herumlief – er tat mir leid. Er war viel unglücklicher, als ich jemals gewesen war.

Wie gut, dass ich kein Phag war!

»Wisst ihr, wie die Karriere von Inna Snow in Wirklichkeit begonnen hat?«, fragte währenddessen Alex. »Nein? Wir mussten alle Archive durchsieben, um es herauszufinden. Sie beendete ihr Studium der Soziologie, arbeitete als Soziologin und Psychologin und schrieb ihre Magisterarbeit. Dann begann auf Inej eine Wirtschaftskrise, Inna Snow verlor ihre Arbeit, fing aber als Nachrichtensprecherin beim Fernsehen an. Sie war äußerst ansehnlich ...«

»Also hat sie ein normales Gesicht?«, fragte Lion interessiert. »Denn sie versteckt es die ganze Zeit unter einem Schleier ...«

»Ein hübsches Gesicht«, bestätigte Alex nachdrücklich. »Als Nachrichtensprecherin war sie sehr populär. Aber vor sieben Jahren hörte sie auf, selbst vor der Kamera zu stehen, und übernahm eine Tätigkeit in der Marketingabteilung, um zu erforschen, welche Sendungen den Zuschauern besser gefallen, und dann entsprechende Empfehlungen zu erarbeiten. Danach wurden die Fernsehprogramme vom Inej ungeheuer beliebt. Das waren Kindersendungen wie ›Die Bastion des Imperiums‹, Fernsehserien für Hausfrauen, Shows für Männer und Bildungssendungen, zum Beispiel, wie man in zehn Minuten ein Mittagessen kocht.«

Ich erinnerte mich, dass ich auch manchmal »Lecker!« geschaut hatte – eine Sendung, in der lustige junge Schauspieler allerlei schmackhafte Gerichte zubereiteten und gleichzeitig Mundharmonika oder Gitarre spielten, jonglierten oder auf andere Art und Weise das Publikum unterhielten. Also gab es sogar bei uns einige Programme vom Inej.

»Bestimmt ist sie sehr talentiert«, dachte Alex laut. Wiederholte er die Meinung von Stasj oder hatte er selbst darüber nachgedacht? Ich wusste es nicht. »Sie hatte ein Gespür dafür, was bei den Zuschauern ankam und was nicht. Das konnte man natürlich schon vor ihr feststellen, aber sie war besser als alle anderen. Wie sie jedoch dazu kam, Programme in die Menschen einzuschleusen und wie sie diese in den Sendungen verstecken konnte – das wissen wir bislang noch nicht. Vielleicht hat ihr dabei jemand geholfen. Sie konnte ja auch ohne jegliche Programmierung Menschen davon überzeugen, ihr zu helfen. Und mit den Programmen erst ... Zunächst erreichte sie, dass sie zur Präsidentin des Inej gewählt wurde.

Sie war nur sehr wenig als Politikerin in Erscheinung getreten, lediglich einige Male auf dem Bildschirm zu sehen – und mit einem Mal wurde sie von allen verehrt! Der Präsident selbst ging in den Ruhestand und veranlasste vorgezogene Wahlen. Könnt ihr euch das vorstellen? Damals war noch niemandem klar, was vor sich ging. Sie hatte das Programm auf ihrem Heimatplaneten aktiviert. Und es begann ...«

»Alex«, meinte ich, »sag mal, hat man bereits herausgefunden, wie diese Programme funktionieren?«

Er nickte. »Ja, man hat es herausgefunden. Durch ihn ...« Er nickte in Richtung Lion, der vor Stolz rot wurde. »Das Gehirn des Menschen kann arbeiten wie ein Computer. Dieser Effekt wird bei Onlinerechenoperationen genutzt, aber dabei berechnet das Gehirn eine fünfdimensionale Navigation, und hier schafft es eine virtuelle Welt, in der der Mensch zu leben beginnt. Alle diejenigen, bei denen das Programm funktionierte, bemerkten es nicht. Als sie aufwachten, glaubten sie, dass sie lebten wie zuvor, Inna Snow ihre Präsidentin war und der Imperator plötzlich beschlossen hatte, alle zu verdrängen, woraufhin der Krieg begann. In einer Nacht durchlebten sie ein ganzes Leben. Und dieses Leben überzeugte sie davon, dass Inna Snow zu den Guten gehörte, dass sie die beste Regierungschefin sei ...«

»Und hatten alle die gleichen Träume?«

»Natürlich nicht. Wie können die Träume gleich sein bei einem Akademiker, einer Hausfrau und einem dreijährigen Kind? Alle hatten verschiedene Träume. Diejenigen, die von Abenteuern träumten, zogen in den Kampf. Wer von Reichtum und einem Leben in einem Penthouse träumte, wurde reich und lebte dort. Wer von Liebe träumte, verliebte sich ... Aber immer waren Inna Snow und der Imperator präsent. Snow verkörperte das Gute, der Imperator das Böse.«

»Aber dann endete der Traum«, meinte ich und schaute aus den Augenwinkeln auf Natascha. Die war völlig mit den Cremes, Parfüms und Pudern beschäftigt. Wie ist sie nur im Wald ohne das alles zurechtgekommen?

»Der Traum ging zu Ende und geriet in Vergessenheit«, sagte Alex nickend. »Das war auch so vorgesehen. Allerdings hatte bereits eine Charakterveränderung stattgefunden. Am wenigsten wirkten diese Träume auf ältere Menschen. Sie hatten bereits viel erlebt, und es war schwer, deren Ansichten zu ändern. Einige überstanden es nicht, wurden verrückt oder versanken in Katalepsie. Dafür veränderte sich die Jugend, besonders die Kinder, deren Charakter noch nicht ausgeprägt war, sofort so, wie Inej beabsichtigt hatte. Also nicht Inej, sondern Inna Snow!«

»Dann ist sie allein an allem schuld?«, fragte Lion, der Alex aufmerksam zuhörte.

Der junge Phag nickte. »Ja, es sieht ganz danach aus. Das gibt es selten in der Geschichte, dass ein einzelner Mensch dermaßen viel Böses anrichten konnte. Wir haben virtuelle Geschichtssimulatoren, die recht zuverlässig sind. Wenn du einen großen Diktator oder einen Gelehrten aus der Geschichte entfernst, verändert sich wenig. So würde zum Beispiel der Zweite Weltkrieg lediglich fünf Tage kürzer sein. Oder an Stelle von Deutschland würde ein anderes Land den Krieg beginnen … Oder Napoleon hätte in Waterloo gesiegt, dafür aber fast seine gesamte Armee verloren und man hätte ihn im Herbst abgesetzt. Alles in allem bleibt das Resultat ziemlich gleich. Als wir jedoch versuchten, Inna Snow herauszunehmen, änderte sich alles. Inej blieb ein normaler, friedlicher Planet. Keine Aufstände, keine Programmierung der Psyche.« Er schwieg und bekannte dann unlustig: »Und es sieht danach aus, dass man Snow nicht töten kann.«

»Wieso das denn?«, wollte ich wissen.

»Es scheint ganz so, als habe sie sich klonen lassen und ihr Gedächtnis den Klonen überschrieben. Also, wenn man eine Inna Snow tötet, erscheint unmittelbar darauf eine andere. Eine identische. Das ist natürlich keine Unsterblichkeit, aber es gibt keinen Machtwechsel.«

»Ich habe gehört, dass der Großvater unseres Imperators ebenfalls ein Klon war«, äußerte Lion. Herausfordernd schaute er zu Alex. »Es gab solche Gerüchte.«

Der Phag rang mit sich und gab dann zu: »Ja. Uns wurde davon erzählt. Aber das war etwas anderes. Der vorherige Imperator konnte keine Kinder bekommen. Deshalb schuf er einen Klon und erzog ihn wie einen Erben.«

»Und wodurch ist er dann besser als Snow?«, fragte Lion aufgebracht.

»Aber er hat ihm doch nicht sein Bewusstsein übertragen!« Alex regte sich auf. »Sein Klon führte eine völlig andere Politik. Unter ihm schlossen wir Frieden mit den Tzygu und überhaupt ... Kennt ihr euch denn nicht in Geschichte aus?«

In Geschichte kannten wir uns wirklich nicht besonders aus. Deshalb stritten wir auch nicht.

Trotzdem fuhr Alex fort uns zu belehren: »Persönliche Unsterblichkeit existiert trotzdem nicht. Dafür wäre es notwendig, dass das Bewusstsein eines Menschen ununterbrochen auf seinen Klon überschrieben wird, der Klon dabei keine eigenen Gedanken fassen würde, sondern in Bereitschaft wäre ... na, so wie eine Sicherheitskopie für Dateien im Computer. Solche Technologien gibt es nicht und sie befinden sich bestimmt nicht in der Entwicklung ...«

In diesem Moment kam Stasj herein. Ich betrachtete

ihn bereits als Stasj, ungeachtet der fremden Stimme, des unbekannten Gesichts und des soliden Bäuchleins.

Kaum im Zimmer widersprach er: »Das ist nicht ganz exakt, Praktikant. Eine entsprechende Technologie wurde theoretisch durchgespielt, aber in der Praxis wäre eine technische Revolution erforderlich, um ihre Umsetzung zu ermöglichen.«

Alex nickte und fragte: »Ist alles verbrannt?«

»Alles. Zu Asche. Seid ihr bereit, Kinder?«

Natascha wischte schnell die überflüssige Creme von der Nase.

»Du brauchst dich nicht zu beeilen«, beruhigte sie Stasj. »Ich werde dir jetzt eine Injektion zur Vorbereitung der Anabiose geben. Wir haben wenig Zeit, also benutze ich eine konzentrierte Lösung, du musst es schon ertragen. Aber geh zuerst noch auf die Toilette … Das betrifft übrigens alle! Alex, sieh mal nach, in der Hausapotheke müssten große Pampers sein.«

»Wozu?«, fragte Lion misstrauisch.

»Ihr müsst fast zwölf Stunden ohne Bewegung überstehen. Toiletten sind in Koffern nicht eingebaut, nicht einmal in den teuersten.«

Alex lachte auf und kroch in den Schrank. Natascha wurde knallrot, sagte aber nichts.

Erst jetzt wurde mir klar, dass sich Stasj keinen Illusionen hingab. Ein Kamin voller Asche und das eigenartige Verhalten des Oligarchen konnten die Spionageabwehr des Inej verwirren, aber letztlich nicht an der Nase herumführen. Er handelte aufgrund der winzigen Chance, dass Elli wirklich ein Verbindungsglied der Widerstandsbewegung war, die vom Besuch Bermanns erfahren hatte und ihn zu töten beschloss.

Wir vertrauten Stasj blind. Wenn er sich etwas überlegt hatte, dann würde es funktionieren. Er hatte uns ja schon einmal aus Neu-Kuweit gerettet!

Auch Natascha wurde von diesem Optimismus angesteckt.

Glaubte Alexander an einen Erfolg? Ich wusste es nicht. Als Phag konnte er seine Gefühle verbergen.

Also empfanden wir bis auf ein gewisses Unwohlsein nichts, als wir verpackt wurden. Nicht das kleinste Angstgefühl.

Natascha hatte es am besten getroffen. Sie wurde in die Anabiosekapsel gesteckt, die für Alex vorgesehen war. Diese war bequem, sogar gemütlich mit ihrem einseitig durchsichtigen Fenster in Gesichtshöhe. Das Kleid, das sie sich von dem jungen Phagen geliehen hatte, stand ihr, sie sah in ihm einfach großartig aus. Alex erklärte ihr noch, wie man in der Kapsel die Musik einschalten konnte, um sich bequem die Zeit zu verkürzen, aber Stasj schüttelte streng den Kopf und befahl, den Player nicht zu benutzen.

Lion hatte weniger Glück. Er wurde in eine große Tasche gepackt, musste sich aber hinhocken. Damit er nicht hin und her schwankte und die Gepäckträger keinen Verdacht schöpften, stopfte Stasj etliche Kleidungsstücke um ihn herum. Die engen Jeans, die ihm Alex mit einem Grinsen gegeben hatte, passten natürlich nicht über die Pampers. Also hatte Lion in der Tasche lediglich Pullover und Windel an und hockte auf seiner Hose.

Ich bekam den unbequemsten Platz in einem würfelförmigen Koffer, der an eine alte Truhe erinnerte. Hinhocken konnte ich mich nicht, da er zu niedrig war. Hinlegen war unmöglich, der Koffer war zu kurz. Daher legte ich mich auf den Boden und faltete mich wie ein Taschenmesser zusammen.

»Wirst du es überstehen?«, fragte Stasj besorgt.

»Sicher. Ich bin zäh.«

Stasj schüttelte zweifelnd den Kopf und packte allerlei leichte Sachen auf mich. Ich machte mir keine Sorgen, sondern tröstete mich damit, dass es mir gelungen war, meine weiten Sporthosen über die dämliche Windel zu ziehen. Vielleicht entdeckten sie uns doch? In diesem Fall wäre es extrem peinlich, wie ein Säugling in Pampers aus dem Koffer zu klettern …

Das waren natürlich nur dumme Gedanken. Aber in diesem Augenblick lenkte ich mich gerade damit ab, als ob ich nicht verstehen würde, dass bei unserer Entlarvung die beschämende Windel unser kleinstes Problem sein würde.

Über meinem Kopf schnappten die Schlösser zu, um mich herum wurde es dunkel.

Nur durch die kleinen Löcher drangen feine Lichtstrahlen herein.

»Hört aufmerksam zu«, sagte Stasj mit gedämpft klingender Stimme. »Wir werden jetzt die Gepäckträger rufen, das Gepäck wird aufgeladen und zum Kosmodrom geschafft. Verhaltet euch ruhig. Bewegt euch nicht. Atmet gleichmäßig und ruhig. Sprecht kein einziges Wort. Auch wenn euch scheint, dass ihr entdeckt seid, rührt euch nicht. Was immer passiert – unternehmt nichts! Verlasst euch auf mich!«

Er schwieg kurz und fügte dann hinzu: »In sechs Stunden, wenn das Gepäck in die Kajüte gebracht wurde, könnt ihr herauskommen. Wahrscheinlich noch vor dem Abflug. Aber selbst wenn wir es nicht schaffen sollten, euch bis zum Start herauszulassen, wenn man uns beispielsweise als Ehrenpassagiere in die Kapitänskajüte bittet, haltet aus und schweigt. Die Belastungen werden rein symbolisch sein, das ist eine moderne Touristenjacht mit Gravikompensatoren. Zwischen dem Eintreten in den Orbit und dem Zeitsprung wird mindestens eine Stunde vergehen. Wir werden es also schaffen, Natascha vollständig auf die Anabiose vorzubereiten.«

Ich zuckte innerlich zusammen, als mir klar wurde, dass wir während des Zeitsprungs durchaus auch im Gepäck sein könnten. Und Natascha würde sofort sterben, wenn sie nicht in Anabiose gelegt würde.

»Alles wird gut gehen«, wiederholte Stasj noch einmal. »Vertraut uns.«

Danach umfing uns Stille. Stasj und Alex hatten den Raum verlassen. Ich lag da und überlegte, ob ich mit Lion sprechen könnte – seine Tasche stand direkt neben mir. Ich entschied mich dafür, das Verbot von Stasj nicht zu übertreten. Und das war gut so – ich hatte nicht bemerkt, wie sich eine Tür öffnete, hörte lediglich Stimmen:

»Nein, schau dir das an, so viel Kram ... Und das sollen wir alles zu zweit schaffen?«

»Das ist unser Job. Fang an ...«

Ich erkannte gleich, dass der erste der Sprechenden ein normaler Mensch, der zweite ein Hirnamputierter war. Sie näherten sich und hoben die Truhe an, wobei der Normale leise fluchte. Und sie schleppten.

Ich wurde so geschaukelt, dass mir sogar ein bisschen übel wurde. Die Truhe stellte man grob und rücksichtslos ab, und außerdem müsste ich mal für kleine Jungs, als ob ich nicht gerade vor zwanzig Minuten war. So ein Pech aber auch! Ich nahm mir fest vor auszuhalten und begann aufmerksam zu horchen.

Um mich herum herrschte ein Durcheinander. Entweder waren wegen der Abreise der Bermanns zusätzliche Dienstboten gekommen oder die wenigen Wachmänner machten so einen Lärm. Die ganze Zeit über befand sich jemand in unserer Nähe. Zwei Stimmen erörterten den Spleen des »alten Kauzes«, im dekorativen Kamin jede Menge Zeugs zu verbrennen.

»Das stank, als ob sie dort Leichen verbrannt hätten«, schimpfte jemand.

»Und diesem Untier gegenüber darf man nicht einmal eine Andeutung machen!«

»Wenn er abgereist ist, verfassen wir einen Bericht.« Diese Stimme kannte ich. Es war die Frau, die bereits damit gedroht hatte, einen Bericht über Unregelmäßigkeiten bei der Alarmanlage aufzusetzen. Und ihre Stimme klang äußerst traurig, als ob sie ahnte, was genau Bermann im Kamin verbrannt hatte, darüber aber nicht sprechen durfte. »Reinigt den Kamin noch nicht, die Asche muss noch untersucht werden.«

Wer mochte sie wohl sein? Eine vom Widerstand oder eine Agentin der Spionageabwehr? Als Untergrundkämpferin würde sie mir sehr leidtun. Dann dächte sie nämlich, dass ihre Kampfgenossen umgekommen und von dem hinterlistigen Oligarchen verbrannt worden waren.

Das übrige Gepäck wurde gebracht – das mit den Sachen und jenes mit Natascha und Lion. Auch Alex erschien ... Was er für eine widerliche Stimme hatte, wenn er ein Mädchen spielte! Alex begann sofort zu kommandieren, ließ seinen Launen freien Lauf, forderte einen Koffer zu öffnen und mit den anderen sorgsamer umzugehen. Nach einer Viertelstunde, das Gepäck war nun vollständig im Auto verstaut, empfand ich direkt Erleichterung, seine Stimme nicht weiter ertragen zu müssen.

Und auf Toilette musste ich immer nötiger ...

Das Auto setzte sich in Bewegung. Die erste Zeit fuhr es langsam und wendete ständig, bis es endlich die Schnellstraße erreichte. Das Gepäck wurde zwar etwas geschüttelt, aber nicht sehr. Die Straße war gut. Ich versuchte mich zu bewegen, um Arme und Beine zu lockern, aber ich musste feststellen, dass sie mir kaum noch gehorchten.

Wie würde es mir in sechs Stunden gehen? Man müsste mich verkrümmt herausheben, dann auseinanderbiegen und lockern ...

Ich versuchte mich abzulenken, dachte an Raumschiffe, die gerade aus allen Ecken und Enden der Galaktik zur Föderation des Inej strebten, an tapfere Elitesoldaten, die sich auf die Befreiung eines Planeten vorbereiteten, an den Imperator, Inna Snow, Stasj, an den Planeten Karijer ... dort interessierte sich bestimmt niemand für den Putsch des Inej.

Aber eigentlich hatte ich nur ein Bedürfnis. Und letztendlich hielt ich es nicht mehr aus. Mir war es ungeheuer peinlich, und es fiel mir schwer, in die Windel zu machen, aber es blieb mir nichts anderes übrig.

So eine Schande!

Zuerst war es peinlich, nass und warm.

Dann wurde es peinlich, nass und kalt.

Wie kommt es nur, dass die Kleinkinder jahrelang Windeln ertragen? Und wenn sie ihr Geschäft machen, können sie auch noch übers ganze Gesicht lachen!

Es würde mich schon interessieren, ob meine Freunde das aushielten. Ich war mir aber ziemlich sicher, dass es sie auch auf die Toilette drängte, seitdem das nicht mehr möglich war. Ich stellte mir die tapfere Natascha in dieser schwierigen Situation vor ... Wie lange wir auf sie einreden mussten! Stasj führte das Beispiel der Monteurkosmonauten an, die immer Windeln bei ihrer Tätigkeit im Orbit trugen, bevor sie sich damit einverstanden erklärte, sie »für alle Fälle« überzuziehen.

Nein, ich würde sie nicht auslachen und mich erkundigen, ob sie die Windeln gebraucht hätte. Nicht einmal mit Lion würde ich darüber sprechen. Und er würde auch nicht davon anfangen. Ich war mir sicher, dass sie es auch nicht aushalten könnten. Stasj würde es natürlich wissen, aber Stasj wusste auch so alles.

Endlich hielt das Auto an. Ich spürte, wie mein Koffer angehoben und weggetragen wurde. Offensichtlich schon nicht mehr von den Wachleuten, die Stimmen waren unbekannt. Als ich hörte, worüber sie sprachen, blieb mir vor Angst fast das Herz stehen.

»Zum Zoll?«

»Wohin sonst? Äh, nein ... warte mal ... Das ist doch die VIP-Kategorie, keine Kontrolle. Direkt in den Laderaum.«

Der Koffer wurde abgesetzt.

»Dann hol einen Wagen. So ein schwerer Koffer, verdammt ...«

»Vielleicht sollten wir ihn durch den Scanner schicken?«, schlug plötzlich derjenige, der »VIP« erwähnt hatte, vor. »Dann schauen wir mal, was die reichen Tiere so alles dabeihaben.«

»Und was gedenkst du da zu finden?«, wurde ihm voller Ironie erwidert. »Fünfhundert Kilo Rauschgift? Eine zerstückelte Leiche? Einen illegalen Passagier?«

»Gold und Brillanten!« Der zweite Träger lachte. »Es ist einfach interessant.«

»Nein, das ist es nicht wert«, kam die Antwort nach einigen Sekunden, die mir wie eine Ewigkeit vorkamen. »Siehst du nicht, wie viel so ein Koffer kostet? Der hat sicher einen Strahlendetektor. Der Besitzer merkt sofort, dass sein Gepäck durchsucht wurde. Oder gefällt dir deine Arbeit nicht?«

»Besser im Dock arbeiten als Koffer schleppen, die

zwei Kredit kosten.« Der Sprecher spuckte aus. «Okay, ich hole einen Wagen.«

»Zwei Kredit, da übertreibst du«, erwiderte der andere Träger tief in Gedanken versunken. »Vielleicht anderthalb ... und auch das wohl kaum ...«

Irgendetwas stieß an den Koffer und fuhr in einigen Zentimetern Entfernung von meinem Gesicht über die Wand. Bestimmt war der Koffer angespuckt worden und wurde abgewischt. Mit der Schuhsohle.

Gut, dass Leute vom Kaliber Bermanns nicht ahnen, wie manchmal mit ihren Sachen umgegangen wird und wie die teuren Gerichte im Restaurant zubereitet werden. Auf Karijer arbeitete eine Bekannte meiner Eltern im ersten Hotel der Stadt. Nicht im Hotel am Kosmodrom, sondern im Hotel neben dem Rathaus auf dem zentralen Platz. Sie erzählte uns, wenn sie in einer Suite putzen musste, die total unaufgeräumt war, wo »sich diese reichen Viecher zu fein waren, auch nur die Spülung zu betätigen«, dann reinigte sie das Toilettenbecken mit der Zahnbürste des Gastes. Sie wurde entlassen. Sie hatte es bestimmt nicht nur meinen Eltern erzählt. Die Sache wurde freilich vertuscht, sie bekam lediglich die Auflage, nicht weiter im Dienstleistungssektor zu arbeiten.

Allerdings sind nicht alle Ekel erregenden Leute so schwatzhaft. Damals hatte ich mich nicht besonders darüber gewundert. Mir schien, dass es die rechte Strafe für Schmutzfinken war.

Ich nahm mir aber vor, im Hotel nie meine Zahnbürste offen stehen zu lassen.

Der Transportkarren kam, sein Motor tuckerte leise. Das Gepäck wurde auf der Ladefläche verstaut und weggebracht. Gleich neben mir waren meine Freunde, das wusste ich, aber wir konnten nicht miteinander reden.

Der Wagen fuhr ewig.

Das Agrabader Kosmodrom war groß. Wie ich damals, nach meiner ersten Landung auf Neu-Kuweit, auf ihm herumgelaufen war! Was für eine unverzeihliche Dummheit! Zu Fuß über die Start- und Landebahn, jeden Augenblick in Gefahr, unter den Kräftestrahl eines Raumschiffes oder einen dummen automatischen LKW zu geraten!

Und wie wir mit Stasj den Planeten verlassen hatten ... nachts, den hilflosen Lion auf den Armen ... jeden Augenblick konnten die Hirnamputierten zu sich kommen und sich auf uns werfen ...

Aber es war gut ausgegangen!

Und auch dieses Mal wird es gut ausgehen, so redete ich mir ein, obwohl ich ein zunehmend unangenehmeres Gefühl nicht unterdrücken konnte: während der Gepäckkarren hielt, während das Gepäck abgeladen wurde und während wir eine lange Zeit in völliger Stille verharrten.

Nur gut, dass Natascha in einer echten Anabiosekammer lag, auch Lion war einigermaßen untergebracht, aber ich konnte meine Beine schon nicht mehr spüren, die Seite, auf der ich lag, tat mir weh, und ich sehnte mich danach, mich auszustrecken und eine bequemere Stellung zu finden.

Genauso gerädert fühlt man sich gewöhnlich am Morgen, wenn man die ganze Nacht über unbeweglich in einer einzigen Stellung geschlafen hat.

Trotzdem hielt ich aus und lag ruhig. Und wieder erklangen Stimmen.

»Wie soll ich das im Raumschiff unterbringen? Vielleicht hättet ihr mich noch später informieren können? Vierhundert Kilogramm! Ich habe eine schnelle Jacht und keinen Fracht- und Passagierliner!«

»Herr Cargomeister, aber das sind VIPs …«

»Mit meinem Raumschiff fliegen keine normalen Leute, Herr Schichtleiter. Ich habe vier Kajüten, kapieren Sie das? Für General Heisenberg mit Familie, er wird zum Generalstab versetzt und überführt seine Sammlung altertümlicher Waffen. Das sind fünfhundertzwanzig Kilogramm Übergewicht! Für Akademiemitglied Kornejulow mit seinen Gesteinsproben … Haben Sie mitbekommen, was er erwiderte, als ich ihm vorschlug, sie im Frachtraum zu transportieren? Und für die Herren Rechnungsprüfer mit ihren Archiven … zum Teufel mit diesen Klonen …«

»Sie sind keine Klone, sie sind natürliche Zwillinge.«

»Worin, zur Hölle mit ihnen, besteht da der Unterschied! Klone oder Brüder …«

»Ich muss doch bitten! Ich habe ebenfalls einen Zwillingsbruder, Herr Cargomeister.«

Es gab eine kurze Pause.

»Entschuldigung. Ich wollte Ihnen nicht zu nahe treten. Aber ich kann nicht noch weitere siebenhundert Kilogramm Gepäck in die Kajüten laden! Es würde das

Gleichgewicht des Raumschiffes stören und die Navigation im Tunnel gefährden.«

»Vierhundert Kilogramm.«

»Ihr Mister Smith wiegt fast anderthalb Zentner! Und dazu noch seine Tochter und deren persönliche Sachen mit über einhundert Kilo! Wir müssen sie während des Starts sowieso schon in den Salon treiben. Ich habe eine kleine, schnelle Jacht, kapieren Sie? Gab es bei Ihnen auf dem Kosmodrom schon einmal Havarien?«

»Und was schlagen Sie vor?« Der Schichtleiter drohte zu explodieren. »Den besonders wichtigen Passagieren, die mir vom Präsidialamt avisiert wurden, mitzuteilen, dass ihr Gepäck auf dem Planeten zurückbleibt? Einverstanden, unterschreiben Sie Ihre Weigerung. Ich wasche meine Hände in Unschuld. Unterschreiben Sie!«

Das also nennt sich höhere Gewalt! Wer hätte denn gedacht, dass einem Multimillionär die Beförderung seines Gepäcks verweigert würde? Ich stellte mir vor, wie die Sachen in die Gepäckaufbewahrung kamen, dort von Stasj abgeholt wurden und wir auf ein anderes Raumschiff warten mussten … Mir wurde allein schon von dem Gedanken daran schlecht, dass nun alle Leiden vergeblich waren.

»Gehen wir doch die Dinge bedächtig an«, meinte der Cargomeister, der für die gesamte Ladung eines Raumschiffs zuständig war, schon ruhiger. »Was haben wir denn hier? Vier Gepäckstücke?«

»Ja.«

»Zwei Koffer, eine Tasche und eine Anabiosekammer … Was sind das nur für Verrückte? In jeder Kajüte ist eine Anabiosekammer der Luxusklasse. Aber nein, sie schleppen ihre eigene Kammer durch die ganze Galaxis mit sich herum! Also in den zweiten Frachtraum würden noch rund dreihundert Kilogramm passen ...«

»Wir haben vierhundert.«

»Einen Teil lassen wir hier. Schicken Sie es mit dem Abendflug nach, mit den entsprechenden Entschuldigungen.«

Der Schichtleiter lachte spöttisch. »So? Haben Sie überhaupt eine Ahnung davon, welche Querelen so ein Passagier machen kann, wenn ihm ein Koffer fehlt?«

»Sie können mir glauben, dass ich es ahne. Nehmen Sie eine?«

»Äh ... ja. Danke. Von der Erde?«

»Genau. Echter Tabak wächst nur auf der Erde.«

»Ich würde nicht sagen, dass der vom Edem schlechter ist.«

»Er ist nicht schlechter, er ist ganz anders. Andere Sonne, anderer Boden, anderes Wasser ... Also was, verstauen wir es in den Laderaum?«

»Wenn ich mich nicht irre, kann man den zweiten Frachtraum während des Fluges nicht betreten.«

»Stimmt. Nicht so schlimm, sie werden es schon mal zwei Tage lang ohne einen zusätzlichen Smoking aushalten. Na los, laden wir diesen Eisschrank ein ... soll Miss Smith den dazugehörenden, im Raumschiff eingebauten, benutzen, das schadet nichts. Und noch die Tasche und den Koffer. Und den da schickt ihr abends nach. Vielleicht vermissen sie ihn gar nicht sofort!«

Mir brach der Schweiß aus. Nicht etwa deshalb, weil der Koffer, in dem ich lag, derjenige sein könnte, der auf Neu-Kuweit zurückblieb.

Zum Frachtraum gab es während des Flugs keinen Zutritt! Das bedeutete, dass Natascha zwar in der Anabiosekammer, aber nicht in Anabiose in den Zeittunnel eintreten würde. Ihre Zellen würden spüren, dass sich die Welt um sie herum verändert hat ... und sterben.

Was nun?

Was sollte ich nur machen? Schreien? Aber Stasj hatte befohlen, auf keinen Fall Lärm zu schlagen!

Und Natascha ahnte sicher nicht einmal etwas von der drohenden Gefahr! Das Fenster in der Anabiosekammer war schallisoliert.

Was sollte ich machen?

»Sagen Sie, wo haben Sie diese Zigaretten her? Ich bin kein großer Kenner, aber mein Schwiegervater ...«

»Sie sind natürlich geschmuggelt. Auf Inej-3 wurde eine große Menge beschlagnahmt und auf einer Auktion zum Nominalpreis ans Personal verkauft.«

»Aha.« In der Stimme des Schichtleiters klang Neid. »Bei uns gibt es so etwas nicht.«

»Beschweren Sie sich bei der Gewerkschaft. Diese Ausverkäufe sind auf Inej üblich. Sie steigern spürbar die Aufmerksamkeit des Personals. Ha-ha!«

Der Schichtleiter fiel in das Lachen ein. Dann sagte er:

»Gerade solche, die nicht kontrolliert werden, schmuggeln.«

»Manchmal. Einmal hatten wir den Botschafter von Geraldika, das ist so ein unbedeutender Planet, befördert … Hallo, kommt hierher! Das, das und das in den Frachtraum, in den zweiten! Festzurren braucht ihr nicht, ich kümmere mich selbst ums Gepäck.«

»Und das«, gemeinsam mit dem Koffer schwankte ich von einem leichten Stoß, »in die Gepäckaufbewahrung, vorübergehend!«

Mir war nach Schreien zumute. Mir war außerordentlich nach Schreien zumute, als der Koffer mit mir irgendwohin getragen wurde, manchmal gegen Türeinfassungen schlug und letztendlich fluchend auf dem Boden abgestellt wurde.

Aber ich schwieg. Stasj hatte befohlen zu schweigen, egal, was passieren würde. Ich schwieg und schaffte es sogar, lautlos zu weinen. Ich bemühte mich um Haltung wie ein Erwachsener, ein richtiger Mann, ein Phag.

Nur dass ich erneut in die Windel machte, ich konnte es nicht länger aushalten.

Kapitel 4

Ich hasse es, hilflos zu sein. Insbesondere dann, wenn es sich dabei um körperliche Hilflosigkeit handelt. Wenn mich zum Beispiel ein älterer Schüler schnappte, den gerade ein Knirps von den oberen Stockwerken aus mit Wasserbomben beworfen hatte, meinen Kopf in ein volles Waschbecken steckte, mich darin festhielt und dabei dozierte: »Das bekommst du nicht dafür, dass du mein Hemd schmutzig gemacht hast, sondern weil ihr kleinen Dummköpfe gutes Wasser vergeudet!« Dann versuchte ich in dieser Situation, den Mund voller Wasser und der ältere Schüler doppelt so groß und stark, zu beweisen, dass ich gar keine Dummheiten gemacht, sondern lediglich daneben gestanden und zugesehen hatte. Das Schlimmste an dieser Hilflosigkeit ist jedoch die Ausweglosigkeit, wenn man ganz genau weiß: Alle Anstrengungen sind umsonst, und ganz egal, was man macht, es ist immer falsch. Nämlich dann, wenn man sein Schluchzen zurückdrängt und dem Fiesling erklärt, dass man überhaupt nicht die Wasserbomben auf ihn geworfen, sondern nur zugesehen hat, dann wird man zur Belohnung nochmals mit dem Kopf ins Becken getaucht. Dieses Mal deshalb, weil man zugesehen hat, ohne die Kleinen von ihrem Tun abzuhalten. Jetzt befand ich mich in derselben Situation. Ich saß im Koffer wie Schrödingers Katze in ihrer Kiste. Solange ich nicht gehandelt hatte, war nicht klar, wie ich hätte handeln müssen. Sollte ich Lärm schlagen, um Natascha zu retten? Oder lieber still bleiben und mich darauf verlassen, dass Stasj alles rechtzeitig aufklärte und in Ordnung brachte?

Ich musste nur einen Laut von mir geben und schon würde Schrödingers Kiste geöffnet. Und sofort würde sich herausstellen, dass ich genau das Falsche gemacht, alles verhunzt und alle verraten hätte.

Wenn ich jedoch keinen Laut von mir gäbe, würde ich trotzdem irgendwann gefunden. Der Koffer würde geöffnet, und ich müsste erfahren, dass ich hätte schreien sollen, um Natascha zu retten, damit Stasj hätte einen Weg finden können, um alle Probleme zu lösen ...

Kurz gesagt, ich hatte ganz einfach Angst, eine Entscheidung zu treffen und die Verantwortung dafür zu übernehmen. Aber ich hatte mich schon vor langer Zeit davon überzeugen können, dass ich, wenn ich völlig hilflos war und nicht wusste, was ich machen sollte, besser gar nichts machte. Dann war der Schaden am geringsten. Wenn es jedoch eine auch noch so kleine Möglichkeit des Gelingens gab, dann wäre es besser, zu handeln ...

Leider sah ich überhaupt keine Möglichkeit. Ganz und gar keine. Mir blieben nur Stasj' Worte: »Unternehmt nichts! Verlasst euch auf mich!«

Und ich verließ mich auf ihn. Ich krümmte mich im Koffer zusammen, schluckte meine Tränen herunter, spürte die erniedrigend nasse Windel an mir und schwieg. Der Koffer stand bestimmt schon eine halbe

Stunde herum, rings um mich war es still, als ob man ihn vergessen hätte. Als Stasj die Kleidung über mich legte, hielt ich meine Hand günstig, sodass sich die Uhr vor meinen Augen befand und ich die Zeit erkennen konnte, ohne mich groß bewegen zu müssen, da ich mit der Nase den Knopf für die Beleuchtung drücken konnte.

Endlich hörte ich Lärm, das Knarren von sich öffnenden und schließenden Türen, schlurfende Schritte. Ich hörte ein Murmeln, als ob jemand Selbstgespräche führen würde.

»So nicht, meine Herrschaften, so geht das nicht … So funktioniert das nicht … Wie kann man bloß ohne Einlagerungsquittung Sachen abstellen? Und wenn Ihr Mister Smith nun behaupten würde, dass in seinem Koffer ein Brillant von einem halben Zentner Gewicht wäre, was dann? Und wenn in seinem Koffer ein Käfig mit dem Lieblingshamster ist und das Tierchen abkratzt?«

Die Stimme war weiblich und alt, vor meinen Augen erschien bildhaft ein Mütterchen von hundert Jahren, das sich in der Gepäckaufbewahrung des Kosmodroms ihre Rente aufbesserte. Beinahe hätte ich gelacht. So sieht also die Immunität des Gepäcks in Wirklichkeit aus! Der Cargomeister hatte es nicht riskiert, hineinzuschauen, der Schichtleiter, die Gepäckträger – alle hatten Bedenken, den Koffer zu scannen.

Aber die Alte, die nichts mehr schrecken konnte, machte sich daran, ein von der Überprüfung ausgeschlossenes Gepäckstück zu öffnen!

Sie würde sich ordentlich wundern, wenn sie gleich den »Hamster« entdeckte!

Ich hegte eine kurze Hoffnung, dass sie mit den Schlössern nicht zurechtkommen würde. Sie waren immerhin mit einem komplizierten elektronischen Code ausgerüstet, eine spezielle Schlüsselkarte war notwendig ... Ich hoffte darauf, wünschte aber gleichzeitig, dass der Koffer geöffnet wurde. Alles war besser als diese Ungewissheit.

Die Alte kramte herum, dann vernahm ich ein Klicken, als ob Metall an das Plastikschloss gepresst würde. Stimmt, in der Gepäckaufbewahrung müsste es einen elektronischen Dietrich geben. Vergessene Koffer mussten ja geöffnet werden.

»So was Kompliziertes«, meinte die Alte abfällig, »also, wer sich das ausgedacht hat ...«

Eine Minute nach der anderen verging. Mir schien, die Schlange wäre schneller damit fertig geworden. Es genügte, an sie zu denken, und schon regte sie sich, löste sich von der Hüfte und legte sich bequem in den Ärmel. Aber wobei konnte sie mir behilflich sein? Ich würde ja wohl kaum gegen eine Großmutter kämpfen? Oder hätte ich keine Alternative und wäre gezwungen zu schießen?

Ich schaffte es nicht, den Gedanken zu Ende zu führen. Über meinen Kopf klickten die Schlösser und durch die auf mich gehäuften Sachen drang Licht.

»Wer packt nur so seine Sachen!«, sagte die Alte ärgerlich zu sich selbst, »alles zerdrückt ...«

Ich spürte, wie sie wühlte, die Sachen herausnahm

und wandte den Kopf zur Seite. Gerade rechtzeitig, als ein Hemd von meinem Gesicht genommen wurde und ich auf die Alte blickte.

Na ja, so alt war sie nicht, wie ich dachte, aber auch nicht mehr jung. Sie sah so friedlich aus, wie man sich das nur vorstellen konnte: Sie hatte ein kariertes Kopftuch umgebunden, auf der Nase saß eine altmodische Brille, durchsichtig zum Zwecke der Augenkorrektur bei Fehlsichtigkeit, nicht etwa eine Sonnenbrille.

Die Brille fiel fast von der Nase, als das Mütterchen zurückschreckte.

»Herr im Himmel!«, flüsterte sie fassungslos und griff sich an die Kehle, als ob die Luft knapp würde. »Bei allen Heiligen ...«

»Keine Bewegung!«, schrie ich. Wollte ich schreien ... Heraus kam ein höfliches, bittendes und ganz leises »Bleiben Sie stehen ...«.

»Was?«, fragte die Alte neugierig.

»Bleiben Sie bitte stehen«, sagte ich schon lauter.

Die Alte bekreuzigte sich. Und begann zu schimpfen: »Wer hat dich denn hier reingesteckt, mein Kleiner? Was ist das nur für ein Unmensch ... Ich hol gleich die Polizei und ruf einen Arzt ...«

»Nein!«, schrie ich. »Bleiben Sie stehen! Sie brauchen niemanden zu holen!«

Wäre die Alte hirnamputiert, hätte sie auf keinen Fall meine Bitte erfüllt. Aber sie war augenscheinlich normal. Sie hörte auf zu krakeelen.

Im Gegenteil, sie verzog ihr Gesicht und fragte: »Bist du etwa von allein ... hm?«

»Von allein«, griff ich nach dem Strohhalm. Ich rutschte hin und her, versuchte mich zu strecken und aus dem Koffer zu klettern, aber es wollte mir nicht gelingen. »Ich wollte … Auf den Inej wollte ich.«

»Durchwalken sollte man dich!« Mit diesen Worten fasste mich die Alte an den Schultern. Ihre Hände waren unerwartet kräftig, mit Leichtigkeit zog sie mich aus dem Koffer und ich konnte mich endlich umschauen. Natürlich nicht sofort. Zuerst streckte ich mich und richtete mich auf, die Beine wollten sich nicht bewegen und der Magen krampfte sich zusammen.

Der Koffer stand auf einem langen, Trostlosigkeit ausstrahlenden Metalltisch in der Ecke eines riesigen Raumes. Der übrige Platz wurde von Regalen eingenommen, auf denen sich bis zur Decke Koffer, Taschen, Pakete, Rollen, Container, Kisten und formlose Haufen stapelten. Ich erspähte ein paar Sporträder (mit nach innen gelegten Lenkern und Pedalen), ein zwei Meter langes Stück einer Marmorsäule (umwickelt mit schützenden Flexbändern), ein Kinderauto (ich würde mit Müh und Not selbst hineinpassen, besonders in meiner jetzigen Situation), eine Statue, die einen nackten Jungen mit Pfeil und Bogen darstellte (das war ein antiker Gott, aber ich hatte vergessen, welcher – sicher der Schirmherr der Jagd).

Was die Leute nicht alles auf ihre Sternenreisen mitnahmen!

»Kannst du dich aufrichten?«, fragte die Alte trocken und neigte sich zu mir. Sie war doch schon alt, aber noch stark und das Altmodische an ihr war eigentlich nur das

Kopftuch – ansonsten trug sie einen Jeansanzug und Dockers-Schuhe auf hohen Sohlen. Ich versuchte, vom Tisch zu springen, und wäre beinahe gefallen. Stehen konnte ich nur zusammengekrümmt und fühlte mich wie ein altersschwacher Greis während einer Rheumaattacke.

»Wie kann man nur so verrückt sein?«, regte sich die Alte weiter auf. »Bist du eigentlich ganz richtig im Kopf? Wolltest du ein Abenteuer erleben? Und wenn du in den Gütergepäckraum gekommen wärst, was dann? Und wenn sie dich erwischt hätten? Glaubst du, sie hätten dich ausgeschimpft und dann laufen lassen? Weißt du, was jetzt mit deinen Eltern passieren wird?«

»Nichts«, murmelte ich. Ich musste dringend auf die Toilette ... Was war heute nur mit mir los? »Sie sind tot.«

Der Zorn der Alten wich augenblicklich ihrem Mitleid. »Lieber Gott ... Was hast du nur, mein Kleiner?«

»Gibt es hier eine Toilette?«, brummelte ich.

»Komm mit ...«

Die Alte half mir zu einer unscheinbaren Tür. Bevor ich durch die verschwand, bat ich sie so Mitleid erregend wie möglich: »Verraten Sie bitte niemandem, dass Sie mich gefunden haben! Bitte! Ich werde Ihnen gleich alles erklären!«

Nach einigem Zögern nickte die Alte. Irgendwie vertraute ich ihr und ohne weiteres Zögern verschwand ich in der Toilette.

Was für eine Erleichterung war es doch, diese verdammten Pampers loszuwerden!

Ich konnte mich nicht mehr daran erinnern, wie ich in der Kindheit Windeln trug, aber bestimmt hatte ich es nicht erwarten könne, sie endlich nicht mehr zu brauchen.

Als ich nach einiger Zeit herauskam, hatte die Alte bereits zwei Stühle an den Tisch gestellt. Auf einem saß sie selbst, den anderen wies sie mir zu.

»Sie haben niemandem von mir erzählt?«, vergewisserte ich mich auf alle Fälle.

»Nein. Setz dich und erzähle. Und ... wie heißt du, Junge?«

»Tikkirej.«

»Und merke dir, Tikkirej, wenn du mich belügst, übergebe ich dich sofort der Polizei!«

Das war keine leere Drohung. Ich nickte. »Ich werde nicht lügen. Aber glauben Sie mir, alles ist ziemlich verworren.«

»Setz dich und fang an«, forderte die Alte.

Ich setzte mich und begann meine Erzählung. Am Anfang die reine Wahrheit. Über Karijer, meine Eltern, wie ich als Modul arbeitete und den Planeten verließ. Ich erzählte, die Alte staunte und schimpfte, und ich suchte den richtigen Zeitpunkt, um mit den Unwahrheiten zu beginnen.

Sollte ich berichten, dass wir zum Avalon flogen? Die Phagen erwähnen?

Eher nicht, auf keinen Fall, obwohl ich im Grunde genommen gar nicht lügen wollte.

Und so benutzte ich unsere Legende. Erzählte, wie ich mich mit Lion im Wald versteckt hatte, wie wir zurückgekehrt waren, wie die Eltern Lion und mich in einem College für begabte Kinder angemeldet hatten, wir dort geärgert, geschlagen und ausgelacht wurden und letztendlich wegliefen. Wie wir im Heim für schwer erziehbare Kinder unterkamen, dass es dort auch nicht besonders war und wir beschlossen, den Planeten zu verlassen, natürlich Richtung Inej, auf den fortschrittlichsten und besten Planeten, die Heimat der Frau Präsidentin ...

Hier geriet ich ein wenig ins Stottern, da ich nicht wusste, ob ich Lion erwähnen sollte. Und was ich zu Natascha sagen sollte, stand erst recht in den Sternen. Deshalb fabulierte ich, dass wir uns zu dritt zum Kosmodrom durchgeschlagen und dort unbeaufsichtigte Gepäckstücke gefunden hatten. Ich stieg in einen Koffer und wurde eingeschlossen, ob es meinen Freunden gelungen war, sich zu verstecken, wusste ich aber nicht.

Die Alte schwieg. Mit der Hand strich sie über ihre welke Wange, als wollte sie die Falten glatt streichen. Dann sagte sie: »Folgendermaßen, mein Junge Tikkirej. Ich spüre, dass du am Anfang die Wahrheit gesagt hast und jetzt angefangen hast zu lügen. Vielleicht war nicht alles gelogen, aber die Hälfte bestimmt.«

»Warum?« Ich ärgerte mich und verbesserte mich gleich darauf: »Warum denken Sie so?«

»Ich kenne kleine Jungs. Habe selbst vier davon großgezogen, ganz abgesehen von Enkeln und Urenkeln ... Das gibt es gar nicht, dass zwölfjährige Bengel von zu Hause in den Wald verschwinden und dort einen ganzen Monat lang Robinson spielen.«

»Ich bin fast vierzehn!«, protestierte ich.

»Egal. Du lügst und das nicht einmal besonders schlau. Als ob du auswendig gelernt hättest, was du sagen sollst.«

Vor lauter Schreck brach mir kalter Schweiß aus. Diese Alte! Wohin sollte das führen mit der alten Hexe? Ich wollte nicht auf sie schießen müssen!

»Also entscheide dich, Tikkirej«, fuhr sie fort, »entweder erzählst du mir die Wahrheit, wer du bist und wieso du dich im Koffer versteckt hast, oder ich hole die Polizei. Du hast doch sicher Sachen aus dem Koffer geworfen? Wo sind sie? Und vielleicht bist du ein minderjähriger Dieb und warst nicht umsonst im ›Spross‹?«

»Woher wissen Sie, wie das Heim heißt?«, wollte ich wissen. »Ich habe Ihnen nichts darüber erzählt!«

Die Alte wackelte mit dem Kopf. »Wie sollte ich das nicht wissen? Es gibt ein einziges auf dem ganzen Planeten, darüber berichtet das Fernsehen und die Zeitungen schreiben darüber.«

Mein Drang, bei der Wahrheit zu bleiben, war völlig verflogen. Ich schüttelte den Kopf, stand auf und ging einen Schritt zurück: »Ich werde Ihnen überhaupt nichts sagen!«

»Dann rufe ich die Polizei«, erwiderte die Alte und holte aus ihrer Jackentasche ein einfaches Wegwerfhandy.

Ich kam nicht einmal dazu, einen Gedanken zu fassen, wollte sie lediglich daran hindern – und schon rührte sich die Schlange im Ärmel. Nein, sie feuerte nicht, aber mit einem Pfeifton streckte sie sich zu einem langen, dünnen Band und zerschlug das zerbrechliche Telefon aus Presspappe in zwei Teile.

»Keine Bewegung, sonst passiert dasselbe mit Ihnen!«, drohte ich.

Die Alte machte keine Anstalten sich zu bewegen.

Sie nahm lediglich die Brille ab und zwinkerte mehrmals. Dann fragt sie mit zitternder Stimme: »Junge, bist du etwa ein ... Dshedai?«

Es blieb mir nichts anderes übrig, als zu antworten: »Ein Phag. Ein Dshedai ist eine Märchenfigur aus der mittelalterlichen Mythologie.«

Das Mütterchen lebte auf und entspannte sich. Sie flüsterte: »Herrgott ... ist es so weit?«

»Sie sind für den Imperator?«, fragte ich sicherheitshalber nach.

»Ich diene dem Imperium!«, meldete die Alte todernst. »Ich stehe dir zur Verfügung, junger Mann!«

»Junger Mann« genannt zu werden war angenehm, besonders, nachdem sie über mich wie über einen Zwölfjährigen gesprochen hatte.

»Kommt hier niemand herein?«, fragte ich. »Ich ... eigentlich sollte ich mich nicht zeigen ...«

»Komm mit.« Die Alte lebte auf. Sie erhob sich und fragte ängstlich und zugleich hoffnungsvoll: »Darf ich mich bewegen?«

»Natürlich.« Ich fasste augenblicklich Zutrauen zu ihr. »Das war, weil ... ich hatte Angst, dass Sie Alarm auslösen würden ... aber ich hätte bestimmt nicht schießen können.«

»Los!« Die Alte setzte sich in Bewegung, schlug eilig

den Koffer zu und warf ihn auf das nächstliegende Regal. »Komm schon …«

In der Tiefe des Raums hinter den Stellagen befand sich eine weitere Tür. Dahinter versteckte sich ein gemütliches kleines fensterloses Zimmerchen. Eine schmale Liege, ein Tisch mit einem einfachen Computerterminal und zwei Stühle sowie ein Wandteppich bildeten die Einrichtung.

Auf dem Tisch stand neben einer altmodischen Tastatur ein orangefarbener Teekessel, ich berührte ihn und er war noch heiß, eine Tasse mit Teeresten, ein Teller mit Gebäck …

»Möchtest du Tee?« Die Alte schaute mir in die Augen. »Etwas essen? Oder dich ausruhen? Du brauchst dich nicht zu genieren, sag es ruhig. Außer mir kommt niemand in die Kammer, ich trinke hier Tee und manchmal schlafe ich sogar hier.«

Ich war redlich müde, aber mir war natürlich nicht nach Schlaf zumute.

»Nein, nein, Danke … Entschuldigen Sie, wie ist Ihr Name?«

»Ada. Eigentlich heiße ich Adelaide, aber ich mag keine langen Namen … Ada ist besser. Du kannst mich auch so nennen, Höflichkeitsfloskeln brauche ich nicht.«

Wohl war mir dabei nicht. Ich fand es unpassend, eine alte Frau mit dem Vornamen anzureden.

Sie erriet meine Beklemmungen und lächelte.

»Oder nenn mich Oma Ada. So rufen mich meine Enkel und Urenkel, und du bist wie ein Urenkel für mich.«

Ich konnte mich nicht an meine Großmütter und Großväter erinnern. Die von Papa waren in den Erzgruben oder an einer Krankheit gestorben, so genau wusste ich das nicht. Und die von Mama hatten ihr Sterberecht in dem Jahr wahrgenommen, in dem ich geboren wurde. Manchmal dachte ich, dass sie das für mich getan hatten, um meinen Eltern die Reste ihrer Sozialanteile zu überschreiben. So etwas kam vor, bei vielen meiner Klassenkameraden war es vor oder nach ihrer Geburt so gewesen. Aber meine Eltern wollten nicht darüber reden und ich hatte Angst sie auszufragen.

Deshalb fiel es mir genauso schwer, die Alte »Oma Ada« zu nennen. Das erste Mal zumindest ...

»Oma Ada ... ich brauche Ihren Rat ...«

Sie nickte und setzte sich auf die Liege.

Ich nahm auf einem Stuhl Platz und holte Luft: »Es stimmt, ich habe gelogen. Ich war nicht allein im Gepäck. Meine Freunde haben sich auch versteckt.«

»Phagen?«, fragte die Alte und nickte die ganze Zeit über.

»Nein, sie sind keine Phagen ... Lion und Natascha ... sind normale Jugendliche. Und, ehrlich gesagt, ich bin auch kein richtiger Phag, ich bin ein zeitweise hinzugezogener Helfer.«

Oma Ada störte sich nicht an meiner anfänglichen Übertreibung und ermutigt fuhr ich fort: »Ein echter Phag ist unser Freund, der uns hilft, vom Planeten zu fliehen. Wir wurden auf Neu-Kuweit als Aufklärer eingeschleust, aber wir konnten eigentlich nichts Wesentliches in Erfahrung bringen, als wir auch schon entlarvt wurden. Wir versuchen zu fliehen ...«

»Im Gepäck?« Die Alte schlug die Hände über dem Kopf zusammen. »Und das Mädchen ist auch im Gepäck? Und was wird aus ihr im Zeittunnel?«

»Darum geht es ja gerade!«, rief ich. »Sta..., unser Freund sollte uns in der Kajüte aus den Koffern herausholen und Natascha wäre in Anabiose gelegt worden. Aber diese idiotischen Gepäckträger haben im Raumschiff keinen Platz für das Gepäck gehabt und sich dafür entschieden, alles in den Frachtraum zu laden! Und dorthin gibt es keinen Zugang vom Passagierbereich! Wenn ... wenn unser Freund nicht rechtzeitig davon erfährt, stirbt Natascha!«

»Und für dich war wohl kein Platz mehr?«, hakte Oma Ada nach. »Dich haben sie bis zum nächsten Flug zurückgestellt?«

»Hm. Kommt das oft vor?«

»Manchmal.« Die Alte dachte nach.

»Gut, dass ich Sie habe«, meinte ich erleichtert. »Ich weiß nämlich nicht, was ich machen soll. Ich habe Angst, den Phagen zu verraten. Aber er muss doch irgendwie gewarnt werden!«

»Ich werde es versuchen«, sagte die Alte ganz einfach. Das fand ich wirklich mutig.

»Wer ist dein Freund?«

Ich schwankte noch, obwohl das dumm war.

Oma Ada wischte mit folgenden Worten meine Zweifel weg: »Etwa derselbe Mister Smith, dem die Koffer gehören?«

»Ja«, murmelte ich. »Nur, dass er in Wirklichkeit gar nicht Mister Smith ist. Das ist eine doppelte Tarnung, verstehen Sie? Er gibt sich aus für ... einen anderen Menschen, und die Regierung des Inej nennt eben diesen Menschen mit anderem Namen, um nicht zufällig publik zu machen, wer zu Besuch kam. Das ist alles sehr verwirrend.«

»Ich verstehe«, erwiderte die Alte ernsthaft. »Eine richtige Spionagegeschichte ... Bleib hier, Tikkirej. Und ich versuche, zu deinem Mister Smith Kontakt aufzunehmen. Was soll ich ihm sagen, damit er mir glaubt, dass du mich geschickt hast?«

Ich dachte nach.

»Sagen Sie ihm, dass ich jetzt vor jedem neuen Planeten einen Immunmodulator einnehme und keine Angst vor der Beulenpest habe.«

Oma Ada lächelte.

»Gut. Geh nirgendwohin, Tikkirej! Hierher kommt niemand, ich blockiere die Tür, manchmal schaut jemand in die Lagerhalle ... Musst du noch einmal auf die Toilette?«

»Nein«, antwortete ich und wurde rot.

»Dann warte. Trink Tee, iss Plätzchen ... hausgemachte, ich habe sie selbst gebacken. Oje, was habt ihr Phagen euch nur dabei gedacht? Zieht kleine Kinder in eure Kriege hinein, versteckt sie in Koffern, gebt ihnen Waffen in die Hände ... das ist nicht mehr human ... ganz und gar nicht human ...«

Sie schüttelte den Kopf, ging hinaus und das Türschloss klickte kurz.

Oma Ada war kaum verschwunden, als ich aufsprang und das Zimmer in Augenschein nahm.

Hatte ich richtig gehandelt, ihr alles zu gestehen? Vor allem, Stasj zu hintergehen? Aber was hätte ich denn anderes tun können, um Natascha zu retten? Und was machte es schon aus, redete ich mir zu, ob sich hinter dem Namen »Mister Smith« ein Phag verbarg oder nicht? Es war so und so klar, wer uns geholfen hatte, sich in den Koffern zu verstecken ...

Nicht zu ändern, das war nachvollziehbar. Aber wenn mich die Alte nun verriet? Vielleicht sollte ich besser fliehen? Das Schlangenschwert öffnet das Schloss in zwei Arbeitsgängen.

Aber wohin fliehen? Dieses Mütterchen war nicht hirnamputiert, darin hatte ich Glück, aber die meisten Leute in der Umgebung waren ergebene Diener von Inna Snow.

Wenn Oma Ada Alarm schlägt, fangen sie mich auf alle Fälle. Und wenn sie keinen Alarm schlägt, brauche ich nicht zu fliehen, überlegte ich fieberhaft.

Ich musste sogar lachen, als mir klar wurde, dass von mir gar nichts mehr abhing. Überhaupt nichts! Was waren die Phagen bloß für Dummköpfe! Wie waren sie nur darauf gekommen, dass Lion und ich ihnen nützlich sein könnten? Wertvolle Informationen hatten sie nicht erhalten, die Aktion war aufgeflogen und Stasj unseretwegen ein Risiko eingegangen ...

Ich ging zum Tisch zurück und schüttelte den Teekessel. Er war fast voll. In einem winzigen Handwaschbecken spülte ich die einzige Tasse aus und goss mir Tee ein. Ich kostete die Plätzchen – sie schmeckten wirklich gut.

Die letzten Worte Oma Adas gingen mir nicht aus dem Kopf. »Was habt ihr Phagen euch nur dabei gedacht?«

Phagen waren keine Dummköpfe.

Phagen waren alles Mögliche, nur keine Dummköpfe.

Wenn sie Lion und mich nach Neu-Kuweit geschickt hatten, bedeutet das, dass es notwendig war.

Aber warum?

Und auf einmal stieg in meiner Seele eine dumpfe, widerwärtige Wehmut auf. Ich versuchte sie zu vertreiben, an etwas Schönes zu denken, aber in meinem Kopf kreiste ein und derselbe Gedanke.

Phagen waren keine Dummköpfe. Wir wurden eben deshalb geschickt, damit uns die Spionageabwehr des Inej fand.

Ich trank den Tee aus, ohne ihn zu schmecken. Schenkte mir nochmals ein. Wie lange dauerte das denn nur, wo blieb Oma Ada? Sie musste doch lediglich zum zuständigen Terminal gehen, mit der Jacht Richtung Inej Verbindung aufnehmen und um ein Gespräch mit Mister Smith ersuchen ...

Warum nur hatten uns die Phagen als Lockvögel benutzt? Es ergab doch keinen Sinn, überhaupt keinen! Viel Aufwand und wenig Nutzen – die Landung organisiert, wertvolle Ausrüstung verschwendet. Allein die Eiskapsel kostete ein Vermögen!

Ich verstand es einfach nicht. Ich war eben wirklich noch ein kleiner, dummer Junge. Das waren alles Erwachsene – Imperium und Inej, Phagen und Agenten der Spionageabwehr –, die ihre Erwachsenenspiele spielten. Und ich war dort hineingeraten, weil Stasj ein guter Mensch war, genau deswegen.

Und sofort erhob sich das dünne, widerliche Stimmchen in der Seele und flüsterte mir zu: »Bist du dir sicher, dass Stasj ein guter Mensch ist?«

Er selbst hatte mir ja erklärt, dass unsere Zivilisation sehr pragmatisch und grausam sei. Natürlich sagte er, dass das nicht in Ordnung wäre, aber vielleicht dachte er in Wirklichkeit ganz anders? Vielleicht hatte ich damals Recht und er nahm mich von Neu-Kuweit nur als Versuchskaninchen mit?

Was so alles durch ein paar unvorsichtig geäußerte Worte bewirkt werden konnte! Ich begann an meinem einzigen Freund, meinem einzigen erwachsenen Freund zu zweifeln!

Vor lauter Zorn schlug ich mit der Faust dermaßen stark auf den Tisch, dass ich beinahe den Tee verschüttet hätte. Zur Ablenkung schaltete ich den Computer an und versuchte mich ins Netz einzuklinken. Leider gab es nur eine Verbindung zum Intranet des Kosmodroms und auch dort nur zur Abteilung Gepäckmanagement. Computerspiele, die gewöhnlich auf allen Computern installiert werden, gab es mit Ausnahme von »Minensucher« und einer Patience nicht. Deshalb durchstöberte ich das Suchsystem nach dem Gepäck des »Mister Smith«, aber das System erwies sich als äußerst unübersichtlich und war deshalb nicht zu verstehen. Mit Müh und Not fand ich die Liste des heute verladenen

Gepäcks, aber da hörte ich das Türschloss klicken. Weil mir meine Computertätigkeit peinlich war, schaltete ich ihn aus.

Oma Ada kam herein.

»Ich konnte keine Verbindung aufnehmen«, sagte sie noch auf der Türschwelle stehend. »Die Jacht befindet sich in der Phase der Startvorbereitung, keine Verbindung zu den Passagieren. Sie forderten mich auf, in einer Stunde wiederzukommen, wenn sie auf der mittleren Umlaufbahn ist.«

»In einer Stunde ist es zu spät«, flüsterte ich. »Verstehen Sie das? Zu spät!«

Sie schüttelte den Kopf: »Sorge dich nicht, Enkelchen. Dein ›Mister Smith‹ ist ein großes Tier, nicht wahr? Wenn die Regierung mit ihm schon so geheimnisvoll tut!«

»Ja«, gab ich zu.

»Na, dann muss halt noch einmal gelandet werden. Er behauptet zum Beispiel, dass er eine Nierenkolik habe und sofort zum Arzt müsse oder etwas in dieser Richtung.«

»Und dann landen sie?«, staunte ich.

»Das ist doch ein kleines Schiff, es fliegt speziell für diese eingebildeten Herrschaften. Es kehrt um ... Einmal musste ein Passagierschiff wieder landen, weil das Hündchen einer Senatorengattin im Sterben lag.«

»Wurde es gerettet?«, wollte ich aus unerfindlichen Gründen wissen.

»Ist verreckt. Aber das Raumschiff ist gelandet. Hast du wenigstens Tee getrunken?«

»Ja. Vielen Dank.«

Oma Ada setzte sich aufs Bett und stützte ihr Kinn auf eine Hand und schaute mich traurig an. »Oh je ... was im Hafen los ist. Überall sind Soldaten, Aktive und Reservisten ... fast noch Kinder. Bald gibt es Krieg, merke dir meine Worte.«

»Wirklich?«, rief ich. »Heißt das, der Krieg beginnt?«

Sie lächelte bitter: »Beginnt? Der Krieg ... Krieg hört niemals auf. Als es Inej nicht gab, ging es gegen die Fremden. Mit den Fremden wurde Frieden geschlossen und die Planeten begannen sich gegenseitig ...«

»Es gab aber schon ewig keinen Krieg mehr«, versuchte ich einen Einwand anzubringen.

»Es gab keinen großen Krieg. Aber im Kleinen ... in aller Stille ... wurde er immer geführt. Die Flotten wurden natürlich nicht gegeneinander eingesetzt, dagegen sträubte sich der Imperator. Es ist sein heiliges Recht, Kriege zwischen den Planeten zu führen. Aber Kleinkriege entfachen kannst du, soviel du lustig bist. Die Geheimdienste bekämpfen sich, die Magnaten intrigieren, Handelskriege, psychologische Kriege, bakteriologische Kriege ... Hast du von der Beulenpest gehört? Das ist auch eine unserer Erfindungen, eine menschliche. Auf einem guten Planeten entwickelt und gegen einen anderen, der die Lebensmittelpreise unterbot, angewendet. Dabei mutierte das Virus, führte zum Aussterben von Kühen und Schafen – und wendete sich gegen die Menschen selbst. Ist das etwa kein Krieg?«

»Das kann nicht sein!«, rief ich aus. »Die Beulenpest ist ein mutiertes Virus der Schweinepest!«

»Richtig, mein Söhnchen, richtig. Nur dass es sich dabei nicht um eine spontane Mutation handelt. Die Ansteckungsmöglichkeit und die Virulenz wurden erhöht, ausgerichtet wurde er auf Menschen als Krankheitsüberträger und schon hatten wir es geschafft.«

»Ich habe nicht gewusst, dass sich die Geheimdienste mit solchen Dingen beschäftigen«, gab ich zu. »Das ist doch extrem gefährlich!«

Oma Ada nickte.

»Es ist ständig Krieg, glaub mir. Ich habe hier schon alles gesehen. Das Kosmodrom ist eine Gerüchteküche. Nimm eure Phagen ... Sollen sie ruhig die Menschheit retten und das Imperium verteidigen, niemand hat etwas dagegen! Aber nein, sie sind jedem beliebigen Nabob zu Diensten ...«

Ich konnte dem nicht folgen und riss die Augen auf.

Oma Ada schaute mich erstaunt an. »He, Kleiner, du hast wohl von nichts eine Ahnung?«

»Wovon sprechen Sie?«

»Also, die Phagen, die stehen doch im Dienst des Imperators, weißt du das? Von Anfang an hatten sie beschlossen, nur den höchsten Idealen, nämlich dem Imperium und der Menschheit als solches und nicht etwa dem Imperator und dem einzelnen Menschen, zu dienen. Tja, das ist an sich eine gute Sache, aber das Imperium und die Menschheit zahlen kein Geld – im Gegensatz zum Imperator.«

»Ja und?«, flüsterte ich.

»Und – muss die Flotte gewartet werden? Ja! Müssen neue Phagen ausgebildet werden? Ja! Müssen die Kranken und Verwundeten behandelt werden? Ja! Neue Technik, diese ganzen Plasmapeitschen, müssen entwickelt werden? Ja!

Weißt du überhaupt, wie viele ganz gewöhnliche Bürokraten unter den Phagen sind? Buchhalter, die Ausgaben zusammenzählen und Abschreibungsprotokolle der technischen Geräte gegenzeichnen? Wie viele Koordinatoren, Planer, Rechnungsprüfer, Presseattachés, Ärzte, Techniker, Masseure, Psychologen, Sanitärtechniker und Fernmeldetechniker es gibt? Das ist doch keine Gruppe Einzelner, das ist ein Staat im Staate, das sind Zehntausende, wenn nicht sogar Hunderttausende!

Hunderte kämpfender Phagen, das ist lediglich die oberste Spitze des Eisbergs. Und alle wollen gut essen und trinken, ein schönes Haus haben, ihre Familie versorgen. Damit, um Gottes willen, niemand einen Phagen bestechen könnte! Und wie viel kostet eine einzige geheime Landung einer hyperstabilen Eiskapsel auf einem feindlichen Planeten, was glaubst du wohl? Davon könnte man eine kleine Schule bauen! Und jetzt nutze dein Hirn, woher das Geld dafür kommt! Sicher, die Betriebe und Fabriken erwirtschaften gewisse Mittel, die Reichen spenden, Lotterien und Wohlfahrtslose werden genutzt ... Aber das sind nur Tropfen auf den heißen Stein. Und vom Imperator wollen sich die Phagen nicht abhängig machen!

Das wäre ein Verstoß gegen ihre Prinzipien, ein Zusammengehen mit der Macht, Korruption und die Umwandlung in einen Apparat der Unterdrückung. Was geschieht also?«

»Was?«, fragte ich flüsternd.

»Dann wendet sich der Botschafter irgendeines Planeten an die Phagen und sagt: ›Ihr heiligen Dshedai-Ritter geltet als Verteidiger der Menschheit ... rettet unseren Planeten vor religiösen Fanatikern, wir zahlen gut ... besser, wir geben eine Spende ...‹ Eine gute Sache! Also fliegt ein Kommando der Phagen los und tötet den geistigen Führer des Putsches.«

Ich war sprachlos. Ich schnappte nach Luft, als ob ich am Ersticken wäre.

»Vielleicht ist es auch umgekehrt«, fuhr Oma Ada erbarmungslos fort. »Zuerst erscheint der Abgesandte der religiösen Extremisten und sagt: ›Ihr heiligen Dshedai-Ritter geltet als Verteidiger der Menschheit ... rettet unsere friedliche Sekte des gewaltfreien Glaubens an die göttliche Natur des Positrons vor den feindlichen weltlichen Mächten ... wir zahlen gut ... besser, wir geben eine Spende ...‹«

»Und die Phagen?«

»Die Phagen helfen. Die Menschheit zu retten, ist wohl getan, wer wird das bestreiten. Aber woher nimmst du die ganzen Gefahren, vor denen du sie retten musst? Logischerweise gilt es auf etwas anderes auszuweichen. Deshalb endet der Krieg nie. Jetzt ist er lediglich aufgeflammt und für alle offensichtlich. Und wenn die Wissenschaftler des Imperators als Erste darauf gekommen wären, wie man den Menschen eine Gehirnwäsche verpassen kann, was hätten sie wohl getan?«

»Das glaube ich nicht«, wandte ich ein. »Der Imperator hätte niemals ...«

»Was hätte er nicht? Warum nicht alle Menschen besser und ehrlicher machen, wenn das möglich wäre? Damit sich alle gegenseitig helfen, nicht stehlen und nicht töten. Was ist daran so schlecht?«

»Was ist dann schlecht an Inej und Inna Snow?«, antwortete ich mit einer Gegenfrage.

Oma Ada holte Luft: »Ich weiß es nicht, Kleiner. Ich weiß auch nicht, was daran schlecht ist, außer, dass der Imperator verdrängt wird.«

»Aber Inej erobert doch einen Planeten nach dem anderen«, meinte ich. »Zwingt alle zur Unterwerfung.«

»Die Menschheit lebt sowieso unter einer einzigen Macht«, erwiderte Oma Ada. »Erinnere dich ans Mittelalter, als sie zersplittert war, ein Krieg folgte auf den anderen.«

»Es geht nicht um die einzige Macht«, sagte ich. »Hauptkriterium ist doch, ob sie gesetzlich ist oder nicht.«

»Jede Macht ist zu Beginn ungesetzlich«, antwortete Oma Ada. »Das Imperium gründet sich auf den Bruchstücken der Kosmischen Föderation, die Föderation wiederum war ein Aufbegehren gegen das Matriarchat.«

»Aber die Macht muss ehrlich gewählt werden«, gab ich zu bedenken. »Die Menschen selbst müssen den Wechsel des Machthabers wünschen.«

»Das Volk entscheidet niemals und nichts selbst«, entgegnete Oma Ada. »Das Volk wählt die Macht, die ihnen am besten die Köpfe verdrehen kann.«

»Auch wenn eine Macht betrügt und Versprechungen

gibt«, wandte ich ein, »nimmt sie nicht die Fähigkeit zum Denken!«

»Die Mehrheit der Menschen hat niemals von dieser Fähigkeit Gebrauch gemacht«, meinte Oma Ada. »Und diejenigen, die wie auch immer denken können, sie waren und sind die Macht.«

»Immer, wenn ein Machtwechsel nötig war, erfolgte er auch«, argumentierte ich. »Eine ewige Macht wäre das Ende der Menschheit.«

»Es gibt keine ewige Macht, mein Junge«, erwiderte Oma Ada. »Ja, die Föderation des Inej wird lange herrschen, aber auch sie wird abtreten müssen.«

»Die Präsidentin Inna Snow wird niemals jemandem die Macht überlassen«, sagte ich. »Sie hat sich geklont, die Macht wird von einem Klon zum anderen übergehen!«

»Ihre Klone sind selbständige Persönlichkeiten«, antwortete Oma Ada. »Wenn auch der Unterschied zwischen ihnen nicht groß ist, so wird er doch wachsen und die Menschheit wird einen neuen Weg beschreiten.«

»Ist es etwa ehrlich, wenn ein einziger Mensch die Macht immer wieder an sich selbst weitergibt?«, gab ich zu bedenken. »Dagegen hat jeder Bürger die Chance, mag sie auch noch so winzig sein, der neue Imperator zu werden!«

»Die Chance, ein Klon der Präsidentin zu sein, hat auch jeder Bürger«, meinte Oma Ada. »In der ganzen Galaxie leben Männer und Frauen, Jungen und Mädchen mit ihrem genetischen Material.«

An mir zog ein nebelhaftes Gaukelbild vorbei. Ich fragte leise: »Wie geht das?«

»Es betrifft nicht die Klone. Nicht nur die Klone, obwohl mit ihnen alles begann. Vor langer Zeit lebte ein Mensch, der sich vornahm, die Welt zu verändern. Sie besser und sauberer zu machen. Er klonte sich ... aber nicht als Mann, sondern als Frau. Du kennst dich doch ein wenig in Genetik aus, mein Junge?«

Ich nickte. Ja, ich wusste, dass Männer sich weibliche Klone schaffen konnten, aber umgedreht war es nicht möglich. Alles wegen des Y-Chromosoms, das bei den Frauen fehlt.

»Einen Klon zu erschaffen ist nicht besonders schwer«, fuhr Oma Ada fort. »Ihn beschleunigt zu einem erwachsenen Wesen zu entwickeln – auch nicht. Schon schwieriger ist es, das eigene Bewusstsein in ein fremdes Gehirn zu übertragen und dabei die geistige Gesundheit zu erhalten. Ihm gelang es. Vielleicht hatte er einfach nur Glück. Vielleicht war auch der Mensch, der sich diese Aufgabe stellte, nicht ganz beieinander.«

Sie lächelte.

»Er selbst, die Matrize, wie die Genetiker sagen, und sein weiblicher Klon wollten nur das Eine: die Menschheit glücklicher machen. Auf ewig Krieg, Krankheit, Armut und Ungerechtigkeit abschaffen. Die Menschen vor den Fremden absichern. Und für die Verwirklichung dieses Plans brauchten sie Macht ... die höchste Macht. Verstehst du?«

»Ja.«

»Aber dabei trennten sich ihre Wege. Die Matrize ...

der Mann ... wollte leise und unauffällig die Macht ausüben. Auf die Entwicklung der Welt einwirken, ohne sich mit der Bürde der höchsten Macht zu belasten. Die Frau entschied sich dafür, das politische System der Menschheit zu verändern. Und so trennten sich ihre Wege. Ihnen war klar, dass sie anderenfalls gegeneinander um die Macht kämpfen müssten. Sie blieben Freunde, verabschiedeten sich voneinander und trennten sich für immer. Und gaben sich das Versprechen, zu siegen. Der Mann führte seine stille und unauffällige Arbeit weiter, er erforschte das menschliche Genom, um die Welt von innen heraus zu verändern, die Hülle des Imperiums zu erhalten, sie aber mit einer neuen Menschheit zu füllen. Die Frau ging anders an die Sache heran. Das war vor langer Zeit, etwa vor einem halben Jahrhundert. Die Menschheit verbreitete sich zusehends im ganzen Weltraum. Es wurden Menschen gebraucht. Und die Frau wurde eine Spenderin.«

Oma Ada fing an zu lachen.

»Ich verstehe«, nahm ich ihren Gedankengang auf. »Ich hatte schon Genetik. Ich weiß, dass man oft Kinder im Geschäft kauft, das künftige Kind wird dort aus einer Kartothek ausgesucht.«

»Genau. Die Frau hatte zweitausend Kinder in der gesamten Galaxie. Alle zu verschiedenen Zeiten, die letzten noch vor zehn Jahren. Und obwohl das nicht erlaubt war, hatte sie es ermöglicht, das Schicksal eines jeden Klons zu verfolgen.«

»Eines Klons?«

»Ja. Die Mädchen waren ihre identischen Klone, die

Jungen die ihrer Matrize. Sie wuchsen heran ... und erhielten zu einem bestimmten Zeitpunkt das vollständige Gedächtnis ihrer Ahnin. Natürlich nicht alle ... nur diejenigen, die bereits die ersten Stufen zur Macht erklommen hatten. Diejenigen, die mit der Verschmelzung des Bewusstseins und der Übernahme der Erfahrung ihrer Matrize einverstanden waren. Und eine dieser Frauen, Inna Snow, fand heraus, wie man das Bewusstsein über die Neuroshunts beeinflussen und dadurch nach und nach richtiges Verhalten programmieren konnte.«

»Also ist Inna Snow gar nicht die Matrize«, flüsterte ich. »Was sind wir nur für Idioten ...«

»Nein, sie ist nicht die Matrize. Sie regiert wirklich, aber die strategischen Entscheidungen werden von den Klonen gemeinsam getroffen. Wenn Inna Snow stirbt, wird einer der Klone, der ihr in Alter, Temperament und Fähigkeiten ähnelt, ihren Platz einnehmen. Also ist die Präsidentin Inna Snow wirklich unsterblich ... so gut wie unsterblich.«

»Dann ist ja klar, warum sie einen Schleier trägt«, sagte ich. »Sie würde so viele Zwillinge haben, dass sich die Leute Gedanken darüber machen würden!«

»Sicher. Die Geheimdienste des Imperators würden sich sofort mit den Klonen befassen, die auf den Planeten des Imperiums leben. Es sind nicht mehr allzu viele, die Mehrheit ahnt nichts davon, aber trotzdem ... warum sollte man dem Feind zusätzliche Trümpfe in die Hand geben?«

»Inna Snow ...«, sprach ich vor mich hin. »Inna Snow ... Alla Neige?«

Oma Ada lächelte:

»Kluges Kerlchen. Die Namen aller weiblichen Klone entsprechen einem gemeinsamen Prinzip – meistens vier Buchstaben, in der Mitte zwei Konsonanten, manchmal auch nur einer. Inna, Inga, Anna, Ada ... Die Familiennamen sind auf diese oder jene Weise mit ›Schnee‹ verbunden: Moros, Winter, Snjeg, Eis, Froid – in allen Sprachen der Welt.

»Elli«, sagte ich. »Sie gehört zu den allerletzten, stimmt's?«

»Stimmt.« Die Alte nickte. »Elli Cold.«

»Und wie heißen Sie?«, wollte ich wissen. »Ada Eis?«

»Schnee«, antwortete Oma Ada. »Als ich geboren und mir meiner selbst bewusst wurde ... und das war ziemlich eigenartig, sich auf einmal in einem fremden Körper wiederzufinden ... in einem Frauenkörper ... hatte es draußen mächtig geschneit. Eduard nahm mich an die Hand und führte mich aus dem Labor. Wir tranken im Schneegestöber Wodka, starken russischen Wodka, tanzten, hielten uns an den Händen und lachten beim Gedanken an unsere Verrücktheit.«

»Verrücktheit?«, wiederholte ich. Und stellte mir vor, wie Mann und Frau, die in Wirklichkeit ein und dasselbe sind, im Schnee tanzen.

Wie furchtbar.

»Wie soll man es sonst nennen? Natürlich ist das verrückt. Ich wählte den Namen Ada, der gut zum Namen meiner Matrize passte. Den Familiennamen – Garlitzki – beschloss ich zu ändern. Ada Eis klang zu aggressiv. Ich suchte mir Schnee aus.«

»Ich werde Sie töten«, rief ich. Ich streckte meine Hand aus und spürte, dass die Schlange im Ärmel schon seit langem zum Angriff bereit war. »Ich bringe Sie um, Ada Schnee!«

Die Alte lächelte. »Mir hat es entschieden besser gefallen, als du mich Oma Ada genannt hast!«

»Das werden Sie überstehen. Sie sind nicht meine Oma«, flüsterte ich.

»Natürlich bin ich nicht deine Oma. Ich bin deine Matrize, Tikkirej Frost.«

Kapitel 5

Ich hatte nie darüber nachgedacht, warum ich einen anderen Familiennamen als meine Eltern trug. Auch nicht, als ich mit Mama in der »Kinderwelt« gewesen war und wir die Kartothek durchgeblättert hatten, um mir ein zukünftiges Geschwisterchen auszusuchen, für den Fall, dass die Eltern reich würden. Alle Kinder in der Kartothek hatten bereits Vor- und Familiennamen, es war üblich, dass diese von den biologischen Eltern gegeben wurden. Deshalb war es nicht schwer, dahinterzukommen ... Aber ich hatte niemals derartige Gedanken gehegt. Vielleicht deshalb, weil fast alle meine Klassenkameraden von ihren Eltern im Geschäft gekauft worden waren, da die Ärzte nicht empfahlen, sich auf Karijer natürliche Kinder anzuschaffen.

Mich hat das eigentlich nie interessiert.

Aber ein Klon von Ada Schnee wollte ich nicht sein.

»Das ist nicht wahr«, sagte ich. »Sie lügen.«

»Na ja, ich bin nicht ganz deine Matrize, Freundchen. Eher sind wir Klon-Bruder und Klon-Schwester, da du ein Klon von Eduard Garlitzki, meiner Matrize, bist. Einer seiner letzten Klone.«

»Das ist nicht wahr«, wiederholte ich. Und ich spürte, wie mir die Tränen in die Augen stiegen.

Ich hatte keinen Bruder bekommen. Und keine Schwester. Die Eltern schafften es nicht, reich zu werden. Dabei hatten wir uns schon für ein Mädchen entschieden – nach der Computermodellation von Charakter und Aussehen. Sie war sehr lustig und quirlig, sie gefiel den Eltern und mir außerordentlich. Ich hätte lieber eine Schwester als einen Bruder gehabt.

Und hier war nun meine Schwester. Und das ekelhafte Mädchen Elli war auch meine Schwester. Und die nette Anna aus dem Motel. Und die Direktorin des College. Und die Präsidentin Inna Snow.

Und außerdem gab es noch einen Haufen Brüder.

»Es ist die Wahrheit, Tikkirej«, sprach Oma Ada. »Und du weißt, dass ich nicht lüge. Warum hätte ich mich wohl mit dir abgeben sollen, was glaubst du wohl?«

»Ich brauche Sie nicht!« Ich wich zurück, bis ich mit den Ellenbogen an die Wand stieß. Oma Ada saß da, schaute mich kurz an und schwieg. »Ich lasse Sie nicht in mein Gehirn eindringen!«

»Niemand hat vor, dich dazu zu zwingen«, erwiderte Oma Ada, auf einmal erbost. »Alle diejenigen, die es abgelehnt haben, ihr Bewusstsein zu vereinigen, leben ihr eigenes Leben! Das Einzige, was von dir gefordert wird, ist, dass du auf unserer Seite stehst.«

»Wieso?« In meiner Panik glaubte ich, dass man mich in irgendeinen Apparat wie die Flasche für Module stecken könnte. Und mich zwingen würde, für sie zu arbeiten.

»Unser Gehirn ist ein zu kostbares Instrument, um es dem Gegner in die Hände zu geben«, meinte Oma Ada ernsthaft. »Wir alle sind talentiert, jeder auf seine eigene

Art, aber talentiert. Wenn du schon aus irgendeinem Grund nicht auf unserer Seite stehen willst, dann sei auch nicht gegen uns.«

Ich schüttelte den Kopf.

»*Setz dich*, Tikkirej!«, kommandierte Oma Ada unbarmherzig. Und ich spürte in ihrer Stimme dieselbe Intonation, derer sich sowohl die Phagen als auch Inna Snow bedienen konnten. Das nennt sich imperative Sprache. Zuerst folgt der Mensch, und danach beginnt er zu denken ...

Meine Gedanken führte ich auf dem Fußboden sitzend zu Ende.

»Tikkirej Frost, wir haben dich zu spät entdeckt«, fuhr Oma Ada fort. »Erst nach deiner Flucht vom Karijer und deinem Auftauchen auf Neu-Kuweit. Es wurde beschlossen, nichts zu unternehmen, der Planet wurde sowieso auf die Vereinigung vorbereitet. Aber du warst verschwunden. Die Phagen haben trotz allem herausgefunden, wer du bist.«

»Stasj wusste nicht, wer ich bin!«

»Er wusste es nicht? Und ihr wart zufällig im selben Motel? Und er hat sich einfach so dazu entschieden, dir zu helfen?«

»Ja!«

Oma Ada schüttelte voller Zweifel den Kopf. »Und was glaubst du, warum sie dich zurückgeschickt haben? Das schwierige und teure Unternehmen, wieso?«

Ich schwieg.

»Den Phagen war klar, dass ihnen ein Juwel in die Hände gefallen ist.« Oma Ada lächelte. »Aber sie wussten nichts damit anzufangen. Inna Snow erpressen? Das wäre dumm. Wir hätten wegen eines Klons keine Zugeständnisse gemacht. Daraufhin beschlossen sie, dich als Köder zu verwenden. Nach Neu-Kuweit zurückzubringen und zu beobachten, was passieren wird. Wer den Kontakt zu dir sucht, welche Kräfte beteiligt sind. Du wurdest benutzt, verstehst du das? Deine wohlwollenden Phagen haben dich, einen völlig unschuldigen Jungen, benutzt!«

»Was ist ihnen denn anderes übrig geblieben?«, rief ich. »Ihr habt Millionen Menschen zu Zombies gemacht! Die waren auch völlig unschuldig!«

»Die Menschen machen sich seit Hunderten von Jahren selbst zu Zombies. Sie betrügen, übertreiben, lügen, denken sich etwas aus, schwindeln. Jeder Politiker ist regelrecht verpflichtet, seine Wähler zu belügen.«

»Aber nicht so! Nicht auf ewig!«

»Wer hat dir gesagt, Tikkirej, dass diese Menschen für immer Zombies bleiben?« Oma Ada lächelte wieder. »Wenn du möchtest, verrate ich dir ein Geheimnis. Unter Verwandten. Die Programmierung der Persönlichkeit hält ungefähr drei Monate an. Dann verblasst die Wirkung.«

»Sie lügen! Auf Inej sind die Menschen seit langem hirnamputiert, sie sind es bis heute!«

»Das ist alles ganz einfach, Tikkirej. Man muss einem Menschen nicht für ewig das Gehirn zurechtrücken. Es reicht aus, wenn er begonnen hat, ein anderes Leben zu führen, andere Ideale zu schätzen, auf eine andere Flagge schwört, einem anderen Glauben anhängt. Wenigstens ein bisschen – und er gewöhnt sich daran. Weißt du, weshalb? In Wirklichkeit interessiert es niemanden, wer regiert. Für niemanden ist es von Bedeutung, ob die neue Macht die alte auf ehrliche oder unehrliche Weise besiegt hat. Die Hauptsache ist, dass im Teller Suppe und in der Suppe ein Stück Fleisch ist, man ein Dach über dem Kopf hat, im Fernsehen die geliebte Serie läuft und sich auf den Straßen nicht allzu viele Diebe und Rowdys herumtreiben. Das, Tikkirej, ist die Hauptsache. Tierische Instinkte, einfachste Bedürfnisse. Alles andere sind Trägheit und Faulheit. Alle Revolutionen erfolgten, nachdem man den Menschen die Erfüllung der einfachsten Bedürfnisse verweigert hatte. Diese Revolution ist viel humaner. Wir haben das Imperium nicht zerstört, es zu Hunger und Unruhen kommen lassen, obwohl das einfach ist, Tikkirej, ganz einfach! An Stelle dessen lenkten wir die menschliche Trägheit in andere Bahnen. Die Menschen haben sich nicht verändert. Sie sind nicht schlechter geworden.«

»Das stimmt nicht«, erwiderte ich. »Ich habe einen kleinen Jungen gesehen. Er hat Krieg gespielt und seine Spielsachen zertrampelt. Ich habe die Menschenmenge erlebt, als Inna Snow Tien verächtlich gemacht hat ...«

»Kleine Jungs spielen schon immer Krieg und zertrampeln ihre Spielsachen. Die Menge verachtet schon immer denjenigen, der sie durchschreitet. In einigen Monaten werden alle Bewohner Neu-Kuweits wieder normal sein. Aber die kleinen Jungs werden weiterhin ihre Spielzeuge zertrampeln. Die Menge wird trotzdem ›Töte!‹ schreien. Genauso verhält sich die Menge auf den Planeten des Imperiums. Genauso spielen die Kinder des Imperiums Krieg gegen Inej.«

Oma Ada erhob sich. Sie kam auf mich zu und dieses Mal versuchte ich erst gar nicht auszuweichen. Vielleicht, weil ich nirgendwohin konnte. Vielleicht war ich einfach nur müde.

»Mein armes, kleines Brüderchen«, sagte Oma Ada zärtlich. »Mein irregeleiteter, verwirrter Kleiner. Du bist auf einem ungeheuer grausamen Planeten aufgewachsen und schuld daran ist dein geliebter Imperator. Du hast dort nur Härte und Grausamkeit kennen gelernt, deshalb hast du dich wegen ein paar Koseworten in einen Mörder und Terroristen verliebt. Aber jetzt wird alles anders ...«

Sie streichelte meine Wange. Dabei kamen mir träge und unpassende Gedanken in den Sinn, dass mich meine *echten* Großmütter nicht einmal gesehen hatten. Höchstens, dass sie mit Mama und Papa in der »Kinderwelt« waren und die Computermodellierung angeschaut hatten. Tikkirej Frost, Junge. Modifiziert für Planeten mit erhöhter Radioaktivität. Voraussichtliches Aussehen bei der Geburt, im Alter von drei, fünf, zehn, fünfzehn Jahren ... Intelligent, wissbegierig, leicht störrisch, in Maßen auch selbstbewusst.

Und sehr naiv.

Obwohl nein, Unzulänglichkeiten werden nach Möglichkeit ausgespart. Beziehungsweise wird so formuliert, als ob sie eine Errungenschaft wären. An Stelle von »naiv« hätte man »vertrauensvoll« geschrieben.

Und an Stelle von »willensschwach, wechselt leicht

seine Freunde« hieße es »ist leicht zu überzeugen und äußerst kommunikativ« …

»Sterben Sie, Ada Schnee!«, rief ich.

Und die Schlange an meinem Arm spuckte einen beeindruckenden Plasmaklumpen aus.

Die Alte schrie auf, als sie mit ausgerenkter Schulter und einem hilflos herabhängenden rechten Arm von mir weggestoßen wurde. Das Blut floss in mehreren dünnen Rinnsalen. Die Ladung war zu schwach, um die Schulter zu verbrennen, sodass sie wie durch einen starken Beilhieb ausgerenkt wurde.

Im nächsten Augenblick kehrte sich im Zimmer das Innere nach außen.

Die Tür flog auf und einige Gestalten, die an verschwommene graue Schatten erinnerten, glitten ins Zimmer. Hinter den Wänden ertönte Lärm und an einigen Stellen sah ich eine Flammenlinie – mit Hilfe von Brennern wurde sich Zutritt verschafft.

Die Schlange drehte regelrecht durch. Ich schaffte es nicht einmal, einen Gedanken zu fassen, als mein Körper gedreht und in die Ecke, hinter den zweifelhaften Schutz eines Tisches, geworfen wurde. Wie kam das denn zustande? Konnte das Schlangenschwert über meine Muskeln bestimmen?

Die grauen Schatten schossen ihre Flammen ins Leere, dorthin, wo ich eben noch saß, die Steinwand schlug unter den Strahlen der schweren Blaster Blasen wie Asphalt in praller Sonne. Die Schlange schoss erneut auf die Angreifer – mit kurzen, sparsamen Garben, winzigen, weiß glühenden Kügelchen, wie mit feurigem

Schrot. Die Masken und Tarnanzüge schalteten sich augenblicklich ab und die Leibwächter von Ada Schnee wurden tödlich getroffen oder verwundet. Ich sprang auf, hechtete über sich krümmende Körper und lief Richtung Tür.

»Nicht töten!«, hörte ich hinter mir die Stimme Oma Adas. »Nicht töten!«

Eine harte, kalte Welle traf mich in den Rücken.

Fühlt es sich etwa so an, wenn man stirbt?

Die Beine knickten ein, die Arme wurden kraftlos, sogar das Atmen fiel schwer. Aber ich lief weiter, die Schlange zog meinen Körper, zwang die Beine weiterzuschreiten – unter immer neuen Schlägen der Paralysatoren.

Ich lief, bis die lähmenden Strahlen meine Nerven dermaßen blockierten, dass auch die Schlange nicht mehr in der Lage war, meine Muskeln zu zwingen, sich zu bewegen. Der Boden kam auf mein Gesicht zu, vor meinen Augen sah ich Blut, das aus meiner zerschlagenen Nase lief, aber ich spürte keinen Schmerz. Fremde starke Hände drehten mich um, durchsuchten mich, rissen mir die Kleidung vom Leib, und einige Gestalten mit Schutzfeldpanzerung rissen mir das Schwert weg, als ob sie eine giftige Schlange gefangen hätten.

Von weit her, wie durch eine dicke Decke, vernahm ich die Stimme Oma Adas: »Bringt den Jungen ins Lazarett! Ihr haftet mit eurem Kopf für ihn!«

Aber nach kurzer Zeit, als sie selbst ins Lazarett gebracht wurde, schlugen sie auf mich ein.

Gut, dass es überhaupt nicht wehtat.

An das Lazarett konnte ich mich so gut wie nicht erinnern. Ich hatte den Eindruck, dass es weder die Krankenstation auf dem Kosmodrom noch ein städtisches Krankenhaus war, sondern ein Kriegslazarett auf einem Raumschiff, das im Hafen stationiert war. Dort hatte man entschieden mehr Erfahrung bei der Behandlung Gelähmter – bei Manövern wurden an Stelle echter Blaster stets Paralysatoren verwendet wie auch beim Entern im Kosmos, um die Schutzschicht nicht zu beschädigen.

Als erste neblige Erinnerung spürte ich, wie es in meinem ganzen Körper kribbelte.

Als ob ich in kaltes Wasser gesprungen wäre. Nicht schmerzhaft, eher angenehm.

Danach konnte ich die Augen öffnen. Ich erblickte einige Personen in hellgrünen Kitteln. An meinem Arm war ein Tropf angelegt, über den Körper strichen irgendwelche summenden Geräte. An den Stellen, über die sie geführt wurden, verschwand das Taubheitsgefühl.

»Lieg ruhig«, befahl man mir. Nicht gerade grob, aber ohne jegliches Mitgefühl.

Ich schloss die Augen und lag ruhig.

Ich hatte es nicht geschafft. Ich konnte Ada Schnee nicht töten. Stasj war verhaftet oder gefallen. Inej würde weiter gegen das Imperium kämpfen und wahrscheinlich gewinnen.

Vielleicht sollte es so sein?

Vielleicht hatte Ada Schnee Recht und die Föderation des Inej würde besser als das alte Imperium?

Ich bemühte mich, nicht daran zu denken.

Dann musste ich aufstehen, ich konnte mich wieder selbständig bewegen. Ich bekam Kleidung, einen etwas zu großen Schlafanzug und Hausschuhe und wurde durch Korridore geführt. Danach fehlte ein Stück Gedächtnis, vielleicht wurde ich unter dem Einfluss von Wahrheitsdrogen verhört, vielleicht war ich auch einfach nur in Ohnmacht gefallen.

Die neue Erinnerung kam unerwartet, ähnelte eher einem Traum als der Wirklichkeit: ein kleines Zimmerchen mit Doppelstockbetten, Stasj, Lion und Natascha. Ich wurde ins Bett gelegt und war eingeschlafen, kaum dass mein Gesicht das Kopfkissen berührte.

Ich erwachte durch eine gedämpfte Unterhaltung.

Stasj sprach, und zwar mit seiner normalen Stimme: »Realistisch gesehen hatte ich keine Chance. Die Gegenspionage war daran interessiert, die Handlungen zu beobachten, aber ihnen war klar, dass es zu riskant war, uns in den Kosmos fliegen zu lassen. Ehrlich gesagt, hatte ich lediglich darauf gesetzt, dass das Raumschiff startbereit war.«

»Und man konnte es nicht von Hand starten?«, fragte Lion.

»Es lag nicht am blockierten Computer. Wenn ich es richtig verstehe, wurde der Reaktor abgeschaltet. Daher fehlten dem Raumschiff augenblicklich Geschwindigkeit, Feuerkraft und die Möglichkeit der Selbstvernichtung.«

»Aber das hast du doch nicht vorab gewusst?«, fragte Lion.

»Nein, das wusste ich nicht. Sonst hätte ich den Navigationsraum gar nicht erst erobert. Niemand braucht überflüssige Opfer.«

»Aber du hast ihnen Feuer unter dem Hintern gemacht«, wurde Stasj von Lion gelobt. »Sie wissen jetzt, was ein Phag ist.«

Stasj lachte: »Das wissen sie auch so. Aber es gibt immer Grenzen, hinter denen Widerstand dumm und unnötig wird. Sieh lieber nach, wie es Tikkirej geht. Sein Atemrhythmus hat sich verändert.«

»Ich schlafe nicht«, sagte ich und setzte mich im Bett auf.

Es war doch eine Gefängniszelle. Sehr sauber, akkurat, fast gemütlich. Aber eine Zelle. Mit drei Doppelstockbetten, einem am Fußboden angeschraubten Tisch und einer Toilette in der Ecke hinter einer niedrigen Abtrennung.

Und hier fanden sich alle wieder: Stasj, immer noch mit einem gewaltigen Bauch, aber Gesicht und Hände waren seine eigenen; Lion, der auf dem Bett neben ihm saß; Alex – er lag oben und schien zu schlafen, und außerdem Natascha und ... der alte Semetzki! Sie unterhielten sich leise über persönliche Dinge, Natascha nickte mir lediglich zu und wandte sich ab, um ihre verweinten Augen zu verbergen. Der alte Semetzki lächelte ermutigend. Der Invalide hatte keinen Rollstuhl, seine Beine waren in eine dünne rote Decke mit einer Inventarnummer auf einem weißen Pad gewickelt.

»Wie geht es dir, Tikkirej?«, erkundigte sich Stasj.

»Gut.« Ich wedelte mit den Armen. Der Körper bewegte sich normal, als ob ich niemals ein unbeweglicher Holzklotz gewesen wäre. »Habe ich lange geschlafen?«

»Ungefähr zwei Stunden. Es scheint ganz so, als ob du eine gehörige Portion von den Paralysatoren abbekommen hättest.«

»Ja.« Ich schaute Stasj in die Augen. »Ich habe versucht, Ada Schnee zu töten.«

»Wer ist Ada Schnee?«

War ihm dieser Name vielleicht wirklich unbekannt?

»Die Matrize«, antwortete ich kurz.

Stasj reagierte sofort. »Die Matrize von Inna Snow?«

»Ja. Stasj, hast du gewusst, dass Frau Präsidentin Snow nur eine der Klone ist?«

»Wir gingen davon aus«, sagte Stasj und nickte. Ich wandte meinen Blick nicht von ihm, und er fuhr unwillig fort: »Ja, ich wusste es, ich wusste es. Einer der von uns gefangenen Klone war nur fünf Jahre jünger als Inna Snow. Es ist kaum möglich, dass sich ein fünfjähriges Mädchen selbst klonen kann.«

»Ada Schnee ist die Matrize von Inna Snow«, erklärte ich. »Sie hat zweitausend Klone. Sie regieren gemeinsam. Viele teilen ein gemeinsames Bewusstsein, aber einige haben es abgelehnt.«

Stasj nickte. Ich berichtete ihm nichts Neues.

»Stasj, wusstest du, dass ich auch ein Klon bin?«, fragte ich ohne Umschweife.

Lion entgleiste das Gesicht. Natascha schrie erstaunt auf und drängte sich an den Urgroßvater. Alex wälzte sich herum, beugte sich vom oberen Bett herab und schaute mich aufmerksam an, dann lachte er auf und legte sich wieder hin. Sein ganzes Gesicht war zerschrammt und voller blauer Flecken, als ob er geschlagen wurde, aber nicht vor kurzem, sondern schon vor ein paar Tagen. Einem Mädchen ähnelte der junge Phag mittlerweile kein bisschen mehr.

»Ich wusste es«, antwortete Stasj.

»Von Anfang an?«, wollte ich wissen. Wenn er »Ja« sagte, dann wäre das die letzte Frage, die ich ihm je gestellt hätte.

»Nein. Ich habe es erst auf dem Avalon erfahren. Und auch das nicht sofort ... Ich wurde selbst gründlich wegen eines möglichen Seitenwechsels überprüft.« Er schwieg, dann meinte er: »Jetzt ist auch klar, warum wir alle zusammengesteckt wurden. Inna Snow lechzt nach der Fortsetzung der Show ... Frag, Tikkirej. Ich werde auf alle deine Fragen antworten.«

»Ehrlich antworten?«, hakte ich nach.

»Ja. Wenn ich keine ehrliche Antwort geben kann, werde ich schweigen.«

»Wie ist es dazu gekommen, dass ich nach Neu-Kuweit kam und dich getroffen habe? War es die Einmischung der Phagen oder des Geheimdienstes des Inej?«

»Soweit ich weiß, war es Zufall«, antwortete Stasj bestimmt. »Ein Zufall, wie er bei jeder komplizierten Unternehmung passieren kann. Wir befragten die Mannschaft der *Kljasma*, ich flog auf deinen Planeten und überprüfte die Umstände ... des Todes deiner Eltern. Es war Zufall, Tikkirej. Inna Snow wusste nichts von deiner Existenz. Es war nicht möglich, das Schicksal aller

Klone zu verfolgen. Du kamst völlig zufällig auf Neu-Kuweit. Deine Eltern haben sich wirklich für dich aufgeopfert. Die Mannschaft der *Kljasma* hatte wirklich Mitleid mit dir und erlaubte dir deshalb, von Bord zu gehen. Du bist nicht durch die standardmäßige Einwanderungskontrolle bei Verlassen des Raumschiffes gegangen, die Agenten des Inej haben zu spät von dir erfahren.«

»Wenn ich also das Raumschiff wie üblich verlassen hätte …«

»Hätte dich sofort der Resident des Inej aufgespürt und mit allen Ehren an einen sicheren Ort gebracht. Ich denke, dass du dich nicht auf die Übernahme eines fremden Bewusstseins eingelassen hättest. Aber man hätte dich überredet, auf der Seite des Inej zu stehen! Bestimmt!«

»Das ist nicht wahr!«, rief Natascha erbost aus. Aber ich wusste, dass Stasj Recht hatte. Als ob ich, gerade dem Raumschiff entflohen, fröhlich, naiv und lebensfroh wie ein Welpe, auf Hilfe von irgendeiner Seite verzichtet hätte! Als ob ich mich nicht über Tausende »Brüder« und »Schwestern« gefreut hätte!

Vielleicht wäre ich sogar mit dem fremden Bewusstsein einverstanden gewesen.

»Warum haben uns die Phagen nach Neu-Kuweit geschickt?«, fragte ich.

»Um die Reaktion der Gegenspionage des Inej zu beobachten. Und die Matrize zu finden.«

»Und du hast mir nichts gesagt …«, flüsterte ich.

Stasj rieb sich die Stirn. Zerstreut schaute er nach

oben – vielleicht suchte er die Überwachungsapparaturen an der Decke, vielleicht die passenden Worte.

»Ich weiß nicht, ob du mich verstehen wirst, Tikkirej.«

»Versuch es!«, erwiderte ich. »Ich bin sehr verständnisvoll.«

»Weißt du Tikkirej, es gibt verschiedene Arten der Zuneigung. Ein Vater schickt seinen Sohn in den Krieg und wünscht ihm Sieg und Ehre. Ein anderer nimmt ihn am Schlafittchen, versteckt ihn im Untergrund und ist bereit, in den Tod zu gehen, um seinen Sohn vor dem kleinsten Übel zu bewahren. Es steht mir nicht an, zu urteilen, wer von den beiden Recht hat. Und du bist mir kein Sohn. Und für den Krieg bist du noch zu jung. Aus alldem folgt, dass ich dich einfach benutzt habe. Hintergangen. Aber dem ist nicht so. Ich konnte nicht gegen dein Schicksal handeln.«

»Welches Schicksal?«, fragte ich fordernd.

»Wenn ich das wüsste! Aber eines ist es gewiss nicht – auf dem Avalon in die Schule gehen und Schneeballschlachten machen. Indem du nach Neu-Kuweit gegangen bist, konntest du in einem großen Krieg helfen. Tausende, Millionen von Leben retten. Und das hast du gemacht.«

»Gemacht? Wie?« Ich lachte auf. »Ich konnte nicht einmal die Matrize töten, obwohl ich mit aller Kraft auf sie geschossen habe! Ich habe nichts erreicht. Ich kann gar nichts anderes, außer auf dem Avalon zur Schule zu gehen und mit Schneebällen zu schmeißen! Du hast doch Alex, ihr hättet ihn maskieren können, damit er aussieht wie ich, und ihn herschicken können! Es ist das Schicksal eines Phagen, gegen Schurken zu kämpfen! Warum mischt ihr euch dann in mein Leben ein?«

Ich verstummte, weil ich mir in diesem Augenblick die Antwort vorstellte:

»Also hätte man dich auf Neu-Kuweit zurücklassen sollen?«

Aber das sprach Stasj nicht aus.

Alex, der sich immer noch im Bett herumwälzte, mischte sich ein. »Du mühst dich umsonst, Stasj. Er wird nichts verstehen! Außerdem hat er Recht: Er sollte in die Schule gehen, Fußball spielen und im Fluss baden.«

»Und warum habt ihr Lion hierhergeschickt?«, fuhr ich, angeregt von der unerwarteten Unterstützung, fort. »Warum habt ihr ihn betrogen?«

»Ich hab es selbst gewollt«, sagte Lion unerwartet. »Ich wollte zu meinen Eltern. Auch wenn sie hirnamputiert sind, sie sind meine Eltern.«

»Natascha?« Ich schaute sie an. »Sag, hab ich Recht?«

Sie zuckte mit den Schultern.

An ihrer Stelle fing der alte Semetzki an zu reden: »Tikkirej, ein Rennpferd spannt man nicht vor den Pflug. Nimm einmal an, du wärst jetzt auf dem Avalon. Wir anderen alle wären hier. Und du auf dem Avalon. Du hast Schule. Danach gehst du nach Hause, isst etwas und siehst fern. Würde dir das gefallen?«

»Das ist doch egal! Ich bin hier!«

»Stell es dir trotzdem vor!«, wiederholte Semetzki hartnäckig, »Das ist eine Art Spiel. Wenn dir irgendetwas nicht gefällt, stell dir vor, wie es anders sein könnte.«

»Das ist nicht fair.«

»Warum nicht fair? Nein, sag mir, möchtest du auf dem Avalon sein?«

»Ja!«, erwiderte ich boshaft.

Überraschend mischte sich Stasj ein: »Frag die Matrize. Sie schicken dich zum Avalon zurück.« Ich konnte darüber nur lachen. Aber Stasj fuhr hartnäckig fort: »Du hast keine Ahnung, welche Gefühle die Klone füreinander empfinden. Besonders die Matrize zu ihren Klonen. Du kannst auf die Matrize schießen, das mindert ihre Sympathie zu dir nicht. Du bist für sie nur ein verirrtes, betrogenes Kind. Sie löschen in deinem Gedächtnis alles, was du von dem weißt, was auf Neu-Kuweit passiert ist, und schicken dich zum Avalon. Glaub mir! Du musst sie lediglich darum bitten.«

»Das ist kein Ausweg!«, rief ich. »Und du weißt selbst, dass ich das nicht will! Das wäre fast wie Selbstmord, das Gedächtnis zu löschen!«

»Dann bitte darum, dass sie dich hier in Ruhe lassen, auf einem Planeten des Inej«, schlug Stasj vor. »Du wirst in die Schule gehen, Fußball spielen und angeln. Worin besteht da der Unterschied für dich?«

Ich glaubte bei mir, dass Stasj wahrscheinlich Recht hatte. Ich erinnerte mich lebhaft daran, welche Sorge in der Stimme von Ada Schnee mitgeklungen hatte: »Ihr haftet für ihn mit eurem Kopf!«

»Worin besteht der Unterschied? Und wenn der Krieg ausbricht? Was wird dann?«

»Es wird keinen Krieg geben«, meinte Stasj müde. »Das Imperium hat Verhandlungen mit Inej begonnen. Der Status quo wird vereinbart: die Existenz von zwei menschlichen Zivilisationen in der Galaxis. Sollen sie sich ruhig ihrer Herrschaft freuen. Sollen sie die Gesellschaft aufbauen, die ihnen gefällt. Die Zeit wird zeigen, wer Recht hat.«

»Schnee wird sich niemals darauf einlassen! Sie fordert alles und das sofort!«

»Alles, aber nicht sofort. Ihnen ist klar, dass sie gegenwärtig nicht im Vorteil sind. Inej kann das Imperium zerstören, aber nicht besiegen. Snow und alle anderen Klone brauchen keine in Asche gelegten Planeten. Der Imperator braucht sie auch nicht. Es wird einen schalen Frieden geben.«

Er verstummte. Ich sah Lion an, Semetzki und Natascha. Sie schienen nicht erstaunt. Sie wussten das bereits.

Und sie glaubten Stasj.

»Ich möchte nicht auf Neu-Kuweit leben«, flüsterte ich. »Ich möchte kein Klon von Schnee sein. Ich bin Tikkirej. Tikkirej vom Planeten Karijer! Ich gehöre mir selbst!«

Niemand sagte ein Wort.

»Du hast mich doch dazu gemacht«, wandte ich mich an Stasj. »Du hast mir doch beigebracht, dass man selbst seinen Weg wählen muss, dass es schlecht ist, Menschen zu zwingen, dass Versklavung schlimmer ist als der Tod, dass man Freunde nicht verrät, dass der Mensch immer eine Wahlmöglichkeit haben muss. Wie soll ich jetzt leben? Ich werde es nicht können. Es wird mir nicht gelingen!«

Ich schaute zu Lion – und der senkte die Augen. Welche Wahl blieb ihm denn, er hatte doch hier seine hirnamputierte Familie ... Obwohl, wieso glaubte ich, dass man ihm überhaupt eine Wahl ließ?

»Dann ist es schon besser, dass mein Gedächtnis gelöscht wird und ich auf den Avalon zurückkehre«, meinte ich. »Dann vergesse ich wenigstens, dass ich der Klon eines Diktators bin. Und dass du mich verraten hast, werde ich auch vergessen. Und du, wenn du auf den Avalon zurückkommst, sprich mich ja nicht darauf an.«

»Tikkirej, ich habe dich nicht verraten«, antwortete Stasj ruhig. »Und auf den Avalon werde ich nicht zurückkommen. Man wird mich hinrichten. Und Juri Michailowitsch ebenfalls. Was Alex, Lion und Natascha betrifft, bin ich mir nicht sicher, aber nach den Gesetzen des Inej werden auch Minderjährige wegen Staatsverbrechen verurteilt. Nur du hast eine Chance, dich zu retten.«

Ich schüttelte den Kopf.

»Versuche, zu verstehen, dass das unabwendbar ist«, fuhr Stasj fort. »Ich bin ein Terrorist. Ich stehe nicht einmal im offiziellen Dienst des Imperators, ich falle nicht unter das Gesetz über Kriegsgefangene. Und Semetzki auch nicht. Vom Standpunkt des Gesetzes – eines beliebigen Gesetzes – sind wir nichts weiter als eine Bande von Verbrechern, schuldig an Morden, Anschlägen, dem Versuch einer Raumschiffentführung,

Dokumentenfälschung, Widerstand gegen die Staatsgewalt und was sonst nicht alles. Nach den Regeln des Kriegsrechts steht uns nicht einmal ein Verfahren zu.«

»Ich hoffe, dass sie die Mädchen in Ruhe lassen«, murmelte Semetzki.

»Juri Michailowitsch, wie sind Sie hierhergekommen?«, erkundigte ich mich. »Wo sind Ihre ›Schrecklichen‹?«

»Wir wurden gestern Nacht im Schlaf überfallen. Das ganze Lager wurde mit Paralysatoren abgedeckt. Opfer gab es nicht.« Semetzki lächelte traurig. »Ich hoffe, dass es keine gab. Und vor drei Stunden, kurz bevor du hierhergebracht wurdest, überstellte man mich in diese Zelle.«

»Wir standen seit langem unter Beobachtung«, sagte Lion. »Bestimmt, seit wir im Motel aufgetaucht sind.«

»Dieses Mädchen von der Rezeption ist auch ein Klon«, ergänzte ich. »Aber es sieht ganz so aus, als hätte sie ihr eigenes Bewusstsein behalten ...«

»Sie ist nicht nur ein Klon. Sie ist der Klon eines Klons«, warf Stasj ein. »Ich weiß nicht, was für eine psychische Abweichung das ist, aber die Kopien der Schnee gefallen sich darin, sich auf diese Art und Weise zu vermehren.«

Lion bekam vor Staunen runde Augen.

»So besiedeln sie ja alle Planeten! Verdrängen die normalen Menschen!«

»Das glaube ich nicht.« Stasj schüttelte den Kopf. »Die Machtstrukturen werden von ihnen ausgefüllt, das ist schon möglich. Aber Sanitärtechniker und Arbeiter verdrängen ... warum? Wer will schon Hausmeister sein?«

Er lächelte und machte überhaupt einen ruhigen Eindruck, dass alle seine Andeutungen über die Hinrichtung und die Gesetze der Kriegsgerichtsbarkeit ein Scherz zu sein schienen. Eine Sekunde lang glaubte ich, dass mich Stasj nur erschreckte, mich zwang, ihn zu bemitleiden.

Dann jedoch erinnerte ich mich an meine Eltern. Wie fröhlich und zu Scherzen aufgelegt sie an ihrem letzten Abend waren.

»Sie streben nach Macht und nichts als Macht«, fuhr Stasj fort. »Alle Klone von Eduard Garlitzki, die Männer wie die Frauen. Macht ist die stärkste Droge.«

»Du hast mich schon wieder belogen«, rief ich. »Du wusstest sogar von Garlitzki! Du hast mich belogen, Stasj!«

Und ohne richtig zu verstehen, was ich da tat, stand ich auf, ging zu Stasj ... und umarmte ihn.

»Warum umarmst du mich dann, Tikkirej?«, fragte er zärtlich.

»Weil du dich nicht aus Versehen versprechen würdest«, erwiderte ich und hielt meine Tränen zurück. »Weil ... weil alle lügen ...«

»Aber nur wenige bedauern ihre Lügen«, meinte Stasj leise. Sein Hand klopfte mir auf die Schulter. »Meine Offenheit hat Grenzen, Tikkirej. Ich darf dem Befehl des Rates nicht zuwiderhandeln, nicht mein gegebenes Wort brechen. Erinnerst du dich, wie der Agent des Inej, Leutnant Karl, starb?«

»Er hieß Karl?«, fragte ich. Meine Augen blieben geschlossen.

»Ja. Ich erinnere mich an die Namen aller, die ich getötet habe ... Tikkirej, ich konnte dir nicht eröffnen, dass du ein Klon unseres Gegners bist. Ich hätte es nicht einmal geschafft, es auszusprechen, Tikki.«

»Und jetzt kannst du?«, erkundigte ich mich.

»Jetzt ja.«

»Hat sich etwas verändert? Hängt es mit den Waffenstillstandsverhandlungen zusammen?«

»Ja«, erwiderte Stasj.

Nun jedoch war mir klar, dass er log. Das hatte überhaupt nichts mit den Verhandlungen zu tun! Es war etwas anderes. Aber Stasj belog gar nicht mich, sondern diejenigen, die uns beobachteten, die jede Abweichung der Stimme, das Zittern eines jeden Muskels, jede aus dem Auge quellende Träne und jeden auf der Stirn erscheinenden Schweißtropfen analysierten. Er log – und wollte, dass ich es wusste. Nur ich.

Weil noch nicht alles verloren war!

Weil Stasj auch diese Gefängniszelle, meine Tränen und das unbarmherzige Starren der Überwachungskameras vorhergesehen hat.

Die Phagen benutzen nie einen endgültigen und favorisierten Plan. Alle ihre Pläne ähneln einer Puppe in der Puppe, sind ineinander versteckt, nur dass man selten bis zum Letzten vordringt.

»Stasj, wenn nun das Imperium siegen würde, was würde mit den Klonen geschehen?«, wollte ich wissen.

»Mit denen, die nicht am Putsch beteiligt waren –

nichts. Diejenigen, die damit einverstanden waren, das Bewusstsein der Matrize zu übernehmen, würden unter strenge Bewachung gestellt und das Recht auf Fortpflanzung verlieren.«

»Und mit solchen wie mir?«

»Nichts. Wir würden sicherlich ein Auge darauf halten. Aber ohne Beschneidung der Rechte.«

»Ich möchte gar keine Macht«, äußerte ich. »Ich möchte lediglich, dass es keinen Krieg gibt. Dass du nicht hingerichtet wirst. Dass Lion, Natascha und alle Mädchen freigelassen werden. Dass Semetzki nicht stirbt!«

Semetzki lachte leise. »Das wohl kaum ... Weißt du, wie alt ich bin, mein Junge? So oder so ist es an der Zeit.«

Darüber wollte ich keinen Streit mit ihm.

»Wenn ich die Matrize fragen würde – könnte sie euch freilassen? Wenn ich einverstanden wäre, auf Neu-Kuweit zu bleiben?«

Stasj überlegte. Nein, eher nicht. Er überlegte nicht. Er spielte auf Zeit, jetzt verstand ich.

»Versuch es doch!«, riet er.

»Stasj, niemand wird uns laufen lassen!«, rief Alex aus. »Stasj, wie kannst du nur auf so etwas hoffen?«

Der junge Phag hatte nicht verstanden! Nicht einmal er spürte die Intonationen, die ich den Worten von Stasj entnahm. Vielleicht weil Stasj jetzt nur für mich sprach?

Ich richtete mich auf, nickte Lion zu – der schaute mich perplex an – und schrie in den Raum: »He, ihr! Ich möchte mit meiner Matrize sprechen! Ich möchte mit

Adelaide Schnee sprechen! Hört ihr? Übermittelt ihr schleunigst, dass Tikkirej um ein Treffen bittet!«

Nichts passierte. Und niemand antwortete mir. Aber es verging nicht einmal eine Minute und die Tür der Zelle bewegte sich mit einem leisen Zischen zur Wand. Auf der Schwelle standen zwei Wärter mit Kraftfeldpanzerung. Im Korridor warteten weitere.

»Heraus! Alle!«, kommandierte einer der Wächter. Die Stimme, die durch das Kraftfeld der Panzerung drang, war hart und kalt wie bei einem Trickfilmroboter.

»Und wie befehlen Sie meine Fortbewegung?«, fragte Semetzki streitsüchtig. »Gebt den Rollstuhl zurück! Oder wollt ihr mich auf Händen tragen?«

Der Wärter neigte den Kopf, als ob er einer leisen Stimme zuhörte. Er nickte. »Den Rollstuhl bekommen Sie umgehend zurück.«

»Habt ihr alles überprüft, keine Bomben gefunden?«, erkundigte sich Semetzki giftig. »Ihr habt ihn doch nicht etwa in seine Einzelteile zerlegt?«

»Das haben wir«, bestätigte der Wärter.

»Schreibt mir eine Rechnung, ich werde euch für die Wartung dieses antiken Stückes entlohnen«, versprach Semetzki gallig.

Kapitel 6

Als wir durch die Korridore geführt wurden, war ich mir sicher, dass wir uns noch im Kosmodrom befanden. Ein Teil des Weges führte durch eine hermetisch abgeschlossene Rohrgalerie, die sich unter dem Dach der Wartehalle entlangzog. Zwanzig Meter tiefer zeigte sich das Leben voller Lärm und Menschen, vollkommen alltäglich. Passagiere mit Koffern, mit Gepäckwagen und Taschen. Aufgeregte, lautlos gähnende Kinder wirbelten umher, in den Cafés warteten die Passagiere auf ihre Flüge, vor den Check-in-Schaltern bildeten sich kurze Warteschlangen. Es gab außergewöhnlich viele Militärs, für sie war ein Teil der Halle abgesperrt. Dort verloren sie sich in einer einheitlich graugrünen, schwankenden Masse.

Worauf wartete Stasj?

Auf die Landung der Eingreiftruppe des Imperiums?

Aber das wird ein blutiges Gemetzel und keine Rettung für uns. Inej ist zum Krieg bereit. Die Männer und Frauen würden kämpfen, die Kinder kratzen und beißen, die gelähmten Alten die Soldaten mit Flüchen überhäufen. Das wäre keine Rettung für uns.

Worauf nur wartete Stasj?

Ich schaute ihn von der Seite an, selbstverständlich ohne ihm diese Frage zu stellen. Stasj war als Einziger von uns mit Handschellen gefesselt. Nicht mit modernen Magnetfesseln, sondern mit normalen metallenen mit einer Kette zwischen den Schellen. Das störte ihn übrigens überhaupt nicht. Er unterhielt sich leise mit Semetzki, der seinen Rollstuhl fuhr. Die Wächter beobachteten sie, griffen jedoch nicht in das Gespräch ein.

Nachdem wir den Wartesaal verlassen hatten, gingen wir noch eine ganze Zeit durch Korridore im Dienstbereich des Kosmodroms. Hier begegneten wir auffallend vielen Militärangehörigen. In einem Saal, an dem wir vorbeigingen, waren die Soldaten wie die Sprotten zusammengepresst. Sie saßen auf dem Boden und hielten lange Strahlenkarabiner alter Bauart in den Händen. Durch die weit geöffneten Türen schlug uns der saure Geruch von Schweiß entgegen, die Ventilation war überfordert. Als ob sie hier schon seit Tagen sitzen würden!

Und trotzdem war auf den Gesichtern der Soldaten ein ernstes, gefestigtes und erhabenes Gefühl zu sehen.

Wie können die Soldaten des Imperiums gegen Millionen von Fanatikern kämpfen?

»Tikkirej, hast du keine Angst?«, fragte mich Stasj.

Ich schüttelte den Kopf.

»Früher einmal hatte ich große Angst vor dem Tod«, sagte Stasj. »Eigentlich nicht vor dem Tod an sich … irgendwie hatte ich immer die Vorstellung eines Friedhofs im Winter: kalter Wind über eisiger Erde, die nackten Zweige der Bäume und niemand in der Nähe. Kein Mensch, kein Vogel, kein Tier. Unheimlich. Ich hatte sogar beschlossen, um meine Beerdigung auf einem warmen Planeten zu bitten … wenn etwas zum Beerdigen übrig blieb. Zum Beispiel auf Inej.«

»Ist Inej etwa ein warmer Planet?«, wollte ich wissen. Als ob das von Bedeutung wäre!

»Sehr sogar. Dort gibt es keinen Frost. Der Planet erhielt diesen Namen wegen seines Anblicks aus dem All: Infolge der Besonderheit des Klimas sind die Wolken auf Inej lang und dünn, fedrig, als ob der gesamte Planet mit Reif bedeckt wäre. Das klingt lustig, oder?« Nach kurzem Schweigen fuhr er fort: »Aber jetzt denke ich, dass Neu-Kuweit keinen Deut schlechter ist.«

»Stasj, warum belastest du den Jungen damit!«, fragte Semetzki vorwurfsvoll.

»Wir nehmen Abschied«, erwiderte Stasj ruhig. »Tikkirej, ich möchte, dass du verstehst, dass einem jeden das Leben mit unterschiedlichem Maß zugemessen wird. Aber die Möglichkeit, seinen Tod zu wählen, gibt das Leben einem jeden. Vielleicht ist das wichtig.«

Schweigend schritten wir weiter. Ich wollte Stasj anfassen, befürchtete jedoch, dass seine Handfläche kalt wie Eis sein würde.

Endlich betraten wir einen Saal und die Wächter blieben stehen.

Ein eigenartiger Ort. Ich hatte erwartet, dass wir in ein Krankenzimmer gebracht würden, da Ada Schnee verwundet war. Oder in ein Office.

Das hier war ein Mittelding zwischen Werkhalle und Labor. Balken und Krane unter der Decke, Metallgitterbrücken über gigantischen Kesseln und Becken. Riesige Drehbänke, zwar abgeschaltet, aber trotzdem seltsame

Geräusche von sich gebend. Ich konnte mir gut vorstellen, wie sie bei der Arbeit dröhnten

»Unterhaltsam«, meinte Stasj. »Das ist ein Werk zur Aufbereitung atomarer Brennstäbe. Herrgott, werden wir ein Drama aus dem Arbeitsleben zu sehen bekommen?«

Die Wächter antworteten nicht. Es schien ganz so, als wären auch sie über den Ort, an den sie uns gebracht hatten, erstaunt.

»Bringt sie her«, ertönte eine Stimme aus dem Hindergrund. Die bekannte Stimme von Oma Ada.

Unter Bewachung gingen wir zwischen den Drehbänken und Kesseln entlang. Um uns herum dröhnte, klopfte und schrillte es – die abgeschalteten Geräte führten ihr eigenes Leben weiter. Semetzkis Rollstuhl schepperte über den Gitterboden und fügte der ganzen Sinfonie eine verwegene Note hinzu.

Danach nahmen wir eine gewundene Auffahrt zu einer Metallplattform direkt unter der Decke, bei den verschlafen herumhängenden Kränen.

Ada Schnee sah unverändert aus, als ob ihr mein Treffer kaum Schaden zugefügt hätte, war nach wie vor in Jeansanzug und Schuhen mit hohen Plateausohlen gekleidet, trug aber an Stelle des Kopftuchs einen schwarzen Turban, der die grauen Haare zusammenhielt. Sie sah allerdings etwas blass aus. Und ihre linke Schulter wirkte aufgebläht, war verbunden und in ein Regenerationskorsett gesteckt, das aus ihren Sachen herausschaute.

Ada Schnee war nicht allein. Neben ihr stand Alla

Neige! Jetzt war zu erkennen, wie ähnlich die beiden einander waren. Hinter dem Rücken der Frauen sah ich zwei junge Männer. Zuerst hielt ich sie für Leibwächter, aber dann ...

Dann ging ein Frösteln durch mich. So also werde ich mit dreißig Jahren aussehen! Mit Blastern in der Hand standen zwei männliche Klone von Oma Ada auf der Plattform. Der eine lächelte mir zu, der andere nickte. Ich wandte die Augen ab. Es war gruselig, sie anzusehen.

»Der Phag wird gefesselt«, befahl Schnee. »Dem alten Krüppel nehmt ihr das Kabel für den Neuroshunt weg. Die Übrigen können sich frei bewegen.«

Der Befehl war schnell ausgeführt. Stasj, der sich leicht dagegen sträubte, wurde an das Metallgeländer am Rande der Plattform gefesselt, indem die Handschelle an der linken Hand gelöst und ans Geländer geschlossen wurde. Bei Semetzki wurde das Kabel aus dem Shunt gerissen, sodass er zwar im Rollstuhl saß, aber hilflos war.

»Sind Sie sicher, dass wir Sie allein lassen sollen?«, fragte einer der Leibwächter.

»Ja, Sergeant«, nickte Ada Schnee. »Wir haben die Situation unter Kontrolle.«

»Es ist nicht nötig ...«, sagte Alla Neige leise.

Die Frauen wechselten Blicke. Dann befahl Ada: »Postiert euch am Rand der Plattform. Passt auf. Beobachtet den Phagenjungen und auch die anderen.«

Die Leibwächter schauten sich triumphierend an und entfernten sich. Erst danach fing Schnee wieder an zu sprechen:

»Ich begrüße Sie, meine Herrschaften, im Namen der Föderation. Frau Präsidentin Snow bat mich, ihr Bedauern zu überbringen, dass sie nicht anwesend sein kann. Sie führt wichtige Verhandlungen mit den Halflingen.«

»Das macht nichts«, antwortete Stasj. »Wir haben Verständnis dafür. Der Verkauf der Menschheit im Ganzen ist eine aufwändige Tätigkeit.«

Ada Schnee lachte heiser. »Lass deine Demagogie, Dshedai. Wir kümmern uns um die Menschheit nicht weniger als ihr ...«

»Phag«, berichtigte sie Stasj. Ada Schnee kümmerte sich nicht weiter um ihn:

»Wie geht es dir, Tikkirej?«

Ich schwieg. Ich konnte ja wohl kaum »gut« sagen.

»Tikkirej?«

»Gut, und Ihnen?«

Ada und alle Klone fingen an zu lächeln.

»Gut, Kleiner«, erwiderte Schnee. »Du wolltest mich ja auch nicht wirklich töten. Die Wunde ist unangenehm, heilt aber. Sag, Tikkirej, hast du mit deinem Freund gesprochen?«

»Sie wissen doch, dass ich mit ihm gesprochen habe«, murmelte ich.

»Ja, das weiß ich. Du hast dich davon überzeugt, dass du als Lockvogel nach Neu-Kuweit geschickt wurdest. Die Phagen haben ihre Angel nach mir ausgeworfen und du warst der Köder. War es eine angenehme Rolle?«

»Ich hätte den Phagen auch freiwillig geholfen«, antwortete ich. »Sie hätten mir ruhig sagen können, worum es geht. Aber ich habe Verständnis dafür, denn das ist alles sehr geheim. Und ich hätte mich verplappern können.«

Ada Schnee hob erstaunt ihre Augenbrauen.

Stasj begann leise zu lachen.

»Tikkirej, ich kenne dich durch und durch«, äußerte Ada und lachte herzlich. »Du – bist ich. Ich war ein kleiner Junge, ich war ein kleines Mädchen. Ich war Hunderte kleiner Mädchen und Jungen. Ich erinnere mich an mich selbst in deinem Alter. Alle deine Reaktionen sind vorhersehbar. So wie sich in einem bestimmten Alter jedes Kind einem erwachsenen Menschen anschließt, ihn blind kopiert, nachahmt, vergöttert. Aber trotzdem ... warum verteidigst du die Phagen dermaßen?«

»Es kann schon sein, dass auch sie lügen«, gab ich zur Antwort. »Vielleicht haben sie sich mir gegenüber nicht gut verhalten. Aber ...«

»Aber ... ?«, fuhr Schnee interessiert fort. »Aber Stasj ist dein Freund? Geht es nur darum?«

»Nicht nur. Die Phagen lügen ebenfalls, schämen sich aber dafür. Sie jedoch nicht.«

»Das nennt sich Pharisäertum, Tikkirej Frost, Heuchelei. Schlechte Taten vollbringen und sie bereuen.«

»Und dasselbe machen und nicht bereuen, das nennt man Gemeinheit!«

»Was ist gemein an der Tatsache, dass die Malocher eine neue Ideologie an Stelle einer anderen bekamen?«

»Dass Stasj von Menschen niemals als Malochern sprach.«

Ada Schnee schaute auf Alla Neige. Als ob eine Welt für sie zusammengebrochen wäre.

»Tikkirej«, begann Neige. »Du bist aufgeregt und durcheinander, aber versteh bitte …«

»Ich bin kein bisschen durcheinander«, erwiderte ich. »Im Augenblick bin ich völlig ruhig. Ich schaue Sie an und freue mich nicht, zu Ihnen zu gehören«

»Es ist unmöglich, dass du nicht auf unserer Seite stehst«, sagte einer der Männer und trat einen Schritt vor. »Tikkirej, vielleicht fällt es dir schwer, diese alten Weiber zu verstehen.« – Ada schnaubte ärgerlich – »Aber mich musst du doch verstehen. Wir sind gleich. Völlig identisch. In der Kindheit haben wir beide Milchreis gehasst und uns vor der Dunkelheit gefürchtet …«

»Ich hatte keine Angst vor der Dunkelheit«, meinte ich. »Kein bisschen. Vielleicht als ganz kleines Kind, aber dann hat mir Mama von der Sonne erzählt und dass immer irgendwo Licht ist. Ich wusste, dass Dunkelheit nicht auf ewig herrscht, sondern dass sie der Erholung dient.«

Jetzt schauten sich alle vier an. Und ich sprach, dabei völlig vergessend, dass ich eigentlich Gnade für Stasj und Semetzki erbitten wollte:

»Und überhaupt bin ich nicht so wie ihr. Ich bin für radioaktive Planeten modifiziert. Das heißt, dass ich etwas andere Gene habe. Ich hasse euch! Und ihr könnt nicht einmal verstehen, wie sehr und warum! Ihr seid eine Bande verrückter Klone, die beschlossen hat, an die Macht zu kommen. Wenn die Leute erfahren, wer ihr in

Wirklichkeit seid, werden sie euch in Stücke reißen. Ihr tut mir direkt leid.«

»Das scheint eine weitere Fehlentwicklung zu sein ...«, sagte Neige leise. Sehr leise, aber ich hatte es gehört. Und jubilierte! Ich hätte nie gedacht, dass man sich so über eine Drohung freuen könnte! Das bedeutete, dass sich nicht alle Klone den Verschwörern angeschlossen hatten und dass ich noch wirkliche Klonbrüder und Klonschwestern finden könnte. Normale, die nicht den Wunsch hatten, die Macht zu erobern und Kriege zu entfachen!

Ada Schnee schloss für einen Augenblick die Augen. Die Verwundung hatte sie mitgenommen. Vielleicht litt sie auch daran, dass einer der »Enkel« sich als aus der Art geschlagen erwies.

»Wir werden später darüber entscheiden«, sagte sie hart. »Jetzt befassen wir uns mit den anderen. Dshedai!«

Stasj schwieg.

»Phag!«, berichtigte sich Schnee mit einem Lächeln.

»Ich höre, Frau Schnee«, erwiderte Stasj höflich.

»Du hast deine Chancen, zu entkommen, völlig richtig eingeschätzt, Phag. Sie existieren praktisch nicht«, sagte Schnee, wobei sie das Wort »praktisch« betonte. »Aber mir scheint, dass du vieles nicht bis zum Ende dargelegt hast. Die Verhandlungen, die gegenwärtig geführt werden, sind eine Fiktion. Die Raumschiffe des Imperiums befinden sich auf den Umlaufbahnen unserer Planeten. Es ist nicht nur eine Demonstration ihrer Stärke ... Ihr bereitet euch trotz allem auf einen Angriff vor?«

»Woher soll ich das wissen?«, fragte Stasj. »Ich stehe nicht im Dienst des Imperiums. Ich bin immer noch ein Söldner mit romantischen Idealen. Und wenn es mir bekannt wäre, wissen Sie ganz genau, dass ein Phag keinen Verrat üben kann. Ich bin blockiert, genauso wie Ihre operativen Mitarbeiter.«

»Du weißt es«, beharrte Schnee auf ihrer Meinung. »Du weißt es, wir sind davon überzeugt. Und wir helfen dir es auszusprechen, wenn du uns entgegenkommst.«

Stasj fragte interessiert: »Sie werden dabei helfen?«

»Wir gehen davon aus, dass es uns gelungen ist, ein Präparat herzustellen, das die Blockade aufhebt. Erzähle uns, was das Imperium plant, und du wirst am Leben bleiben. Sicher, auf dich wartet die Verbannung auf einen unserer Planeten. Auf einen guten, warmen Planeten.« Schnee lächelte. »Das einfache Leben eines Bauern ist nicht allzu viel für einen ehemaligen Superagenten, aber auch nicht allzu wenig, wenn man die Alternative betrachtet.«

»Welche?«

»Gemäß Urteil des Kriegsgerichts«, Schnee zeigte dabei auf ihre Klone, »seid ihr alle zum Tode verurteilt! Ich schlage vor, dass wir mit dem Mädchen anfangen. Dann die Jungs, dann der Alte. Du kommst zum Schluss.«

»Sie werden Tikkirej nicht hinrichten.«

»Vielleicht.« Schnee nickte. »Ich halte ihn trotz allem nicht für einen hoffnungslosen Fall. Aber alle anderen werden vor deinen Augen sterben.«

»Auf der anderen Seite der Waage sind Millionen Menschenleben«, meinte Stasj. »Millionen Menschenleben und Hunderte Jahre Sklaverei für die gesamte Menschheit.«

»Ich werde das nicht bestreiten«, erwiderte Schnee. »Ich gebe nur zu bedenken, dass diese Millionen irgendwo potenziell existieren. Aber deine Freunde stehen neben dir.«

»Phagen haben keine Freunde.«

»Na ja, du hast dich immer durch Freidenkerei hervorgetan ... für einen Phagen. Übrigens, die Hinrichtung ist recht qualvoll. Wir müssen die Mittel nutzen, die wir zur Hand haben, wisst ihr ...« Schnee ging zum Rand der Plattform und schaute nach unten. »Dort, im Kessel, befindet sich ein Lösungsmittel für die Klärung der angereicherten Brennelemente. Einen Menschen löst es in zwei, drei Minuten auf ... Außerdem wird der Tod vorher durch den Schmerzschock eintreten. Willst du es dir nicht überlegen, Phag?«

Ich blickte zu Lion. Er war weiß wie Schnee. Natascha saß auf dem Schoß ihres Großvaters und hielt seine Hand.

»Ada Schnee, woher kommt diese Neigung zum Sadismus?«, erkundigte sich Stasj. »Du hast die Absicht, Kinder zu foltern?«

»Auf der anderen Seite der Waage sind Millionen Menschenleben«, antwortete Schnee erbarmungslos. »Was planen die Truppen des Imperiums?«

Stasj schwieg.

»Übrigens, wir haben noch eine ganze Partisanenbrigade zur Verfügung«, erinnerte Neige. »Phag, was wirst du machen, wenn vor deinen Augen die Kinder getötet werden?«

»Ihr alten Hexen!«, schrie Semetzki. »Verrückte Weiber! Ihr seid keine Menschen!«

»Selbstmord verüben?«, schlug Stasj vor, als Semetzki aufhörte zu wüten.

»Das glaube ich nicht. Eher wirst du versuchen, sie zu retten. Aber in der Zwischenzeit wird schon jemand gestorben sein. Wäre es nicht besser, für dich und die anderen Gnade zu erlangen? Wir sind bereit, uns mit einer Verbannung für euch alle zufrieden zu geben. Dir ist doch klar, dass Inej, von den Halflingen unterstützt, siegen wird.«

»Die Halflinge werden die Föderation des Inej nicht unterstützen.«

»Warum nicht?«, fragte Schnee scharf.

»Weil in diesem Augenblick die Hauptmutter der Zivilisation der Tzygu erklärt hat, dass sich ihre Zivilisation im Fall des Krieges zwischen der Föderation und dem Imperium an die Seite der Föderation stellt.«

Ich verstand nicht, was das für eine Bedeutung hatte. Aber Semetzki fing an zu lachen und erklärte uns:

»Halflinge und Tzygu werden niemals auf derselben Seite in den Krieg ziehen. In einem Wasserloch können nicht gleichzeitig zwei Hechte satt werden. Diese beiden Rassen zugleich als Verbündete zu haben bedeutet, überhaupt keine Hilfe zu erhalten.«

Schnee verzog ihr Gesicht: »Wie habt ihr das geschafft?«

»Warum wohl war ich vor einem Monat auf Neu-Kuweit?«, antwortete Stasj mit einer Gegenfrage.

»Die Umbettung der Asche des Feldmarschalls Charitonow in Agrabad ...«, flüsterte Schnee. »Also habt ihr ...«

»Wir wussten, dass Sie Geheimverhandlungen mit den Halflingen führten. Und ergriffen die notwendigen Maßnahmen. Es wird ihnen von Nutzen sein, zu erfahren, dass Überraschungen dieser oder jener Art bei Kontaktaufnahme zu einer beliebigen Rasse der Fremden zu erwarten sind.«

Es machte nicht mehr den Eindruck, dass Schnee und die Klone Stasj verhören würden. Die Situation hatte sich verändert. Sogar die Fesseln, die Stasj ans Geländer schmiedeten, erschienen zufällig und ohne jegliche Bedeutung.

»Schweig, Stasj!«, schrie ihn Alex plötzlich an. »Was enthüllst du hier alles!«

»Ruhe, Praktikant!«, stoppte ihn Stasj. »Alles hat seine Richtigkeit.«

Aber Alex trat plötzlich auf Stasj zu, holte aus und schlug ihm ins Gesicht!

Und bekam von Stasj augenblicklich so eine Ohrfeige verpasst, dass er auf den Boden schlug. Hinter mir hörte ich Lärm. Ich schaute mich um – einige Wächter zielten auf Alex, zwei liefen auf uns zu. Schnee zwang sie durch eine befehlende Geste innezuhalten.

Stasj spuckte Blut, ein Teil tropfte auf die Kette seiner Handschellen. Er murmelte: »Mein junger Helfer ist außerordentlich emotional. Achten Sie nicht darauf.«

Alex saß auf dem Boden und schluchzte.

Schnee blickte angespannt von ihm zu Stasj und zurück. »Irgendetwas stimmt hier nicht. Du spielst auf Zeit, Phag!«

»Natürlich!«, stimmte ihr Stasj mit Leichtigkeit zu.

»Akim!«, befahl Schnee. »Das Mädchen! Wir haben lange genug getrödelt!«

»Es ist langsam an der Zeit, euren dämlichen Aufstand zu beenden«, meinte Stasj fröhlich.

Einer der Klone kam auf uns zu.

»Mir ist schlecht«, flüsterte Lion plötzlich. »Tikki ...«

Ich drehte mich gerade noch rechtzeitig um und konnte ihn auffangen.

Lion glitt langsam zu Boden, die Augen waren noch offen, starrten jedoch ausdruckslos ins Leere. Alles um uns herum veränderte sich – die Beleuchtung flackerte, die Laute der ausgeschalteten Geräte änderten sich. Ich sah, wie sich auf einmal ein Kran regte und sinnlos unter der Decke zu kreisen begann. Lion weinte leise und gepresst in seiner Ohnmacht.

»Was habt ihr mit ihm gemacht?«, schrie ich. »Ihr Unmenschen!«

Hinter meinem Rücken donnerte es. Ich hielt Lion fest (Teufel, hatte der ein Gewicht!) und sah, wie die Wächter auf den Boden stürzten. Ihre Panzerung schepperte auf das Metall, als ob ein Dutzend Kochtöpfe heruntergefallen wäre.

»Und das ist nun das Ende des Putsches«, sprach Stasj. Und mit einer anderen, ruhigen, aber ungeheuer müden Stimme, fügte er hinzu: »Danke, Tikki. Sie haben zwei Tage wegen deines Erscheinens auf dem Planeten verloren. Der Flotte ist es gelungen, Retranslatoren auf alle Planeten des Inej zu richten.«

Sowohl Schnee als auch Neige und die Klonmänner hielten jetzt eine Waffe in der Hand und die Blaster waren auf uns gerichtet. Aber Stasj schien die Waffen nicht zu bemerken. Er fuhr fort, dieses Mal an die Putschisten gewandt:

»Sie sind entschieden zu selbstherrlich, Adelaida Schnee. Ihr Programm zur Psychokodierung wurde entschlüsselt und analysiert. Mit einem von uns geschaffenen Schlüsselsignal wurde es erneut zum Laufen brachte ... aber mit umgekehrten Vorzeichen. Alle eure Untertanen schlafen und träumen. Sie träumen von einer widerlichen Inna Snow, die Krieg führt gegen den guten und gerechten Imperator.«

»Das ist nicht möglich!«, schrie Schnee. »Wir haben derartige Handlungen in Betracht gezogen, die Benutzung der Radioshunts wurde verboten, ihr konntet das Signal nicht geben!«

»Es ist nicht möglich, den Radioshunt vollständig abzuschalten, Frau Schnee. Der Funkaufsatz ist ein Bestandteil des Hauptprozessors des Shunts. Nur die Antenne wird ausgeschaltet, aber wenn das Signal sehr stark ist, wird überhaupt keine Antenne benötigt. Das Schlüsselsignal wird von den Anschlüssen des Shunts empfangen. Sogar in geschlossenen Räumen, wie Sie sich soeben selbst überzeugen konnten. Das Imperium hat alte Retranslatorenraumschiffe herangezogen, die seit dem letzten Krieg konserviert waren.«

Alex, der auf dem Boden saß, fing an zu lachen. Der alte Semetzki begann zu kichern.

»Werft die Waffen weg«, sagte Stasj. »Es ist alles zu Ende. Eure operettenhaften Horrorszenarien machen niemandem mehr Angst.«

»Das werden wir ja sehen«, flüsterte Schnee. »Tikkirej, Natascha ... *kommt zu mir* ...«

Oh ...

Ich war nicht in der Lage zu verstehen, was vor sich ging. Meine Beine trugen mich von selbst zu »Oma Ada«, an den Rand der Plattform, hinter der ein Kessel voller klarer, grüner Flüssigkeit zu erahnen war.

Ist das imperative Sprache?

Ich bekomme den Befehl – und springe ins Lösungsmittel?

»Tikkirej, Natascha, *stehen bleiben*!«, schrie Stasj.

Ich blieb stehen. Und schritt auf Befehl der Schnee sofort wieder voran. Und hielt wieder inne. Und lief wieder. Aus dem Gesicht der Schnee verschwand sämtliche Gutmütigkeit, jetzt glich sie nicht einer liebevollen Großmutter, sondern einer wütenden Megäre. Und die Direktorin Neige erinnerte an eine verrückte Feministin des dunklen Zeitalters. Natascha lief neben mir und schaute sich erschrocken um, konnte aber ebenfalls nichts machen. Nur dass sie die Lippen bewegte, als ob sie jemanden ... ihren Opa? ... zu Hilfe rufen wollte, aber nicht konnte.

Schnee fing an zu lachen. Letztendlich gingen wir zu ihr. Wir zappelten wie Marionetten am Faden, aber wir gingen. Jetzt war es wichtig für sie, mit mir und Stasj abzurechnen, die Macht über die Welt war ihr egal. Vielleicht hoffte sie darauf, dass Stasj Selbstmord begehen würde, wenn wir vor seinen Augen umkamen?

Vielleicht käme es auch wirklich dazu ...

»*Ihr hört auf niemanden außer auf mich!*«, befahl Neige auf einmal. Es war, als ob einem Watte auf die Ohren gedrückt wurde. »*Geht an den Rand der Plattform und springt in den Kessel!*«

Sie war verrückt!

Dorthin würde ich nicht gehen!

Aber meine Beine zogen mich gehorsam nach vorn. Ich fing an zu schreien.

In diesem Augenblick zwängte sich zielgerichtet etwas Eisernes mit wild kreisenden Rädern zwischen mich und Natascha, warf uns auf den Boden und umhüllte uns mit Abgasen und Motorenlärm!

Die Hand des alten Semetzki umklammerte den Joystick an der Lehne des Rollstuhls. Es war wirklich ein sehr altes Modell, es wurde nicht ausschließlich durch den Neuroshunt, sondern auch von Hand bedient!

Es gelang mir, einen Blick auf das von Schreck verzerrte Gesicht Alla Neiges und den Feuer speienden Blaster in der Hand der Schnee zu werfen. Dann wurden sie vom Rollstuhl Semetzkis wie von einem Feuer speienden Boliden gerammt. Neige wurde in die Luft geschleudert und flog über den Rand, Schnee wurde umgefahren und mitgerissen. Nach vorn, auf den Rand der Plattform zu.

Wie in Zeitlupe kippten beide in den Abgrund und klare Tropfen spritzten durch die Luft.

Ich wandte meinen Kopf ab. Um mich herum schien alles verlangsamt und dämmrig. Auch Stasj, der mit einem energischen Ruck seine Handschellen an der Stelle zerriss, auf der sein blutiger Speichel gelandet war, wirkte bedächtig und behäbig. Mit der freien Hand schlug er sich in den aufgeblasenen Bauch, das Seidenhemd zerriss und gab das blinkende Band einer Peitsche frei, die sofort in den Ärmel kroch und das Strahlenwerfermaul aufriss. Die männlichen Klone hatten das Feuer bereits eröffnet, feurige Strahlen zogen an mir vorbei, aber aus der Peitsche entsprang eine Regenbogenwelle, welche die Schüsse der Blaster abwehrte. Alex sprang irgendwie ungeschickt, aus der Handfläche des jungen Phagen blitzte etwas auf und summte dicht an meinem Ohr vorbei. Dann knickte Alex ein und bewegte sich nicht mehr und Stasj hörte auf zu schießen.

Die Klone lagen als schwarze, verkohlte Masse da. Aus der Augenhöhle des einen ragte ein kleiner, goldener Pfeil – ich glaubte, dass er aus Alex' Armbanduhr entstanden war, die plötzlich ihre Form verändert und sich gestreckt hatte.

Und meine Beine trugen mich zum Rand der Plattform. Der Befehl der toten Psychopatin Alla Neige wirkte noch immer! Ich schaute mich um – Stasj beugte sich über Alex, Natascha lag bewegungslos. Sie hatte Glück. Offensichtlich hatte sie vor Schreck das Bewusstsein verloren.

Ich will nicht!

Jetzt will ich auf gar keinen Fall! Es ist doch letztendlich alles gut ausgegangen!, dachte ich.

Der Putsch ist misslungen! Die Menschen werden normal! Frau Präsidentin Snow wird ergriffen und aufgehängt! Ich will nicht in das Lösungsmittel springen, ich bin lebendig, ich bin ein guter Mensch, ich möchte in die Schule gehen, Fußball spielen und Trickfilme schauen! Nein!

Ich klammerte mich an das Geländer am Rand der Plattform. Unter mir schwammen drei graue, trübe Wolken ... und ein dünner, vor meinen Augen schrumpfender und sich auflösender Rollstuhl in einem riesigen, mit klarer Flüssigkeit gefüllten Keramikkessel.

Ich will nicht!

Meine Füße schritten über den Rand und ich schloss die Augen.

Ein starker Ruck warf mich zurück auf die Plattform. Stasj beugte sich über mich, und ich las ihm entweder von den Lippen ab oder spürte ganz einfach seinen Befehl: »Nicht nach unten springen!«

Die Welt füllte sich wieder mit Stimmen. Der junge Phag Alex weinte und schluchzte leise. Stasj schrie durch die Werkhalle: »Nicht springen! Hört nicht auf diese Hexen! Nicht springen! Niemand unterwirft sich dummen Befehlen!«

»Ist das kein dummer Befehl?«, flüsterte ich.

Stasj entspannte sich und verstummte. Ich wurde kurz von ihm umarmt. Er roch nach irgendeiner Säure.

»Was hast du ausgespuckt?«, fragte ich.

»Ein Metalllösungsmittel«, erwiderte Stasj. »Unschädlich für organische Stoffe.«

Er stützte Natascha, die langsam ihr Bewusstsein

wiedererlangte und sich reckte. Er zog sie vom Rand weg, legte sie neben Lion und Alex und befahl: »Nicht in den Kessel springen! Ruhig liegen!«

Schwankend ging ich auf ihn zu. Stasj kümmerte sich um Alex – im Bauch des Jungen befand sich ein schwarzes ausgebranntes Loch, sein Gesicht war mit Schweißtropfen bedeckt. Er schien Stasj nicht wahrzunehmen und murmelte: »Die Kinder zurückhalten ... der Befehl wirkt ... sie werden springen ...«

»Ich habe sie schon zurückgehalten ...«, flüsterte Stasj beruhigend. »Halt aus, Praktikant ... Tikkirej! Die Wärter haben an der Hüfte rechts eine Erste-Hilfe-Tasche!«

»Sofort ...« Ich eilte zu den willenlosen Körpern. Schadenfroh trat ich den am nächsten Liegenden und drehte ihn auf die Seite. Ich holte das Erste-Hilfe-Päckchen aus der Tasche und brachte es Stasj.

Stasj öffnete das Futteral und spritzte Alex nacheinander einige Ampullen. Er entnahm ein breites Metallarmband und legte es ihm um den Arm. Auf dem Armband blinkte ein rotes Alarmlämpchen.

»Halt aus«, bat Stasj. »Gib dich nicht auf.«

»Stasj ...«, machte ich auf mich aufmerksam.

»Was ist?«

»Semetzki ... musste er sehr leiden?«

Stasj schwieg lang. Dann sagte er: »Als er an mir vorbeiraste, konnte ich ihm in die Augen schauen. Er war bereits tot, Tikki. Er starb, als er auf volle Geschwindigkeit schaltete und sich mit seinem Rollstuhl todesmutig auf den Feind stürzte.«

»Woran ist er gestorben?«

»Am Alter. Er war doch schon uralt und im vergangenen Monat hat er ein stürmisches Leben geführt ... Tikkirej! Lauf durch die Gebäude des Kosmodroms! Such ein Lazarett, und wenn du dort Ärzte findest, die nicht eingeschlafen sind, bring sie her! Mit Tragen und einer Reanimationseinheit. Kannst du dir das merken?«

»Ja!«, rief ich. Vielleicht hat mich Stasj ja doch wegen Semetzi angelogen. Aber ich wollte dem nicht auf den Grund gehen.

In diesem Augenblick öffnete Alex die Augen. Er schaute mich benebelt an und flüsterte: »Unglücksrabe ... !«

»Selber einer!«, erwiderte ich fröhlich.

»Ich bin ... schon fünfzehn. Stasj ... bekomme ich das Testat?«

»Wenn du nicht stirbst, hast du das Testat bestanden«, bestimmte Stasj. »Klar? Anderenfalls scheidest du postum aus. Ein Toter kann nicht Phag werden!«

»Ich werde mich bemühen«, hauchte Alex und leckte sich die Lippen.

Stasj schaute mich an und verzog das Gesicht. »Du bist noch hier?«

»Stasj ... und das macht nichts, dass ich der Klon eines Tyrannen bin?«

»Du wirst gleich ein wegen Befehlsverweigerung verhafteter Klon eines Tyrannen sein!« Auf einmal verstummte Stasj. Offensichtlich wurde ihm klar, wie wichtig das für mich war. »Es macht nichts, Tikki. Der

Mensch – das ist nicht nur das Genom. Aber jetzt beeile dich bitte. Alex ist schwer verwundet.«

Ich lief wie der Wind. Als ich an den Wärtern vorbeikam, beugte ich mich nach unten und zog einem von ihnen einen Militärblaster aus dem Arm. Weiter lief ich mit der Waffe in der Hand durch die Korridore des Dienstbereichs.

Dort stieß ich auf einen erschrockenen uniformierten Jüngling mit einem Strahlenkarabiner. Er erblickte mich, machte große Augen und hob seine Waffe.

»*Wirf dein Spielzeug weg!* Sonst reiße ich dir die Hände ab!«, schrie ich.

Der junge Mann erbebte und ließ den Karabiner fallen.

»Wo ist das Lazarett? Weißt du das?«

»J-Ja …«, antwortete er stotternd.

»Führ mich hin!«

»Das ist das Imperium, ja? Werde ich erschossen?«

»Wenn du schwatzt – auf jeden Fall!«, brüllte ich ihn an. »Ins Lazarett, schnell! Du wirst mir helfen, die Tragen zu schleppen.«

»Und wer bist du?«, wollte der Soldat wissen, wobei er auf den Blaster in meiner Hand schielte.

»Ein Phag!«

Er zog den Kopf ein und trabte den Korridor entlang. Ich folgte ihm.

»Ich wurde gezwungen!«, rechtfertigte sich der junge Mann beim Laufen. »Alle sind gegangen, also auch ich. Ich war immer für den Imperator! Für Inej sind wir nur Kanonenfutter …«

Also hatte die verrückte alte Schnee Unrecht, als sie von der Bevölkerung als »Masse« und »Vieh« sprach.

Warum nur sind so viele mit Leichtigkeit damit einverstanden, zu eben dieser Masse zu werden?

»Du wurdest gezwungen – dann lass dich nicht zwingen«, erwiderte ich und bemühte mich, nicht außer Atem zu geraten. »Alle gehen – und du bleibst. Klar? Denke selbst! Handle nach deinem Gewissen! Übe keinen Verrat! Sei nicht feige! Mach dich nicht zur Masse!«

Irgendwo außerhalb des Gebäudes krachte es. Die Raumschiffe mit den Luftlandetruppen des Imperiums trafen ein.

Epilog

Das Licht in der Bar schien ungewöhnlich grell. Was nicht verwunderlich war, denn sie beherbergte keinen einzigen Gast, und der Barkeeper, mit einem Staubsauger bewaffnet, reinigte den Teppichboden zwischen den Tischen.

Als ich eintrat, schaltete er sofort den Staubsauger aus und zog ihn hinter den Tresen. Noch auf dem Weg hob der Barkeeper die Augenbrauen und sah genauer hin. Und als ich den Tresen erreichte, staunte er mich fröhlich an.

»Du bist doch der Junge, der sich als Modul verpflichtet hat!« Und sofort fragte er vorsichtig: »Wie geht's?«

»Alles in Ordnung, das Gehirn trocknet nicht so schnell ein«, antwortete ich. »Milchshake bitte. Einen echten. Sie müssten doch echte Milch haben. Zwei Shakes.«

Der Barkeeper nickte achtungsvoll und holte aus dem Kühlschrank ein Fläschchen mit echter Kuhmilch. Er zeigte mir das Zertifikat auf dem Flaschenhals, öffnete den Deckel und goss die Milch in den Mixer.

»Ich bin kein Modul mehr«, sagte ich.

»Bist du ausgeschieden?«, fragte der Barkeeper verwundert und schüttelte den Mixbecher.

»Ja, so in etwa.«

»Und du hast beschlossen zurückzukehren?«

»Ich muss ... verschiedene Leute besuchen ...«, erwiderte ich. »Mich bedanken. Auch bei Ihnen.«

»Wofür?«, wollte der Barkeeper erstaunt wissen.

»Sie haben mir geholfen, die Stelle auf der *Kljasma* zu bekommen.«

»Das ist doch keinen Dank wert ...«, äußerte der Barkeeper beschämt. Aber ich sah, dass er sich geschmeichelt fühlte.

Ich nahm das Glas entgegen und kostete vom Shake. Er schmeckte gut.

Aber die Milch auf Avalon hatte ein besseres Aroma, wobei selbst diese an die H-Milch auf Neu-Kuweit nicht herankam.

»Noch mehr?« Der Barkeeper griff zum Shaker.

»Nein, das ist für Sie. Ich lade Sie ein.«

Der junge Mann lächelte und wir stießen an.

»Danke«, sagte ich erneut und nahm meine leichte Tasche. »Wissen Sie, Sie haben nämlich das ganze Imperium gerettet!«

Nach diesen Worten schien er davon überzeugt zu sein, dass mein Kopf doch unter dem Onlinebetrieb gelitten hatte ...

Als ich zum Fluss kam, war dort noch niemand. Ich zog mich aus und sprang ins Wasser – wie kalt es war. Ich schwamm rund zehn Minuten, krabbelte dann heraus und sah mich um – nach wie vor war niemand in der Nähe.

Ich wrang die Badehose aus und zog sie wieder an,

trocknete mich mit einem kleinen Wegwerfhandtuch ab und legte mich auf meine geliebte Steinplatte.

Die Sonne drang mit Müh und Not durch den Sandsturm.

Ein orangefarbener Fleck, der weder für Wärme noch Sonnenbräune sorgte. Trotzdem räkelte ich mich unter ihr und erinnerte mich daran, wie lange sie meine einzige Sonne gewesen war.

Jetzt zog sie vollständig zu, die vom Sand zerkratzte Kuppel begann, leicht im »Abendregime« zu leuchten, und ich drehte mich auf den Bauch. Solche Stürme dauern lange. Bis zum Frühling. Lediglich die riesigen Erztransporter können die Sandwände durchbrechen und den Windböen standhalten. Genauso wie die kleinen beweglichen Raumschiffe der Phagen, obwohl Alex warnte, dass er vierundzwanzig Stunden auf mich warten und dann wegfliegen würde, denn ihm sei sein Leben etwas wert, insbesondere die Drüsen der inneren und die besonders wertvollen der äußeren Sekretion. Und es wäre normalen Menschen nicht empfohlen worden, auf Karijer zu leben, das sei kein Planet, sondern eine richtige Hölle ...

Als ob das jemand bestreiten würde!

Er würde natürlich nicht wegfliegen, sondern auf mich warten.

Im schlimmsten Fall würde er mich suchen und behaupten, dass mache er nur deshalb, weil es ihn langweile, allein zu fliegen, aber er würde mich suchen. Stasj wurde nämlich zum Inej entsandt, um die entflohenen Klone der Schnee einzufangen, und Alex, dem es langsam besser ging (seine Narbe war sehenswert!), bekam den Befehl, nach Avalon zurückzukehren.

»Tiki-Tiki ...«

Ich drehte mich auf den Rücken und erblickte Dajka.

»Das kann doch nicht wahr sein!«, rief sie.

»Doch!«, erwiderte ich. »Ich bin deine Halluzination. Die Vergegenständlichung deiner unbewussten pubertären Komplexe.«

»Idiot!« Dajka wurde rot. Nichtsdestotrotz legte sie ihren Pocket-PC zur Seite und piekste mich mit ihrem Finger in den Bauch.

»Ahhh, ich löse mich in Luft auf ...«, meinte ich traurig. »Dajka, wie geht es dir? Bist du besser in Mathe geworden?«

Sie errötete noch tiefer. So ist das Leben – dieses Menschenkind wusste genau, dass es nicht Pilot werden konnte, lernte aber Mathematik. Mathe fiel ihr schwer, desto mehr büffelte sie.

»Es geht so ... Das Alter zum Erreichen der Volljährigkeit wurde gesenkt. Auf vierzehn Jahre.«

»Also wurde die Ermäßigung für die Sozialsysteme auf vierzehn gesenkt? Das bedeutet, dass die Gruben bald überquellen werden«, folgerte ich. »Karijer stirbt aus.«

Dajka nickte. »Warum bist du zurückgekommen, Tiki-Tiki ...«

»Um dich und Gleb zu holen.«

»Wohin willst du uns holen?«, fragte Dajka vorsichtig.

»Auf den Avalon. Oder auf Neu-Kuweit. Wie ihr wollt. Ich habe auf beiden Freunde. Und ich selbst habe mich noch nicht entschieden, wo ich leben werde. Besser wäre es natürlich auf dem Avalon. Obwohl es überall gute Menschen gibt. Die Menschen sind überhaupt gut, man muss sie nur daran erinnern.«

»Sag mal, hast du geerbt?« Dajka lächelte unsicher.

»Zum Teufel, so ein Erbe ... nein. Aber zwei Staatsbürgerschaften kann ich schon herausschlagen. Und das Raumschiff wartet im Kosmodrom.«

Dajka schwieg.

Ich setzte mich und zog die Knie an den Bauch und sagte: »Ich verstehe dich. Du hast hier deine Eltern und ein Schwesterchen. Ich kann das alles nachvollziehen, Dajka. Aber ich konnte nur für zwei Menschen etwas erreichen. Wenn du weggehst, wird es deiner Familie leichter fallen, du kannst ihnen deinen Anteil überschreiben. Und später lässt sich vielleicht noch irgendetwas machen.«

Sie dachte nach. Dann wollte sie wissen: »Neu-Kuweit – ist das dort, wo der Putsch war?«

»Ja.«

»Und du bist irgendwie ...«

»Ich erzähle es dir. Nur ein anderes Mal. Ich möchte jetzt nicht daran denken, Dajka.«

Aber Dajka beschäftigte etwas anderes. »Stimmt es, dass die Präsidentin des Inej ohne Anabiose im Zeittunnel fliegen konnte?«

Alle Achtung – so verbreiten sich Gerüchte! Schneller als das Licht.

»Ja«, antwortete ich und bat die Phagen innerlich um Verzeihung. »Sie ... sie hatten ein echtes Genetikgenie.

Sie haben herausgefunden, warum die Frauen den Zeitsprung nicht vertragen, und Wege gefunden, dagegen anzukämpfen. Allein das hätte ausgereicht, dass sie das gesamte Imperium auf Händen getragen hätte! Diese Schlange wäre auf einen beliebigen Posten gewählt worden, sogar auf den des Imperators! Aber sie haben sich nur damit befasst, wie man den Menschen die Köpfe verdrehen kann.«

Dajka nickte. Sie flüsterte: »Das heißt also, ich kann Pilot werden?«

»Ich weiß nicht. Vielleicht. Aber deine Tochter wird es auf alle Fälle können.«

»Idiot!«, sagte Dajka wieder, aber ohne besonderen Nachdruck. »Tikkirej, du führst mich auch nicht an der Nase herum?«

»Nein.«

»Ich muss mit den Eltern sprechen. Ich gehe dann, Tiki-Tiki.«

»Vergiss deinen Pocket-PC nicht«, erinnerte ich sie streitlustig. »Am Abend komme ich vorbei ... Wohnt ihr immer noch in der gleichen Wohnung?«

»Ja.«

Sie beugte sich über den PC, zögerte einen Augenblick und meinte: »Du hast dich sehr verändert, Tikki. Du bist groß geworden.«

Dann gab sie mir schnell einen Kuss auf die Wange und lief weg.

Ich lächelte dümmlich, wischte mir die Wange aber nicht ab.

Mein Vorschlag an Dajka brachte mich in ein gewisses Dilemma. Sie hatte hier Eltern und eine Schwester. Und auch Gleb hatte Eltern. Aber ich hatte nur das Recht, zwei Menschen zu helfen. Und das würden meine Freunde sein.

Es waren keine Genies nötig, die mit Gewalt die ganze Welt glücklich machen wollten. Man musste nur denen helfen, die in der Nähe waren. Dann würde es allen besser gehen.

Ada Schnee konnte bis zuletzt nicht verstehen, warum ich Stasjs Seite gewählt hatte, dabei ist es so einfach! Auch wenn Stasj ebenfalls die Interessen von Millionen Menschen und Dutzenden Planeten berücksichtigt hatte, half er denen, die in der Nähe waren und denen er helfen konnte. Schnee jedoch sprach über Millionen, meinte aber nur um sich selbst und die Geliebten – in allen Exemplaren – als männliche und als weibliche Ausgabe.

Ich wollte einmal so werden wie meine Eltern. Meine wirklichen Eltern und nicht wie das geisteskranke Genie, das sein Genom vermehrt hat!

Ich wollte so werden wie Stasj.

Ich wollte so werden wie die Kameraden auf der *Kljasma*.

Ich wollte der Freund von Lion und Sascha sein, mich mit Rosi und Rossi vertragen, in die Schule gehen und Fußball spielen.

Und wenn ich erwachsen wäre, würde ich Dajka heiraten ... oder vielleicht doch lieber Natascha?

Vielleicht sollte ich mich für ein Leben auf Neu-Kuweit entschließen? Natascha möchte dort bleiben, wo jetzt ihrem tapferen Urgroßvater, mit stolz erhobenem Kopf auf die Feinde zustürmend, ein Denkmal gesetzt wird. Und Dajka würde ich überreden ...

Aber jetzt sollte ich die Eltern besuchen. Über Natascha, Dajka und Neu-Kuweit würde ich später nachdenken.

Ich erhob mich von der Steinplatte, zog mich an, nahm den nun doch von Dajka vergessenen Pocket-PC und ging zum Haus des Abschieds.